COUP DE GRÂCE

Stefan Ahnhem

COUP DE GRÂCE

ROMAN

Traduit du suédois
par Caroline Berg

Albin Michel

Édition originale parue en Suède sous le titre :
DEN SISTA SPIKEN

Publié avec l'accord de Salomonsson Agency

PROLOGUE

3 août 2012

Erika Andersson n'aimait pas l'eau. Elle n'avait rien contre les douches et ne détestait pas se prélasser dans un bain avec un bon bouquin. En revanche, elle avait toujours détesté se baigner. Toutes les activités aquatiques autres que se laver et se rafraîchir lui paraissaient étranges.

Elle ne prétendait pas être une bonne nageuse, même si elle savait nager. Parcourir deux cents mètres sans boire la tasse toutes les deux secondes aurait dû être dans ses cordes, mais il fallait bien admettre qu'elle en était incapable, surtout en pleine mer, dans une eau froide et agitée, pleine de méduses et de poissons répugnants.

Malgré ce handicap, elle s'était laissé convaincre de compresser ses kilos superflus dans un kayak si étroit et si instable qu'il tenait du miracle qu'il ne se soit pas encore renversé. Littéralement assise les fesses dans l'eau, elle avait l'impression que des vagues sombres et glaciales se ruaient sur elle de tous côtés.

D'après Mikkel, on ne se mouillait pas en kayak. Il était même allé jusqu'à lui promettre, en la regardant droit dans les yeux, qu'elle risquait tout au plus de recevoir quelques éclaboussures sur les avant-bras.

Un mensonge éhonté, évidemment. Elle aurait dû s'en douter. Il lui faisait le coup chaque fois qu'il avait une nouvelle lubie.

Depuis plus d'un mois, il lui parlait de l'expérience extraordinaire qu'elle s'apprêtait à vivre : voir le soleil se lever sur Copenhague en communion avec le canal.

En communion avec le canal... N'importe quoi !

Mais que ne ferait-on pas par amour ? Il faut dire qu'elle n'avait pas vraiment l'embarras du choix en matière de soupirants, et Mikkel jouait dans une catégorie nettement supérieure à la sienne. Non seulement il était beau garçon, mais il avait un bon métier et un salaire qui faisait rêver.

Une seule ombre au tableau : il était citoyen de Sa Majesté la Reine du Danemark. Erika avait donc été contrainte de quitter la Suède pour le rejoindre. Mais même ça s'était révélé moins difficile que de tenir en équilibre sur ce foutu kayak.

La moindre vaguelette semblait capable de le renverser, et elle avait mal aux abdominaux à force de lutter pour l'empêcher de se retourner. Sans parler des bras et des épaules ; elle n'était pas certaine qu'ils seraient toujours attachés à son tronc quand ils parviendraient au bout de la balade que Mikkel avait programmée.

« C'est beau, hein ? » lui cria-t-il par-dessus son épaule.

Elle s'appliqua à sourire. C'était beau, oui, et elle devait admettre que Copenhague se montrait sous un autre jour. N'empêche qu'elle avait du mal à apprécier le spectacle. Surtout depuis qu'ils avaient quitté le calme idyllique du canal de Wilder pour naviguer dans le port proprement dit, avec sa circulation dense et les vagues qu'elle générait.

Pourquoi avait-il tenu à l'emmener aussi loin ? Était-ce pour l'impressionner après avoir eu tant de mal à la persuader de l'accompagner ?

Avait-il autre chose en tête ?

Elle aurait préféré ne pas avoir ce genre de pensées, mais elle ne pouvait pas s'en empêcher. Une fois qu'une idée avait germé dans son esprit, elle devenait vite obsessionnelle.

Mikkel s'était montré anormalement distant ces derniers temps et il ne l'avait pas touchée depuis près d'un mois. Au début, elle s'était dit que ce n'était qu'une crise passagère, que ça allait s'arranger, mais cela n'avait fait qu'empirer, et leur relation était plus tendue que jamais alors qu'ils étaient en vacances.

S'était-il lassé d'elle sans trouver le moyen de le lui dire ? Cette horrible expérience avait-elle pour unique but de la mettre dans une situation particulièrement inconfortable afin qu'elle prenne elle-même la décision de rompre ? Quelle lâcheté ! Elle n'en revenait pas.

De toute façon, elle avait toujours su que tout ça était trop beau pour être vrai. Elle n'avait d'ailleurs jamais compris pourquoi il l'avait choisie.

Elle savait qu'elle pouvait être très pénible. Quand elle commençait à se raconter des histoires, elle était du genre pitbull et lâchait rarement l'affaire avant qu'il ne soit trop tard. Par exemple, elle s'était mise à croire qu'il voyait quelqu'un d'autre et, à la première occasion, avait fouillé dans son portable et son ordinateur. Toutefois, sans rien découvrir de suspect.

Si elle avait pu en rester là, ça n'aurait pas porté à conséquences. Mais, un jour, il avait aussi fallu qu'elle le prenne en filature pour vérifier s'il sortait bien avec un copain, comme il le prétendait. Évidemment, il l'avait repérée et était rentré dans une colère noire. Il était aussi furieux que lorsqu'elle l'avait questionné une fois de trop sur sa précédente petite amie, morte dans un accident de voiture.

« Regarde le nouvel opéra ! lui cria-t-il, pagaie pointée vers l'imposant édifice.

– Magnifique, clama-t-elle en retour, mais ça ne te dirait pas qu'on rentre, maintenant ?

– Non ! Tu ne vois pas comme l'eau est belle et calme ?

– C'est vrai, mais peut-être que ça suffit pour aujourd'hui ? Je commence à avoir mal aux bras.

– C'est bien, ça veut dire que tu te muscles.

– Écoute, Mikkel, je ne me sens pas tranquille, tu comprends ? J'ai peur et j'ai envie de regagner la terre ferme.

– Tu ne risques rien du tout, Erika. Je te le promets », répondit-il avec ce sourire qui la faisait fondre et l'amenait à dire amen à tout, affectant sa volonté comme un bloc de kryptonite. Dans un soupir, elle laissa l'opéra derrière elle et se remit à ramer.

C'était avec ce sourire-là qu'il l'avait abordée la première fois pour lui proposer de boire un verre. Elle faisait la fête à Copenhague avec des amis. Elle l'avait rencontré et était tombée raide amoureuse. Deux semaines plus tard, elle donnait sa démission et s'installait avec lui dans la capitale danoise.

Sa mère l'avait mise en garde. Elle lui avait dit que tout allait un peu vite et qu'elle ne savait rien de l'homme qu'elle partait rejoindre. Mais bien sûr, elle ne l'avait pas écoutée.

« On va jusqu'au récif et on revient, d'accord ? lui lança-t-il après quelques centaines de mètres supplémentaires.

– Je préférerais vraiment arrêter, maintenant, répondit-elle. J'ai l'impression que le kayak va se retourner et que je...

– Mais non, je t'assure. Il n'y a aucune raison que tu chavires. Il suffit que tu te détendes et que tu continues à pagayer calmement. »

Pourquoi ne lui demandait-il tout simplement pas de repartir s'il en avait assez d'elle ? Elle serait triste, bien entendu, et peut-être en colère. Elle hurlerait et lui jetterait sans doute quelques objets à la figure. Mais elle finirait par accepter la situation et rentrerait sagement chez elle, à Helsingborg, même si, de temps en temps, elle ne pourrait s'empêcher de lui faire une scène au téléphone avant d'abandonner définitivement la partie. Ce n'était pas plus compliqué que ça. Il n'avait qu'à le dire.

Peut-être n'osait-il pas. C'était la seule explication. Elle ne pouvait pas nier qu'elle avait du caractère. Mais pas autant que lui. Elle avait déjà eu vraiment peur. En particulier le jour où elle l'avait menacé de porter plainte pour viol s'il ne la laissait pas dormir. Ce jour-là, il avait tapé dans le mur juste au-dessus de sa tête, avec une telle brutalité que son poing était passé au travers de la cloison.

Mais c'était de l'histoire ancienne. À présent, il n'avait plus envie d'elle.

En découvrant le paquebot de croisière qui entrait dans le port, elle fut frappée par une évidence. Elle venait de comprendre le plan qu'il avait élaboré.

Et là, elle fut réellement prise de panique.

« Regarde les sculptures ! » lui lança-t-il en pointant du doigt une série de statues d'un blanc crayeux alignées le long d'un quai, tandis qu'elle cherchait une issue, un moyen de fuir ce cauchemar, de lui échapper et de retourner en Suède.

Il devait s'être rendu compte qu'elle avait deviné ses intentions et essayait maintenant de la distraire. Ces œuvres érigées là, défiant les éléments, forçaient en effet l'admiration, mais elle fut incapable de leur accorder plus qu'un bref regard. Elle ne parvenait pas à se concentrer sur autre chose que l'énorme navire.

Il n'entrerait probablement pas plus loin dans le port et irait s'amarrer le long du quai de Langelinie. Mais les vagues qu'il générait dans son sillage continueraient leur route à l'intérieur de la rade et, même si elle ne les sentait pas encore, elle était convaincue qu'en ce moment même, elles se dirigeaient droit sur elle.

Elle allait dessaler, chaque partie de son corps le lui disait, et une fois que son embarcation se serait retournée, elle n'aurait plus aucune chance de s'en sortir. Elle le savait et, surtout, *il* le savait. Qu'est-ce que c'était que ce psychopathe avec qui elle s'était mise en couple ? Était-ce ainsi qu'il procédait quand il se lassait de ses conquêtes ? Il les faisait disparaître en prétextant un malheureux accident ?

Voilà pourquoi il l'avait entraînée au large, à l'abri des regards. Pour que sa mort passe pour une noyade sans le moindre témoin pour contredire sa version des faits. Un énième cas d'imprudence venant gonfler les statistiques.

« Au secours ! commença-t-elle à hurler en se mettant à pagayer en sens inverse. Au secours !

– Erika ! Qu'est-ce que tu fabriques ? »

Sans s'arrêter de ramer, elle jeta un coup d'œil en arrière et aperçut la vague tant redoutée. Ou plutôt *les* vagues. Elle en compta trois, à dix mètres environ l'une de l'autre. Vues d'ici, elles ne semblaient pas bien méchantes, mais elles étaient rapides, et leur vitesse à elle seule était terrifiante.

« Erika ! »

Elle pagayait de toutes ses forces, mais le kayak refusait de lui obéir. Au lieu d'aller tout droit, il s'obstinait à partir alternativement à gauche ou à droite. *Merde, merde, merde !* Elle aurait mieux fait d'écouter sa mère. Comment n'avait-elle pas vu tous les signes qui lui paraissaient si évidents, à présent ? Comment avait-elle pu être aussi naïve ?

Tout à coup, la première vague fut sur elle.

Exactement comme elle l'avait imaginé.

Elle sentit sa force et sa taille. Le kayak bascula d'abord en arrière puis en avant. « Merde » fut le dernier mot qui lui traversa l'esprit avant que le monde soit sens dessus dessous.

Elle ferma les yeux. Comme si le fait de ne rien voir pouvait écarter le danger. Mais elle avait beau refuser d'ouvrir les paupières, cela ne l'empêcha pas de se rendre compte qu'elle était plongée dans l'eau froide et noire, la tête à l'envers, toujours sanglée au canot. On lui avait appris un mouvement permettant de redresser l'embarcation d'un coup de hanches, le « rouleau esquimau », mais dès la première tentative, elle comprit qu'elle n'y arriverait pas. Ses genoux étaient bloqués.

C'était donc ainsi que sa vie allait se terminer. Suspendue entre deux eaux. Elle se sentait étrangement calme, à présent. Comme si le sentiment de panique qui l'avait envahie plus tôt avait disparu. Peut-être parce qu'elle avait abandonné tout espoir et accepté son destin.

Depuis combien de temps était-elle en apnée ? Quelques secondes ? Elle n'avait pas encore l'impression de suffoquer. Peut-être était-ce ce qu'on ressentait juste avant que tout soit terminé. Comme si les secondes défilaient plus lentement et le temps devenait extensible.

Pour la première fois de sa vie, elle ouvrit les yeux sous l'eau, une chose qu'elle n'avait jamais osé faire, mais après tout, elle n'avait plus rien à perdre. Si elle devait mourir quelques minutes plus tard, autant garder les yeux ouverts pour accueillir la Faucheuse.

Ça faisait beaucoup moins mal qu'elle ne l'avait cru. D'ailleurs, elle ne sentait presque rien. Il ne faisait pas non plus aussi sombre qu'elle l'avait pensé. Au contraire, il faisait plutôt clair. Une clarté verte. Et un peu floue.

Tandis qu'elle regardait vers le fond, la panique s'empara à nouveau d'elle : à quelques mètres se trouvait une voiture.

L'arrière du véhicule reposait sur un gros bloc de béton, et l'avant se dressait cinquante centimètres plus haut. Les vitres étaient baissées, et une femme nue avec de longs cheveux bruns flottait au-dessus de la banquette arrière. Sans sa bouche ouverte et ses yeux horrifiés, on aurait pu croire à une affiche publicitaire.

Le soleil apparut brusquement, améliorant la visibilité, et elle distingua à l'avant de la voiture un homme en smoking, la tête posée sur le volant.

Juste avant de remonter enfin à l'air libre, elle aperçut un trou béant là où aurait dû se trouver l'arrière du crâne du chauffeur.

PREMIÈRE PARTIE

3-5 août 2012

Nous sommes nombreux sur cette terre à espérer que le Bien triomphe du Mal. Nous voulons croire que nous sommes plus forts en étant unis. Qu'en dépit de nos différences de couleur de peau, de culture et de religion, nous appartenons au genre humain et qu'en groupant nos forces, nous vaincrons l'injustice, sauverons le climat et rétablirons la paix sur terre.
Malheureusement, il s'agit d'une utopie. Le monde dans lequel nous vivons n'est pas bâti sur le rêve d'un happy end. Tendre sa main vers les plus faibles est une pensée pieuse, mais elle ne sert à rien.
Dans la vraie vie, ce sont d'autres forces qui dominent. Si nous possédons un objet de valeur, il y aura toujours quelqu'un pour chercher à nous le prendre. S'il y a de la pureté quelque part, elle sera aussitôt souillée. Cette vérité concerne aussi bien les cellules de notre organisme que les étoiles dont la masse s'effondre sur elle-même pour les transformer en trous noirs.
Selon une équipe de chercheurs chinois, l'instinct de destruction inhérent à l'être humain est lié à la taille de son cerveau :

l'homme a un cerveau suffisamment grand pour inventer la bombe atomique, mais trop petit pour entrevoir les conséquences d'une telle invention.
Une autre théorie affirme que ce n'est pas le Bien qui est garant de notre existence et de notre survie. Ce n'est pas lui qui détermine la sélection naturelle et l'évolution de l'espèce, permettant par exemple au lion de survivre dans la savane et à l'arbre de s'élever plus haut pour aller chercher la lumière.
Ce n'est pas au Bien que nous devons d'être passés de l'état de plancton à celui de poisson et d'avoir évolué jusqu'à devenir des êtres humains.
C'est au Mal.
C'est lui que nous devons remercier.
Le Mal en son essence.

1

Sur la rive ouest du lac Sankt Jørgen, au centre de Copenhague, se trouve une vieille bâtisse en brique dont l'architecture est pleine de contradictions. D'un côté, elle est si banale qu'on la voit à peine. Pourtant, bien qu'elle ne soit pas très grande, c'est une maison tout à fait remarquable.

D'abord en raison de son pignon noir, orienté sud et ornementé d'un relief blanc en forme de pion d'échecs. Sa toiture en zinc est elle aussi ornée d'un pion noir de chaque côté. Leur signification ? Personne ne le sait. La bâtisse n'a jamais abrité de club d'échecs, et il n'y a jamais eu de passionné de ce jeu parmi ses propriétaires successifs. Peut-être ont-ils simplement été posés là pour rappeler aux passants que même le pion le plus faible peut parfois battre la reine et créer la surprise.

L'intérieur de la maison est tout aussi extraordinaire. Mis à part quelques débarras, une salle de bains et une cuisine, la maison n'est constituée que d'une seule et unique pièce qui, avec son plancher peint en blanc, son mobilier clair épuré, son plafond cathédrale et ses grandes baies d'atelier parfaitement conservées semble plus vaste que la construction elle-même.

Cependant, malgré tout cet espace, l'important matériel qui l'encombrait depuis près d'un mois lui conférait une ambiance claustrophobique. On se serait plus cru dans un cockpit d'avion converti en studio de musique électro que dans un atelier d'artiste.

Sous la lucarne de toit, une enfilade de tables encombrées d'ordinateurs, d'écrans, d'une quantité impressionnante de modules à rails DIN avec leurs diodes clignotantes et de circuits imprimés nus reliés à diverses unités par de minces câbles de différentes couleurs, occupait le mur de devant.

Les murs latéraux, eux, étaient entièrement couverts de tableaux blancs. Sur l'un d'entre eux, on pouvait lire : *KIM SLEIZNER* en lettres capitales. En dessous du nom, de nombreuses photographies, toutes prises à distance à l'aide d'un zoom, représentaient un homme entrant ou sortant de l'hôtel de police de Copenhague, parlant au téléphone ou assis au volant de sa voiture arrêtée au feu rouge.

Sur un autre tableau, on pouvait voir divers diagrammes, en bâtons et en courbes, et un nombre important de numéros de téléphone, précédés d'une lettre et suivis d'une indication horaire. À côté s'affichait un immense plan de Copenhague constellé de drapeaux, chacun marqué d'une lettre de l'alphabet.

Le profane n'y aurait vu qu'un vaste chaos. En réalité, tout cela suivait un système, une règle indiquant comment chaque note avec ses flèches, ses abréviations et ses symboles devait être placée et reliée à une autre afin de donner une vue d'ensemble et une parfaite maîtrise de la situation.

Comme toujours en début de journée, il régnait un calme maîtrisé. On aurait dit que les éléments présents dans la pièce constituaient un grand corps endormi, avec un pouls si lent qu'il était à peine perceptible. Certes, parmi les centaines de diodes, plusieurs clignotaient déjà, mais sans excitation. Elles semblaient au contraire prendre leur temps pour augmenter progressivement en puissance lumineuse, dans un état de méditation électronique, en phase avec les rêves extraordinaires qui animaient les différents écrans de veille.

Tout était en suspens, en attente d'événements qui pouvaient survenir à chaque instant.

N'importe quel événement et à n'importe quel moment.

Dans la même pièce, suspendue à une barre de fer accrochée aux solives, quelques mètres au-dessus d'un empilement de chaises, Dunja Hougaard exécutait de lentes tractions à un seul bras. Se dépêcher pour en finir plus vite aurait été contreproductif. Ce qui comptait, c'était la volonté. Sans cela, elle ne serait plus là, ou elle aurait renoncé à sa mission depuis des mois. Elle se serait résignée à l'idée que rien ne ferait tomber Kim Sleizner, le chef de la police de Copenhague, et que quoi qu'elle fasse, il ferait toujours en sorte qu'il n'y ait rien contre lui.

Mais il n'était pas question qu'elle abandonne. Pas seulement parce que cet homme était aux antipodes de ce qu'aurait dû être un haut fonctionnaire de police. Ni parce qu'il avait tout fait pour lui mettre des bâtons dans les roues, jusqu'à lui faire perdre son travail d'inspectrice de police criminelle. Ni pour venger les victimes innocentes qui l'avaient payé de leur vie. Ni même parce qu'il avait enfoncé ses doigts visqueux et répugnants dans son vagin et avait tenté de la violer avant de la jeter dehors, dans ce froid qui aujourd'hui animait son feu intérieur. Non, ce qui la poussait à continuer avec tant d'acharnement, c'était tout ce qu'ils avaient encore à découvrir. Tout ce qui se trouvait forcément là, quelque part, en attendant qu'ils l'exposent en pleine lumière.

Le menton bien au-dessus de la barre en fer, elle se laissa redescendre, aussi lentement que l'y autorisait l'acide lactique qui inondait ses muscles. Elle avait mal, mais c'était le but recherché. Elle avait besoin d'atteindre ce stade de la douleur où quatre-vingt-dix-huit pour cent de son être voulaient lâcher prise et où les deux derniers pour cent s'obstinaient, uniquement parce qu'une chute de trois mètres de haut sur un tas de chaises empilées les pieds vers le haut lui ferait plus mal encore.

Elle attrapa la barre de l'autre main et se hissa à nouveau aussi lentement qu'il était humainement possible. Elle devait encore réaliser quatre tractions lentes avant d'arriver au bout de ses trois heures d'entraînement quotidien.

Elle n'avait jamais été aussi forte. Depuis le printemps, elle s'astreignait à deux heures de musculation et à une heure de yoga par jour. En quelques mois, elle s'était transformée plus qu'elle ne l'aurait cru possible. Elle avait pris du poids, tout en s'affinant. Elle était devenue plus endurante. Elle connaissait précisément les limites de son corps et, chaque jour, elle lui en demandait un peu plus.

Au départ, l'entraînement avait été un mal nécessaire. Si elle voulait avoir la moindre chance de gagner cette guerre que lui avait déclarée Sleizner, elle devrait être plus résistante et plus agile que lui. C'était certainement le cas aujourd'hui, à en croire les photos qu'ils avaient prises de son adversaire. Obsédé par l'idée de la retrouver, il avait manifestement négligé sa santé, même s'ils avaient observé qu'il avait récemment repris son yoga matinal. Quoi qu'il en soit, Sleizner était un homme qu'il ne fallait en aucun cas sous-estimer. Ne serait-ce que pour cette raison, elle ne regrettait pas d'être devenue accro à ces séances d'entraînement. Si elle y renonçait, le syndrome de manque la ferait grimper aux murs.

Pour l'instant, leur mission d'espionnage laissait à désirer. On pouvait même dire que les résultats étaient inexistants. Ils n'avaient rien découvert d'assez significatif pour le couler une bonne fois pour toutes.

Ils le maintenaient pourtant sous une surveillance quasiment permanente depuis plusieurs semaines. Ils avaient écouté la moindre de ses conversations téléphoniques. Ils avaient lu et étudié tous les SMS et courriels qu'il avait envoyés ou reçus. Ils avaient suivi de près ses mouvements bancaires et, grâce à un émetteur GPS installé dans son téléphone, ils avaient traqué tous ses déplacements. Ils savaient dans les moindres détails tout ce qu'il faisait, où et surtout quand. Souvent, ils étaient même en mesure d'anticiper ces trois facteurs.

Bref, le type était entièrement cartographié, et elle avait été surprise de voir à quel point sa vie était rangée et insipide. L'élément le plus excitant de son existence semblait être les visites régulières qu'il rendait à une certaine Jenny Nielsen, mieux connue sous le nom évocateur de Jenny Chatte-Humide Nielsen, à Nøjsomhedsvej, au n° 4.

Jenny Nielsen était la prostituée à qui il avait déjà donné rendez-vous sur la banquette arrière de sa voiture, à Lille Istedgade, trois ans auparavant. À l'époque, l'épisode avait fait couler beaucoup d'encre quand la presse avait eu vent de l'affaire. Surtout lorsqu'on avait découvert que la rencontre avait eu lieu pendant ses heures de travail et lui avait fait rater un appel d'une importance vitale émanant de son homologue suédois à Helsingborg.

C'était Fareed Cherukuri qui avait, de sa propre initiative et à l'insu de Dunja, fait fuiter l'info au quotidien *Ekstra Bladet*. Celle-ci s'était propagée comme une traînée de poudre. Sleizner avait été fustigé publiquement aux heures de grande écoute durant des semaines et il avait fait la une de toute la presse à scandale du royaume. Au point que sa femme avait demandé le divorce et qu'Henrik Hammersten, le directeur général de la police, l'avait mis à pied.

Pour un type aussi soucieux de son image que Kim Sleizner, le coup avait été dévastateur, et il avait décrété que Dunja était responsable de sa disgrâce. Depuis ce jour, il faisait tout ce qui était en son pouvoir pour la détruire.

Un pouvoir qui n'avait d'ailleurs cessé de grandir. En quelques années à peine, Sleizner s'était refait une place au soleil et semblait s'être fait des amis loyaux au sein de l'élite danoise. Ce retour fulgurant avait quelque chose de littéralement incroyable ; pour Dunja, cela restait un mystère.

Le fait qu'il continue à voir régulièrement, en dehors de ses heures de travail, une prostituée sur le retour pouvait surprendre, mais ce n'était ni scandaleux ni interdit. Cela pouvait tout au plus paraître pathétique ou lamentable. C'était loin d'être suffisant pour le faire tomber. Aux yeux de beaucoup, cela le ferait même paraître plus humain.

De sa part, elle se serait attendue à quelque chose de plus sulfureux et décadent. Une double vie, avec un pied dans le maintien de l'ordre et l'autre dans… Elle ignorait quoi au juste, et c'était bien le problème. Le temps et l'énergie qu'ils avaient déployés à l'observer n'avaient rien donné. Pas plus que la technologie dans laquelle ils avaient investi pour le surveiller.

Ce dont elle était sûre, en revanche, c'était que Kim Sleizner était pourri jusqu'à la moelle. Il aurait beau jouer les policiers irréprochables, rien ne changerait son opinion sur ce point. Elle n'était pas dupe de sa façade bien polie et savait pertinemment que c'était de la comédie.

Pour cette raison, ils devaient poursuivre leurs efforts, écouter ses conversations, suivre et analyser chacun de ses mouvements, parce que, quelque part, il y avait un placard rempli de secrets qui ne souffriraient pas une seconde d'être dévoilés au grand jour. Mais ils devaient faire vite, car Sleizner n'était pas un adversaire facile. Il passait toutes ses heures de veille à préparer sa défense et à construire autour de lui une forteresse pour se protéger du moindre scandale, et d'après ce qu'elle pouvait voir, il n'était pas loin d'y parvenir.

Elle se hissa encore une fois, bravant la douleur qui torturait ses muscles, ignorant ce qui était en train de se passer quelques mètres en dessous d'elle.

Cela avait commencé quelques minutes plus tôt. Une diode électroluminescente s'était allumée sur l'un des innombrables modules patch. Pas beaucoup, mais assez pour se différencier des autres. Un clignotement fébrile et irrégulier, comme le cœur de quelqu'un qui, au sortir d'un sommeil paisible, s'aperçoit qu'il est en retard.

Tel un virus ultra-contagieux, il se transmit à une cinquantaine d'autres diodes. Plusieurs ordinateurs s'animèrent en même temps, les écrans de veille furent soudain remplacés par des programmes montrant des courbes sonores, des curseurs et des chronologies graphiques qui défilaient et s'enregistraient en même temps.

Un gigantesque lustre suspendu au-dessus d'un lit double avec des draps en désordre apparut sur l'un des moniteurs. Assis au bord du lit, Kim Sleizner, nu, bâillait en grattant sa calvitie naissante.

Dans le haut-parleur posé à côté de l'écran, on l'entendit soupirer, faire craquer sa nuque et ses vertèbres, puis il se leva et sortit du champ.

Dunja finit par réagir et se laissa tomber par terre avec un coup de reins qui la fit atterrir à côté du monceau de chaises. Elle jeta un coup d'œil à sa montre tout en s'approchant des écrans. Il n'était que cinq heures dix du matin.

Depuis qu'ils avaient commencé à le surveiller, Sleizner ne s'était jamais levé à une heure aussi matinale, ce qui signifiait qu'il se passait quelque chose d'inhabituel.

2

Suspendue entre ciel et terre, tandis que la grue la faisait lentement descendre vers le quai en béton, la Mercedes blanche semblait presque neuve. On aurait dit qu'elle sortait tout juste de l'usine, prête à partir sur les routes. Mais l'eau qui s'écoulait par les vitres ouvertes, les algues accrochées au capot et les deux silhouettes inertes dans l'habitacle racontaient une autre histoire.

Jan Hesk, qui venait d'arriver, contemplait le spectacle avec un plaisir coupable, garé à quelque distance de la grue.

Il était horriblement tôt, et il avait été contraint d'interrompre ses vacances tandis qu'il chargeait la voiture pour se rendre dans le Jutland et, à la grande joie des enfants, au parc Legoland. C'était une première pour eux, et le grand jour était arrivé. Bien sûr, il comprenait leur déception. Mais le pire avait quand même été la réaction de Lone, qui avait littéralement pété les plombs et lui avait fait une terrible scène.

Il était malgré tout parvenu à garder son calme et à feindre la contrariété. Vraiment, ce n'était pas de chance, mais le boulot, c'était le boulot… À aucun moment il n'avait tombé le masque, alors qu'au fond de lui, il n'avait qu'une hâte : que ces vacances se terminent.

Lone devant réaliser l'inventaire de son site de vente d'articles de puériculture sans plastique, pendant la première semaine de ses congés, il s'était retrouvé en première ligne à la maison.

Déjà à ce moment-là, il n'aspirait qu'à une chose : retourner à l'hôtel de police et se remettre au boulot. Mais il s'était tu et avait construit une cabane dans les arbres, fait des crêpes et des allers-retours à vélo jusqu'à Amager Strandpark chaque fois que Benjamin avait besoin de prendre l'air.

Mais, à présent, il avait repris le travail, à un tout nouveau poste, de surcroît. Un poste dont il rêvait depuis le jour où il était entré à la brigade criminelle. Il devait cette promotion à l'attentat terroriste qui avait eu lieu au parc d'attractions de Tivoli, un mois auparavant. Depuis, sa vie avait changé. Vu de l'extérieur, c'était une terrible tragédie, bien sûr, et les familles des victimes vivaient pour des raisons évidentes un drame personnel qui allait au-delà de tout ce qu'on pouvait imaginer.

Mais en ce qui le concernait personnellement, l'épisode avait marqué un virage radical dans son existence. Jamais il n'avait vécu un avant et un après aussi flagrant. Avant, Kim Sleizner, son supérieur hiérarchique, le traitait comme un chien, corvéable à merci. Après, il avait eu le sentiment d'avoir gagné son respect.

Sleizner avait été tellement impressionné par la façon dont il avait géré la situation qu'il avait augmenté son salaire, l'avait gratifié d'un nouveau bureau et, surtout, lui avait confié de nouvelles responsabilités. Enfin, il allait pouvoir former et diriger sa propre équipe.

Il vit Torben Hemmer, technicien de la police scientifique, sortir son matériel du fourgon alors que le conducteur de la grue n'avait même pas encore détaché les sangles autour du véhicule dégoulinant.

Hemmer et lui ne s'étaient parlé qu'au téléphone, mais il était d'ores et déjà convaincu que le nouveau technicien allait être un atout. La concentration et la détermination qu'il dégageait en préparant ses instruments avant l'expertise auguraient de l'excellent travail qu'ils allaient pouvoir accomplir ensemble. Cet homme était là pour bosser. Pas pour boire un café et amuser la galerie.

Il était un peu moins convaincu par cette Julie Bernstorff. Sans trop savoir pourquoi. Peut-être la trouvait-il simplement trop jolie tandis qu'elle s'avançait vers lui, avec ses traits exagérément purs, ses cheveux bruns bouclés et ses jambes de mannequin.

Elle aurait été plus à sa place dans la mode ou dans quelque autre domaine branché. Ici, le moindre faux pas sur ses talons aiguilles risquait de la faire tomber et de lui briser les chevilles. Mais peut-être se méfiait-il simplement d'elle parce qu'elle avait été embauchée par Sleizner et que c'était lui qui avait suggéré qu'elle fasse partie de son équipe.

« Bonjour, je suis Julie Bernstorff, se présenta-t-elle en coinçant une mèche derrière son oreille gauche et en lui tendant sa main droite. C'est moi qui...

– Je sais. Nous nous sommes déjà rencontrés.

– Absolument, je me souviens, répondit-elle avec un regard qui indiquait le contraire.

– Au printemps, lors de ton entretien d'embauche avec Kim Sleizner, l'aida-t-il. Nous nous sommes croisés dans le couloir, mais à ce moment-là, tu avais sans doute d'autres choses en tête. » Il allait quand même lui donner une chance de faire ses preuves avant de frapper du poing sur la table et de la faire remplacer.

« C'est vrai ! rétorqua-t-elle en souriant.

– En tout cas, bienvenue parmi nous. » Il lui serra la main rapidement et poursuivit son chemin en direction de la Mercedes. Être jolie ne lui vaudrait aucun privilège dans son équipe, si c'était ce qu'elle espérait.

« Excuse-moi, il y a une chose que j'aimerais...

– Ça peut peut-être attendre que nous ayons paré au plus pressé ?

– C'est-à-dire que… »

Il s'arrêta et se retourna vers elle. « Écoute, Julie. Je ne suis pas quelqu'un de très compliqué. La seule chose que je demande, c'est que chacun fasse ce qu'il a à faire. En ce qui te concerne, puisque tu débutes, j'attends de toi que tu restes en retrait, que tu écoutes et que tu apprennes sans te faire remarquer, dans un premier temps. » Il ponctua sa phrase d'un mince sourire et repartit.

Il ne voulait en aucun cas devenir comme Sleizner, l'horrible patron à qui chacun souriait et léchait les bottes, mais qu'au fond, tout le monde haïssait cordialement. Toutefois, pour l'heure, il avait une enquête à mener et deux cadavres repêchés dans le port. Les bavardages entre collègues, demandes de congés et toute autre obligation qui entraient dans ses nouvelles fonctions pouvaient attendre.

Du peu qu'il en savait pour l'instant, cela ne semblait pas être une affaire très complexe. Ce qui lui convenait très bien. Il avait tout à gagner à la résoudre aussi vite et efficacement que possible pour se prouver à lui-même, et surtout à Sleizner, que lui et son équipe étaient à la hauteur de la tâche. Un prérequis pour se voir confier par la suite des enquêtes plus sensibles.

« Salut, Torben. » Il tendit la main à Hemmer qui remontait la fermeture Éclair de sa combinaison de protection. « Je vois que tu as déjà commencé. Je voulais juste te saluer et te souhaiter la bienvenue dans l'équipe.

– Merci, et non merci, répondit Hemmer en regardant sa main tendue. Je ne sais pas où cette main a traîné et je ne voudrais pas risquer de contaminer une scène de crime.

– Bien sûr. » Hesk hocha la tête et leva les bras en l'air. « Mais sois tranquille, j'ai les mains tellement alcoolisées qu'elles feraient virer l'éthylotest au rouge, se défendit-il en riant de sa propre plaisanterie.

– Je n'en doute pas, mais si cela ne t'ennuie pas, on fera connaissance plus tard, quand on n'aura pas deux corps en train de pourrir et du monde qui attend pour les embarquer, répliqua Hemmer avec un signe de tête vers l'ambulance qui arrivait.

– Oui, évidemment ! » Hesk recula, sentant une vague de honte l'envahir. « Fais ce que tu as à faire. Je vais interroger les témoins pendant ce temps. » Il regarda autour de lui. « Ils sont où, au fait ? demanda-t-il à Bernstorff. Il n'y en avait pas deux ? Un homme et une femme ?

– Exact, répondit Bernstorff en hochant la tête. C'est justement ce que je voulais te dire : j'ai déjà parlé avec eux.

– Si je comprends bien, tu as mené un interrogatoire, de ta propre initiative, sans me consulter ni m'informer au préalable ? »

Bernstorff acquiesça. « J'étais la première sur les lieux, et ils étaient en état de choc et d'hypothermie. Surtout la femme, qui était au bord de la crise de nerfs. J'ai jugé qu'elle avait besoin d'une prise en charge médicale.

– Tu as eu raison. » Il hocha la tête et sentit qu'il commençait à reprendre le contrôle de lui-même, après son premier contact désastreux avec Hemmer. « Mais la prochaine fois, je veux bien que tu m'en touches un mot avant.

– C'est ce que j'ai voulu faire. J'ai essayé de t'appeler.

– Et ?

– Et tu n'as pas répondu. »

Elle avait dû tenter de le joindre pendant qu'il se disputait avec Lone dans l'allée de leur maison. *Merde.* « Bon, n'en parlons plus. Tu as pu apprendre quelque chose ?

– Seulement que le gars avait emmené sa copine faire un tour de kayak aux aurores et que son bateau s'était retourné à cause des vagues provoquées par un navire de croisière, pile à l'endroit où se trouvait la voiture. »

Hesk hocha la tête. « En effet, ce n'est pas grand-chose. J'espère que tu as pensé à prendre leurs coordonnées.

– Bien sûr. Je te les ai envoyées par mail avec un résumé de l'interrogatoire. »

Elle avait déjà eu le temps de faire tout ça ! Impressionnant, quand même. « Formidable », la félicita-t-il, pour tenter de repartir du bon pied avec elle. Une portière claqua derrière eux. Il se tourna et vit arriver Morten Heinesen de sa démarche caractéristique, un peu raide et prudente.

De tous ses collègues, Heinesen était incontestablement celui avec lequel il avait le plus travaillé depuis qu'il était entré dans la police. Il était aussi l'un des rares à qui il était sûr de pouvoir faire confiance. Il n'était pas du genre à casser du sucre sur le dos de ses collaborateurs ni à élaborer des plans pour gravir les échelons de la hiérarchie. Tout ce qu'il voulait, c'était respecter le règlement à la lettre et faire son boulot le mieux possible.

Mais c'était aussi un homme qui dégageait une sorte de nervosité. Comme si toute sa vie il avait été victime de harcèlement et qu'il s'attendait constamment à ce qu'on le frappe. Cette caractéristique lui avait donné, à tort, la réputation de ne pas être très futé, alors qu'il avait simplement horreur du conflit et préférait garder son avis pour lui plutôt que de se trouver en désaccord avec quiconque.

« Bonjour, Morten, l'accueillit-il avec un grand sourire, soulagé que quelqu'un soit arrivé après lui. Tu as bien dormi ?

– En fait, il est arrivé juste après moi, précisa Bernstorff.

– Ah bon ? Mais alors pourquoi…

– J'ai conduit les témoins à l'hôpital, expliqua Heinesen.

– Ah, très bien. » Hesk aurait voulu disparaître dans un trou. La matinée n'aurait pas pu commencer plus mal. Lui qui n'avait jamais été capable de faire rire qui que ce soit, il avait essayé d'être drôle à deux reprises et avait échoué lamentablement. Qu'est-ce qu'il foutait, bon Dieu ! « Désolé, je croyais que tu étais à la bourre, comme moi.

– Tu sais bien que ce n’est pas mon genre, dit Heinesen en souriant. Alors, comment ça se passe ici ? Vous avez trouvé quelque chose d’intéressant ?

– Je ne sais pas encore, répondit-il en enfilant une paire de gants. Je voulais laisser Torben commencer sans être dans ses pattes. Mais allons jeter un coup d’œil. »

Heinesen acquiesça et, Bernstorff sur leurs talons, ils s’approchèrent de la voiture où Hemmer prenait des photos, penché au-dessus du coffre ouvert.

Hesk contourna le véhicule, ouvrit la porte arrière droite et observa la femme, allongée nue sur la banquette. Il commençait à se détendre. C’était tout ce qu’on attendait de lui, après tout : qu’il enquête. C’était ce qu’il aimait et ce qu’il faisait le mieux. La capacité à diriger viendrait avec le temps.

La femme était plus jeune qu’il ne l’avait cru de prime abord. Il n’était pas facile de lui donner un âge. Elle ne semblait pas danoise, et sa peau lisse et dorée pouvait être celle d’une fille de quinze ans comme celle d’une femme de vingt-cinq, voire trente. Une chose était certaine : elle avait été étranglée. Les traces bleues autour de son cou ne laissaient pas de place au doute.

Il était dans le métier depuis assez longtemps pour savoir que le travail d’enquête consistait en priorité à cueillir le fruit le plus accessible. Que dans quatre-vingt-dix-neuf pour cent des cas, il ne servait à rien de compliquer les choses et de chercher midi à quatorze heures. La réalité n’avait en général rien à voir avec la fiction, où les scénaristes se faisaient des nœuds au cerveau pour inventer toutes sortes de rebondissements dans le seul but de distraire. Bien sûr, il y avait des exceptions qui confirmaient la règle. Comme cette enquête compliquée sur laquelle son homologue suédois Fabian Risk et ses collègues avaient travaillé récemment de l’autre côté du Sund. Mais, prise dans une plus vaste perspective, cette affaire-là faisait partie des exceptions.

La plupart du temps, une scène de crime était le reflet exact de ce qu'il s'y était passé. Il était rare qu'un meurtre soit exécuté selon un plan compliqué prémédité et encore plus rare que le meurtrier prenne la peine d'effacer ses traces. Quand il essayait de le faire, le plus souvent, c'était pour en laisser d'autres, encore plus faciles à relever.

Hesk leva les yeux vers Hemmer qui était en train d'écarter les jambes de la femme d'une main et de prendre une nouvelle série de clichés de l'autre. Il s'était toujours senti mal à l'aise devant un cadavre féminin dont le sexe était exposé aux regards. Hemmer, lui, ne semblait éprouver aucune gêne. Au contraire, il s'approcha davantage et mitrailla l'entrejambe de la morte jusqu'à remplir la carte mémoire de son appareil.

« Bonjour ! Bonjour ! Alors, où en sommes-nous ? »

Par-dessus le toit de la voiture, Hesk vit une femme rousse aux cheveux coupés court, vêtue d'une blouse blanche qui marchait vers eux, flanquée de deux ambulanciers.

« Je m'appelle Trin Bladh, je viens de l'institut médicolégal, enchaîna-t-elle en levant la main pour les saluer.

– Tu remplaces Oscar Pedersen ? lui demanda Heinesen.

– Non, je suis sa nouvelle collègue. Je ne vous salue pas de sa part, étant donné qu'il ne sait pas que nous sommes ici. Bon, à part ça, vous en êtes où ? On peut les embarquer ?

– Pas encore, répondit Hesk. Vous nous laissez quelques minutes ?

– Quelques minutes, OK. Mais pas plus. Je ne vais pas vous apprendre que lorsqu'ils ont séjourné dans l'eau, mieux vaut ne pas traîner. »

Hesk faillit faire une remarque et lui rappeler que c'était lui qui dirigeait cette enquête, mais préféra s'abstenir. Il s'estimait au-dessus de ce genre de petites parties de bras de fer. Il laissa la remarque de la légiste se dissoudre dans la brise du matin et alla ouvrir la porte avant de la voiture, côté passager, pour regarder l'homme en smoking, chemise blanche et nœud papillon, penché en avant, le front posé sur le volant où l'airbag pendait comme un ballon de baudruche dégonflé.

Le cratère sanglant derrière le crâne de la victime était si énorme que sa tête n'avait plus forme humaine. Et pourtant, c'était bien un homme qui se trouvait là, et il y avait fort à parier que les taches sombres autour du cou de la femme venaient des mains de cet homme. Hesk se dit qu'il en avait assez vu pour se faire une idée de ce qui s'était passé.

« Bon, tout cela ne me paraît pas très compliqué, qu'est-ce que tu en penses ? demanda-t-il à Heinesen, qui acquiesça avec un haussement d'épaules.

– À première vue, on dirait que le type y est allé un peu fort et qu'il l'a étranglée accidentellement avant de se donner la mort, terrifié par son acte.

– C'est aussi comme ça que je vois les choses.

– La question est de savoir si ça s'est passé dans la voiture ou ailleurs. »

Hesk réfléchit tout haut. « Ses vêtements ne sont pas là, alors je dirais qu'ils sont allés soit chez lui, soit chez elle, soit dans un hôtel de passe.

– Ça a donc pu se passer n'importe où », fit remarquer Bernstorff.

Hesk se tourna vers elle avec l'intention de lui demander de garder ses réflexions pour elle et de ne parler que si on lui posait une question, mais il se tut et lui sourit. « Pas tout à fait, quand même. Ils étaient à un endroit où il a pu sortir le corps sans se faire voir avant de le charger dans sa voiture, puisqu'il ne l'a ni fourrée dans un sac-poubelle, ni enroulée dans un tapis. À ce propos, on a retrouvé l'arme ? demanda-t-il, s'adressant à Hemmer qui était maintenant en train de prélever des échantillons de cheveux, de sang et de cervelle sur les garnitures intérieures de la Mercedes.

– Oui, à côté des pédales.
– Et maintenant, elle se trouve où ?
– Sur la table derrière toi. »

Hesk se retourna vers la table de camping sur laquelle étaient étalées diverses pochettes d'indices, dont l'une contenait en effet un pistolet. Il souleva la pochette et vit qu'il s'agissait d'un CZ 75 semi-automatique. Un modèle très courant, fabriqué en Tchéquie et commercialisé dans le monde entier. « Julie, tu veux bien vérifier l'immatriculation, s'il te plaît ? DK556919B. »

Bernstorff hocha la tête et s'éloigna de quelques pas avec son téléphone.

À part ses quelques maladresses au départ, tout se passait pour le mieux. S'ils continuaient à ce rythme, l'enquête serait bouclée dans quelques jours, et il pourrait faire plaisir à sa famille en l'emmenant à Legoland.

Une seule chose le gênait, c'était ce pêcheur amateur qui envoyait sa ligne de loin en loin, à une trentaine de mètres du ruban de sécurité. Sur une impulsion, il demanda à Hemmer de lui prêter son appareil et zooma sur l'homme musclé, avec son gilet de pêche plein de poches et son chapeau à oreilles. Il prit une dizaine de photos.

« Tu as une idée de combien de temps cette voiture a pu passer sous l'eau ? entendit-il Heinesen demander à Torben, derrière lui.

– Pas plus de deux jours, dit Hemmer. Je te répondrai plus précisément quand j'aurai fait le diagnostic électronique. »

La présence d'un pêcheur sur ce quai n'avait rien d'exceptionnel en soi. Surtout à cette heure matinale. Mais à travers l'objectif, Hesk se rendit parfaitement compte que l'homme en question n'avait aucune idée de la manière de tenir une canne à pêche et encore moins de comment lancer une ligne. Cela ne voulait rien dire, bien sûr. Dans tous les domaines, il faut bien commencer un jour.

Il rendit l'appareil photo à Hemmer et se tourna vers Trin Bladh : « Les cadavres sont à toi. Fais ce que tu as à faire. » Si tout allait bien, elle leur apporterait des preuves de ce qu'ils savaient déjà. Il ne leur resterait plus que l'identification, ce qui ne devrait pas être un gros problème.

« Excuse-moi, Jan, mais j'ai quand même une petite remarque, dit Heinesen avec son habituel index levé. Ce n'est probablement pas important, c'est juste pour être...

– Je t'en prie, dit Hesk. Mais fais vite pour que nos amis de la scientifique puissent poursuivre leur boulot.

– Comme je le disais, ce n'est sans doute pas important. Mais je pensais à ce scénario que nous avons évoqué.

– Oui ? »

Heinesen déglutit avant de poursuivre. « Je ne suis pas sûr qu'il tienne la route. Surtout en ce qui concerne le suicide du conducteur. Ou plus exactement la manière dont il l'aurait fait.

– Il a mis le canon dans sa bouche et il a tiré, déclara Hesk en haussant les épaules. Qu'est-ce qu'il y a de mystérieux là-dedans ?

– Rien. Mais ce qui est étrange, c'est qu'il doit avoir pressé la détente tout en accélérant pour que la voiture quitte le quai, ce qui me semble être une manœuvre un peu compliquée. Sans compter que cela paraît légèrement redondant. »

Hesk allait riposter, mais en y réfléchissant, ce qu'avait dit Heinesen était assez juste. Tout cela était un peu étrange. « Est-ce qu'on ne pourrait pas imaginer que ce soit la combinaison de deux facteurs ? suggéra-t-il finalement. Le premier étant qu'il voulait mourir vite et le moins douloureusement possible, et le second, qu'il souhaitait disparaître et, dans le meilleur des cas, qu'on ne le retrouve jamais ?

– Oui, tu as raison, c'est sûrement ça », acquiesça Heinesen.

C'était juste une théorie qu'il avait lancée comme ça, en passant. Ce qui ne voulait pas dire qu'elle était fausse. Mais voilà que Heinesen était là, en train de hocher la tête, alors que manifestement, il ne partageait pas son avis. Comme ils le faisaient tous quand Sleizner dirigeait une enquête.

« Ce n'est pas vraiment ce que tu penses, n'est-ce pas ? l'interrogea-t-il.

– Si, si. Ça peut très bien s'être déroulé comme tu le suggères. Absolument.

– Pas à moi, Morten. » Hesk fit le tour de la voiture et le rejoignit. « Ce qui m'intéresse, c'est de savoir ce que tu penses réellement.

– Il y a un truc qui me chiffonne. »

C'était la dernière chose qu'il avait envie d'entendre. Ça ne se passait pas du tout comme il l'avait espéré. Alors que son enquête avait bien démarré, tout à coup, la mécanique s'enrayait. Il aurait tellement voulu boucler cette affaire plus vite que ce à quoi Sleizner s'attendait. Montrer à tous que l'unique problème concernant sa récente promotion était qu'elle avait trop tardé.

Mais Heinesen avait raison. Son hypothèse ne tenait pas complètement la route. Et s'il y avait une chose qu'il voulait éviter à tout prix, c'était de prendre le risque de se tromper. De louper le minuscule détail qui se révélerait être la clé de l'énigme.

Il se tourna vers Hemmer. « Et toi, Torben, qu'est-ce que tu en penses ? Dans le spectre des possibilités. Est-il envisageable qu'il ait plongé dans le port tout en se tirant une balle dans la tête ?

– Pourquoi pas. Il faut quand même un certain temps à une voiture pour se remplir d'eau et couler.

– Pas si, comme dans le cas présent, toutes les fenêtres sont ouvertes, fit remarquer Heinesen.

– C'est vrai, mais alors cela a pu prendre une vingtaine de secondes. Or, il ne lui en fallait qu'une seule pour tirer.

– Et ? » dit Hesk en attendant la suite.

Hemmer le regarda un long moment. « Possible ne veut pas nécessairement dire plausible.

– Donc, tu ne crois pas que ça se soit passé comme ça ?

– Ce que je crois n'a pas d'importance. Ce qui compte, c'est ce que je vois. Or, il n'y a pas grand-chose dans cette voiture qui me laisse penser qu'il s'y soit tiré une balle.

– Est-ce que tu vois des preuves du contraire ?

– Oui, plusieurs. La plus évidente étant qu'il n'y a ni balle ni trace de tir dans l'habitacle.

– Encore une fois, les vitres étaient baissées. Est-ce que la balle ne pourrait pas être ressortie et avoir atterri au fond du port ?

– C'est peu probable. Elle aurait éventuellement pu sortir par une vitre arrière. Mais dans ce cas, elle aurait traversé l'appuie-tête, et il n'y a aucune perforation visible.

– Et pourquoi est-ce qu'elle ne serait pas sortie par l'avant ?

– L'angle est trop grand, ça n'aurait pas été pratique. Je veux dire, pourquoi aurait-il tourné la tête à quatre-vingt-dix degrés une seconde avant de presser la détente ?

– Non pas que je pense que tu as tort, dit Heinesen, mais la voiture a certainement été secouée pendant qu'elle se remplissait d'eau.

– Oui. » Hemmer hocha la tête en se pinçant le lobe de l'oreille. « Tu as raison sur ce point.

– Très bien. Nous allons envoyer des plongeurs explorer le fond, dit Hesk.

– Il y a aussi le problème des taches de sang. En dehors de quelques éclaboussures sur les parois, il n'y en a pratiquement aucune. Même pas sur le plafond, ce qui devrait être le cas, à moins qu'il ait été allongé au moment du tir. » Hemmer se pencha à l'intérieur de la voiture et montra le ciel de toit. « Vous voyez, il est tout propre.

– Attendez une seconde. » Hesk commençait à sentir revenir sa migraine, qui l'avait pourtant lâché depuis sa dispute avec Lone ce matin-là. « La voiture était encore récemment pleine d'eau. Il n'y a rien d'anormal à ce que les projections de cervelle, ou toute autre matière corporelle, aient été partiellement, voire totalement rincées et qu'il n'en reste plus rien.

– Sur le principe, je pourrais te donner raison. Mais pas en ce qui concerne le ciel de toit. Parce que justement à cet endroit, il s'est formé une grosse bulle d'air qui a chassé l'eau. Regarde. » Hemmer pointa du doigt une trace incurvée dessinant un grand cercle sur le revêtement souple et doux, indiquant la limite de la zone humide.

Hesk hocha la tête et ne put s'empêcher de pousser un soupir. « Bon, d'accord, mais il y a quand même des traces de sang dans cet habitacle, on ne peut pas le nier et, à mes yeux, ce sang constitue une preuve tangible que c'est là qu'il s'est donné la mort. La seconde option étant qu'il soit mort ailleurs et qu'une tierce personne l'ait déplacé et installé au volant de la Mercedes. L'individu en question aurait ensuite récupéré du sang et de la matière cérébrale sur place, ne me demandez pas comment, et les aurait répandus dans la voiture. Pour finir, il aurait fait en sorte que la voiture tombe dans l'eau sans se trouver lui-même dans l'habitacle. » Il posa les mains sur le sommet de son crâne. « Franchement, ce n'est pas un peu tiré par les cheveux ?

– L'histoire de la voiture qui tombe à l'eau toute seule n'est pas très compliquée, en fait, répondit Heinesen. Il suffit à quelqu'un de se mettre à côté de la portière côté conducteur et d'appuyer sur la pédale d'accélérateur au moyen d'un manche à balai ou d'un parapluie, par exemple.

– Je visualise la scène, mais si tu veux mon avis, elle ne serait pas crédible même dans un mauvais épisode de l'inspecteur Barnaby.

– Là, je suis plutôt d'accord, dit Hemmer en riant. Si vous permettez, je vais me remettre au travail parce que je suis loin d'avoir terminé. Qui sait, peut-être vais-je découvrir autre chose qui nous mènera dans une tout autre direction. »

Suppositions sans preuves et questions sans réponses. Indices et pistes qui se contredisaient au lieu de faire avancer l'enquête vers un scénario crédible. Si ça continuait ainsi, sa migraine serait bientôt à nouveau d'actualité.

« Oui, je suis encore sur place », dit Bernstorff, qui s'était éloignée pour parler au téléphone et revenait maintenant vers eux.

Hesk se retourna en entendant sa voix et réalisa qu'il l'avait totalement oubliée.

« C'est ça : DK556919B. OK, merci. » Elle raccrocha et les rejoignit. « On a le nom sous lequel l'arme a été enregistrée.

– Super, ça nous donnera au moins un élément concret. On t'écoute. » Avant même qu'elle ait eu le temps de répondre, il vit à son expression que ce n'était pas n'importe quel nom et quand elle annonça : « Mogens Klinge », le peu de confiance qui lui restait fondit comme neige au soleil. « Pas le Mogens Klinge auquel je pense, n'est-ce pas ? tenta-t-il malgré tout tandis que lui et sa migraine avaient déjà compris qu'il n'y avait pas d'erreur sur la personne.

– Je ne sais pas. Combien y a-t-il de Mogens Klinge au Danemark, à ton avis ?

– Vous ne parlez pas sérieusement ?! » Heinesen pointa du doigt le cadavre au volant de la Mercedes. « Ce type est le directeur du renseignement de la police ? »

Bernstorff confirma. « Il possède une licence pour plusieurs armes à feu.

– Ce n'est pas parce que l'arme lui appartient que c'est forcément lui.

– C'est vrai, mais je me suis renseignée sur la voiture : elle est également à son nom.

– Je vois, dit Hesk en hochant la tête pour se donner un peu de temps pour réfléchir. Évidemment, ça place les choses dans une perspective tout à fait différente. Morten, tu peux t'occuper de renforcer le périmètre de sécurité avant que les médias viennent pointer leur nez ici ? » Il s'approcha de la porte du conducteur. « Plus longtemps on parviendra à garder cette affaire sous les radars, mieux ça vaudra. »

Tandis que Heinesen s'éloignait rapidement, il ouvrit la portière pour observer le corps penché en avant, le visage appuyé contre le volant. Pour être entièrement sûrs, ils allaient devoir attendre l'identification de l'institut médicolégal, ce qui prendrait du temps, raison pour laquelle, en attendant, il prit sur lui de repousser le torse du mort en arrière, contre le dossier du siège.

De ce côté-là, il n'y avait pratiquement rien à voir. Le seul détail incongru était sa bouche ouverte et l'expression étonnée de son visage. Comme s'il n'avait aucune idée des dégâts qu'avait causés cette balle à l'arrière de son crâne. En revanche, ça ne faisait aucun doute : il s'agissait bien de Mogens Klinge, l'un des plus haut gradés du service du renseignement de la police danoise.

Hesk se redressa et fit quelques pas pour s'éloigner de la voiture et de ses collègues. Puis il continua à marcher, passa la bande de sécurité et avança jusqu'au bord du quai, où il s'arrêta pour contempler l'eau scintillante dans le soleil et la rive opposée, où les touristes les plus matinaux étaient déjà en train d'admirer la Petite Sirène.

Il se souvint de la première fois où il l'avait vue. De sa déception en découvrant sa petite taille, qui ne correspondait en rien à ce à quoi il s'était attendu. Il était en train de vivre à nouveau la même chose. Ce matin-là, rien ne s'était déroulé comme il l'avait espéré, et bien qu'ils ne sachent presque rien de ce qu'il s'était réellement passé, il était sûr d'une chose : la nouvelle de la mort de cet homme ne tarderait pas à éclater, et le tsunami médiatique à déferler.

3

Assis à l'un des trois postes de travail installés dans la vaste pièce, Fareed Cherukuri entrait des commandes sur un ordinateur. Du temps où il travaillait chez l'opérateur mobile TDC, il combattait l'ennui en contournant les pare-feu afin d'écouter les conversations privées de diverses célébrités.

À quelques mètres de lui, son ami Qiang Who – un autre génie de la programmation, surqualifié pour le poste de conseiller qu'il occupait dans la même entreprise – scrutait l'écran sur lequel apparaissait le lustre en cristal de la chambre de Sleizner.

Tous deux avaient été recrutés par Dunja pour un salaire de misère, mais au moins, ils s'occupaient à des choses plus intéressantes que répondre à des gens qui se plaignaient que leur note de téléphone avait explosé après avoir laissé leurs enfants seuls à l'hôtel avec leur portable pendant leurs vacances à l'étranger.

« Je ne comprends pas, dit Qiang sans quitter l'écran des yeux. À quelle heure s'est-il levé ?

– À cinq heures huit, d'après l'application sommeil de son téléphone. C'est-à-dire, il y a dix-sept minutes. »

Le ruissellement lointain d'une chasse d'eau se fit entendre dans l'un des haut-parleurs.

« Il a peut-être un avion à prendre de bonne heure ou un truc du genre ? suggéra Dunja derrière eux pendant que Qiang bougeait le curseur pour repasser la séquence.

– Pas d'après son agenda. » Fareed fit défiler les menus sur l'écran qui ressemblait au bureau d'un téléphone portable et afficha la liste des heures de réveil. « Le réveil n'a pas d'autre programmation que ce six heures trente quotidien.

– Pas de SMS ? demanda Qiang en bâillant et en s'étirant. Ou quelqu'un qui aurait essayé de le joindre ?

– Son appareil est sur silencieux et, avant de se lever, il dormait d'un sommeil profond. Mais voyons quand même. » Fareed ouvrit la messagerie de Sleizner. « Non, rien là non plus. »

Sur l'écran de Qiang, on voyait à présent Kim Sleizner en train de dormir sur le dos, les yeux clos et la bouche ouverte, dans des draps en désordre.

« On dirait qu'il a eu une nuit agitée, fit remarquer Qiang.

– Ça fait un moment qu'il dort mal, répondit Dunja tandis qu'à l'écran, Sleizner se réveillait en sursaut et regardait quelques secondes autour de lui, comme s'il ne comprenait pas où il était. Mais ça a peut-être été pire cette nuit. Peut-être que les remords sont en train de le rattraper.

– Tu le crois capable d'avoir des remords ?

– Et pourquoi pas ? Même un éléphant méchant a parfois...

– S'il te plaît, le coupa Fareed. Il est trop tôt pour tes paraboles d'éléphant.

– Il est toujours trop tôt pour ses paraboles d'éléphant.

– Vous voulez que je vous dise, moi, pourquoi il est trop tôt ? rétorqua Qiang, vexé. Hein, vous voulez que je vous le dise ?

– Non, merci, ça va aller, répondit Fareed.

– Essaie plutôt de savoir ce qui s'est passé. » Dunja fit un signe de tête vers l'écran où Sleizner roulait sur le côté et sortait du champ.

Qiang secoua la tête. « C'est à se demander s'il n'a pas compris que nous avons hacké son portable. Il a vraiment l'air de se moquer de nous. »

Dunja mit un doigt sur ses lèvres et augmenta le volume de l'un des haut-parleurs. Au bout d'un long silence, ils entendirent Sleizner soupirer et jurer : « *Merde, merde, merde...* »

« Ce n'est pas le discours de quelqu'un qui se moque, dit-elle en se tournant vers Fareed. Tu en dis quoi, toi ?

– J'en dis que je suis d'accord. Rien de ce qui se passe en ce moment ne lui ressemble. »

Sleizner revint dans l'image, s'assit au bord de son lit, s'étira et fit craquer ses vertèbres, puis se releva et ressortit de l'écran.

« Est-ce que tu peux revenir en temps réel, Qiang, s'il te plaît ? » demanda Dunja. Qiang cliqua sur une liste déroulante.

L'image avec le lustre en cristal se reflétant dans le miroir au plafond ne changea pas, mais dans le haut-parleur, on entendit Sleizner qui revenait dans la chambre.

« Et maintenant, sois un bon garçon et attrape ton téléphone », dit Qiang. Mais tout ce qu'ils virent, ce fut une ombre qui passa à côté du lit et ressortit de l'écran aussi vite qu'elle était entrée.

« C'est bien ce que je disais. Ce salopard est en train de se foutre de nous.

– Je vais lui envoyer un SMS de la TDC l'informant de nouveaux réglages de l'opérateur, dit Fareed, s'y mettant aussitôt.

– Il n'est pas en mode silencieux ? s'enquit Dunja.

– Plus maintenant. » Fareed augmenta au maximum le volume du portable de Sleizner et expédia le message de mise à jour. Le téléphone émit un signal sonore répété évoquant l'alarme d'un détecteur de fumée.

Ils n'eurent pas à attendre longtemps avant que Sleizner revienne à l'image, qu'il ramasse le mobile et que sa figure encore chiffonnée emplisse l'écran en lisant le message. Quand il eut terminé, il reposa le téléphone sur la table de nuit et disparut à nouveau.

Fareed poussa un soupir et se tourna vers Qiang. « Que dirais-tu de tester le panneau de brassage TC5, juste pour nous assurer que ce n'est pas simplement sa séance de yoga matinal qui l'a tiré du lit ?

– Si tu veux, répondit Qiang avec un haussement d'épaules. Tous ceux qui ont gagné avaient joué, comme disait l'éléphant qui voulait...

– Qiang ! » le supplia Dunja avec un sourire qui avait tout d'une grimace. Il haussa les épaules et alluma un nouvel ordinateur auquel il brancha une unité de contrôle reliée à deux manettes.

Une image apparut progressivement à l'écran et le remplit bientôt tout entier. Mais tout ce qu'on voyait, c'était une surface grise indéfinissable virant au bleu ciel dans sa partie supérieure. Quand toute l'image se fut déplacée vers le haut et que l'objectif eut réglé la netteté, il apparut clairement que la partie grise n'était autre que le bandeau bitumé d'un toit en forme de 8 horizontal, comme le signe de l'infini, avec deux dômes en verre au milieu.

Devant l'édifice, une étendue d'eau bleu canard, et de l'autre côté, quelques immeubles de bureaux avec des façades en verre et en métal. En arrière-plan se découpait le quartier de Vesterbro, et à droite des immeubles, on distinguait la grande roue du parc d'attractions de Tivoli avec sa tour dorée.

À l'aide du joystick, Qiang réorienta la caméra vers le bâtiment principal et braqua l'objectif sur la façade convexe et l'appartement situé au dernier étage, pourvu d'un gigantesque balcon et de baies vitrées panoramiques.

Sur les vitres, ils aperçurent dans un premier temps le reflet du drone, mais aussitôt que Qiang eut réglé sa position et fait le point, ils eurent une vue imprenable sur le séjour de Sleizner, décoré de manière spartiate d'un ensemble de canapés confortables au centre, d'une table de salle à manger et d'un immense écran plat fixé au mur à côté d'une œuvre d'art faisant penser au résultat d'une heure d'expression libre à l'école maternelle. Sleizner n'était visible nulle part.

« Je crois que nous avions raison, fit remarquer Fareed tandis que Qiang rasait la baie à l'horizontale avec le drone. Pas de gymnastique en tenue d'Adam ni de yoga dénudé au programme de la matinée. Il est arrivé quelque chose, c'est sûr et certain.

– Il semblerait, en effet, dit Qiang. Ah, tiens, voilà notre homme. »

Des rideaux légers occultaient partiellement la fenêtre du bureau, mais c'était bien Sleizner qu'ils apercevaient, penché sur l'écran de son ordinateur.

« Et d'après ce que je peux voir, poursuivit Qiang en agrandissant l'image sur les mains de l'intéressé, il n'est pas juste en train de surfer sur le Net pour se distraire au réveil.

– Vous croyez qu'il y a quelque chose aux infos ? » Dunja alla s'asseoir devant un bureau. « Quelque chose qui… »

« *Putain !* s'exclama soudain Sleizner. *Putain de salope de merde !* » Sur l'écran, ils le virent plonger son visage dans ses mains en secouant la tête. « *C'est pas vrai, putain ! Dites-moi que c'est pas vrai !* »

4

Jan Hesk n'y avait pas prêté attention plus tôt. Mais en la voyant sur la table d'examen, dans l'éclairage implacable de la salle d'autopsie, il fut frappé par sa beauté, son opulente chevelure bouclée, ses traits à la fois nets et doux, et sa peau dorée presque scintillante.

Mais c'était le corps allongé sur la table voisine qui l'intéressait. Un corps qui n'avait rien de beau, un corps difficile à contempler bien que la tête et sa terrible blessure soient cachées sous un linge de couleur verte.

Mogens Klinge et lui avaient à peu près le même âge. Chaque fois qu'il l'avait vu dans une interview à la télévision, il avait semblé dynamique et en forme, toujours décontracté, le plus souvent en jean et pull de laine. Mais étendu là, sans son pull ni son jean, sans le smoking qu'il portait quand ils l'avaient trouvé, le spectacle de déchéance qu'il offrait était effroyable.

Son corps n'était pas seulement pâle, il était livide ; sa peau avait la couleur d'une côte de porc de grande surface et, bien que l'homme ait certainement veillé à maintenir son indice de masse corporelle dans la moyenne, des plis de chair molle s'étalaient autour de sa taille comme une pâte qu'on vient de pétrir. Sa pilosité était anarchique, ce qui pouvait évidemment être dû à un rasage bâclé. Et pour compléter le tableau, son pénis avait rétréci au point d'être presque invisible sous l'insignifiante touffe de ses poils pubiens.

Hesk se demanda s'il serait aussi répugnant dans la même situation. Il n'avait jamais été gros, mais ces dernières années, malgré ses séances de jogging bihebdomadaires, il avait pris un peu de ventre. Il s'était pourtant acheté des haltères, une planche d'équilibre et même un tapis de marche. Est-ce qu'une fois sa dernière heure venue, il donnerait lui aussi la nausée à ceux qui seraient obligés de contempler son cadavre ?

La légiste Trin Bladh, penchée au-dessus de l'entrejambe de la femme, examinait à la loupe un détail sur la face interne de sa cuisse. Elle était si concentrée qu'elle n'avait pas encore remarqué la présence de Hesk, alors qu'il était là depuis deux minutes. Il mit la main devant sa bouche et s'éclaircit discrètement la gorge pour se signaler.

« Tu ne serais pas du genre impatient, toi ? dit-elle sans interrompre son travail.

– Excuse-moi, je sais que tu viens de commencer. Je voulais juste savoir si…

– Je t'en prie. » Elle se tourna vers lui. « Tu sais que l'impatience est le propre de ceux qui ne foutent rien ? »

Il hocha la tête. « C'est la première fois que je dirige une enquête, tu comprends ?

– Je sais.

– Ah ? Je te l'ai dit, ou c'est quelqu'un d'autre qui…

– Je l'ai deviné à la sueur sur ton front et à ton attitude raide et un peu tendue.

– Je ne suis pas tendu. J'essaie de faire correctement mon boulot.

– Exactement. Tu essaies tellement que tout ce qui se dégage de toi, c'est la peur. »

Elle l'avait percé à jour. « Et tu vois aussi bien au travers des morts qu'au travers des vivants ?

– Tu le découvriras bientôt. » Elle se pencha à nouveau sur la jeune femme. « J'espère que cette cicatrice va nous aider à l'identifier rapidement. »

Hesk s'approcha pour regarder la marque que la victime avait à l'intérieur de la cuisse droite. Elle était en forme de croix et longue de plusieurs centimètres. C'était probablement ce détail que Torben Hemmer avait photographié avec autant d'insistance, ce matin-là.

« J'ai d'abord cru qu'il s'agissait d'une ancienne blessure qui avait occasionné par hasard une cicatrice en forme de croix, poursuivit la médecin légiste.

– Mais ?

– Pour commencer, c'est un endroit étrange pour se blesser. Ensuite, je ne vois aucune trace de points de suture, ce qui pourrait laisser imaginer qu'elle s'est infligé ça elle-même, comme un signe distinctif.

– Est-ce qu'il ne pourrait pas s'agir d'une forme de torture ?

– C'est possible, mais si le but était de la faire souffrir, il existe des moyens plus simples et plus efficaces. Par ailleurs, si nous partons du principe qu'elle était prostituée, on n'endommage pas la marchandise qu'on veut vendre. »

Hesk acquiesça. Dans ce contexte, la cicatrice avait toute son importance.

« Je pense donc qu'elle s'est fait ça volontairement. Comme une sorte de tatouage. Mais je joue un peu aux devinettes.

– Un tatouage… Tu veux dire que c'était un genre de message ?

– Je ne veux rien dire du tout. Je réfléchis à voix haute.

– Un message en forme de croix, un symbole qui représente la mort.

– Pas seulement. La croix est, avec la tête de mort, l'un des motifs que les gens choisissent le plus fréquemment de se faire tatouer sur le corps. Ne me demande pas pourquoi.

J'ai déjà du mal à comprendre qu'on se fasse tatouer tout court. Mais cela n'engage que moi. » Elle haussa les épaules. « Et maintenant, j'aimerais bien poursuivre mon examen, si cela ne t'ennuie pas.

– Encore une petite chose, et après je te fiche la paix, promis. Que penses-tu du scénario que nous avons évoqué ce matin ? Est-ce que tu as découvert un élément susceptible de le confirmer ? Ou est-ce qu'on doit réviser notre copie ?

– Tu parles du scénario selon lequel Klinge aurait accidentellement étranglé la femme durant l'acte et se serait ensuite tiré une balle tout en jetant sa voiture dans le port ?

– Oui, quelque chose comme ça.

– Comme tu le sais, je viens de débuter l'autopsie. Disons que, pour l'instant, je n'ai rien trouvé qui aille à l'encontre de cette hypothèse. »

Hesk sentit la tension dans ses trapèzes se relâcher notablement. Cette enquête allait peut-être se révéler moins compliquée qu'il ne commençait à le craindre. « Donc, tu as pu constater qu'ils avaient fait l'amour.

– Ils ont eu un rapport sexuel, ça ne fait aucun doute. Mais uniquement vaginal, et apparemment sans violence. Les cicatrices que j'ai pu observer sur les parties génitales de la femme sont plus anciennes.

– Et les traces de strangulation ? Est-ce qu'il y a moyen de savoir si elles proviennent de ses mains à lui ?

– Ce sera difficile. » Elle se plaça à l'autre bout de la table et étudia les marques autour du cou. « S'il avait porté une chevalière, tournée vers l'intérieur, éventuellement. Mais ces marques-là ont pu être infligées par n'importe… » Elle s'interrompit et palpa un peu plus fort. « Bizarre », dit-elle, comme pour elle-même. Elle ouvrit la bouche de la victime et éclaira le fond de sa gorge à l'aide d'une lampe de poche.

« Tu as trouvé quelque chose ? » demanda Hesk sans s'approcher pour ne pas la gêner dans son travail.

Elle ne répondit pas. Comme si elle n'avait pas entendu sa question, elle continua son examen, enfonçant son index et son majeur si loin qu'il eut lui-même un réflexe vomitif.

Au même moment, la porte s'ouvrit et un gardien à la carrure imposante entra dans la salle d'autopsie en poussant un chariot rempli de néons et d'ampoules à usages divers. « Bonjour ! lança-t-il avec un fort accent d'Europe de l'Est. Je viens changer les ampoules.

– OK. » La légiste sortit ses doigts de la bouche de la morte et choisit une pince longue de plusieurs décimètres sur une tablette couverte d'instruments chirurgicaux.

Malgré l'intérêt très vif qu'il portait aux gestes de la légiste, Hesk ne put s'empêcher de suivre des yeux le manège du factotum, qui déploya son escabeau, grimpa jusqu'à une rampe fixée au plafond et entreprit d'en démonter le cache de protection. Il n'aurait pas su dire pourquoi il s'intéressait tant à cet individu dont l'unique caractéristique sortant de l'ordinaire était l'absence d'annulaire à la main droite.

Après l'avoir observé un court moment, il reporta son attention sur la légiste qui enfonçait la pince dans la gorge de la femme. Lorsqu'elle commença à en extraire quelque chose, il s'approcha pour mieux voir.

Il ne comprit pas tout de suite ce que c'était, hormis qu'il s'agissait d'un morceau d'étoffe dans les tons jaune, rose, or et vert, luisant de salive. De fines rayures de toutes les couleurs qui n'en finissaient pas de sortir de sa bouche, comme dans un tour de magie.

« C'est un mouchoir ? demanda-t-il quand Trin Bladh étala le chiffon carré sur une desserte.

– Il semblerait, confirma-t-elle. Ce qui signifie qu'au moins la moitié du scénario n'est plus plausible.

– Comment ça ?

– Il n'est plus question d'une histoire de jeu sexuel qui serait allé trop loin. Là, nous avons affaire à un meurtre. »

Hesk hocha longuement la tête tandis qu'il essayait de faire coïncider la nouvelle pièce du puzzle avec les autres. Soudain, il se souvint du gardien et vit qu'il était toujours perché sur son échelle, un néon à la main, les yeux braqués sur leur découverte.

« Excusez-moi, vous n'étiez pas venu pour changer les ampoules ? lui rappela-t-il en se postant au pied de l'escabeau.

– Ampoules et néons. » Le gardien sursauta et se remit à s'activer.

« Pardonnez ma question, mais pourquoi les changez-vous alors qu'ils fonctionnent ? »

Le type haussa les épaules.

« Répondez à ma question. Pourquoi êtes-vous venu changer des néons qui fonctionnent parfaitement ?

– *I don't know ! You want to talk to my boss ? It's better. I can call him.*

– *No, it's not necessary. But I would like to see some ID.*

– *Some what ?*

– *Your ID. May I see it ?* » répéta Hesk. Comme le pêcheur de tout à l'heure, il avait le sentiment que ce type était louche.

« *Why ? I don't understand !* » Le gardien descendit de son échelle. « *I did nothing wrong.*

– *I never said you did. But we are in the middle of an investigation here, and I want to be sure that everything is okay.*

– *But I don't have it here.*

– *Where do you have it, then ?*

– *In the office.* »

La porte s'ouvrit et un deuxième homme passa la tête dans la salle d'autopsie.

« *Wratlov, what are you doing ? We don't have the whole day.*

– *It's him. He wants to see my ID, and I don't have it on me*[1]. »

« On nous a juste demandé de changer quelques ampoules, dit l'homme en s'avançant vers Hesk. Où est le problème ?

– Je trouve simplement étrange que vous choisissiez le moment où nous sommes là pour changer des néons qui fonctionnent parfaitement.

– On installe des ampoules plus économiques et durables. On fait juste notre boulot.

– Mon boulot à moi, c'est de contrôler qui se trouve dans la pièce où je travaille pendant que je mène une enquête. Alors, soit vous me montrez vos papiers, soit vous sortez et vous nous laissez travailler.

– OK. On s'occupera de cette salle plus tard. Vous en avez pour longtemps ?

– Ce n'est pas à moi qu'il faut poser cette question, mais à madame, rétorqua Jan Hesk en désignant la légiste qui était en train d'examiner à la loupe les ongles de la femme.

---

1. « Je ne sais pas. Vous voulez parler à mon patron ? C'est mieux. Je peux l'appeler.

– Non, ce n'est pas nécessaire. Mais j'aimerais voir vos papiers.

– Pardon ?

– Vos papiers, je peux les voir ?

[...]

– Pourquoi ? Je ne comprends pas. Je n'ai rien fait de mal.

– Je n'ai jamais dit que vous aviez fait quelque chose de mal. Mais nous sommes au milieu d'une enquête, et je voudrais m'assurer que tout est en règle.

– Mais je ne les ai pas sur moi.

– Alors où sont-ils ?

– Au bureau.

[...]

– Qu'est-ce que tu fabriques, Wratlov ? On n'a pas toute la journée !

– C'est lui. Il veut voir mes papiers, et je les ai pas sur moi. »

Et pour l'instant, je crois qu'elle est trop occupée pour vous répondre. »

Le nouvel arrivant fit un signe de tête à son collègue, qui remit le néon en place et remonta le cache avant de descendre et de replier son escabeau.

« Et vous, c'est quoi votre nom ? s'enquit l'homme tout en aidant son collègue à ramasser son matériel.

– Hesk. Jan Hesk.

– Bravo, commenta la légiste quand les deux hommes furent partis et eurent refermé la porte derrière eux. Tu commences à prendre le coup de main.

– Je vais faire comme si je n'avais pas entendu ce que tu viens de dire, réagit-il alors qu'une fois de plus elle avait raison. Mais je ne veux pas que des personnes extérieures à l'enquête viennent…

– Maintenant, j'espère que tu pourras aussi m'aider avec ça, le coupa-t-elle en saisissant avec une pince l'ongle du majeur de la main droite de la morte en le retournant à la verticale de son doigt.

– Il y a quelque chose sous son ongle ? lui demanda-t-il en s'approchant.

– Oui, ça. » Elle gratta le dessous de l'ongle cassé à l'aide d'un mince couteau exfoliant et lui montra les résidus d'un rouge sombre qu'elle venait de récupérer. « C'est du sang, et ce n'est pas le sien.

– Elle a dû le griffer.

– C'est ce à quoi on pense spontanément. » Elle alla déposer le prélèvement de peau et de sang sur une lamelle de microscope qu'elle plaça sous la lumière. « Le problème, c'est que le corps de Mogens Klinge ne présente aucune égratignure. »

5

Il était plus de neuf heures du matin, et cela faisait à peu près quatre heures que Kim Sleizner s'était levé, beaucoup plus tôt qu'à son habitude. Après une première toilette, il avait passé une demi-heure devant son ordinateur.

Ils n'avaient malheureusement pas pu voir ce qu'il y avait fait. Pour le découvrir, ils allaient devoir entrer dans son appartement et installer un logiciel d'espionnage sur sa machine, une entreprise que, jusqu'ici, ils avaient jugée trop périlleuse.

Ensuite, il avait pris une douche rapide, s'était habillé et s'était rendu au bureau environ un quart d'heure plus tôt qu'à l'accoutumée, sans son smoothie du vendredi à la spiruline, aux algues et aux épinards, et surtout sans avoir effectué son incontournable séance de yoga matinale avec son éternelle musique de relaxation soporifique.

En bref, la matinée de Sleizner était tout sauf normale.

Ce n'était qu'une fois arrivé au commissariat qu'il s'était mis à envoyer des mails et des SMS. Mais rien de ce qu'ils avaient pu lire ne leur avait révélé ce qui l'avait amené à se lever d'aussi bonne heure.

Il ne s'agissait que des habituels échanges administratifs qui constituaient la majeure partie de son travail quotidien : discussions budgétaires, plans d'embauche et argumentations interminables pour déterminer à quel moment ils allaient annoncer le dernier taux d'élucidation.

Tout cela leur avait paru d'un ennui mortel. Qiang avait assuré que regarder pousser un arbre était plus intéressant. Mais ils n'avaient pas laissé la lassitude grignoter leur énergie, et ces dernières heures avaient été on ne peut plus productives.

Ils auraient d'ailleurs pu en dire autant de Sleizner qui, ce matin, s'était montré particulièrement efficace derrière son bureau.

Une grande partie des mails auxquels il avait répondu dataient de plusieurs jours, et certains étaient en souffrance depuis près de deux semaines. Il avait décommandé toutes ses réunions de la journée et était à présent en train de faire la même chose pour la semaine à venir.

L'explication la plus plausible et qui les mettait tous d'accord était qu'il faisait le ménage. Donc de deux choses l'une : soit il préparait une forme de sortie, soit l'évènement qui s'était produit était suffisamment grave pour que cela l'oblige à mettre tout le reste en attente. Quoi qu'il en soit, il avait sérieusement la pression.

Dunja rejoignit Fareed, dont le regard passait d'un écran à l'autre, une tasse de thé fumante à la main. « Tu as trouvé quelque chose ?

– Je ne sais pas, peut-être. Qu'est-ce que tu penses de ça ? lui demanda-t-il en montrant le moniteur sur lequel était affichée la boîte mail de Sleizner. Il a reçu ce courriel il y a trois minutes sur l'une de ses adresses privées. »

Expéditeur : réservations@restaurantzeleste.dk
Destinataire : kim.sleizner001@gmail.com
Objet : Table
Monsieur Sleizner,
Nous avons bien pris note de votre réservation pour trois personnes et vous accueillerons avec plaisir le vendredi 3 août 2012 de quatorze heures trente à dix-sept heures.

Référence de votre réservation : 15 962 897
Pour annuler, cliquez ici.
Cordialement,
Restaurant Zeleste

« C'est cet après-midi, fit remarquer Dunja. Il y a une note dans son agenda à ce sujet ?

– Pas encore. Pour l'instant, son après-midi est complètement libre puisqu'il a annoncé qu'il ne serait présent ni à la réunion du budget prévue entre douze heures trente et quatorze heures, ni à la visioconférence avec les ressources humaines qui devait durer le restant de la journée. Tu sais, celle où ils devaient discuter de l'amélioration du climat de travail dans la police. »

Dunja sourit. Le thème de cette visioconférence les avait bien fait marrer. C'était Sleizner en personne qui avait eu l'idée quelques semaines plus tôt, sans doute pour redorer son blason et montrer quel chef extraordinaire et soucieux du bien-être de ses collaborateurs il pouvait être. Mais manifestement, dans l'immédiat, il avait d'autres chats à fouetter que de s'occuper de *respect*, d'*empathie*, d'*égalité* et de *diversité*.

« On sait avec qui il a rendez-vous ? »

Fareed secoua la tête. « Qiang est dessus, mais vu la façon dont il se tient, j'ai l'impression qu'il n'a pas beaucoup avancé.

– Moi, au moins, je ne passe pas mon temps à me plaindre d'avoir mal au dos, rétorqua Qiang, qui avait l'air d'être sur le point de glisser de sa chaise tandis qu'il cliquait un peu partout sur l'un des écrans posés devant lui.

– Tu es allé voir sa page Facebook ? l'interrogea Dunja.

– Yes. Sur Twitter aussi et même sur Wordfeud.

– Wordfeud ? s'étonna Fareed.

– Il a téléchargé l'appli il y a quelques semaines. Elle contient une fonction chat. Mais hormis les mails que vous avez déjà lus, il ne semble avoir été en contact avec personne. Il n'a pas quitté son bureau un seul instant, même pas pour aller prendre un café et bavarder avec des collègues. » Il y eut un signal sonore, et Qiang se redressa sur sa chaise. « Attendez, il se passe quelque chose, là ! »

Dunja le rejoignit.

« Il vient d'envoyer un message avec son téléphone.

– À qui ?

– Jan Hesk.

– Ah bon ? s'étonna Dunja en se tournant vers Fareed. Hesk n'est pas en vacances ?

– Si. Normalement, il ne doit rentrer que lundi 13, répondit Fareed.

– Tu nous lis ce qu'il a écrit, Qiang ?

– *Salut, Jan, je voulais juste te dire que je te fais une confiance totale, je ne vois personne de plus qualifié que toi pour diriger cette enquête.* Et il termine avec un smiley sourire.

– Une enquête ? Quelle enquête ? Je ne comprends pas. Hesk lui a répondu ?

– Oui. Il le remercie.

– Et ensuite ? C'est tout ?

– Non, je crois que Sleizner est en train d'écrire autre chose. Mais tu sais à quelle vitesse il tape… » En attendant la fin de la rédaction du message, Qiang se leva pour se verser un café. Il venait de se rasseoir quand un nouveau *ding* résonna. « Il demande comment ça se passe et quand aura lieu la prochaine réunion. »

Dunja s'assit devant un ordinateur libre et ouvrit la page du quotidien *Ekstra Bladet* pour découvrir ce qui pouvait être arrivé de suffisamment important pour mobiliser l'appareil judiciaire, mais elle ne trouva qu'un mélange de potins people, de conseils sur les régimes et d'articles sur les meilleures destinations de vacances. *Politiken* ne proposait pas beaucoup mieux, même si le journal s'était donné la peine de publier le résultat d'une grande étude sur le barbecue afin de comparer différentes marques de grill en plein air.

« Voilà la réponse de Hesk, reprit Qiang. *Ça avance comme sur des roulettes. J'ai prévu une séance de débriefing à midi et quart, et j'ai commandé un déjeuner pour toute l'équipe.* » Qiang secoua la tête d'un air désapprobateur. « Travailler et manger en même temps, il n'y a rien de pire.

– Et à propos de manger, Sleizner vient de noter son déjeuner tardif dans son calendrier, ajouta Fareed en se tournant vers les deux autres. Officiellement, il a un rendez-vous "chez le dentiste" cet après-midi entre quatorze heures trente et dix-sept heures. »

Dunja était perdue. Ils étaient passés à côté de quelque chose, mais quoi ? Qu'est-ce qui pouvait être aussi urgent pour que Hesk interrompe ses vacances et que Sleizner repousse tous ses rendez-vous afin de se rendre à un déjeuner dans un restaurant chic de la capitale en prétextant qu'il allait chez le dentiste ? Quoi qu'il en soit, elle avait la certitude que le grand jour était enfin arrivé.

6

L'obscurité était comme un trou sans fond s'ouvrant devant lui. C'était toujours la même sensation. Comme si les plombs sautaient et que tout s'éteignait autour de lui.

Le silence.

Et le froid. Le froid naissait dans sa poitrine et se répandait dans son corps qui se mettait à trembler et à transpirer en même temps. Au point que les gouttes de sueur ruisselaient et trempaient le drap qui se collait à son dos.

La première fois, il avait cru faire un mauvais rêve. À présent, il avait compris qu'il n'était pas en train de lutter contre des images cauchemardesques générées par son inconscient.

Il était éveillé, parfaitement éveillé, et pourtant, tout ce qu'il voyait, c'était une obscurité si impénétrable qu'elle lui écrasait la poitrine et l'empêchait de respirer.

Ç'avait été comme ça tous les matins depuis le mardi précédent, lorsqu'il s'était réveillé en nage, aussi essoufflé que s'il avait couru dix kilomètres. On était maintenant vendredi et il continuait de sombrer inlassablement dans ce gouffre d'angoisse aussi glacial que corrosif.

Trois jours et trois nuits – une éternité.

Ce mardi-là, à cinq heures et demie du matin, alors qu'il s'était retrouvé plongé dans cette existence parallèle avec le sentiment qu'il n'en reviendrait jamais, il n'avait pas la moindre idée de ce qui lui arrivait. Il ignorait complètement d'où provenaient ce brusque trou noir, cette incapacité à respirer et cette anxiété insupportable.

D'autant que les progrès accomplis dans son travail et dans son couple au cours des dernières années permettaient, avec un peu d'optimisme, d'entrevoir un avenir meilleur, pour lui et pour sa famille.

Un mois s'était écoulé depuis qu'il avait arrêté son collègue, le médecin légiste Ingvar Molander, pour pas moins de cinq meurtres et deux tentatives d'homicide. Le même jour, quelques heures plus tard, il avait réussi en lançant un simple dé à capturer Hao Wikholm, désormais célèbre sous le nom de l'Assassin aux dés. L'un et l'autre étaient sous les verrous, attendant leur sentence : la prison à perpétuité.

Pour la première fois depuis le printemps précédent, le calme régnait dans les bureaux de la brigade criminelle, et il avait pu prendre quelques jours de congé sans se sentir coupable. Cerise sur le gâteau, son couple avec Sonja se portait mieux que jamais, comme ce n'était pas arrivé depuis longtemps. Certes, une certaine distance régnait encore entre eux, mais elle tendait à diminuer un peu plus chaque jour qu'ils passaient ensemble et chaque nuit où ils dormaient dans les bras l'un de l'autre.

Matilda allait mieux, elle aussi, et petit à petit, elle redevenait elle-même. Elle l'appelait à nouveau « papa », et non plus par son prénom. Même la situation de Theodor, dans sa prison danoise, semblait sur le point de connaître une issue favorable.

Après de multiples reports pour d'obscures raisons, le procès concernant le meurtre de la femme SDF devait enfin commencer en début de semaine suivante. Selon Jadwiga Komorovski, l'avocate de leur fils, il était encore difficile d'en prédire l'issue. Toutefois, il paraissait indiscutable que l'implication de Theodor serait considérée comme minime par le tribunal, comparée à celle des autres prévenus, et qu'en cas de condamnation, la sentence ne dépasserait pas une ou deux années de prison.

Ce serait bien sûr une épreuve, mais rien d'insurmontable. Après tout, Theodor avait seulement fait le guet, ce à quoi il avait d'ailleurs été forcé. En bref, les choses allaient aussi bien que possible compte tenu des circonstances. Et pourtant, ce mardi matin là, il avait ressenti cette douleur dans la poitrine, comme si la pièce s'était peu à peu vidée de son oxygène. Et, depuis, la même sensation se répétait.

Il pivota vers Sonja, qui avait rejeté la couverture et dormait sur le dos. Sa respiration était si paisible qu'il dut se pencher pour sentir son haleine chaude et légèrement humide. Il embrassa doucement sa joue, mais elle tourna la tête et le repoussa dans son sommeil, comme si instinctivement, elle voulait éviter de se laisser contaminer par ses ondes négatives.

Trois jours et, à nouveau, une distance s'était installée entre eux.

Il était près de dix heures moins le quart, et si cela continuait, ils auraient bientôt fait le tour du cadran. Comme les matins précédents, il la laissa dormir et sortit de la chambre sans faire de bruit.

L'adrénaline dans ses veines faisait qu'il était parfaitement alerte, et il se dit qu'il ferait aussi bien d'effectuer le programme de remise en forme que lui avait prescrit le kiné de l'hôpital. Il ne prenait pas plus d'une demi-heure et consistait en une série d'exercices divisés en trois parties : étirement, musculation et équilibre. La gymnastique à la maison n'avait jamais été sa tasse de thé et, pourtant, depuis un mois, il exécutait consciencieusement tous les mouvements prescrits, ce qui avait sans doute accéléré la guérison de sa hanche.

Certes, il boitait encore et, dès qu'il marchait un peu trop longtemps, la douleur se réveillait et irradiait dans toute sa jambe. Mais au moins, il n'était plus en fauteuil roulant et, depuis deux semaines, il ne se servait plus des béquilles. Ce qui constituait un progrès remarquable sachant qu'il y avait tout juste un mois que Kim Sleizner lui avait tiré dessus.

Un tir totalement injustifié puisque lui-même n'était pas armé et qu'il venait justement d'arrêter l'un des plus grands serial killers de Scandinavie. Sa supérieure, Astrid Tuvesson, avait déposé plainte contre Sleizner et la police danoise auprès du directeur de la police suédoise, mais celui-ci avait refusé de la signer, arguant que les relations entre les polices des deux pays étaient déjà assez tendues comme ça. De toute façon, une telle démarche n'aurait probablement abouti qu'à des excuses officielles.

Il savait qu'en réalité, cette balle dans sa jambe n'était qu'une vengeance de la part de son homologue danois, parce qu'il n'avait pas pu l'aider à localiser Dunja Hougaard. Qu'il n'ait aucune idée de l'endroit où se trouvait la jeune femme ne faisait qu'ajouter à l'absurdité de cette histoire. Finalement, il avait décidé de tirer un trait sur toute cette affaire et de veiller simplement à avoir le moins de contact possible avec le patron de la brigade criminelle danoise.

Après quelques minutes de réflexion devant sa collection de CD, il se décida pour *Ancient Future* de Christopher Willits & Ryuichi Sakamoto. Un album qu'il avait acheté en ligne quelques jours plus tôt, les algorithmes l'ayant convaincu que cela lui plairait.

Il n'avait jamais entendu parler de Willits, mais il avait apprécié Sakamoto au début des années 1980, du temps du Yellow Magic Orchestra. C'était quand il avait écrit *Forbidden Colours* en collaboration avec David Sylvian qu'il était définitivement entré dans son panthéon personnel.

Le morceau démarra de manière aussi douce et envoûtante qu'il l'avait espéré. Il monta un peu le son, déroula son tapis d'entraînement sur le parquet du salon et commença à s'échauffer. Mais ni la musique méditative, ni les mouvements de relaxation, ni le fait d'employer toute sa concentration à ne penser à rien ne parvinrent à calmer la poussée d'adrénaline.

Sans doute parce que, ce jour-là, le moment que Sonja, Matilda et lui attendaient depuis qu'ils avaient reçu le message était enfin arrivé. Ce moment qui devait les libérer des limbes dans lesquels ils se trouvaient et marquer un nouveau départ. Une chance de se rapprocher à nouveau. De partager cette peine qui, pour l'instant, ne faisait que les éloigner.

Il renonça à ses exercices et consulta son portable qui chargeait sur l'îlot de la cuisine. Comme il l'avait fait le mardi précédent. Cette fois, il n'y avait rien : ni SMS ni appel manqué. Mardi, il y avait eu ce message de Komorovski sur son répondeur. L'avocate avait tenté de le joindre à cinq heures trente-deux du matin. Heure à laquelle il avait, pour la première fois, dégringolé dans ce trou noir.

« *Salut, Fabian. Jadwiga Komorovski à l'appareil*, disait-elle sur un ton presque surnaturellement neutre. *Désolée de vous téléphoner aux aurores, mais ce serait bien si vous pouviez me rappeler le plus vite possible.* » On aurait presque dit que ce n'était pas elle, mais une voix synthétique programmée pour l'imiter.

Le sang battant violemment dans ses tympans, il avait composé son numéro et, comme si même l'antenne relais avait trouvé qu'il était beaucoup trop tôt, il lui avait fallu plusieurs secondes pour établir la connexion.

« *Bonjour, Fabian* », avait dit l'avocate en décrochant. Cette fois sur un ton qui avait abandonné toute velléité de neutralité. « *Je crois qu'il vaut mieux que vous vous asseyiez...* »

À un moment donné, le téléphone lui avait glissé des mains, comme s'il était brusquement devenu trop lourd. Il avait rebondi par terre et avait atterri à quelques mètres de lui. La vérité, c'était qu'il n'avait pas besoin d'entendre une syllabe de plus. Il savait tout ce qu'il y avait à savoir, et c'était déjà beaucoup trop.

Ses jambes avaient cédé sous son poids, et il s'était écroulé sur le sol à côté du portable.

« Fabian ? Qu'est-ce qui se passe ? » avait crié une voix, qui ne venait pas du téléphone, mais de l'escalier. Il avait levé les yeux vers Sonja, en robe de chambre, tenant la main de Matilda. « Qu'est-ce que tu fabriques ? Il est six heures moins le quart.

– Tu ne comprends pas, maman ? avait dit Matilda. C'est Theodor. Papa, c'est Theodor, pas vrai ? »

Il avait essayé de répondre, mais la pression sur sa poitrine l'avait rendu muet.

« Fabian ? avait répété Sonja, les larmes ruisselant déjà sur ses joues. Matilda a raison ? Fabian, réponds-moi ! C'est Theodor ? »

Son regard avait fait des allers-retours entre sa femme et sa fille, mais il avait été incapable de répondre.

« Je le savais ! avait hurlé Matilda, fondant en larmes à son tour. Je vous l'avais dit ! J'avais raison depuis le début ! »

Quant à lui, il n'avait ni crié ni pleuré. Il voulait le faire, mais il n'en avait pas la force. Il n'avait pas versé une seule larme. Comme s'il ne parvenait pas à réaliser que Theodor n'était plus. Que son propre fils s'était donné la mort.

Au fond de lui, il avait toujours su que cela arriverait. Comme une prescience. Une intuition diffuse que cette histoire ne pouvait pas se finir autrement. Que malgré tous ses efforts pour modifier le cours des choses, cette issue était inéluctable. Comme un trou noir à la force gravitationnelle duquel rien ne peut résister.

Mais ce jour-là, quelque chose changerait peut-être puisque, dans quelques heures, ils allaient le voir.

Le voir de leurs propres yeux.

Et admettre l'inadmissible.

7

De tous les couloirs des trois corps de bâtiments qui constituaient l'hôtel de police de Copenhague, celui-ci était certainement le plus impersonnel. Interminable, il n'avait ni portes ni fenêtres. Les murs eux-mêmes étaient dépourvus d'une quelconque décoration autre que la couleur fade dont ils avaient été peints, un beige à peine plus clair que celui du linoléum moutarde qui recouvrait le sol.

Mais c'était aussi le couloir que Jan Hesk avait le plus souvent emprunté. Pas seulement au cours de sa carrière de policier, mais de toute sa vie, y compris si l'on comptait ceux des écoles qu'il avait fréquentées et des maisons dans lesquelles il avait vécu. La « chiasse », comme on appelait ce couloir en raison de sa couleur justement, conduisait de l'aile des bureaux à celle des salles de réunion, et il n'était pas rare qu'il y passe jusqu'à vingt fois par jour.

Mais c'était la première fois qu'il parcourait ce corridor pour se rendre à une réunion concernant une enquête qu'il dirigeait, et jamais il n'avait autant éprouvé le besoin de regarder par-dessus son épaule.

Il n'arrivait pas à s'en empêcher. Ni à se débarrasser de l'impression que tout le monde épiait ses moindres gestes. Comme Trin Bladh l'avait très justement fait remarquer, il était terrifié à l'idée de commettre une erreur et de dévoiler à tout le monde qu'il n'était qu'un imposteur qui avait eu de la chance.

Son absence de confiance en lui lui dictait alternativement de presser le pas, parce que chaque seconde était précieuse, et de rebrousser chemin pour s'enfuir en courant.

Il s'étonnait lui-même de cette ambivalence. Toute sa vie, il avait attendu ce moment : être soudain propulsé à la tête d'une enquête qui pouvait évoluer dans n'importe quelle direction bouleversait totalement sa routine.

Bien sûr, il eût mieux valu commencer par une affaire plus facile. Sans compter que quelque chose de flou entourait celle-ci. Quelque chose qui l'incitait à se tenir sur ses gardes.

Ce n'était qu'une impression qui ne reposait sur rien de concret, et il n'avait absolument pas le temps de s'arrêter sur ce genre de considérations. S'il voulait aller au bout de cette enquête, il devait avant tout garder la tête froide et rester concentré sur des faits tangibles, et non de simples impressions.

Il tourna à l'angle du couloir et pénétra dans l'aile fraîchement rénovée des salles de réunion. Les autres membres de l'équipe étaient déjà là, installés autour d'une table derrière le mur de verre impeccablement propre. Il comprit tout de suite qu'ils n'étaient pas en train de bavarder mais qu'ils avaient commencé la réunion sans lui.

Il avait presque un quart d'heure de retard, mais quand même ! C'était son enquête. C'était à lui de mener les discussions et de leur indiquer ce qu'ils avaient à faire. Un peu de respect, c'était trop demander, peut-être ? Un quart d'heure de retard et tout le monde dansait déjà sur les tables.

Il était passé aux toilettes. C'était son droit, non ? Il avait surtout eu besoin de s'asseoir quelque part à l'abri des regards. À l'abri des jugements. C'était la première pause qu'il prenait depuis le début de la matinée.

En général, un quart d'heure d'intimité derrière une porte de W.-C. verrouillée suffisait à le détendre. Mais cette fois, son corps tout entier était fermé à double tour, s'accrochant obstinément à quelque chose qu'il aurait justement dû lâcher. Au lieu de rassembler des forces pour faire face à ce qui l'attendait, il avait poussé sur ses sphincters jusqu'à ce que la sueur perle sur son front et avait maudit son incapacité à accomplir la plus basique des fonctions.

Finalement, il avait dû renoncer. Il s'était lavé les mains et le visage, puis s'était précipité vers la salle de réunion. Ce qu'il n'avait pas lavé en revanche, c'étaient ses doutes sur lui-même et, en ouvrant la porte de verre, il vit aussitôt que personne dans la pièce ne le pensait à la hauteur de la tâche.

« Avec un peu de chance, je devrais réussir à faire fonctionner le GPS, disait Torben Hemmer à Julie Bernstorff et Morten Heinesen. Il nous dira où se trouvait la voiture au cours des dernières quarante-huit heures.

– Salut, Jan, lança Heinesen en souriant.

– Salut, répondit-il en refermant la porte derrière lui. Désolé pour ce léger retard.

– Pas de problème, répondit Hemmer sans se retourner. Donc, ce que je propose, c'est que nous attendions le résultat de mon petit bain de riz.

– En ce qui me concerne, ça a fonctionné la dernière fois que mon téléphone a atterri dans la baignoire, commenta Bernstorff.

– Oui, mais ça va aussi dépendre du modèle et des paramètres qu'il avait définis.

– Formidable. En d'autres termes, on verra bien, intervint Jan Hesk pour tenter de reprendre la parole. Bien, ça, c'est vu. À présent, je propose qu'on démarre.

– Comme tu peux le voir, c'est déjà le cas, fit remarquer Hemmer avec un sourire. Au fait, tu n'avais pas parlé d'un déjeuner ? »

Hesk réalisa alors qu'il avait complètement oublié d'aller chercher les plateaux-repas qu'il avait commandés. « Tu as raison, c'est étrange. Les sandwichs devraient être là depuis vingt minutes, dit-il en regardant sa montre pour étayer son mensonge.

– Eh bien, espérons qu'ils ne vont pas tarder parce que j'ai rendez-vous sur le quai avec les plongeurs dans une heure. » Hemmer pointa la télécommande vers le rétroprojecteur fixé au plafond, et une image de l'habitacle de la voiture apparut. « Alors ce que je voulais vous montrer...

– Avec tout le respect que je te dois, je crois que ça va devoir attendre, l'interrompit Hesk en se plantant devant l'écran. Il y a un certain nombre de choses que je souhaiterais aborder...

– Désolé, Jan, je n'ai pas le temps, le coupa Hemmer à son tour. Comme je te l'ai dit, je dois partir.

– Eh bien, cela attendra que j'aie...

– Il y en a pour combien de temps ? demanda Julie Bernstorff.

– Vingt minutes. Max.

– Alors je propose que tu nous montres ce que tu as découvert et que nous poursuivions sans toi. C'est mieux, non ? Morten, qu'est-ce que tu en penses ?

– J'en pense que nous devrions laisser Jan en décider, sachant que c'est lui qui dirige l'enquête.

– Merci, Morten, dit Hesk avant de s'adresser à Hemmer. Tu veux bien éteindre le projecteur, Torben ?

– Mais si je veux avoir le temps de vous dire ce que j'ai...

– La seule chose que tu dois faire pour l'instant, c'est éteindre ce rétroprojecteur, t'asseoir et écouter, rétorqua Hesk avec un calme qui l'étonna lui-même. D'accord ? »

Hemmer resta figé, la télécommande à la main, et jeta un coup d'œil vers Bernstorff, qui lui répondit par un haussement d'épaules.

« Je répète : d'accord ? »

Hemmer hocha la tête, éteignit l'appareil et alla s'asseoir.

« Parfait. Merci. » Hesk fit le tour de la table du regard, s'arrêtant tour à tour sur Hemmer, Bernstorff et Heinesen.

« Comme vous le savez, c'est la première fois que je dirige une enquête et je ne vous cacherai pas que cela me rend nerveux, ni que j'ai passé ces dernières heures à me demander si j'étais la bonne personne pour assumer cette charge.

– Allons, Jan, dit Heinesen. Je ne vois pas pourquoi tu ne serais pas... »

Hesk leva la main pour le faire taire avant de poursuivre. « J'espérais que cette première enquête serait simple. Qu'elle nous permettrait de faire connaissance et d'apprendre à travailler ensemble. De former une équipe. » Il baissa les persiennes une par une et en inclina les lames tout en continuant à parler. « Mais comme l'une des victimes s'avère être le directeur général du renseignement de ce pays, nous n'aurons pas ce luxe. Et après être passé à l'institut médicolégal, j'ajouterai que la situation est pire encore que je ne le craignais.

– Euh... Tu peux nous dire ce que tu as appris là-bas ?

– J'y viens. Mais d'abord, je dois m'assurer que j'ai toute votre confiance. Parce que, dans le cas contraire, nous n'y arriverons pas.

– De quoi est-ce que tu parles ? lâcha Hemmer en haussant les épaules. On vient de se rencontrer, on ne se connaît pas.

– C'est exact. N'empêche que c'est moi qui dirige cette enquête. Alors soit tu me laisses faire, soit tu poses ta démission.

– Ça va, ça va. J'ai compris. » Hemmer leva les deux mains en signe de reddition et s'assit.

« Et vous ? demanda-t-il à Bernstorff et à Heinesen.

– Bien sûr que tu as ma confiance, répondit Heinesen. Tu l'as toujours eue, d'ailleurs.

– Pareil, dit Bernstorff.

– Parfait. Vous m'en voyez ravi. » Il baissa la dernière persienne avec une énergie renouvelée. « Alors je propose qu'on se mette au travail. » Il s'empara de la télécommande et remonta l'écran de projection. Puis il se dirigea vers le tableau blanc fixé au mur et alluma la rampe lumineuse au-dessus. « Ah ! Encore une chose : je vais vous demander de renoncer à tous vos projets personnels pour la semaine à venir, sachant que nous risquons de faire pas mal d'heures supplémentaires.

– On peut savoir ce que cette enquête a de si compliqué ? s'enquit Hemmer.

– Deux raisons à cela : la première est celle que nous avons déjà évoquée, c'est-à-dire que l'une des victimes est le chef des services secrets et que dès que cela se saura, tous les regards seront tournés vers nous. C'est pour ça que je n'ai laissé filtrer que le strict minimum et que je vais essayer de repousser la conférence de presse.

– Est-ce que ça veut dire que nous ne devons divulguer aucune information ? demanda Bernstorff.

– Pas tout à fait, mais jusqu'à nouvel ordre, nous devrons en dire le moins possible. La seconde raison est qu'il est devenu évident qu'une troisième personne est impliquée dans cette affaire. Une personne qui ne s'est pas contentée d'envoyer la voiture dans le port, mais qui a également tué la fille, ce qui invalide la théorie de l'étranglement sexuel et du suicide.

– On sait de qui il s'agit ? demanda Bernstorff.

– Non, mais il y a de fortes chances que ceci lui appartienne. » Hesk brandit un sachet transparent en plastique anaérobique contenant la pochette en tissu aux fines rayures de couleurs vives et le fit tourner autour de la table.

« Où l'avez-vous trouvé ? » Hemmer étudia attentivement le morceau d'étoffe avant de le faire passer à Bernstorff. « Dans sa bouche ?

– Plus exactement dans sa gorge. Il était enfoncé assez loin.

– C'est un modèle classique de chez Paul Smith, expliqua Bernstorff, mais je ne comprends pas en quoi cette pochette indique la présence d'une troisième personne.

– Quand je dis une troisième personne, je veux dire quelqu'un d'autre que les deux victimes. Ils étaient peut-être plusieurs. Mais revenons à ta question. Je ne sais pas si tu connais le style vestimentaire de Mogens Klinge, mais les pochettes Paul Smith, ce n'était pas son genre.

– Il portait un smoking, pourtant.

– Qu'il avait loué chez Amorin dans le quartier de Frederiksberg. Or, ils ne louent pas de pochettes Paul Smith.

– Julie n'a pas tout à fait tort, intervint Hemmer. Cela ne prouve pas qu'il y ait eu un troisième individu.

– C'est vrai. Mais ça, oui », rétorqua Hesk en leur faisant passer une photographie en gros plan des ongles de la jeune femme sous lesquels on pouvait voir une substance sombre. « D'après Trin Bladh, les mains de la victime étaient propres. Néanmoins, il y avait suffisamment de fragments de peau et de traces de sang sous ses ongles pour que nous soyons en droit de penser qu'elle a sérieusement amoché son agresseur. » Il fit tourner une photo montrant l'ongle brisé. « Les prélèvements sont bien sûr partis au labo. Mais en tout état de cause, le corps de Klinge ne présente aucune trace de griffure. »

Hesk attendait une réaction, et c'est avec un certain soulagement qu'il vit Hemmer et les autres hocher la tête en découvrant les photographies. Il allait peut-être s'en sortir, après tout.

« Eh bien, eh bien ! Qu'est-ce que nous avons là ? »

Hesk se tourna vers Kim Sleizner, qui venait d'entrer. « Salut, Kim, l'accueillit-il avec un sourire alors qu'il était la dernière personne qu'il avait envie de voir à cet instant. Comme tu vois, nous sommes en pleine réunion. » Il fallait évidemment qu'il débarque pour essayer de lui couper l'herbe sous le pied. « Tu avais quelque chose de particulier à nous communiquer ?

– Non, mais je rêve ! On a son propre bureau et, tout de suite, on prend la grosse tête !

– Excuse-moi, ce n'était pas ce que je voulais dire. Je veux juste savoir s'il y a quelque chose d'important dont nous devons nous occuper tout de suite, parce que sinon...

– Non, non, ne t'inquiète pas. Tout va bien, dit Sleizner, les mains levées en signe d'apaisement. Faites comme si je n'étais pas là et continuez ce que vous étiez en train de faire. Je venais simplement voir comment ça se passe.

– Nous venons juste de commencer, mais ça se passe très bien.

– Impeccable. » Sleizner hocha la tête. « Non pas que j'en aie douté une seule seconde. Avec toi aux commandes.

– Merci.

– C'est moi qui te remercie. Si, si, je le pense vraiment. Après tout, c'est quand même une affaire qui risque d'être très médiatisée, alors c'est bien qu'elle soit entre de bonnes mains. » Sleizner se tourna vers les autres. « Quant à vous, je veux que vous soyez très attentifs. Pas à moi, non, mais à ce type-là, dit-il en désignant Hesk. Parce qu'il sait de quoi il parle. Quant à moi, il faut que j'aille chez le dentiste faire remplacer un plombage, alors je serai absent le reste de la journée. »

Heinesen et les autres acquiescèrent. Hesk, quant à lui, tentait de faire bonne figure, bien qu'il n'ait pas cru un mot de ce que Sleizner venait de dire.

« Parfait, alors, je ne vous dérange pas plus longtemps, continua Sleizner en regagnant la porte. Ah, si ! Une dernière chose, dit-il, s'adressant à nouveau à Hesk. Quand pensez-vous pouvoir présenter quelque chose de concret ? Enfin, je veux dire, hormis le fait que ce Klinge ne semble pas tout à fait blanc-bleu.

– Nous avons commencé il y a quelques heures seulement. Mais nous travaillons aussi vite que possible.

– C'est une bonne nouvelle. Tant que vous me tenez au courant de vos progrès ! Même s'il n'y a pas besoin d'avoir inventé l'eau tiède pour deviner ce qui a pu se passer. Pas vrai ? »

Hesk savait parfaitement ce qu'il aurait dû répondre. Fut-ce à cause de quelque chose qu'il avait vu dans le regard de Sleizner ou perçu dans le ton de sa voix ? Quoi qu'il en soit, il choisit de ne rien dire. Il comprenait très bien que son supérieur puisse douter du fait qu'il parvienne à résoudre cette enquête puisqu'il en doutait encore plus lui-même, mais cela ne signifiait pas qu'il avait l'intention de baisser les bras et de se laisser marcher sur les pieds. C'était son enquête, sa chance de prouver à tous qu'il était non seulement à la hauteur de la mission qu'on lui avait confiée, mais qu'il allait falloir compter avec lui à l'avenir. Et pour y parvenir, il fallait qu'il écarte Sleizner autant que possible.

« OK, Jan, je comprends, reprit finalement Sleizner. C'est toi qui es à la barre du rafiot et tu veux évidemment être sûr d'avoir retourné la moindre pierre avant de te prononcer. Ce que j'essaie de dire, c'est qu'il est inutile de faire traîner cette affaire en longueur. Ce n'est pas la peine de perdre votre temps à interroger tous ses camarades de collège ni à fouiller chaque corbeille à papier dans un rayon de plusieurs kilomètres autour de la scène de crime. Plus vite cette affaire sera résolue, mieux ce sera.

– Absolument. C'est bien notre point de vue, et je te promets que tu auras de mes nouvelles aussitôt que nous aurons mis la main sur quelque chose d'intéressant », répondit Jan Hesk après avoir pesé chacun de ses mots.

8

On les fit entrer dans l'ascenseur. Sonja, Matilda et lui. Ainsi que leur avocate, Jadwiga Komorovski. Tout le monde se taisait et, tandis que la cabine s'enfonçait plus profondément dans son puits, le silence prenait toute la place. Chacun était enveloppé dans sa propre obscurité. Leurs regards se promenaient partout sans jamais se croiser : une trace sur la paroi, un néon clignotant ou un nuage de grains de poussière. Rien.

S'ils étaient là ce jour-là, c'était à cause de lui et de sa façon d'agir. Il n'y avait pas d'autre manière de voir les choses. C'était lui qui avait poussé Theodor à se rendre à Elseneur pour proposer à la police danoise de témoigner et de raconter les faits. C'était à cause de son insistance que son fils avait tenté de se jeter sous un train dans le bois de Pålsjö. Il avait réussi à l'en empêcher de justesse, mais cela ne l'avait pas fait changer d'avis et, quelques jours plus tard, Theodor et lui étaient partis ensemble au Danemark.

Il avait essayé de se convaincre qu'il ne savait pas que Theodor allait être arrêté. Qu'il ne pouvait pas imaginer que les choses se passeraient ainsi. Mais ce n'était pas vrai. Tous les signes étaient là. Et il lui aurait suffi de les regarder en face pour éviter cette catastrophe.

Les portes de l'ascenseur s'ouvrirent sur une femme en chignon et blouse blanche. Après les avoir salués d'un simple hochement de tête, elle les précéda dans un couloir au sol rutilant et aux peintures sales. Des lits d'hôpital étaient alignés contre les murs, çà et là. La plupart étaient vides, mais dans certains, on pouvait deviner la forme d'un corps humain sous un drap.

Apparemment, dans cet endroit, il n'y avait aucun lieu prévu pour recevoir des visiteurs. On leur avait proposé de voir Theodor dans un funérarium de la ville, ce qui aurait sans doute conféré quelque dignité à cette épreuve. Mais le transport du corps et son installation auraient différé la visite de quarante-huit heures supplémentaires et s'il y avait une chose dont Fabian se sentait incapable, c'était d'attendre plus longtemps.

Il avait besoin de voir Theodor, et il en avait besoin maintenant. Ne serait-ce que pour se débarrasser de l'idée qu'il s'agissait d'un malentendu, pour commencer à accepter que tout ce qu'il lui restait à faire était de pleurer son fils.

Mardi, déjà, il avait failli se précipiter à Elseneur quand il avait reçu la nouvelle. Il aurait débarqué à la maison d'arrêt à l'improviste, montré sa carte de policier et exigé de le voir. Il s'était ravisé uniquement par égard pour Sonja et Matilda. Son rôle était de veiller au calme et à la stabilité de son foyer. Les jours suivants, il s'était employé à leur expliquer qu'au Danemark, les règles étaient différentes et à leur faire comprendre qu'ils n'avaient pas d'autre choix que d'attendre le feu vert des Danois.

Au fond de lui, il était fou de rage et ne comprenait pas pourquoi cela prenait autant de temps. Sans en parler à Sonja, il avait harcelé Komorovski, qui elle-même avait harcelé les Danois, mais personne n'avait su lui donner d'explication valable, en dehors du fait qu'un tas de démarches administratives étaient nécessaires parce qu'il ne s'agissait pas d'un ressortissant danois, ce qui ressemblait furieusement à une excuse improvisée.

La femme s'arrêta devant une porte et frappa trois coups avant de glisser son pass dans le lecteur, de taper un code à quatre chiffres et de les faire entrer. Quelques bougies, un bouquet de fleurs dans un vase et des draps fixés aux murs à l'aide de morceaux de chatterton tentaient de leur faire oublier qu'ils se trouvaient dans une morgue. Devant lui, Komorovski serra la main à un homme en blouse blanche, puis à un petit gros à lunettes, en blazer décontracté avec des coudières aux manches. Il les entendit échanger quelques mots sans comprendre de quoi il s'agissait, ce qui n'avait, de toute façon, aucune importance.

Car, au fond de la pièce, se trouvait le corps. Couché sur un brancard surélevé, il gisait sous son linceul, totalement inerte. À chaque pas qu'il fit dans sa direction, Fabian sentit l'espoir grandir dans son cœur. Un espoir qu'il savait vain et dont il avait tout fait pour se débarrasser.

Mais à présent qu'il était là, il ne pouvait pas renoncer à l'idée que ce corps n'était peut-être pas celui de Theodor. Qu'il y avait une chance qu'ils se soient trompés, même si elle était infime. Que son numéro de sécurité sociale suédois avait pu être confondu avec un numéro danois. Ou qu'il était en train de faire un cauchemar et qu'il allait se réveiller à l'instant où il saisirait le drap, rassemblant tout son courage pour le soulever.

Mais c'était bien Theodor. Les yeux fermés et cette expression paisible qui était la sienne quand tous les muscles de son visage se détendaient. Le visage qu'il avait dans son sommeil, même après les terribles coliques qui faisaient de chaque heure d'éveil un combat. Une expression qui lui avait toujours donné envie de le réveiller d'un baiser sur le front.

Cette fois encore, il eut envie de le réveiller et, comme s'il s'agissait d'un geste si profondément inscrit dans son cerveau reptilien qu'il l'effectuait sans même y penser, il se baissa vers son fils qui, dans le repos, semblait libéré de ses souffrances, comme quand il était petit.

Mais à partir de cet instant, plus rien ne fut comme avant. Le froid que rencontrèrent ses lèvres se répandit en lui et changea tout. Le doute s'effaça, cédant la place à une certitude : son fils, son fils adoré n'existait plus.

Pourtant, les larmes ne vinrent pas. Il eut beau essayer de les faire couler, c'était comme si sa peine s'était enfermée en lui à double tour, l'empêchant d'entrer. Sonja et Matilda pleuraient. Il voyait leur douleur ruisseler sur leurs joues, et quelque part, très loin, il entendait leurs sanglots, leur peine qui débordait et s'écoulait par leurs yeux.

Il les enlaça. Les serra contre lui de toutes ses forces, pour les consoler bien sûr, mais surtout pour éprouver ce qu'elles éprouvaient. Et là non plus, il n'y parvint pas. Il n'était pas vraiment là. En revanche, ce fut à cet instant qu'il le ressentit réellement. Plus puissant que jamais : le besoin de savoir. Le policier qu'il était avait besoin de savoir exactement ce qu'il s'était passé.

« Vous voulez bien me rappeler comment il est mort ? demanda-t-il en desserrant son étreinte autour de Sonja et de Matilda.

– Vous le savez, Fabian, répondit Komorovski. Je vous l'ai dit au téléphone.

– C'est vrai, mais je veux l'entendre de sa bouche à lui. » Il se tourna vers le médecin. « Je suppose que c'est vous qui avez réalisé l'examen post-mortem ?

– C'est exact. Mon nom est Frank Bendt Nielsen et je suis médecin.

– Ma question est très simple : comment Theodor est-il mort ?

– Est-ce vraiment nécessaire, Fabian ? intervint Sonja.

– Oui, dit-il. Je regrette. » Il se tourna à nouveau vers le médecin.

« Votre fils s'est pendu.

– Où ça ? Où s'est-il pendu ?

– Papa, arrête, s'il te plaît.

– Laisse-moi m'occuper de ça, Matilda. Je répète ma question : où mon fils s'est-il pendu ?

– Dans sa cellule, précisa un petit homme corpulent en tendant sa main à Fabian. Flemming Friis. Je suis le directeur de la prison d'Elseneur. Permettez-moi d'abord de vous présenter mes plus sincères condoléances. Ce qui est arrivé est une terrible tragédie. Pas seulement pour vous, mais pour nous tous.

– Il s'est donc pendu dans sa cellule. Comment, exactement ?

– Que voulez-vous dire ?

– Je voudrais savoir comment il s'y est pris. Je suppose que vous ne leur laissez pas avoir accès à des cordes ni à tout autre…

– Maintenant, tu arrêtes, Fabian ! le coupa Sonja.

– Je suis désolé, chérie, mais je dois savoir ce qu'il s'est passé. Je veux savoir comment un jeune homme surveillé comme s'il était un meurtrier déjà condamné a pu se pendre dans sa cellule.

– Nous aurons évidemment toutes les réponses, Fabian, dit Komorovski en s'avançant vers lui. Mais ce n'est ni l'heure ni le lieu. Nous sommes seulement ici pour…

– Je sais pourquoi nous sommes ici, Maître.

– Pardonnez-moi. » Flemming Friis remonta ses lunettes et se rapprocha de Fabian. « Je comprends que vous ayez besoin de savoir ce qui s'est passé. Vous êtes policier, et vous aurez bien sûr des réponses à toutes les questions que vous vous posez. Mais pour l'instant, l'enquête sur les circonstances exactes de sa mort n'est pas terminée.

– Nous avons dû attendre trois jours pour le voir, c'est-à-dire une éternité dans une situation comme la nôtre, et malgré cela, vous ne savez toujours rien.

– Ce qui est d'ores et déjà certain, c'est qu'il a déchiré ses draps en de longues lanières qu'il a tressées pour en faire une corde.

– Je vous en supplie, gémit Sonja en secouant la tête. Est-ce que nous sommes vraiment obligés d'écouter ça ?

– Tu peux sortir, chérie, si tu préfères. Peut-être que c'est mieux. Je vous rejoindrai dès que j'aurai terminé. » Il se tourna à nouveau vers Friis. « Continuez.

– Il a fait un nœud avec les deux extrémités, a soulevé son lit qu'il a appuyé contre le mur et il a…

– Attendez une seconde. Il a soulevé son lit ? Comment est-ce possible ? Il n'était pas boulonné au mur, comme dans toutes les prisons ?

– Vous avez raison, cela n'aurait pas dû arriver. Mais d'une façon ou d'une autre, il a réussi à se procurer une clé à molette. Nous ne savons pas comment. » Friis haussa les épaules.

« Et après, qu'est-ce qu'il a fait ?

– Eh bien, il a suspendu la corde à l'un des pieds du lit qui se trouvait en haut, il l'a passée autour de son cou et il s'est assis. C'est comme ça que nous l'avons découvert. »

Dans toute son absurdité, le scénario paraissait à peu près plausible. Et pourquoi ne le serait-il pas ? Qu'est-ce qu'il s'était imaginé ? Que quelqu'un avait quelque chose à cacher ? Ils savaient tous que Theodor n'allait pas bien. Mais qu'il ait été suffisamment désespéré pour tout organiser en secret et faire le grand saut avait été un choc pour tout le monde, affirma le directeur avant de demander à Fabian s'il avait d'autres questions.

Fabian secoua la tête. Il en avait des tas, mais ne parvenait à en formuler aucune, alors il prit Sonja et Matilda par la main et se dirigea vers la porte.

« Nous en saurons plus après l'autopsie. C'est toujours comme ça, vous le savez. Alors le mieux que nous ayons à faire, c'est de patienter jusque-là.

– Absolument. » Komorovski serra la main de Friis. « Nous en reparlerons à ce moment-là. »

Fut-ce la main de Flemming Friis légèrement tremblante ou le regard échangé avec le médecin, la nervosité de ce regard ? Ou encore la façon que Friis eut de répondre « Entendu » à l'avocate ? Quoi qu'il en soit, tous les signaux d'alerte s'étaient allumés, lui ordonnant de faire demi-tour.

« Que se passe-t-il, chéri ? lui demanda Sonja. Je voudrais qu'on s'en aille, maintenant. »

Mais il ne pouvait pas partir. Pas encore. Ce qu'il venait de réaliser était beaucoup trop important. « Pardon ? L'autopsie n'a pas encore eu lieu ? Il s'est passé plus de trois jours !

– Il n'y a eu qu'un examen post-mortem. Pour ne pas passer à côté de quelque chose, nous devons encore procéder à un examen médicolégal.

– OK, très bien. Alors je préfère qu'il ait lieu en Suède. Je propose donc que nous le ramenions avec nous.

– C'est malheureusement impossible. » Friis secoua la tête et rajusta ses lunettes. « Il doit être examiné ici.

– Non, il a passé suffisamment de temps dans cet endroit. » Fabian revint au centre de la pièce. « Et je ne parle pas seulement de ces derniers jours, mais du mois qui a précédé. Un mois durant lequel personne n'a été capable de nous expliquer pourquoi le procès était sans cesse repoussé. C'est vrai ou pas ? demanda-t-il à Jadwiga Komorovski, qui confirma.

– C'est vrai, mais ça relève de la responsabilité du procureur.

– Excusez mon langage, mais je me fous de savoir qui est responsable. Parce que ça suffit, maintenant. Vous m'entendez ? Ça suffit. » Il s'approcha du brancard tandis que, derrière lui, Matilda se mettait à pleurer et que Sonja essayait de la consoler. Même si tout était trop tard, il savait qu'il n'avait pas d'autre option.

« Écoutez-moi, monsieur Risk, dit Friis en lui emboîtant le pas. C'est au Danemark que ce malheur est...

– Non, c'est vous qui allez m'écouter, maintenant ! » Fabian se planta devant lui. « Mon fils est venu ici de son propre gré pour témoigner, pour vous aider à faire condamner le coupable. Vous lui avez montré votre gratitude en le mettant en prison et en le traitant comme un suspect. Il est temps pour lui de rentrer à la maison.

– J'entends ce que vous me dites, mais ce n'est tout simplement pas possible. Nous devons le garder ici jusqu'à ce que nous soyons entièrement...

– Vous pouvez me dire ce que vous voulez, je ne changerai pas d'avis. Je ne l'abandonnerai pas une fois de plus. Vous m'avez compris ? » Il attrapa le brancard et libéra le frein avec le pied.

« Fabian, soyez raisonnable, dit l'avocate en lui posant une main sur l'épaule. Vous devez bien comprendre que nous ne pouvons pas les empêcher de mener leur enquête.

– Je n'ai aucune confiance en eux. Il y a quelque chose de louche dans cette histoire et je découvrirai ce que c'est.

– Viens, Matilda. » Sonja passa son bras autour des épaules de sa fille. « On s'en va. » Elles disparurent dans le couloir.

« Fabian, je vous en prie, tenta Komorovski. Essayez de vous calmer. Tout ceci ne vous mènera à rien, vous le savez aussi bien que moi. »

Fabian secoua la tête, obstiné. Il avait raison de ne pas vouloir se calmer et il ne devait pas céder d'un millimètre. Il le voyait clairement à présent. Il le voyait à leurs réactions, à leurs regards fuyants. Ils savaient comme lui qu'aucune règle et aucun texte de loi ne lui donneraient tort.

9

Le fait divers était paru sur le site Internet du quotidien à scandale *Ekstra Bladet*, à peine quelques minutes plus tôt. Sans grand tapage. L'article semblait avoir été écrit avec assez peu de conviction. Comme s'il ne s'agissait pas d'un vrai sujet, mais simplement d'un événement dont le journal était obligé de parler.

« *Deux corps retrouvés au large de Refshaleøen* », annonçait le titre, peu inspiré. Le court billet expliquait comment une jeune femme partie faire un tour de kayak avec son ami avait découvert une voiture au fond du port, plus tôt ce matin-là. Voiture dans laquelle on avait retrouvé les cadavres d'un homme et d'une femme. Sur l'unique photo, prise à distance, on voyait un véhicule blanc entouré par la police.

Dunja n'était pas surprise que le périodique ait privilégié la mise en ligne d'une chronique de conseils pour éviter le divorce après des vacances en camping-car. La découverte de deux cadavres à Copenhague était une nouvelle à peu près aussi excitante qu'une excursion à Himmelbjerget, le plus haut sommet du Danemark, culminant à cent quarante-sept mètres au-dessus du niveau de la mer.

Et pourtant, cette info éveilla quelque chose en elle. Quelque chose qui l'amena à relire le court paragraphe plusieurs fois de suite et à examiner attentivement la photo dans l'espoir d'y déceler un détail significatif. Mais en dehors du fait que l'un des policiers lui faisait penser à Jan Hesk et que la distance entre la voiture et le cordon de sécurité était particulièrement importante, rien de particulier ne retint son attention.

Même chose dans tous les journaux qui mentionnaient l'affaire : une image floue prise de loin et un ou deux commentaires succincts. Comme s'il s'agissait de faire preuve de la plus grande sobriété possible.

En bref, cela faisait furieusement penser à une consigne de police visant à minimiser une affaire sensible. Mais elle n'était pas dupe. C'était évidemment là qu'il fallait chercher la raison du réveil matinal de Sleizner et de l'annulation de tous ses rendez-vous.

« Objet en vue, signala Fareed, regardant l'écran, où un point rouge se déplaçait sur une carte.

– Objet…, railla Qiang. On ne peut pas simplement l'appeler Sleizner ?

– Non, parce que ce n'est pas l'usage. Surtout quand il peut s'agir de plusieurs personnes. On les appelle objet 1, 2 ou 3, ou encore A, B ou C pour qu'il ne puisse pas y avoir de confusion.

– Mais là, il n'y en a qu'un !

– Qu'est-ce que tu en sais ? Je suis convaincu qu'il y en aura bientôt au moins deux, voire plus.

– Alors on peut se féliciter que celui-là ait un nom : Sleizner en l'occurrence. »

Fareed poussa un soupir désabusé.

« Dis-nous plutôt où il est, Fareed, suggéra Dunja.

– Il vient de laisser sa voiture dans Amaliegade et, maintenant, il traverse à pied la place Sankt Annæ et se dirige vers le restaurant Zeleste.

– Seul ou accompagné ?

– Difficile à dire tant qu'il est en mouvement. Il n'y a que la position de son portable que nous soyons capables de déterminer au mètre près.

– En tout cas, il n'est en conversation avec personne, dit Qiang, son casque sur les oreilles. Ni avec un être humain, ni avec un objet, ajouta-t-il, les yeux fixés sur l'écran entièrement noir, à l'exception d'un faible faisceau de lumière dans l'angle en haut à gauche.

– Je peux écouter ? demanda Dunja.

– Bien sûr. Mais rien de passionnant, je te préviens. » Qiang tourna un bouton sur la table de mixage, et un grésillement se fit entendre dans la pièce, indiquant que le portable de Sleizner se trouvait dans sa poche.

« Il est entré dans le restaurant. » Fareed zooma sur la carte, où le point se déplaçait toujours. « Apparemment, on l'installe à une table dans la cour intérieure.

– Super. Au moins, on devrait avoir du réseau, commenta Qiang.

– Et sa batterie ? Elle est assez chargée ? s'enquit Dunja.

– Elle est à dix-sept pour cent, mais je ne saurais pas dire combien de temps ça nous laisse...

– En tout cas, il ne bouge plus, le coupa Fareed.

– Bien. Cela signifie sans doute qu'il s'est assis », conclut Dunja, ses yeux se déplaçant d'un écran à l'autre.

Le point rouge sur la carte était à présent immobile, et les courbes qui apparaissaient sur le moniteur de Qiang un peu plus tôt avaient disparu. Il n'y avait même plus de grésillement sortant des haut-parleurs. Il ne se passa plus rien tandis que les secondes devenaient des minutes.

Depuis qu'ils avaient découvert cette réservation prise par Sleizner pour trois personnes, Dunja attendait ce moment avec impatience. Elle réalisa toutefois qu'elle n'avait aucune idée de ce qu'elle en espérait, si ce n'est qu'il s'agissait forcément de quelque chose d'important puisqu'il avait préféré tenir ce rendez-vous secret. Sinon pourquoi le faire passer pour un rendez-vous médical ?

« Ça ne fonctionne pas, déclara-t-elle au bout de quelques minutes. Il faut qu'on agisse. Quel niveau de précision pouvons-nous obtenir concernant la position des autres téléphones qui sont autour de lui ?

– En considérant le fait qu'à la différence de celui de Sleizner, ils n'ont pas forcément d'émetteur GPS intégré, je dirais un rayon situé entre dix et vingt mètres.

– Bon, alors fais-moi une liste de tous les téléphones immobiles situés dans un rayon de quinze mètres autour de ce glaviot. »

Fareed acquiesça et roula sur sa chaise jusqu'à un autre bureau, où il alluma un nouvel ordinateur.

« Le Glaviot, répéta Qiang tout en réglant les potentiomètres sur la table de mixage. Ça lui va bien, c'est peut-être comme ça qu'on devrait l'appeler. » Il monta le son et, cette fois, des voix sortirent des haut-parleurs. Mais il ne s'agissait que d'un murmure confus au milieu duquel il était impossible de distinguer des paroles compréhensibles.

Dunja le rejoignit et tendit l'oreille vers une enceinte. « Tu arrives à entendre ce qu'ils disent ? »

Qiang secoua la tête.

« Merde, ça ne marche pas. Il faut qu'on trouve un moyen pour qu'il sorte ce portable de sa poche avant que l'intégralité de la conversation nous échappe.

– Et tu comptes faire ça comment ? demanda Fareed, assis devant le moniteur sur lequel un grand nombre de numéros de téléphone s'affichaient dans la zone entourant le Zeleste. Tu vas l'appeler et lui demander de le poser sur la table ? *Salut, Kim, c'est Dunja. Tu ne voudrais pas...*

– J'ai une idée », l'interrompit Qiang en se tournant vers le poste sur lequel était visible l'écran d'accueil du portable de Sleizner. Pointant la souris sur ses contacts, il chercha Viveca Sleizner et cliqua sur le numéro. Le téléphone de Sleizner appela aussitôt.

« Tu es sûr de ce que tu fais ? s'inquiéta Dunja tandis que la tonalité résonnait dans les baffles.

– Non », admit Qiang.

« *Qu'est-ce que tu veux ?* » répondit d'une voix lasse l'ex-femme de Kim Sleizner tandis que Qiang actionnait la fonction haut-parleur du téléphone. « *Allô ?* continua Viveca. *Kim ! Je sais que c'est toi, tout comme toi tu sais que je préfère que nous ne communiquions désormais que par l'intermédiaire de nos avocats.*

– *Viveca ?* retentit la voix de Sleizner, claire et limpide. *Qu'est-ce que tu veux ? Je suis... hum... Je ne peux pas...*

– *Ce que moi, je veux ? C'est toi qui m'as appelée.*

– *Ah bon ? Mon téléphone devait être déverrouillé dans ma poche. Désolé, salut.* »

Il y eut un clic et la communication fut interrompue.

Sur l'écran, qui avait affiché jusqu'ici une sorte de surface sombre, apparut soudain une partie du mur à colombages du patio du restaurant, ainsi qu'une toile d'ombrage tendue pour protéger les clients du soleil. Le murmure des autres tables était à présent parfaitement audible ; plusieurs voix s'élevaient.

« Et voilà, mesdames et messieurs ! Le portable est sur la table ! annonça Qiang d'un ton triomphant, se levant pour effectuer quelques pas de danse.

– Magnifique ! s'exclama Dunja. Et je ne parle pas de ta chorégraphie...

– Taisez-vous ! » leur intima Fareed en montant le son.

« *Pardon, où en étions-nous ?* demandait Sleizner.

– *Tu me disais que tu avais confié l'enquête à Jan Hesk*, répondit une voix masculine. *Je ne te cache pas que j'aurais préféré que tu t'en occupes toi-même…* » Puis le son devint haché, avant de disparaître complètement au bout de quelques secondes.

« Oh, non ! Pas maintenant ! » Dunja se tourna vers Qiang. « S'il te plaît, fais quelque chose !

– Il n'a plus que sept pour cent de batterie.

– Sept ! Tu ne viens pas de dire qu'il était à dix-sept ?

– Si, mais maintenant, il est à sept. » Qiang ouvrit la fonction appareil photo. « Je vais essayer d'éteindre la caméra. »

L'écran sur lequel apparaissaient la façade ocre jaune à colombages et un bout de ciel devint noir.

« *La dernière fois était déjà de trop*, dit la voix de Sleizner. *Je ne peux pas prendre le risque de recommencer. C'est tout simplement inenvisageable. Mais soyez tranquille, j'ai une confiance totale en Jan Hesk et je suis convaincu qu'il va gérer cette affaire comme un chef.*

– *Comment veux-tu que je sois tranquille après…*

– *Écoutez-moi*, reprit Sleizner. *Ce que Klinge a fait, ou pas, ne nous concerne en rien, d'accord ? C'est son problème. Et je peux vous assurer qu'aussitôt que l'enquête sera terminée, tout reviendra à la normale.* »

« Klinge ? répéta Dunja. Quelqu'un a une idée de qui ça peut être ? »

Fareed et Qiang secouèrent la tête.

« *Ce qui me fait peur, c'est qu'il suffit qu'ils grattent un peu à la surface…* poursuivit une troisième voix avant que le son redevienne haché. … *La relation très étroite de Mogens avec la police d'abord, mais aussi avec tout l'appareil judiciaire.* »

« Mogens. Mogens Klinge. » Fareed se tourna vers les deux autres. « Ce n'est pas le patron du renseignement ?

– Cela expliquerait pourquoi ils ne tiennent pas à ébruiter l'affaire », dit Dunja.

« *Parce qu'en fin de compte, nous sommes juste une instance policière qui cherche à savoir ce qui s'est passé,* déclara Sleizner. *Et si vous voulez mon avis, la réponse est évidente, et je peux vous promettre qu'elle le sera également pour Hesk.*

– Tu promets beaucoup de choses. Un peu trop, parfois. Regarde l'histoire de...

– Je connais Hesk par cœur, le coupa Sleizner. *C'est un idiot utile qui fera exactement ce qu'on attend de lui. Chez lui, un plus un font deux. Il n'ira pas chercher midi à quatorze heures. Croyez-moi.*

– C'est ce que tu n'arrêtes pas de nous dire. Comme si le fait de le répéter te rendait plus convaincant. Mais dis-toi bien une chose... » À nouveau, la voix se brisa en monosyllabes incompréhensibles, puis fut noyée dans une écume digitale.

« Allez ! supplia Dunja. Il doit bien y avoir un moyen de résoudre ce problème ! On va tout rater !

– Qu'est-ce que tu veux que je fasse ? Le mobile est à plat. Il reste deux pour cent de charge. Il peut s'éteindre d'un instant à l'autre.

– Je ne sais pas. Essaie de fermer toutes les applications.

– Cela ne servirait à rien. C'est foutu...

– Je m'en fous. Essaie quand même. Du moment que tu fais quelque chose ! »

« *Je t'ai sauvé la mise une fois, Jakob, mais je te préviens, je ne le ferai pas une...* » dit tout à coup Sleizner entre deux silences.

« Fareed ! Regarde si on a un Jakob dans un rayon de quinze mètres ! » s'exclama Dunja.

Fareed lança une recherche dans la liste grandissante de numéros de portables et d'abonnés.

« *Je suis son supérieur direct et je serai au courant de tout ce qui se passe, d'accord ? Tout, sans exception,* hoqueta la voix de Sleizner au milieu du bruissement. *Ça va passer comme une lettre à la poste.* »

« J'en ai trois, répondit Fareed. Un Jakob Larsen, un Sand et un Brønnum.

– Jakob Sand, ce n'est pas cet homme d'affaires plein aux as ? » demanda Qiang.

Dunja acquiesça. Que Sleizner fraie avec ce genre de personnage, un nouveau riche qui se débarrassait de ses femmes comme on jette une main trop faible autour d'une table de poker, ne l'étonnait pas le moins du monde.

« *Encore une chose, avant de terminer* », dit encore la voix de Sleizner, assez clairement, cette fois.

« Il reste combien de batterie ?

– Toujours deux, ça a dû aider un peu quand même. »

« *À propos de ce dont on a parlé la dernière fois. Tu as pu régler le problème ?* » La voix disparut à nouveau, à cause des convives de la table d'à côté qui explosèrent d'un rire collectif tonitruant, saturant le paysage sonore. « *Tu sais, sur le fait de révéler…* » Une nouvelle salve d'éclats de rire couvrit la fin de la phrase.

« Là, j'en ai marre ! » Dunja attrapa son propre téléphone et appela.

« Qu'est-ce que tu fais ? » lui demanda Qiang. Elle n'eut pas le temps de lui répondre et mit un doigt devant sa bouche.

« *Restaurant Zeleste, bonjour* ? dit une voix féminine. *Que puis-je faire pour vous* ?

– Je pensais que votre établissement était un endroit calme et raffiné ! C'était ce qu'on m'avait dit et ce à quoi je m'attendais en venant ici.

– *Hum… en effet. Dois-je en déduire que vous déjeunez chez nous en ce moment même* ?

– Ce n'est pas le sujet. Si je vous appelle, c'est pour vous parler de la table qui se trouve non loin de la nôtre dans le patio. Vu la manière dont ils se font remarquer, je m'étonne que vous ne les ayez pas déjà informés qu'ils ne sont pas à la foire à la saucisse !

– *Ne vous inquiétez pas, madame, je vais aller leur parler.*

– Excellente nouvelle. Peut-être qu'ensuite nous serons en mesure de nous entendre penser à nouveau. » Dunja raccrocha, et il ne se passa qu'un instant avant que le groupe voisin de la table de Sleizner ne baisse d'un ton.

« *En revanche, je compte sur toi pour que la paperasse soit en ordre*, dit la voix qu'ils n'avaient pas encore identifiée. *Ce que tu exiges de moi n'a rien d'anodin.* » Ils se demandèrent combien d'informations leur avaient échappé et surtout lesquelles.

« *Je veux que l'avis soit diffusé aussi vite que possible.*

– *Oui, ça, je l'ai bien compris. Mais tu vas devoir attendre jusqu'à demain, minuit. Je ne peux pas faire plus vite. Si on ne veut pas que ça nous retombe dessus, il faut faire les choses dans les règles.*

– *Évidemment. Je crains simplement que...* » Le son disparut derechef.

Dunja soupira et supplia Qiang des yeux.

« Inutile de me regarder, je n'y suis pour rien, se défendit-il. C'est à cause de la batterie... »

Dunja lui mit une main sur la bouche.

« *... pourrait devenir un problème bien plus épineux que Klinge*, dit la voix de Sleizner, noyée dans les parasites.

– *J'en ai plus qu'assez, Kim, de t'entendre rabâcher sans cesse la même chose, et si tu veux mon opinion, je pense que c'est devenu une véritable obsession, chez toi. Enfin, c'est ton problème. Demain, à minuit, l'avis sera lancé, je m'y engage. Mais ni plus tôt ni plus tard.* »

Une fois encore, la voix fut noyée dans un bruissement.

Avant de disparaître.

Puis il n'y eut plus que le silence.

10

Sa peine était incommensurable. Un précipice sans fond qui absorbait tout et le rendait si vulnérable qu'une simple pichenette aurait pu l'anéantir. Mais c'était une peine froide. Une peine déconnectée de toute autre émotion que son entourage attendait de lui.

Il avait tenté de les exprimer en se remémorant les bons moments que Theodor et lui avaient passés ensemble. Le jour où il avait appris à faire du vélo et à nager. L'époque où, petit, il venait se réfugier dans leur lit quand il avait fait un cauchemar. Leurs jeux et leurs éclats de rire avant que tout se mette à aller de travers. En vain.

Même dans cette ambulance danoise, la main posée sur la poitrine froide de son fils, les yeux sur ce visage qui avait pris le meilleur de Sonja et de lui. Même là, il n'était pas parvenu à ressentir autre chose que le besoin impérieux de savoir ce qu'il s'était exactement passé à la prison d'Elseneur.

Il savait qu'il avait tort. Qu'il ferait mieux de se conformer aux règles, laisser l'affaire suivre son cours et rentrer s'occuper de Sonja et Matilda. Il savait déjà qu'il regretterait ce qu'il était en train de faire. Quand il serait trop tard et qu'il aurait vraiment tout perdu. Mais avec toute la meilleure volonté du monde, il ne pouvait pas s'en empêcher.

L'ambulance s'arrêta devant la maison de brique rouge avec son pignon tourné vers la rue.

« Voilà, c'est l'adresse que vous m'avez indiquée : Traktörsgatan n° 38. » L'ambulancier danois observa à travers le pare-brise les vieilles villas flanquant la rue de part et d'autre. « Vous êtes sûr que c'est un hôpital ?

– Nous sommes là pour récupérer le médecin légiste », répondit Fabian en cherchant le numéro dans son mobile.

Après une interminable discussion au cours de laquelle il avait menacé de les traîner devant les tribunaux suédois, il était parvenu à convaincre les Danois que l'examen médicolégal serait réalisé à Helsingborg, et non à Elseneur.

« *Vous êtes bien sur le répondeur d'Einar Greide, de l'institut médicolégal*, disait le médecin légiste. *Oui, vous avez parfaitement compris, je n'ai pas le temps de vous parler dans l'immédiat. Pour la même raison, je n'écouterai pas votre message.* »

Fabian sortit de l'ambulance et s'étira le dos. Une vingtaine de mètres plus loin dans la rue, quelques garçons de l'âge de Theodor regardaient dans sa direction, curieux, un skateboard sous le bras. Il les salua d'un signe de tête et se dirigea vers la demeure de Flätan.

Il y était déjà venu une fois et, comme lors de sa visite précédente, il s'étonna du peu de choses qu'il savait sur son collègue. Il était spécial, ça, il s'en était rendu compte au premier coup d'œil. Il suffisait de jeter un coup d'œil à son pantalon en macramé rayé rouge et blanc. Sans parler de sa manie de se faire une nouvelle tresse pour chaque victime qu'il autopsiait. Fabian avait mis du temps à comprendre que, sous son apparence farfelue, se cachait le meilleur pathologiste médicolégal de Suède.

L'une des grandes qualités d'Einar Greide, alias Flätan, était sa discrétion sans faille. Personne ne savait aussi bien que lui séparer sa vie privée de sa vie professionnelle. Elles étaient pour lui deux univers si distincts qu'elles ne se mélangeaient jamais. Ce qui expliquait entre autres pourquoi il n'hésitait pas à garder son portable professionnel éteint pendant toute la durée de ses vacances.

Derrière le portail et dans l'allée du garage, Fabian tomba sur une bonne trentaine de vélos, allant du triporteur avec le symbole de la paix sur les flancs au vélo couché. Il avait entendu dire que Flätan adorait pédaler durant son temps libre et que, dix ans auparavant, il était allé jusqu'à Düsseldorf pour participer à une course cycliste. Mais de là à ce qu'il en possède une telle collection, cela paraissait tout de même improbable.

Fabian poussa le portail et remonta l'allée gravillonnée jusqu'à la porte d'entrée et sonna. Il entendit des voix derrière le battant peu épais et se demanda brièvement s'il allait attendre que les invités de Flätan soient partis pour le voir seul à seul. Il n'avait pas eu le temps de répondre à cette question que la porte s'ouvrit sur un homme torse nu tenant un cocktail coloré à la main. Un son électronique souligné par une ligne de basse rythmique rebondit sur la végétation et se déversa dans le quartier. Personne ne semblait se préoccuper du fait qu'il était à peine midi.

« Est-ce que Flätan est là ? demanda Fabian à l'inconnu.

– Plaît-il ? rétorqua celui-ci.

– Flätan ! réitéra Fabian. *Is he…*

– *Just come inside* », le coupa le type, avant de tourner les talons et de disparaître dans la maison.

Fabian lui emboîta le pas et chercha le maître de maison parmi les fêtards, des hommes et des femmes, allant de vingt à plus de quatre-vingts ans. Dans une autre unité-temps, il aurait trouvé la situation excitante. Mais en l'occurrence, la foule et le puissant son de basse avaient sur lui un effet oppressant.

Il se fraya un chemin à travers un groupe de danseurs, dépassa l'îlot de cuisine sur lequel un homme et une femme, avec des justaucorps en lamé très moulants et des coupes de cheveux rigoureusement identiques, préparaient des cocktails. Ici et là, affalés dans des canapés ou sur des tas de coussins, des couples en bikinis et caleçons de bain riaient, se roulaient des pelles ou dormaient.

Comment ces gens pouvaient-ils s'amuser ? Comment quiconque pouvait-il éprouver de la joie en ce moment ? Il aurait voulu trouver le compteur général et couper le courant. Leur hurler de se taire, de prendre leurs vélos et de s'en aller, parce qu'il fallait qu'il trouve Flätan et qu'il lui parle.

À l'arrière de la maison, des enceintes cachées en divers endroits du jardin diffusaient la même pulsation électro. Mais le volume était légèrement plus bas, et on respirait plus facilement, malgré le grand nombre d'invités évoluant sur la pelouse.

Enfin, il aperçut le légiste. Chaussé de sandales, en sarouel, chemise ample, le cou ceint d'un boa à plumes rose fuchsia, il trônait derrière une console de DJ, agitant au rythme de la musique ses cheveux gris tombant aux épaules, sans la moindre tresse.

Fabian mit le cap sur lui, mais il ne l'avait pas encore rejoint quand Flätan se retourna vers sa collection de vinyles et l'aperçut.

« Fabian ? s'exclama-t-il, surpris, s'interrompant au milieu de son geste.

– Écoute, Flätan, je sais que tu es en…

– Fabian, Fabian, le coupa Flätan avec un grand sourire. Tout va bien. Je ne me souviens pas t'avoir invité, mais s'il y a une personne dans l'équipe que je suis content de voir chez moi, c'est toi. Alors détends-toi, débarrasse-toi de ces fringues et prends un verre.

– Je te remercie, mais... Flätan, je suis désolé, mais je ne suis pas là pour...

– Tu es là pour jouer avec moi. Une petite battle ? C'est ça que tu veux. Je sais que tu aimes la musique, ça ne m'a pas échappé. Mais est-ce que tu connais ça ? » Il se tourna vers ses platines et monta le son sur la table de mixage. « *2 Hearts*, du groupe allemand Digitalism. Absolument lumineux, tu ne trouves pas ?

– Flätan... » Fabian s'approcha de lui. « Je suis là parce que j'ai besoin de ton...

– Attends, laisse-moi juste... » Flätan détourna la tête pour coller son oreille sur le casque pendu autour de son cou, tandis que d'une main experte il avançait le saphir pour tomber pile sur le morceau *Musique Non Stop* du groupe Kraftwerk. « Ça, je suis sûr que tu connais, cria Flätan, revenant vers lui. Tu sais que je suis pote avec Ralf Hütter et que je suis l'un des rares profanes à avoir mis les pieds au studio Kling Klang ? » Il secoua la tête pendant quelques secondes sur le morceau. « C'est du génie, ce truc.

– Flätan. » Fabian le prit par les épaules et le regarda droit dans les yeux. « J'ai vraiment besoin de toi. »

Le sourire de Flätan s'étrécit. « Pourquoi est-ce que je ne suis pas surpris ? Et bien sûr, tu te fous que je sois en vacances et qu'il y ait du monde chez moi, évidemment.

– Si j'avais une autre option, je ne t'embêterais pas avec ça. J'espère que tu le sais. Tu as bu ?

– Quoi ? De l'alcool ? » Flätan le regarda d'un air dégoûté. « Tu es fou ? Je n'ai pas bu d'alcool depuis l'âge de quatorze ans. De quoi s'agit-il ? Tu ne peux pas te contenter d'Arne Gruvesson ? OK, j'admets que ce n'est pas le meilleur tambour de l'orchestre. Mais il est là en ce moment, et je suis convaincu qu'il n'attend que ça, un cas intéressant...

– Flätan, je t'en supplie, l'interrompit Fabian. Il ne s'agit pas d'une nouvelle affaire. C'est mon fils. Tu comprends ? Mon fils. »

Flätan se figea et regarda Fabian dans les yeux comme pour s'assurer qu'il parlait sérieusement. Puis il eut un bref hochement de tête et retira son boa. « Allez, on y va. »

11

Jan Hesk n'avait jamais compris pourquoi près d'un habitant sur deux à Copenhague avait, au moins une fois dans sa vie, rêvé d'habiter ce quartier composé d'environ cinq cents maisons mitoyennes en brique rouge, situé en plein cœur de la ville, appelé Kartoffelrækkerne, « les Rangs de pommes de terre ». À l'origine, il s'agissait de maisons d'ouvriers, bâties sur d'anciens champs de pommes de terre, d'où son nom. Aujourd'hui, elles coûtaient une véritable fortune. Elles étaient pourtant petites et si basses de plafond que tout individu de plus d'un mètre quatre-vingt-cinq devait se tenir voûté par instinct de survie.

En cheminant dans l'allée Jens Juel, après avoir garé sa voiture, il dut reconnaître cependant qu'il y régnait une atmosphère provinciale assez idyllique. Une bande de jeunes enfants jouaient au foot au milieu de la rue, d'autres à la marelle et, installés autour de tables pliantes, une flopée d'habitants fêtaient gaiement quelque anniversaire en buvant du café et en mangeant du gâteau à l'ombre de grands parasols.

Le quartier était célèbre pour sa convivialité. Ici, les riverains se serraient les coudes et se considéraient comme une seule grande famille, composée d'artistes connus, de célébrités travaillant dans les médias et de personnages en vue ; comme Mogens Klinge, entre autres.

Hesk passa près de la fête, où le bruit s'arrêta comme sur commande, laissant place à des regards curieux. Mogens Klinge aurait sans doute dû faire partie des convives et, comme il n'était pas là, certains avaient probablement déjà deviné qu'il y avait un problème. L'un d'eux avait peut-être même remarqué quelque chose. Il se promit d'aller s'entretenir avec chacun d'entre eux quand il en aurait fini avec la maison.

Il savait que l'épouse de Klinge était décédée cinq ans auparavant d'un cancer du sein. Il l'avait lu dans l'un des nombreux articles qu'il avait trouvés sur lui. Il avait même répondu à une interview pour le journal local, dans laquelle il évoquait la solitude qu'il avait éprouvée durant son deuil, lui qui n'avait ni enfant ni frère et sœur. Il disait que sans ses extraordinaires voisins, il n'aurait jamais réussi à traverser cette période difficile.

Apparemment, malgré son veuvage, il avait continué à entretenir le petit jardin devant sa maison, située au n° 38. Contrairement à plusieurs terrains voisins dont les meubles de jardin à demi délabrés réclamaient désespérément une couche d'huile de tek et où la nature était peu à peu en train de reprendre ses droits, le sien était propre et charmant. L'arbre devant la bâtisse était soigneusement taillé, et la clôture blanche venait d'être repeinte.

Après avoir enfilé ses gants, Hesk sortit le trousseau de clés que Hemmer avait trouvé dans la voiture. Il déverrouilla la porte et entra. Comme la maison sentait un peu le renfermé, il laissa ouvert et pénétra dans un salon qui, à lui seul, réunissait toutes les raisons pour lesquelles lui-même ne pourrait jamais habiter ici.

Il s'agissait vraisemblablement de la plus grande pièce, mais elle contenait beaucoup trop d'objets dans un espace trop restreint. Il ne pouvait pas nier que, dans son genre, elle dégageait une atmosphère de confort et de douceur de vivre, même s'il n'arrivait pas à se débarrasser de l'impression d'être dans une maison de poupée.

Morten Heinesen lui avait proposé de l'accompagner, mais il avait refusé. Il voulait s'acquitter seul de cette tâche. Non pas qu'il lui répugne de travailler en équipe, au contraire. Mais ce jour-là, il avait le sentiment de n'avoir rien accompli de décisif, et il fallait qu'il découvre quelque chose qui lui vaudrait la confiance de ses collaborateurs.

Il avait déjà celle de Heinesen. Quant aux deux autres, Hemmer et Bernstorff, ils avaient beau se montrer aimables et acquiescer à tout ce qu'il leur disait, il savait parfaitement à quoi s'en tenir. S'il ne réussissait pas bientôt à dénicher une piste sérieuse ou au moins une idée que personne n'avait eue avant lui, il ne faudrait pas longtemps avant qu'ils cessent de l'écouter et commencent à prendre leurs propres décisions sans le consulter.

Mais il n'avait pas la moindre idée de ce qu'il était supposé chercher. Naïvement, sans doute, il avait espéré que le simple fait de pénétrer dans la maison lui fournirait quelque élément de réponse. Un détail qui attirerait son attention et l'aiderait à avancer dans cette enquête à la vitesse qu'on attendait de lui.

Malheureusement, il avait beau regarder de tous les côtés, il ne voyait rien. À part une quantité astronomique de livres sur les étagères, des tableaux aux murs représentant des paysages, une pile de journaux, un canapé recouvert d'un plaid bleu marine, un vieux fauteuil confortable devant un écran de télévision et quelques plantes vertes sur les rebords des fenêtres.

C'était peut-être lui, le problème. Peut-être ce salon regorgeait-il d'indices pour quelqu'un qui aurait la capacité d'interpréter ce qu'il voyait.

Par exemple, le fait qu'il n'y ait dans la bibliothèque que des livres techniques et des biographies, mais pratiquement pas un seul roman. Les femmes lisaient plus d'œuvres littéraires que les hommes, c'était bien connu. Cela signifiait-il que Klinge s'était débarrassé de tous les livres de feu son épouse ? Pouvait-on en déduire qu'il ne l'avait pas pleurée autant qu'il le prétendait ? Avait-il des maîtresses ? Ou bien sa femme ne lisait-elle pas non plus de fiction ? Et surtout, tout cela avait-il quoi que ce soit à voir avec l'enquête ?

La réponse était qu'il n'en savait rien. Qu'il se battait avec un vaste fouillis d'informations qui ne faisait qu'augmenter sa migraine et le stresser.

Au fond de lui, il l'avait toujours su, mais depuis qu'il était devenu policier, jamais la chose ne lui était apparue de manière plus évidente. Contrairement à cet inspecteur suédois, le fameux Fabian Risk, il ne possédait pas ce truc qui pousse un flic à vouloir à tout prix résoudre une affaire et veiller à ce que l'assassin soit arrêté. Bien sûr qu'il voulait punir le coupable. Mais ce n'était pas une obsession. Il s'évertuait simplement à bien faire sans éprouver le besoin de marcher sur les pieds de quiconque, dans le seul but de faire avancer sa carrière.

En d'autres mots, il se considérait comme un lâche. Un imposteur ayant réussi à se faufiler dans le système, enquête après enquête. Son seul talent était de savoir s'asseoir dans une réunion et d'avoir l'air de comprendre de quoi il parlait. Un talent si développé à présent que, de temps en temps, il arrivait à y croire lui-même.

Bref, il se trouvait dans une impasse, et imposture ou pas, personne d'autre que lui n'avait le pouvoir de l'en sortir. Alors, pour se convaincre que cette enquête n'était pas complètement à l'arrêt, il retourna dans le vestibule et monta à l'étage.

Après tout, Mogens Klinge avait été identifié, et plusieurs indices permettaient de croire qu'une ou plusieurs autres personnes étaient mêlées aux meurtres. Ils ne connaissaient pas encore l'identité de la femme, mais avec cette cicatrice en forme de croix, ce point d'interrogation serait vite effacé. Ils n'en étaient après tout qu'à la première journée d'investigation. Certes, il aurait préféré que cela aille plus vite. Mais ça, c'était ce matin. Maintenant, il était devenu plus raisonnable et, à l'inverse de Sleizner, il était convaincu qu'il allait falloir être patient.

Il ouvrit la première des trois portes qu'il trouva sur le palier du premier étage et entra dans une chambre à coucher. Elle contenait un lit double, deux tables de chevet, deux placards de rangement et un écran de télévision fixé au mur.

Il ne remarqua aucun signe que Klinge y ait fait l'amour avec la femme avant que quelqu'un lui enfonce le canon de son propre pistolet dans la bouche. Il n'y avait de tache de sang ni sur les murs, ni sur la moquette, ni sur le couvre-lit.

Ce qui ne le surprit pas. Les Rangs de pommes de terre, avec leur célèbre promiscuité, n'étaient pas un endroit où l'on emmenait une prostituée. Ce n'était pas non plus un quartier dans lequel on pouvait transporter deux cadavres sans se faire remarquer, même au milieu de la nuit. Où que ce crime ait été commis, ce n'était pas ici.

Il ressortit de la chambre à coucher et ouvrit la porte de la pièce suivante. Comme les autres, elle était surchargée de mobilier et accueillante, avec son fauteuil de lecture agrémenté d'un repose-pied assorti. Contre un mur, une bibliothèque remplie de livres encadrait un plan de travail, composé d'un bureau ancien entièrement vide à l'exception d'un porte-stylo et d'un aimant à agrafes.

Comme dans le séjour, plusieurs pots de fleurs ornaient le rebord de fenêtre. Ici, ils contenaient des hibiscus rouges et roses, tous en fleur. Ce n'était pas une plante facile d'entretien. Klinge devait avoir la main verte.

Ce détail le surprit, mais les gens sont parfois différents de ce qu'on croit, et lui aussi avait toujours beaucoup aimé les fleurs sous toutes leurs formes. Une fois par mois, il en offrait un gros bouquet à Lone. Officiellement, c'était une façon de lui témoigner son amour et de lui faire plaisir, mais pour être honnête, c'était surtout pour lui qu'il les achetait.

Il regarda par la fenêtre. Dans la cour se trouvaient un barbecue au couvercle fermé, quelques meubles de jardin et un étendoir à linge replié. Les terrains étaient séparés les uns des autres par un mur de brique qui garantissait l'intimité de chacun. Une porte située dans un angle permettait toutefois d'accéder dans la cour suivante à sa guise, et par acquit de conscience, il décida qu'avant de partir, il irait se renseigner sur l'identité du voisin.

Cependant, son attention fut moins attirée par ce qui se trouvait à l'extérieur que par ce qu'il venait d'apercevoir sur le rebord de la fenêtre : un morceau de plastique gris à moitié caché derrière l'un des pots de fleurs. Sa forme lui fit immédiatement penser à un aileron de requin. C'était comme si ce simple bout de plastique avait fait ressurgir un souvenir oublié.

Il ne mit pas longtemps à comprendre pourquoi. Derrière le pot, il découvrit un vieux portable Ericsson jaune criard. Au début des années 2000, l'Ericsson 310s était communément appelé « aileron de requin ». Il en avait lui-même possédé un et se souvint combien il y avait été attaché, malgré son antenne surdimensionnée qui le rendait impossible à glisser dans une poche de pantalon.

Il sourit en pensant que, dix ans plus tôt, cet appareil était considéré comme un chef-d'œuvre technologique, avec son autonomie de plus d'une semaine. À la fin de la décennie suivante, il serait devenu suffisamment vintage pour atteindre, sur le marché de l'occasion, une valeur bien supérieure à celle qu'il avait au moment de sa sortie. Mais, pour l'instant, ce n'était qu'un truc laid et démodé qui, si son propriétaire ne l'avait pas déjà jeté à la poubelle, ramassait la poussière au fond de quelque tiroir. Il était donc assez surprenant que Klinge ait gardé le sien visible et accessible à son domicile. D'autant plus qu'ils avaient trouvé un Samsung Galaxy tout neuf sur son cadavre.

Il prit l'appareil entre ses mains et remarqua qu'il n'était même pas poussiéreux. Il tenta de l'allumer ; ses doigts se souvenaient comment procéder. Contre toute attente, il était déjà allumé et lorsque l'écran s'anima, il put voir sur l'icône de la batterie qu'il restait encore vingt-cinq pour cent de charge. Les quatre barres sur la gauche lui indiquèrent également qu'il contenait une carte SIM en état de marche.

Le téléphone datait d'une époque où il ne fallait pas un mot de passe pour tout, et il lui suffit de cliquer sur les différents menus pour prendre connaissance de son contenu.

Dans le répertoire, il ne découvrit qu'un seul nom : Contact1. Malgré l'envie, il ne pressa pas le bouton vert pour découvrir qui se cachait derrière ce nom et se contenta de consulter le journal d'appels qui semblait avoir été vidé. En revanche, l'appareil avait servi à échanger un certain nombre de SMS.

Le premier message de Contact1 disait simplement : *Test.* Il avait été envoyé le 16 avril à onze heures vingt-trois du matin. Six minutes plus tard, Klinge avait répondu : *OK.*

Puis il s'était passé cinq heures et demie avant l'envoi d'une foultitude de textos.

« *Don't ask me*, dit tout à coup une voix provenant du rez-de-chaussée. *Maybe he just forgot to close it when he left.*
– *You don't* just *forget to close and lock the door*[1] », dit une autre voix.

Hesk chercha autour de lui un endroit pour se cacher. Il n'y avait pas de balcon, et ni son genou ni ses hanches ne supporteraient un saut sur les pavés de la cour. Il envisagea un instant de sortir sa carte de police et de descendre demander aux deux hommes qui ils étaient. Mais il eut peur. Sans doute pour la première fois de sa vie, il se sentit inquiet à l'idée d'une confrontation. Aussi, avant même de réfléchir à ce qu'il s'apprêtait à faire, il retourna sans bruit dans la chambre et s'enferma dans le placard. Il n'avait jamais fait un truc pareil, à part quand il jouait à cache-cache avec ses enfants, et il eut parfaitement conscience de l'absurdité de la situation. Mais comme ça, sans réfléchir, c'était la seule idée qui lui était venue.

Évidemment, il ne portait pas d'arme. Son pistolet était comme d'habitude resté à l'hôtel de police, enfermé dans le coffre prévu à cet effet. La dernière fois qu'il s'en était servi, c'était au stand de tir, l'hiver dernier. Il n'avait jamais eu à se servir d'une arme sur le terrain. Mais à cet instant, recroquevillé dans le noir sous une rangée de chemises et de pantalons en écoutant les pas de deux inconnus en train de monter l'escalier, il regretta amèrement de ne pas l'avoir emportée.

« *We should be close now, very close*, dit le premier.
– *Let's hope you're right*, répondit l'autre alors qu'il entrait dans la chambre à coucher. *It has already lasted way too long*[2]. »

---

1. « Je n'en sais rien. Peut-être qu'il a juste oublié de fermer en sortant.
– Personne n'oublie *juste* de fermer et de verrouiller sa porte. »
2. « Cette histoire sera bientôt réglée.
– Espérons-le. Elle a déjà trop duré. »

Hesk retint son souffle, se demandant s'il devait se jeter sur eux et tenter de les maîtriser. Certes, l'effet de surprise jouerait en sa faveur, mais tout le reste était à son désavantage : la condition physique, la force, la rapidité, il n'avait rien de tout cela. En cas de combat rapproché, il n'avait aucune chance de s'en tirer.

L'un des deux hommes était si proche à présent qu'il entendait sa respiration sifflante. Quand le type ouvrit la porte du placard, ce fut d'un coup sec, comme s'il s'attendait à rencontrer une résistance à l'intérieur.

Heureusement, il avait choisi de commencer par la porte de gauche, ce qui n'était qu'une maigre consolation. Dans une seconde, il ouvrirait l'autre, et à ce moment-là, Jan Hesk n'aurait plus qu'à se jeter dans la bataille et prier.

« *In here !* lança l'autre, ce qui eut pour effet de faire sortir le premier de la chambre. *At least according to the screen. It should be somewhere in this room.*

– *Find it then. Don't stand there doing nothing. Find it.* »

Il les entendit ouvrir et vider les tiroirs du bureau dans la pièce d'à côté, puis déplacer le fauteuil et faire tomber un pot de fleurs.

« *Is it still supposed to be there ?*

– *Yes, look for yourself.*

– *OK, I'm calling it.*

– *Sure ?*

– *Do you have a better idea ? We're running out of time*[1]. »

---

1. « Ici ! En tout cas, d'après ce que je vois à l'écran. Il devrait être dans cette pièce.

– Alors cherche. Au lieu de rester là à ne rien faire. Trouve-le.

– Il est toujours censé être là ?

– Oui, regarde toi-même.

– OK, je l'appelle.

– Tu es sûr ?

– Tu as une meilleure idée ? On commence à manquer de temps. »

Jan était terrifié, ses mains tremblaient. Il venait tout juste d'extraire le vieil Ericsson de sa poche quand l'écran s'alluma, mais le téléphone n'eut pas le temps d'émettre un son que, déjà, il avait pressé la touche rouge jusqu'à ce que l'écran s'éteigne à nouveau.

12

Flätan s'était présenté à l'ambulancier dans un danois courant, avant de lui indiquer la route jusqu'à l'institut médicolégal de Helsingborg. Une fois sur place, il avait signé une série de documents puis, ensemble, ils avaient transféré la housse mortuaire sur un brancard de l'établissement.

Les souvenirs que Fabian avait gardés de la dernière demi-heure étaient assez flous. Peut-être acquiesça-t-il une fois ou deux pendant le trajet à des paroles qui lui étaient adressées. Peut-être pas. Quelque chose en lui s'était fermé, empêchant tout contact avec le monde extérieur et surtout avec lui-même.

Flätan rejoignit son confrère Arne Gruvesson, et Fabian les vit échanger quelques mots. Gruvesson s'étonna évidemment de voir Flätan alors qu'il était supposé être en vacances.

« J'ai juste un truc à vérifier, répondit Flätan en souriant. Rien qui te concerne. Tu peux retourner boire ton café ou jouer à Murder Snails, ou à ce que tu étais en train de faire avant notre arrivée. »

En temps normal, Fabian serait sans doute intervenu, compte tenu des rapports houleux qu'entretenaient Flätan et Gruvesson. Mais, pour l'heure, il était incapable de faire autre chose que de les regarder, comme lorsqu'on ralentit en passant près d'un accident de la route.

Fabian ne se souvenait pas comment ils étaient parvenus jusqu'à la salle d'autopsie. Mais soudain, ils se retrouvèrent là, dans la pièce violemment éclairée, avec son carrelage et ses siphons de sol, ses tables d'examen rutilantes de propreté, ses lampes puissantes et ses instruments stériles. Il ne reprit ses esprits qu'au moment où il glissa ses mains sous la housse mortuaire et sentit le poids des jambes de Theodor sur ses avant-bras.

Son fils était mort.

Il était mort, et rien ne le ferait revenir à la vie.

À la morgue de Helsingborg, il avait la tête pleine de questions auxquelles il voulait des réponses. Il était certain qu'il y avait quelque chose de pas clair dans cette affaire. Mais à présent, il n'était sûr que d'une chose : son fils n'était plus. Point final. Ni virgule ni points de suspension laissant une porte ouverte à une éventuelle suite.

L'histoire de Theodor s'achevait ici.

« Je crois que je vais te laisser travailler tranquillement. Si tu veux bien, je vais attendre dehors. » Il ne se sentait pas la force de rester debout et d'assister à l'autopsie de son enfant.

« Hors de question. Tu restes là. » Flätan tira la fermeture Éclair de la housse jusqu'au bout, et Theodor apparut tout entier, couché sur le dos, les yeux fermés et les mains posées sur le ventre. « D'habitude, j'ai mon assistante pour m'aider. Mais là, elle est en vacances », dit-il en lui tendant une blouse verte.

Fabian hésita un instant puis l'enfila et empoigna une extrémité de la housse tandis que Flätan soulevait le corps.

Il n'était pas sûr de tenir le coup jusqu'à la fin de l'examen. Mais peut-être avait-il besoin de vivre cela pour comprendre que ce n'était plus de son ressort. Que tout ce qu'il lui restait à faire désormais, c'était de rentrer chez lui et s'occuper des membres de sa famille qui étaient encore là.

Flätan commença à retirer les vêtements de Theodor à l'aide d'une grosse paire de ciseaux. D'abord le tee-shirt, puis le pantalon, une jambe après l'autre, et enfin les chaussettes et le caleçon.

Fabian aurait donné n'importe quoi pour échanger sa place avec son fils. Être couché sur le métal froid, plutôt que debout à côté de cette table, là où chaque respiration était une punition.

Sans les sombres ecchymoses visibles sur la poitrine de Theodor qui se poursuivaient jusqu'aux hanches, Fabian aurait présenté ses excuses à Flätan et lui aurait proposé de lui payer un taxi pour qu'il puisse retourner à sa fête. Mais quelque chose venait de se réveiller en lui.

Il savait déjà que Theodor avait été mêlé à une bagarre. Komorovski le lui avait dit. On avait expliqué à l'avocate que, sans raison apparente, son fils s'était jeté sur un autre détenu dans le réfectoire et l'avait violemment agressé. Mais ces marques gris-bleu qu'il avait sur le corps racontaient une histoire différente. Elles prouvaient que lui aussi avait reçu des coups.

Il allait demander à Flätan ce qu'il en pensait. À quand elles remontaient et avec quelle violence il avait fallu frapper pour les causer. S'il y avait eu un ou plusieurs agresseurs, s'il s'agissait de coups de pied ou si elles avaient été provoquées par un objet contondant. Mais Flätan était occupé à observer quelque chose à la loupe dans la paume droite de Theodor.

« Qu'est-ce que tu regardes ? »

Sans répondre, Flätan tendit la main. « Pince, s'il te plaît. »

Fabian se dirigea vers les instruments disposés sur un linge vert et choisit une pince qu'il tendit à son collègue.

« Regarde ça, dit Flätan en lui présentant l'outil. Tu vois cette pointe ? »

Fabian acquiesça et se pencha pour observer de plus près la pointe en métal d'un demi-centimètre. « Oui, mais qu'est-ce que c'est ?

– Si tu peux te contenter d'une hypothèse, je dirais qu'il s'agit de la pointe d'une punaise.

– Une punaise ? Qu'est-ce qu'elle fait là ?

– C'est la question que je me pose. Et je dois dire que je trouve tout cela assez étrange, répliqua Flätan en examinant la paume de Theodor. D'autant qu'il y a des traces de sang autour de la plaie, ce qui signifie qu'il était encore vivant quand elle a été enfoncée. Mais occupons-nous des bleus. » Il glissa la pointe en métal dans un petit sac en plastique refermable.

Fabian hocha la tête. « Ils ont dit qu'il avait... attaqué des codétenus. Que c'était lui l'agresseur. Je l'ai même engueulé... Je lui ai dit qu'il devait se contrôler s'il voulait avoir une chance de s'en sortir au procès.

– On ne peut rien faire de plus que ce qu'on croit juste.

– Ce que je ne comprends pas, c'est pourquoi personne ne m'a rien dit. Pourquoi on ne m'a pas expliqué les choses comme elles étaient. Même pas lui. Je suis allé plusieurs fois lui rendre visite...

– Écoute... » Flätan lui posa la main sur l'épaule. « Je crois qu'il vaut mieux que tu rentres chez toi. Je vais continuer tout seul et je t'appellerai quand j'aurai fini.

– Non, je reste. C'est trop tard de toute manière, alors autant que je sois là. Je veux que tu me racontes tout ce que tu vois, d'accord ? Je veux tout savoir. »

Flätan soupira, haussa les épaules et se mit à étudier les hématomes sur les hanches, une partie du torse et la poitrine. Puis il saisit le cadavre fermement des deux mains pour le placer sur le flanc et examiner le dos, qui présentait lui aussi de sérieuses ecchymoses.

« Comme tu peux le voir, il n'y a aucun doute sur le fait qu'il a été victime de grave maltraitance. Le plus vraisemblable étant qu'il ait été couché par terre pendant qu'on le rouait de coups de poing et de coups de pied.

– Les traces d'un objet quelconque ?

– Difficile à dire. Il présente de gros hématomes, mais ils ont aussi bien pu être causés par des chaussures à coque en acier que par autre chose. Ce qui est étrange, c'est qu'il n'a de marque ni sur les avant-bras ni sur les tibias.

– Et en quoi est-ce étrange ?

– Réfléchis. Tu es là, couché au sol en train d'être roué de coups, qu'est-ce que tu fais ?

– J'essaie de me protéger.

– Exact. Tu te roules en position fœtale et tu te fais aussi petit que possible, ce qui, en général, provoque des blessures sur les tibias et les avant-bras, justement. Le problème de l'agresseur, c'est que ça va se voir si, à Elseneur, les prisonniers portent des chemises à manches courtes.

– Donc, pour toi, ils étaient plusieurs ?

– Au moins trois.

– Deux pour lui tenir les bras et les jambes et un pour administrer les coups de pied. » Les images de la scène défilèrent dans sa tête telles des mouches refusant d'abandonner un cadavre. Il se dit que les bourreaux étaient les membres de cette bande des Smileys qui attendaient le procès, eux aussi. Ils avaient toutes les raisons d'empêcher Theodor de témoigner contre eux, et d'après ce qu'il avait aperçu sur les bandes où on les voyait maltraiter à mort des SDF, cette façon de procéder était leur marque de fabrique. Raison pour laquelle ils auraient dû être séparés et répartis dans différents bâtiments de la prison.

« Encore une chose, dit Flätan. Tu vois ces taches brunes, là-haut. Elles remontent au moins à deux semaines, et les jaunes et vertes ici, à environ une semaine.

– Ça veut dire qu'il a subi plusieurs passages à tabac ?

– Oui, apparemment. Les taches noires et bleues pourraient être le résultat de coups reçus il y a quatre ou cinq jours. »

En d'autres termes, Theodor avait fait l'objet d'un harcèlement grave. Et personne n'avait rien dit. Ni Komorovski, ni le procureur, ni les matons. Est-ce qu'ils l'ignoraient ? Ou bien s'agissait-il d'une sorte d'omerta ?

« Ils t'ont dit quelque chose sur la façon dont il s'était pendu ? poursuivit Flätan, qui examinait à présent les marques autour du cou.

– Il paraît qu'il a réussi à déboulonner son lit du mur et à le poser à la verticale pour pouvoir accrocher la corde à l'un des pieds en hauteur.

– Et la corde, à quoi est-ce qu'elle ressemblait ?

– Apparemment, il aurait déchiré son drap en lambeaux, qu'il aurait ensuite tressés pour en faire une corde.

– Une corde tressée ? » demanda Flätan à Fabian, qui acquiesça. Le légiste haussa les épaules. « Intéressant », grommela-t-il avant de retourner à son examen et d'incliner délicatement la tête de Theodor sur le côté afin d'étudier en détail les marques sur son cou à travers sa loupe. « Eh bien, moi, je serais très surpris que ces marques-là aient été causées par des lambeaux de drap tressés.

– C'est pourtant ce qu'ils ont dit.

– Pour être sûr, il faudrait que je voie la tresse en question et que je puisse comparer avec les marques qu'il a sur le cou. Mais à mon avis, il ne faut pas y compter.

– Est-ce qu'on peut vraiment voir ça avec une simple loupe ?

– Crois-moi, on arrive à en voir assez. Et les tresses, ça me connaît. Imaginons que les choses se soient passées comme ça. C'est-à-dire qu'il ait déchiré son drap en lambeaux et les ait tressés. Trois lambeaux de drap tressés ensemble n'auraient pas suffi à supporter le poids de son corps. Il aurait fallu qu'il fabrique trois tresses, puis qu'il les tresse en une seule plus grosse, mais alors il n'y aurait pas une marque comme celle-là. L'autre solution aurait été de tresser neuf lambeaux en une seule tresse, ce qui lui aurait donné une surface plane. Mais à moins que ton fils ait eu un talent particulier pour le tricot, ce dont je doute, cette explication me paraît assez peu probable.

– Qu'est-ce qu'il a utilisé, à ton avis ?

– Une corde manufacturée ou un câble électrique. Quelque chose qui avait une surface à peu près lisse, en tout cas. »

Lui avaient-ils volontairement caché la vérité ? Ou bien s'étaient-ils contentés d'improviser pour avoir quelque chose à dire et satisfaire la curiosité d'un père en deuil ? Il s'était mis en colère et avait exigé des réponses ; s'ils lui avaient fait un demi-mensonge dans un moment de tension extrême, il pouvait le comprendre.

Il regarda Flätan, qui était maintenant penché au-dessus de la tête de Theodor. Il écartait ses mèches brunes pour examiner son cuir chevelu. Ces mèches folles que Theodor avait depuis toujours et qu'il avait gardées malgré les efforts de Sonja pour les discipliner. Rien n'avait jamais pu les apprivoiser. Même pas la mort.

Quelque chose tomba par terre, sur le carrelage blanc. Quelque chose qui devait être resté coincé dans l'épaisse chevelure.

Flätan s'accroupit, et ils virent qu'il s'agissait d'un éclat de peinture de la taille d'une pièce de monnaie. Il le ramassa à l'aide d'une pince et le rangea dans une pochette en plastique pour les indices, avant de l'observer attentivement à la lumière d'une des lampes d'examen.

L'éclat était relativement épais, plus d'un millimètre, et il était vert, ce qui était étrange. Il n'avait pas vu la cellule de Theodor, mais il avait du mal à croire que les sols et les murs des cellules soient d'une teinte aussi foncée. En revanche, il devait y avoir quelque part dans la prison une pièce qui avait cette couleur. Une pièce dans laquelle Theodor avait séjourné pour une raison quelconque, à un moment ou à un autre.

Le bourdonnement d'une tondeuse le sortit de sa réflexion, et il se tourna vers Flätan, qui était maintenant en train de raser les boucles de Theodor, lesquelles pleuvaient silencieusement sur le sol. Fabian aurait voulu lui dire d'arrêter. Lui crier que cela suffisait comme ça. Qu'il n'avait pas besoin d'en savoir plus et que, par pitié, il laisse ses cheveux tranquilles.

Mais les boucles jonchaient déjà le carrelage en un gros tas duveteux. Quand il releva les yeux, toutes les pièces du puzzle se mirent en place. L'écaille de peinture verte et les taches bleues et jaunes qui couvraient une grande partie du crâne rasé, comme une pathologie rare de la peau.

13

Traînant son bagage cabine le long du trottoir, Michael Rønning pressa le pas devant des prostituées et une bande de toxicomanes gueulards rassemblés près du foyer pour hommes d'Istedgade. Quelques mètres plus loin, il évita de justesse de marcher dans une flaque de vomi.

En somme, le quartier tristement célèbre situé en plein centre de Copenhague était égal à lui-même. Rønning vivait ici depuis plus de dix ans et ne comptait plus les fois où quelqu'un lui avait demandé comment il supportait de côtoyer la misère humaine chaque fois qu'il sortait de chez lui.

La vérité, c'était qu'il adorait vivre ici. Cet endroit était l'antithèse de toutes les constructions nouvelles, avec leurs façades vitrées impeccables et leurs citoyens bien propres sur eux qui payaient leur loyer rubis sur l'ongle et arrivaient à l'heure au boulot. Cette rue était le contrepoids indispensable pour que le reste de la capitale danoise puisse briller à son aise. Sans le côté pile, avec sa merde, sa crasse et ses dangers, on ne pourrait pas admirer le côté face.

Mais ce n'était pas le moment de philosopher. Ni de s'énerver contre Samsonite, Rimowa et tous les autres fabricants de valises du monde entier qui, à ce jour, n'avaient pas encore réussi à concevoir un modèle capable de se déplacer en silence sur un trottoir irrégulier.

Il était stressé. Depuis qu'il avait aidé Dunja Hougaard à pirater le portable de Kim Sleizner un mois plus tôt, il avait les nerfs à fleur de peau, et la nette sensation que l'ambiance au boulot avait changé. On aurait dit que Sleizner était au courant. Il savait qu'ils se connaissaient et, ces derniers temps, il citait son nom à tout bout de champ, comme s'il voulait tester sa loyauté. À part ça, il avait aussi la vague impression d'être surveillé en permanence.

Par exemple, il était convaincu que quelqu'un était entré chez lui. Il ne manquait rien, et toutes ses affaires étaient presque à leur place. Presque. Pareil pour son portable. Bien qu'il ait pris l'habitude de réinitialiser son téléphone en reprenant la configuration d'usine pour s'assurer qu'il n'avait pas été hacké, il entendait dans l'appareil des bruits étranges qu'il n'avait jamais remarqués auparavant.

Il n'avait pas eu de nouvelles de Dunja depuis un moment. Et il s'en fichait. Non, ce n'est pas vrai, il ne s'en fichait pas. Disons qu'il essayait de ne pas s'en inquiéter. De couper le lien qui l'unissait à elle et de la reléguer au rang de souvenir lointain, de ceux qui ne peuvent remonter à la surface que sous hypnose.

Mais ce n'était pas facile. Il avait tout de même tenté plusieurs fois de la joindre pour prendre de ses nouvelles. Mais elle n'avait pas répondu. Pas une fois, elle ne s'était donné la peine de décrocher, ne serait-ce que pour le rassurer, ou même lui dire bonjour. En fait, elle ne l'appelait que lorsqu'elle avait besoin de lui.

S'il y avait une personne au monde pour qui il s'était donné du mal dans sa vie, c'était elle. Il avait enfreint pour elle un si grand nombre de règles et pris tellement de risques qu'il en avait perdu le sommeil. Mais ils étaient amis, proches, et pour ses amis, on ferait n'importe quoi.

Mais ça, c'était avant. Et maintenant, il en payait le prix.

C'était pour cette raison qu'il avait décidé de rompre tout lien avec elle. Elle avait cherché à le joindre plusieurs fois aujourd'hui, mais tant pis. Il ne voulait plus être mêlé à cette histoire. Il en avait assez de Dunja et de sa haine maladive envers Sleizner. Il avait décidé de prendre au moins deux semaines de vacances et d'en profiter pour aller rendre visite à Balthazar, son nouveau petit ami, à Malmö. Il avait évidemment pris son portable avec lui, mais il était éteint et le resterait durant tout son séjour en Suède.

Il n'arrivait pas à se débarrasser du sentiment qu'il était suivi. Que quelqu'un le tenait à l'œil en permanence. Une personne qui veillait à rester toujours à une distance suffisante pour ne pas se faire remarquer.

Comme une minute plus tôt, quand il avait jeté un regard une dernière fois par-dessus son épaule avant de traverser Reventlowsgade et de pénétrer dans la gare centrale où de la musique d'opéra était diffusée dans les haut-parleurs pour dissuader les junkies de s'installer dans le hall.

Il n'avait pas pu apercevoir grand-chose du jeune homme dont la capuche dissimulait une partie du visage avant sa disparition derrière le foodtruck du marchand de saucisses, garé sur le parvis, mais il était convaincu qu'il s'agissait du même type, de petite taille, que celui qui attendait un peu plus tôt sur le trottoir d'en face, quand il était sorti de son immeuble.

Après avoir traversé en courant le hall de la gare jusqu'au panneau d'affichage, il vit que le prochain train traversant l'Øresund pour Malmö partait deux minutes plus tard de la voie sept. Sinon, il faudrait attendre vingt-six minutes pour prendre le suivant.

Il jeta un coup d'œil derrière lui et n'aperçut ni l'homme à la capuche, ni aucun autre individu suspect. C'était maintenant ou jamais. S'il voulait se débarrasser de cet inconnu, il fallait qu'il attrape ce train. Tant pis pour le billet.

L'avenir dirait s'il avait pris la bonne décision. Pour l'instant, il s'agissait de courir aussi vite que possible, d'atteindre l'escalier, de le descendre quatre à quatre à contre-courant des voyageurs qui montaient, d'arriver sur le perron et de sauter dans le wagon au moment où les portes se refermaient.

C'était à la fois stupide et interdit, mais il n'hésita pas une seconde à coincer sa valise entre les deux portières, qui émirent une stridente sonnerie de protestation quand il se glissa entre les deux, avant de libérer d'un coup sec sa valise sous les regards scandalisés des autres passagers.

Il s'en fichait. L'important était qu'il soit à bord, et si un contrôleur lui réclamait son billet, il se débrouillerait. Il préférait payer une amende plutôt que rester sur ce quai pendant près d'une demi-heure, en attendant que le démon court sur pattes qui était à ses trousses retrouve sa trace.

Il épongea son front trempé de sueur. Sa valise à la main, il passa devant les toilettes et s'engagea dans le couloir, entre les sièges dont plusieurs étaient libres.

Soudain, il entendit une chasse d'eau, et la porte des W.-C. s'ouvrit. Une main lui agrippa l'épaule sans qu'il puisse réagir. Il n'eut même pas le temps de se retourner quand une deuxième main se referma sur son autre épaule, l'attira dans le local minuscule et lui plaqua le visage contre un mur, avant de verrouiller la porte. Puis les deux mains relâchèrent leur emprise, et il se retrouva face à un petit homme. Qui n'en était pas un.

Pendant quelques centièmes de secondes, il fut si surpris qu'il dut se retenir pour ne pas perdre l'équilibre. Ce ne fut qu'une fois qu'il fut certain d'avoir bien vu et qu'aussi invraisemblable que cela puisse paraître, il ne s'était pas trompé qu'il s'exclama :

« Dunja ? Mais qu'est-ce que tu… C'était toi qui…

– Tais-toi, l'interrompit-elle en lui posant un doigt sur les lèvres. Nous n'avons pas le temps. » Elle retira sa capuche, et il découvrit son visage et ses cheveux courts d'un gris argent. « Je te promets de tout t'expliquer quand ce sera terminé. Mais pour l'instant, j'ai besoin de ton aide. D'accord ?

– Mon aide ? maugréa-t-il. Pourquoi est-ce que je ne suis pas surpris ? » C'était donc Dunja qui le surveillait depuis le début. « Eh bien, j'ai une mauvaise nouvelle pour toi, ma belle. Figure-toi que je ne joue plus. » Il secoua la tête pour appuyer son propos. « Alors si tu veux bien te pousser et me laisser sortir d'ici… Les rencontres dans les toilettes publiques, ça n'a jamais été mon truc, tu vois ? »

Il essaya de se frayer un passage pour ouvrir la porte, mais elle l'attrapa par les épaules et le plaqua contre le lavabo.

« Ce n'est pas un jeu, dit-elle en le regardant au fond des yeux. C'est sérieux, Michael. Extrêmement sérieux. »

Il soutint son regard et secoua la tête. « Tu as fait de la muscu, ce qui est sûrement très bien pour ta condition physique et ta confiance en toi. Mais si tu ne lâches pas ma chemise fraîchement repassée, je vais crier pour que quelqu'un vienne à mon secours. Et je peux t'assurer d'une chose, Dunja, crier, ça, je sais le faire. Je suis même champion du monde. »

Dunja hésita quelques instants, puis elle retira sa main. « Excuse-moi, mais nous devons parler dans un endroit tranquille et vu que tu ne réponds pas au téléphone, c'est tout ce que j'ai trouvé.

– Toi, tu dois peut-être me parler. Mais moi, je n'ai rien à te dire.

– Je comprends que tu sois en colère, Michael. Je sais que j'ai été une très mauvaise amie au cours des derniers mois. Mais je te promets que quand tout cela sera terminé, je te revaudrai…

– Il y a longtemps que je ne suis plus en colère, Dunja, dit-il, lui coupant la parole. Maintenant, j'ai juste peur. Peur de perdre mon boulot. Peur de te voir jouer avec le feu. Peur de la façon dont tout cela va finir. Et toi aussi, tu devrais avoir peur. Alors si j'ai un conseil à te donner, c'est de laisser tomber ces conneries et de reprendre ta vie où tu l'as laissée.

– Ma vie ? Quelle vie ? Je n'ai plus de vie. Pas tant que Sleizner sera en liberté. C'est lui ou moi, tu comprends ? Et quand il m'aura retrouvée, ma vie sera terminée pour de bon.

– Je sais que Sleizner n'est pas un saint. Mais franchement, là, tu exagères. Ce type t'obsède. Tu es en train de devenir folle. »

Dunja soupira. « Je te jure que je n'exagère pas. C'est ça le problème. Est-ce que Sleizner est un menteur ? Oui. Un salopard de violeur ? Devine. Un parfait psychopathe ? Incontestablement. Mais pour bien le décrire, il faudrait inventer de nouveaux mots. Alors non, je ne peux pas laisser tomber et faire comme si tout allait pour le mieux dans le meilleur des mondes. Je n'ai pas l'intention de m'arrêter. Et si tu crois que c'est une possibilité, tu rêves. Si on ne le met pas hors d'état de nuire, cette raclure continuera encore et encore, jusqu'à ce que quelqu'un l'enferme pour toujours. Tu peux me croire.

– D'accord, alors dis-moi ce que tu as de si grave sur lui ? Qu'est-ce que j'ai loupé ? Et ne me dis pas qu'il a essayé de te violer, qu'il t'a fait perdre ton job et qu'avant ça, il a pris un malin plaisir à saboter tes enquêtes parce que je le sais déjà…

– Il ne s'agit plus de ce qu'il m'a fait par le passé, répliqua-t-elle. Ça, je m'en fous. Ce dont je ne me fous pas, en revanche c'est de tout ce qu'il a fait sans que nous le sachions et de ce qu'il n'a pas encore fait et qu'il fera tôt ou tard.

Par exemple, en ce moment précis, il est mêlé à une affaire énorme, et c'est là que tu dois intervenir.

– Mêlé à quelque chose d'énorme ? Tu te fous de moi ? C'est tout ce que tu as trouvé ? Après avoir eu accès au contenu de son téléphone pendant un mois ?

– Nous avons évidemment découvert des tas d'autres choses plus concrètes, mais...

– Arrête. Sois honnête avec moi, pour une fois. La vérité, c'est que vous n'avez rien du tout. Que tu n'as pas le début d'une idée de ce qu'il est en train de fabriquer, à part que c'est si abominable qu'il mériterait d'être pendu haut et court sur la place publique.

– OK, c'est vrai qu'il a fait profil bas ces derniers temps, mais ça y est, il a repris du service et, depuis ce matin, ça bouge. Quelque chose de sérieux. Écoute ça. » Elle prit son portable et lança une série de fichiers audio.

« *En revanche, je compte sur toi pour que la paperasse soit en ordre*, disait une voix d'homme. *Ce que tu exiges de moi n'a rien d'anodin.*

– Je veux que l'avis soit diffusé aussi vite que possible.

– Oui, ça, je l'ai bien compris. Mais tu vas devoir attendre jusqu'à demain, minuit. Je ne peux pas faire plus vite. Si on ne veut pas que ça nous retombe dessus, il faut faire les choses dans les règles.

– *Évidemment. Je crains simplement que...*, disait la voix de Sleizner avant d'être coupée quelques instants. *... pourrait devenir un problème bien plus épineux que Klinge.*

– J'en ai plus qu'assez, Kim, de t'entendre rabâcher sans cesse la même chose, et si tu veux mon opinion, je pense que c'est devenu une véritable obsession, chez toi. Enfin, c'est ton problème. Demain, à minuit, l'avis sera lancé, je m'y engage. Mais ni plus tôt ni plus tard. »

Dunja stoppa la bande. « Au cas où tu ne serais pas déjà au courant, je t'informe que Mogens Klinge, le chef du Renseignement, serait l'une des deux victimes découvertes dans une voiture au fond du port.

– Hum…, fit Michael en hochant lentement la tête.

– Et, apparemment, cette nouvelle poserait un gros problème à ces messieurs. Nous ignorons encore pour quelle raison, et ce n'est pas pour ça que je suis là.

– Je vois. Alors pourquoi ?

– Parce que je voudrais savoir ce qui constitue *un problème bien plus épineux que Klinge.* Et c'est là que vous intervenez, toi et cette directive qui sera publiée à minuit. Elle est quelque part, prête sur l'intranet, en attente d'un feu vert. »

Rønning haussa les épaules. « Elle peut se trouver n'importe où et elle est certainement cryptée.

– Le cryptage n'est pas un problème. On s'en occupe. Mais nous avons besoin de toi pour nous aider à contourner les pare-feu avant d'envoyer nos araignées[1], et quand elles auront fait leur boulot, il nous faudra quelqu'un à l'intérieur pour effacer nos traces. »

Rønning regarda Dunja un instant et lui caressa tendrement la joue. « Je ne crois pas que tu saches à quel point je tiens à toi. Combien tu as compté pour moi et combien tu comptes encore. Ni la peine que ça m'a fait quand tu as subitement disparu.

– Je sais tout ça, Michael, mais pour l'instant…

– Tais-toi. C'est à mon tour de parler et je veux que tu m'écoutes, parce que je crois que tu n'as pas encore très bien compris de quoi il retourne. » Il se tut et se massa les tempes quelques secondes avant de poursuivre. « Bien sûr que

1. Une « araignée » est un programme utilisé pour collecter des informations sur Internet. *(Toutes les notes sont de la traductrice.)*

j'ai envie de t'aider. Bien sûr que je ferais n'importe quoi pour toi. Mais la dernière chose dont tu aies besoin dans l'immédiat, c'est que je t'aide.

– C'est ça que tu avais de si important à me dire ?

– Je ne sais pas ce que tu fabriques, Dunja, mais je sais que tu vas trop loin.

– Et tu oses me dire ça après toutes ces années ? Après tout ce que nous avons traversé ?

– Mais putain ! Tu ne vois pas dans quoi tu t'es engagée ? Tu ne comprends pas que tu dois demander de l'aide avant qu'il ne soit trop tard ?

– Parfait, rétorqua Dunja, le visage fermé. Tu as visiblement choisi ton camp. Je n'ai plus qu'à te souhaiter une belle vie avec ton nouveau petit ami à Malmö. Je suppose qu'il n'y a rien à ajouter ?

– Non. Rien.

– Alors va-t'en. Qu'est-ce que tu attends ? Un câlin, peut-être ? Une phrase toute faite ? Tout-va-bien-je-comprends-dînons-ensemble-à-l'occasion-quand-tout-sera-terminé ?

– J'attends juste que tu me rendes les clés de mon appartement. »

Dunja baissa le regard sur sa main tendue, puis les releva pour le fixer droit dans les yeux tout en sortant le trousseau de clés de sa poche, puis elle le lui tendit avec un sourire qui sonnait faux. « Qui ira arroser tes fleurs quand tu ne seras pas là ? »

Rønning ne lui rendit pas son sourire. Secouant lentement la tête, il la poussa lentement et déverrouilla la porte des toilettes. Mais au moment de partir, il se retourna. « J'espère sincèrement que tu vas écouter mon conseil et demander de l'aide, mais… » Il se tut, hésitant à continuer. « Te connaissant, demain soir, tu vas aller en ville pour ramasser le premier jeune flic venu, en uniforme et détenteur d'une radio. On sera samedi et non mardi, mais tu feras une exception. »

14

Jan Hesk prit soin de rentrer chez lui à pied. Il gara sa voiture à un quart d'heure de marche de la maison, du côté est d'Uralvej, dans le quartier d'Amager, au sud de Copenhague. Puis il coupa le moteur et resta assis derrière le volant en attendant que son rythme respiratoire revienne à ce qu'avec un peu d'imagination, on pouvait considérer comme la normale. Sans succès. Il avait tellement d'adrénaline dans les veines qu'il n'arrivait pas à redescendre, un état qui le rendait à la fois heureux et inquiet.

Il avait enfin une piste. Lui. Pas eux. Pas l'équipe tout entière grâce à un effort collectif. Non, lui tout seul. C'était exactement ce dont il avait besoin pour montrer, pas seulement à Heinesen et aux autres, mais surtout à Sleizner, qu'il avait mérité cette promotion. Qu'il était malgré les apparences quelqu'un avec qui compter.

En même temps, il n'avait jamais été aussi paniqué que durant l'intervalle où il était resté recroquevillé dans ce placard, le téléphone éteint dans sa main, retenant son souffle.

Il ne connaissait pas l'identité des deux hommes qui étaient entrés chez Klinge pour fouiller sa maison. Sans doute une sorte d'agents de sécurité appartenant à une compagnie privée. Mais une chose était sûre : c'étaient les mêmes hommes qui étaient venus changer les néons en pleine autopsie à l'institut médicolégal.

Chaque fois, ils avaient communiqué en anglais. Le premier, avec un fort accent d'Europe de l'Est. L'autre, manifestement plus gradé, avait l'accent danois. En revanche, Hesk ignorait pour l'instant qui les avait embauchés.

En tout cas, il avait bien fait de se cacher. Une demi-heure après qu'il avait éteint le portable, l'un d'eux avait reçu un appel et ils étaient partis aussi vite qu'ils étaient arrivés.

Mais Hesk ne leur échapperait pas longtemps. Ils avaient déjà compris que c'était lui qui dirigeait l'enquête, et à en juger par leurs méthodes, ce n'était plus qu'une question de temps avant qu'ils ne lui rendent une petite visite.

La meilleure solution était de prendre le contrepied de ce que lui et son équipe avaient fait jusqu'à présent, à savoir laisser fuiter le moins d'informations possible. Désormais, ils allaient au contraire divulguer largement toutes les informations en leur possession. Il ne le ferait pas de gaieté de cœur et ce n'était pas dans sa nature, mais plus il y aurait de gens au courant de leurs avancées, plus il deviendrait insignifiant à leurs yeux et gagnerait en immunité.

La première chose à faire était donc d'organiser une conférence de presse. Dès le lendemain, il préviendrait les journaux, les radios et les chaînes de télévision, et il révélerait tout, ou presque.

Il en avait déjà touché un mot à Heinesen pendant le trajet en voiture et, comme il s'y attendait, Morten avait répondu qu'ils devaient d'abord en informer Sleizner, qui leur avait expressément demandé de le tenir au courant à chaque étape de l'enquête. Aux yeux de Heinesen, agir à l'encontre de cette requête pourrait être considéré comme un acte de désobéissance.

Il avait raison, mais Hesk était tout de même resté sur sa position. Révéler son projet à Sleizner équivaudrait à lui laisser les rênes et à le voir tenir la conférence de presse à sa place. Heinesen n'avait pas insisté. Il n'avait jamais eu l'ambition d'être chef et semblait parfaitement satisfait de rester au second plan.

Quant à lui, il n'avait pas d'autre option. À la seconde où il retournerait dans l'ombre de Sleizner, il serait à nouveau rétrogradé au rang de petit sergent sans envergure, incapable de penser par lui-même. Par ailleurs, s'ils impliquaient Sleizner, ils ne contrôleraient plus les informations.

Il sortit le vieux portable Ericsson et le soupesa. De toute évidence, c'était ce que les deux hommes étaient venus chercher. Ils avaient accès à une technologie suffisamment avancée pour avoir réussi à le localiser dans le bureau et s'étaient rendu compte qu'ils avaient perdu le signal moins de trente secondes après que Hesk avait éteint l'appareil.

Leur frustration, dans la pièce voisine, était palpable. Ils avaient d'abord cru que leur matériel était défaillant, et celui qui avait l'accent danois n'avait pas pesé ses mots pour s'en plaindre. Puis ils avaient émis l'hypothèse que la batterie avait dû rendre l'âme et ils avaient fouillé le bureau de fond en comble pendant une demi-heure, jusqu'à ce qu'ils reçoivent cet appel qui leur avait fait quitter la maison.

Quant à lui, il était resté caché dans le placard une bonne demi-heure de plus avant d'oser en sortir. Il n'y avait plus personne, ni dans la maison ni devant. Même la rue était désormais déserte. Plus d'enfants en train de jouer, ni d'adultes fêtant un anniversaire.

Il avait couru jusqu'à sa voiture et avait roulé vers le sud, en direction d'Amager, où il s'était garé. Cela faisait plus de vingt minutes à présent qu'il essayait de se convaincre qu'il pouvait rentrer chez lui sans courir de risque.

Il attendit encore cinq minutes avant de sortir du véhicule, de le fermer à clé, puis de descendre Sumatravej jusqu'à Japanvej où, après avoir vérifié pour la énième fois que personne ne le suivait, il entra dans son jardin et slaloma entre les jouets des enfants dispersés sur la pelouse jusqu'à sa porte.

Comme d'habitude, la porte d'entrée n'était pas verrouillée, et à son grand soulagement, il ne tomba sur personne dans le vestibule. Non pas qu'il ne veuille pas voir les membres de sa famille. Au contraire. Mais pas tout de suite. Lone devinerait aussitôt que quelque chose n'allait pas et elle s'inquiéterait. Il referma tout doucement derrière lui et descendit au sous-sol.

Il retira ses vêtements encore trempés de sueur dans la salle de bains, les renifla et eut l'impression de sentir l'odeur de sa propre panique. Il s'empressa donc de les fourrer dans un grand sac-poubelle.

Après avoir passé un long moment sous la douche, il parvint enfin à se calmer. Ces gouttes d'eau sur sa tête et ces rigoles dégoulinant sur son corps emportaient, avec sa sueur, une partie de ses angoisses et, lorsqu'il se fut séché, brossé les dents et qu'il eut enfilé des vêtements confortables, il se sentit prêt à retrouver Lone et les enfants.

Tout à coup, il réalisa qu'il ne les avait pas entendus en rentrant tout à l'heure. Eux qui étaient capables de faire autant de bruit que toute une classe de maternelle n'avaient pas émis un son depuis son retour. Il pouvait y avoir de nombreuses explications à cela, mais une soudaine angoisse que les deux hommes l'aient devancé lui fit gravir quatre à quatre les marches de la cave et se précipiter vers la cuisine.

En ouvrant la porte et en les voyant, il eut la conviction que cette vision ne le quitterait plus jusqu'à la fin de ses jours. Comme une photo dans un album de famille, cette image serait la première qu'il aurait devant les yeux en se réveillant chaque matin. Car ils étaient bien là, tous les trois réunis en un tableau idyllique.

Assis par terre sur le carrelage, Katrine et Benjamin jouaient sans se disputer. Le simple fait qu'ils soient ensemble dans la même pièce sans s'arracher mutuellement les yeux était exceptionnel. De dos à la porte, Lone lavait la vaisselle, penchée au-dessus de l'évier.

En somme, tout était exactement comme cela devait l'être ; il allait enfin pouvoir respirer et serrer sa femme dans ses bras.

« Bonsoir, chérie, dit-il en lui déposant un baiser sur le lobe de l'oreille.

– Qu'est-ce que tu fais ? Ça ne va pas, non ! s'exclama-t-elle en se dégageant de son étreinte.

– Quoi ? C'est trop demander de vouloir un câlin de la part de sa petite femme après une longue et pénible journée de travail ?

– Disons que ce n'est pas le jour ! » Lone retira ses gants de caoutchouc et suspendit son tablier. « Et au fait, comme je ne savais pas quand tu rentrerais, on a dîné sans toi. Malheureusement, il n'y a plus rien. »

À cet instant, il se rappela qu'elle était fâchée contre lui. Cela lui était complètement sorti de la tête. « Ne t'inquiète pas, je vais me débrouiller. » C'était comme s'il s'était écoulé une vie entière depuis le matin, quand ils avaient dû annuler leur expédition à Legoland.

« Il y a du pain de seigle, de la charcuterie et du fromage, je vais faire un petit tour, si ça ne t'ennuie pas.

– Pas du tout. Je t'en prie. Bonne promenade.

– D'ailleurs, ajouta-t-elle en se retournant, je vais plutôt faire un grand tour. Je compte sur toi pour coucher Benjamin.

– Bien sûr, chérie, avec plaisir. » Il se baissa pour prendre son fils dans ses bras. « Qu'est-ce que tu en dis, petit bonhomme ? On va s'en sortir comme des chefs.

– Pas papa, déclara Benjamin en secouant la tête.

– Mais si, mon chéri. Papa a promis que vous alliez bien vous amuser.

– Pas papa, répéta Benjamin en frappant son père au visage. J'veux pas papa !

– Ah, bravo ! dit Katrine en se levant avec un soupir. Je venais juste de réussir à le calmer. »

Trois quarts d'heure plus tard, Benjamin s'était endormi, et Jan avait pu s'enfermer dans la chambre et s'asseoir à son bureau avec le portable Ericsson.

Il aurait bien aimé pouvoir l'allumer et lire les messages que Mogens Klinge avait échangés avec son unique contact au cours des derniers jours, mais il n'osait pas. Le risque que le téléphone se connecte à l'antenne relais la plus proche et qu'en l'espace de quelques secondes, il apparaisse comme un point rouge clignotant sur l'écran des deux hommes était beaucoup trop important.

Combien de temps leur faudrait-il pour débarquer chez lui ? Difficile à dire. Quelques heures ? Une journée ? Un quart d'heure ? La question était inutile, car une chose était certaine : ils viendraient.

Il retira les deux petites vis de sécurité qui retenaient le capot à l'arrière, déclipsa la batterie et retira celle-ci à l'aide de la petite languette en caoutchouc prévue à cet effet. Il se rappelait tous ces gestes comme s'il les avait exécutés la veille et ne rencontra aucune difficulté à déloger le support en métal, à le soulever et à récupérer la carte SIM.

Lorsque la batterie fut à nouveau en place, il pressa le bouton rouge jusqu'à ce que le fond d'écran s'allume. Il ne se souvenait pas que le téléphone avait besoin d'autant de temps pour devenir opérationnel. Il eut l'impression d'attendre une éternité avant qu'un message ne s'affiche à l'écran : *NO SIM.*

Il tenta de contourner le problème, mais quelle que soit la touche, le résultat était le même. Rien. Sans carte SIM, le téléphone refusait de fonctionner. Il l'ouvrit et retira à nouveau la batterie pour accéder au clapet métallique et, cette fois, inséra la carte SIM de son propre téléphone.

L'écran s'alluma, et aussitôt, le téléphone se connecta à une antenne relais, prêt à l'emploi. Il commença par la liste des contacts et s'aperçut qu'il n'y en avait aucun. L'historique des messages envoyés et reçus était vierge également. Comme si le téléphone avait été intégralement nettoyé.

Chez Klinge, il avait lu plusieurs SMS juste avant de devoir se cacher, et maintenant, ces textos avaient mystérieusement disparu. Il y avait quelque chose qui ne collait pas et, puisqu'il ne les avait pas lui-même effacés, ils devaient donc être toujours quelque part.

Mais où ?

Il trouva la réponse en fermant les yeux et en se rappelant l'époque où il possédait le même téléphone. Et cette réponse était aussi simple que déprimante. Comme pour tous les portables de cette génération, où la capacité de mémoire de l'appareil déterminait son coût, on pouvait choisir de conserver les informations dans le mobile ou dans la carte SIM. C'était évidemment dans celle-ci que tout était enregistré.

Pour la troisième fois, il retira la batterie et échangea sa carte SIM contre celle de Klinge. Mais avant de remettre la batterie en place, il dévissa l'antenne qui se trouvait à l'intérieur de l'aileron de requin.

Il ignorait si cela réglerait le problème. Rien ne permettait d'affirmer que le portable, même sans antenne, ne chercherait pas à se connecter à l'émetteur le plus proche. Peut-être cet aileron n'avait-il pour fonction que d'amplifier le signal.

Pour bien faire, il lui aurait fallu prendre sa voiture et s'éloigner le plus possible de chez lui avant d'allumer l'appareil, mais Lone n'était pas encore rentrée et il ne pouvait pas laisser les enfants seuls. L'autre solution était d'aller à la cave, dans le coin où ils rangeaient les pneus neige et où le signal était faible. Ce qu'il fit.

Lorsque l'écran s'alluma, il se tint prêt, les yeux rivés sur le signal de réception clignotant, le pouce posé sur le bouton rouge, prêt à éteindre le portable s'il le voyait tenter de se connecter au réseau. Quand enfin le message *réseau mobile non disponible* apparut, il put souffler et se mit à faire défiler les menus.

Comme un peu plus tôt, le premier message de Contact1 disait seulement : *Test.* Il avait été envoyé à onze heures vingt-trois dans la matinée du 16 avril. Klinge y avait répondu presque aussitôt par un *OK* clair et concis. Environ six heures plus tard, le même Contact1 avait envoyé cinq messages dans un laps de temps très court.

Règle 1 : Nous te contacterons. Jamais l'inverse.

Règle 2 : Tous nos échanges se feront par SMS.

Règle 3 : Aucun recours ne sera toléré contre les décisions du bureau.

Règle 4 : En cas de refus, tout contact sera rompu et le portable détruit.

Règle 5 : Les dates/heures ne sont pas modifiables.

Les décisions du bureau ? Il n'y comprenait rien.

Le message suivant de Contact1 avait été envoyé six jours plus tard, le 22 avril.

Je croyais pourtant avoir été clair. Tu ne dois jamais appeler. C'est une infraction aux règles 1 & 2.

Klinge avait répondu à son tour quelques minutes plus tard.

Désolé. J'étais juste curieux de savoir comment ça se passe.

Que cela ne se reproduise plus. Nous reviendrons vers toi quand nous aurons motif à le faire.

Ensuite, il n'y avait plus eu aucun message de Contact1 pendant trois mois. Puis une nouvelle série de SMS était arrivée le 4 juillet entre trois heures quarante-six et quatre heures deux du matin.

Le bureau a pris sa décision. Tu as été admis. Félicitations.

Quelle pouvait être cette confrérie qui organisait des réunions en pleine nuit et au sein de laquelle Mogens Klinge avait été admis ? Tout cela sentait la secte ou la loge secrète à plein nez. À moins qu'il ne s'agisse d'un club libertin. Il y en avait des tas à Copenhague, pour tous les goûts et toutes les orientations sexuelles. Toute personne connue préférait évidemment appartenir à une société secrète, aussi fermée que possible.

Le message suivant disait :

La cérémonie d'intronisation aura lieu le 28 juillet à vingt heures.

C'est-à-dire le samedi précédent, six jours plus tôt. C'était donc à cette occasion que les choses avaient mal tourné, au point que la soirée s'était achevée avec deux cadavres dans une voiture au fond de l'eau.

Dress code : smoking, chemise blanche et nœud papillon.

Tout collait parfaitement, et pourtant, Hesk songea qu'il avait à peine commencé à lever le voile sur cette affaire.

On viendra te chercher à dix-neuf heures trente au point GPS 55.692378, 12.586963.

Tout ce qu'il savait, c'était que derrière ce Contact1 se cachaient la ou les personnes qu'ils cherchaient.

Règles durant la cérémonie : Néant.

Il entra dans le répertoire du téléphone et cliqua sur *Contact1* pour faire apparaître le numéro de portable. Puis il fouilla dans le tiroir du bureau pour y trouver un stylo et le nota : 26 58…

Il n'eut pas le temps d'aller plus loin. Le téléphone s'était éteint.

15

Le crépuscule n'était pas loin de laisser place à la nuit noire quand Fabian paya sa course au chauffeur de taxi, ouvrit la portière et sortit dans Pålsjögatan. Il avait commencé à pleuvoir quelques gouttes. Le taxi opéra un demi-tour et repartit en direction du centre-ville. Quant à lui, il resta planté sur le trottoir à regarder sa maison.

Il avait toujours rêvé de vivre un jour dans l'une de ces constructions mitoyennes en brique rouge. Il y avait plus de deux ans maintenant qu'il avait réalisé son rêve, mais ces deux années auraient pu aussi bien être vingt. Vingt années de cauchemar durant lesquelles rien de tout ce qu'il avait espéré en quittant Stockholm ne s'était réalisé.

L'idée avait été de panser leurs plaies et de redevenir une famille. Et il était là, à présent, plus seul que jamais. Il aperçut le profil de Sonja à travers la fenêtre du séjour. Elle arrivait de la cuisine, portant quelque chose – probablement un plateau avec une théière, un pot de miel et des tasses –, puis elle disparut de son champ de vision lorsqu'elle s'installa dans le canapé.

Elle réapparut sous la forme d'une ombre mouvante au plafond quand elle alluma les trois bougies chauffe-plat posées sur la table. Matilda était avec elle. En réalité, ces ombres étaient beaucoup trop diffuses pour qu'il puisse distinguer quoi que ce soit. Mais pour lui, elles étaient aussi perceptibles que s'il s'était trouvé dans la pièce. Il suivit les gestes de Sonja tandis qu'elle versait le thé, d'abord dans la grande tasse mauve sans anse, puis dans celle de Matilda ornée d'un Moomin, et quand elle leva sa propre tasse des deux mains et la porta à ses lèvres.

Il aurait dû traverser la route, monter les quelques marches de la véranda et rentrer chez lui. Rejoindre sa famille, s'asseoir sur le canapé avec sa femme et sa fille. C'était simple. C'était ce qu'elles voulaient, et ce qu'il aurait aimé vouloir aussi.

Mais il restait là, figé, les yeux fixés sur les ombres au plafond, à espérer que le crachin se mue bientôt en pluie. Un déluge qui transformerait les caniveaux en torrents, emportant tout sur leur passage. Un cataclysme qui nettoierait le paysage, avant de laisser place à une averse de grêle. Des balles de glace qui provoqueraient des bleus, des grêlons qui le battraient comme plâtre et lui feraient enfin ressentir quelque chose. De la douleur. De la peine. N'importe quoi, mais quelque chose.

Au lieu de quoi, les gouttes se volatilisaient dès leur contact avec l'asphalte brûlant. Aussi finit-il par traverser la route sans l'avoir décidé, tourna la clé dans la serrure et ouvrit la porte.

Une musique douce l'accueillit : un piano, des instruments à cordes et une trompette munie d'une sourdine. Il reconnut le dernier morceau de l'album *Closing Time* de Tom Waits, le préféré de Sonja, et quand les premières notes de « Ol' '55 » du même album retentirent, il comprit qu'elle l'avait laissé tourner en boucle toute la soirée.

Il retira ses chaussures, suspendit sa veste sur un cintre, fit un pas dans le salon et s'arrêta, regardant Sonja et Matilda, assises exactement comme il l'avait imaginé, aussi près l'une de l'autre qu'il était possible de l'être, entourées de coussins, sirotant lentement le thé fumant.

« Salut, dit-il, levant la main en un geste maladroit.

– Salut, répondit Sonja, laissant un *où étais-tu* muet bâtir un mur invisible entre eux.

– Je vais me coucher, annonça Matilda en faisant un long câlin à sa mère avant de se lever du canapé et de faire un pas vers lui.

– Bonne nuit », dit-il. Il tendit les bras pour l'embrasser à son tour, mais les laissa retomber quand il la vit poursuivre son chemin sans lui accorder un mot ni même un regard. Il aurait aussi bien pu être transparent.

Il la suivit des yeux tandis qu'elle montait les marches vers le premier étage. C'était évidemment contre lui qu'elle dirigeait sa colère.

« Je crois que je vais y aller aussi, dit-il au bout d'un moment.

– Tu ne vas nulle part, l'arrêta Sonja en remplissant à nouveau sa tasse. Viens t'asseoir ici. Il y a du thé, si tu veux.

– Écoute, chérie, dit-il en poussant un long soupir. Je suis épuisé et je...

– Tu t'assieds, ordonna-t-elle, avec une fureur qui tentait de cacher à quel point elle était bouleversée. Tu crois que tu es le seul à être fatigué ? Tu crois que tout tourne autour de toi et de tes besoins ? Nous devons parler tous les deux et nous devons le faire maintenant. »

Il s'assit dans le fauteuil face à elle en hochant la tête. Elle avait raison. Bien sûr qu'ils devaient discuter. Il leur faudrait même des heures de tête-à-tête avant de se retrouver. Mais ce n'était pas le but recherché par Sonja. Il l'avait senti en observant les ombres au plafond, tout à l'heure.

« Je ne sais pas ce que tu as fait aujourd'hui ni où tu étais, commença-t-elle, faisant visiblement un effort pour ne pas craquer nerveusement. Ce que je sais, en revanche, c'est que ton comportement, quand nous sommes allés voir Theodor ce matin, était la chose la plus abjecte que...

– Laisse-moi t'expliquer, chérie, l'interrompit-il. J'avais raison. C'est bien ce que je soupçonnais, il y a quelque chose qui ne…

– Tais-toi, je ne veux pas le savoir ! » Elle tendit une main en avant comme pour se protéger de lui. « Tes soupçons et tes explications ne m'intéressent pas.

– Sonja, s'il te plaît, écoute-moi. Il s'agit de notre…

– Non, maintenant, c'est toi qui m'écoutes et qui me laisses parler. »

Il se tut et se retint même d'acquiescer.

« Notre fils s'est suicidé, poursuivit-elle. Aucun parent ne devrait avoir à vivre ça. Personne ne peut considérer ça comme un simple aléa de l'existence. Il n'existe pas d'outils, pas de méthode pour continuer à avancer après un drame comme celui-là. C'est arrivé il y a quelques jours seulement, nous sommes encore sous le choc et avons chacun notre propre manière de réagir. Mais c'est toi et moi qui sommes supposés être les adultes. Quoi qu'il arrive et quelle que soit la façon dont nous allons le faire, c'est à nous de veiller à ce que notre famille traverse cette épreuve, et ni toi ni moi n'avons le droit de nous laisser aller à des scènes comme celle de ce matin. Tu comprends ? C'est inadmissible ! Nous devons rester unis et nous soutenir mutuellement. C'est notre seule chance d'y parvenir. Tout le reste devra attendre. » Elle chercha dans ses yeux une forme d'assentiment.

« Le problème, c'est que ça ne peut pas attendre, dit-il quand il fut certain qu'elle avait terminé. Je sais que ça a dû être terrible pour vous. Mais si je n'avais pas frappé du poing sur la table et pas agi comme je l'ai fait, quelqu'un d'autre que Flätan aurait procédé à l'autopsie, et rien de ce que je pressentais n'aurait été révélé. Tu comprends ? Il y a quelque chose de louche dans cette histoire. Regarde le temps qu'il a fallu avant qu'on nous laisse le voir.

– S'il te plaît. Je n'ai pas envie de t'écouter.

– Ils nous mentent, Sonja. Tu étais là ! Tu as entendu quand ils ont prétendu qu'il avait déchiré son drap en lambeaux et les avait tressés pour en faire une corde, non ? Eh bien, d'après Flätan, les marques sur son cou proviennent d'un objet ayant une surface beaucoup plus lisse, comme un fil électrique ou…

– Tu n'as pas entendu ce que je t'ai dit ? Je ne veux pas t'écouter.

– Sonja, tu ne comprends pas qu'ils nous cachent quelque chose ?

– C'est toi qui ne comprends pas. Je n'ai pas envie d'entendre parler de l'autopsie de mon fils. Je ne veux pas entendre qu'il y a quelque chose de louche dans cette histoire. Theodor est mort. Ça ne te suffit pas ? Tu as vraiment besoin d'en savoir plus que cela ?

– Oui, je veux savoir comment c'est arrivé.

– D'accord. Tu veux savoir ce qui s'est passé, très bien. » Sonja hocha la tête. « Et après ? Ça va t'apporter quoi ? Ça va le ressusciter et le ramener à la maison, peut-être ? C'est ça que tu crois ? Que tout va revenir à la normale.

– Bien sûr que non, mais…

– Alors pourquoi est-ce que tu t'obstines ? Qu'est-ce que cela va nous apporter ?

– Nous saurons comment il est réellement mort. Nous pourrons entamer notre deuil en nous appuyant sur la vérité, et non sur une histoire inventée de toutes pièces qui…

– La vérité… » Sonja poussa un long soupir, les yeux fermés. « J'en ai tellement marre de ta foutue vérité. Tu n'as que ce mot à la bouche. La vérité, la vérité… C'est tout ce qui compte pour toi ? Il n'y a rien de plus important que cela ? Elle prévaut sur tout, c'est bien ça ?

– Non, mais si nous ne la découvrons pas, si nous ne parvenons pas à savoir ce qui s'est vraiment passé, cet événement restera une plaie ouverte jusqu'à la fin de nos…

– Tu n'as pas encore compris que c'est ta foutue vérité qui l'a tué ? Tu ne te souviens pas ? Tu as oublié que c'est toi qui l'as obligé à se rendre au Danemark pour témoigner. Sans ton éternelle quête de vérité, il serait encore ici, avec nous !

– Tu es sûre ? Tu es certaine de ça ? Tu penses sincèrement qu'après ce à quoi il a assisté, il serait tranquillement là avec nous en train de boire du thé et faire comme si de rien n'était ? Tu as vu les bandes ? Tu les as vus torturer ces SDF à mort de la façon la plus immonde ?

– Tu dis ça comme s'il y avait participé de façon active. Il a juste fait le guet une fois. Tu te souviens qu'ils l'ont forcé, quand même ?

– Oui, et je ne pourrai jamais l'oublier. Parce que moi, je ne crois pas que les choses disparaissent en évitant simplement d'en parler et en faisant comme si elles n'avaient jamais existé. Mais toi si, apparemment. Tu te fous de savoir que son silence aurait conduit à remettre en liberté les vrais coupables, qui auraient ainsi pu continuer leurs petits jeux. Ça t'est égal parce que ça n'a rien à voir avec nous ni avec Theodor. » Il ferma les yeux un instant. « Cette façon de voir les choses fonctionne peut-être pour toi, Sonja, mais pas pour moi. Vivre dans le mensonge, coller un sourire sur son visage et espérer que tout le monde sera dupe, non merci. Je ne peux pas me contenter d'oublier qu'il y a quelque chose de louche dans la mort de Theodor. Je ne peux pas laisser passer les erreurs et les agressions dont il a été victime comme si elles n'étaient jamais arrivées. J'en suis incapable.

– Tu as raison sur un point, dit Sonja. J'aurais fait n'importe quoi pour qu'il soit ici avec nous maintenant. N'importe quoi. Même si j'avais dû vivre dans le mensonge avec un sourire hypocrite sur le visage pour le restant de mes jours, je l'aurais fait.

– Et les injustices qu'il a subies, tu t'en fous. Bravo ! »

Sonja fixa sur lui un regard aussi noir et insondable que le gouffre qui s'ouvrait sous ses pieds dans ses cauchemars. « La pire injustice que Theodor a subie, Fabian, c'est de t'avoir eu pour père », déclara-t-elle avant de se lever, de déposer sa tasse de thé dans la cuisine et de disparaître à son tour dans l'escalier.

16

« Oui, c'est exact », répondit Hesk à la question : *Pouvez-vous confirmer que l'homme retrouvé mort dans une voiture au large de la presqu'île de Refshaleøen était bien Mogens Klinge, directeur du renseignement ?* « En revanche, ajouta-t-il, nous recherchons toujours l'identité de la femme qui l'accompagnait. »

Il jeta un regard circulaire sur la salle. Les journalistes venaient tous de grands quotidiens, des principales chaînes d'information télé et radio, et pourtant, il était parfaitement détendu. Lui qui d'habitude transpirait et tripotait sa cravate chaque fois que Sleizner lui demandait de monter sur l'estrade à ses côtés. Et il pouvait se féliciter qu'ils soient venus si nombreux, alors qu'il n'avait annoncé la conférence de presse qu'une heure auparavant.

S'il avait pris cette décision, c'était à cause des deux hommes qui l'avaient pris en filature à la recherche du téléphone portable. En effet, il avait de bonnes raisons de croire qu'ils étaient liés à la police, puisqu'ils avaient eu connaissance du lieu et de l'heure de l'autopsie de Mogens.

« Est-il également exact qu'il s'est tiré une balle dans la bouche ? demanda quelqu'un au fond de la salle.

– Mogens Klinge présentait en effet une blessure par balle quand nous l'avons trouvé. Celle-ci a traversé la bouche avant de ressortir à l'arrière du crâne. Nous ne sommes pas en mesure d'en dire plus pour le moment.

– Pouvez-vous confirmer que Mogens Klinge s'est suicidé ?

– Non, je vous le répète, la seule chose que nous pouvons confirmer est qu'il présentait une blessure par balle. » Il se détourna du journaliste et s'adressa à la foule. « De manière générale, nous sommes à un stade beaucoup trop précoce de l'enquête pour éliminer la moindre hypothèse, il serait prématuré de tirer des conclusions.

– Que pouvez-vous nous dire sur la femme ? demanda un autre.

– Malheureusement, nous n'avons pas autant d'éléments que nous le souhaiterions.

– S'agissait-il d'une prostituée ?

– Peut-être, mais nous ne pouvons pas l'affirmer pour le moment, sachant que nous ignorons encore son identité.

– Était-elle danoise ?

– Si vous sous-entendez de nationalité danoise, c'est possible. En revanche, elle n'était pas d'origine danoise. Quoi qu'il en soit, pour l'instant, ce ne sont que des suppositions. Nous en saurons probablement plus quand nous aurons découvert son identité, et c'est la raison pour laquelle nous avons décidé de lancer un appel à témoin. »

Armé d'une télécommande, il afficha à l'écran les photos du visage de la jeune femme prises par Hemmer. Aussitôt, les appareils photo reprirent du service, bombardant le portrait de la jeune victime.

« Vous pouvez également télécharger ces images en haute définition sur le site de la police, dit-il en projetant une photo de la cicatrice. Cela vaut aussi pour ce cliché.

– De quoi s'agit-il ? questionna quelqu'un, assis au premier rang.

– D'une cicatrice en forme de croix visible à l'intérieur de sa cuisse droite. Je demande à toute personne qui reconnaîtrait ce symbole ou aurait déjà vu quelque chose de semblable de prendre contact au plus vite avec nos services afin que nous puissions… » Il fut interrompu par le crépitement bruyant des appareils argentiques. Cette fois, les objectifs n'étaient pas dirigés vers lui, mais vers l'un des côtés de la salle.

Il comprit ce qui avait déclenché la frénésie des journalistes en voyant Sleizner rejoindre l'estrade et s'approcher de la table, une bouteille d'eau et deux verres à la main, arborant un immense sourire.

« Bonjour, bonjour, mes chers amis ! J'espère que je ne vous dérange pas. »

Hesk avait peine à y croire. Il ne savait pas s'il devait en rire ou en pleurer et ne vit d'autre solution que d'afficher un sourire forcé lorsque Sleizner posa la bouteille et les verres et se pencha vers lui en mettant une main devant le micro.

« Édifiant, lui murmura-t-il à l'oreille. Je te donne le petit doigt et tu t'empresses de bouffer le bras tout entier, avec les os et les cartilages.

– Je peux tout t'expliquer, Kim. Laisse-moi finir et j'aurai un tas de choses à te raconter.

– Détends-toi, dit Sleizner en lui donnant une tape amicale sur l'épaule. Je vais te donner un coup de main avec cette conférence de presse et faire en sorte que tout se passe bien. Personne ne pourra dire que je t'ai laissé seul sur le gril.

– Merci, chuchota Jan. Mais il vaut mieux que je m'en occupe moi-même… »

« Kim, lança une journaliste depuis le fond de la salle. Que penses-tu de la mort inopinée de Mogens Klinge ?

– Salut, Mette, dit Sleizner à la reporter, avec un geste de la main. Je te remercie pour ta question, mais je vais te répondre la même chose qu'à tes confrères. Si vous croyez que je suis venu pour poursuivre cette conférence de presse, vous faites erreur. » Il s'assit à la droite de Hesk, ouvrit la bouteille et remplit les deux verres. « Je suis là uniquement pour vous dire, au cas où vous ne l'auriez pas compris, que Jan Hesk a toute ma confiance pour diriger cette enquête de la plus haute importance. J'irai même jusqu'à dire que je ne vois personne de plus qualifié que lui pour le faire.

– Et toi, quelle est ta part d'implication dans les investigations ?

– Comme je viens de le dire, Jan est seul maître à bord. Mais, en raison du caractère sensible de cette affaire, il est évident qu'il me tiendra informé des avancées de l'enquête. Ne pas le faire serait une faute professionnelle de sa part. » Sleizner se tourna vers Hesk avec un grand sourire et but une gorgée d'eau.

« Je suppose que tu as une idée de ce qu'il s'est passé ? questionna la journaliste.

– J'y ai réfléchi, bien sûr. Et j'ai déjà plusieurs hypothèses. Mais te connaissant, toi, et certaines des personnes présentes dans cette salle, j'ai bien l'intention de les garder pour moi. »

Une partie de l'assemblée éclata de rire, et Sleizner sourit sous les projecteurs comme un homme nageant dans le bonheur.

La situation était nettement moins confortable pour Hesk. Son pouls battait trop vite. La transpiration perlait sur son front, et les paumes de ses mains étaient si humides qu'il crut qu'il allait tomber dans les pommes. Il fallait d'urgence qu'il se ressaisisse.

« Que penses-tu de Mogens Klinge ? lança quelqu'un.

– Moi ? demanda Sleizner en pointant le doigt sur sa poitrine. Ce que moi, je pense de Mogens Klinge ?

– Oui. Est-ce que tu dirais qu'il était le genre d'homme à se suicider ?

– C'est une possibilité…

– Une seconde, Kim, le coupa Jan Hesk, même si la dernière chose qu'il voulait était de se disputer avec Sleizner en public. J'aimerais répondre moi-même à cette question. » Il avala plusieurs grandes gorgées d'eau tiède et se pencha vers les micros. « Nous en avons déjà parlé tout à l'heure et je vous ai répondu que, pour l'instant, nous ne pouvions confirmer ni infirmer aucune hypothèse.

– Je ne cherche pas à savoir ce que vous pouvez confirmer, mais ce que vous croyez, et surtout ce que Kim Sleizner pense être le plus plausible.

– Il s'avère qu'il s'agit d'une enquête de police et non d'un jeu de devinettes. Aussi, ce que certains pensent ou croient au sein de nos services n'a pas sa place dans une conférence de presse.

– Ce que Jan essaie de dire, intervint Sleizner, c'est que nous travaillons actuellement sur différentes théories et que nous ne voulons pas nous laisser enfermer dans un scénario plutôt qu'un autre. Cela étant dit, nous ne pouvons pas nier que tout semble indiquer que c'est bien Klinge lui-même qui tenait l'arme.

– La seconde possibilité étant… ? insista un autre journaliste. Je veux dire, si ce n'est pas un suicide ?

– Qu'une ou plusieurs personnes puissent avoir été mêlées à cette affaire, répondit Hesk.

– Évidemment, quoi d'autre ? ricana Sleizner. Mais le fait est que, pour l'heure, peu d'éléments penchent dans ce sens. J'irai jusqu'à dire que rien ne le laisse à penser. Mais comme nous l'avons dit, nous n'excluons aucune possibilité. »

Il n'y eut pas d'autres questions, et plus aucun bruit dans la salle, hormis le grattement des stylos sur les blocs-notes. Puis le silence complet. Jan Hesk n'aurait pas su dire pendant combien de temps. Au bout d'un moment, Sleizner se pencha vers lui.

« Que dirais-tu de conclure ? Il n'y a plus grand-chose à dire, si ? »

Hesk se tourna vers l'assemblée qui, à cause des spots puissants, lui apparut comme une grosse masse sombre de têtes anonymes. Et ce fut à cet instant qu'elle lui apparut comme une évidence.

La fameuse croisée des chemins.

Cet instant où il avait le choix de continuer à se taire en acceptant de mettre fin à la conférence de presse, ce qui équivaudrait à laisser Sleizner reprendre les rênes de l'enquête de manière informelle et à négliger l'hypothèse selon laquelle d'autres personnes pourraient avoir été impliquées. Une hypothèse qui finirait par s'éventer, avant d'être inévitablement abandonnée. L'enquête serait rapidement bouclée, les deux inconnus arrêteraient de le pourchasser et lui ficheraient définitivement la paix, il pourrait ainsi retrouver tranquillement sa famille et emmener tout le monde à Legoland, livrant sa pathétique carrière à un nouvel échec.

Mais pourrait-il vivre avec ça ?

Et continuer à se regarder dans la glace ?

La réponse était dans la question. Le fait même qu'il hésite constituait une réponse en soi.

« Le problème, c'est que c'est faux, s'entendit-il déclarer tandis que la première goutte de sueur quittait son front.

– Pardon ? » Sleizner se tourna brusquement vers lui. « Qu'est-ce que tu dis ?

– Je dis que c'est faux, répéta-t-il d'une voix plus forte, en s'épongeant le front avec sa manche. Il y a de nombreuses raisons de croire qu'une ou plusieurs personnes ont été mêlées à ce double assassinat, d'une manière ou d'une autre. » Il avait beau s'essuyer, la sueur continuait à dégouliner.

« Quelles raisons ? demanda un journaliste.

– Tout d'abord, le sang et les fragments de peau que nous avons trouvés sous les ongles de la femme ne provenaient ni d'elle ni de Mogens Klinge. » À présent, il avait le dos trempé. Il termina la bouteille d'eau.

« Vous avez un suspect ? lança un autre.

– C'est également un point sur lequel pour le moment… » Il s'interrompit. Il avait oublié de quoi il parlait. « Excusez-moi, pouvez-vous répéter la question ?

– Avez-vous un suspect ? Est-il possible qu'un mobile politique se cache sous cette affaire ?

– Non, tout ce que je dis, c'est que nous travaillons à partir d'une hypothèse selon laquelle… » Une fois encore, il ne parvint pas à terminer sa phrase. Sans doute serait-il préférable de mettre fin à cette conférence de presse. Ne serait-ce que pour lui permettre de sortir d'ici. S'éloigner des projecteurs. Échapper aux questions.

Il vit Sleizner s'approcher du micro et l'entendit s'adresser aux journalistes, mais ses paroles se perdirent dans un brouhaha incompréhensible.

Il lui fallait de l'eau. Encore de l'eau. La bouteille et le verre posés sur la table étaient vides. Il tenta de déglutir, mais sa gorge était tapissée de papier de verre. Il devait à tout prix sortir d'ici, tout de suite. Il se leva si précipitamment que sa chaise se renversa.

Puis tout devint noir.

17

Il n'avait pas terminé sa phrase qu'il savait déjà que le gardien face à lui avait pris sa décision. Le type hochait la tête en le regardant avec un sourire forcé, mais Fabian n'était pas dupe. Ses yeux en disaient long. Ses pupilles avaient progressivement rétréci, et son regard interrogateur était devenu froid et agressif.

Fabian comprenait parfaitement. Sa requête allait à l'encontre de toutes les règles de la maison d'arrêt. Il avait demandé l'autorisation de visiter la cellule de Theodor, sachant pertinemment qu'on ne laissait pas rentrer n'importe qui et n'importe quand dans un établissement pénitentiaire. Et surtout pas lui, après la scène de la veille.

La réaction à laquelle il s'attendait ne tarda pas à arriver. L'inévitable mouvement de tête accompagnant le refus. « Non, ça ne va pas être possible. » Le gardien caressait sa moustache. « Je regrette, mais il n'y a rien que je puisse faire. »

L'échange fut en tous points conforme à ce qu'il s'était imaginé, d'autant qu'il n'avait aucun mandat et ne pouvait prétexter une enquête officielle pour justifier sa requête. Vue de l'extérieur, la prison n'avait commis aucune faute.

Flätan lui avait conseillé de porter plainte pour tenter de faire ouvrir une enquête. Mais, dans le meilleur des cas, cela prendrait des mois, et les preuves auraient le temps de disparaître. Sans compter qu'on ne l'autoriserait jamais à faire partie de l'équipe d'investigation. C'est pourquoi il avait décidé de laisser son titre officiel à la maison et de venir comme il était : un père qui avait perdu son fils.

« Si vous n'avez pas d'autres questions, je vais vous demander de partir », conclut le maton.

En théorie, ce statut aurait dû affaiblir sa requête. Mais en réalité, il lui conférait quelque chose de plus puissant que les armes, les règlements et les documents dûment signés. Sa peine. S'il parvenait à l'exprimer, ils ne pourraient plus s'opposer à sa demande.

Mais il ne savait pas comment faire. Comme s'il avait perdu la clé donnant accès à cette partie de lui-même. Il avait beau essayer, le seul sentiment qu'il parvenait à éprouver n'était pas le chagrin, mais la colère, et ça, c'était la dernière émotion qui puisse l'aider dans cette situation.

« Je vous en prie », supplia-t-il en fermant les paupières, dans une vaine tentative de faire venir un peu d'humidité dans ses yeux. « Tout ce que je souhaite, c'est voir la pièce dans laquelle mon fils s'est trouvé vivant pour la dernière fois. C'est vraiment trop demander ? Dix minutes, je n'ai pas besoin de plus.

– Je suis désolé, rétorqua le gardien dans son meilleur suédois. Ce n'est pas possible. À présent, je vous demande de partir.

– Je peux vous poser une question ? interrogea Fabian en regardant l'homme dans les yeux. Avez-vous des enfants ?

– Je ne vois pas le rapport...

– S'il vous plaît, répondez à ma question. Vous avez des enfants, n'est-ce pas ?

– Oui, finit par répondre le gardien en tirant sur sa moustache. Deux garçons.

– Donc vous comprenez ce que je vis, pas vrai ? enchaîna rapidement Fabian en prenant soin de ne pas le lâcher des yeux. Imaginez que l'un d'eux soit mort dans ce bâtiment et qu'on vous interdise d'y entrer.

– Ça va, Dennis ? Qu'est-ce qui se passe ? » demanda un autre gardien, qui venait de rejoindre son collègue derrière le comptoir d'accueil.

« C'est Fabian Risk, le policier suédois, qui voudrait voir la cellule.

– Non, non, vous vous trompez, intervint Fabian. Je ne suis pas là en qualité d'inspecteur. C'est important que vous le compreniez. Ma demande n'a rien d'officiel. Je suis là à titre personnel.

– Qu'est-ce que vous voulez exactement ? s'enquit le nouveau venu.

– Juste m'asseoir un petit moment à l'endroit où mon fils a vécu les derniers instants de sa vie. C'est tout. Que vous me laissiez m'asseoir là dix minutes pour lui dire au revoir. »

Le type s'adressa à son collègue. « Dix minutes, un quart d'heure, en quoi est-ce un problème ?

– Mais le règlement stipule que…

– Et alors ? Cet homme souffre, c'est normal. » Il se tourna vers Fabian. « Écoutez, normalement, je prends ma pause, mais tant pis. Suivez-moi.

– Enfin, Peter, on n'a pas le droit de…

– Tout va bien, Dennis. J'en fais mon affaire. »

Quelques minutes plus tard, Fabian entrait dans la cellule vide.

« Quand vous vous sentirez prêt, vous n'aurez qu'à m'appeler en appuyant sur ce bouton et je viendrai vous chercher. Je ne ferme pas la porte à clé, rassurez-vous. »

Fabian acquiesça, fit quelques pas et s'assit sur le lit. C'était la première fois qu'il entrait dans cette cellule. Les rares fois où il avait rendu visite à Theodor, ils s'étaient vus au parloir. Cette pièce-là était nettement plus petite. Un lit fixé au mur, un placard, un petit bureau, une chaise, un lavabo et un W.-C. Rien d'autre. Nulle part, il ne vit le moindre signe que Theodor y avait passé les dernières semaines de sa vie.

Était-ce pour cela qu'il ne ressentait rien ? Parce que la cellule avait déjà été si bien récurée après le passage de son fils qu'elle lui faisait seulement penser à une chambre dans un hôtel miteux dont le tenancier employait des détergents aussi puissants que bon marché pour venir à bout de la vermine ?

Après tout, il n'était pas venu pour ressentir quoi que ce soit. Ce n'était pas pour se représenter Theodor, seul avec sa peur, couché sur ce lit en train de fixer le plafond avant de prendre sa décision, qu'il était là.

C'était pour une tout autre raison.

Fabian sortit de la poche intérieure de sa veste la petite pochette en plastique d'indices contenant l'éclat de peinture vert foncé tombée des cheveux de son fils. Il n'eut pas besoin de le sortir et de le comparer aux murs bleu ciel pour découvrir qu'il ne provenait pas de cette pièce. Ni du plafond peint en blanc.

Il se leva et regarda autour de lui sans apercevoir la moindre trace de peinture vert foncé. Pour le moment, il n'était pas sûr de comprendre ce que cela signifiait. Le morceau de peinture écaillée avait pu se coincer dans ses cheveux lors de son passage dans une autre pièce, comme le réfectoire, le gymnase ou ailleurs. Peut-être aussi ne se trouvait-il pas du tout ici quand il...

Il interrompit le flux de ses pensées, toutes plus improbables les unes que les autres. Bien entendu que c'était ici qu'il avait mis fin à ses jours. Mais telle une petite souris obstinée, une nouvelle idée fit son chemin, l'amenant à lever la tête vers le plafond.

Il y avait bien un plafonnier, mais aucun fil électrique apparent. Or, selon Flätan, Theodor s'était pendu avec un câble ou une corde manufacturée ayant une surface relativement lisse. Dans cette cellule, l'alimentation de la lumière était encastrée dans le plafond, sans doute pour éviter qu'un détenu ne tire dessus, le passe autour de sa tête et se laisse tomber.

Il s'approcha du bouton de la sonnette qui devait lui permettre de prévenir le gardien qu'il avait terminé. Et dans un sens, c'était le cas : il n'avait plus rien à voir ici.

Mais il ne sonna pas.

Le large couloir par lequel il était arrivé était flanqué de portes de cellules des deux côtés et devait s'étendre sur une cinquantaine de mètres environ. Les portes n'étaient pas verrouillées, et les prisonniers pouvaient circuler librement. Ici et là, des gardiens bavardaient entre eux ou avec des détenus. Le calme régnait, et personne ne prêtait attention à lui.

Sans plan précis et sans savoir où il allait, Fabian tourna à gauche, longeant une succession de cellules qui, bien qu'en tous points semblables, constituaient chacune un petit monde individuel, personnalisé par celui qui l'occupait.

Le couloir débouchait sur une salle commune aménagée en plusieurs salons où les pensionnaires pouvaient jouer aux cartes, boire un café ou lire des journaux. Il pensa aux jeunes membres de la bande des Smileys qui étaient toujours en attente de leur procès. Serait-il capable de les reconnaître s'il les voyait là, en train de taper le carton ? Et que ferait-il, le cas échéant ?

Un peu plus loin, une porte s'ouvrit sur un homme en combinaison de travail blanche couverte de taches, portant un masque de protection autour du cou. L'homme posa par terre deux seaux de peinture, à côté de plusieurs sacs-poubelle noirs alignés le long d'un mur, devant un matelas recouvert d'une housse et de plusieurs bacs en plastique tachés de peinture vert foncé.

Cela n'avait peut-être rien à voir, c'était peut-être un simple hasard. Ou pas. Quoi qu'il en soit, Fabian se précipita vers la porte par laquelle le peintre venait de sortir, jeta un coup d'œil par-dessus son épaule et entra.

Une forte odeur de peinture fraîche régnait dans la pièce qui, dans la pénombre, ressemblait à une réserve, avec des étagères métalliques vides contre un mur. Après avoir rapidement refermé la porte, Fabian chercha à tâtons l'interrupteur.

Quand la lumière s'alluma, il eut un tel choc qu'il dut se tenir le ventre, comme s'il venait de recevoir un uppercut. D'abord, le matelas plastifié debout contre le mur du couloir, ensuite, cet épais câble électrique au plafond, courant jusqu'à un néon dont l'ampoule était beaucoup trop forte et enfin ces étagères contre le mur permettant de l'atteindre. Et la peinture. Une peinture vert foncé qui recouvrait les murs et le plafond, et qui à certains endroits avait bénéficié d'une couche fraîche, dont l'odeur prégnante l'empêchait presque de respirer.

Il ferma les yeux quelques instants pour surmonter son malaise et s'immobilisa, tentant d'intégrer l'idée que ce n'était pas dans une cellule que Theodor était resté prisonnier, mais dans une pièce froide et borgne, entre quatre murs vert sombre, avec un matelas sale à même le sol pour unique confort. Il ne semblait même pas avoir eu de draps. Rien.

C'était impossible. Quelque chose en lui refusait cette hypothèse et cherchait désespérément une explication alors que tout lui hurlait qu'il n'y en avait pas d'autre. Que toutes les preuves qu'il cherchait étaient rassemblées ici.

C'était dans cette pièce que Theodor avait été mis en pièces après avoir subi ce qui ressemblait sans conteste à de la torture, heure après heure, jour après jour, jusqu'à ce que tout se fonde en un enfer vert foncé sans début, ni milieu, ni fin.

Pourquoi ? Qu'avait fait son fils pour mériter cela ? Comment une chose pareille avait-elle pu arriver ? Alors que c'était lui qui avait été persécuté, et non l'inverse. Alors que c'était lui, la victime. Lui qui était venu raconter la vérité. Parce qu'il avait voulu faire ce qui est juste.

Difficile de dire si ce furent les vapeurs toxiques qui le firent tituber jusqu'à presque perdre l'équilibre, ni combien de temps il passa dans cette pièce avec un mal de tête à rendre fou et des pensées partant dans tous les sens et nulle part à la fois.

Soudain, son regard s'arrêta sur le centre du mur en face de lui. Une tache à mi-hauteur, où la couleur verte était légèrement différente de celle du reste de la paroi. Il s'approcha, posa sa main et sentit que la peinture était encore fraîche. Avec la manche de sa veste, il frotta pour l'essuyer ; des taches d'enduit blanc de différentes tailles apparurent. Il n'avait pas besoin de plus pour comprendre. L'ancienne peinture avait été abîmée en plusieurs endroits.

Écaille après écaille.

Coup après coup.

Hématome après hématome.

Il eut envie de hurler et, cette fois, ne put se retenir. Il s'approcha de l'étagère, grimpa jusqu'au plafond et, incapable de contenir sa douleur plus longtemps, il émit un long rugissement. En atteignant le haut du rayonnage, il ne sentit même pas la punaise qui lui transperçait la main.

C'était forcément ainsi que cela s'était passé. Il visualisait parfaitement la scène, à présent. Il savait exactement comment Theodor s'y était pris. Il n'y avait pas d'autre explication. On l'avait enfermé dans cette pièce. Une réserve. Pourquoi ? Il l'ignorait, mais tout coïncidait. La violence physique, la mise à l'isolement et le procès sans cesse retardé. Pour le briser. Pour qu'il finisse par craquer sous le poids de sa souffrance.

Enfin, toutes les pièces du puzzle se mettaient en place, l'une après l'autre, comme une averse de réponses, tandis que de plus en plus en nage et à bout de souffle il continuait de se hisser vers le fil électrique qui courait jusqu'au plafonnier suspendu au centre de la pièce. Toute son attention était concentrée sur l'endroit où le câble avait lui aussi été peint avec cette peinture vert foncé qui n'avait pas encore eu le temps de sécher et, comme cela avait dû être le cas pour Theodor, le fil donna du mou lorsqu'il tira dessus. Très vite, la boucle fut assez grande pour qu'il puisse l'enrouler autour de son cou et sauter de l'étagère.

« Hé ! Qu'est-ce qui se passe ici ? »

Fabian vit les deux gardiens entrer dans la pièce, accompagnés par Flemming Friis. « Je vous le demande. » Fabian redescendit et se campa devant les trois hommes. « Que s'est-il passé, ici ? Hein ? Vous pouvez me répondre ? s'exclama-t-il, en enfonçant son index dans la poitrine de Friis. Qu'est-ce que mon fils foutait dans cette pièce ?

– Vous allez d'abord vous calmer, répliqua Friis en reculant et en rajustant ses lunettes qui avaient glissé sur son nez.

– Plutôt crever que de me calmer. Maintenant, je veux des réponses, et je les veux tout de suite. » Fabian se planta à quelques centimètres du directeur de la prison. « Dites-moi ce que Theodor a bien pu faire pour mériter d'être enfermé dans cette réserve et subir un tabassage en règle.

– Écoutez-moi, voyons ! tenta de se défendre Friis en suédois. Je ne sais pas où vous êtes allé chercher cela, mais Theodor n'est jamais venu dans cette pièce. Pas une seule fois. »

Fabian ferma les yeux et poussa un long soupir. « S'il y a une chose que je ne tolérerai plus, c'est que vous me mentiez. Alors rendez-moi, mais surtout rendez-vous, un grand service et répondez-moi. Pourquoi mon fils a-t-il été enfermé ici ?

– Je vous le répète, il n'a jamais...

– Putain ! » Fabian lui colla sous le nez la pochette plastique transparente contenant l'écaille de peinture vert foncé. « Vous voyez ça ? Est-ce que vous savez où je l'ai trouvé ? Vous en avez une idée ?

– Non. Comment voulez-vous que je le sache ?

– Dans les cheveux de Theodor. Et vous voulez savoir pourquoi cet éclat de peinture était là ? Hein ? Vous voulez le savoir ? »

Friis jeta un regard vers les deux matons, leur faisant signe d'agir.

« Il était là parce qu'un ou plusieurs individus ont tabassé mon fils dans cette réserve avec une telle brutalité que vous avez ensuite dû faire réparer les murs. » Fabian montra du doigt les taches d'enduit. « Alors maintenant, j'exige de savoir qui a fait ça et pourquoi personne n'est intervenu… » Il fut interrompu par les gardiens qui le saisirent par les bras et le tirèrent en arrière.

« Écoutez, monsieur Risk, je comprends que vous soyez bouleversé, dit Friis en remontant à nouveau ses lunettes sur son nez. Mais croyez-moi, votre fils…

– Ah oui, vous pensez que vous comprenez ?

– Ce que je veux dire, c'est que…

– Vous savez ce que je pense, moi ? le coupa-t-il tandis que les gardiens l'immobilisaient. Je pense que vous n'avez rien compris du tout. Vous n'avez même pas compris que tout cela était votre faute. Mais vous allez voir que tout ce qui est arrivé ici, tout ce qui s'y passe en ce moment même, chaque mensonge prononcé depuis le début de cette histoire, tout cela va rapidement devenir votre responsabilité. »

Il s'arracha à l'emprise des gardiens et partit.

18

Hesk n'arrivait pas à comprendre comment l'obscurité compacte avait brusquement été remplacée par cette forte luminosité qui lui donnait mal à la tête. Il n'avait aucune idée de l'endroit où il se trouvait. C'était comme s'il avait passé ces dernières heures, ou peut-être ces derniers jours, dans un néant où le temps était resté figé.

Il avait dû dormir, puisqu'à présent il était réveillé. Couché sur une surface dure qui lui faisait mal au dos, il réalisa qu'une porte venait de s'ouvrir, ou de se fermer. Quelqu'un était entré dans la pièce. Enfin, il entendit une voix qui lui parut familière.

« Bah alors, Jan ? C'est ici que tu te caches ? »

Une voix si familière, même, qu'il ne comprenait pas pourquoi il n'arrivait pas à l'identifier. Il lutta contre sa migraine, ouvrit les yeux et vit Sleizner penché au-dessus de lui.

« Qu'est-ce que tu m'as fait, là ? lui aboya au visage son supérieur, avec un grand effet de manche. Franchement ? Tu n'as pas trouvé mieux ?

– Hein ? parvint-il enfin à répondre tandis que son regard s'éclaircissait et qu'il prenait conscience qu'il était allongé sur une grande table entourée de chaises.

– C'est tout ce que tu trouves à dire ? » Sleizner se pencha sur lui et lui frappa le front comme on frappe à une porte. « Il y a quelqu'un là-dedans ? Est-ce que toi au moins, tu comprends ce que tu fabriques ? Parce que, pour moi, ce n'est pas clair. »

D'un côté de la pièce, il y avait un grand tableau blanc et vierge, et de l'autre des rideaux fermés. Au-dessus de sa tête était suspendu un projecteur.

« On te met en avant, on te donne tout ce dont tu as toujours rêvé, et c'est comme ça que tu montres ta gratitude ? » Sleizner secoua la tête avec un air profondément déçu.

Une salle de conférence ? Hesk n'y comprenait rien.

« Je pensais avoir été clair : cette enquête est sensible et il n'est pas question d'aller crier ce qui se passe sur tous les toits. Et toi, qu'est-ce que tu fais ? Tu convoques une conférence de presse ! Derrière mon dos, en plus. Non, mais tu réalises un peu dans quelle position tu me mets ? »

La mémoire lui revenait… La conférence de presse au cours de laquelle Sleizner avait débarqué pour lui couper l'herbe sous le pied. Après ça, c'était le trou noir.

« Je t'assure que je n'avais aucune intention de te contrarier, Kim, dit-il en se redressant, bien qu'il se sente encore très faible. Mais nous disposons de beaucoup d'indices indiquant que d'autres personnes ont pu être impliquées. » Il avait dû s'évanouir, c'était la seule explication. Il faisait très chaud sur cette scène, il s'en souvenait, à présent. Il avait beaucoup transpiré et avait vidé le verre d'eau que Sleizner lui avait servi sans parvenir à étancher sa soif.

« Ah oui ? rétorqua Sleizner avec un haussement d'épaules. Et alors ? »

Hesk tenta de lubrifier sa gorge toujours sèche en déglutissant avec difficulté. « Je trouve simplement que nous ne pouvons pas négliger les indices que…

– Qui te parle de négliger quoi que ce soit ? Pas moi, en tout cas. »

Ce n'était pas la première fois qu'il perdait connaissance. Pour être honnête, cela lui arrivait plus souvent qu'à son tour. Parfois, il suffisait même qu'il se lève un peu trop rapidement de son lit. Mais que cela ait eu lieu en pleine conférence de presse lui semblait inexplicable.

« Je t'ai posé une question, Jan, continua Sleizner. Est-ce qu'à un seul moment, je t'ai dit de mettre de côté les informations qui apparaîtraient au fil de votre investigation ? Ou de cacher la vérité ?

– Non, mais…

– Nous sommes d'accord. Ce que je t'ai dit, en revanche, c'est de me tenir au courant. Ne serait-ce que pour éviter ce genre de problème. Est-ce trop te demander ? »

L'idée était impensable, pourtant elle venait de lui traverser l'esprit.

« Bon, apparemment tu as perdu ta langue, poursuivit Sleizner. Alors voilà le topo. Personnellement, je me fous qu'une troisième personne ou tout un régiment aient été impliqués dans cette affaire. Ce qui m'importe, c'est que l'enquête soit bouclée au plus vite.

– On travaille aussi vite que possible, Kim.

– Maintenant, tu te tais et tu m'écoutes. »

Est-ce qu'on l'avait drogué ? Était-ce la raison pour laquelle il s'était soudain mis à transpirer et avait ressenti cette soif inextinguible ?

« N'oublie pas que c'est moi qui t'ai donné cette chance, dit Sleizner, l'index levé. Je suis la branche sur laquelle tu es posé. Et je te conseille, dans ton propre intérêt, de ne pas l'oublier ! »

La drogue se trouvait-elle dans l'eau que Kim avait apportée ? Non, c'était impossible puisque la bouteille était neuve. Avait-il apporté deux bouteilles ?

« Oh ! Tu m'écoutes ? » Sleizner se mit à le secouer par les épaules comme une vieille marionnette désarticulée. « Qu'est-ce qui t'arrive ? Tu as l'air complètement à l'ouest. » Il lui administra une petite gifle. « Tu entends ce que je dis, ou pas ? »

Hesk regarda Sleizner droit dans les yeux et confia : « On me surveille.

– Comment ça, "on te surveille" ? Qu'est-ce que tu racontes ?

– Ils sont deux. Deux hommes. Ils se parlent en anglais, mais je crois que l'un des deux est danois. » Il prit son téléphone et chercha la photo du pêcheur que Hemmer lui avait envoyée. « En voilà un. »

Sleizner lui prit le téléphone des mains et fixa l'écran un long moment, comme s'il avait besoin de temps pour comprendre. « Merde… » Il rendit son portable à Hesk et eut l'air de réfléchir. Enfin, il hocha la tête, comme pour lui-même. « C'est ce que je craignais. Ce sont eux. Il n'y a pas d'autre explication. C'est forcément eux.

– Tu les connais ?

– Je les connais sans les connaître. Le chef du Renseignement est mort. Il a peut-être été assassiné. Tu crois qu'ils vont rester tranquillement à se tourner les pouces en attendant qu'on fasse notre boulot ?

– Alors tu crois que ce sont…

– Qui veux-tu que ce soit d'autre ? le coupa Sleizner. C'est précisément pour cela qu'une enquête rapide et rondement menée aurait été préférable. Ils sont évidemment inquiets de ce qui pourrait remonter à la surface tant que nous sommes aux commandes. Mais je n'aurais jamais cru qu'ils iraient jusque-là.

– Pourquoi ? Qu'est-ce qu'ils ont fait d'autre ? »

Sleizner posa la main sur l'épaule de Hesk et avala sa salive avant de répondre : « Je n'en suis pas certain, mais je les soupçonne de t'avoir drogué. C'est pour ça que tu as perdu connaissance.

– Mais pourquoi ? Je ne comprends pas.

– Pour te faire taire peut-être, je n'en sais rien. » Sleizner haussa les épaules. « Ta théorie selon laquelle il y aurait d'autres personnes impliquées les dérange peut-être. À moins que ce ne soit autre chose. Je ne sais pas, moi. Tu n'as pas une idée ? Un élément que tu aurais oublié de me donner, par exemple ? Quoi qu'il en soit, je t'informe que le pêcheur que tu viens de me montrer est l'une des deux personnes qui sont venues s'occuper de toi quand tu t'es évanoui.

– C'est vrai ? Ce sont ces deux types-là qui m'ont descendu de scène ? »

Sleizner acquiesça. « Sur le moment, j'ai cru qu'il s'agissait de deux gardiens particulièrement serviables.

– Et après m'avoir descendu du podium, qu'est-ce qu'ils ont fait ?

– Ils t'ont évacué. Je n'en sais pas plus. J'ai dû rester derrière le micro pour boucler la conférence de presse sans que ça fasse trop de vagues. Ensuite, je t'ai cherché partout, dit Sleizner en riant. Je t'ai appelé au moins quinze fois. »

Hesk ne savait pas quoi dire. Tout cela paraissait à la fois logique et complètement invraisemblable.

« Tu peux te lever ? demanda Sleizner en lui tendant la main.

– Je crois, oui. » Avec son aide, il descendit prudemment de la table.

« Voilà. C'est bien. Maintenant, j'aimerais que tu vérifies le contenu de tes poches.

– Pourquoi ?

– S'il te plaît, fais ce que je te dis. Regarde s'il ne te manque rien. »

Hesk fouilla ses vêtements. Il avait déjà sorti son portable et savait donc qu'il l'avait.

« Ton portefeuille, lui dit Kim. Tu l'as ? »

Il acquiesça : il était à sa place habituelle, dans la poche intérieure gauche de sa veste et, à première vue, il ne manquait rien à l'intérieur.

« Tes clés ? »

Il palpa son pantalon et finit par les trouver dans la poche avant gauche.

« Bon. Et il ne t'en manque aucune ? »

Il contrôla le trousseau, méthodiquement, une clé après l'autre et hocha la tête quand il eut terminé : elles étaient toutes là.

Une chose, cependant, l'avait surpris. Il gardait toujours son trousseau de clés dans sa poche avant droite.

Jamais dans la gauche.

19

« *OK, alors je propose qu'on fasse comme ça* », disait la voix assourdie de Kim Sleizner dans l'une des enceintes suspendues de part et d'autre de l'écran qui, à l'exception d'une bande lumineuse dans un angle, était entièrement noir. « *Je contacte le service du renseignement et j'écoute ce qu'ils ont à dire. Cette histoire dépasse les limites, il est hors de question que nous nous laissions faire sans réagir.* »

« Tu arrives à voir où ils sont ? » demanda Qiang à Fareed, qui étudiait le plan sur lequel le point rouge semblait indiquer l'hôtel de police de Copenhague.

« *Et moi* ? répondit Hesk, d'une voix épuisée. *Je fais quoi ?* »

« Je ne peux pas affirmer à quel étage ils se trouvent exactement. » Fareed tourna les yeux vers l'écran voisin et zooma sur un modèle virtuel en trois dimensions du bâtiment. « Mais à moins qu'ils ne soient dans le couloir qui se trouve ici ou dans les toilettes, je pense qu'ils sont dans la salle de conférence 44B au deuxième niveau de l'aile nord.

– L'idée des toilettes est assez croustillante, dit Qiang, mais je parierais plutôt pour la salle de conférence. »

« *Tu ne crois pas que tu ferais mieux de rentrer chez toi pour te reposer* ? suggéra Sleizner. *Dans l'état où tu es, je préférerais que tu prennes un taxi. Ne t'inquiète pas pour la course, tu feras une note de frais.* »

« C'est Hesk et Sleizner ? » demanda Dunja en sortant de la salle de bains, fraîchement douchée et enveloppée dans une serviette.

Qiang acquiesça. « Il vient de se réveiller. »

« *Merci, Kim, mais ça va aller. Je me sens mieux, à présent*, dit Hesk. *Beaucoup mieux.* »

« Seulement maintenant ?

– Oui. Il semble que le Glaviot l'ait trouvé dans une salle de conférence au deuxième étage alors qu'il était en train d'émerger.

– Mais ça fait presque deux heures qu'il s'est évanoui.

– Sleizner a suggéré qu'on l'avait peut-être drogué, dit Fareed.

– Qui "on" ?

– Les services secrets.

– Cette histoire devient de plus en plus bizarre… » Dunja se tut et se pencha vers l'enceinte d'où sortait la voix de Sleizner.

« *Écoute-moi, Jan. Tu viens tout juste de reprendre connaissance. Quelque chose ne tourne pas rond. J'insiste pour que tu rentres chez toi et que tu te reposes. Pendant ce temps, je vais essayer d'en savoir plus, et demain, on mettra les bouchées doubles.*

– *Tu sembles oublier que c'est moi qui dirige cette enquête*, rétorqua Hesk. *Alors si tu permets, c'est moi qui déciderai quand je rentrerai chez moi.* »

« Waouh ! Vous avez entendu ? s'exclama Dunja en regardant les deux autres avec de grands yeux. Ça, c'était envoyé ! »

« *Détends-toi, Jan. Bien sûr que tu fais ce que tu veux. En ce qui concerne l'enquête, ne t'inquiète pas, personne ne va venir te la reprendre. Je suis juste là pour te donner un coup de main. D'accord ?*

– *D'accord.*

– La dernière chose dont j'ai besoin, c'est que tu fonces dans le mur et que tu sois obligé de te mettre en arrêt pendant six mois. Tu comprends ? Pour moi, ce serait une catastrophe. Parce que ce serait moi qui me retrouverais dans la merde et qui devrais me mettre en quête d'un homme de ton acabit, et je te jure qu'il n'en pousse pas sur les arbres. Alors, ne serait-ce que pour me faire plaisir, essaie de te maintenir en vie. Au moins jusqu'à la fin de l'enquête. » Sleizner rigola. « *On est d'accord ? Tu essaies de ne pas lâcher la rampe tout de suite ?* » Il rit à nouveau. « *Allez, viens que je t'embrasse.* »

« Putain, je n'en peux plus de ce type, dit Dunja en secouant la tête. Je ne comprends pas comment fait Hesk pour supporter de rester dans la même pièce que lui. Au fait, ils ont reparlé de cette directive ?

– Non, pas un mot à ce sujet, répondit Qiang.

– C'est étrange. C'est pourtant bien aujourd'hui à minuit qu'elle doit être annoncée ?

– Peut-être que ça n'a rien d'étrange.

– Qu'est-ce que tu veux dire ?

– Seulement que… » Qiang déglutit et échangea un regard avec Fareed. « Je me demande simplement… si c'est…

– Si c'est quoi ? Qu'est-ce que tu essaies de me dire ?

– Si ça a tant d'intérêt que ça, abonda Fareed. S'il est vraiment utile, avec tous les risques que cela comporte, que tu sortes cette nuit, juste pour mettre la main sur un policier détenteur d'une radio cellulaire.

– Si tu as une autre idée, c'est maintenant qu'il faut me la donner, je suis preneuse. Pourquoi cette directive ne serait-elle pas intéressante ? Vous avez entendu le mal que Sleizner s'est donné pour qu'elle sorte le plus vite possible, quelle qu'en soit la teneur. Pourquoi aurait-il organisé un déjeuner informel pour en discuter si ce n'était pas important ?

– D'accord, alors de quoi s'agit-il, à ton avis ? demanda Qiang en croisant les bras.

– Je n'en ai pas la moindre idée et c'est ce que je vais essayer de découvrir. Mais comme ça, je dirais que c'est quelque chose de suffisamment énorme pour détourner l'attention de tout le monde. Et pendant que tous auront le regard rivé ailleurs, nous n'aurons plus qu'à nous retourner et à être réactifs.

– Dunja, dit Fareed en la fixant dans le fond des yeux, je sais que tu penses que nous avons levé un lièvre, hier, et que ce qui s'est dit au cours de ce déjeuner pourrait être la clé de quelque chose d'essentiel. Et tu as peut-être raison. Mais ce que je sais aussi, c'est que Qiang et moi avons réécouté et analysé l'enregistrement, mot par mot, sans rien relever de crucial. Je suis désolé. » Il secoua la tête. « Le seul élément concret, c'est leur inquiétude concernant Hesk. Ils sont convaincus qu'il n'est pas la bonne personne pour diriger l'enquête, et à en juger par la conférence de presse d'aujourd'hui, il est évident qu'ils doutent de ses compétences. Cette directive qui a attiré ton attention a été abordée en passant, et je ne suis pas sûr qu'elle présente le moindre intérêt pour nous.

– Tout comme le pense Michael Rønning, ajouta Qiang.

– Je ne vois pas ce qu'il a à voir là-dedans, dit Dunja.

– C'est ton meilleur ami, il me semble. Je suis sûr qu'il aurait accepté de nous aider avec les pare-feu et à effacer nos traces s'il avait jugé que le sujet était important. »

Dunja secoua la tête. « Michael veut surtout que je laisse tomber et que je revienne à ma vie d'avant.

– Ça ne t'a pas effleurée qu'il puisse avoir raison ? » demanda Fareed.

Dunja réfléchit un instant avant de répondre. « Si, bien sûr.

– Mais ? la relança Qiang.

– Nous sommes en guerre, au cas où vous ne vous en seriez pas encore aperçus. » Son regard alla de l'un à l'autre. « Une guerre qui n'a que deux issues. Mais faire semblant qu'il ne s'est rien passé n'en est pas une. C'est nous ou Sleizner. Et je peux vous assurer qu'en ce qui le concerne, il n'envisage pas une seconde de renoncer et de prendre des vacances. Il travaille nuit et jour pour nous détruire et, au moment où je vous parle, il a peur que nous soyons plus rapides que lui et que nous découvrions ce qu'il est en train d'essayer de planquer sous le tapis. »

Fareed soupira. « OK, hier, il a abandonné sa routine. Je veux bien t'accorder ça.

– Moi aussi, acquiesça Qiang.

– Mais ça peut se comprendre, reprit Fareed. L'enquête en cours risque d'être très médiatisée. Quant au déjeuner, Sleizner ne m'a pas paru plus inquiet que ça. C'était même lui le plus calme.

– Je suis d'accord, dit encore Qiang.

– Il s'avère que de nous trois, c'est moi qui le connais le mieux, rétorqua Dunja. Et moi, j'ai entendu un Sleizner désespéré qui faisait tout pour apaiser les deux autres. J'ignore ce que Jakob Sand vient faire dans cette affaire. On le saura assez tôt. Mais ce qui est certain, c'est que, pour une raison ou pour une autre, la mort de Mogens Klinge a touché Sleizner sur un plan très personnel. Notre objectif est maintenant de savoir pourquoi, même si j'ai déjà ma petite idée.

– Qu'est-ce qui te fait dire avec tant de certitude que c'est personnel ? demanda Fareed.

– Tu n'as pas remarqué comme il était stressé pendant la conférence de presse ? »

Fareed haussa les épaules puis secoua la tête.

« Moi, il m'a paru d'excellente humeur, au contraire, et même plutôt détendu, intervint Qiang.

– Mais toi, on ne t'a rien demandé, le rembarra Dunja. Non, ce que vous avez vu, c'est un Sleizner affichant un sourire de façade et faisant des blagues à deux balles pour avoir l'air décontracté. En réalité, il luttait pour sauver sa peau.

– C'est plutôt Hesk qui avait l'air dans ses petits souliers et qui transpirait comme un bœuf sur sa chaise, dit Fareed. C'est lui qui s'est évanoui, quand même.

– C'est vrai, et je vous accorde que c'est bizarre, admit Dunja. Hesk a toujours été un garçon sensible, mais je ne l'avais jamais vu aussi ébranlé. En revanche, il n'a commencé à se sentir mal qu'après l'entrée en scène de Sleizner, ce qui laisse à penser que ces deux-là ne sont pas en bons termes. Vous avez entendu comment Sleizner lui a parlé ?

– Ce n'est pas comme ça qu'il parle à tout le monde ? s'enquit Qiang.

– À tout le monde sauf à Hesk, qui a toujours été son bon petit soldat. À présent que son léchage de bottes a enfin porté ses fruits et que son mentor lui a confié la direction d'une enquête, il le remercie en organisant une conférence de presse sans le prévenir. Du coup, qu'est-ce qui se passe ? Sleizner découvre la trahison et débarque pour livrer la version à laquelle tout le monde s'attend déjà, à savoir que Mogens Klinge s'est suicidé après avoir volontairement ou involontairement étranglé sa partenaire au cours d'une relation sexuelle. Si c'en était resté là, la conférence de presse se serait terminée et tout le monde aurait pris cette version pour argent comptant. Sauf que Hesk l'a contredit. Je crois bien que ça n'était jamais arrivé auparavant. Mais cette fois, il l'a fait, qui plus est devant les caméras ; et en exposant une hypothèse allant totalement à l'encontre de celle de Sleizner, puisqu'une ou plusieurs personnes pourraient être impliquées. Connaissant Hesk, je peux affirmer qu'il n'aurait jamais osé ouvrir la bouche sans être sûr de son fait.

– Bon, et cette autre personne, tu crois que ça pourrait être Sleizner ? demanda Fareed.

– Ça n'a rien d'impossible, répondit Dunja avec un haussement d'épaules.

– Quelle raison aurait-il eu de tuer Klinge ?

– Bonne question. Mais je ne serais pas étonnée qu'une partie de la réponse soit lisible entre les lignes de cette fameuse directive.

– Très bien, mais si je peux me permettre, commença Qiang, attendant que Dunja et Fareed se tournent vers lui pour continuer, tout cela ne change rien au fait que, pour l'instant, ce ne sont que des conjectures plus ou moins sorties de nulle part.

– Je sais. Maintenant, il nous faut des preuves concrètes, dit Dunja, mais il est possible que nous les ayons déjà.

– Quoi, les preuves ? De quoi tu parles ?

– Durant le mois qui vient de s'écouler, personne ne l'a surveillé comme nous l'avons fait. Nous avons rassemblé toutes sortes d'informations sur lui et avons suivi chacun de ses faits et gestes. Le moindre de ses déplacements. Nous avons écouté ses conversations, lu ses SMS, ses mails. Tout est là. » Dunja engloba d'un geste les ordinateurs et les disques durs. « Jusqu'ici, nous ignorions ce que nous cherchions. Ou, si vous préférez, nous cherchions une aiguille dans une meule de foin, sans savoir qu'elle était en métal, fine et pointue et qu'elle ne mesurait que quelques centimètres de long. Alors que maintenant, nous disposons d'un nom et d'un événement. Et à minuit, nous en saurons encore plus. Du moins, je l'espère. Alors je vous suggère d'employer les prochaines heures à tout visionner et à tout écouter à nouveau. Pendant ce temps, moi, je vais trouver un gentil flic en uniforme, muni d'une radio cellulaire, et faire en sorte d'être aux premières loges quand cette directive sera annoncée. »

20

Pour un observateur extérieur, assis à son bureau, les yeux sur ses dossiers, il avait peut-être l'air de maîtriser la situation. *Sa carrière a drôlement avancé,* devaient penser certains. *Bravo, Jan Hesk.* Mais rien n'était moins exact. En réalité, il gérait une crise de panique générant une telle production d'acide gastrique dans son système digestif qu'il avait l'impression de se consumer de l'intérieur.

Ce n'était pas ainsi qu'il s'était imaginé ce moment où, pour la première fois, il s'assiérait dans son propre bureau, avec vue sur la cour et suffisamment d'espace pour recevoir un canapé et deux fauteuils. En cet instant, il ne ressentait pas une once de plaisir. Pas la moindre envie de se caler contre ce dossier si confortable ou de mettre les pieds sur la table pour se laisser aller à savourer sa réussite.

Pourtant, pendant ses vacances, il avait pris le temps d'aller s'acheter son propre siège de bureau en cuir véritable, qui lui avait coûté la moitié d'un mois de salaire. Un siège qui, soit dit en passant, était exactement identique à celui de Sleizner, à la différence près que le sien était plus neuf.

Mais la situation ne se prêtait pas à tirer le petit levier situé sous la chaise et à basculer le dossier en arrière. Ni à admirer le paysage par la fenêtre, ou à contempler les reliures des livres dont Lone avait choisi la couleur pour qu'elle soit assortie aux affiches de Miró accrochées sur le mur opposé.

Pour l'instant, tout cela lui semblait terriblement futile, et une partie de lui rêvait de retourner à son poste de travail, dans l'open space, au milieu de ses collègues.

Les derniers événements l'avaient secoué et bien qu'il se soit passé un peu de temps maintenant depuis qu'il s'était réveillé dans cette salle de réunion, il n'avait pas encore digéré le fait que quelqu'un ait pu le droguer et l'emporter au beau milieu de la conférence de presse.

Il avait vu un certain nombre de choses durant ses années dans la police, mais jamais il n'avait vécu une humiliation pareille.

L'unique aspect positif de cette histoire était qu'elle lui avait permis de tenir tête à Sleizner, ce qui lui avait valu pour la première fois une certaine forme de respect de la part de son patron.

Sleizner semblait convaincu que l'initiative de le droguer à son insu venait des services secrets, et Hesk n'avait pas de raisons de douter de cette hypothèse. En revanche, ni Kim ni lui ne savaient comment ils s'y étaient pris. C'était pourquoi il avait décidé de visionner attentivement la vidéo de la conférence de presse qui était déjà en ligne.

Pour l'instant, il n'avait pas encore trouvé le courage de cliquer sur le petit triangle blanc et de lancer la séquence qui durait plus d'une heure. Il avait l'impression de devoir subir l'affront une deuxième fois. Mais il savait qu'il ne pouvait pas y échapper. La nouvelle de son évanouissement avait fait le tour des médias, et le passage de douze secondes où on le voyait renverser sa chaise et s'évanouir était devenu viral et avait déjà dépassé les cent mille vues sur YouTube.

Même lui l'avait regardé plusieurs fois. Parce que ce n'étaient pas ces secondes-là qui le dérangeaient le plus, mais toutes celles qui avaient précédé. Quelque chose lui faisait dire que c'était là qu'avait eu lieu la véritable humiliation.

Il posa la main sur la souris et dirigea la flèche vers le bouton lecture. Mais il ne parvint pas à démarrer la vidéo. Un combat intérieur empêchait son index de cliquer.

À la place, il prit son trousseau de clés et l'examina à la lumière du soleil qui entrait par la fenêtre derrière lui. Il n'avait pas dit à Sleizner que ses clés se trouvaient dans la mauvaise poche. Sur le moment, il était encore trop ensuqué et il s'était même demandé si ce n'était pas lui qui s'était trompé de poche.

Mais à présent, il était certain que ce n'était pas le cas. Le trousseau était passé d'une poche à l'autre pendant qu'il dormait. Le plus vraisemblable était qu'ils avaient fait des doubles et qu'il ne faudrait pas longtemps avant qu'ils les utilisent.

En tout cas, ils n'étaient pas entrés dans sa voiture. Elle était exactement dans le même état de désordre que d'habitude. Rien n'avait été dérangé non plus dans son nouveau bureau. Il faut dire qu'à part son joli fauteuil, il n'y avait rien d'intéressant.

Le portable devant lui vibra. C'était Lone. Elle avait évidemment entendu la nouvelle et vu la vidéo. Tant pis. Elle allait devoir attendre et se contenter d'un SMS : *Désolé, pas le temps de parler. Tout va bien. Je t'embrasse. J.* C'est alors qu'il comprit. Juste après le bruissement indiquant que son SMS avait été envoyé.

Le portable.

Il n'y pensait plus. C'était évidemment le portable qu'ils cherchaient.

Le vieil Ericsson avec son antenne en forme d'aileron de requin.

Il prit son téléphone et rappela Lone.

« *Ah, quand même !* dit-elle en décrochant. *Comment vas-tu ? Qu'est-ce qui t'est arrivé ?*

– Ne t'inquiète pas, tout va bien, dit-il, entendant lui-même à quel point cela sonnait faux.

– *Tout va bien ? Comment peux-tu dire que tout va bien, alors que…*

– Écoute, chérie. Je t'expliquerai plus tard. Tout est sous contrôle, je t'assure. Ce n'est pas pour cela que je t'appelle.

– *Non, mais c'est pour ça que moi, je t'appelais et je veux que tu me racontes immédiatement ce qui…*

– On en parlera ce soir, Lone, je te le promets. Pour l'instant, je voudrais juste que tu m'écoutes et que tu répondes à mes questions. D'accord ? »

Le silence qui suivit était une réponse en soi. Lone repartit à l'attaque.

« *Si j'ai bien compris, je suis supposée rester bien sagement à regarder mon mari s'écrouler en direct. Et si j'ai le malheur de m'inquiéter pour le père de mes enfants et que j'essaie de le joindre, est-ce qu'il me répond ? Bien sûr que non, pas avant plusieurs heures.*

– Je sais, chérie, et je vais tout t'expliquer.

– *Tais-toi, maintenant, c'est moi qui vais parler. Parce qu'il y a une chose que je veux que tu saches. Ce n'est pas parce que tu as eu une promotion que tu peux te permettre de jouer au petit chef avec moi et me donner des ordres.*

– Ce n'est pas mon intention. Mais il y a quand même une chose que j'ai besoin de savoir. Est-ce que quelqu'un a sonné à la porte, aujourd'hui ? lui demanda-t-il en s'efforçant d'ignorer sa mauvaise humeur.

– *Sonner chez nous ? Non. Tu attends une visite ?*

– Et tu n'as pas bougé de la maison ? »

Il entendit Benjamin se mettre à pleurer et sa femme le prendre dans ses bras pour le calmer. « *Tu veux bien me dire ce qui t'arrive ?*

– Je t'en prie, Lone, contente-toi de répondre. Est-ce que tu es restée à la maison toute la journée ou pas ?

– *Où veux-tu que j'aille ? Tu n'es pas là, et quand je regarde autour de moi, je vois bien que je ne suis pas à Legoland.*

– Parfait. Et tu es restée tout le temps à l'intérieur ?

– *Qu'est-ce que c'est que cet interrogatoire, enfin ?*

– Ce n'est pas un interrogatoire. J'ai juste besoin de savoir si tu étais à la maison. Ou si, à un moment donné, tu as dû sortir pour faire…

– *Merde, ça suffit, maintenant !* s'écria-t-elle.

– *Merde,* répéta Benjamin. *Maman, tu as dit merde.*

– *Qu'est-ce que tu crois, hein ? Il fait vingt-sept degrés dehors. Évidemment que je ne suis pas restée dans la maison.*

– D'accord. Alors où es-tu allée ?

– *Non, mais c'est dingue ! Tu t'en rends compte quand même que c'est complètement dingue ce que tu me demandes, là ?*

– Lone, s'il te plaît, dit-il, essayant de la calmer. Je comprends que mes questions te paraissent étranges et difficiles à comprendre. » Il aurait tellement préféré lui expliquer les choses comme elles étaient. « Mais tu dois me faire confiance et me dire où tu es allée, ou au moins à quelle distance de chez nous tu te trouvais. » S'il lui disait la vérité, elle se mettrait dans tous ses états, et il deviendrait impossible d'obtenir une réponse. « Si tu pouvais te rappeler pendant combien de temps tu es sortie, ce serait encore mieux.

– *Je suis sortie accrocher du linge* », rétorqua-t-elle d'un ton neutre au moment où Morten Heinesen entrait et jetait un coup d'œil à son nouveau bureau. « *Entre autres, tes vieux caleçons défraîchis. Il était neuf heures cinquante-huit, et cela m'a pris douze minutes et vingt-six secondes.* »

Jan fit signe à son collègue de sortir et de le laisser finir sa conversation. Heinesen secoua la tête et resta où il était.

« *Ensuite, à treize heures sept, Benjamin et moi sommes allés rendre visite à Adam, de l'autre côté de la haie. Benjamin a sauté sur le trampoline.*

– *Et hop et hop et hop...* gazouilla le garçon.

– *Pendant qu'il jouait, Adam et moi avons bu un café au soleil et avons passé deux heures et trois minutes très agréables, après quoi je suis rentrée pour avoir cette sympathique conversation téléphonique avec toi.* »

Deux heures. C'était bien plus qu'il n'en fallait pour fouiller la maison et trouver le portable.

« *Ah, j'oubliais ! À quatorze heures quarante-deux, il m'a offert une cigarette,* continua Lone tandis que Heinesen s'asseyait tranquillement dans le canapé. *Et j'ai accepté, parce que je le vaux bien. À présent, je regrette de ne pas en avoir pris une deuxième.* »

Elle avait recommencé à fumer. C'était ce qu'il soupçonnait depuis le printemps : un jour, il avait trouvé que sa veste sentait la fumée, mais il avait mis cela sur le compte de sa paranoïa. Manifestement, il ne s'était pas trompé. Malgré tout le mal qu'il s'était donné pour qu'elle arrête. Tout ce qu'il avait pu inventer pour la détourner de la nicotine. Toutes les fois où il avait répondu à ses sautes d'humeur avec tendresse et indulgence.

« Chérie, je voudrais que tu ailles près du secrétaire, dans notre chambre.

– *"Chérie"*, le singea-t-elle. *Tu n'entends pas à quel point tu es pathétique quand tu m'appelles comme ça ?*

– Contente-toi de faire ce que je te demande, s'il te plaît.

– *Oui, chef, à vos ordres. C'est bon, j'y suis. Et maintenant, qu'est-ce que je dois faire ? Sauter dessus à pieds joints ?*

– Je voudrais que tu l'ouvres et que tu regardes ce qui se trouve dans le tiroir en haut à gauche, sous les enveloppes.

– *Un portable. Une espèce de vieux machin jaune. C'est bon, tu es content ?*

– Oui, dit-il, commençant enfin à respirer. Très content. Merci, ma chérie. À ce soir. »

Elle raccrocha.

« Je t'aime aussi », dit-il dans le vide avant de poser le téléphone et de lever les yeux vers Heinesen. « Tu peux me dire quel est l'intérêt d'avoir son propre bureau quand on ne peut même pas parler à sa femme sans être dérangé ?

– Désolé, ça ne pouvait pas attendre. » Heinesen se releva. « J'ai déjà informé le reste de l'équipe.

– Informé de quoi ?

– L'arme, la pochette, les photos et les preuves. Tout a disparu. »

21

Jadwiga Komorovski trônait derrière son élégant bureau en noyer, une antiquité. Un stylo à encre et un bloc-notes ligné reposaient sur un sous-main en cuir, le tout éclairé par une lampe en laiton et un abat-jour vert en opaline.

Ce n'était pas la première fois que Fabian se trouvait assis dans ce fauteuil confortable, dont même les accoudoirs étaient rembourrés. Mais il avait l'impression de découvrir pour la première fois à quoi ressemblaient l'avocate de Theodor et son joli bureau avec vue sur le port de Helsingborg.

La plupart des juristes à qui il avait eu affaire au cours de sa carrière restaient cachés derrière des piles de dossiers et de documents, dans un chaos poussiéreux, au milieu duquel eux seuls étaient capables de retrouver quoi que ce soit.

Ici, il régnait une propreté impeccable, et une discrète odeur de cire flottait dans l'air. Tout était aussi lisse que l'avocate elle-même, qui l'observait sans rien dire, avec son tailleur bleu marine, son chemisier ivoire à lavallière et ses lunettes de vue posées sur ses cheveux châtains tombant librement sur ses épaules.

Était-ce pour cela qu'il l'avait engagée ? À cause de cette impression de contrôle et de raffinement qui émanait d'elle ? Il avait oublié. Ses souvenirs datant de plusieurs jours étaient devenus flous et impénétrables. En tout cas, elle était chère ; peut-être était-ce ce qui l'avait ébloui sur le moment. L'idée qu'il suffit de dépenser une somme suffisamment élevée pour que tout s'arrange.

« Ça ne peut pas continuer ainsi, Fabian, finit-elle par dire comme s'il avait été un élève convoqué dans le bureau du directeur. J'espère que vous en êtes conscient.

– Il y a un truc qui ne colle pas, déclara-t-il, surpris du calme avec lequel il lui fit cette réponse. On nous cache quelque chose. » Peut-être avait-il dépensé toute son énergie.

Komorovski pesa ses mots. « Je ne suis pas mère et je ne peux sans doute pas comprendre à quel point il est difficile de voir partir son enfant avant soi. Ce genre de situation ne devrait pas arriver et va à l'encontre de tout ce en quoi nous croyons. Mais il y a une chose que je sais, c'est que ce que vous faites ne vous aidera pas, ni Sonja, ni Matilda, ni vous. Au contraire, cela ne fera qu'aggraver la situation. Sonja m'a appelée aujourd'hui et m'a raconté...

– Je sais, la coupa Fabian. Alors je dois baisser les bras et les laisser s'en tirer comme ça ? C'est ce que vous essayez de me dire ? Qu'ils devraient continuer à vivre leur vie comme si de rien n'était ?

– Se tirer de quoi ?

– De m'avoir pris mon fils. De l'avoir brutalisé et brisé psychologiquement jusqu'à ce qu'il n'ait plus d'autre issue que de... » Il se tut. Les mots faisaient encore trop mal.

« Fabian ? » Elle se pencha sur le bureau et lui tendit un mouchoir qu'il accepta alors qu'il n'en avait pas besoin. « Je leur ai parlé au téléphone. En fait, ce sont eux qui m'ont appelée après votre visite inopinée, et je vous assure qu'ils ne nous cachent rien.

– Alors pourquoi n'avons-nous pas été informés qu'il avait été placé à l'isolement ?

– Ils l'ont fait. J'en ai même la trace dans un mail que je peux vous montrer, si vous ne me croyez pas. »

Elle ouvrit un tiroir du bureau, en sortit un mail imprimé et le posa devant lui.

« J'ai reçu ce courriel le 27 juin. Il y est question de l'agression ayant eu lieu au réfectoire et d'une décision de le mettre à l'isolement pendant quelques jours.

– Et pourquoi ne m'avez-vous rien dit ?

– Je l'ai fait. Mais vous n'avez réagi qu'à l'agression. À ce moment-là, vous étiez déçu et en colère contre lui. Quand je vous l'ai dit, vous étiez furieux, et j'ai vu que vous n'étiez pas en état d'en entendre plus. Je peux vous faire écouter cette conversation, si vous le souhaitez. Vous savez que j'enregistre tout. »

C'était comme si sa mémoire était atteinte de cécité. Il n'avait pas le moindre souvenir de cette discussion. Une part de lui-même avait envie de réécouter la conversation, de voir à quel point sa colère l'avait rendu sourd. Mais il en était incapable et se contenta de secouer la tête.

« Et Theodor ? Pourquoi ne m'en a-t-il pas parlé quand je suis allé le voir ?

– Il y a beaucoup de choses qu'il a omis de raconter. En particulier aux personnes en qui il n'avait pas confiance. »

Fabian leva la tête et croisa son regard.

« Pardon, cela ressemblait à un reproche, poursuivit-elle. Ce n'est pas ce que je voulais dire. Il ne m'a rien dit à moi non plus.

– Mais je suis son père. À qui aurait-il pu faire confiance, sinon à moi ?

– C'est ce que vous essayez de faire en ce moment, lui prouver que vous étiez digne de confiance ?

– J'essaie juste de savoir ce qu'il s'est passé. De connaître la vérité. »

Komorovski détourna les yeux et lâcha un soupir.

« Vous pouvez soupirer, maître, mais sachez qu'avec l'aide du meilleur légiste du pays, nous avons examiné les plaies et les ecchymoses qu'il avait sur le corps, et en particulier à la tête. Or, tout tend à prouver que c'est lui qui a été maltraité et qu'il a simplement cherché à se défendre.

– Vous prétendez donc qu'ils nous mentent.

– Ce ne serait pas la première fois.

– Mais pourquoi ? Quel intérêt auraient-ils à mentir à ce sujet ? Ce que je veux dire, c'est qu'il est incontestable que votre fils s'est donné la mort. Et concernant les bleus qu'il avait sur le corps, il n'y a rien d'anormal à ce qu'il ait pris lui aussi quelques coups en attaquant son codétenu. Il a également pu se les infliger tout seul. Vous ne pensez pas qu'il a pu se frapper la tête lui-même contre ce mur, dont vous avez retrouvé une écaille de peinture dans ses cheveux ? Les cas d'automutilation ne sont pas rares chez les personnes mises à l'isolement. »

Fabian secoua la tête. « S'ils avaient dit la vérité sur tout le reste, j'aurais peut-être accepté de le croire. Mais plus maintenant. Pas après qu'ils ont essayé de me rouler dans la farine.

– Je ne sais pas à quoi vous faites allusion.

– L'endroit où il s'est suicidé, par exemple. Ils prétendent que ça a eu lieu dans sa cellule. Alors comment expliquer la pointe de punaise dans sa paume ? Ou que Einar Greide ait constaté dans son autopsie que les marques que Theodor avait autour du cou ne peuvent en aucun cas provenir d'une corde tressée avec des lambeaux de drap mais plus vraisemblablement d'un câble électrique. Il n'y avait rien dans sa cellule qui puisse faire penser à cela. En revanche, il y en avait un dans la pièce où il a été placé seul et où, comme par hasard, les murs ont été repeints en vert foncé, tout comme le câble électrique du plafonnier. »

Komorovski réfléchit quelques instants avant de hocher lentement la tête. « Bon, vous avez peut-être raison. Peut-être que c'est là qu'il s'est donné la mort et non dans sa cellule. » Elle écarta les mains en un geste d'impuissance.

« J'en reviens à votre question, reprit Fabian. Quel intérêt auraient-ils à mentir à ce sujet ?

– Vous l'avez peut-être oublié, mais j'étais là le jour où vous êtes venus l'identifier, quand vous vous êtes lancé dans un véritable interrogatoire du personnel pénitentiaire. J'étais là et j'ai vu la façon dont vous les avez poussés dans leurs retranchements pour savoir exactement comment il s'y était pris.

– C'est vrai. Et cela ne vous paraît pas une réaction normale de la part d'un parent ?

– Si, bien sûr. Mais ce n'était peut-être pas à eux qu'il fallait poser la question. Vous auriez peut-être dû demander cela à quelqu'un qui savait ce qui s'était exactement passé, pas à des personnes qui se sont contentées de vous donner le scénario le plus plausible dans le seul but de vous calmer.

– D'accord, admettons que vous ayez raison. Dans ce cas, pourquoi ne pas avouer à présent que les informations qu'ils m'ont communiquées étaient fausses et dire ce qu'il s'est réellement passé, au lieu de s'enferrer dans des mensonges ?

– Je l'ignore, Fabian ! Peut-être parce que vous les avez mis dans une situation où ils n'ont plus le choix.

– Alors c'est ma faute s'ils mentent ? Cela n'a rien à voir avec le fait qu'ils cherchent à nous dissimuler qu'il avait été placé dans une pièce qui n'était même pas une cellule d'isolement, mais une réserve vide avec des étagères aux murs sur lesquelles il a pu grimper pour atteindre le fil électrique fixé au plafond. C'est ça que vous êtes en train de me dire ? Qu'eux n'ont rien à cacher et que c'est moi, le problème ? »

Il lut la réponse dans les yeux de l'avocate bien avant qu'elle n'ouvre la bouche pour lui répondre.

Il était déjà sorti du bureau quand les mots passèrent ses lèvres.

22

Jan Hesk n'avait jamais entendu une chose pareille. Quand des preuves techniques étaient égarées ou qu'elles disparaissaient au cours d'une enquête, c'était dû la plupart du temps à une erreur d'étiquetage et il suffisait souvent de chercher un peu pour les retrouver sur la mauvaise étagère.

Ce qui leur arrivait en ce moment même était inédit. Quelqu'un de l'extérieur avait d'abord réussi à entrer dans l'hôtel de police puis à l'institut médicolégal et il ou elle avait embarqué la totalité des indices qu'ils avaient réunis jusqu'ici dans cette enquête.

Quand Heinesen lui avait fait part de la nouvelle, il avait eu l'impression de recevoir un uppercut en pleine figure. Mais au lieu de se rouler en boule sur le sol et de pleurer sur son sort, il était entré dans une colère noire. Lui qui ne s'énervait jamais avait littéralement explosé et décidé que cela suffisait. *Non, mais oh !*

Il écrasa le frein tout près de chez lui, à Japanvej, coupa le moteur et sortit de sa voiture en claquant la portière. Il n'était plus nécessaire de se garer à perpète en espérant qu'ils ne le surveillent plus. Ils savaient évidemment où il habitait.

La première chose qu'il avait faite avait été de réunir l'équipe pour les informer de la situation. Cette fois, il n'avait rien gardé pour lui et leur avait tout raconté, depuis le portable retrouvé chez Mogens Klinge jusqu'aux deux hommes qui l'avaient pris en filature et sans doute drogué.

C'était un pari risqué dans la mesure où, mis à part Heinesen, il ne connaissait aucun des autres suffisamment pour être certain de pouvoir leur faire confiance. Mais, dans la vie, il y a des moments où il faut savoir se jeter dans le vide. Il ne se sortirait pas de cette situation tout seul. Il avait besoin d'eux et, aussitôt qu'il fut parvenu à le leur faire comprendre, l'esprit d'équipe qu'il recherchait depuis le début naquit enfin.

Finis les éternels marquages de territoire et la contestation systématique de sa légitimité en tant que chef. Soudain, chacun était devenu conscient du rôle qu'il avait à jouer, et on aurait dit qu'ils avaient toujours travaillé ensemble.

Il jeta un coup d'œil derrière lui et vit une femme qui marchait dans sa direction en poussant un landau et un vieil homme qui tenait en laisse un cabot efflanqué levant la patte sur un réverbère. Rassuré, il continua jusqu'à la maison.

Ils avaient décidé d'un commun accord qu'il allait remplacer les verrous de sa porte d'entrée et que, désormais, ils essaieraient dans la mesure du possible d'organiser les réunions ailleurs qu'à l'hôtel de police. Sur l'insistance du groupe, Heinesen avait mis son appartement de Christianshavn à disposition et y avait aussitôt déménagé l'essentiel de ce dont ils avaient besoin.

Concernant les preuves disparues, certaines étaient irrémédiablement perdues tandis que d'autres pouvaient encore être récupérées. Il fut décidé que tout nouvel indice serait volontairement mal étiqueté selon un code préétabli et rangé sur les mauvaises étagères, avec ceux d'anciennes enquêtes déjà résolues.

Mais plus que tout, leurs espoirs reposaient désormais sur le Sony Ericsson. Le portable jaune.

Après l'avoir rallumé et analysé les échanges SMS en détail, ils espéraient avoir suffisamment d'éléments pour continuer leur enquête.

Le numéro correspondant à Contact1 s'avéra extrêmement intéressant. Pour l'instant, ils ne possédaient que les quatre premiers chiffres : 26 58. S'ils parvenaient à identifier les quatre derniers, ils n'auraient plus qu'à suivre ce fil d'Ariane.

Hesk entra dans le vestibule, ferma les deux verrous de la porte et laissa sa clé dans la serrure. Il se doutait que cela ne les retiendrait pas, mais il lui semblait tout de même peu probable qu'ils tentent d'entrer chez lui alors qu'il s'y trouvait avec sa famille. De toute façon, le serrurier avait promis d'intervenir dans l'heure.

En approchant de la cuisine, il sentit une bonne odeur de sauce bolognaise en train de mijoter. Il n'avait rien mangé de la journée, et une belle portion de pâtes, de viande et de sauce tomate était exactement ce qu'il lui fallait.

« Hello, chérie ! lança-t-il gaiement à Lone, qui versait les spaghettis dans une passoire. Ça sent drôlement bon, dis donc !

– Je te laisse te débrouiller pour te faire autre chose, rétorqua-t-elle en reversant les pâtes dans la casserole. Tu ne m'as pas prévenue que tu rentrais.

– C'est vrai, tu ne pouvais pas le deviner, répondit-il en remarquant que le couvert n'avait été mis que pour trois. Ça ne fait rien. Ne t'inquiète pas pour moi. Je n'ai pas très faim.

– Tant mieux. Comme ça tout le monde est content. »

Elle disait toujours ce genre de choses quand elle en avait marre de sa vie en général et de lui en particulier. *Youpi ! Nous sommes tellement heureux !* lançait-elle avec un sarcasme non dissimulé. Quand elle était dans cet état d'esprit, la dispute était inévitable, malgré tous les efforts qu'il pouvait déployer.

Aussi, cette fois-ci, il décida de ne pas l'embrasser ni de la questionner sur son humeur. D'abord parce qu'il connaissait la réponse, et ensuite parce qu'il n'avait ni l'énergie ni le temps de rentrer dans son jeu.

Au lieu de cela, sans explication, il empoigna la table et la tira en arrière sur le carrelage, faisant cliqueter les verres et les assiettes.

« Mais enfin, tu es fou ? Qu'est-ce que tu fais ?

– Il faut que j'aille dans le grenier.

– Tout de suite ? On allait dîner.

– J'avais parfaitement compris. Eh bien, vous mangerez ici, rétorqua-t-il en déplaçant les chaises pour ouvrir l'armoire à balais et prendre la gaffe.

– Jan, je veux que tu m'expliques ce que tu…

– Pas maintenant, chérie. Ce serait trop long. Mais je te promets que quand ce sera terminé, je te raconterai tout en détail, d'accord ?

– Euh… Mais…

– J'ai dit quand ce sera terminé », l'interrompit-il. Il suspendit le crochet à l'anneau de la trappe et tira un coup sec pour l'ouvrir. Comme toujours quand il s'était passé un peu de temps entre deux visites, une pluie de saletés et de poussière tomba par terre quand il descendit l'échelle. « Ne t'inquiète pas, je te promets que je passerai un coup de balai, la rassura-t-il en montant les marches.

– Tu promets beaucoup de choses, ces temps-ci, fit remarquer Lone. Je ferai ceci, on fera cela, on ira à Legoland avec les enfants… Tu te rappelles ? »

Il ne l'écoutait plus. Son attention s'était portée entièrement sur le désordre du grenier : sacs-poubelle noirs remplis de vêtements que personne ne porterait plus jamais, cartons de déménagement, vieilles raquettes de tennis, skis de fond, piles de boîtes de jeux de société et un tas d'autres objets dont personne n'aurait su dire comment ils avaient atterri là.

Depuis des années, il se promettait de consacrer un long week-end à nettoyer le grenier. Il avait même pensé louer un container pour tout jeter et recommencer à zéro. S'il n'avait pas mis son projet à exécution, c'était uniquement parce qu'il connaissait d'avance la réaction de Lone.

En un sens, ce fut donc grâce à elle qu'à peine cinq minutes plus tard, il retrouva la boîte qu'il était venu chercher. Elle était là, tout en bas d'une pile de cartons étiquetés « Matériel de bureau + souvenirs ». Il déplaça les premiers, posa le dernier au milieu de l'étroite allée dégagée et l'ouvrit.

À l'intérieur, il repéra d'abord deux classeurs intitulés « Comptes 1 et 2 ». En dessous étaient entreposés plusieurs rouleaux neufs de papier pour le fax, une collection de vieux stylos, des blocs de Post-it ainsi qu'une boîte en bois, peinte en rouge et munie d'un cadenas, qu'il avait lui-même confectionnée lors d'un atelier d'ébénisterie auquel il avait participé. Mais ce qui l'intéressait, c'était le fil noir qui émergeait d'une pile de vieilles diapositives, disquettes et autres câbles de raccordement. Il tira doucement dessus pour ne pas le casser et récupéra le chargeur de son vieil Ericsson.

« Alors, est-ce que tu as trouvé ce mystérieux objet tellement important qu'il ne pouvait pas attendre ? lui demanda Lone tandis qu'il repliait l'échelle.

– Oui, répondit-il en brandissant triomphalement le chargeur. Et c'est grâce à toi, chérie. » Puis il déposa un baiser sur sa joue avant d'aller s'enfermer dans leur chambre.

« Et le ménage ? cria-t-elle dans son dos. Tu n'avais pas dit que tu t'en occuperais ?

– Dès que j'aurai fini ce que je suis en train de faire », lança-t-il en s'asseyant devant le secrétaire dont le battant était ouvert.

Il regarda dans le tiroir de gauche et souleva une pile d'enveloppes pour découvrir que le téléphone jaune brillait par son absence. À la place, quelques timbres, une gomme et un rouleau de devises étrangères.

La panique aurait dû le saisir aussitôt, mais il se dit que Lone avait peut-être rangé le portable parmi les factures ou derrière l'ordinateur. Ce ne fut qu'après avoir fouillé chaque centimètre carré du secrétaire qu'elle se manifesta.

« Lone ! cria-t-il, entendant le désespoir pointer dans sa voix. Qu'est-ce que tu as fait du portable ? Je ne le retrouve plus. »

Étaient-ils revenus ? Il fouilla les vêtements jetés sur la chaise, se mit à quatre pattes et regarda sous le bureau. Était-il possible qu'ils soient passés après son coup de fil à sa femme ? Il chercha dans la corbeille à papier remplie à ras bord, avant de carrément la vider par terre. Si c'était le cas, cela signifiait qu'ils avaient entendu sa conversation et qu'ils savaient exactement où le trouver.

« Lone, s'il te plaît ! répéta-t-il en retournant dans la cuisine. Pourquoi tu ne réponds pas quand je te parle ?

– Répondre à quoi ? rétorqua tranquillement Lone en posant une bouteille de ketchup sur la table. De quoi tu parles ?

– Le portable, bordel ! hurla-t-il. Le portable dont je t'ai parlé au téléphone !

– Oh ! Du calme ! Ça ne va pas de gueuler comme ça ?

– Tu m'as dit qu'il était dans le secrétaire !

– Commence par arrêter de crier. » Elle lui tourna le dos. « Katrine ! Benjamin ! À table ! Le dîner est prêt.

– Il n'y est plus, alors peux-tu me dire où il est ?

– Je n'en sais rien, répliqua Lone avec un haussement d'épaules. Ce n'est pas à moi qu'il faut poser la question.

– Et à qui veux-tu que je la pose ?

– Katrine et Benjamin, à table !

– Oh ! Je te parle ! » Il l'attrapa par le bras et l'obligea à se tourner vers lui. « Qui va me répondre ici, à part toi ?

– Je ne sais pas ce que tu as en ce moment. » Elle se dégagea brusquement. « Mais si tu continues comme ça, j'embarque les enfants dès qu'ils auront quelque chose dans le ventre. En ce qui concerne la maison, ce sont mes parents qui se sont portés garants, alors je te donne jusqu'à mardi pour faire tes valises. Les petits ne t'ont jamais beaucoup intéressé, de toute façon. Alors si tu les prends quelques heures, un week-end sur deux, ça devrait suffire.

– Tu es encore allée fumer chez cet Adam ! C'est ça que tu ne veux pas m'avouer ! Et tu y es restée combien de temps, cette fois ? Une heure ? Deux ? »

Lone secoua la tête en le regardant droit dans les yeux. « Je ne crois pas que tu te rendes compte à quel point tu es à deux doigts de dépasser les limites. Mais pour te répondre, non, je ne suis pas allée voir Adam. Benjamin et moi sommes allés faire des courses pour le dîner, puis nous nous sommes arrêtés au terrain de jeu sur le chemin du retour. Ensuite, j'ai fait une lessive, passé l'aspirateur et lavé par terre, avant que tu rentres tout salir à nouveau, et j'ai préparé le dîner. Et puisque nous en sommes aux interrogatoires, est-ce que tu peux m'expliquer pourquoi mon tiroir à sous-vêtements est sens dessus dessous ? Katrine et Benjamin ! Si vous ne venez pas immédiatement, je dîne sans vous !

– Du désordre dans ton tiroir, chérie ? » Il n'y avait plus de doute, ils étaient venus.

« *Chérie* ? Je croyais qu'on avait quitté ce stade depuis plusieurs années.

– Je ne veux pas me disputer avec toi, Lone. » Ils étaient entrés dans la maison avec le double de ses clés et avaient trouvé le téléphone. Il n'était plus là. La seule chance qui leur restait de comprendre quelque chose à cette histoire venait de leur échapper.

« Ah bon ? C'est pourtant ce que tu fais dès que tu franchis le pas de cette porte. »

Hesk écarta une chaise, s'assit et se versa un verre d'eau qu'il but d'une traite. « C'est juste à cause de ce portable. Ils ont dû venir pendant que vous étiez sortis faire les courses et jouer au parc. Mais… » Il se tut et se figea en voyant Benjamin entrer dans la cuisine. La panique, la dispute et le sentiment que tout était fichu disparurent en une seconde. « Mais… il est là !

– Pardon ? dit Lone.

– Le portable, le portable que je cherche depuis tout à l'heure.

– Ah, ça ? Benjamin ne l'a pas lâché depuis que tu as appelé tout à l'heure pour jouer à l'agent de la Gestapo. C'est la seule chose qui arrive à le calmer.

– C'est fantastique ! » s'exclama-t-il dans un éclat de rire. Le gamin avait sauvé l'appareil. Quel coup de chance extraordinaire ! S'il ne l'avait pas emporté avec lui au parc, il aurait probablement disparu. « Mais maintenant, Benjamin va rendre le téléphone à papa ! » Il fit un pas vers son fils et tendit la main. « Tu me le donnes, s'il te plaît ?

– Non, à moi, rétorqua Benjamin en cachant ses mains derrière son dos.

– Non, Benjamin, c'est à papa. » Il sourit, luttant pour garder son calme.

« Pas à papa. À moi. » Benjamin secoua la tête, et Hesk n'eut plus d'autre solution que de saisir le bras de son fils pour lui arracher le portable des mains.

« Mon téléphone ! Maman ! Papa a pris mon téléphone ! » Benjamin se jeta vers sa mère en pleurant, et Lone le prit dans ses bras pour le consoler.

Ce qu'il avait de mieux à faire désormais, c'était de laisser Lone régler le problème. Il fila dans la chambre, ferma la porte derrière lui, retira la pile de vêtements posée sur la chaise de bureau et s'assit avec l'Ericsson miraculeusement retrouvé. Il brancha le chargeur sur la prise derrière l'ordinateur, souffla sur le portable pour enlever le sable et inséra prudemment la fiche. Enfin, il pressa le bouton rouge pour tenter de l'allumer.

Rien.

Le portable demeurait éteint.

Il le débarrassa de quelques grains de sable supplémentaires et vérifia le câble.

Toujours rien.

Il tenta de presser à nouveau le bouton rouge pendant près d'une minute.

Le téléphone était mort.

En une seconde, le doute s'empara de lui. Comme si sa détermination à aller au bout de cette enquête n'était qu'un vernis superficiel qui se craquelait au premier obstacle.

Puis, soudain, l'écran s'alluma. Comme si le petit appareil jaune avait voulu le mettre à l'épreuve pour voir combien de temps il lui fallait pour craquer.

Ils avaient des tas d'éléments à analyser dans cet appareil, mais pour l'instant, il n'y avait qu'une chose qui l'intéressait.

Le numéro de Contact1.

Quelques clics plus tard, il était dans le répertoire du téléphone et put compléter avec les derniers chiffres. 89 32, puis il prit son propre smartphone et appela Morten Heinesen.

« *Salut*, répondit Heinesen au bout d'une seule tonalité. *Comment ça se passe pour toi ?*

– J'ai eu un petit contretemps, mais ça ne va pas trop mal, ma foi, répondit-il tandis qu'on sonnait à la porte. Tu peux ouvrir, chérie ? cria-t-il en direction de la cuisine. Excuse-moi, ça doit être le serrurier. Et de votre côté, comment ça va ?

– *On n'attend plus que toi. Torben s'est connecté et vient de mettre en place un tunnel VPN. Il ne nous manque plus que le numéro.*

– Je te le donne, tu notes ? 26 58 89 32.

– *26 58 89 32* », répéta Heinesen. Hesk entendit Hemmer répéter le numéro à son tour. « *Au fait, il y a une chose à laquelle j'ai pensé*, reprit Heinesen tandis que le bruit de la sonnette continuait de résonner dans la maison. *Avec cette soudaine avancée. Tu ne crois pas que ce serait une bonne idée d'informer…*

– Chérie ! cria Hesk à nouveau sans obtenir de réaction. Écoute, Morten, il faut que je te laisse. Je te rappelle.

– *OK, je comprends. Tout va bien. On se téléphone dès que tu as un moment.* »

Hesk raccrocha et se précipita hors de la chambre. « Tu n'entends pas qu'on sonne à la porte ? dit-il en passant près de la table de la cuisine où Lone dînait tranquillement avec les enfants.

– Si, si, j'entends, mais comme tu vois, nous sommes à table et comme aucun de nous n'attend de visite… »

Levant les yeux au ciel, Hesk alla lui-même ouvrir les deux verrous. Pensant accueillir le serrurier, il fut surpris de découvrir l'identité de son visiteur.

« Ah, te voilà ! Tu en as mis du temps, s'exclama Kim Sleizner avant d'afficher l'un de ses sourires patentés. J'espère que je ne vous dérange pas. »

23

Heinesen venait de reposer la maquette du vaisseau Star Wars *Slave 1* dans la chambre quand Julie Bernstorff l'appela depuis le séjour.

« Dis-moi, Morten, ce n'est pas le casque de ce Bobby, là ? »

Il se précipita et la vit tripoter le casque numéroté sur l'étagère.

« Comment s'appelle-t-il, déjà ? Ah oui, Bobby Fett. C'est ça, non ? » Elle le mit sur sa tête et se tourna vers lui. « *Hello, my name is Bobby, and I'm a robot.*

– Boba Fett, la corrigea-t-il. Et je préférerais que tu le remettes à sa place.

– Oups, désolée. » Bernstorff retira le casque et le tendit à Heinesen qui le posa délicatement à sa place. « Pourquoi ? Ça vaut cher ? C'est indiscret de te demander combien ?

– Une certaine somme. D'autant qu'il est en parfait état et porte l'autographe de Jeremy Bulloch à l'intérieur. Pas celui de Temuera Morrison, mais celui de l'acteur qui a joué le rôle à sa création. »

Bernstorff hocha la tête. « J'en conclus que tu ne l'emportes pas avec toi quand tu sors hurler la nuit dans les bois.

– Thé ou café ? demanda-t-il pour changer de sujet.

– Un thé, ce sera parfait, merci.

– Et moi, je prendrais bien un café, si cela ne te dérange pas, dit Hemmer, qui travaillait sur le canapé, son ordinateur portable sur les genoux.

– Pas de problème, je t'apporte ça. » Heinesen se rendit dans la cuisine, mit de l'eau à chauffer dans une casserole et s'assit à la table pour une personne en attendant que l'eau boue.

Ils n'étaient là que depuis une heure, et il en avait déjà assez. Depuis trente ans qu'il habitait dans ce petit T3 à Christianshavn, il pouvait compter sur les doigts d'une main le nombre de personnes qu'il y avait reçues. Sa mère lui avait rendu visite de force à trois reprises et, huit ans plus tôt, pour ses quarante ans, il avait invité Anders, Frank et Lars à dîner. Ce soir, c'étaient Torben et Julie qui étaient là.

Si Hesk ne le lui avait pas expressément demandé, il n'aurait jamais proposé d'ouvrir la porte de son appartement. Mais avec les preuves qui avaient disparu et tout le contexte, il n'avait pas voulu se montrer contrariant. À situation exceptionnelle, mesures exceptionnelles.

En revanche, il devait admettre que cela lui coûtait vraiment. Il avait ses petites habitudes et, pour rester opérationnel, il était obligé de se tenir à une routine très stricte. Tout ceci allait totalement à l'encontre de sa façon de faire. S'il avait été décisionnaire, il aurait tenu Sleizner au courant de leurs progrès, par respect pour la hiérarchie et la verticalité du système. Il l'avait d'ailleurs suggéré à plusieurs reprises, mais Hesk avait insisté pour que personne en dehors de l'équipe ne soit impliqué. Et même s'il comprenait la crainte d'une fuite interne, il voyait surtout l'inutile lutte de pouvoir qui se jouait entre les deux hommes, une lutte à laquelle il n'avait nulle envie de prendre part.

Par ailleurs, s'il devait être tout à fait honnête, il était de plus en plus inquiet à l'idée que Jan Hesk soit dépassé par les événements. Qu'il soit prêt à tout pour faire avancer l'enquête ne faisait aucun doute, et il ne l'avait jamais vu aussi investi auparavant. Mais connaissant Sleizner, il allait très mal le prendre quand il découvrirait qu'on l'avait maintenu à distance, ce qui ne manquerait pas d'arriver tôt ou tard. Il n'y avait plus qu'à espérer que Hesk sache ce qu'il faisait.

Quel que soit le motif pour lequel on décidait de taire une information, ne pas informer ses supérieurs allait à l'encontre des règles. Or, si une règle avait été édictée, c'était en général pour une bonne raison. Et si la contourner, la trafiquer ou la modifier pouvait parfois sembler tentant, il était convaincu que cela menait le plus souvent à la catastrophe.

Quand l'eau fut à quelques degrés de l'ébullition, il la versa dans deux tasses, l'une avec du café lyophilisé, l'autre avec un sachet d'Earl Grey, et retourna au salon. Bernstorff avait inscrit le numéro 26 58 89 32 au feutre noir sur une page de son bloc-notes et avait tracé des flèches dans diverses directions, le reliant aux mots : opérateur, carte SIM, revendeurs, carte prépayée et identité.

Avant de s'atteler à cette tâche, elle avait eu le temps de toucher à nouveau à sa collection de figurines Star Wars et elle avait interverti Greedo et Bossk. Comme s'il n'allait pas le remarquer.

« Qu'est-ce que tu en penses, Morten ? lui demanda-t-elle en lui montrant son travail avec un sourire ravi, tandis qu'il posait les tasses sur la table basse.

– Au cas où le numéro ne serait plus attribué, tu veux dire ? répondit-il en décidant de faire comme si de rien n'était.

– Je pense qu'il faut partir du principe qu'il ne l'est plus. Je me dis que si on récupérait juste la carte SIM, en passant par l'opérateur, on devrait retrouver le nom du contact et...

– Ce ne sera pas nécessaire, la coupa Hemmer en levant la tête de son écran. Non seulement le numéro de Contact1 est encore attribué, mais son téléphone est allumé. »

24

« Désolé. Je ne voulais pas te déranger, dit Sleizner en entrant dans le vestibule. Mais je passais par là et je me suis dit qu'après tout ce qui s'est passé aujourd'hui, il fallait qu'on parle un peu.

– Si tu veux, répondit Jan. Nous venions de nous mettre à table, mais ce n'est pas grave. Je dînerai plus tard.

– Parfait. » Sleizner entra dans la cuisine et salua Lone et les enfants avec un geste de la main. « Bonsoir !

– Salut, répondit Lone sans lever le nez de son verre d'eau.

– C'est qui, maman ? demanda Benjamin.

– C'est le patron de ton papa.

– C'est quoi un patron ?

– Allez, mange et tais-toi.

– Je m'appelle Kim. » Sleizner se baissa pour se mettre à la hauteur du garçon. « Et ta maman a raison. Je suis le chef de ton papa, ce qui veut dire que c'est moi qui commande quand il est au travail. Comme ta maman quand il est à la maison, je crois. » Il rit et se tourna vers Hesk. « Hein, Jan ? Tu as encore ton mot à dire chez toi, ou c'est madame qui porte la culotte ?

– C'est-à-dire… Enfin, nous…

– En tout cas, elle semble avoir décidé de te priver de dîner, ce soir. » Sleizner se tourna vers Lone. « Tu le mets au régime, c'est ça ? Je trouve aussi qu'il s'empâte un peu.

– Tu voulais me parler », dit Hesk.

Sleizner hocha la tête et regarda autour de lui avant de demander : « Est-ce qu'on peut aller dans un endroit plus tranquille ? »

Hesk acquiesça et ils sortirent de la cuisine.

« Vous êtes bien ici, dit Sleizner en furetant partout et en jetant même un coup d'œil dans leur chambre à coucher. C'est un peu trop chargé à mon goût, mais sinon, c'est chouette, je trouve. Il y a du potentiel, comme on dit.

– On peut se mettre là si tu veux. » Jan ferma la porte du salon derrière eux et au lieu de s'installer dans le fauteuil, comme il le faisait habituellement, il s'assit au bord du canapé.

Sleizner scruta la pièce avant de prendre place dans le fauteuil et de se mettre à pianoter sur le bras du siège, comme s'il était chez lui.

Le silence se fit.

« Je crois que je n'étais jamais venu ici, reprit-il au bout d'un moment sans cesser d'examiner les lieux. Vous n'avez peut-être pas fait de pendaison de crémaillère.

– Si, mais nous n'avons invité que des amis proches.

– Oui, bien sûr, dit Sleizner en hochant la tête. Quand on n'a pas beaucoup de place, on est obligé de faire des choix. »

Nouveau silence. Plus pesant que le précédent.

« Tu veux boire quelque chose, au fait ? proposa Jan, essentiellement pour changer de sujet.

– Oui, pourquoi pas ? Si cela ne dérange pas ton épouse. »

Hesk se leva et s'éloigna en direction de la porte. « Tu veux quoi ?

– Une bière, s'il te plaît. Après tout, on est samedi. »

Hesk fonça dans la cuisine chercher deux bières. Malheureusement, il ne restait que de la Tuborg légère et il dut se précipiter dans le réfrigérateur de la réserve. Pourquoi ne s'était-il pas contenté de lui apporter un verre d'eau avec une rondelle de citron ? Il l'ignorait. Mais ce n'était pas le moment de se poser ce genre de question.

Quand il revint dans le séjour, Sleizner regardait les livres rangés dans la bibliothèque.

« Merci », dit-il en acceptant la bouteille. Avant de boire une première gorgée, il jeta un coup d'œil sur l'étiquette du brasseur.

« Mm... une bonne bière bio, il n'y a que ça de vrai. Au fait, tu as lu tout ça ? demanda-t-il avec un signe du menton vers les rayonnages.

– Non, c'est plutôt Lone qui lit, répondit-il en goûtant la bière.

– C'est pareil chez moi. » Sleizner reprit une gorgée. « Je n'arrive pas à comprendre comment les gens peuvent avaler un bouquin de plusieurs centaines de pages tout en ayant un boulot, une famille et tout le reste. La dernière fois que j'ai lu un livre en entier, c'est quand j'étais gamin et que je me suis coltiné toute la saga du *Seigneur des anneaux*.

– Je ne savais pas que tu aimais le fantastique.

– Je ne l'aime pas. Ça m'a pris tout l'été. Et je n'ai jamais attendu la rentrée avec autant d'impatience que cette année-là. Tu les as lus ?

– Non.

– Crois-moi, tu n'as rien raté. Je sais que c'est supposé être exceptionnel, mais en ce qui me concerne, je trouve que c'est un peu... comment dire... tiré par les cheveux. Comme si le pouvoir d'un anneau pouvait suffire à rendre quelqu'un invisible. » Sleizner avala une nouvelle lampée. « C'est vrai, franchement, le gars aurait quand même pu se montrer un peu plus créatif ! Regarde par exemple dans *L'Homme invisible*, un livre écrit par un auteur du XIXe siècle. Là, on peut dire que le type était visionnaire. En plus, personne n'a été capable de m'expliquer comment Frodon a pu être assez stupide pour enfiler cette foutue bague une deuxième, une troisième et une quatrième fois alors qu'il savait que les cavaliers noirs allaient débarquer deux secondes plus tard. Mais on s'en fout. Ce n'est pas le sujet. Je ne suis pas venu pour te parler de Tolkien. À la tienne ! » Il leva à nouveau la bouteille et retourna s'asseoir dans le fauteuil.

Hesk se rassit dans le canapé et vit une expression grave remplacer la jovialité forcée sur la figure de Sleizner.

« J'ai appris ce qui s'est passé avec les preuves. » Sleizner releva la tête et planta son regard dans celui de Jan. « C'est terrible, mais je t'avoue que ça ne m'a pas étonné. C'est comme ça qu'ils procèdent. » Il poussa un long soupir et but une gorgée.

« Qu'est-ce qu'ils veulent nous empêcher de trouver ? demanda Jan à voix haute tandis que son portable se mettait à vibrer.

– Bonne question », répondit Kim avec un haussement d'épaules.

Jan vit que c'était Heinesen et rejeta l'appel.

« Mais une chose est sûre, c'est que nous devons découvrir ce que c'est, poursuivit Sleizner. Parce que s'il y a une chose qui m'énerve, c'est qu'on marche sur mes plates-bandes. »

L'écran du téléphone s'alluma à nouveau, et l'appareil vibra de plus belle, mais malgré l'immense désir qu'il avait de répondre, cela allait devoir attendre.

« Tu comprends ce que je te dis, Jan ? »

Hesk acquiesça, bien qu'il n'y soit plus du tout.

« Ce qui est arrivé aujourd'hui dépasse les bornes, et je me sens un peu responsable. Je voudrais te demander pardon de m'être immiscé dans ta conférence de presse et de t'avoir compliqué la vie. Ce n'était pas mon intention.

– Ce n'est pas grave.

– Si, ça l'est. Je te promets d'en prendre de la graine et d'essayer de m'habituer au fait que c'est toi qui es aux commandes, à présent. Mais ce n'est pas uniquement pour m'excuser que je suis là. Je suis venu pour m'assurer que tu n'allais pas baisser les bras.

– Pourquoi est-ce que je ferais ça ?

– Tu semblais très déstabilisé et... comment dire... envahi par le doute quand je t'ai retrouvé dans cette salle. Je t'assure que je comprends. J'aurais réagi de la même façon. Ce ne sont pas des enfants de chœur en face.

– Comment vois-tu les choses à partir de maintenant ?

– C'est ton enquête, Jan, pas la mienne. Mais si j'étais toi, je surveillerais mes arrières, et plutôt deux fois qu'une. À ce propos, est-ce que tu as l'impression qu'ils sont venus ici ?

– Non. » Il avait répondu ça comme ça, sans réfléchir et, à présent, il n'avait pas d'autre solution que d'étayer son mensonge en secouant la tête. « Tout est normal.

– Tant mieux. C'est une bonne nouvelle. Tu ne m'as pas dit s'ils avaient mis la main sur toutes les preuves ou si vous aviez encore quelque chose d'utilisable. Quoi qu'il en soit, nous devons faire attention, parce que je ne serais pas surpris qu'ils recommencent. C'est pour ça que je voudrais te confier ceci. » Sleizner posa sur la table basse une petite clé en laiton qu'il poussa vers Hesk. « C'est la clé du coffre qui est dans mon bureau. Tu sais, celui qui est encastré dans le mur à côté du meuble d'archivage. »

Hesk acquiesça.

« Il n'est malheureusement pas réfrigéré, et vous ne pourrez pas y conserver d'échantillons organiques. Toutefois, vous pourrez y mettre tout ce que vous voudrez, tant que ce n'est pas trop volumineux.

– Il n'y a que toi et moi qui avons la clé de ce coffre ?

– Absolument. Et tu sais que tu peux aller et venir comme tu… »

Sleizner fut interrompu par le portable de Hesk qui s'allumait et vibrait pour la troisième fois. « Il vaut peut-être mieux que tu répondes », dit-il avant de terminer sa bière.

Hesk prit l'appel et porta le téléphone à son oreille. « Salut, je suis un peu occupé, là. Je peux te rappeler ?

– *Non, malheureusement, ça ne peut pas attendre*, rétorqua Heinesen.

– De quoi s'agit-il ?

– *Hemmer vient de vérifier le numéro et, comme on s'y attendait, il est sur liste rouge. Il serait sans doute possible de découvrir où l'appareil a été acheté via la carte bancaire, mais ça prendrait des semaines. Bref, Hemmer l'a localisé, et c'est là que ça devient intéressant, parce que figure-toi qu'il est toujours actif.*

– OK, et alors ?

– *On a d'abord cru à une erreur, alors on l'a triangulé une deuxième fois. C'est pour ça que ça a pris un peu de temps.*

– Ça ne fait rien. Mais comme je te l'ai dit, je suis un peu occupé, là.

– *Laisse-moi finir. Il s'avère que la seconde triangulation a donné le même résultat et, si je t'appelle, c'est pour savoir si tu as une explication.*

– Moi ?

– *Oui, toi. Parce qu'au moment où je te parle, le détenteur de la ligne, le fameux Contact1 se trouve chez toi.* »

25

L'homme allongé en dessous de Dunja devait avoir à peu près dix ans de moins qu'elle. À peine plus. Mais elle s'en fichait éperdument. En tout cas, à présent, c'était elle qui était aux commandes, faisant en sorte que chaque mouvement soit entièrement destiné à son propre plaisir.

Le type était musclé et capable de la soulever sans effort, dans quelque position que ce soit. Il l'avait clairement prouvé au début de leurs ébats. D'abord le missionnaire, puis la cuillère avant de la chevaucher par-derrière après l'avoir retournée comme dans un numéro de cirque.

La performance était typique de ces jeunes amateurs de porno gonflés de testostérone, qui éprouvent le besoin de réaliser le plus de figures possible pendant l'acte, avant de s'endormir en quelques secondes, comme s'ils avaient été victimes d'une coupure de courant.

Mais il était bien monté. Elle ne pouvait pas lui enlever ça. Sans ce détail, elle l'aurait sans doute laissé dormir, ce qui l'aurait arrangée, sachant qu'il n'était que quelques minutes avant minuit.

Dans son ancienne vie, elle avait pour habitude de sortir tous les mardis soir, car c'était un mardi qu'elle avait quitté Carsten. Mais ces deux derniers mois, elle avait sombré involontairement dans le célibat. Elle n'avait même pas eu le loisir de se faire jouir toute seule sans que Fareed et Qiang s'en aperçoivent. Mais bien qu'on soit samedi et que l'amant qui était entre ses jambes soit un imbécile, elle avait senti quelque chose se réveiller en elle et s'était promis de reprendre ses habitudes du mardi dès que possible.

Ce soir-là, elle avait littéralement foncé dans la gueule du loup. Le Byens Bodega était un bar qui se trouvait à un jet de pierre de l'hôtel de police. Elle avait rapidement constaté qu'à l'instar du temps où elle avait intégré les forces de l'ordre, c'étaient surtout les jeunes recrues qui venaient y boire une bière et décompresser après le service. Rien n'avait changé, ni le mobilier en bois brut noirci par des années de fumées de cigarette, ni le petit zinc, ni les tableaux aux murs. Rien n'avait changé à part elle.

Elle s'était d'abord sentie trop habillée dans son tailleur-pantalon et sur ses talons hauts, mais l'idée était d'attirer rapidement les regards et de trouver sa victime au plus vite sans risquer d'être reconnue, au cas où un proche de Sleizner aurait été présent. Elle avait même pris soin de se maquiller et de cacher ses cheveux courts sous une perruque brune à frange.

Ce nouveau look avait fonctionné au-delà de ses espérances. Elle n'avait pas terminé son demi de bière que déjà, le jeune homme dont elle avait oublié le nom, agent de la circulation, frais émoulu de l'école de police, avait proposé de la ramener chez lui. À l'arrière du taxi, elle avait juste eu à lui confier qu'elle fantasmait sur les uniformes pour qu'il demande au chauffeur de faire un détour par le commissariat, où il était allé récupérer son équipement.

Arrivée dans son appartement, elle s'était enfermée dans la salle de bains et avait déclaré qu'elle n'ouvrirait qu'à un représentant des forces de l'ordre. Deux minutes plus tard, il frappait à la porte avec tout son attirail.

Pendant qu'il effectuait un touchant numéro de striptease, elle l'avait convaincu de lui montrer comment on se servait du bâton et des menottes, mais aussi et surtout de l'unité portative qu'utilisait la police de la route et police secours pour les communications internes. Il lui avait même donné le mot de passe pour l'activer.

Tout cela traînait à présent sur le carrelage de la salle de bains, à côté de la perruque. Tout sauf la radio qui était la seule chose qui l'intéressait. Le reste était un simple bonus. C'était sur ce talkie-walkie que, dans moins de cinq minutes, elle prendrait connaissance du nouveau coup de Sleizner, qui, elle l'espérait, lui fournirait assez d'informations pour qu'elle puisse le frapper là où ça ferait mal.

La suite se produisit sans qu'elle l'ait vraiment décidé. Elle saisit le sexe de l'homme et l'aida à s'enfoncer plus loin en elle, tout en accélérant la cadence de ses hanches. La soirée se passait décidément très bien. Tout à coup, elle réalisa que, pour jouir pleinement, son corps lui dictait de prendre le contrôle, pas seulement de son jeune partenaire, mais aussi d'elle-même.

Elle se mit à chevaucher son partenaire de plus en plus vite et de plus en plus fort, trempée de sueur, jusqu'au bout, jusqu'à l'explosion finale. Après quoi, elle s'arrêta un instant pour reprendre son souffle.

« Ne bouge pas de là, je reviens tout de suite. » Il se retira, la bascula doucement sur le côté et sortit du lit.

« Et si je m'endors, dit-elle en tirant la couverture sur elle. Tu feras quoi ?

– Si tu t'endors, ce sera à mon tour de te réveiller. Mais tu ne sauras pas quand, parce que ce sera une surprise. » Il disparut dans la salle de bains.

Aussitôt que la porte fut fermée, elle retrouva la radio sous les draps, l'alluma et entra le mot de passe au moment où l'horloge en haut à droite de l'appareil passait de vingt-trois heures cinquante-neuf à minuit.

Elle n'eut que quelques secondes à attendre avant qu'un symbole indique l'arrivée d'un nouveau message urgent. Quand elle l'ouvrit, son cœur s'arrêta pendant plusieurs secondes avant de repartir, l'organe ayant compris que, désormais, il ne s'agissait plus que d'une chose.

Survivre.

Sa photo n'avait plus rien à voir avec la captation floue d'un film de vidéosurveillance à basse définition. Le nouveau portrait était d'une netteté chirurgicale, pris par un photographe professionnel dans un vrai studio. Elle se souvenait parfaitement du jour où elle avait dû refaire sa carte de police et avait décidé de faire les choses dans les règles.

Mais la photo avait été modifiée. Disparues les boucles blondes qu'elle n'avait jamais réussi à discipliner. À la place, des cheveux courts et gris argent, conformes à la coupe et à la couleur qu'elle avait en ce moment. Idem pour les grosses boucles d'oreilles et les lèvres rouge sang. Même ses joues avaient été retouchées pour lui donner l'air plus maigre, comme elle l'était dans la réalité.

PERSONNE RECHERCHÉE – URGENCE NATIONALE

Inculpée par contumace, un mandat d'arrêt a été lancé contre Dunja Hougaard (trente-six ans, un mètre soixante-sept), ancienne inspectrice de police, pour suspicion de crime caractérisé à l'encontre de la sécurité nationale. Elle aurait été aperçue en compagnie de deux hommes d'origine étrangère dans les environs de Copenhague. La femme étant connue pour son extrême violence, toutes les mesures de précaution devront être prises lors de son éventuelle arrestation.

Elle se mit à respirer par la bouche, de petites bouffées superficielles n'apportant quasiment pas d'oxygène dans son sang. Son pouls vrombissait comme un moteur à essence lorsqu'on presse en même temps les pédales d'embrayage et d'accélérateur. Il fallait qu'elle s'en aille. Tout de suite.

Sleizner ne cherchait absolument pas à effacer les traces de son implication dans la mort de Mogens Klinge. Il s'agissait uniquement d'elle. Évidemment. La haine démente qu'il lui vouait avait atteint un tel paroxysme qu'il était allé jusqu'à l'accuser de crime contre la sécurité du royaume, une charge suffisamment floue pour pouvoir signifier n'importe quoi, de la divulgation d'éléments classés secret défense à la planification d'un attentat terroriste. Désormais, ce n'était pas seulement Kim Sleizner qui était à ses trousses, mais tous les services de police du pays.

Elle regarda autour d'elle dans la chambre. Ses vêtements étaient restés près de la baignoire. Avec un peu de chance, elle trouverait quelque chose à se mettre en fouillant dans le placard. Sinon, elle n'aurait pas d'autre choix que de…

Sa réflexion fut interrompue par le bruit de la porte de la salle de bains, s'ouvrant sur un homme nu dont l'impressionnante érection pointait droit vers elle.

« Comme tu peux le voir, je suis prêt à reprendre du service. » Il s'étira, bâilla largement sans mettre la main devant sa bouche et s'approcha du lit.

« Enfin te voilà, dit-elle tout en rabattant la couverture sur le talkie. Je commençais à m'ennuyer.

– J'arrive. » Il grimpa sur le lit, posa la main entre ses deux seins pour l'obliger à s'allonger, se mit à califourchon sur elle et pressa sa verge turgescente contre ses lèvres.

« Mmm, ronronna-t-elle en rampant entre ses jambes pour se dégager. Mais maintenant, c'est toi qui vas devoir attendre. » Elle se leva rapidement et alla s'enfermer dans la salle de bains.

« Ne me fais pas attendre trop longtemps ! lança-t-il.

– Essaie de ne pas t'endormir », dit-elle tout en enfilant sa culotte, qu'elle trouva suspendue au robinet de la baignoire.

Elle n'avait pas le temps de passer son soutien-gorge. Elle devait quitter cet endroit immédiatement, pas dans un quart d'heure ni dans quelques minutes. Maintenant. Il lui fallut un peu plus de temps pour remettre le tailleur-pantalon jeté en tas sur le carrelage. Quand ce n'était pas une jambe du pantalon qui était retournée, c'était un bras de la veste, et une fois qu'elle fut enfin habillée, elle s'aperçut qu'elle avait mis le haut à l'envers.

Tant pis. Elle était déjà restée partie trop longtemps. Il ne fallait pas qu'il soupçonne quoi que ce soit. Elle décida de rester pieds nus. Elle ne pourrait pas courir en talons, de toute façon.

Elle allait poser la main sur la poignée quand elle la vit s'abaisser toute seule. *Merde,* eut-elle le temps de penser tout en s'écartant de la porte. *Merde, merde, merde.*

« Eh ! Tu peux m'ouvrir, s'il te plaît ? l'entendit-elle lui demander.

– Tu n'es pas très patient, dis donc ! répondit-elle en tirant la chasse avant de se pencher au-dessus de la baignoire et d'actionner la douchette.

– Oh, tu m'entends ? Je t'ordonne d'ouvrir cette porte !

– Quoi ? Je n'entends pas ce que tu dis. » Elle retourna vers la cuvette des W.-C., baissa l'abattant et monta dessus pour regarder par la petite fenêtre carrée donnant sur la cour.

« Ouvre-moi tout de suite !

– J'ai bientôt fini. Au fait, tu peux me dire où sont les serviettes propres ? »

La fenêtre était à peine assez grande pour qu'elle puisse s'y faufiler. Mais c'était la seule issue. Sans savoir ce qu'elle allait trouver de l'autre côté, elle commença à se glisser dans l'étroite ouverture, les bras tendus devant elle.

Les épaules constituaient un problème, et elle sentit sa peau s'arracher comme si on était en train de les râper à la mandoline. Mais l'adrénaline se chargea de gérer la douleur, et le reste de son torse passa l'obstacle sans grande difficulté.

La distance jusqu'au sol était nettement plus importante que prévu. Il y avait au moins six ou sept mètres. Si elle parvenait à éviter les poubelles et les vélos et qu'elle atterrissait sur le carré de pelouse en contrebas, elle avait une petite chance de s'en tirer vivante. Handicapée, sûrement, mais en vie.

Sa meilleure option était la descente de la gouttière se trouvant à un mètre de la fenêtre. Si elle avait pu sortir les jambes d'abord, elle aurait pu les laisser pendre dans le vide, se suspendre au rebord, effectuer un mouvement de balancier et saisir la gouttière entre ses jambes. En l'état, elle allait devoir effectuer le même mouvement la tête en bas, en espérant parvenir à rester suspendue par les pieds.

Mais l'autre option était bien pire. Alors, avec le risque qu'un déplacement excessif de son centre de gravité la projette la tête la première sur le béton de la cour, elle continua à s'extraire de l'ouverture jusqu'à ce que le haut de son corps pende à l'extérieur de la façade. Elle découvrit qu'elle avait un peu de prise dans les joints entre les briques, ce qui lui permit de se déplacer décimètre après décimètre en direction du tuyau en zinc.

Elle était sur le point d'attraper la gouttière quand deux mains se refermèrent sur ses chevilles pour la tirer en arrière. Elle tenta de se dégager en donnant des coups de pied, mais l'homme était beaucoup trop fort et, bientôt, elle fut de retour dans la salle de bains, sa tête cognant violemment contre la cuvette des toilettes avant qu'elle ait le temps de parer sa chute.

Elle essaya de se retourner, mais il était déjà sur elle avec les menottes, les genoux enfoncés entre ses omoplates.

« Quelle bonne idée j'ai eue de rapporter ces trucs-là à la maison ! » Il lui tordit le bras gauche et ferma une menotte autour de son poignet sans se rendre compte qu'elle avait eu le temps d'attraper la balance sous le lavabo. Bien qu'elle ne sache pas exactement où il se trouvait, elle projeta l'objet derrière elle de toutes ses forces. Le craquement du plateau en verre, immédiatement suivi du hurlement de son hôte, lui indiqua qu'elle était parvenue à atteindre sa cible.

Le genou de son assaillant la maintenait encore au sol, mais avec moins de force et, d'un mouvement brusque, elle réussit à se remettre sur le dos. Nu, à califourchon sur elle, il triturait une plaie en dessous de son œil.

Elle tenta de se dégager de son emprise, mais même sonné, il était beaucoup trop fort. Le mieux qu'elle avait à faire était de lui empoigner un testicule et de le tordre suffisamment pour qu'il se relève de lui-même en hurlant de douleur.

Une fois debout, elle évalua rapidement les moyens qu'elle avait pour s'enfuir. Elle pouvait le contourner en passant par la baignoire, dans laquelle l'eau coulait toujours, mais comme il était encore étourdi, elle se prépara à sauter au-dessus de lui.

« N'essaie même pas, dit-il, comme s'il avait lu dans ses pensées.

– Maintenant, tu m'écoutes, rétorqua-t-elle pendant qu'il tentait de se relever. Je sais que tu es un brave garçon et que tu veux juste faire ton boulot. » À ce moment-là seulement, elle remarqua le morceau de verre blanc de la balance qui sortait de la plaie sous son œil. « Je pourrais t'expliquer que ce que tu viens de lire est un tissu de mensonges inventés par Sleizner pour me foutre dans la merde. Mais cela ne servirait à rien. Tu ne me croirais pas. Alors, au lieu de cela, je vais simplement tenter de te faire comprendre que même si je t'ai déjà blessé plus que nécessaire, je n'hésiterai pas à te faire encore plus mal.

– Tu peux me dire ce que tu veux. Mais il y a un avis de recherche contre toi, alors au lieu de me raconter tout ça à moi, garde ça pour ton avocat. Parce que quoi que tu essaies de me faire croire pour m'en empêcher, je vais devoir t'arrêter. »

Dunja fit à nouveau un rapide tour des options qui s'offraient à elle avant de pousser un long soupir et de se retourner, les mains derrière le dos. Il lui attrapa d'abord le poignet gauche auquel pendait une menotte, mais alors qu'il allait saisir son autre main, Dunja pivota pour se retrouver derrière lui. Deux secondes plus tard, elle lui avait encerclé le torse de ses bras. De la main droite, elle attrapa la deuxième menotte et posa la chaîne reliant les deux sur la gorge du jeune flic. Puis elle tira très fort tout en lui assenant un solide coup de pied dans le creux des genoux. La prise suffit à lui faire perdre l'équilibre et à le faire tomber en arrière. La suite, ce fut sa masse corporelle qui s'en chargea, et elle n'eut qu'à reculer légèrement pour diriger la trajectoire de son adversaire vers la baignoire, en se servant des menottes autour du cou comme d'une paire de rênes.

Il battit des bras et donna quelques coups de pied pour tenter d'échapper à son emprise, mais les lois de la gravité ne lui étaient pas favorables et, une seconde plus tard, il avait la tête sous l'eau.

Elle ne compta pas les secondes.

Dix ?

Quinze ?

Elle attendit simplement que les bulles cessent de remonter à la surface et que ses bras et ses jambes arrêtent de tressauter pour le ressortir de la baignoire et le laisser sur le carreau, toussant et luttant pour reprendre son souffle.

26

Ouvrir les paupières et devoir se réveiller était un calvaire. Un coup de poignard dans le cœur, un rappel qu'à partir de cet instant, la conscience allait prendre le relais sur l'oubli et le martyriser jusqu'à ce qu'il puisse enfin fermer à nouveau les yeux pendant quelques heures. Car il n'y avait que là, dans un sommeil sans rêves, qu'il parvenait à trouver la paix.

Après sa rencontre avec Jadwiga Komorovski, il avait essayé de noyer son angoisse dans l'alcool. En vain. L'alcool ne l'avait jamais soulagé. Au lieu de l'aider à oublier, cela exacerbait ses pensées et ses sentiments, les rendant plus douloureux encore.

Et l'avait fait vomir sur un trottoir, comme le chien qu'il était.

En rentrant à pied parce qu'aucun taxi ne voulait de lui, il avait songé à prendre d'autres substances, mais il était arrivé à la conclusion que cela n'aurait aucun sens. Il devait reprendre ses esprits car, comme le sommeil, la drogue ne serait qu'une solution temporaire. Pour la première fois de sa vie, il avait envisagé de suivre l'exemple de Theodor.

« Tu es là ? entendit-il la voix brisée de larmes d'une petite fille. Tu m'entends ? »

Fabian se tourna vers le rideau fermé et s'aperçut qu'il était couché par terre sous une couverture, dans son bureau au sous-sol.

« C'est moi, Matilda, continua la voix de l'autre côté de la tenture. Il faut que je te parle.

– Je suis là », répondit Fabian tout en cherchant à se rappeler pourquoi il était là. Mais il ne se souvenait de rien et en conclut que c'était par pur instinct de survie qu'il n'était pas allé s'allonger auprès de Sonja.

« J'ai besoin de ton aide pour quelque chose. Quelque chose de très important.

– Je vais t'aider, Matilda, répondit-il en se redressant. Tu sais que je ferai n'importe quoi pour toi. »

La principale injustice qu'avait subie Theodor était de l'avoir eu pour père. C'était ce que Sonja lui avait dit sans un tremblement dans la voix. Il avait cherché des arguments pour sa défense, ce qui lui aurait permis de se réconcilier avec lui-même, mais en fin de compte, il avait été obligé d'admettre qu'elle avait raison. Que tout était sa faute et que rien qu'il puisse faire ne viendrait réparer ou changer quoi que ce soit.

Mais il avait encore Matilda. Avec elle, il avait encore une page blanche à écrire.

« Tu avais raison », dit Matilda. Il se demanda ce qu'elle entendait par là. « Tu avais raison depuis le début. » S'il y avait une chose dont il était sûr, c'est qu'il avait eu tort. « J'ai besoin de savoir si tu es en contact avec mon frère. » C'est alors qu'il comprit. « Son nom est Theodor, mais ça, tu le sais déjà. »

C'était douloureux de l'admettre, mais parfaitement logique. Ce n'était pas à lui que sa fille était venue demander de l'aide, mais à cette Greta. C'était auprès d'elle qu'elle espérait trouver consolation.

« Il me manque et il faut que je lui parle. Tu comprends ? » Sa voix était si fragile. « Je savais que tu avais raison. Mais ça n'aurait pas dû se terminer comme ça. Ça ne peut pas juste être terminé. Il faut que tu m'aides à reprendre contact avec lui. »

Elle avait recommencé avec cette planche ouija. La planche qui avait aveuglé sa fille et porté une ombre funeste sur leur foyer.

« Tu dois pouvoir lui demander comment il va. S'il est bien là où il est. C'est juste ça que je veux savoir. Qu'il va bien. Et puis, dis-lui que je l'aime. S'il te plaît, dis-le-lui. »

Luttant contre la pression à l'intérieur de son crâne, il se leva et ouvrit le rideau. Elle était là, sa fille et son unique enfant, désormais, entourée de bougies chauffe-plat allumées, le doigt posé sur un pointeur qui se déplaçait sur une planche recouverte de chiffres et de lettres.

« Matilda, commença-t-il en s'asseyant face à elle. Tu ne veux pas qu'on discute tous les deux, plutôt ? On pourrait aller se promener, si tu veux. Aller manger quelque chose. Juste toi et moi.

– Je préférerais qu'on me laisse tranquille, répliqua-t-elle sans retirer son doigt du pointeur.

– Et moi, je préférerais que tu arrêtes avec ce truc-là. » Il posa la main sur la sienne.

« Arrête, dit-elle en dégageant sa main. Tu vas rompre le contact.

– Je comprends que tu sois triste, Matilda. Nous le sommes tous. Nous avons du mal à gérer notre chagrin, mais…

– Ne t'occupe pas de lui, Greta, dit Matilda, l'interrompant. Il va bientôt partir.

– Écoute-moi, s'il te plaît. Je comprends que tu aies besoin de parler avec quelqu'un.

– Tu ne comprends rien, alors s'il te plaît, va-t'en.

– Mais enfin, pourquoi est-ce que tu ne veux pas me parler à moi, ou à ta mère, au lieu de converser avec ces esprits, ou je ne sais pas comment on les appelle ? Tu pourrais aussi discuter avec un autre adulte ? Nous devrions peut-être tous consulter un professionnel pour traverser cette épreuve.

– Elle s'appelle Greta, et je lui parlerai autant que j'en ai envie. Maintenant, je veux vraiment que tu partes. Tu n'as qu'à aller t'engueuler avec maman. Ça, tu sais le faire. »

Elle connaissait parfaitement ses points faibles. Elle savait comment le mettre sur la défensive et déclencher sa colère jusqu'à lui faire perdre le contrôle de lui-même. Mais cette fois, ça ne fonctionnerait pas. Il ne tomberait pas dans son piège. « Matilda, dit-il doucement en se penchant vers elle. Le fait que Theodor se soit suicidé n'a rien à voir avec ton amie imaginaire.

– Tu peux l'appeler comme tu veux, ça m'est égal. N'empêche qu'elle avait dit que quelqu'un de la famille allait mourir. Elle l'a dit dès le début, mais toi, tu n'as jamais voulu l'écouter. Alors que je t'avais prévenu, plusieurs fois même. Tu...

– Je quoi ? l'interrompit-il. Qu'aurais-tu voulu que je fasse de cette information ? Dis-le-moi. Qu'est-ce que j'aurais dû faire différemment ?

– Tout. »

C'est la façon dont elle le dit qui lui fit le plus mal : en le regardant dans les yeux et sans le moindre doute dans la voix.

« Je sais que j'ai fait des erreurs, Matilda. Surtout en ce qui concerne Theodor. Et je te jure qu'il ne se passe pas une journée sans que je me demande ce que j'aurais pu faire pour empêcher que les choses en arrivent là. Mais cela ne veut pas dire que j'aurais pu changer quoi que ce soit.

– Tu aurais pu le laisser tranquille.

– Ah, parce que tu crois que ça l'aurait sauvé ? Qu'il serait encore ici et en pleine forme, si je m'étais complètement foutu de ce qui lui arrivait ?

– Il serait encore en vie, en tout cas.

– Vraiment, tu crois ça ? Mais pendant combien de temps serait-il resté vivant ? Et soit dit en passant, cela aurait donné tort à ta Greta. Elle qui sait tout et qui a toujours raison.

– Elle a dit “quelqu’un de la famille”. Elle n’a jamais dit qui.

– Parce que cela aurait dû être moi, bien sûr. C’est ça que tu penses ? »

Matilda le fixa sans rien dire.

« Hein ? C’est ça que tu voulais dire ? insista-t-il sans obtenir plus de réaction. En réalité, c’est moi qui aurais dû mourir, et Theodor a pris ma place par erreur ? »

Matilda ne contesta pas ses paroles, mais elle ne les confirma pas non plus. Elle continua simplement à le regarder dans les yeux en silence.

« Ça devait être moi et pas lui ? C’est ça qu’elle a dit, ta Greta ? Que Theodor est mort à ma place ? Ou est-ce que c’est ce que toi, tu penses ? » Il attendit une réponse, en vain. « Matilda, réponds-moi quand je te parle ! » Il frappa du poing la vieille planche en bois qui se cassa en plusieurs morceaux. « C’est moi qui aurais dû mourir ? »

Matilda contempla la planche détruite, se leva, lui tourna le dos et partit.

27

Seconde après seconde, il visionnait cette conférence de presse qu'il aurait pourtant préféré oublier. Assis sur l'abattant des toilettes, son ordinateur portable posé sur ses genoux tandis que Lone passait rageusement l'aspirateur devant la porte, Jan Hesk affrontait l'épreuve trop longtemps repoussée et assistait impuissant à son humiliation publique. Un long chemin de croix où chaque image était un nouveau crachat hargneux de la populace qu'il recevait en pleine face. C'était un calvaire, certes, mais c'était aussi dans cette vidéo qu'il pourrait trouver une explication à son évanouissement.

Il n'avait pas dormi de la nuit. La visite de Sleizner et l'appel de Heinesen l'informant que le numéro de téléphone avec lequel Mogens Klinge avait correspondu bornait chez lui au même moment ne l'avaient pas laissé en paix une seconde. Cela signifiait-il que Sleizner était la troisième personne impliquée ? Celle qui avait tué la jeune femme de la voiture, et peut-être Klinge lui-même ?

Que son patron soit tout sauf une bonne personne n'était pas une surprise. Qu'il harcèle et écrase son entourage pour se hisser au sommet et qu'il passe outre certaines entorses au règlement tant que cela l'arrangeait, c'était monnaie courante au sein de la police de Copenhague. Mais de là à tuer quelqu'un, c'était une autre histoire. Même venant de Sleizner, il avait du mal à se l'imaginer.

Alors il avait tenté de trouver d'autres explications : c'était juste un malencontreux hasard et la technologie qui s'était mise à leur jouer des tours tandis que Hemmer effectuait la triangulation. Mais il n'était même pas parvenu à s'en convaincre lui-même et avait finalement été contraint d'admettre que cette pièce du puzzle collait un peu trop bien.

Il en était au passage de la vidéo où il s'était retourné pour voir Sleizner le rejoindre sur l'estrade, sourire aux lèvres, une bouteille d'eau minérale et deux verres à la main, qu'il posait sur la table devant eux. Il avança de quelques secondes et vit Sleizner se pencher vers lui, poser une main sur son épaule et lui chuchoter quelque chose à l'oreille.

De loin, cela pouvait passer pour un mot d'encouragement chaleureux entre collègues, mais il n'avait pas oublié ses paroles. Il se souvenait même de chaque syllabe prononcée. De la froideur avec laquelle le message avait été délivré et de la façon dont cela lui avait fait perdre ses moyens.

Sur le moment, concentré sur la conférence de presse, il n'avait pas fait attention, mais cette fois-ci, il se concentra sur l'eau. La bouteille et les deux verres. L'idée l'avait effleuré, mais il l'avait aussitôt rejetée. Non, la vérité était qu'il s'était interdit d'aller au bout de sa pensée parce que les conséquences, dans le cas où ses soupçons se vérifieraient, étaient impossibles à évaluer. Comme souvent. Mais à présent, après la récente visite de Sleizner, il ne pouvait plus se voiler la face.

Lors d'une conférence de presse, on veillait toujours à ce qu'il y ait de l'eau et des verres sur la table. Or ce jour-là, il n'y en avait pas. Peut-être parce que peu de gens étaient informés qu'elle devait avoir lieu et que ce détail était passé à la trappe, comme beaucoup d'autres, contribuant à rendre parfaitement naturel le fait que Sleizner ait remédié à cette lacune.

On frappa à la porte de la salle de bains. « Eh ! Tu t'es endormi, là-dedans ? demanda Lone. Tu n'es pas tout seul dans cette maison, il y en a d'autres qui ont besoin d'y aller.

– J'ai bientôt fini, répondit-il.

– Bientôt quand ?

– Dans cinq minutes, maximum. »

Il l'entendit pousser un long soupir avant de relancer l'aspirateur. Il continua à faire défiler la séquence. Sleizner dévissait le bouchon de la bouteille et remplissait les deux verres, d'abord le sien puis l'autre, et but aussitôt. Ce n'était donc pas dans l'eau qu'avait été versé le poison.

Cela avait-il pu avoir lieu avant ? Il se remémora les heures précédant la conférence de presse, où il était allé et qui il avait croisé, afin de se rappeler si, à un moment donné, on lui avait servi à boire ou à manger. Mais il ne se souvenait de rien de cet ordre.

À défaut d'avoir une autre idée, il fit défiler la séquence à l'envers, image par image, regarda l'eau minérale remonter du verre de Sleizner dans la bouteille, puis Sleizner reposer le verre vide sur le podium et saisir le sien dont l'eau disparut progressivement pour retourner dans la bouteille.

C'est alors qu'il comprit comment les choses s'étaient passées. Au moment où Sleizner posa son verre et prit le bouchon pour le revisser sur la bouteille. Sur l'unique image où le focus de la caméra était sur son verre. Son verre qui aurait dû être vide. Aussi sec que celui de Sleizner. Et qui ne l'était pas.

À cet instant, face aux caméras, sous la lumière brûlante des projecteurs, il était trop stressé pour s'en rendre compte. Tout ce qui lui importait était de sortir vivant de cette conférence de presse malgré les petits jeux pervers de son supérieur.

Mais à présent, il les voyait distinctement. Sur l'image immobile, il était impossible de manquer les gouttes translucides sur la paroi du verre et le liquide au fond. Il n'y en avait pas beaucoup, juste assez pour qu'on puisse les confondre avec un peu d'humidité sur un verre qui vient d'être lavé, et pour plonger un adulte dans un profond sommeil durant plusieurs heures.

28

Elle avait sombré dans un sommeil profond. Si profond qu'on aurait été en droit de se demander si elle se réveillerait un jour. Comme si sa vie n'était plus qu'une flamme fragile à la merci d'une expiration trop forte.

Au son distant des voix de Fareed et de Qiang, en bas, elle emplit ses poumons d'air, s'évertuant à respirer à fond malgré les coups qu'elle avait reçus dans la poitrine et l'intensité de la douleur. Puis elle souleva sa couverture et contempla ses ecchymoses, ses hématomes et ses blessures.

Ce n'était pas beau à voir et pourtant, elle se sentait comme une nouvelle version d'elle-même, pleine d'énergie. Après s'être assurée qu'elle n'avait rien de cassé, elle se leva au prix d'un immense effort, enfila un bas de jogging et un tee-shirt, puis descendit l'étroite échelle de meunier.

« Ouh là ! J'en connais une qui s'est bien amusée cette nuit, dit Qiang en la voyant apparaître.

– Il y a longtemps que je ne m'étais pas éclatée comme ça, rétorqua-t-elle en boitillant vers eux.

– Ça va ? demanda Fareed, une tasse de thé fumante à la main.

– Non, ça ne va pas, mais on s'en fout. Et vous, comment ça s'est passé ? »

Les deux hommes se regardèrent.

« Dunja, commença Fareed en posant sa tasse, il faut que tu saches que tu es sur le site de la police dans la rubrique des personnes recherchées.

– Merci, je suis au courant. Maintenant, je voudrais savoir si vous avez trouvé quelque chose. Si ma mémoire est bonne, vous deviez réexaminer tous les éléments ?

– Et c'est ce que nous avons fait. Mais est-ce que tu réalises que tu es soupçonnée de préparer un crime contre la sûreté de l'État ? Il n'y a pas de quoi plaisanter, Dunja ! C'est au même niveau qu'un attentat terroriste, et nous ne pouvons pas faire comme si de rien n'était.

– Que veux-tu que je fasse ? Que je me rende ?

– C'est à toi d'en décider. Mais je te signale que Qiang et moi sommes également cités. Pas nommément, pour l'instant, mais comme "deux hommes d'origine..."

– C'est bon, Fareed. J'ai lu l'avis de recherche, l'interrompit-elle. Je vous avais dit qu'il préparait quelque chose. Ce n'était pas du tout ce à quoi je m'attendais, mais avec le recul, j'avoue que ça ne me surprend pas. C'est tellement typique de Sleizner, de perdre son sang-froid comme ça. Maintenant reste à voir comment on continue.

– Ce que je crois que Fareed essaie de te dire... » Qiang déglutit. « C'est que la question est plutôt de savoir *si* on continue.

– Attendez, juste pour être sûre que j'ai bien compris. » Dunja les regarda à tour de rôle. « Vous plaisantez, n'est-ce pas ?

– Je ne vois personne rire, ici, répondit Fareed avant de se tourner vers Qiang. Et toi ?

– Moi non plus.

– Parce que vous croyez vraiment qu'il vous suffit de tout remballer et de vous barrer ?

– Écoute, Dunja, pour l'instant, il sait seulement que nous sommes d'origine étrangère, rétorqua Fareed. Mais ce n'est qu'une question de temps avant qu'il...

– Ce n'est absolument pas une question de temps. Bien sûr qu'il sait qui vous êtes. Sinon, comment aurait-il fait pour découvrir notre ancienne planque ? Je peux t'assurer qu'il est parfaitement au courant que Qiang est gaucher et qu'il se ronge les cuticules dès qu'il est un peu nerveux, et que toi tu détestes le rooibos et que ça te met en colère chaque fois que quelqu'un ose appeler ça du thé.

– Mais ce n'est pas après nous qu'il en a, argua Qiang. C'est après toi.

– Exact, en revanche, si vous croyez qu'il vous laissera filer sans représailles lorsqu'il en aura fini avec moi, vous vous mettez le doigt dans l'œil. Vous n'êtes pas très loin derrière moi dans la liste des personnes à abattre, et c'est pour ça qu'à peu de chose près, vous êtes autant dans la merde que moi. »

Fareed et Qiang échangèrent à nouveau un regard.

« Mais je pourrais aussi dire les choses autrement, poursuivit-elle. Parce que, finalement, c'est lui qui est dans la merde. Pas nous. Il n'y a qu'à voir sa dernière trouvaille. Pour moi, c'est la preuve flagrante qu'il est acculé et qu'il se sent menacé. Je dirais même qu'il est désespéré et, comme je vous l'ai dit hier, je crois qu'il fait tout ce qu'il peut pour détourner l'attention de lui. Pourquoi ferait-il ça s'il n'avait rien à cacher ? » Elle arrêta de parler pour leur donner le temps de la contredire, mais reprit la parole en voyant qu'aucun ne réagissait. « Le mieux à faire, maintenant, c'est de continuer à faire pression sur lui jusqu'à le pousser à la faute. Parce que c'est ce qui finira par arriver, j'en suis certaine, et c'est à ce moment-là que nous devrons frapper.

– Alors qu'est-ce que tu attends de nous ?

– Si vous commenciez par me dire ce que vous avez découvert.

– Nous venons de le faire.

– Vous n'avez rien trouvé d'autre ? Vous avez revu tous les éléments que nous avons réunis jusqu'ici et vous n'avez pas trouvé une seule piste qui mérite d'être approfondie ?

– Je ne sais pas ce que ça vaut, mais j'ai peut-être quelque chose, dit Qiang après un moment de silence.

– Hein ? C'est quoi ? lui demanda Fareed. Pourquoi est-ce que tu ne m'en as pas parlé ?

– Parce que c'est une idée qui m'est venue cette nuit, juste avant de m'endormir, et que ce n'est sans doute rien du tout. Mais, comme vous le savez, j'ai cartographié tous les déplacements de Sleizner, et il y a un endroit où il va régulièrement sans que je parvienne à comprendre pourquoi.

– Et c'est où ? s'enquit Dunja.

– Vous savez ce garage, pas loin du boulevard Østerbrogade.

– Là où il gare sa voiture plusieurs nuits par semaine ?

– Exactement.

– Il me semble qu'il a une très bonne raison, au contraire, dit Fareed. Une raison qui habite sur le trottoir d'en face et qui s'appelle Jenny Chatte-Humide Nielsen.

– Oui, je sais, mais… » Qiang se tut et secoua la tête sans terminer sa phrase.

« Tu ne crois pas que c'est elle qu'il va voir ? demanda Dunja.

– J'ai fait quelques recherches sur cette Jenny, répondit Qiang. Regardez à quoi elle ressemble aujourd'hui. » Une blonde peroxydée au visage entièrement refait apparut en gros plan sur l'un des écrans.

« Je ne sais pas ce que vous en pensez, mais personnellement, j'ai du mal à croire que cette femme-là ait de quoi l'attirer à cette adresse plusieurs nuits par semaine. »

Dunja étudia soigneusement le portrait et, malgré tout le mal qu'elle pouvait penser de Sleizner et de son degré de perversion, elle avait tendance à être d'accord avec Qiang sur ce point. « Alors tu crois que c'est un hasard si l'une de ses putes préférées habite justement là ?

– Je pense simplement qu'il pourrait y avoir une autre explication. Elle a déménagé de Vesterbro pour s'installer dans ce quartier à l'automne 2010, peu après que son nom a été associé à celui de Sleizner dans les journaux, et depuis ce jour, elle n'a déclaré aucun revenu à l'administration fiscale.

– Elle ne serait pas la première prostituée à travailler au noir, fit remarquer Fareed en allumant un autre ordinateur.

– Comment gagnerait-elle sa vie, sinon ? demanda Dunja.

– Je ne serais pas surpris que la réponse à cette question ait quand même quelque chose à voir avec Sleizner, répondit Qiang.

– Tu crois qu'il est propriétaire de l'immeuble dans lequel elle habite ?

– C'est possible, non ?

– Ça m'étonnerait qu'il ait les moyens d'investir dans l'immobilier en centre-ville, dit Fareed en tapant une nouvelle recherche. Même s'il a une bonne paye, ça reste un flic. »

Dunja se planta devant le tableau blanc couvert de photos prises à distance de Sleizner. Sur l'une d'elles, on apercevait en arrière-plan une grande blonde décolorée avec un pantalon de cuir et de grosses lunettes de soleil. « Ce ne serait pas elle, là ? » Elle décrocha le cliché et retourna à l'ordinateur pour comparer la femme avec celle dont le portrait emplissait l'écran. « Oui, regardez, c'est bien elle. » Elle tendit la photo à Fareed. « Donc, ils se voient toujours. On sait où cette photo a été prise ?

– Place Gunnar Nu Hansen, un square qui se trouve en face du parking.

– Ce n'est pas tout, intervint Qiang. Pour une raison ou pour une autre, il laisse son téléphone dans sa voiture quand il est dans le quartier et je ne sais toujours pas ce qu'il fait là-bas, pendant plusieurs heures, une nuit sur deux.

– Ce ne serait pas notre traceur GPS qui se retrouverait dans une zone d'ombre dans ce secteur ? suggéra Dunja.

– Si, bien sûr, on perd le signal quand il descend dans le parking et on le récupère quand il remonte. Mais qu'il se rende chez Jenny Nielsen ou ailleurs, il est bien obligé de sortir du parking à pied et on devrait récupérer le signal à ce moment-là.

– Peut-être qu'il laisse son portable dans sa voiture pour ne pas être dérangé, comme il l'a fait le jour où la police suédoise a cherché en vain à le joindre.

– Écoutez ça ! dit tout à coup Fareed. Depuis 1992, l'immeuble appartient à la société de capital-risque Greener Grass Investment Limited.

– Et on a le ou les noms de ceux qui sont derrière ? » demanda Dunja.

Fareed quitta l'écran des yeux et se tourna vers eux. « Jakob Sand en personne.

– Le type qui participait au déjeuner chez Zeleste ? » demanda Qiang. Fareed acquiesça.

« Enfin ! s'exclama Dunja. J'en étais sûre. Qu'est-ce que tu peux nous dire sur le bâtiment lui-même ? »

Fareed poursuivit ses recherches. « Il s'agit d'un immeuble d'angle avec une entrée sur Østerbrogade, au numéro 120. Il est composé de vingt-six appartements locatifs répartis sur cinq étages et de deux locaux commerciaux en rez-de-chaussée, loués respectivement à une société de serrurerie du nom de Sesam Låse et à McDonald's.

– C'est tout ? »

Fareed parcourut quelques documents en diagonale. « L'immeuble a fait l'objet d'importants travaux de rénovation en 2005, année où la société de capital-risque a également fait l'acquisition du parking de l'autre côté du boulevard Østerbrogade.

– On parle bien du parking où Sleizner a l'habitude de garer sa voiture ?

– Je suppose.

– Bingo ! commenta Qiang.

– Il y a un garage automobile dans le parking enregistré sous le nom de Kronow Auto.

– Il y a des plans sur lesquels on peut voir en quoi ont consisté les travaux de rénovation ? »

Fareed acquiesça et se rendit près de l'imprimante qu'il venait d'allumer. Il lança quelques impressions puis attacha les feuilles quatre par quatre avec de l'adhésif pour obtenir deux grands plans. « Là, tu as l'ancien, et ça, c'est celui qui a été remis avec la demande de permis de construire. »

Dunja posa les deux dessins l'un à côté de l'autre et put constater d'un seul coup d'œil que d'importantes modifications avaient été apportées à l'immeuble. Des cloisons avaient été abattues pour réunir plusieurs petits appartements, et les plus grands avaient été divisés. Une buanderie collective avait été aménagée au dernier étage, et portes et fenêtres avaient été changées. En somme, les travaux réalisés avaient été si nombreux qu'il était impossible de savoir si certains de ces changements avaient un intérêt pour eux.

Ce n'est qu'en superposant les deux plans et en les observant à la lumière que Dunja commença à y voir plus clair.

« Tu as quelque chose ? » demanda Fareed en la rejoignant. Qiang lui emboîta le pas.

« Je ne sais pas, peut-être. » Elle reposa les plans sur le sol, l'un à côté de l'autre. « Regardez ici. » Elle suivit de l'index le tracé du sous-sol sur le premier dessin. « Vous avez vu ? Maintenant, comparez avec l'autre. »

Fareed et Qiang étudièrent attentivement les deux dessins.

« Je ne comprends pas, dit Qiang en se tournant vers elle. Sur l'ancien plan, il y a un sous-sol.

– Exactement, dit Dunja en hochant plusieurs fois la tête. C'est ça qui est bizarre. Et regardez : ça c'est un ascenseur, continua-t-elle en indiquant une colonne. Avant la rénovation, ce puits allait jusqu'en bas. À présent, il s'arrête au rez-de-chaussée.

– La transformation a dû coûter un bras ! dit Fareed, incrédule. Qui fait ce genre de chose ? »

Dunja n'en avait aucune idée. Elle n'avait même pas le moindre début d'une théorie qui expliquerait pourquoi quelqu'un avait décidé d'éliminer intégralement un sous-sol.

29

Hesk ne savait pas comment se comporter face au silence qui s'était installé dans la pièce depuis qu'il avait exprimé ses soupçons à l'encontre de Sleizner. Pendant la première minute, la réaction de ses collègues lui parut logique. Si cela se vérifiait, le scandale serait plus énorme que tout ce qu'ils avaient connu au cours de leur carrière de policiers. Il se dit que Heinesen, Hemmer et Bernstorff étaient en état de choc, comme il l'avait été lui-même, et comme il l'était encore.

Mais leur mutisme durait depuis une bonne minute et demie, et il commençait à se dire que s'ils se taisaient, c'était peut-être parce qu'ils ne le croyaient pas. Sinon pourquoi resteraient-ils là, figés, dans ce vieux canapé en cuir, à éviter de croiser son regard ?

Peut-être était-ce à lui de rompre le silence et d'ouvrir la porte à la discussion, au lieu de regarder distraitement la collection de figurines Star Wars ? Après tout, c'était lui qui était responsable de cette enquête.

Bernstorff et Hemmer étaient relativement nouveaux dans la maison. Aucun n'avait directement collaboré avec Sleizner ; aussi n'avaient-ils dû entendre que de vagues racontars sur son compte. Pour Heinesen, c'était différent. Il savait que Sleizner n'était pas qu'une célébrité auréolée de rumeurs. Quant à Morten, il était probablement celui à avoir travaillé avec lui le plus longtemps et c'était évidemment pour cela qu'il préférait rester assis sans rien dire, le visage fermé.

« Tu es sûr de ce que tu avances ? demanda enfin son vieux collègue, mettant fin au silence.

– Aussi certain qu'on puisse l'être sans en avoir une preuve irréfutable. » C'était très exactement ce qu'il ressentait. Il était choqué, mais pas autant qu'il aurait dû l'être. « Pour l'instant, il ne s'agit que de suppositions reposant sur des indices. Mais je dirais que ces indices sont suffisamment nombreux pour que nous n'ayons pas d'autre choix que de considérer Kim Sleizner comme notre principal suspect.

– Bon, alors je vais quand même te poser une question, intervint Bernstorff. Est-ce que tu comptes sérieusement t'attaquer à l'une des personnes les plus haut placées dans notre hiérarchie sur la base d'indices qui, soit dit en passant, sont extrêmement légers ?

– Légers ? » s'exclama-t-il en secouant la tête, réalisant tout à coup qu'elle venait de le mettre en colère. « Tu plaisantes ! » Après tout, il était en droit de l'être. C'était elle qui l'avait attaqué. « Explique-moi ce qui te fait dire ça. »

« Je crois que ce que Julie veut dire, c'est qu'en l'état, nous ne disposons pas de suffisamment d'éléments pour agir, tenta Hemmer.

– Et moi, je crois qu'elle est suffisamment grande pour répondre elle-même. Qu'en penses-tu, Morten ? dit-il, prenant Heinesen à partie. Toi aussi, tu trouves que les indices sont trop faibles pour considérer Sleizner comme notre suspect numéro un ?

– C'est-à-dire que… » Heinesen se tortilla dans le canapé et déglutit péniblement. « Je ne sais pas… C'est vrai que c'est un peu…

– Comment ça, tu ne sais pas ? Enfin, Morten ! » Qu'est-ce qu'ils avaient tous aujourd'hui ? Ils ne voyaient donc pas la gravité de la situation ? « Toi non plus, tu ne l'as jamais apprécié, avoue-le ! Et tu as toujours senti qu'il y avait quelque chose de louche chez lui. Je me trompe ?

– C'est vrai que Sleizner a toujours été Sleizner, mais de là à...

– Nous sommes surpris, Morten, et c'est normal. Mais soyons honnêtes, le sommes-nous tant que ça ? »

Heinesen semblait ne pas savoir quoi répondre.

« C'est peut-être là qu'est le problème, dit Bernstorff. Comment savoir si ce n'est pas ton antipathie à son égard qui fausse ton jugement ?

– C'est un peu le sentiment que j'ai, avoua Hemmer. Ça fait moins d'une semaine que je suis arrivé et je suis déjà à moitié endoctriné par l'aversion que tout le monde ici semble avoir à son égard.

– Personne n'a parlé d'aversion, rétorqua Hesk en luttant pour réprimer son irritation. C'est vrai qu'il est loin d'être un patron modèle, et je ne nierai pas que lui et moi avons eu quelques désaccords par le passé. Mais penser qu'il s'agit d'une vendetta personnelle serait une grave erreur. Au contraire, j'aimerais sincèrement que le coupable soit n'importe qui d'autre que lui. » Il s'avança dans son fauteuil et regarda Bernstorff dans les yeux. « J'ai même du mal à imaginer pire scénario que celui-là et, si tu ne venais pas d'arriver et ne connaissais ni Sleizner ni moi, j'aurais pris ta remarque comme une attaque directe. » Il souleva sa tasse de café à deux mains, mais il tremblait tellement que le liquide déborda. « Merde !

– Ne t'inquiète pas, dit Heinesen en se levant précipitamment. Je m'en occupe.

– Pardonnez-moi, je n'ai pas dormi de la nuit, s'excusa Hesk tandis que Heinesen nettoyait le fauteuil et le sol.

– Alors je pense que tu devrais te reposer avant que nous décidions de quelle façon poursuivre cette investigation, préconisa Bernstorff.

– Et ça, ça veut dire quoi, au juste ? » rugit-il en posant sa tasse si brusquement qu'il renversa également du café sur la table. Cette fois, il ne vit aucune raison de cacher son irritation. Elle était justifiée, et la présence de Heinesen à ses pieds en train de s'activer avec sa foutue éponge ne faisait rien pour arranger les choses. « Tu penses que je suis trop fatigué pour avoir les idées claires ? Tu crois que je délire ?

– Tout ce que je dis c'est que désigner son supérieur hiérarchique comme suspect sérieux dans une affaire n'est pas une mesure qu'il faut prendre à la légère et encore moins dans ton état.

– Ça suffit, merde ! Il n'est pas question de ma fatigue ni de savoir comment je vais. Il est question de Sleizner, vers lequel tous les indices convergent pour en faire un coupable idéal. Je pourrais même jurer que c'est lui. Qu'est-ce que tu en penses, toi, Morten ? demanda-t-il en se tournant vers Heinesen qui venait de terminer de nettoyer. J'ai besoin d'un peu d'aide, là.

– Je pense que nous devrions commencer par étudier ce dont nous pouvons être sûrs, proposa Heinesen.

– Je suis d'accord, acquiesça Bernstorff. C'est une bonne idée.

– Je pensais vous avoir déjà exposé l'essentiel. Mais admettons. Je veux bien recommencer, dit Hesk en redressant le dos. Depuis le 16 avril de cette année et jusqu'à quelques jours avant sa mort, Mogens Klinge a été en contact avec Kim Sleizner par le biais d'un vieux portable Ericsson. Il a été prévenu par SMS sur ce même téléphone qu'il avait été accepté dans une confrérie quelconque. Plus tard, par le même biais, il a été informé qu'une cérémonie d'intronisation devait avoir lieu dans la soirée du 28 juillet, date qui correspond à celle de sa mort. Il est précisé dans le message qu'il doit se présenter en smoking, chemise blanche et nœud papillon et qu'on viendra le chercher à une position GPS déterminée, à dix-neuf heures trente. J'ai inscrit les coordonnées en question ici. Torben, peux-tu localiser l'endroit ? » Il tendit à Hemmer un morceau de papier sur lequel il avait noté la position.

« Comment peux-tu être sûr que son interlocuteur est Sleizner et pas quelqu'un d'autre ? s'enquit Bernstorff.

– Parce que Torben a localisé la ligne chez moi au moment où il frappait à ma porte.

– C'est vraiment si précis que cela ? demanda Bernstorff à Hemmer.

– Avec une marge d'erreur de dix à vingt mètres, oui, répondit Hemmer avec un haussement d'épaules.

– Dix à vingt mètres ? Mais cela signifie que l'appareil pouvait très bien se trouver chez l'un de tes voisins. Ou pourquoi pas dans une voiture garée dans la rue près de chez toi ? »

Hesk questionna Hemmer du regard, qui confirma d'un hochement de tête tout en tapant sur son ordinateur les chiffres et les lettres inscrits sur le bout de papier. « C'est possible, mais ce serait une coïncidence totalement invraisemblable. Mais admettons.

– Tu as essayé de le localiser récemment ? demanda Heinesen.

– J'ai tenté de le faire avant la réunion, mais le téléphone était éteint, répondit Hemmer. Je réessaierai de temps en temps, mais je ne pense pas que nous devions nous attendre à ce que la ligne soit remise en service.

– On verra bien, commenta Hesk. Laissez-moi terminer d'exposer les informations en notre possession. Parce que vous ne savez pas tout, et si j'ai gardé certaines choses pour moi, c'est parce qu'il y a encore une heure, je n'avais pas réussi à les digérer moi-même et que j'étais, comme je le suis toujours, bouleversé.

– Que s'est-il passé, Jan ? demanda Heinesen, l'air inquiet.

– Il y a de fortes chances que ce soit Sleizner qui m'ait drogué lors de la conférence de presse.

– Tu plaisantes ?

– Il n'y a pas de quoi plaisanter. C'est lui qui m'a servi de l'eau, et c'est également lui qui m'a retrouvé deux heures plus tard dans la salle de réunion. Juste au moment où je reprenais connaissance, comme par hasard.

– Tu es toujours convaincu que tu as été drogué ? demanda Bernstorff. Je veux dire, tu n'as pas pu simplement avoir une chute de tension, ou quelque chose de ce genre ?

– J'ai perdu connaissance plusieurs heures, alors non, je ne le crois pas. » Il poussa un soupir. « Écoute, Julie, je me rends bien compte à quel point tout cela peut paraître invraisemblable. J'ai moi-même du mal à y croire. Mais j'ai visionné la vidéo de la conférence de presse en entier et en m'arrêtant sur l'image du verre dans lequel Sleizner m'a versé à boire, on voit clairement qu'il y a déjà quelque chose dedans. Comme vous le savez, depuis le moment où nous avons sorti la voiture de l'eau, deux hommes nous surveillent. Ils ont fait des doubles de mes clés, se sont introduits chez moi, ont fouillé ma maison, ont volé la majeure partie des preuves que nous avions et ont inspecté le domicile de Klinge de fond en comble pour retrouver le portable. Tout cela, nous en sommes certains. Et pour couronner le tout, Sleizner a débarqué chez moi hier soir pour tenter de savoir si nous avions d'autres preuves ou si tout avait réellement disparu. Il m'a même donné une clé du coffre-fort de son bureau, prétextant qu'il nous fallait un endroit sûr pour éviter que les indices disparaissent à l'avenir. Tout cela mis bout à bout indique qu'ils cherchent désespérément ce téléphone jaune.

– Et où se trouve-t-il en ce moment ? s'enquit Heinesen.
– Chez moi. Je me suis dit que c'était l'endroit le plus sûr puisqu'ils l'ont déjà fouillé. Tu devrais l'examiner rapidement, Torben. Il y a sûrement des choses qui m'ont échappé. »
Hemmer acquiesça sans quitter des yeux son écran.
« Au fait, tu as trouvé où il avait rendez-vous ?
– Oui, à la gare de Østerport, devant l'entrée principale.
– Ce qui ne nous apprend rien, fit remarquer Bernstorff. Je suis désolée de devoir te dire ça, mais je ne comprends toujours pas pourquoi Sleizner t'aurait drogué, aurait embauché des types pour nous espionner et aurait volé les preuves. Ç'aurait été beaucoup plus simple pour lui de diriger cette enquête lui-même de manière à pouvoir la conduire dans la direction qui l'arrangeait. Là, il aurait eu le contrôle total.
– Mais cela aurait aussi paru trop évident, rétorqua Hesk. Même pour un type comme Sleizner. Qu'est-ce que tu en penses, Morten ?
– Moi ?
– Oui, toi. Tu es quand même celui d'entre nous qui le connaît le mieux.
– Je suis plutôt d'accord, répondit Heinesen.
– Merci, dit Hesk en se tournant à nouveau vers Bernstorff.
– Je veux dire avec Julie, précisa Heinesen. Je trouve la théorie que tu défends assez circonstancielle et… comment dire ça sans te faire de la peine… conspirationniste.
– Ah oui, carrément ? » Hesk ne parvint pas à retenir ni son soupir, ni le hochement de tête qui l'accompagna. « Je vois. Finalement, il aurait mieux fait de te donner cette promotion à toi plutôt qu'à moi.
– Arrête, Jan. Il ne s'agit pas de ça.
– Non, non, je parle sérieusement. La seule raison pour laquelle il m'a donné ce beau bureau, c'est parce qu'il est parti du principe qu'il allait pouvoir faire de moi sa marion-

nette. Je ne l'ai pas compris sur le moment, mais je m'en rends compte à présent. Dans cette enquête en particulier, il était convaincu que je foncerais tête baissée sur l'explication la plus évidente, à savoir que Mogens Klinge aurait accidentellement étranglé sa partenaire au cours d'un jeu sexuel et qu'il se serait ensuite donné la mort. Tout aurait été simple, et l'affaire serait rapidement tombée dans l'oubli. Mais quand il a compris que je n'allais pas dans ce sens, lors de la conférence de presse, il a été obligé d'agir vite pour tenter de reprendre le contrôle de la situation. » Il haussa les épaules. « Avec le recul, ça paraît évident.

– Tu te trompes, Jan, déclara Heinesen. Il me semble même que c'est tout sauf évident. Si Sleizner avait agi ainsi, cela voudrait dire que des choses beaucoup plus importantes étaient en jeu. Bien plus, en tout cas, que le fait qu'ils appartenaient au même club.

– Tu veux parler de meurtres, par exemple.

– Oui. Or, pour l'instant, nous n'avons aucune preuve, rien qui indique que Sleizner ait quelque chose à voir avec l'assassinat de Klinge ni de l'inconnue qui était avec lui.

– À ce sujet, nous avons reçu les résultats d'analyse ADN de la peau retrouvée sous les ongles de la jeune femme, intervint Hemmer. Ils sont arrivés il y a quelques heures.

– Tu as trouvé une correspondance dans le fichier national des empreintes génétiques ? demanda Bernstorff.

– L'ordinateur tourne, la recherche est toujours en cours. Je vais voir où il en est.

– Si c'est Sleizner, il ne trouvera rien dans le fichier, fit remarquer Heinesen.

– Non, mais je ne serais pas surpris qu'il y ait une correspondance avec l'ADN que tu trouveras là-dessus. » Hesk ouvrit sa mallette et en sortit un sachet scellé en plastique transparent contenant une bouteille de bière vide. « Il l'a bue chez moi, hier soir. Elle devrait être couverte d'empreintes.

– Je pense que ce ne sera pas nécessaire, rétorqua Hemmer en levant le nez de son écran.

– Pourquoi ? Tu as une correspondance ? » Hesk ne savait plus que croire.

Il y avait peu de chances que l'ADN de Sleizner se trouve dans le fichier criminel de la police. Mais était-ce réellement impensable ? Il ne serait pas étonné qu'il ait commis des choses dont aucun d'eux n'avait connaissance. Quoi qu'il en soit, il ne pouvait pas avoir été condamné, ni même soupçonné d'un quelconque crime. Sinon ils auraient été au courant, et il aurait été démis de ses fonctions. La seule explication serait que son ADN y figure pour une autre raison.

« Je peux voir ? » demanda-t-il en lui prenant l'ordinateur portable des mains. En effet, l'analyse ADN avait généré une correspondance dans le fichier, pas avec Sleizner, mais avec l'un des plus célèbres entrepreneurs danois : Jakob Sand en personne.

Hesk n'y comprenait plus rien.

Plus rien du tout.

30

Quelques arbres plantés de manière stratégique, un panneau en bois pour cacher les poubelles et un épais buisson le long de la rampe conduisant au parking souterrain : l'ensemble camouflait si bien l'entrée qu'elle était quasiment invisible. Et ce, bien qu'elle se trouve place Gunnar Nu Hansen, un endroit avec de nombreux cafés, apprécié par les promeneurs, situé au beau milieu du quartier Østerbro.

Personne ne remarqua donc le fourgon gris sale, à la carrosserie rongée de rouille, qui descendit la rampe en béton et disparut dans le parking.

Derrière les rideaux séparant la cabine du reste du véhicule, Dunja avait les yeux rivés sur plusieurs écrans connectés à des caméras sans fil. En effet, quatre caméras recouvertes d'une peinture couleur rouille avaient été placées sur l'estafette, chacune pointant dans une direction différente. Quatre autres avaient été fixées à l'avant et à l'arrière des casquettes de Fareed et Qiang, et les quatre dernières attendaient d'être installées.

« Tournez à gauche », dit Dunja par l'intermédiaire de son casque audio. Ils communiquaient tous les trois grâce à des téléphones à carte achetés pour l'occasion.

Fareed tourna après l'atelier de réparation automobile et poursuivit sa route à travers le parking, entre les voitures garées des deux côtés.

D'après ce qu'elle pouvait voir sur les écrans, l'endroit avait la forme d'un grand cercle, avec le garage Kronow Auto en face de la rampe d'accès et deux rangées de stationnements de part et d'autre du cercle.

« Il y a une place libre un peu plus loin sur la droite, dit Qiang en s'inclinant légèrement pour lui permettre de la voir sur ses écrans. Tu ne veux pas qu'on se gare ?

– Non, continuez à rouler. Je voudrais d'abord voir l'intégralité du parking. »

Quand ils en eurent fait le tour, elle put constater que le lieu ressemblait à n'importe quel autre parking souterrain, avec des places réservées, probablement louées au mois, et des places normales. Le garage n'avait rien de particulier non plus, avec des hommes en bleu de travail penchés sous des capots béants.

Sans le quai de déchargement et les quelques poubelles alignées le long d'un mur, elle aurait probablement proposé à Fareed de rentrer à la maison. Au lieu de cela, elle lui demanda de se garer sur l'une des places disponibles.

À quoi pouvait bien servir un quai de ce type dans un parking ? Elle n'avait pas vu d'épicerie dans la rue, ni rien qui nécessite des livraisons par palettes.

« Commencez par regarder ce qu'il y a dans ces poubelles entreposées sur le quai, leur dit-elle dès que Fareed eut coupé le moteur.

– Fareed, tu t'en occupes, annonça Qiang. Moi, je vais installer les caméras. » Et ils sortirent du fourgon.

Pendant que Qiang courait à droite à gauche pour placer les quatre caméras restantes, Fareed grimpa à l'échelle métallique menant au quai et ouvrit le premier bac.

« Il fait trop sombre. Allume la lampe torche, je voudrais voir aussi, dit Dunja.

– Il n'y a rien, répliqua Fareed en éclairant le fond de la poubelle qui était effectivement vide.

– OK, passe à la suivante. »

Fareed ouvrit le container d'à côté. « Rien d'intéressant ici non plus. Ils viennent peut-être de les vider.

– Vérifie quand même dans la dernière, dit-elle, à court d'idées. On ne sait jamais. »

Fareed ouvrit la troisième poubelle ; cette fois, il y avait quelque chose.

« Tu arrives à voir ce que c'est ?

– On dirait des vêtements, sales et usés.

– Quel genre ?

– Je ne sais pas. Un peu de tout. Il y a un pantalon, une robe, des tee-shirts, une culotte et une paire de collants en nylon. »

Des habits mis au rebut pouvaient en théorie avoir un tas d'explications. Mais si l'on prenait en compte le fait que Sleizner garait sa voiture ici une nuit sur deux, l'idée qui lui traversa l'esprit n'avait rien de plaisant. Pourtant, elle lui redonna de l'espoir. Ces vêtements étaient le premier signe que cet endroit n'était peut-être pas qu'un simple parking.

« Tu veux que je regarde s'il y a quelque chose en dessous ?

– Non, c'est bon. »

Elle agrandit l'image filmée par la caméra qui se trouvait à l'arrière de la casquette de Fareed. « Je me trompe ou il y a une porte derrière toi ? »

Fareed referma la poubelle, se retourna et s'approcha de la porte métallique.

« Elle est fermée à clé ?

– Oui », répondit-il après avoir actionné la poignée.

« Qiang, prends le matériel dans le fourgon et va aider Fareed avec la serrure. Il faut qu'on voie ce qu'il y a derrière cette porte.

– OK. » Qiang venait de poser la dernière caméra dont il avait dirigé l'objectif vers le quai de déchargement. Il récupéra un sac à dos dans la camionnette et rejoignit Fareed. Il sortit le pistolet de crochetage, plaça l'embout adapté et l'inséra dans la serrure à sept points. Quelques secondes plus tard, la porte était ouverte.

« OK, on entre », annonça Fareed. Quatre des écrans devinrent noirs.

Puis un détecteur de mouvement déclencha l'allumage d'une série de néons dans ce qui se révéla être un long couloir souterrain.

Dunja avait du mal à en évaluer la longueur, mais elle estima qu'il devait faire entre quarante et cinquante mètres de long, ce qui correspondait assez bien à la distance qu'il y avait entre le parking et l'immeuble d'en face. C'était donc ainsi qu'ils entraient dans leur petit club très secret.

Cinq ou six mètres plus loin dans le corridor se trouvait une porte sur la gauche. Celle-là n'avait pas de serrure, mais un digicode.

« J'essaie de craquer le code ? Qu'est-ce que vous en dites ? proposa Qiang. J'ai apporté tout ce qu'il faut.

– Non, ça peut attendre. Continuez à avancer.

– Tu es sûre ? Parce que j'ai affiné le logiciel. J'ai modifié une fonction pour qu'il teste les combinaisons dans un ordre aléatoire. Malin, non ?

– Très. Allez, viens maintenant, le pressa Fareed qui avait avancé vers le fond du couloir, où ils trouvèrent une porte munie du même type de verrouillage que la précédente.

– Et celle-là, tu penses que tu peux l'ouvrir, Qiang ?

– On va vite le savoir. » Il était déjà en train de dévisser le cache du digicode avec un tournevis. Il retira le boîtier en plastique puis relia plusieurs fils à la carte électronique à l'aide de pinces crocodiles. Il connecta ensuite le dispositif avec son ordinateur portable et lança un programme qui se mit à tester différentes combinaisons.

« Ça va prendre combien de temps ? demanda Dunja en regardant les chiffres défiler à l'écran à toute vitesse.

– Comme je viens de vous le dire, ça dépend. Mais personne n'écoute ce que je dis. Le programme teste une infinité de combinaisons dans un ordre aléatoire pour nous éviter d'attendre une éternité, au cas où le code serait 9999.

– Combien de temps ? C'est tout ce qui m'intéresse.

– Mon Dieu, tu es pire qu'une éléphante sur le point d'accoucher…

– Combien ? le coupa Fareed. Une heure ?

– Environ, répondit Qiang. J'aurais tendance à parier sur quarante-cinq à cinquante minutes. Si nous n'avons vraiment pas de chance, ça peut prendre jusqu'à quatre-vingt-dix minutes, en considérant que le logiciel teste cent onze combinaisons par minute. Tu pensais à combien, Dunja ?

– Quelques minutes, à tout casser. »

Qiang et Fareed éclatèrent de rire.

« Elle regarde trop de films ! s'exclama Fareed.

– Estime-toi heureuse que ce ne soit pas une combinaison à six chiffres. Là, ça aurait pris plus de… » Qiang s'interrompit brusquement.

« Allô ! dit Dunja. Qu'est-ce qu'il se passe ?

– Grâce à ma nouvelle fonction, il semblerait que tu aies finalement raison.

– Pourquoi ? C'est déjà terminé ?

– Si l'on en croit la technologie, le code serait 7895. » Qiang remit le boîtier en place, rangea son matériel, tapa le code, et la porte s'ouvrit avec un petit clic. « *Voilà*[1] ! »

Après avoir écarté une épaisse tenture, ils débouchèrent

1. En français dans le texte.

dans une pièce à l'éclairage tamisé, avec de la moquette au sol et une tapisserie aux motifs sombres sur les murs. En plein milieu se trouvait un canapé rond recouvert d'un velours pourpre.

« Combien y a-t-il de portes si l'on excepte celle par laquelle vous êtes entrés ? s'enquit Dunja.

– Deux », répondit Fareed. Elle le vit ouvrir la première et pénétrer dans une pièce encore plus obscure, qui ne laissait aucun doute sur sa fonction.

Au centre se trouvait une table taillée dans la pierre, entourée de quatre piédestaux supportant chacun un candélabre à douze branches. Sur un mur pendaient des chaînes munies d'anneaux métalliques pour les chevilles et les poignets, d'épaisses cordes ainsi qu'une collection de fouets, dont certains étaient terminés par des barbillons pointus et d'autres par de petites billes en fer.

Le silence de Qiang et de Fareed en disait long. Ils étaient enfin en train de réaliser que ses soupçons à l'égard de Sleizner n'étaient pas pure invention.

Sur l'un des écrans, elle vit Qiang ouvrir une armoire en bois remplie de bandeaux, de masques en cuir, de bâillons-boules, de pinces, de câbles électriques et de fraises de dentiste. Dans un tiroir, il découvrit des couteaux et des scalpels ; dans un autre, des pipettes et des flacons dont les étiquettes indiquaient qu'ils contenaient de l'acide nitrique et du vitriol.

Tout à coup, sur un autre écran, elle vit entrer dans le parking un SUV blanc aux vitres fumées.

« Les garçons, dit-elle en regardant la voiture tourner à gauche comme ils l'avaient fait eux-mêmes. Je crois qu'il faut que vous sortiez de là tout de suite.

– Hein ? s'étonna Fareed. Pourquoi ?

– Ne discute pas ! Sortez de là, immédiatement !

– Qu'est-ce qui se passe ? demanda Qiang tandis qu'ils retraversaient en courant le hall sombre, avant de sauter par-dessus le canapé en velours et de rejoindre le couloir souterrain.

– Vous avez dû déclencher une alarme quelconque, je pense. En tout cas, ils arrivent, alors ne traînez pas, s'il vous plaît. »

Une voiture, même avec des vitres teintées, n'avait rien d'incongru dans un parking. Mais celle-ci en faisait le tour à une telle allure que les pneus crissaient sur le béton.

Fareed et Qiang apparurent sur le quai de déchargement au moment où le bolide arrivait dans le champ de la caméra filmant depuis l'arrière du fourgon.

« Ils sont presque là, les prévint-elle en les voyant courir pour revenir à leur véhicule. Vous n'aurez pas le temps.

– Où veux-tu qu'on aille ? répliqua Qiang. On ne peut pas devenir invisi…

– Cachez-vous quelque part ! ordonna-t-elle. Où vous voulez, mais vite. »

Ils se jetèrent derrière deux voitures en stationnement à l'instant même où le véhicule blanc s'arrêtait en dérapant devant le quai. Les portières avant s'ouvrirent avec un synchronisme parfait, et deux hommes en costume et oreillettes montèrent au pas de course l'échelle métallique.

Dunja agrandit l'image, régla la netteté et effectua deux captures d'écran pour immortaliser les visages des deux inconnus avant que l'un disparaisse de l'autre côté de la porte tandis que le second faisait le guet.

« Ils sont partis ? murmura Qiang qui, d'après ce qu'elle pouvait voir, était allongé sur le ventre sous une voiture.

– Qiang, pour une fois, essaie de te taire, répliqua-t-elle. Il y a un type qui regarde de tous les côtés. Il est à quelques mètres de toi. »

Le guetteur se retourna et tendit l'oreille, puis glissa la main dans l'échancrure de sa veste pour sortir son arme.

« Il est armé et se dirige vers les poubelles. »

À l'écran, elle vit l'homme ouvrir les containers, l'un après l'autre. Puis il descendit l'escalier métallique pour rejoindre la voiture, en continuant d'inspecter le parking.

« Il est au pied du quai de déchargement, maintenant. Il attend. »

Brusquement, l'inconnu fit volte-face et regarda dans sa direction avec une telle intensité qu'elle dut se rappeler que c'était elle qui pouvait le voir et non l'inverse. Mais quand il se mit à marcher vers l'estafette, elle commença à avoir des doutes.

Avait-il vu quelque chose ou était-ce sa voix qui l'avait fait réagir ? Le son passait-il au travers de la tôle ?

L'homme arriva près de la camionnette et se mit à l'inspecter avec soin. Soudain, il s'avança si près de l'une des caméras que son visage et ses yeux inquisiteurs remplirent l'écran. Instinctivement, Dunja recula.

Il s'intéressa ensuite à la cabine avant. Grâce à la caméra que Qiang avait dissimulée dans la portière, elle le vit se pencher et scruter l'habitacle à travers la vitre latérale. Elle tenta d'évaluer ce que Qiang et Fareed avaient pu laisser dans la cabine, désormais exposée au regard de l'inconnu. Soudain, il tira sur la poignée avec tant de force qu'il fit tanguer le véhicule.

Heureusement, ils avaient pensé à verrouiller les portières. L'homme passa du côté conducteur et tira encore plus fort ; le mug de Dunja, à moitié plein de café et posé sur une tablette, glissa et tomba.

Instinctivement, elle recula sa chaise et attrapa la tasse quelques centimètres avant qu'elle ne touche le sol et ne se brise. Si elle avait pris le temps de réfléchir, elle l'aurait laissée se fracasser sur le plancher en tôle. Le bruit de faïence n'aurait pas surpris outre mesure quelqu'un qui venait de chahuter un fourgon de cette façon, contrairement au rugissement des pieds de la chaise, qui firent un peu penser au cri qu'aurait pu émettre un cousin de Chewbacca en colère.

L'homme lâcha la poignée de la portière du conducteur et se mit à longer le flanc du fourgon.

Elle se rappela aussitôt que, malgré plusieurs tentatives de graisser la serrure de la porte arrière, celle-ci n'avait jamais fonctionné avec le verrouillage centralisé. Aussi vite que possible et sans bruit, elle actionna manuellement le bouton rouge pour fermer.

Une demi-seconde plus tard, l'homme tentait d'ouvrir. Pas une fois, mais plusieurs, avec insistance, comme s'il était résolu à sortir vainqueur de ce combat. Pour le moment, elle résistait, mais pour combien de temps encore ? Alors elle décida de le surprendre en ouvrant elle-même la porte et de le neutraliser en lui assenant un coup sur la tête à l'aide de n'importe quel objet contondant.

Mais, par chance, elle n'en eut pas besoin. Un coup de klaxon retentit dans le parking, et un usager en colère se mit à appeler. L'homme lâcha la poignée et retourna au SUV garé en travers qui gênait le passage.

« Bon, écoutez-moi bien, chuchota-t-elle dans le micro du casque. Il est en train de retourner à sa voiture, qui se trouve près de l'endroit où vous êtes. À mon signal, vous sortez de votre cachette et vous courez, mais pas vers moi, parce que si vous faites ça, vous allez lui tomber dans les bras. Vous allez foncer en sens inverse et faire tout le tour du parking. » Elle attendit que l'homme ouvre la portière et s'installe au volant. « Maintenant ! »

Fareed et Qiang rampèrent hors de leur cachette et coururent à l'abri des voitures en stationnement, en repassant devant l'atelier. Rapidement, ils purent se redresser et accélérer l'allure.

Tout allait pour le mieux jusqu'à ce qu'une Citroën rouge se mette à clignoter et à hurler comme un flipper alors que Qiang tentait de se faufiler entre le mur et son pare-chocs avant.

Le type ne mit pas longtemps à ressortir du SUV : « Hé, vous là-bas ! » cria-t-il en s'élançant vers Qiang.

« Il m'a vu. Qu'est-ce que je fais ? demanda Qiang tout en continuant à avancer. Bon Dieu, dis quelque chose ! Je fais quoi, bordel !

– Le garage, finit-elle par prononcer, sans savoir si c'était une bonne ou une mauvaise idée. Tu trouveras peut-être un endroit où te cacher. Au pire, il y aura suffisamment de témoins sur place pour l'empêcher de faire quoi que ce soit.

– OK. » Qiang partit dans la direction opposée, vers l'atelier de réparation, où il entra et se fraya un chemin entre les véhicules sans roues tout en cherchant où aller, avec des mouvements si désordonnés qu'il était difficile de le suivre à l'écran. Enfin, il pénétra dans une pièce avec un comptoir, une rangée de sièges destinés à la clientèle, alignés contre un mur, et une fontaine à eau. Elle n'eut pas le temps d'en voir plus, car une voix avait interpellé Qiang et l'avait obligé à se retourner.

« Que puis-je pour vous ? » Le mécanicien, un homme jovial d'un certain âge, en bleu de travail et les cheveux gris ébouriffés, passa derrière le comptoir.

« Ma voiture aurait besoin d'une révision.

– Eh bien, vous êtes au bon endroit. » Le vieil homme éclata de rire, fut pris d'une quinte de toux et se mit à feuilleter un agenda. « C'est quoi comme voiture ?

– Euh… Une Volkswagen.

– Il y a beaucoup de modèles chez Volkswagen. »

« Bon, ne t'affole pas, mais juste pour te prévenir, le type qui te poursuit vient d'entrer dans la salle d'attente », dit

Dunja, les yeux rivés sur l'écran correspondant à la caméra fixée à l'arrière de la casquette de Qiang. Le type en costume avança vers le comptoir. « Continue à parler comme si de rien n'était et, surtout, ne te retourne pas.

– C'est une Golf, poursuivit Qiang. Enfin, le modèle je veux dire. Une Golf de 2005. De temps en temps, le moteur s'arrête sans raison.

– Il s'arrête. » Le mécanicien hocha la tête. « Oui, ce sont des choses qui arrivent. Souvent quand on s'y attend le moins. » Avec un sourire ironique, il se baissa et disparut derrière le meuble.

Dunja n'y comprenait rien. Jusqu'à ce qu'elle voie un homme entrer derrière Qiang, une arme braquée sur lui.

« Couche-toi ! cria-t-elle. Il est armé ! »

Qiang se jeta au sol juste avant que le coup parte. Sans savoir s'il était touché ou pas, elle continua à lui donner des instructions.

« Maintenant, fauche-lui les jambes pour le faire tomber ! Ne lui laisse pas le temps de reprendre ses esprits et de tirer une deuxième fois. Pivote sur toi-même et frappe aussi fort que possible. »

Tout ce qu'elle visualisait, c'était le linoléum sale, une partie des chaises destinées aux clients et les jambes d'un bonhomme Michelin. Elle ne voyait plus l'homme. Mais elle l'entendit. Il poussa un grognement, tomba et lâcha son arme, qui apparut soudain dans l'image.

Qiang la récupéra, se releva et s'élança vers la sortie.

« Non, pas par là ! » Elle venait de voir le deuxième homme, armé lui aussi, passer en courant devant la caméra qui filmait l'entrée du parking et pénétrer dans le garage. « Ils sont deux. Tu n'as aucune chance. Sors par la porte derrière toi. »

Qiang fit demi-tour et partit dans l'autre sens. « Toi, tu ne bouges pas », dit-il à l'homme à terre en pointant le canon sur sa tête. À l'écran, l'image était fragmentée tandis qu'il regardait alternativement le type au costume et le mécanicien, toujours accroupi derrière le comptoir.

« Et toi aussi, tu restes où tu es ! » ajouta-t-il à l'intention du mécanicien en s'éloignant à reculons vers la porte du bureau. Après quelques mouvements rapides, la caméra placée à l'avant de sa casquette filma l'homme en costume en train de se relever. « J'ai dit couché ! » ordonna Qiang en entrant dans le bureau en marche arrière.

Mais soudain, il s'arrêta, comme si ses pieds étaient retenus par quelque chose. Quand il baissa la tête, Dunja vit que le mécanicien lui avait attrapé une cheville. La réaction de Qiang fut immédiate et, malgré l'image hachée, elle comprit qu'il l'avait assommé avec la crosse du pistolet.

Qiang ferma la porte à clé et découvrit une pièce en désordre, avec deux bureaux encombrés et des étagères croulant sous le poids d'innombrables classeurs.

À en juger par sa respiration précipitée et les mouvements rapides des deux caméras montrant une succession d'images indéfinissables dans différentes nuances de brun et de beige, Qiang était en panique.

« Et maintenant, je fais quoi ? Je fais quoi, putain ?! hurla-t-il. C'est toi qui m'as dit d'entrer là-dedans, alors dis-moi ce que tu veux que je fasse !

– Essaie de te calmer, d'abord. Si tu bougeais un peu moins, je pourrais voir où tu te trouves.

– Me calmer ? Facile à dire ! Toi, tu es tranquillement planquée dans…

– Qiang, le coupa-t-elle. Ton pire ennemi, c'est la panique. Elle est beaucoup plus dangereuse que les types qui sont dehors. Ils savent que tu as un pistolet et que tu n'hésiteras pas à t'en servir.

– Ce n'est pas vrai. Je n'ai jamais tiré sur personne et... » On se mit à cogner sur la porte et à secouer la poignée. « Tu entends, ils vont entrer. Alors, je fais quoi, hein ? Je ne peux pas juste...

– Qiang, tu m'écoutes, à présent ! Ce mec était prêt à te tirer dans le dos. Tu t'es jeté au sol, tu l'as fait tomber et tu lui as pris son arme. Ils n'ont pas besoin de plus d'informations pour respecter l'adversaire que tu es. C'est compris ?

– Oui », répondit-il. Elle vit au mouvement des caméras qu'il hochait la tête et entendit qu'il s'efforçait de contrôler sa respiration alors que les assauts contre la porte du bureau se faisaient plus violents.

Au moins, ses mouvements étaient devenus suffisamment lents pour qu'elle puisse se faire une idée de l'endroit où il se trouvait. Elle aperçut ainsi l'armoire à archives dans un angle et le portrait de la reine Margrethe entouré de posters de femmes aux seins siliconés et aux cuisses bronzées.

« Tu veux bien aller voir ce que c'est que ça ? dit-elle, remarquant une excroissance derrière l'une des affiches.

– Quoi “ça” ?

– Il y a quelque chose sous le poster avec la fille allongée.

– Laquelle ?

– Celle qui est sur le trampoline. »

Qiang s'approchait de l'affiche quand un coup de feu retentit. « Merde ! » jura-t-il en regardant la porte dont la serrure venait d'éclater.

« Tire ! ordonna Dunja. Sur la porte ! »

Qiang tira deux coups rapides, et le remue-ménage cessa instantanément.

« Parfait, nous avons la main. » Ce n'était pas le moment de se demander si quelqu'un était blessé dans l'autre camp. « Maintenant, je veux que tu ailles jusqu'à ce mur et que tu regardes ce qu'il y a sous cette affiche.

– Je dois surveiller mes arrières. S'ils entrent, je suis mort.

– Fais ce que je te dis, Qiang ! » Elle n'aurait pas su expliquer pourquoi, à part que cet endroit devait avoir un rapport avec le premier accès verrouillé sur lequel ils étaient tombés dans le couloir souterrain.

À l'écran, elle vit Qiang reculer vers le mur recouvert de posters, pistolet à la main. Il arracha celui avec la fille sur le trampoline en ne quittant la porte des yeux que l'espace d'une seconde, et l'image filmée par la caméra de derrière lui apprit qu'avec un peu de chance, ils avaient trouvé exactement ce dont ils avaient besoin. Dunja n'aurait osé espérer mieux.

« Retourne-toi, dit-elle sans obtenir de réaction de sa part. Allô ? Qiang, réveille-toi ! »

Il finit par pivoter et découvrit un digicode sur le mur.

« Qu'est-ce que ça fait là ? dit-il.

– Ne t'occupe pas de ça et tape le code !

– Mais il n'y a pas de...

– Allez ! Qu'est-ce que tu attends ? 7895. »

Qiang tapa d'un doigt tremblant, et un léger clic se fit entendre.

« Tu as entendu la même chose que moi ? » demanda-t-elle. Mais il ne lui répondit pas ; il était déjà en train de fouiller le fond de l'armoire à archives.

« Tu peux me répondre, s'il te plaît ? Tu as entendu un clic, toi aussi ? »

Sans un mot, Qiang posa les deux mains sur le fond de l'armoire, qui pivota dans le mur. Il n'eut même pas besoin de forcer.

Elle ne voyait plus rien et s'apprêtait à lui dire de s'enfuir par cet accès, mais il n'avait pas attendu son conseil et, à en croire le bruit qu'elle percevait, il devait être en train de refermer le meuble derrière lui. Les deux écrans étaient noirs, à présent, mais dans le casque, elle l'entendait avancer à tâtons dans l'obscurité.

Impossible de déterminer s'il s'agissait d'un couloir étroit ou d'une grande pièce, mais, quand un rai de lumière rassurant commença à apparaître par une fente, elle comprit qu'il avait trouvé une autre porte. Après l'atmosphère du garage, c'était comme s'il avait atterri dans un autre monde. Dans cet endroit, rien ne faisait plus penser à la déchéance. Disparus, la lumière crue des néons, le désordre, la paperasse et les classeurs. Ici, les murs étaient peints dans un gris discret se mariant élégamment avec le bleu de la moquette.

Il se dirigea vers une porte entrouverte et entra dans une pièce exiguë qui semblait contenir autant de technologie dernier cri qu'ils en avaient chez eux. Une série d'écrans étaient alignés sur un mur, au-dessus de ce qui ressemblait à une sorte de console de contrôle. Sur l'un des écrans, elle reconnut divers endroits du parking, le quai de déchargement, le couloir souterrain et plusieurs zones de l'atelier de réparation.

Elle était en train de se demander ce qu'elle devait en conclure quand elle aperçut un nouvel écran grâce à la caméra arrière de Qiang. Un écran sur lequel figurait son portrait trafiqué pour les besoins de l'avis de recherche.

C'était donc là que Sleizner avait son centre de contrôle. Le lieu depuis lequel il mettait tout en œuvre pour leur mettre la main dessus. La question était de déterminer ce qu'il savait. Et si c'était lui qui les avait retrouvés ou l'inverse.

« Retourne-toi vers l'écran qui est derrière toi, dit-elle sans obtenir de réaction. Celui sur lequel il y a ma photo. » Toujours pas de réaction. « Qiang, tu m'entends ? Qiang ? »

La communication avait été interrompue. Elle tenta de le rappeler. En attendant qu'il décroche, elle vit l'objectif se poser sur un autre écran sur lequel défilaient des clichés plus ou moins nets, provenant de diverses caméras de surveillance.

Le dénominateur commun : elle. Les photos avaient été prises à la gare centrale, dans différents endroits de Copenhague, dans le bar Byens Bodega et pendant qu'elle…

Brusquement, l'image fut remplacée par un pied de table et le tapis sur lequel il était posé. Comme si la casquette était tombée au sol. Ou bien était-ce Qiang ? Un instant plus tard, ses deux caméras s'éteignirent.

31

Une fois dans le parking, Hesk n'eut à rouler qu'une vingtaine de mètres avant de trouver une place libre, où il se gara en marche arrière. Pour une raison quelconque, il s'engagea de travers par rapport à l'un des piliers de béton et dut recommencer plusieurs fois la manœuvre avant de couper le moteur, détacher sa ceinture et sortir du véhicule, tel un candidat au permis de conduire trop nerveux.

Habituellement, il pouvait se vanter d'exceller dans l'art de se garer dans un espace restreint. C'était d'ailleurs lui qui prenait le volant à la place de Lone chaque fois qu'il s'agissait de stationner dans un mouchoir de poche. Mais ce jour-là, il n'était pas en phase avec lui-même et ne se sentait pas solide sur ses jambes tandis qu'il parcourait le parking en observant les voitures et leurs plaques d'immatriculation.

La raison n'était pas difficile à comprendre : il n'avait pas dormi depuis près de vingt-quatre heures, alors oui, il était fatigué. Très fatigué, même. Mais ce n'était pas la seule explication.

Son épuisement était aussi lié à un sentiment de confusion extrême. Jusque-là, il avait eu l'impression de suivre une ligne directrice dans cette enquête, même si elle n'était pas particulièrement limpide. Mais à présent, il avançait à l'aveugle, dans un environnement imprévisible. Comme s'il essayait d'assembler un puzzle dont les pièces changeaient constamment de forme.

C'est pourquoi, au lieu de rentrer chez lui après la réunion chez Heinesen, il avait décidé d'aller faire un tour dans le quartier d'Østerbro et de jeter un coup d'œil à ce fameux parking où Hemmer avait localisé le téléphone de Jakob Sand. Il ne savait pas ce qu'il cherchait, ni même s'il y avait quoi que ce soit d'intéressant. Mais quelle importance. L'inspiration lui faisait défaut, et s'il y avait une chose dont il avait encore moins envie, c'était de rentrer chez lui et de supporter une nouvelle dispute avec Lone. Il préférait encore se promener comme il le faisait à cet instant, sans autre but que de restaurer un peu sa confiance en lui.

Il y avait longtemps qu'il avait compris qu'il ne serait jamais le meilleur enquêteur du royaume, mais jamais auparavant il n'avait été aussi certain d'une chose qui, finalement, s'était révélée fausse. Il venait sans aucun doute de vivre l'expérience la plus douloureuse de sa carrière de policier, plus humiliante encore que son évanouissement en pleine conférence de presse.

Même Heinesen avait mis sa théorie en doute. Heinesen ! Lui qui ne contredisait jamais personne et qui prenait tout pour argent comptant. Et le fait qu'ils aient raison n'avait rien arrangé, évidemment. À compter de ce moment, il avait perdu toute crédibilité à leurs yeux.

À juste titre. Mais cela ne voulait pas dire qu'il allait accepter sa défaite sans réagir. Il avait perdu des points, certes. Mais tant que l'arbitre n'avait pas fini de compter jusqu'à dix, il avait toujours une chance de se relever.

En faisant abstraction de sa déconvenue, l'enquête, elle, avait fait un sérieux bond en avant. Comme il l'avait dit à son équipe pour faire bonne figure, il était content et soulagé d'apprendre que ce n'était pas Sleizner qui avait tué la jeune femme. Cela simplifiait considérablement leur travail. Il avait également tout lieu d'être satisfait qu'ils aient identifié Jakob Sand et qu'ils soient en mesure de procéder à son arrestation.

Cela étant dit, Bernstorff, avec son franc-parler habituel, avait eu parfaitement raison de souligner que ses soupçons à l'encontre de Sleizner reposaient sur des conjectures. Sur le moment, il n'avait pas voulu l'admettre, et il n'avait pas plus envie de le faire à présent, mais la vérité était qu'il était déçu. Aussi abominable que cela puisse paraître, au fond de lui, il aurait adoré que Sleizner soit coupable.

En un sens, il aurait été logique que cette manie de tordre le moindre règlement jusqu'au point de rupture ait fini par conduire son supérieur à sa perte.

Quant à l'ambiance qui régnait au sein de la brigade criminelle, il était indiscutable que Sleizner en était la cause. Avec une détermination impressionnante, il avait semé son poison partout au sein de l'équipe. Lui-même s'était régulièrement trouvé dans sa ligne de tir, et il avait vu des collègues exposés à des choses si intolérables qu'encore aujourd'hui, il n'arrivait pas à comprendre pourquoi ni lui ni personne n'avaient jamais porté plainte.

Mais ça, c'était avant. À présent, il lui avait dit sa façon de penser et il s'était affirmé plus qu'il n'aurait jamais imaginé pouvoir le faire. Comme si les derniers événements avaient fait rompre la digue. Désormais, si cela s'avérait nécessaire, il n'hésiterait pas à frapper à la porte du joli bureau de son patron, à entrer, à l'informer calmement de ses droits, puis à énumérer les crimes qu'il était soupçonné d'avoir commis, avant de lui passer les menottes et de le conduire en prison.

Mais ce n'était pas Sleizner qui avait tué cette femme, et ce n'était peut-être pas non plus lui qui avait échangé des SMS avec Mogens Klinge. Il était possible que Bernstorff ait raison et qu'il s'agisse uniquement d'un malencontreux hasard.

Le coupable était Jakob Sand, le riche entrepreneur que le Danemark tout entier adorait détester. C'était de la matière à gros titres, et cela ferait vendre du papier. Le personnage avait l'habitude de faire couler de l'encre dès qu'il sortait de son lit le matin. Quand ce n'était pas un scandale de fraude fiscale, c'était une nouvelle maîtresse ou un énième divorce.

Mais chaque fois, il se relevait, époussetait son costume sur mesure et continuait comme si de rien n'était. Même lorsqu'il avait été accusé du meurtre de cette prostituée, Jana Helsing, six ans auparavant. Cette fois-là, c'était une analyse ADN qui lui avait évité la prison. Et c'était une analyse ADN qui allait maintenant le faire tomber.

La voiture était bien là. Parmi ses nombreuses voitures. Une Mercedes rouge aux portières en élytre. La localisation menée par Hemmer se vérifiait. Mais Sand n'était visible nulle part.

Jan se pencha et regarda à l'intérieur en mettant sa main en visière. Il aperçut une boîte de bonbons Läkerol et un sachet de pastilles à la menthe forte Fisherman's Friend sur le siège passager en cuir rouge et noir. L'homme prenait soin de son haleine, mais il n'était pas plus avancé. Il se redressa et décida que le mieux qu'il avait à faire était de rentrer chez lui dormir quelques heures. Ce n'était pas ici qu'il trouverait des réponses, et quand bien même elles y seraient, il était trop fatigué pour les voir.

Il était en train de se faufiler entre le véhicule et le pilier en béton quand son téléphone vibra. Il le sortit de la poche de sa veste et vit s'afficher un numéro suédois qu'il ne connaissait pas.

« Allô ? Jan Hesk à l'appareil, répondit-il en danois.

– *Bonsoir. Malin Rehnberg, brigade criminelle de Stockholm. Excusez-moi de vous déranger si tard un dimanche soir.*

– De quoi s'agit-il ?

– *Eh bien, vous ne perdez pas de temps, vous !* dit la voix féminine en éclatant de rire. *Tant mieux, ça m'arrange. Je vous appelle concernant la femme avec un tatouage en forme de croix à l'intérieur de la cuisse que vous cherchez à identifier. Celle qui se trouvait à l'arrière de la voiture retrouvée dans le port.*

– Pourquoi ? Vous savez qui elle est ?

– *Non, malheureusement. Mais nous avons également eu un meurtre ici, à Stockholm.*

– Oui, il paraît que ces choses-là se produisent aussi au pays des Moomins.

– *En effet. Aussi aimerions-nous savoir comment notre petite sœur danoise voudrait que sa grande sœur suédoise se comporte à ce sujet. On continue à se faire la nique en se montrant du doigt ou on essaie de travailler ensemble ?*

– Excusez-moi, je suis fatigué. Je ne voulais pas... » Il se tut. Il avait oublié ce qu'il voulait dire. « Bien, peu importe. Est-ce qu'il s'agit également d'un double meurtre, un homme et une femme ?

– *Non, seulement une femme.*

– Une prostituée ?

– *Non, pas que je sache. D'après ce que j'ai pu apprendre sur votre enquête, il n'y a aucun point commun entre notre affaire et la vôtre, ni concernant la victime, ni concernant le mode opératoire.*

– Alors pourquoi est-ce que vous...

– *Pourquoi je vous appelle ?*

– Oui.

– *Ah, enfin nous sommes sur la même longueur d'onde ! Je vous appelle parce que le seul indice que nous ayons au sujet du meurtrier est une cicatrice identique à celle de la femme que vous avez trouvée.* »

Le meurtrier ? Est-ce qu'il avait bien entendu ? Ou bien était-ce une erreur due à sa mauvaise compréhension du suédois ?

Le bruit d'une porte claquée par quelqu'un retentit dans le parking et détourna son attention.

« Allô ! Vous êtes toujours là ? »

Il entendit des pas précipités sur le sol en béton. Caché derrière le pilier, il se pencha légèrement et aperçut un homme en costume qui courait en direction d'un SUV blanc garé devant un quai de déchargement.

« Je vais devoir vous rappeler », dit-il en raccrochant.

Il aurait pu rester là, tranquillement planqué derrière son poteau. Il aurait pu faire semblant de ne pas voir cet homme ouvrir le coffre et prendre un rouleau de sacs-poubelle noirs, du chatterton épais et un bagage de la taille d'un sac de hockey. Ç'aurait indéniablement été plus facile. Ce qu'on n'avait pas envie de voir, on pouvait facilement l'ignorer. Trente secondes, c'était tout ce qu'il aurait fallu pour que le type ait à nouveau disparu et que lui-même puisse retourner à sa voiture en faisant mine de n'être au courant de rien.

Dans toute sa simplicité, cette alternative était séduisante. Mais pas pour Hesk. Pas ce jour-là. Pas après ce qu'il avait vécu. Car l'homme qui était en train de gravir l'escalier métallique conduisant au quai de déchargement était le même que celui qui pêchait à la ligne dans le port, qui avait changé les ampoules à l'institut médicolégal et qui l'avait évacué après qu'il avait perdu connaissance lors de la conférence de presse. La main droite amputée de son annulaire ne laissait aucun doute à ce sujet.

Il y avait peut-être un lien entre ces deux hommes et Jakob Sand, et s'il était venu ce soir-là, c'était apparemment pour le découvrir. Il sortit de sa cachette et se mit à marcher en direction du quai où le type était en train de déverrouiller une porte.

Tout en avançant, il ouvrit sa veste et son holster dans l'intention de sortir son arme de service, mais il changea d'avis et prit son badge, se disant que cela éviterait des tensions inutiles.

Ce qui se passa ensuite, il ne le comprendrait que plus tard, car lorsqu'il trébucha et tomba en avant sur le sol de béton, il n'avait rien vu venir. Il savait juste que quelqu'un lui avait sauté dessus par-derrière tandis que le type de la voiture se trouvait devant lui. Ils étaient donc deux.

Il tenta de se retourner, mais son agresseur était déjà à califourchon sur lui, lui bloquant les bras au sol.

« Tiens-toi tranquille et ne dis pas un mot », murmura une voix à son oreille.

Une voix qu'il ne parvint pas à identifier, avant que la pression sur ses bras se relâche et qu'il puisse se retourner et reconnaître Dunja Hougaard.

« Qu'est-ce que tu fous là ? lui demanda-t-il en se relevant et en dégainant son pistolet. Tu sais que tu es recherchée ?

– Et toi, apparemment, tu es malentendant. »

Hesk n'eut pas le temps de réagir avant que Dunja lui arrache l'arme des mains et l'assomme d'un coup de coude sous le menton.

32

« Qu'est-ce que tu fous là ? »

Cette fois, ce n'était pas Jan Hesk qui posait la question. C'était à lui qu'elle était posée, inlassablement, dans plusieurs versions différentes : « Pourquoi es-tu ici ? », « Qu'est-ce qui t'a amené là ? », « Que sais-tu ? ». Jusqu'à présent, elles lui avaient semblé venir de très loin, et il n'avait pas compris qu'elles lui étaient adressées. Il n'en prit réellement conscience que lorsqu'il ouvrit les yeux et découvrit qu'il se trouvait dans un genre de fourgonnette, Dunja penchée au-dessus de lui.

« J'ai besoin de savoir ce que tu fais dans ce parking, Jan, continuait-elle à l'interroger.

– C'est toi qui es recherchée, ça devrait être à toi de répondre à mes questions. » Il s'assit et regarda autour de lui dans l'espace exigu, surpris par le nombre de câbles, de récepteurs et d'écrans qui l'entourait. La rumeur à laquelle il n'avait jamais voulu croire était apparemment fondée.

« Oui, mais c'est moi qui ai ton pistolet », rétorqua Dunja en agitant son arme de service.

« Dès ton premier jour à la brigade, tu m'avais impressionné. Il m'est même arrivé d'être un peu jaloux. Contrairement à moi, tu avais tout ce qu'il fallait pour faire exactement la carrière dont je rêvais. Mais j'avoue que je ne t'ai jamais aimée.

– Ah, me voilà rassurée. Je commençais presque à être gênée par tous ces compliments. Enfin, sache que j'en ai autant à ton service.

– Je me souviens que Sleizner te mettait toujours en avant à mes dépens, simplement parce que tu étais jeune et qu'il te trouvait à son goût. En réalité, il ne savait même pas à quel point tu étais douée, et je me demande si toi-même tu t'en rendais compte. Tu étais beaucoup trop occupée à te faire bien voir par lui et à me marcher sur les pieds. Tu aurais fait n'importe quoi, du moment que ça pouvait t'aider à monter en grade. » Il se redressa. « Mais même en sachant que tu es considérée comme une menace contre la sûreté du royaume, j'ai du mal à croire que tu ailles jusqu'à t'en prendre à un ancien collègue avec son propre pistolet. » Il tendit la main, récupéra son arme et la rangea dans son holster. « Maintenant, à moi de te demander ce que tu fabriques. Hormis le fait que tu ne m'aimes pas, qu'est-ce qui t'a pris de m'attaquer et de m'assommer ?

– Je l'ai fait pour te protéger, répondit Dunja en lui rendant le chargeur. Je te devais bien ça après ce que tu as fait pour moi, dans le bureau de Sleizner, le jour de la fête de Noël. Si tu n'avais pas été là, il m'aurait violée et, sans ma petite intervention de tout à l'heure, le type que tu t'apprêtais à aborder se serait occupé de ton cas. Disons qu'il s'agissait d'un remerciement tardif.

– Cet homme est un suspect dans l'enquête sur laquelle je travaille. » Hesk ressortit son arme et inséra le magasin avant de remettre le pistolet dans son étui. « Ton "remerciement" m'a empêché de l'arrêter. »

Dunja secoua la tête. « Tu n'as aucune idée de ce qui se passe, n'est-ce pas ?

– Je sais en tout cas que...

– Jan, ça se voit comme le nez au milieu de la figure, le coupa-t-elle. Tu essaies de faire croire à tout le monde, y compris à toi-même, que tu maîtrises la situation, alors qu'en fait tu ne sais pas à quoi ni à qui tu as affaire.

– Je dirige une enquête sur le double meurtre de Mogens Klinge et d'une femme qui n'a pas encore été identifiée. J'avoue volontiers que les choses sont plus compliquées que ce que je pensais au départ et que plus d'une fois, je me suis demandé si j'étais à la hauteur. Mais je ne suis pas du genre à baisser les bras, et pour le moment, mes investigations m'ont mené jusqu'ici. C'est pourquoi je ne peux pas t'autoriser à...

– Crois-moi, Jan, l'interrompit-elle à nouveau. Tu n'avais aucune chance de t'en sortir vivant. Ils tiennent déjà un de mes amis.

– Un de tes amis ? Mais vous êtes combien ? Et tout ça, c'est quoi ? » Il fit un grand geste pour montrer la table encombrée d'écrans. « Je te pose à nouveau la question. Qu'est-ce que tu fabriques ? »

Dunja le regarda comme si elle essayait de voir à travers ses cheveux et la peau de son crâne jusqu'à ses pensées. Mais alors qu'elle allait répondre, la porte arrière du fourgon s'ouvrit.

Hesk se retourna vivement et pointa le canon de son arme sur l'homme à la peau sombre portant une casquette qui entrait à reculons. « Et vous, vous êtes qui ?

– Juste un homme d'origine étrangère, répliqua Fareed en refermant la portière.

– Il est avec moi. » Dunja s'approcha de Hesk et abaissa le bras qui tenait le pistolet. « Ça va, Fareed ? »

Le nouveau venu retira sa casquette et secoua la tête.

Dunja revint vers Hesk. « Désolée, on en était où ?

– Tu allais m'expliquer ce que tu es en train de faire.

– Je veux la peau de Sleizner.

– Et apparemment, il veut la tienne.

– À la différence que lui est mêlé à une histoire pas claire. Ne me demande pas de quoi il s'agit, mais du peu qu'on ait pu en voir, ce n'est pas joli-joli.

– Je dois malheureusement t'informer qu'il est innocent.

– Concernant quoi ?

– Le meurtre de la femme et probablement aussi de celui de Mogens Klinge.

– Attends une seconde. » Dunja se tourna vers Fareed qui s'était assis devant un ordinateur. « Tu entends ça ? Ils soupçonnaient Sleizner d'être derrière le double assassinat.

– Nous ne nous contentions pas de le soupçonner. Il y a quelques heures encore, j'étais convaincu qu'il les avait tués. »

Dunja le regarda sans rien dire.

« Je sais ce que tu penses, poursuivit Hesk. Tu as toujours vu en moi un bon petit soldat imbécile et dévoué à Kim Sleizner. Après tout, c'était sans doute ce que j'étais. Mais ce n'est plus le cas, aujourd'hui. Il s'est passé beaucoup de choses depuis que tu as disparu.

– Qu'est-ce qui t'a amené à le croire coupable ?

– Plusieurs choses, mais principalement un numéro anonyme avec lequel Klinge communiquait depuis le printemps jusqu'au jour de sa mort, à partir d'un deuxième portable qu'il possédait. Nous avons réussi à localiser une position qui s'est révélée être celle de mon domicile alors que Sleizner me rendait justement une visite impromptue.

– Ce qui veut dire qu'il a un deuxième portable ?

– Oui, je crois.

– Mais pourquoi est-ce qu'on n'a pas pensé à ça ? dit-elle en s'adressant à Fareed.

– Bonne question, répliqua celui-ci en haussant les épaules. Ça expliquerait beaucoup de choses.

– Bon, mais maintenant, tu dis que ce n'est pas lui.

– L'empreinte ADN des fragments de peau retrouvés sous les ongles de la femme ne correspond pas à Sleizner, mais à…

– Jakob Sand, termina Dunja.

– Comment le sais-tu ?

– J'ai deviné. Ces deux-là et un troisième homme que nous n'avons pas encore réussi à identifier avaient rendez-vous au Zeleste il y a quelques jours. Au cours de ce déjeuner, ils ont parlé de l'avis de recherche qui a été lancé contre moi, mais aussi de toi et de ta légitimité à mener cette enquête. »

Hesk rêvait de lui demander d'où elle tenait cette information, s'ils les avaient mis sur écoute et, auquel cas, comment ils avaient accompli une telle prouesse dans un endroit aussi fermé que le Zeleste. Il aurait aimé savoir ce que Sleizner avait dit sur lui, exactement. Et sur quel ton. S'il avait ri ou parlé sérieusement. Il aurait voulu tout savoir. Mais il n'eut pas le loisir de poser ces questions car l'homme qui s'appelait Fareed prit la parole.

« Dunja, viens voir ça. » Il indiqua un écran sur lequel on pouvait voir différentes nuances de blanc. « Sa caméra s'est rallumée.

– Laquelle ?

– La frontale, sur sa casquette. »

Hesk les rejoignit et contempla l'écran sans poser de questions.

« Est-ce que ça signifie qu'il s'est rapproché de nous et que la réception est devenue meilleure ? demanda Dunja.

– Non, si c'était le cas, on aurait aussi l'image de la caméra arrière. » Fareed montra du doigt l'écran d'à côté qui était complètement noir.

« Alors comment expliques-tu que l'autre fonctionne à nouveau ?

– Je ne l'explique pas. Je n'en ai aucune idée. » Fareed se rapprocha du moniteur. « La question est de savoir s'il a toujours sa casquette sur la tête. Il semblerait que non.

– Comment le sais-tu ? Moi, je ne vois que du blanc.

– Parce qu'elle ne bouge pas. » Il indiqua divers endroits. « L'image est immobile.

– Est-ce que ça veut dire qu'il est… » Dunja se tut.

« Tu vois les lignes un peu plus sombres, ici, et là ? » Fareed montrait l'écran et Dunja acquiesçait. « Ça pourrait être un sol, non ? Un sol carrelé.

– Tu veux dire qu'il est allongé.

– Il me semble, oui. »

Aucun d'eux n'aurait su dire pendant combien de temps ils restèrent les yeux rivés sur cet écran sans bouger. Ils étaient comme hypnotisés par les nuances de blanc et ne se réveillèrent que lorsque Dunja rompit le silence.

« Il se passe quelque chose là, non ? dit-elle en montrant l'écran. Il n'y a que moi qui ai l'impression que ça bouge ?

– Non, tu as raison. » Le visage de Fareed s'illumina.

Les zones de lumière se déplaçaient les unes par rapport aux autres, et bientôt les lignes du quadrillage qu'ils avaient identifié comme étant un carrelage devinrent plus nombreuses cependant que les carrés rapetissaient.

« Regarde, il se relève.

– Pourquoi est-ce aussi flou ? » demanda Hesk en montrant l'image sur laquelle l'objectif peinait à faire le point, même si on pouvait facilement deviner à présent qu'il s'agissait d'une pièce carrelée de faïence blanche.

Fareed tenta de zoomer. « On dirait qu'il y a de la buée sur la lentille.

– Il est dans une salle de bains, non ?

– Tu ne veux pas essayer de l'appeler pour lui dire d'essuyer l'objectif ? »

Dunja chercha le numéro sur son portable et lança l'appel tandis que l'image à l'écran se mettait à bouger par à-coups d'avant en arrière. À intervalles réguliers, on voyait apparaître le plafonnier, dont l'ampoule était si forte que tout devenait blanc. À un moment, ils virent passer quelque chose qui ressemblait à un lavabo. À un autre, une bonde d'évacuation en inox rutilant.

« Il n'y a pas de tonalité.

– Peut-être que le signal ne passe pas là où il est. Mais... » Fareed se pencha vers le moniteur. « Je ne crois pas qu'il ait la casquette sur la tête. La caméra est trop basse et se balance d'avant en arrière.

– Peut-être qu'il la tient à la main, suggéra Hesk, au moment où l'écran du téléphone de Dunja s'éclairait.

– C'est lui. » Elle prit l'appel et mit le haut-parleur. « Salut, Qiang. C'est Dunja à l'appareil. Comment vas-tu ? » Elle attendit qu'il réponde, mais ne perçut qu'un vague bruissement au bout de la ligne. « Qiang, tu es là ? Allô ? Qiang ? Je ne t'entends pas. Lève deux doigts devant la caméra si tu as le son. »

Fareed connecta un câble au portable, transférant le bruissement diffus sur deux enceintes. Il fit quelques réglages de fréquences sur l'égaliseur pour tenter d'obtenir autre chose.

Pendant ce temps, une silhouette sombre aux contours flous grandissait dans l'image à mesure que la caméra s'en approchait. Ils reconnurent un individu à genoux, les mains dans le dos et la tête courbée. Un doigt entra dans le champ et retira la buée de la lentille. Alors ils reconnurent Qiang.

« Oh, mon Dieu ! s'exclama Dunja en se détournant un instant de l'écran.

– C'est votre ami ? » demanda Hesk à Fareed qui acquiesça.

Un autre individu apparut et se plaça derrière Qiang. On ne voyait de lui que ses bottes et les jambes de son pantalon de camouflage.

« Qu'est-ce qui se passe, putain ?! demanda Dunja à Fareed. Qu'est-ce qu'ils font ?

– Je n'en sais pas plus que toi.

– Il faut faire quelque chose ! On ne peut pas rester comme ça ! »

La main de l'homme entra dans le champ et attrapa les cheveux de Qiang, le forçant à regarder la caméra. Il avait l'air terrorisé.

« Mais c'est lui ! » Hesk montrait la main à laquelle il manquait l'annulaire. « C'est lui que j'ai vu tout à l'heure.

– Qu'est-ce que vous voulez ? cria Dunja dans le téléphone. Je suis Dunja Hougaard. Dites-moi ce que vous voulez !

– *Écoutez-moi, s'il vous plaît,* dit Qiang, terrifié, entre deux sanglots. *Vous m'entendez ? Écoutez bien ce que je vais vous dire.*

– Vas-y, répondit Dunja. Dis-nous ce que nous devons faire, et nous le ferons. Je te promets que tout...

– *Tais-toi, Dunja, et écoute-moi, parce que ces types ne plaisantent pas. Il faut...* » Qiang fondit en larmes.

« Qiang, nous...

– Arrête, l'interrompit Fareed. Ça ne sert à rien.

– *Il faut tout arrêter, vous m'entendez ?* reprit Qiang. *Les écoutes, les photos, les films, tout. Il faut tout détruire, vous avez compris ? Sinon, ils nous tueront un par un. C'est ce qu'ils m'ont dit. Un par un.*

– Nous allons le faire. Nous allons faire tout ce qu'ils nous demandent, Qiang. Du moment qu'ils te laissent partir. Dis-leur bien ça. Tout ce qu'ils... »

Elle n'eut pas le temps d'en dire plus. La main gauche de l'homme en treillis apparut en gros plan dans l'image. Le geste fut si rapide qu'ils ne virent le couteau qu'au moment où il se posa sous le menton de Qiang, un peu au-dessus de sa pomme d'Adam, faisant gicler le sang, qui se mit à couler sur ses vêtements et sur le carrelage blanc.

Qiang tenta de dire quelque chose, en vain. Il ne sortait plus de sa bouche que du sang et des bulles. Son corps s'affaissa et se tordit dans d'ultimes convulsions, et la transmission fut interrompue.

33

Éclairé par la lampe d'architecte posée sur son bureau au sous-sol, Fabian appliqua délicatement le dernier point de colle. Puis il souffla sur la tranche de la mince plaque de bois et serra les deux derniers morceaux l'un contre l'autre.

La vieille planche ouija était presque comme neuve. Si on regardait attentivement, on voyait la trace de son coup de colère. Mais ce n'était pas très grave, contrairement à certaines autres de ses erreurs.

Il avait passé les dernières heures dehors à errer sans but. Sa longue balade l'avait d'abord conduit au bois de Pålsjö et à la passerelle au-dessus de la voie ferrée. Puis à la plage au bord du lac, où il avait retiré ses chaussures et continué sur la berge vers le nord, sur le sable graveleux.

Au bout d'une heure, les cailloux tranchants et autres coquillages brisés avaient fini par meurtrir ses pieds et, à la hauteur de Hittarp, il s'était coupé sur un morceau de verre. Mais cela ne l'avait pas arrêté et, une heure plus tard, ses pieds ne le faisaient presque plus souffrir.

Un peu avant Grå läge, il s'était déshabillé et était entré dans l'eau. L'idée de continuer à nager vers le large sans s'arrêter l'avait traversé. Mais quelque chose l'en avait empêché, et il était revenu sur la plage.

Assis sur le sable, regardant au loin la ligne floue de la côte danoise, il avait pris la décision la plus difficile de sa vie : il allait cesser de chercher à savoir ce qui était réellement arrivé à son fils.

Il avait eu l'impression de trahir Theodor et de fuir la dette qu'il estimait être condamné à payer. Mais à cet endroit et à cet instant, il avait décidé de renoncer. D'accepter d'enterrer, en même temps que son fils, tous les détails et indices prouvant que les choses ne s'étaient pas passées comme elles l'auraient dû.

Ils avaient tous raison, Sonja, maître Komorovski et les autres. Même si, par son obstination, il parvenait un jour à approcher de la vérité, cela ne ferait pas tourner les horloges à l'envers. Ce qui était arrivé était arrivé, et parfois, il valait mieux ne pas remuer les choses.

Pour la deuxième fois de l'été, il ouvrit le tiroir de la commode, sortit le paquet en tissu, le posa devant lui sur le bureau à côté de la planche ouija, le déballa et contempla le pistolet que son fils avait rapporté à la maison après cette maudite soirée passée à Elseneur avec la bande des Smileys.

Il avait essayé de lui faire dire d'où venait l'arme, mais n'avait obtenu que des réponses aussi évasives qu'improbables. Il s'agissait d'un Heckler & Koch USP Compact 9 mm, un modèle conçu pour le combat rapproché, souvent utilisé par la police danoise. C'était tout ce qu'il savait. Le numéro de série ayant été effacé, il n'y avait aucun moyen de découvrir l'origine de l'arme.

Il avait d'abord envisagé de le confier aux Danois et de les laisser l'expertiser et l'analyser. Mais un peu plus tôt sur cette plage, il avait changé d'avis. Personne n'examinerait jamais ce pistolet. Parce qu'il allait s'en débarrasser. Veiller à ce qu'il disparaisse, en même temps que toutes ses questions sans réponse.

Il replia le tissu sur l'arme et rangea le paquet. Puis il revérifia la planche et entreprit de poncer délicatement les joints avec le papier de verre le plus fin qu'il put trouver. Désormais, il irait de l'avant et serait là pour Sonja et Matilda. En admettant qu'elles veuillent bien lui redonner une place dans leurs vies.

Il n'y avait rien de moins sûr. Leurs regards et les mots qu'elles avaient prononcés n'avaient rien d'anodin, et ils resteraient longtemps dressés entre elles et lui. Peut-être pour toujours. En tout cas, il ferait de son mieux pour les reconquérir.

Quand il aurait terminé de réparer la planche, il l'apporterait à Matilda et lui demanderait pardon. Il ne chercherait pas d'excuses, ni de circonstances atténuantes, et se contenterait de faire amende honorable pour son coup de colère du matin. Il lui dirait qu'elle pouvait continuer à venir dans la cave aussi souvent qu'elle en avait envie, afin d'entrer en contact avec cet esprit qu'elle appelait Greta. Si elle avait besoin de cela pour avancer dans son deuil, il ne s'y opposerait pas.

En ce qui concernait Sonja, il ne savait pas comment s'y prendre. Aucune excuse n'avait le pouvoir de changer quoi que ce soit. Dire pardon ne réparerait rien. Quoi qu'il dise, cela reviendrait au même. Elle avait pris sa décision et, dans un sens, il la comprenait.

Depuis qu'ils étaient ensemble, il avait fait de son mieux et avait toujours été loin du compte. Il y avait tant de choses qu'elle voulait et qu'il ne pourrait jamais lui donner. Et il n'était pas certain d'avoir encore envie d'essayer.

Il ferma les yeux, caressa la planche et constata que la surface était si lisse que ses doigts flottaient pratiquement au-dessus. Il sentait encore les endroits des collages, mais c'était plutôt une impression diffuse de quelque chose qui s'était trouvé là, un souvenir. Comme si le bois avait eu sa propre capacité de régénérescence.

Quand il rouvrit les yeux, ce fut comme s'il voyait la planche pour la première fois. Le travail d'ébénisterie, le veinage du bois, sa beauté intrinsèque en dépit de l'âge et de l'usure qui rendaient certaines lettres et certains chiffres presque invisibles.

Et si c'était vrai.

Et si Matilda avait raison.

L'épisode qui s'était produit un mois plus tôt plaidait dans ce sens. Comme beaucoup d'autres événements dans sa vie, il l'avait refoulé pour se convaincre que ce n'était jamais arrivé. Mais quelque chose s'était passé. Au milieu de l'enquête en cours, quelque chose lui avait parlé. Alors qu'ils venaient de procéder à un certain nombre d'arrestations et avaient enfin commencé à voir un rapport entre les différentes affaires sur lesquelles ils travaillaient simultanément, une voix dans sa tête l'avait informé que tout ce qu'ils croyaient savoir était faux. Cette idée l'avait amené à reprendre à zéro toute l'enquête, ce qui lui avait permis d'appréhender le meurtrier aux dés.

Il aurait au moins pu dire merci. Qu'il y croie ou non, c'était le moins qu'il puisse faire. Alors il se leva et, la planche sous le bras, il passa de l'autre côté du rideau et s'assit sur un coussin à même le sol.

C'était là que Matilda et Esmaralda s'asseyaient pendant leurs séances. Comme elles, il alluma les bougies chauffe-plat et les plaça en cercle autour de lui. Il posa ensuite le pointeur sur la planche et s'assura qu'il pouvait se mouvoir librement sur les lettres.

Du peu qu'il avait pu voir en observant discrètement Matilda, elle posait l'index sur le pointeur et énonçait ses questions dans le vide. La règle était plus ou moins la même que celle du jeu qui passionnait certains de ses camarades à l'école primaire : « Esprit es-tu là ? » À part qu'on y jouait avec un verre.

Alors qu'il tendait son bras droit et qu'il posait son doigt sur le pointeur, il eut un peu le sentiment de trahir tout ce en quoi il croyait. De faire quelque chose d'interdit. Il ne sentait aucune force magique l'envahir. Il pensait plus à la honte qu'il ressentirait si on le surprenait à cet instant qu'à ce qu'il s'attendait à voir arriver.

« Excusez-moi, dit-il enfin d'une voix hésitante. S'il y a quelqu'un de l'autre côté, j'aimerais juste… » Il s'interrompit. Le simple fait d'entendre sa propre voix rompre le silence lui tordait les entrailles. Une part de lui eut envie de se lever, mais l'autre le retint. « Je m'appelle Fabian, Fabian Risk, continua-t-il. Je suis le papa de Theodor. Et de Matilda. » Il ne savait pas pourquoi il avait ajouté cette information. Il s'agissait de l'aide qu'il avait reçue dans sa dernière enquête, de rien d'autre.

Le pointeur ne bougeait pas. Comment aurait-il pu bouger avec le poids de son bras qui l'écrasait sur la planche ? Peut-être appuyait-il trop fort ? Peut-être fallait-il qu'il le presse un peu moins ?

« Je ne sais pas si quelqu'un m'entend. » Il essaya de parler un peu plus fort cette fois. « Sans doute pas. Mais je voudrais quand même remercier la personne ou l'entité qui m'a aidé dans mon enquête et m'a indiqué que tout ce que nous croyions savoir était faux. Il se peut que ce soit Greta, je n'en sais rien. Quoi qu'il en soit, ça nous a été très utile. C'était juste ça que je voulais… »

La soudaine vibration le fit sursauter et retirer sa main du pointeur, comme s'il venait de se brûler. Mais quand il fut remis du choc, il comprit qu'il avait reçu un SMS et que c'était son portable qui avait vibré dans sa poche.

Le message provenait de son ancien collègue, Ingvar Molander, qui était toujours en prison dans l'attente de son procès. Il comportait cinq phrases. Ni plus ni moins.

Cinq phrases qui rebattaient toutes les cartes.

34

Après avoir parcouru la longue colonne de noms bizarres, Hesk appuya sur le bouton du haut. Au bout d'un instant, l'interphone s'éclaira et émit un bip. Il arrangea rapidement ses cheveux, termina sa bière et cacha la bouteille derrière son dos pour qu'on ne la voie pas à la caméra.

Quelques heures plus tôt, il était en route pour rentrer chez lui. Mais quand il s'était retrouvé au volant de sa voiture, après avoir démarré le moteur et remonté la rampe de ce foutu parking dans le quartier de Østerbro, les images de l'exécution de Qiang étaient remontées brusquement. Des gros plans montrant des détails que personne ne devrait avoir à contempler.

En soi, ces images n'avaient rien d'exceptionnel. Depuis que la vidéo était devenue accessible au commun des mortels, on avait violé, brutalisé et tué devant les objectifs des caméras. Les terroristes en avaient fait leur signature, inventant des moyens plus atroces les uns que les autres de tuer les gens et de répandre les images sur Internet.

Mais ce à quoi il venait d'assister n'avait rien à voir avec un snuff movie anonyme. Pas parce qu'il connaissait la victime – il n'avait jamais rencontré cet ami de Dunja qui, les mains attachées dans le dos, s'était vidé de son sang dans d'atroces souffrances. Ou du moins l'imaginait-il. Non, ce qui l'avait bouleversé, c'était que cela se soit passé sous ses yeux, en temps réel. Qu'il ne se soit pas agi d'un meurtre enregistré qui avait eu lieu quelque part dans le monde, dans un passé plus ou moins lointain. Ce qui l'avait choqué était que cela se soit produit en temps réel, et qu'il ait été contraint de regarder, impuissant, la vie s'écouler littéralement de ce corps.

Un seul coup de couteau, c'était tout ce que ces monstres lui avaient donné. Pour que cela n'aille pas trop vite. Pour qu'en assistant à sa mort lente, ils aient le temps de comprendre à qui ils avaient affaire. Ce qui les attendait.

Malgré les images et les pensées qui tournaient dans sa tête, il était en route pour rejoindre sa famille quand, soudain, alors qu'il roulait vers Amager, au sud, il avait fondu en larmes en plein milieu du boulevard H. C. Andersen, arrêté au feu rouge, à la hauteur du parc d'attractions de Tivoli. Pas juste des yeux humides et une larme silencieuse coulant sur sa joue, non, une véritable crise de sanglots irrépressibles qui l'avait secoué pendant toute la traversée du pont de Langebro, après quoi il avait décidé de tourner à droite dans une petite rue, afin d'éviter de perdre le contrôle de son véhicule.

Que la rue en question soit en réalité une voie réservée aux cyclistes n'avait été qu'un coup de malchance et, quelques bordures de trottoirs plus tard, il s'était finalement garé sur une place libre devant le Café Langebro et avait pleuré un long moment sur son volant. Les images avaient défilé dans son esprit. Cette lame tranchant la gorge d'un homme, encore et encore.

Quand il s'était senti suffisamment calme pour sortir de la voiture, il était entré dans l'établissement de nuit et s'était assis au bar, où il avait commandé une grande pression et un verre de Gammel Dansk[1]. À chaque pinte descendue, le

1. Le Gammel Dansk est un bitter à base de plantes et d'épices, la version danoise du Jägermeister.

film qui tournait en boucle avait perdu un peu de sa netteté, jusqu'à ce que l'horreur de la scène ait disparu dans le brouillard de son ébriété.

Le bip de l'interphone avait cessé. Hesk sonna à nouveau. On était au milieu de la nuit, mais il avait vu les lumières allumées au dernier étage de la résidence Gemini – l'un des immeubles les plus monstrueux d'Islands Brygge –, et il avait même aperçu une ombre se déplacer derrière les baies vitrées. Il était donc tout à fait déterminé à sonner aussi longtemps que nécessaire.

Quand le barman avait posé devant lui de l'eau au lieu d'une bière, Hesk l'avait convaincu de lui servir un dernier verre, puis il avait payé sa note et était descendu jusqu'aux quais, où les lueurs de la tour du Danhostel et celles du siège de la banque d'investissement Nykredit sur le quai d'en face se reflétaient dans la surface noire du canal comme des éclats de soleil dans la nuit.

La brise nocturne avait doucement caressé son visage bouffi de larmes et lui avait donné envie de poursuivre sa balade vers l'est et le quartier d'Islands Brygge. Mais à mesure qu'il dessaoulait, la vision de la pomme d'Adam de Qiang, montant et descendant dans son combat pour aller chercher de l'air plutôt que du sang, était revenue en force. Quand l'horreur eut à nouveau atteint son paroxysme, il avait dû vider son estomac, après quoi il s'était assis sur le bord du quai et avait réalisé où il se trouvait.

Il n'avait pas du tout prévu de venir là. Mais en levant les yeux sur la tour, sanglée de balcons de verre, il s'était dit que finalement, il n'y avait pas de hasard.

La voilà, l'opportunité de montrer une bonne fois pour toutes quel genre d'homme il était. Il allait faire comprendre à qui de droit qu'il ne botterait pas en touche aussi facilement. C'était un coup de poker, et il y avait une infinité de raisons pour que cela tourne mal. Mais si quelqu'un était en mesure de le faire, c'était lui.

« *Jan ? C'est toi ?* demanda la voix dans l'interphone.

– Salut, Kim, répondit-il avec un sourire forcé à la caméra. Je crois qu'il faut qu'on parle, tous les deux.

– *Maintenant ? Mais il est deux heures du matin. Ça ne peut pas attendre demain ? On peut déjeuner ensemble si tu préfères qu'on se voie en dehors du bureau. Je connais un endroit sympa dans le quartier de Vesterbro.*

– Je préférerais faire ça tout de suite. »

Le silence qui suivit fut de courte durée, probablement pas plus de quelques secondes, mais Hesk comprit qu'il était sur la bonne voie.

« *Très bien. De quoi s'agit-il ? Qu'est-ce qui peut être assez important pour que cela ne puisse pas attendre quelques heures ?*

– Tu m'as demandé de te tenir au courant s'il se passait quelque chose. Je me trompe ? »

Ce silence-là dura plus longtemps, beaucoup plus, et se termina par le clic de l'ouverture de la porte.

Il y avait plusieurs années qu'il n'était pas venu. À l'époque, le premier samedi de décembre, Sleizner et sa femme Viveca organisaient un vin chaud et, chaque année en novembre, la grande question était de savoir quels seraient ceux au sein de la brigade qui auraient l'honneur de recevoir l'invitation très convoitée.

L'intérieur de l'immeuble était différent de l'extérieur. La première fois qu'il était entré dans ce hall, il avait été ébahi, il n'avait pas honte de l'admettre. Comme un immense atrium tout en hauteur, le bâtiment s'élevait jusqu'à une coupole en verre située à environ trente mètres au-dessus de sa tête. Avec ses coursives peintes en blanc et ses escaliers suspendus qui reliaient les étages entre eux, paraissant défier les lois de la pesanteur, il ne ressemblait à aucun autre endroit qu'il lui ait été donné de voir.

Cette fois, il entra dans l'ascenseur sans papillons dans le ventre et sans avoir le sentiment de faire partie des élus. Aujourd'hui, il était là pour obtenir des réponses. Pour mettre son patron dos au mur et l'obliger à lui expliquer ce que c'était que ce foutu bordel. Il en avait assez d'avancer à l'aveugle et de ramasser des miettes, la casquette à la main comme un vulgaire mendiant. À partir de maintenant, c'était lui qui tenait la barre, et son plan était aussi simple que brillant.

Simple, parce que n'importe qui aurait pu le mettre en œuvre. Et brillant, parce que personne, et encore moins Sleizner, ne le soupçonnerait de faire une chose pareille.

Les portes de l'ascenseur s'ouvrirent à l'étage de l'appartement de Sleizner, qui l'attendait en robe de chambre sur le pas de sa porte.

« Oh ! J'ai l'impression qu'il y a quelqu'un qui a fait la fête, ce soir. Viens. » Sleizner passa un bras autour de ses épaules, le fit entrer et referma derrière lui. « Ce n'est pas toutes les nuits qu'on reçoit du beau monde.

– Désolé de te déranger si tard, Kim, mais j'ai pensé qu'il valait mieux régler ce problème sans tarder », dit-il en pénétrant dans le séjour où il s'enfonça dans un énorme canapé en forme de fer à cheval posé au milieu de la pièce, devant le plus grand écran de télévision qu'il ait jamais vu.

« C'est vrai que l'heure est inhabituelle, mais peu importe. Le mal est fait si l'on peut dire, et ce n'est pas grave, je prélèverai mes heures supplémentaires sur ton salaire. » Sleizner éclata de rire. « Ne t'inquiète pas, je plaisante. Tout va bien. Tu veux boire quelque chose ? Tu as l'air d'avoir besoin d'un petit remontant. Un whisky, ça te va ? J'ai un Glenfiddich vingt-trois ans d'âge absolument extraordinaire que j'aimerais te faire goûter. »

La dernière chose dont Hesk avait besoin à cet instant était de boire davantage d'alcool, ce qui ne l'empêcha pas d'accepter un verre au fond si épais que, même ivre mort, il ne risquait pas de le renverser. Il trempa ses lèvres dans le whisky qui était incroyablement bon.

« Pas mal, hein ? » Sleizner leva son verre, trinqua et avala une gorgée.

Hesk l'imita, puis posa le sien sur une table basse, s'éclaircit la gorge bien qu'il n'y ait rien à éclaircir et tâcha de se redresser, même si c'était mission impossible dans ce canapé. Mais il avait besoin de reprendre le contrôle de la situation et de montrer qu'il était venu dans une intention bien précise.

« Quand nous avons sorti la voiture de Mogens Klinge du port, je pensais qu'il s'agirait d'une enquête relativement simple, commença-t-il en regardant Sleizner se lever et s'approcher d'une bibliothèque en verre. Une enquête qui serait vite terminée, comme tu le souhaitais.

– Continue, je t'écoute, dit Sleizner en prenant une télécommande sur une étagère.

– À présent, trois jours plus tard, je me rends compte que j'avais tort et que rien n'est aussi évident qu'il y paraissait de prime abord. Au contraire, il semble y avoir des secrets extrêmement…

– Attends, laisse-moi juste…, l'interrompit Sleizner en dirigeant la télécommande vers l'autre extrémité de la pièce. On vient de m'installer ce truc il y a quelques mois et il faut absolument que tu entendes ce son. Tiens, écoute un peu ça. »

Le groupe Yes entonna *Owner of a Lonely Heart* avec une telle puissance que l'orchestration des cordes samplées devait s'entendre jusqu'au commissariat, sur l'autre rive du canal.

« Ne t'inquiète pas, hurla Sleizner, augmentant encore le volume. J'ai fait poser une isolation phonique dans tout l'appartement. Nous sommes les seuls à profiter de cette merveille. Avoue que c'est exceptionnel, non ? »

Hesk hocha la tête et se résolut à avaler une deuxième gorgée de whisky. Il lui fallait du courage pour résister à Kim, ce rouleau compresseur qui trouvait toujours le moyen de l'écraser.

« Tu te rappelles ce passage à la basse ? » poursuivit Sleizner en mimant un musicien tout en exécutant au rythme de la musique une chorégraphie manifestement bien répétée. « Figure-toi qu'il y a un sub[1] incorporé dans le canapé ! Complètement dingue quand on y pense, mais très efficace quand on reçoit une dame ! »

Hesk s'apprêtait à rire avec lui, comme il avait l'habitude de le faire quand son supérieur racontait ses mauvaises blagues, mais cette fois il baissa les yeux vers son verre et Sleizner réagit en baissant le son.

« Désolé, je voulais simplement te faire écouter ça. Où en étions-nous ? Tu disais que tu t'étais trompé ? »

Hesk acquiesça, tenta de se souvenir de ce qu'il voulait dire et décida finalement de repartir dans une tout autre direction. « Ces dernières vingt-quatre heures, il s'est passé des choses, disons… surprenantes, mais surtout très graves, en lien avec cette affaire.

– Tant mieux s'il se passe enfin quelque chose. J'avoue que je commençais à m'inquiéter. Est-ce que ça signifie qu'on peut espérer obtenir bientôt un résultat ? »

Hesk hocha la tête. « C'est pour ça que je suis là, en fait.

– OK, super. Je suis tout ouïe. Qu'avez-vous découvert ?

– Je ne suis pas là pour te faire mon rapport, Kim, mais pour entendre ce que tu as à me dire. » Un silence s'installa,

1. Un sub, ou subwoofer, est une enceinte destinée à restituer les fréquences sonores les plus basses du spectre audio.

un choix devait être fait, un choix qui déterminerait la suite de la conversation, et il voyait à la tête de Kim, debout dans son salon en robe de chambre, qu'il pensait exactement à la même chose.

« Je ne suis pas sûr de bien comprendre. » Sleizner posa sa main libre sur sa poitrine. « Qu'est-ce que tu attends de moi au juste ?

– Que tu m'éclaires sur certaines questions. »

Sleizner hocha la tête, et son visage se fendit d'un large sourire. « Si je peux vous être utile à tous, ce sera avec plaisir. Même si vous me flattez en me croyant détenteur d'informations top secrètes. » Il rajusta sa robe de chambre et serra la ceinture. « *But bring it on, I'm at your service*[1]. Je vais voir ce que je peux faire.

– Tu connais Jakob Sand ? L'entrepreneur ? »

Sleizner, qui s'apprêtait à boire une gorgée de Glenfiddich, baissa son verre. « Non, pas personnellement. Je sais que c'est un homme d'affaires assez excentrique qui, cette année, a remporté le concours de *Danse avec les stars.*

– Et qui est soupçonné d'avoir tué une prostituée.

– Il me semblait qu'il avait été relaxé, je me trompe ? Ça ne date pas d'hier, je ne me souviens plus très bien.

– Nous parlons du même homme. Il s'en est sorti grâce à une analyse ADN. Je trouve un peu surprenant que tu aies oublié ça, sachant que c'était toi qui dirigeais l'enquête à l'époque.

– C'est vrai, mais tu sais ce que c'est. On travaille sur tellement d'affaires qu'on finit par les confondre. Allez, santé ! » Sleizner leva son verre et but.

Hesk ne dit rien et observa son supérieur, qui avait l'air tendu.

1. « Mais vas-y, crache le morceau, je suis à ta disposition. »

« Mais c'est normal que tu ne t'en sois pas encore rendu compte, poursuivit Sleizner. Tu n'as pas encore contribué au millième des enquêtes auxquelles j'ai participé. Enfin, ce n'est pas le sujet. Explique-moi plutôt ce que ce Sand a à voir dans cette histoire ?

– Nous avons une concordance avec son ADN.

– Ah bon ? Ça alors ! Sur quoi avez-vous effectué les prélèvements ?

– Il y avait du sang et des fragments de peau sous les ongles de la femme.

– Parfait ! C'est du bon travail ! » Sleizner hocha la tête, et son regard s'échappa. « Du très bon travail.

– Donc, tu dis que tu ne le connais pas ?

– Non, pas du tout. D'où le connaîtrais-je ? Je ne l'ai jamais rencontré. »

Sleizner lui mentait sans vergogne. Hesk avait toujours su que le mensonge lui était naturel, mais jamais il ne l'avait entendu le faire de manière aussi flagrante.

« Quant aux tests ADN, il y a quand même une chose que tu dois savoir, continua Sleizner. Contrairement à ce qu'on croit, ça ne garantit pas que la personne concernée sera condamnée, loin de là.

– S'il a déjà été disculpé, il doit aussi pouvoir être inculpé.

– Certes, mais au risque de te décevoir, ce n'est pas parce que sa peau se trouve sous les ongles de cette femme que c'est lui qui l'a tuée. Si c'est une prostituée, elle a pu coucher avec Sand avant de coucher avec Klinge. Admettons qu'ils y soient allés un peu fort et que, dans le feu de l'action, elle l'ait griffé. Je ne serais pas étonné qu'il soit le genre de type à être excité par ce genre de choses. Il est plus courant qu'on ne le croit de voir des mâles alpha comme lui aimer se faire dominer.

– En l'occurrence, c'est plutôt elle qui a été dominée, pas Sand. »

Sleizner poussa un soupir. « Je te dis simplement que l'ADN n'a pas réponse à tout.

– C'est possible, mais pour l'instant, on va l'interroger et entendre ce qu'il a à nous dire. On verra bien où ça nous mène.

– Bonne idée. » Sleizner hocha la tête et avala une gorgée de whisky. « Tu as d'autres questions auxquelles je ne peux pas te répondre, ou nous avons fini pour cette nuit ?

– Tu connais un parking souterrain près de la gare d'Østerbro ?

– Non, répondit Sleizner en secouant la tête. Je ne suis pas sûr de bien comprendre la question. Je devrais ?

– Il se trouve près du boulevard Østerbrogade, en face du McDonald's.

– Je réitère ma question : pourquoi le connaîtrais-je ? Il y a des parkings souterrains partout à Copenhague.

– Parce que tu t'y es rendu hier soir, après ta petite visite chez moi, dit Jan Hesk, conscient qu'il était en train de se jeter dans le vide sans autre garde-corps que les informations de seconde main fournies par Dunja.

– J'y étais ? De quoi est-ce que tu parles ? Qu'est-ce que je serais allé faire dans ce parking ?

– C'est ce que j'aimerais savoir.

– Bon, Jan. Explique-moi un peu. Tu fais quoi, là ? C'est un interrogatoire ? On me soupçonne de quelque chose ? Je dois appeler mon avocat ?

– Je ne sais pas. À toi de me le dire.

– Très bien, alors voilà ce que tu vas faire : tu vas commencer par essayer de te lever de ce canapé, si tu y arrives, et tu vas rentrer chez toi cuver ton énorme cuite, avant de te ridiculiser davantage. »

Sleizner avait sans doute raison, il aurait dû attendre d'être sobre pour avoir cette conversation. Mais c'était trop tard, à présent. Il avait commencé et, connaissant son supérieur, il n'irait jamais au bout s'il s'arrêtait maintenant.

« J'ai de bonnes raisons de penser que, depuis quelque temps, tu stationnes très régulièrement ta voiture dans ce parking.

– Pardon ? Excuse-moi, Jan, mais je ne comprends rien à ce que tu me racontes.

– J'ai également la preuve que vendredi dernier, tu déjeunais au Zeleste avec Jakob Sand et une troisième personne. »

Sleizner secouait la tête sans quitter Hesk des yeux. « D'accord… Alors je t'avoue qu'au départ, j'ai cru que tu me faisais une blague, ou qu'il y avait un truc que je n'avais pas compris. Mais apparemment, j'ai parfaitement saisi. Tu me soupçonnes ! Je ne sais pas de quoi exactement, mais ça a l'air suffisamment grave pour que tu mettes ta carrière en danger. C'est ridicule, mais passons. Alors effectivement, j'ai déjeuné au Zeleste vendredi. Et il est possible que ce Sand s'y soit trouvé en même temps que moi, mais pas à ma table. Parce que je ne connais pas cette personne. Tu me suis ? Ou ce que je te dis est trop difficile à comprendre ?

– J'essaie juste de faire mon travail.

– Ton travail ?! » Sleizner renifla avec mépris avant de prendre son portable. Il chercha un numéro dans son répertoire et posa le téléphone sur son oreille. « Allô ? Oui… C'est ça… Hesk. Jan Hesk. Parfait, merci. » Il raccrocha, s'approcha du canapé et s'accroupit pour se mettre à sa hauteur. « Écoute, Jan. Tu es ivre et tu ne sais pas ce que tu fais. »

Hesk n'avait pas l'impression d'être ivre, peut-être juste un peu saoul. Mais une chose était sûre, il avait trop bu pour gagner la partie cette nuit, contre un adversaire de cette trempe.

« Ne t'en fais pas, poursuivit Sleizner. Il nous arrive à tous de faire ce genre d'erreur. Alors surtout, sois tranquille, je ne te tiendrai pas rigueur de ce qui vient de se passer. Demain, tout sera à nouveau comme avant. Tu n'es pas venu en voiture, au moins ?

– Si, mais elle est garée devant le Café Langebro. Elle peut y rester encore un peu.

– Parfait. Pour le moment, tu vas venir gentiment avec moi et je vais te mettre dans un taxi. » Sleizner se leva et lui tendit la main. « Allez, viens, avant que cette situation n'aille trop loin.

– Je te remercie, mais je suis assez grand pour prendre un taxi tout seul. » Il croisa les bras et s'aperçut que l'alcool était aussi son ami. « Quand j'aurai obtenu des réponses à mes questions. » Sans lui, il n'aurait jamais osé agir ainsi, ce qu'il aurait pourtant dû faire depuis longtemps.

« Des réponses à tes questions ? » Sleizner secoua la tête. « Très bien, je vais t'en donner. Tu es sûr de vouloir les entendre ? Eh bien, soit. Alors je t'annonce que tu es en train de creuser ta propre tombe. Tu comprends ce que je dis ? Parce que si tu continues sur cette voie, ta carrière est terminée.

– Alors elle le sera. Mais j'aimerais tout de même savoir quelles sont tes relations avec Jakob Sand et pourquoi tu te gares dans un parking souterrain qui…

– Mais putain, Jan ! Qu'est-ce qui t'arrive ? Qu'est-ce que tu ne comprends pas ? s'exclama Sleizner, l'empêchant de terminer sa phrase. Je n'ai aucun lien avec Jakob Sand. Je n'ai jamais rencontré ce monsieur ! Quant à ce parking dont tu me rebats les oreilles, je ne vois pas de quoi tu parles. Peut-être que j'y suis allé un jour pour faire changer mes pneus ou réparer ma voiture, en admettant qu'il fasse aussi garage, ce que tu sais sans doute mieux que moi. Mais ça n'a aucune importance. Rien de tout cela n'a la moindre importance, parce que maintenant, tu vas t'en aller. Tout de suite. Tu as compris ? Tu vas te lever sur tes cannes de serin et tu vas sortir d'ici ! ordonna-t-il en lui montrant la direction, le bras tendu et l'index pointé vers le hall.

– Il y a quand même une chose qui me chiffonne », dit Hesk sans faire mine de se lever. À la place, il prit son verre sur la table basse et avala une lampée de whisky avant d'ajouter : « Si ce que tu dis est vrai, que tu ne connais pas Sand et que tu ne l'as jamais rencontré, comment se fait-il que vous vous soyez retrouvés autour de la même table au Zeleste, à parler de moi et de ma capacité à mener cette enquête ? Et pendant que tu y es, je veux bien que tu m'expliques en quoi cette question pourrait intéresser Sand, un homme d'affaires excentrique qui a gagné *Danse avec les stars* ? Ce n'est pas grave si le mot "ADN" ne figure pas dans ton explication. »

Kim Sleizner regarda Jan Hesk avec la tête de quelqu'un qui, pour la première fois, se demande s'il n'aurait pas sous-estimé son collègue. « Alors tu as fait géolocaliser mon portable dans mon dos, c'est bien ça ? Et tu m'as mis sur écoute ? Moi qui t'ai soutenu, promu et donné une chance d'accéder à une carrière à laquelle, sans moi, tu n'aurais même pas osé rêver. Réponds, nom de Dieu !

– C'est exact, dit Hesk. Nous avons pris quelques mesures.

– Et pourquoi, si je peux me permettre ?

– Malheureusement, dans le cadre du secret de l'enquête, je ne peux pas en dire plus. Le mieux serait que tu m'accompagnes à l'hôtel de police et que tu passes la nuit en garde à vue, en attendant que nous mettions tout cela au clair au cours d'un interrogatoire en bonne et due forme.

– En garde à vue ?! Tu es devenu fou, ma parole ! Pour qui est-ce que tu te prends, sale petit connard incompétent ?

– Je t'assure que cette situation est aussi difficile pour toi que pour moi, Kim.

– Venir sonner chez moi au beau milieu de la nuit, sans y être invité, et croire que tu es en droit de me juger !

– S'il te plaît, ne rends pas les choses plus compliquées qu'elles ne le sont déjà.

– Compliquées ! Mais mon pauvre ami, tu ne sauras même plus orthographier ce mot quand j'en aurai fini avec toi. Je vais tellement te faire chier que tu vas regretter que ta mère ait écarté les jambes le jour où ton père a voulu la baiser. »

Conscient qu'il ne s'agissait pas de menaces en l'air, Hesk prit une longue inspiration et vida son verre avant de reprendre la parole. « Alors je vais t'expliquer la situation, Kim. Nous savons que tu es en contact avec Sand. Nous savons que tu t'es rendu plusieurs fois dans ce parking sur le boulevard Østerbrogade, et nous savons aussi que tu disposes d'une deuxième ligne de téléphone portable, apparemment d'un modèle ancien, que tu as utilisée pour communiquer avec Mogens Klinge par SMS concernant une cérémonie d'intronisation à laquelle il était convié le 28 juillet à vingt heures, c'est-à-dire le soir de sa mort. Tout cela, nous en avons la preuve. Le but de ma visite était surtout de te donner une chance de t'expliquer, ce dont tu n'es apparemment pas capable. »

Sleizner blêmit et déglutit comme s'il avait envie de vomir. « Bon, dit-il enfin en passant une main dans ses cheveux rares. Tu as raison. Excuse-moi. Je ne t'ai pas dit toute la vérité. Je l'avoue. Tu dois te demander pourquoi si je n'avais rien à cacher, et la seule explication, qui est toute simple, c'est que j'espérais que ce ne serait pas nécessaire. Qu'en te confiant l'enquête et en restant à distance raisonnable, tout finirait par s'arranger. C'était évidemment une erreur, je m'en rends compte aujourd'hui. Une terrible erreur. Mais je pense qu'il n'y a rien d'irréparable. Ce n'est quand même pas très grave, tout ça.

– Enfin, Kim, il s'agit tout de même d'une enquête pour meurtre !

– Tu voulais une explication, alors maintenant écoute-moi, nom de Dieu ! En effet, j'étais en relation avec Mogens au sujet de son admission dans notre loge.

– Votre loge ?

– Avec un groupe d'hommes, nous formons un petit club au sein duquel nous faisons un certain nombre de choses.

– Quelles choses ? »

Sleizner réfléchit un court moment avant de répondre. « Toutes sortes de choses. Pour te donner un exemple, il nous arrive de coucher avec des escort girls. Je tiens à souligner qu'à ma connaissance, ce n'est pas encore illégal au Danemark. Ce que nos autres activités ne sont pas non plus, d'ailleurs.

– Étrangler une jeune femme jusqu'à ce que mort s'ensuive n'est pas très légal, il me semble.

– Je parlais de nos autres activités. Ce qui est arrivé à cette jeune femme est en effet regrettable.

– Et si tu me racontais ce qu'il s'est passé. »

Sleizner hocha la tête, puis alla chercher la bouteille de whisky et remplit son verre. Il la leva à l'intention de Hesk, qui lui tendit le sien, puis ils burent, sans échanger un mot ni un regard. Quand les verres furent vides, Sleizner prit une chaise et s'assit face à lui.

« Ça fait combien de temps qu'on se connaît et qu'on travaille ensemble, tous les deux ?

– Douze ans.

– Cela fera treize ans en septembre. Je me rappelle comme si c'était hier le jour où je t'ai embauché. Malgré ton jeune âge, j'ai vu tout de suite que tu avais du potentiel. Ça sautait aux yeux. Mais ce n'est pas pour ça que je t'ai engagé. Pour être honnête, parmi ceux qui s'étaient présentés pour le poste, tu étais loin d'être le meilleur candidat. En revanche, ce que tu avais et dont les autres étaient cruellement dépourvus, c'était une envie dévorante de faire carrière. Tu étais prêt à n'importe quoi pour gravir les échelons, cela se voyait comme le nez au milieu de la figure. » Sleizner sourit en secouant la tête d'un air attendri. « Beaucoup auraient considéré ça comme un défaut, mais moi, j'ai eu l'impression de me voir à ton âge. L'ambition est une qualité, surtout si elle va de pair avec le dévouement envers celui qui vous a mis le pied à l'étrier et a le pouvoir de vous faire évoluer. » Il se versa encore une rasade et tendit la bouteille à Hesk.

« Ça va, merci, répondit-il en levant la main.

– N'hésite pas, surtout, si tu changes d'avis. » Sleizner vida son verre d'un trait. « Je sais que je peux être dur, parfois, et qu'il nous arrive d'avoir des désaccords, mais sache que je n'ai jamais douté de ta capacité à diriger une enquête, ni de ta loyauté. J'ai toujours su que je pouvais compter sur toi, de la même façon que tu sais pouvoir compter sur moi. J'espère que cette entente entre nous perdurera, même une fois que je t'aurai raconté une chose que je n'aurais jamais cru devoir confier à quelqu'un.

– Kim, je te rappelle que je suis en pleine enquête criminelle, alors si tu as fait quelque chose qui…

– Jan, s'il te plaît, l'interrompit Kim. Tu m'as demandé de parler, alors laisse-moi le faire. À ma façon. Contente-toi d'écouter et d'attendre que j'aie fini. D'accord ? »

Hesk acquiesça.

« Après avoir échangé par SMS avec Mogens pendant plusieurs mois, je suis allé le chercher le 28 juillet devant la gare d'Østerport, reprit Sleizner. Je l'ai fait monter dans ma voiture, je lui ai bandé les yeux et je l'ai emmené dans nos locaux.

– Ces locaux dont tu parles, intervint Hesk bien qu'il ait promis de se taire, est-ce qu'ils sont accessibles depuis le parking dont je t'ai parlé tout à l'heure ?

– Je ne peux pas répondre à cette question, malheureusement, parce que ce serait contraire à nos statuts. Il s'agit d'une confrérie secrète et il m'est impossible de divulguer le moindre détail à ce sujet.

– Kim, je suis désolé, mais ceci est un…

– Un interrogatoire ? intervint Sleizner en levant les sourcils. Non, je ne crois pas, non. Je ne vois ni magnétophone ni avocat à mes côtés. Tout ce que je vois, ce sont deux collègues ivres en train de bavarder. Je continue donc mon histoire. La cérémonie d'intronisation commence. L'un de nos rituels consiste à offrir en guide de bienvenue au nouveau membre une fille avec laquelle il peut faire tout ce qui lui plaît. Dans le cadre de ce qui est autorisé par la loi, évidemment. Nous n'avions jamais rencontré de problème jusqu'à présent. Mais ce soir-là, la situation dérape. Les autres membres et moi-même attendons dans la pièce que nous appelons le salon de cristal quand, soudain, nous entendons un coup de feu. » Sleizner écarta les bras, comme s'il avait été dépassé par les événements. « Personne ne comprend ce qui se passe. Jakob Sand s'empresse donc d'aller voir et découvre que Mogens, cet imbécile, est venu avec une arme. Pour une raison ou pour une autre, la fille la lui a prise et lui a tiré une balle dans la bouche. Une véritable exécution, en somme. Quand Sand est entré, la fille était hystérique et elle s'est jetée sur lui en hurlant. C'est lui qui nous a raconté la scène, et je n'ai aucune raison de douter de son témoignage. Quoi qu'il en soit, à un moment donné, dans le simple but de se défendre et pour tenter de l'apaiser, il l'aurait prise par le cou. D'après ce que j'ai compris, elle se serait mise à le griffer partout où elle pouvait l'atteindre. Il paraît qu'elle était comme un tigre enragé. Et puis, soudain, elle a cessé de bouger. Comme ça. Sand est venu me chercher, affolé. J'ai contrôlé le pouls de la fille et sa respiration et, effectivement, elle était passée de vie à trépas en une fraction de seconde.

– Il l'a étranglée sans s'en rendre compte ?

– Oui, confirma Sleizner. Mais c'était de la légitime défense. Je tiens vraiment à le souligner. De la légitime défense, pure et simple.

– Pourquoi n'avez-vous pas appelé la police pour faire une déclaration ?

– C'est évidemment ce que nous aurions dû faire. » Sleizner se versa un autre verre qu'il avala d'un trait. « Mais c'est facile à dire après coup. Sur le moment, c'était la panique. Tout le monde criait sur tout le monde et, pour essayer de calmer le jeu, j'ai dû prendre les commandes. Nous ne pouvions pas nous rendre au commissariat sans enfreindre l'un de nos principes fondamentaux : le droit de chacun à garder l'anonymat.

– Vous préférez transgresser la loi plutôt que de…

– Je sais ce que tu vas me dire, Jan. » Sleizner poussa un soupir. « Non, bien sûr que nous ne sommes pas au-dessus des lois. Je conçois que cela soit difficile à comprendre pour une personne extérieure, mais notre règlement est profondément ancré en nous. C'est sur lui que repose notre confrérie. Sans compter que ceux qui en font partie ne sont pas n'importe qui.

– Dans mon monde à moi, nous sommes tous égaux devant la loi. » Hesk lui tendit son verre.

« Dans le mien aussi, répondit Sleizner en le remplissant. Si je te dis cela, c'est pour que tu comprennes plus facilement pourquoi j'ai agi comme je l'ai fait.

– À t'entendre, tu n'as rien à voir avec les meurtres.

– C'est exact. Je n'ai rien à voir avec les meurtres eux-mêmes. Mais c'est moi qui ai invité Mogens à nous rejoindre et moi qui l'ai conduit là-bas. J'aurais dû m'assurer qu'il ne portait pas d'arme et je ne l'ai pas fait. C'est moi aussi qui me suis occupé de les évacuer, lui et la fille.

– Mais pourquoi dans la voiture de Mogens ? Je croyais t'avoir entendu dire que c'était toi qui étais allé le chercher.

– Je n'ai jamais dit que j'y étais allé avec ma voiture, même si ç'a été le cas. Je me suis donc d'abord rendu chez lui pour récupérer son véhicule, puis j'ai tout mis en scène pour faire croire à une pratique érotique qui aurait mal tourné, entraînant le décès accidentel de la fille, avant qu'il ne choisisse de se suicider. Bien sûr, tu dois te demander comment j'ai pu avoir une idée aussi tordue. Aussi odieux que cela puisse paraître, je ne pensais plus qu'à une chose : en finir au plus vite avec cette affaire. » Sleizner se tut un court instant et secoua la tête. « Ce n'est vraiment pas de chance que cette foutue bonne femme ait renversé son canoë pile à cet endroit et qu'elle ait aperçu la voiture. Je pensais qu'il allait se passer des mois avant qu'elle ne soit découverte. Le fait que toi et ton équipe soyez beaucoup plus finauds que je ne le prévoyais n'a pas non plus joué en ma faveur, même si je t'avoue que ça me rend extrêmement fier. »

Hesk regarda son patron se verser un autre verre et le vider d'une main légèrement tremblante. Il y avait toutes les raisons de penser qu'il venait de manipuler la vérité, car s'il y avait une personne qui savait improviser une histoire crédible sans ciller, c'était bien lui. Pourtant, quelque chose lui faisait dire que, pour une fois, Sleizner s'était montré sincère. Évidemment, Hesk ne pouvait pas en être certain, mais il y avait trop de points sur lesquels il avait avoué son implication et admis sa part de responsabilité pour qu'il puisse douter de l'histoire qu'il venait de lui raconter. Ce qu'il ne comprenait pas, en revanche, c'était pourquoi il avait joué la carte de la transparence. Peut-être avait-il compris que la partie était perdue ? Que plus il chercherait à cacher la vérité et à tromper son monde, plus dure serait la chute ? Ou alors il avait tout simplement baissé les bras et décidé d'en finir au plus vite. Mais Sleizner n'était pas homme à abandonner la partie et à se coucher comme ça. Il était plutôt du genre chien d'attaque qui ne lâche prise qu'en entendant craquer les os de son adversaire. Hesk se dit qu'en abattant ses cartes de la sorte, il avait probablement une idée derrière la tête.

Il avait enregistré toute la conversation avec son portable. Cette explication en détail et ses aveux vaudraient à Sleizner une peine de prison de plusieurs années. Il ne lui restait plus qu'à informer Heinesen et l'équipe, et l'affaire serait close.

« Jan, j'espère que tu réalises que je n'étais pas obligé de te raconter tout cela, reprit son supérieur après une courte pause. J'aurais pu te servir une autre version, beaucoup plus simple, qui aurait parfaitement coïncidé avec tes preuves et dans laquelle je me serais dédouané de toute responsabilité. Mais je ne l'ai pas fait, et tu veux savoir pourquoi ? »

Hesk n'avait même pas osé imaginer une réponse à cette question avant que Sleizner continue.

« Parce que j'ai confiance en toi. Et sans cette loyauté, que je sais que nous avons l'un envers l'autre, je ne t'aurais rien dit. Je n'aurais pas eu l'idée non plus de te confier cette enquête. Mais nous voilà tous les deux ici, en train de boire le meilleur whisky que j'aie jamais goûté, et pour la première fois en bientôt treize ans d'amitié, l'heure est venue pour toi de me rendre service à ton tour.

– Kim, si tu me demandes de balayer sous le tapis tout ce que tu viens de me…

– Laisse-moi finir, le coupa Sleizner. Je te serais extrêmement reconnaissant de me permettre d'aller jusqu'au bout avant de me faire chapitrer. Est-ce que c'est trop te demander ? »

Hesk secoua la tête en guise de réponse.

« Merci. Sois tranquille, je n'en ai pas pour longtemps. J'ai presque terminé. La seule chose que je te demande, c'est de continuer sur la même voie et de faire tout ce que tu peux pour boucler cette affaire de sorte que tout le monde soit content. Tu vois, ça n'a rien de terrible. » Pour la première fois, Sleizner se fendit d'un vrai sourire.

« Je ne suis pas sûr de comprendre. Si je continue sur la même voie, je vais devoir arrêter...

– Tu vas devoir faire exactement ce que tu comptais faire avant de venir ici : convoquer Jakob Sand pour un interrogatoire et le mettre dos au mur. Vas-y, n'hésite pas. Il va vous expliquer qu'il a rencontré cette femme et qu'il a eu une relation sexuelle avec elle dans le courant de l'après-midi du 28 juillet. Ensuite, il dira que l'épisode a été assez torride et qu'au moment de jouir, elle l'a griffé au cou. Concernant ce qu'elle a fait ensuite et qui elle a rencontré, il n'en aura pas la moindre idée et ne pourra donc pas vous aider.

– Et après ? Que va-t-il se passer ?

– Tu le remercieras pour sa collaboration et tu le laisseras repartir. Ensuite, tu auras un choix à faire. Soit tu continueras à enquêter sur lui et à chercher des preuves pour le faire condamner, ce qui te conduira dans une impasse, soit tu poursuivras les investigations dans la direction initiale, en concluant que Mogens Klinge a étranglé accidentellement la fille lors d'une pratique érotique puis qu'il s'est suicidé. En d'autres mots, pas de troisième homme à l'horizon.

– Mais ce n'est pas du tout comme ça que ça s'est passé !

– C'est vrai. Ce n'est pas tout à fait la vérité. Mais c'est une version proche et tout à fait crédible. Et surtout, c'est la seule qui te permettra de boucler cette affaire pour passer à la suivante. Sinon, tu risques de courir après la vérité pendant des lustres sans jamais trouver la moindre preuve. Rappelle-toi que vous n'avez ni indices matériels ni preuves scientifiques, puisque vous avez réussi à en égarer la majeure partie.

– Pas son portable. Lui, on l'a encore. Celui avec lequel il communiquait avec toi. »

Sleizner hocha la tête et sourit. « C'est vrai. Sans ce vieux machin, nous ne serions pas ici en ce moment. La question est de savoir si tu as l'intention de prouver qu'il correspondait avec moi. Tu ne crois tout de même pas que j'ai été assez bête pour mettre l'abonnement à mon nom ? » Il se pencha vers Hesk. « Pourquoi ne verrais-tu pas ceci comme une opportunité professionnelle, plutôt que de continuer à te battre, avec la certitude que tu vas droit dans le mur ?

– Une opportunité ? répéta Hesk en renâclant. Quelle opportunité ?

– Que dirais-tu de gravir encore quelques échelons et de prendre ma place ? »

Hesk se demandait s'il parlait sérieusement.

« Tu m'as bien entendu, reprit Sleizner. Honnêtement, n'est-ce pas exactement ce que tu as toujours rêvé de faire ?

– Je ne comprends pas. Et toi ? Qu'est-ce que tu vas...

– Pour être franc, je commence un peu à m'ennuyer. » Sleizner but une gorgée de whisky. « La vérité, c'est que ça ne m'intéresse plus du tout. J'ai l'impression d'avoir fait le tour au sein de la police, il est temps pour moi de passer à autre chose.

– À quoi, par exemple ?

– L'avenir le dira. Mais les services secrets ne me déplairaient pas. Un poste vient de se libérer, et je suis sûr que je pourrais me rendre utile dans ce domaine. Alors, qu'en dis-tu ? termina-t-il, les mains tendues, paumes au ciel. Tu veux vraiment laisser passer une occasion pareille ? »

Tout ce dont Hesk avait besoin était enregistré sur son téléphone. Et bien plus encore. Il n'avait plus qu'à se lever et à partir. Mais quelque chose le retenait. Il restait assis dans ce canapé à se demander si ce qu'il était en train de vivre était réel ou si c'était un rêve qu'il était en train de faire, allongé quelque part, ivre mort, au bord du canal.

« Cette promotion qui t'a rendu si heureux, il y a quelques semaines, n'est rien à côté de ce que je te propose, insista Sleizner. Ta carrière qui avance à l'allure d'un escargot depuis des années va enfin décoller. Tu vas avoir l'opportunité de travailler différemment, de manière plus stratégique et globale. Tu pourras dispatcher tes équipes sur le terrain comme bon te semblera, tu n'auras plus à te rendre sur les scènes de crime, ni à participer à des réunions interminables pour discuter de l'importance d'un cheveu. Avoue que ça n'a jamais été ton truc. Ni le mien, d'ailleurs. D'autres s'en chargeront, et toi, tu n'auras plus qu'à attendre qu'ils viennent te faire leur rapport. S'ils progressent, à toi les louanges ; dans le cas contraire, ce sera le petit personnel qui portera le chapeau. Ça ne te fait pas envie ? »

Hesk s'aperçut qu'il était en train d'acquiescer machinalement et se prit par le menton pour arrêter. Pourtant, Sleizner avait raison ; il n'avait jamais voulu se l'avouer, mais secrètement, il avait toujours rêvé d'être le chef. Dans n'importe quel domaine, du moment qu'il devenait quelqu'un d'important. S'il était entré dans la police, c'était par hasard.

« Et ton salaire, que je viens d'augmenter, *by the way*[1], passera du simple au double, tout comme ton bureau puisque tu hériteras du mien. Attends, non ! Il fait au moins trois fois la taille du tien. Jan, est-ce que tu comprends ce que je suis en train de te proposer ? On parle d'un total *game changer*[2], sur tous les plans. »

Hesk acquiesça derechef et, cette fois, ne fit rien pour s'en empêcher. Tant pis si c'était à cause de l'alcool. Comme

1. « Au fait. »

2. Expression passée dans le langage courant qui signifie : événement ou élément nouveau qui entraîne un changement radical de situation.

Sleizner l'avait souligné, ce n'était pas une proposition qu'on pouvait refuser sans y accorder un minimum de réflexion. Pour aider à s'en convaincre, il tendit son verre.

« Tu jouiras d'une liberté comme jamais tu n'aurais pu en rêver, ajouta Sleizner en servant Hesk et en trinquant avec lui. Regarde Lone, par exemple. Je ne veux pas me mêler de votre relation, mais quand je suis venu vous rendre visite l'autre jour, je n'ai pas vu une épouse épanouie. Il peut y avoir un tas de raisons à cela. Mais elle m'a fait l'impression d'une femme usée. Dans cette nouvelle vie que je te propose, elle n'aura même plus besoin de travailler. Toi, tu t'occuperas de ramener l'argent à la maison, et elle aura tout son temps pour faire de la gymnastique et perdre les quelques kilos qu'elle a en trop. »

Sleizner leva à nouveau son verre et Hesk suivit son exemple, sans savoir si c'était pour fêter quelque chose ou anesthésier sa conscience.

« Franchement, ça ne doit pas être très bandant de se coucher à côté de toute cette chair molle qui bloblote comme un océan en furie. À la fin, on ne doit plus savoir si on pétrit un sein ou une grosse méduse. » Sleizner éclata d'un rire gras.

Soudain, malgré son ébriété, Jan se sentit devenir parfaitement lucide.

« Au cas où tu ne serais pas encore convaincu, j'ai encore un atout dans ma manche, poursuivit Sleizner. Le plus fort de tous, à mon avis. Une adhésion à notre petite loge. » Il se tut et attendit en hochant la tête que Hesk digère la nouvelle. « Malheureusement, je ne peux pas te donner le nom des autres membres avant que ta candidature soit approuvée et que tu aies été intronisé. Mais c'est sans importance parce que, de toute façon, tu ne me croirais pas. On parle de la crème de la crème. Le gratin. C'est là que ça se passe. C'est au sein de notre petite confrérie que se prennent les décisions importantes de ce pays. C'est l'endroit où il faut être, et tu y auras ta place, si tu le souhaites. » Sleizner tendit son bras pour une poignée de main. « Alors, qu'est-ce que tu en dis ? »

Hesk contempla la main tendue, puis il leva les yeux et les plongea dans ceux de son patron. « Je crois que je vais m'en aller.

– T'en aller ? Mais tu ne peux pas partir comme ça. On a quelque chose à fêter. »

Hesk posa son verre, se leva et lutta contre un vertige. « Tu as jusqu'à huit heures du matin pour décider comment tu souhaites procéder, dit-il à Sleizner, d'une voix rendue pâteuse par l'alcool.

– Enfin, tu n'es pas raisonnable. Je te conseille de réfléchir un peu avant de dire quelque chose que tu risques de regretter.

– C'est tout réfléchi. Soit tu te rends de ton plein gré aujourd'hui, soit je lance un mandat d'arrêt contre toi.

– Non. » Sleizner secoua la tête. « Non, non, non, ne fais pas ça, Jan. C'est injuste.

– C'est parfaitement juste, au contraire, et tu le sais aussi bien que moi.

– Pas après tout ce que j'ai fait pour toi depuis qu'on se connaît. Pas après tout ça. Nous sommes liés, toi et moi, que tu le veuilles ou non. Je suis tout à fait capable de comprendre que tout cela te bouleverse et que tu aies besoin d'un peu de temps. Cela ne pose pas de problème. Va dormir quelques heures et reparlons-en demain, quand nous serons à nouveau sobres. D'accord ? Je t'invite à déjeuner dans un bon restaurant, et on reparlera tranquillement de tout ça. Ça te va ? »

Hesk se tenait calmement debout devant son chef, le regardant de haut. Pour la première fois, il se rendit compte à quel point Sleizner avait l'air pathétique, assis dans sa robe de chambre qu'il tentait vainement de garder fermée. À nouveau, il fut à court de paroles, mais cette fois, cela lui était égal. Tout avait déjà été dit. Entre eux, les mots étaient usés et s'ils les répétaient, ils sembleraient vides de sens.

« Bon alors, c'est d'accord ? On fait comme ça ? insista Sleizner. On se voit demain et on en reparle ? Si tu as des questions, tu pourras me les poser à ce moment-là. N'importe quelle question. Je te répondrai. Allez, s'il te plaît. » Sleizner glissa de son fauteuil, tomba à genoux devant Hesk et joignit les mains. « Tu as vu ? Je me mets à genoux devant toi. Si tu ne veux pas devenir membre du club, OK, pas de problème, je comprends. Tout le monde n'est pas fait pour appartenir à ce genre d'élite, même si je suis convaincu que tu pourrais y prendre goût. Mais il y a peut-être autre chose qui te ferait plaisir. Tu peux me demander n'importe quoi. Tu n'as qu'un mot à dire et je ferai ce qu'il faut pour que tu l'obtiennes. Tout ce que tu veux. »

Hesk se demanda s'il devait ajouter quelque chose, refuser poliment et expliquer ses raisons, mais il se contenta de lui tourner le dos et de se diriger vers la porte. Il crut entendre Sleizner se relever derrière lui avec un profond soupir quand, soudain, deux mains s'agrippèrent à ses chevilles et les tirèrent en arrière avec suffisamment de force pour qu'il tombe en avant la tête la première, trop saoul pour avoir le réflexe d'amortir sa chute.

« Désolé, Jan. Pardon, j'aurais voulu éviter cela, dit Sleizner tandis qu'à moitié sonné, avec un goût de sang dans la bouche, Hesk roulait sur le dos et tâchait péniblement de s'asseoir. Mais tu comprends, je ne peux pas te laisser partir comme ça ! Avec tout ce que tu sais.

– Bien sûr que si, et c'est exactement ce que tu vas faire, répliqua-t-il en épongeant du dos de la main le sang qui coulait de son nez, avant de rassembler ses forces pour se lever. Tu vas me laisser partir et réfléchir à la façon dont tu veux que nous procédions. Tu as jusqu'à huit heures.

– C'est impossible. » Sleizner le retint par un pan de sa veste pour l'empêcher de se relever. « Tu ne comprends pas ce que j'essaie de te dire, Jan ? Tu ne veux vraiment pas qu'on essaie d'en parler entre adultes ? On ne peut pas...

– Lâche-moi, Kim, s'il te plaît, dit-il en s'efforçant de faire montre d'un calme qu'il ne ressentait nullement. Il n'y a rien à ajouter. Pas ici et pas maintenant.

– Bien sûr que si. Il y a des tas de choses à…

– J'ai assisté à l'exécution aujourd'hui, l'interrompit-il alors qu'il avait eu l'intention d'attendre l'interrogatoire officiel pour aborder ce sujet. J'ai vu de mes yeux la façon dont ils ont planté ce couteau dans sa gorge et comment ils l'ont laissé se vider de son sang jusqu'à ce qu'il meure.

– Une exécution ? Je ne vois pas de quoi tu parles.

– Vraiment ? C'est étrange, vu que le bourreau était l'un de tes hommes, le même que celui qui m'a évacué pendant la conférence de presse. »

Sleizner se figea, et Hesk vit ses pupilles rapetisser jusqu'à la taille de deux têtes d'épingle. « Dunja… Tu as vu Dunja. » Il lâcha la veste de Hesk. « C'est la seule explication. Tu as été en contact avec elle. »

Hesk vit la panique se répandre comme un feu de brousse sur le visage de Sleizner. Il pâlit brusquement, sa respiration se fit plus courte et plus précipitée et on aurait dit qu'il allait tourner de l'œil.

Mais ce fut Hesk qui perdit connaissance.

Quand il rouvrit les yeux, il était couché par terre, la mâchoire démise, et Sleizner était assis à califourchon sur sa poitrine. Ses genoux appuyaient si fort sur ses bras qu'il n'arrivait plus à bouger.

« Kim, parvint-il à dire malgré la douleur. Qu'est-ce que tu fais ?

– Moi ?! Mais tu ne peux t'en prendre qu'à toi-même, Jan ! rétorqua Sleizner en lui déboutonnant sa veste. Ce n'est pas ce que je voulais. Pas du tout, même, poursuivit-il en lui dénouant sa cravate et en tirant sur les deux bouts pour qu'ils soient de longueur égale. Au contraire, j'ai tout fait pour éviter ça. » Il fit un nœud avec les deux extrémités, en prit une dans chaque main et tira. « Pas vrai ? Tu ne peux pas me contredire. C'est ce que j'ai fait. »

Hesk voulut répondre, mais pas un mot ne sortit de sa gorge.

« Alors ? Ce n'est pas vrai ? Réponds quand je te parle ! »

Bien qu'il soit encore en mesure de respirer, la cravate était serrée si fort autour de son cou que ses cordes vocales étaient inopérantes.

« Tu ne m'as pas donné le choix. » Sleizner tira plus fort. « Tu le comprends, n'est-ce pas ? C'est toi tout seul qui t'es mis dans cette impasse. Tu t'en rends compte, pauvre imbécile que tu es ? »

Le pire n'était pas la douleur. Ni le manque de sang qui lui donnait l'impression que sa tête et les veines de son cou allaient exploser. Le pire était la pression sur sa trachée et le sentiment de se retrouver à nouveau à l'école primaire, en classe de CM1, dans la cour de récréation, incapable de frapper dans un ballon parce que quelqu'un avait caché ses médicaments pour l'asthme.

« Je n'ai jamais tué personne. Pas une seule fois dans toute ma vie. » Sleizner serra la cravate si fort que Hesk put non seulement sentir, mais entendre son cartilage thyroïde se briser. « C'est la première fois. Tu te rends compte ? La première. Et c'est ta faute, Jan. Ta putain de faute ! Si tu avais simplement accepté ma proposition, nous n'en serions pas là. Mais tu n'as pas pu t'en empêcher, n'est-ce pas ? Il fallait que tu ailles jusqu'au bout, alors que je t'avais prévenu. Alors que j'ai tout fait pour t'épargner. Alors que je t'ai donné une première chance, puis une deuxième. Mais malgré ça, il a fallu que tu continues à m'emmerder. Ce n'est pas vrai ? C'est toi qui me forces à faire ça. Toi et personne d'autre ! N'est-ce pas, Jan ? Hein, je me trompe ? »

Mais Hesk n'aurait pas pu lui répondre.

Quand bien même il l'aurait voulu.

DEUXIÈME PARTIE

6-8 août 2012

Est-ce la fin ou pas ? C'est l'éternelle question.
Rien n'est infini. Même pas l'Univers. Pour ma part, la vraie question a toujours été : qu'est-ce qui vient après ? Que se cache-t-il derrière l'infini ? Peut-être est-ce simplement la fin du début ? La seule chose dont je sois sûr, c'est que les mots se sont éteints et qu'ils ont perdu leur sens. Leur capacité à expliquer. À raconter. Quand cela arrive, il n'y a plus qu'une solution : poser son stylo et se lever. Quitter son bureau et passer des mots à l'action.

35

« Je ne peux malheureusement pas vous répondre pour l'instant, alors laissez un message ou, mieux, envoyez-moi un SMS, je reviendrai vers vous le plus vite possible. »

Morten Heinesen raccrocha, posa le mobile sur la table et croisa les regards interrogateurs de Hemmer et de Bernstorff.

« Il a peut-être eu une panne de réveil, dit Hemmer en haussant les épaules. Quand il est parti hier soir, il avait l'air crevé.

– Fatigué ou pas, Jan n'est jamais en retard, rétorqua Heinesen en secouant la tête.

– Ou alors il est déprimé et il a besoin d'être un peu seul, suggéra Bernstorff.

– Déprimé ?

– Bah oui. Ses soupçons à l'encontre de Sleizner n'ont pas trouvé d'écho favorable, alors qu'il y croyait dur comme fer. Et quand on a découvert une concordance avec l'ADN de Jakob Sand, il s'est littéralement décomposé, vous n'avez pas remarqué ? »

Hemmer acquiesça. « Vous ne trouvez pas toute cette histoire un peu bizarre, vous ? Je veux dire... OK, Kim Sleizner n'est peut-être pas un saint, mais de là à l'imaginer commettre deux meurtres, confier la direction de l'enquête à son plus proche collègue et organiser toute une mise en scène pour faire le ménage derrière lui lorsqu'il s'aperçoit que les choses ne vont pas dans le sens qu'il espérait, avec tous les risques qu'il courait d'être découvert... » Il secoua la tête. « Non, ça me paraît vraiment tiré par les cheveux, et comme la plupart des théories complotistes, le mobile ne tient pas. »

Bernstorff semblait de son avis. « La question est de savoir s'il va pouvoir continuer à travailler sur cette enquête. À sa place, je ne me sentirais pas à l'aise.

– C'est peut-être pour ça qu'il n'est pas là. Je vous rappelle que c'est Sleizner qui nous a convoqués ce matin pour faire un point et savoir où nous en sommes.

– Il ne serait sans doute pas venu de gaieté de cœur, dit Heinesen, mais il n'est pas du genre à se dégonfler. Ce n'est pas lui, ça.

– N'empêche qu'il n'est pas là, insista Bernstorff avec un coup d'œil à sa montre. Que diriez-vous qu'on commence sans lui ? Il y a un certain nombre de choses que j'aimerais aborder avant que Sleizner arrive.

– Tu penses à Jakob Sand ? demanda Hemmer.

– Oui. Si on doit le convoquer pour l'interroger, on n'a pas toute la journée. Du peu que je sache sur lui, le risque qu'il quitte le pays à bord de l'un de ses jets privés est loin d'être mince. Qu'est-ce que tu en penses, Morten ? dit-elle en se tournant vers Heinesen. Tu ne crois pas qu'on a intérêt à se dépêcher ? »

Morten Heinesen ne s'attendait pas à cette question. Et encore moins au fait que ce soit à lui d'y répondre. Après avoir toujours été l'homme discret auquel personne ne prêtait attention, il devenait tout à coup la personne la plus expérimentée du groupe.

S'il avait eu le choix, il aurait préféré que Hesk débarque pour qu'ils aient le temps de faire un point avant l'arrivée de Sleizner. Mais subitement – parce que Hesk était en retard, parce qu'il avait oublié de se lever ou parce qu'il avait eu un quelconque empêchement –, c'était vers lui qu'on se tournait pour prendre une décision stratégique. Lui qui n'avait jamais eu la moindre ambition et surtout pas celle de diriger une enquête. Lui qui avait toujours été satisfait de sa place de second, ne s'était jamais vu dans une position de leader et qui éprouvait même une réelle aversion à cette idée.

« Très bien, dit-il en bombant le torse comme pour essayer de se mettre dans la peau du personnage. Commençons. »

Bernstorff prit un feutre et se mit à tracer des lignes sur le tableau blanc. « Comme vous le savez, il y a une unité de surveillance devant son domicile depuis hier soir. D'après les agents que nous avons placés là-bas, Sand serait rentré chez lui à deux heures et demie du matin. Sans m'avancer, je pense que nous pouvons considérer qu'il dort encore, ce qui constitue, à mon avis, une occasion propice à une interpellation. »

Heinesen hocha la tête. Il fallait en effet agir vite et entendre Jakob Sand aussitôt que possible. Dans l'idéal, ils parviendraient à le pousser suffisamment dans ses retranchements pour obtenir des aveux, après quoi l'enquête serait pratiquement terminée.

Pourtant, il ne parvenait pas à s'engager complètement dans la démarche. L'absence de Hesk lui semblait inquiétante. Il n'arrivait pas à croire que son collègue ait simplement oublié de se réveiller à cause d'un téléphone déchargé. Cela ne ressemblait pas au Hesk qu'il connaissait. D'un autre côté, il n'était plus tout à fait lui-même.

Depuis le premier jour de l'enquête, il était nerveux et stressé. À tel point qu'hier soir, il était au bord de la crise d'hystérie. Et aujourd'hui, il était aux abonnés absents.

« Bon. » Bernstorff tira un dernier trait sur le tableau noir. « Comme vous pouvez le constater, le dessin n'est pas mon point fort, mais avec un peu d'imagination, ce que vous voyez là, c'est la maison de Sand. Elle est située à l'angle des avenues Frydendalsvej et Jacobys dans le quartier de Frederiksberg.

Elle possède quatre entrées, une de chaque côté, ainsi qu'un escalier de secours conduisant du premier étage au toit du garage. Cela dit, je ne pense pas qu'il cherchera à s'enfuir quand nous sonnerons à l'entrée principale. Mais par précaution, je propose que nous ayons au moins six... » Elle fut interrompue par le portable de Heinesen qui se mit à vibrer sur la table. « C'est Hesk ? »

Heinesen ne connaissait pas le numéro affiché mais répondit : « Morten à l'appareil.

– *Morten Heinesen* ? s'enquit une voix féminine.

– Oui, c'est lui-même. À qui ai-je l'honneur ?

– *Vous êtes un collègue de Jan Hesk, n'est-ce pas ?*

– C'est exact. Nous travaillons ensemble depuis un certain temps.

– *Parfait. Je ne savais pas si c'était le bon numéro.*

– Excusez-moi, qui est à l'appareil ?

– *Je m'appelle Lone. Lone Hesk. Je suis la femme de Jan.*

– Ah, très bien ! Bonjour. Je suis content de vous entendre. Nous commencions à nous demander où il était passé. Nous avions rendez-vous il y a une demi-heure et il n'est pas arrivé.

– *Oh, mon Dieu...* » Il entendit la femme haleter et retenir un sanglot. « *Cela veut dire que vous non plus, vous ne savez pas où il est ?*

– Non, nous pensions qu'il avait fait la grasse matinée et que nous allions le voir débarquer d'un moment à l'autre.

– *Je le sentais. Je vous jure que c'est vrai. Déjà hier soir, j'ai eu la sensation qu'il s'était passé quelque chose. J'avais préparé le dîner, un poulet rôti, parce que je sais qu'il adore ça, et une tarte à la rhubarbe avec une sauce à la vanille. J'avais même mis une bouteille de son vin blanc favori au frais. Ç'avait été un peu... comment dire... tendu ces derniers temps entre nous. Enfin, à vrai dire, c'était moi qui étais en colère contre lui, et hier soir, je voulais essayer de...*

– Lone… » Il attendit qu'elle se taise pour continuer : « Jan n'est pas rentré hier soir ?

– *Non. Normalement, il appelle toujours pour me prévenir quand il est en retard, toujours. Mais hier, il ne l'a pas fait. Silence radio. Je ne voulais pas le déranger, parce que je sais que vous êtes en pleine enquête pour meurtre. Et puis, finalement, je l'ai fait quand même. Il était très tard, mais il n'a pas répondu. J'ai essayé plusieurs fois depuis, mais je tombe toujours sur son répondeur.* »

La porte s'ouvrit et Sleizner entra. « Bonjour, bonjour ! »

« *Qu'est-ce qu'il faut que je fasse* ? demanda Lone au bout du fil. *J'ai peur qu'il lui soit arrivé quelque chose.* »

Sleizner ferma la porte derrière lui.

« Tout le monde a bien dormi ? » lança-t-il à la cantonade.

Hemmer et Bernstorff opinèrent du chef.

« Tant mieux. Il paraît que vous avez travaillé tard hier soir et, dans ces cas-là, je sais d'expérience qu'on a un peu moins la niaque, le lendemain.

– Ne t'inquiète pas pour nous. On va la résoudre, cette affaire.

– Formidable. Je ne voudrais surtout pas vous déranger dans votre travail. Je suis juste venu voir comment ça se passait et, si possible, avoir une petite mise à jour de vos dernières avancées. »

« Écoutez, Lone, dit Heinesen au téléphone. Je suis sûr que tout va bien. Est-ce que je peux vous rappeler dans vingt minutes ? Je suis un peu occupé, là.

– *Mais il va bien, n'est-ce pas ? Il n'a pas de problème ? Vous êtes sûr qu'il ne lui est rien arrivé ?*

– S'il lui était arrivé quelque chose de grave, je serais au courant. Mais je vous rappellerai tout à l'heure, et on parlera un peu plus longtemps. D'accord ?

– *Très bien, je ne bouge pas. Appelez-moi quand vous voulez. Le plus vite possible, s'il vous plaît.* »

Heinesen mit fin à la communication et se retourna vers Sleizner et les autres. « C'était la femme de Jan. Elle craint qu'il ne lui soit arrivé quelque chose.

– J'allais justement vous demander où il est. » Sleizner regarda autour de lui. « J'étais convaincu de le trouver ici en train de tenir la boutique.

– Nous ne savons pas où il est passé, à vrai dire. J'ai tenté de l'appeler sur son portable, mais ça ne répond pas, et d'après sa femme, il n'est pas rentré hier soir.

– Ah bon ? » Sleizner les regarda tour à tour. « C'est inquiétant, non ? Ça ne me plaît pas du tout. Quand l'avez-vous vu pour la dernière fois ?

– Lors de la réunion, hier », répondit Hemmer.

Sleizner hocha la tête gravement et se frotta le menton. « Vous croyez que sa disparition a quelque chose à voir avec l'enquête ? »

Heinesen haussa les épaules. « Je n'en ai aucune idée. Hier, nous avons reçu le résultat des analyses ADN concernant la peau retrouvée sous les ongles de la jeune femme et il s'avère qu'elles correspondent à celui de Jakob Sand.

– Jakob Sand !? s'exclama Sleizner.

– Oui, tu sais, l'entrepreneur qui…

– Je sais qui est Jakob Sand. Mais vous ne pensez tout de même pas que c'est lui qui a commis ces meurtres ?

– Un certain nombre d'éléments pourraient l'indiquer, répondit Heinesen.

– Et à ce propos, je crois qu'il ne faudrait pas trop traîner si nous voulons entendre ce qu'il a à nous dire, intervint Bernstorff.

– Absolument. » Sleizner secoua la tête, incrédule. « Si vous avez une concordance ADN, il faut lancer la procédure et éclaircir cette question au plus vite. »

Bernstorff acquiesça et se leva.

« Mais s'il vous plaît, veillez à ce que son interpellation se déroule en douceur, reprit Sleizner. C'est un personnage important, et je préférerais éviter trop de publicité. En tout cas, tant que nous ne sommes sûrs de rien. Il y a peut-être une autre explication.

– Cela va sans dire. Nous serons habillés en civil et nous nous présenterons à l'entrée principale », le rassura Bernstorff en sortant de la pièce.

« Qu'est-ce qu'on fait pour Hesk ? demanda Heinesen en agitant son portable. J'ai promis à sa femme de la rappeler.

– Tu veux parler de Lone ? dit Sleizner. Je peux m'en occuper si vous voulez. Il n'y a pas de problème. Nous avons souvent dîné chez eux avec mon épouse, du temps où j'étais encore marié, alors je la connais assez bien. Mais je vous avoue que tout cela m'inquiète. » Son regard devint pensif. « Qu'est-ce qu'elle t'a dit exactement ?

– Qu'il n'était pas rentré et qu'il n'avait pas donné de nouvelles. Et aussi qu'ils avaient des problèmes de couple depuis quelque temps. Elle s'était fâchée contre lui et semblait s'en vouloir.

– C'est peut-être là que se trouve l'explication, suggéra Hemmer. Il a dû prendre une chambre d'hôtel quelque part pour avoir la paix et fuir les disputes.

– On voit que tu ne connais pas Hesk. » Sleizner secoua la tête. « Ce n'est pas du tout son genre. Il est la droiture personnifiée. Il ne lui viendrait jamais à l'idée de disparaître des radars en plein milieu d'une enquête, surtout une enquête dont il a la responsabilité. En dehors de cet ADN, vous avez trouvé autre chose ? Un élément dont se serait occupé Hesk et qui aurait pu le... » Sleizner écarta les bras et soupira. « Je ne sais pas, moi, le mettre en danger, d'une manière ou d'une autre, et le pousser à...

– C’est une affaire qui part dans plusieurs directions, dit Heinesen. Comme cette histoire de vieux téléphone cellulaire qu’il a trouvé chez Klinge et qui contenait un échange de SMS indiquant qu’il était entré dans une sorte de confrérie secrète.

– Une confrérie secrète ? » Sleizner éclata de rire. « Enfin, pourquoi pas ! Pour être honnête, ça ne m’étonnerait qu’à moitié, qu’il s’agisse de Klinge ou de Sand, d’ailleurs. » Il haussa les épaules. « Et il est où, ce téléphone ?

– Hesk l’a gardé chez lui. Tu es au courant que nous avons été cambriolés et qu’une grande partie des preuves matérielles ont disparu ?

– Oui, j’en ai entendu parler. C’est insensé, cette histoire ! Mais pour en revenir à ce mobile, s’il a une quelconque importance dans cette affaire, je suppose qu’il refera surface à un moment ou à un autre. Tout comme Hesk. Au fait, vous avez essayé de localiser le portable de Sand ?

– Oui, bien sûr. Nous l’avons fait hier, quand nous avons découvert la concordance ADN avec les fragments de peau, dit Hemmer.

– Et où se trouvait-il ?

– Dans un parking sur Østerbrogade. Le plus étrange, c’est qu’il semble que cela fasse plusieurs nuits qu’il borne au même endroit.

– En quoi est-ce étrange ? De nos jours, tout le monde laisse sa voiture au garage.

– Alors il y a aussi laissé son portable, vu que celui-ci n’a pas quitté le parking une seule fois avant qu’il reprenne sa voiture, plusieurs heures plus tard. »

Sleizner hocha la tête et réfléchit. « J’avoue que c’est bizarre. » Il se tourna vers Heinesen. « Et toi, Morten, qu’en penses-tu ? Tu devrais peut-être aller sur place jeter un coup d’œil. Qui sait ? Il y est peut-être passé hier soir avant de rentrer chez lui. Et si nous avons de la chance, nous trouverons même des caméras de surveillance qui pourront nous en dire un peu plus. »

Heinesen acquiesça et se leva, soulagé d'une certaine manière de voir quelqu'un reprendre la main, mais un peu inquiet aussi. Pas seulement de ce qui avait pu arriver à Hesk, mais de manière générale, à cause d'une impression diffuse qu'il ne parvenait pas à définir et qui n'avait fait que grandir depuis que Sleizner était entré dans la salle de réunion.

36

Fabian déposa ses clés, son portefeuille et son portable, se laissa fouiller et passer au scan, avant d'être emmené dans l'un des nombreux couloirs de la prison. Quelques portes verrouillées et quelques grilles plus tard, il entra dans un parloir meublé d'une table pour quatre personnes, d'un canapé et d'une couchette, le tout décoré d'un bouquet de fleurs en plastique posé sur le rebord d'une fenêtre à barreaux et de quelques aquarelles représentant des clowns sur les murs.

En repensant au message qu'il avait reçu de la part d'Ingvar Molander tandis qu'il essayait de communiquer avec les esprits dans sa cave, il réalisa qu'il s'en souvenait mot pour mot, jusqu'à la moindre virgule.

Salut Fabian,

J'ai appris la nouvelle pour Theodor, tu m'en vois navré. Les bruits courent en prison, et j'entends des choses. Des choses qui pourraient t'intéresser. Si tu as envie d'en savoir plus, passe me rendre visite. Comme tu t'en doutes, j'ai tout mon temps.

Salutations distinguées,

Ingvar Molander

Ces mots l'avaient complètement retourné. Alors qu'il venait de renoncer à découvrir les circonstances entourant la mort de son fils, bien décidé à consacrer son énergie à s'occuper de Sonja, de Matilda et des obsèques à venir, il était en train de faire exactement l'inverse.

Il recula une chaise, s'assit à la table et indiqua d'un signe de tête au gardien qui l'avait accompagné qu'il pouvait s'en aller. Il était content d'être là le premier. Que ce soit Molander qui vienne à lui, et non l'inverse.

Cinq semaines. Cela ne faisait que cinq semaines qu'il avait arrêté le médecin légiste de la police de Helsingborg dans le port de Norra Hamnen. À ce moment-là, il ne pensait qu'à ça, obsédé par l'idée de trouver suffisamment de preuves pour le faire condamner et s'assurer qu'il ne sortirait plus jamais de prison.

Depuis, cette affaire lui était complètement sortie de la tête. D'un seul coup, c'était comme si Molander et ses crimes avaient été rayés de sa mémoire, relégués au rang d'un fait divers lu par hasard dans le journal. Que son ancien collègue soit en train d'attendre son procès à quelques centaines de mètres de l'hôtel de police ne faisait aucune différence. Tout le monde était convaincu qu'il écoperait d'une peine à perpétuité. Y compris Molander lui-même.

Personnellement, il ne s'était jamais senti inquiet. Du moins pas jusqu'à présent, alors qu'il était assis là, à l'attendre à contrecœur. Molander avait-il une idée derrière la tête ? Ce rendez-vous faisait-il partie d'un plan qui, à terme, risquait de compromettre le dossier de l'accusation ?

Comment savoir ? Avec lui, il fallait s'attendre à tout.

C'était aussi pour cela que Fabian ne s'était jamais senti parfaitement à l'aise et détendu en sa présence. Ils avaient résolu ensemble certaines des affaires criminelles les plus complexes du pays. Pourtant, il n'avait jamais pu se débarrasser de l'impression qu'à partir du moment où on se trouvait dans la même pièce que cet homme, il pouvait arriver n'importe quoi. Et que Molander était la dernière personne au monde à qui il fallait faire confiance.

Il ignorait si les autres membres de l'équipe ressentaient la même chose. Beaucoup se laissaient sans doute impressionner par ses compétences incomparables. Son humour omniprésent ne jouait pas non plus en sa défaveur ; il était passé maître dans l'art de détendre l'atmosphère sur une scène de crime, aussi macabre soit-elle.

Personne ne doutait qu'il fasse cela par pur altruisme. Avant de commencer à nourrir des doutes à son sujet, lui aussi s'y était volontiers laissé prendre. Tout ce qui intéressait Ingvar Molander, c'était l'enquête en cours. Plus l'auteur du crime avait été cruel et ignoble envers ses victimes, plus cela le mettait en joie. Peut-être parce qu'il savait qu'il s'inspirerait ensuite de son mode opératoire.

Les bruits courent, avait-il écrit dans son message, faisant allusion au suicide de Theodor. Il n'en avait pas fallu plus pour que Fabian rappelle aussitôt le numéro à partir duquel le message avait été envoyé. Mais la tonalité avait résonné dans le vide, et il avait fini par se résoudre à lui rendre visite.

« Ah, te voilà ! s'exclama Molander en entrant dans le parloir accompagné d'un maton. *The man, the myth, the legend*[1] et surtout mon ancien collègue favori. Je suis content de te voir. Voyons si je me rappelle, ta boisson préférée est l'expresso, n'est-ce pas ? »

Fabian acquiesça et se demanda s'il devait se lever pour le saluer, mais décida de rester assis.

« En ce qui me concerne, j'ai été obligé de m'habituer à un café filtre au PH si élevé qu'il donnerait la courante à n'importe quel appareil digestif, poursuivit Molander, visiblement très en forme. Mais est-ce qu'on ne pourrait pas faire

1. « L'homme, le mythe, la légende. »

une petite exception et avoir deux cappuccinos avec plein de mousse, pour une fois qu'on a un invité de marque ? demanda-t-il, les mains jointes, au gardien qui se tenait dans l'encadrement de la porte. S'il te plaît.

– Je m'en occupe, répondit le garde en tournant les talons.

– Je t'en serai éternellement reconnaissant. Et si ce n'est pas trop te demander, j'aimerais bien une fine couche de cannelle avec un nuage de sucre en poudre. » Molander s'assit en face de Fabian. « Figure-toi qu'ils ont une vraie machine à café dans la salle du personnel, dans le simple but sans doute de narguer les simples mortels que nous sommes. Mais avant mon arrivée, ils ne savaient même pas s'en servir. » Il secoua la tête, se tut et regarda Fabian dans les yeux. « C'est bon de te voir. Je n'étais pas sûr que tu viennes, sachant que je n'ai pas pu t'envoyer le message depuis mon propre portable, tu t'en doutes bien.

– Tu ne devrais pas *du tout* avoir le droit de m'envoyer des messages.

– C'est vrai. » Molander éclata de rire. « C'est aussi interdit qu'une bonne tasse d'expresso. Mais enfin tu es là, et ça fait un bail que je ne t'ai pas vu.

– Trente-neuf jours », répondit Fabian, avec un visage dénué d'expression. Il était hors de question qu'il entre dans ce jeu de sympathiques retrouvailles.

« Alors toi aussi, tu as compté les jours ? dit Molander avec un hochement de tête. Intéressant. Peut-être que nos deux vies sont pour toujours intimement liées à ce 28 juin 2012. Qui sait ? » Il haussa les épaules. « Peut-être même qu'un jour, nous écrirons un livre à quatre mains sur le sujet.

– J'ai simplement fait le compte avant de venir ici. Jusque-là, je n'avais pas pensé à toi une seule fois depuis ton arrestation. »

Molander sourit. « Tu te rappelles la première fois que nous nous sommes vus ? Tu venais d'arriver et tu étais supposé être en congé. Quant à moi, j'avais enfin une belle scène de crime à me mettre sous la dent, dans la salle de travaux pratiques de l'école Fredriksdal. Une scène de crime qui sortait un peu de l'ordinaire. Déjà ce jour-là j'avais été frappé par ta capacité à voir ce que personne d'autre ne remarquait et, malgré cela, j'avoue t'avoir sous-estimé. » Il rit en secouant la tête. « Je savais évidemment que tu enquêtais sur moi. Je l'ai compris tout de suite. Je dois dire que je l'ai même vu comme un...

– Tu as parlé de rumeurs autour de la mort de mon fils, l'interrompit Fabian.

– Pourquoi tant de hâte ?

– Parce que je n'ai pas toute la journée.

– Inutile de te dire que moi, si. » Molander se tourna vers le maton qui revenait avec deux tasses de cappuccino sur un plateau. « Waouh ! Bengan, tu t'es surpassé ! Si je pouvais, je te donnerais un gros pourboire. » Il poussa une tasse vers Fabian, leva l'autre à ses lèvres et goûta le breuvage.

« Mmm... Parfait. Tu sais que je leur ai même fait acheter du bon café en grains et un moulin qui tient la route. Goûte, tu vas voir.

– Ingvar, je ne suis pas ici pour boire un café avec toi, si bon soit-il, et pour parler du bon vieux temps. Je suis là parce que tu m'as envoyé un message disant que...

– Tu sais que tu es le premier à venir me voir ? le coupa Molander en reprenant une gorgée. Personne n'est passé me faire un petit coucou, alors que nous sommes plus ou moins voisins. Même Gertrud n'a pas pris la peine de rendre visite à son mari. Franchement, tu ne trouves pas qu'elle aurait pu faire un effort ?

– Je ne sais pas. Elle est peut-être encore à l'hôpital.

– D'après ce que j'ai entendu, elle serait sur pieds et en rééducation, alors une petite promenade ne pourrait pas lui faire de mal.

– Tu ne penses pas que le fait que tu aies tenté de l'assassiner ait pu quelque peu calmer ses ardeurs ? Tu l'as quand même abandonnée au fond d'une cave qui aurait pu devenir son caveau.

– Ah, parce que tu crois que j'ai essayé de la tuer ? Crois-moi, si j'avais voulu qu'elle meure, elle ne serait pas en rééducation aujourd'hui. Et puis, elle n'est restée dans cette cave que quelques jours, une bagatelle comparée à la longévité de notre mariage qui dure depuis bientôt trente-cinq ans. C'est plus que toi et Sonja ne réussirez jamais à accomplir, je te le garantis.

– Parlons plutôt de ces rumeurs. Qu'as-tu entendu exactement ?

– Tu sais ce que c'est. Dans ce genre d'établissement, il y a toujours des bruits de couloir. Et encore, nous ne sommes pas dans une prison pour femmes. » Molander éclata de rire. « Si l'on en croit la moitié, c'est qu'on est trop stupide pour survivre plus d'un an dans cet endroit. Si l'on en croit un dixième, c'est juste qu'on est naïf. » Il secoua lentement la tête. « Mais quand j'ai eu vent de ce qui se racontait au sujet de Theodor, j'y ai cru tout de suite. Comme tu le sais, je vous ai placés sous surveillance, ta famille et toi, au printemps dernier, et je ne peux malheureusement pas prétendre avoir été surpris par ce qui s'est passé, sachant à quel point ce garçon était en souffrance.

– La rumeur, insista Fabian en luttant pour garder son calme. Parle-moi de cette rumeur. » Le voir sortir de ses gonds était exactement ce que Molander espérait. « Le reste, tu en parleras à ton psy ou à quelqu'un qui aura envie de t'écouter. » Ce salaud jouait avec lui comme un chat avec une souris.

« Qu'est-ce que j'irais faire chez un psy ? Ce n'est pas mon fils qui s'est suicidé. Ce n'est pas moi qui trouvais que tout était plus important que d'être là pour lui quand il avait le plus besoin de moi.

– Tu ne sais rien de ma vie.

– Non, c'est vrai. Qui suis-je pour prétendre savoir comment tu vas vraiment ? Je reconnais que, depuis quelque temps, tu réussis tout ce que tu entreprends. Tu nous as arrêtés, moi et le tueur aux dés. On peut dire que tu es un homme heureux. Dommage que cela ait coûté la vie à ton fils. Mais chacun ses priorités, n'est-ce pas ? »

Fabian se leva de sa chaise, tâchant de se montrer aussi calme et maîtrisé que possible. « Il vaut mieux que je m'en aille, je crois.

– Déjà ? Mais tu n'as même pas bu ton café !

– Je ne suis pas très cannelle et sucre. » Il fit quelques pas lents et contrôlés en direction de la porte. Que Molander ait simplement cherché à le blesser n'aurait pas dû l'étonner. Un pas, puis un autre. Qu'il ait voulu se venger et appuyer là où cela faisait le plus mal était de bonne guerre.

« Preben, dit Molander au moment où Fabian posait la main sur la poignée. C'est le nom du type qui a été transféré ici après avoir passé quelques mois à la prison d'Elseneur. »

Fabian aurait voulu ouvrir la porte, continuer comme si de rien n'était, la refermer et jeter la clé. Mais son corps avait déjà entamé un mouvement de rotation.

« Tu en penses quoi, toi ? demanda Molander en continuant tranquillement à siroter son café. Tu crois que ses parents avaient de l'humour, ou qu'ils avaient juste eu une journée de merde quand ils ont décidé d'appeler leur gosse Preben ? Je me demande quel serait l'équivalent suédois d'un prénom aussi naze. À ton avis ? Svenne[1] ? Ou Fabian peut-être. »

1. Svenne est un prénom suédois qui évoque quelqu'un de moyen, d'ennuyeux, de raisonnable.

Fabian ne répondit pas et posa sur son ancien collègue un regard vide.

« Enfin, on s'en fout. Là où je voulais en venir, c'est que ce Preben... Ha, ha ! Quand il a appris qu'on avait bossé ensemble, toi et moi, il est venu me voir pour me raconter qu'un ordre, venu d'en haut, avait circulé parmi les matons danois. D'après lui, on leur avait donné pour consigne de harceler ton fils jusqu'à ce qu'il craque. » Molander éclata de rire. Un rire totalement déplacé. « C'est ce qu'il m'a dit, mot pour mot. »

Fabian resta de marbre. En apparence.

37

L'impression d'être suspendue par le bout des doigts au-dessus du vide n'avait pas quitté Dunja de toute la nuit. La sensation qu'à l'instant où ses forces la lâcheraient, elle tomberait de cette falaise, et que tout sombrerait avec elle dans les profondeurs noires d'un abîme sans fond. Dans la nuit éternelle. Le soleil, dehors, avait beau briller au milieu d'un ciel sans nuage, cela ne changerait rien. Tout serait terminé.

Fareed traversait visiblement des affres similaires. Comment digérer et assimiler les images de l'exécution de Qiang, à genoux, face caméra, attendant que quelque chose se passe. L'expression sur son visage au moment où le couteau lui avait tranché la gorge. Le choc avait été terrible pour elle, Hesk et Fareed, alors comment imaginer ce que cela avait dû être pour Qiang.

Elle l'avait vu dans son regard. La douleur, atroce, mais surtout l'étonnement devant ce qui était en train d'arriver. La surprise de se retrouver dans cette situation. Et à l'instar de son cœur qui, sans comprendre, avait continué à pomper du sang qui lui sortait de la bouche et de la gorge, Dunja espérait que Qiang non plus n'avait rien compris avant que tout soit terminé.

Pour le moment, elle et Fareed n'étaient pas revenus sur ce qui s'était passé. Ils n'avaient pas échangé un mot, d'ailleurs. Une ou deux fois, elle avait voulu engager la conversation, mais c'était trop tôt. Le silence s'était installé et, à l'abri de celui-ci, ils avaient réussi à improviser une sorte d'entente muette qui leur avait permis de survivre à la nuit.

Ils avaient dormi à tour de rôle, une heure à la fois, pendant que l'autre surveillait les alentours du fourgon à l'aide des caméras ou faisait rouler le véhicule pour recharger la batterie, évitant d'attirer la curiosité.

Depuis deux heures, ils étaient de retour en ville, où ils avaient trouvé une place de stationnement sur le boulevard Vester Søgade, sur l'autre rive du lac, à une distance raisonnable, pour pouvoir surveiller la maison aux pions d'échecs entre les piliers du pont, chacun avec ses propres jumelles, pour s'assurer qu'aucun visiteur indésirable ne se présentait.

Ils n'avaient aucun moyen de savoir ce que Qiang avait subi avant que la caméra ait été remise en route. Ils ignoraient si les deux hommes étaient parvenus à lui faire avouer où se trouvait leur planque et ce qu'ils savaient. Mais tant pis. Même s'ils risquaient de tomber dans une embuscade, ils ne pouvaient pas quitter les lieux comme ça. C'était dans cet endroit que se trouvaient la majeure partie de leur matériel et les preuves qu'ils avaient rassemblées pour confondre Sleizner. Comme s'ils étaient parvenus à cette conclusion au même instant, ils abaissèrent leurs jumelles et se regardèrent.

« Alors, qu'est-ce que tu en penses ? demanda Dunja. On prend le risque d'y aller ? »

Fareed acquiesça. Ils descendirent du fourgon, marchèrent sur la berge dans l'ombre des arbres, passèrent devant le planétarium Tycho-Brahe et firent le tour du lac en guettant le moindre comportement inhabituel de la part des passants. Les amoureux assis sur un banc, penchés l'un vers l'autre, plongés dans une tendre conversation, l'homme en train de nourrir les canards ou les joggeurs essoufflés et en nage, avec leurs visages rouges d'effort.

Mais tous agissaient de façon normale et, bientôt, ils purent se glisser à travers l'épais buisson délimitant le terrain et se coller contre le mur de la maison, où ils attendirent un court instant avant de gagner la porte d'entrée.

Une fois à l'intérieur, ils se mirent en quête de signes indiquant que quelqu'un était venu, pour se rendre compte rapidement que tout était exactement comme ils l'avaient laissé la veille. La tasse avec un fond de café posée à côté d'une boîte de bonbons à la réglisse salée. Les fils courant d'un appareil à l'autre dans une tresse colorée impossible à démêler. Les matelas sans drap, posés à même le sol, sentant le renfermé et la transpiration. Tout était en l'état.

« Peut-être qu'il n'a rien dit. » Dunja fit tomber dans sa main les bonbons restés dans la boîte.

« Peut-être. » Fareed se rendit devant son poste de travail, retourna l'un des ordinateurs, le débrancha et ouvrit le boîtier.

« Avant de commencer, on devrait peut-être parler de ce qu'on va faire ? On reste ici ou on déménage ? Et si on s'en va, qu'est-ce qu'on emporte ?

– Tu n'as qu'à parler, toi, répondit Fareed en débranchant la carte mère. Tu fais ça tellement bien ! En ce qui me concerne, je prends mes affaires et je dégage.

– Comment ça, tu dégages ? Tu plaisantes, j'espère ?! Tu ne peux pas t'en aller et me laisser seule dans ce merdier !

– Bien sûr que je peux m'en aller, et c'est exactement ce que je vais faire, rétorqua Fareed en continuant à démonter des circuits imprimés et toutes les petites unités facilement transportables qui rentraient dans son sac à dos.

– Ah oui ? Et je peux savoir où tu comptes aller ? Tu vas retourner dans ton minuscule appartement ? Eh bien, je te souhaite bonne chance, vraiment ! »

Fareed poussa un soupir avant de se retourner et de dire : « Je crois qu'à partir de maintenant, il vaut mieux qu'on en sache le moins possible l'un sur l'autre.

– Attends, que je comprenne bien ! Il y a quelques jours, tu voulais tout laisser tomber et te tirer parce que tu disais qu'on n'avait rien sur Sleizner. Qu'on avait épuisé toutes les pistes et que je m'étais fait des films. Et maintenant, tu veux partir parce que tu viens d'avoir la preuve du contraire ?

– Tu peux dire ce qui te chante et choisir la version qui t'arrange. Personnellement, je m'en fous. Tout ce que je veux, c'est me barrer d'ici le plus vite possible.

– Oui, ça, j'avais compris. Ce que je ne saisis pas, c'est ce que tu as dans la tête. Tu as vraiment l'intention de les laisser s'en tirer comme ça ? Après ce qu'ils ont fait ? Ils ont tué, pire, exécuté ton meilleur ami sous tes yeux et toi, tout ce que tu trouves à faire, c'est ramasser tes foutus circuits imprimés ? Tu es sérieux, là ?

– Ce n'est pas ma guerre. C'est la tienne.

– Au début, peut-être. Mais ce n'est plus le cas. Pas après ce qui s'est passé. Ça devrait plus que jamais être la nôtre.

– Ce que tu viens de dire vaut pour beaucoup de choses. Par exemple, Qiang et moi aurions dû quitter ce navire en perdition depuis longtemps, et tu veux savoir pourquoi nous ne l'avons pas fait ? Parce que tu nous payais. Tu aurais sans doute préféré qu'il y ait une autre raison, parce que ça soulagerait ta culpabilité. Mais ta prime de licenciement était la seule raison qui nous empêchait de partir. Or, je ne suis pas sûr que là où il est maintenant, Qiang trouve que cela en valait la peine, finalement. Alors oui, je pense à mes circuits imprimés, mais surtout, je pense à rester en vie.

– D'accord, donc tu crois sincèrement qu'il te suffit de sortir d'ici tranquillement pour que tout soit terminé ?

– C'est à toi qu'il en veut, pas à moi.

– Pour l'instant, oui. Mais dès qu'il en aura fini avec moi, tu seras le prochain sur la liste. Parce que c'est comme ça qu'il fonctionne. C'est exactement le genre de situation qui l'excite et, pour lui, rien n'est jamais fini. Je suis bien placée pour le savoir. Il continuera jusqu'à ce que quelqu'un l'arrête.

– Je ne doute pas que tu aies raison sur ce point, dit Fareed en rangeant ses dernières possessions dans son sac à dos. C'est pour cela que je vais tout faire pour qu'il ne me retrouve jamais. »

Dunja soupira. Elle aurait voulu trouver un argument qui le fasse changer d'avis, mais tout avait déjà été dit. « Très bien », soupira-t-elle. Les mots ne servaient plus à rien. « Alors on en reste là. » Elle ouvrit les mains en un geste d'impuissance, essentiellement parce qu'elle ne savait pas quoi en faire. « Je n'ai plus qu'à te souhaiter bon vent, où que tu mettes le cap. »

Fareed la remercia d'un hochement de tête et referma son sac. « Au fait, tu me dois encore le mois de juillet.

– Absolument, pas de problème. Je m'en occupe.

– Parfait. » Fareed continua de hocher la tête comme si lui aussi ignorait quoi faire. Puis il se retourna, jeta son sac sur une épaule, sortit son portable de sa poche et le posa sur la table avec les clés de la maison et celles du fourgon. « Je m'en vais. » Il agita maladroitement la main et commença à marcher vers la porte.

Dunja resta sur place à le regarder. Elle avait envie de lui crier de revenir. De le menacer d'une arme, si elle en avait possédé une, et de l'obliger à se montrer raisonnable alors que c'était justement ce qu'il faisait en agissant ainsi. Elle s'en rendait compte à présent. Quelle raison aurait-il de rester ? Elle n'avait aucun plan. Aucun projet pour la suite. Elle n'avait plus que la certitude qu'ils avaient perdu la partie.

Pourtant, Fareed s'arrêta dans l'entrée et se retourna. Pas parce qu'il avait oublié quelque chose ni parce qu'il avait changé d'avis, mais à cause des voix qu'ils entendirent. Des voix devant la maison qui parlaient en anglais.

Ils n'avaient plus le temps de réfléchir ni d'évaluer leurs options. Ils n'avaient plus d'alternative. L'un des types était déjà en train de se battre avec le verrou, qui allait bientôt céder. Un échange de regards leur suffit pour se mettre d'accord sur la marche à suivre.

Quand ils entendirent la porte s'ouvrir après un violent coup de pied, ils étaient déjà dans le grenier où dormait Dunja, espérant que les intrus seraient moins intéressés par le fait de se lancer à leur recherche que par le matériel informatique se trouvant au rez-de-chaussée et ce qu'ils allaient y découvrir.

Ils ne montèrent pas l'escalier, ne semblèrent pas non plus fouiller les lieux. Ils les entendirent poser un objet par terre, quelque chose de dur, peut-être en métal, en discutant à mi-voix. Puis Dunja eut l'impression d'entendre de l'eau qui bouillait, comme s'ils étaient en train de se préparer du café. Mais c'était absurde. Ils ne pouvaient pas être aussi décontractés que cela !

Et puis, ils n'entendirent plus rien. Plus rien du tout. Même plus leurs chuchotements.

Dunja échangea un regard avec Fareed et vit que, comme elle, il n'osait rien faire d'autre que d'espérer que les deux hommes soient partis. Pendant ce temps, même le silence se tut, comme si lui aussi retenait son souffle en attendant que quelque chose se passe.

Finalement, ce fut une âcre odeur de fumée venant d'en bas qui leur apprit que les deux hommes avaient déserté les lieux.

« On y va, dit-elle en se précipitant dans l'escalier. Il faut qu'on sorte d'ici avant que le feu ne s'étende ! »

En arrivant au rez-de-chaussée, ils virent que la majeure partie du matériel informatique était déjà en flammes et qu'une épaisse fumée noire emplissait la pièce.

« Je vais chercher l'extincteur », lança Fareed en se précipitant vers le cellier.

Mais Dunja savait que le feu avait déjà pris trop d'ampleur. La chaleur les empêcherait d'approcher suffisamment pour tenter de l'éteindre.

« C'est trop tard ! » lui cria-t-elle. Comment le feu avait-il pu prendre aussi vite ? Elle vit les flammes qui couraient sur le plancher, venant des deux côtés de la pièce à la fois, et constata qu'elle était entourée d'un mur de feu. Quand elle avait cru entendre couler de l'eau, c'était de l'essence.

« Il faut sortir d'ici ! rugit Fareed. Il faut… » Il n'eut pas le temps de finir sa phrase : le vestibule explosa en un océan de flammes. La vague de chaleur fut si puissante que Dunja tomba à la renverse.

Non, pas Fareed ! fut la première pensée qui lui traversa l'esprit quand elle reprit connaissance. *Pas lui aussi.* « Fareed ! hurla-t-elle en se relevant. Fareed ! » Mais le grondement de plus en plus intense de l'incendie qui dévorait tout sur son passage noya son cri.

Toute la maison brûlait. Dunja sentit une douleur intense sur son mollet et comprit que les flammes qui dévoraient les lames du plancher s'attaquaient maintenant à son pantalon. Elle releva son tee-shirt sur sa tête, s'élança dans le brasier et sortit de la maison. Des langues de feu léchaient ses jambes mais elle ne les sentait pas.

Elle sentit l'essence, en revanche. L'essence froide qu'on lui versait sur le corps. Les deux hommes l'attendaient devant la maison.

Mais non, ce n'était pas de l'essence, sinon elle en aurait perçu l'odeur. Et voilà qu'à présent, quelqu'un lui retirait son tee-shirt et lui soulevait les paupières avec ses pouces. Fareed.

Elle n'avait pas besoin d'en savoir plus.

Toute parole aurait été superflue.

Un regard suffit.

Désormais, c'était *leur* guerre.

38

En temps normal, Lone Hesk se serait installée dehors, sur son balcon, pour profiter du beau temps. Mais s'exposer aux regards des voisins, qui devaient déjà commencer à deviner qu'il y avait un problème dans leur couple, était au-dessus de ses forces. Parce qu'ici, c'était comme ça. On ne pouvait pas se fouler un orteil sans que tout le quartier en parle.

Alors elle s'était assise dans la cuisine, près de la hotte aspirante, à l'abri des rideaux fermés, pour remplir ses poumons de fumée, allumant une cigarette avec le bout de la précédente. En écrasant la première, elle se fit la réflexion que la deuxième était nettement moins bonne.

Mais elle avait besoin de ça pour éviter la crise de nerfs, pour ne pas s'effondrer sous la tension nerveuse. Elle n'avait rien d'autre à faire, de toute façon, que rester là, à attendre dans sa cuisine où il ne se passait rien.

Elle prit une autre longue bouffée, inhalant la fumée aussi profondément que possible, et la recrachant en direction de la hotte bruyante au-dessus de sa tête, comme si cela avait pu être utile à quelque chose. Le filtre n'avait pas été changé depuis des années, et tout ce qu'elle faisait, c'était disperser les odeurs de cuisson, ou de cigarette en l'occurrence, dans toute la maison. Elle se demanda pourquoi ils n'avaient toujours pas fait ramoner les bouches de ventilation afin que l'air aspiré par la hotte soit conduit à l'extérieur au lieu d'être renvoyé à l'intérieur.

Enfin, au moins, Benjamin s'était rendormi, et Katrine était partie à la plage d'Amager avec une amie pour se baigner. Pour l'instant, elle ne leur avait rien dit, ni à l'un ni à l'autre, mais Benjamin avait senti son inquiétude et, depuis ce matin, il n'arrêtait pas de pleurnicher. Hier soir, pendant qu'elle regardait les informations à la télévision, Katrine lui avait demandé s'ils allaient divorcer. Comme ça, sorti de nulle part. Au lieu de la rassurer, elle avait haussé la voix, et sa réaction avait montré autant à sa fille qu'à elle-même à quel point le sujet était douloureux.

La vérité était que Jan lui manquait. Plus qu'il ne lui avait manqué depuis plusieurs années. Tout à coup, parmi les milliers de raisons qui l'agaçaient chez lui d'habitude, elle ne parvenait plus à se souvenir d'une seule.

L'unique chose à laquelle elle arrivait à penser, c'était à quel point il était gentil et attentionné. Loyal et fiable. Et beau, en plus. Un fait qui la frappait chaque fois qu'elle regardait une photo de lui sur son portable. Contrairement à beaucoup d'hommes de son âge, il avait gardé ses cheveux et un visage sans rides et sans poches sous les yeux.

Pourtant, depuis quelque temps, quoi qu'il fasse, elle n'arrêtait pas de se plaindre et de lui imposer sa mauvaise humeur et son agacement. Il suffisait qu'ils soient tous les deux dans la même pièce pour qu'elle commence à lui faire des reproches.

Jusqu'à ce matin, elle pensait qu'il avait pris les choses en main et qu'il l'avait quittée, par pur instinct de survie. Qu'il avait fait ce qu'elle-même avait mille fois songé à faire, sans jamais aller au bout de son projet. Bref, qu'il lui avait volé son idée et qu'avec une longueur d'avance, il avait débuté ce qui serait le restant de son existence.

Ce n'est qu'après avoir rassemblé son courage et appelé son bureau qu'elle avait commencé à s'inquiéter vraiment et, à présent, elle était certaine qu'il lui était arrivé quelque chose de grave. Cela la terrifiait.

Comment allait-elle s'en sortir ? Sa boutique de puériculture ne rapportait pas assez pour payer le loyer. Elle allait devoir déposer le bilan, ce qui serait un mal pour un bien, même si elle avait des remontées acides rien qu'à l'idée de retourner travailler à la caisse du supermarché local. Elle allait devoir vendre la maison et louer un appartement quelque part, loin de…

Le son strident de la sonnette la fit sursauter. Elle laissa échapper sa cigarette, qui s'éteignit avec un petit grésillement au fond de sa tasse. Elle se leva et se dirigea vers la porte d'entrée.

Adam, sans doute. Sa femme travaillait tandis que lui restait à la maison pour s'occuper des enfants. Ensemble, ils passaient le temps. Quand elle ne se rendait pas chez lui, c'était lui qui venait.

Ils n'avaient encore rien fait de mal. Ils flirtaient un petit peu et, quand ils étaient tous les deux, il flottait dans l'air une tension qui n'avait rien à voir avec de l'amour. C'était aussi excitant qu'insupportable, et l'un et l'autre savaient que tôt ou tard, ils craqueraient. Quand cela se produirait, ce serait terminé. C'était la raison pour laquelle elle avait tout fait pour faire durer leur jeu interdit aussi longtemps que possible. Mais aujourd'hui, elle n'avait pas le cœur à jouer. Aujourd'hui, elle avait juste envie de fumer, seule, sous sa hotte aspirante.

Elle ouvrit la porte, prête à lui dire qu'elle ne se sentait pas bien, mais ce ne fut pas son voisin qu'elle trouva de l'autre côté de la porte, mais Kim Sleizner, le patron de Jan.

« Bonjour, Lone, dit-il en souriant. Je peux entrer ? »

Elle aurait voulu dire non et lui demander de partir. Depuis un certain dîner à quatre, avec lui et sa femme, chaque fois que cet homme posait les yeux sur elle, elle se sentait souillée. Pourtant, elle s'effaça et lui fit signe d'entrer.

« Je suis venu voir comment tu allais, poursuivit-il en se rendant dans la cuisine sans y avoir été invité. Alors, comment vas-tu ?

– Euh, je… Je ne sais pas trop. » Elle haussa les épaules. Elle avait juste envie qu'il s'en aille. « C'est dur de ne pas savoir. De tourner en rond ici et de se demander ce qui a pu se passer. Vous n'avez pas eu de ses nouvelles ? »

Sleizner secoua la tête. « Pas encore. Mais nous en aurons bientôt, je te le promets. J'ai consacré toutes nos ressources à ce que cette affaire ne traîne pas. Alors quoi qu'il lui soit arrivé, nous serons bientôt fixés.

– À t'entendre, on dirait que tu es déjà convaincu qu'il lui est arrivé quelque chose, dit-elle, sentant que les larmes n'étaient pas loin. Quelque chose de grave.

– Mais non ! » Sleizner souriait de toutes ses dents. « Pour l'instant, je t'assure que nous ne sommes au courant de rien. Fais-moi confiance. Je te promets que dès que nous aurons des nouvelles, tu seras la première informée. »

Elle le regarda au fond des yeux et eut l'impression très nette qu'il savait ou, au moins, qu'il avait des soupçons et prenait son temps pour la laisser se préparer au choc.

Il s'approcha d'elle. « Ne t'inquiète pas. C'est juste qu'après toutes ces années passées dans la police, j'ai pris l'habitude de m'attendre au pire. C'est ce qu'on appelle une déformation professionnelle. La plupart du temps, la réalité se révèle beaucoup moins grave. Mais je préfère penser au pire, au cas où. Je n'ai jamais beaucoup aimé les surprises, tu comprends ? »

Lone hocha la tête à ces mots. Des mots rassurants, mais qui ne voulaient rien dire et, surtout, qui ne contenaient aucune information.

« Lone…, continua-t-il en la prenant dans ses bras. Je sais à quel point tout cela doit être difficile pour toi, mais je te promets que ça va s'arranger. » Il resserra son étreinte et commença à lui caresser le dos de haut en bas avec sa main droite. « Je vais tout faire pour essayer de savoir ce qui lui est arrivé. S'il lui est arrivé quelque chose. Qui sait, il peut y avoir une tout autre explication ? Quoi qu'il en soit, tu peux compter sur moi, je m'en occupe. »

Elle n'écoutait plus. Les mots se mélangeaient dans sa tête en un brouillard épais et soporifique. Elle ne percevait plus que son étreinte. La chaleur de son corps et les battements sourds de son cœur dans sa poitrine.

Elle détestait tout cela, ses bras autour d'elle, sa main dans son dos. Elle se sentait sale et honteuse, comme après ce dîner où il avait commencé par lui faire du pied sous la table à l'insu de Jan et de Viveca, sa femme. Et en même temps, elle ne voulait pas que cela s'arrête.

Il y a encore quelques minutes, elle aurait pu dire stop. Mais aussi dégradant que ce soit, elle sentait confusément que c'était exactement ce dont elle avait besoin. Un contact physique, une proximité. Quelle importance de savoir qui les lui procurait ?

Ce fameux soir, alors que Viveca préparait le dessert dans la cuisine, il avait laissé Jan à table avec un grand verre de whisky et l'avait invitée à visiter la maison, sous prétexte de lui montrer une œuvre de Jens Jørgen Thorsen qu'il venait d'acquérir. Elle se souvint que le tableau était intitulé *Disneyland et un Mickey Mouse en rut*, ou quelque chose comme ça. Elle n'y avait vu qu'un grand embrouillamini de différentes couleurs, ce que d'ailleurs elle lui avait dit. Il s'était contenté de rire et l'avait emmenée de pièce en pièce dans sa maison gigantesque pour l'entraîner finalement dans une salle de bains.

« Dis-moi…, lui dit-il sans relâcher son étreinte. Cette affaire sur laquelle Jan travaille en ce moment, je me demande si elle n'a pas un rapport avec sa disparition. Il ne t'en aurait pas parlé par hasard ?

– Non, jamais, répondit Lone sentant que la caresse dans son dos commençait à réveiller son bas-ventre. Il s'est toujours montré très discret avec son travail et il ne me raconte jamais rien. Je sais seulement que cette enquête le stressait énormément. C'était évident.

– Je vois. » La main de Sleizner descendit dans le creux de ses reins, un point sensible où le moindre attouchement la faisait frémir. « Est-ce que tu sais s'il a rapporté ici des objets liés à ses recherches ?

– Non, je ne vois pas, répondit-elle avec un mépris pour elle-même qui allait grandissant. Qu'est-ce qu'il aurait pu rapporter ?

– À toi de me le dire. Une pièce à conviction ou quelque chose dans ce genre. Peut-être cela nous donnerait-il une indication sur ce qui a pu se passer. Comme un vieux portable, par exemple.

– Un portable ? » La mémoire lui revint tout à coup, et elle demanda en le regardant dans les yeux : « Un vieil Ericsson jaune ?

– C'est possible. »

Sleizner sourit et retira sa main, qui avait maintenant atteint ses fesses, pour glisser avec douceur une mèche de cheveux derrière son oreille. « Tu devrais aller le chercher. »

39

Après avoir passé un quart d'heure à tourner en rond, Heinesen trouva enfin la rampe permettant de descendre dans le parking souterrain, boulevard Østerbrogade. Il régla le prix du stationnement à la borne, plaça le justificatif derrière le pare-brise et commença à inspecter les lieux.

La seule chose qu'ils savaient sur cet endroit était que Jakob Sand y garait sa voiture pendant la nuit, de manière assez régulière, si l'on en croyait la géolocalisation de son numéro de portable réalisée par Hemmer. Elle y restait parfois plusieurs heures d'affilée, ce qui en soi n'avait rien de suspect. Ce qui était plus étrange, en revanche, c'était que Sand semblait y rester aussi, à moins qu'il ne laisse son téléphone dans son véhicule, ce qui ne laissait pas d'être surprenant.

D'après Hemmer, Sand était venu pas plus tard que la veille. Mais cette information suffisait-elle à expliquer pourquoi Hesk s'y était rendu également, tout seul, de sa propre initiative, après leur réunion ? Il n'était pas dans la nature du Jan Hesk qu'il connaissait de se lancer dans de téméraires missions en solo. Évidemment, s'aventurer dans un parking public n'avait rien de périlleux sur le papier. Même si Sand s'y trouvait en même temps, et pas uniquement son portable, le type n'était a priori pas un dangereux meurtrier en série.

Personnellement, il avait toujours eu les parkings souterrains en horreur, en particulier les parkings publics, où n'importe qui pouvait se cacher dans la pénombre. Des gens qui n'avaient rien à faire là. Sans compter qu'un criminel pouvait s'enfuir de ce genre d'endroit en une poignée de secondes, avec une facilité déconcertante.

Il avait le même sentiment vis-à-vis des stations-service sur les autoroutes, perdues au milieu de nulle part. Surtout celles qu'on pouvait voir dans le sud de l'Europe, qui étaient souvent placées au croisement de plusieurs bretelles. Il n'y avait rien de plus facile que d'enlever un enfant en train d'attendre à l'arrière d'une voiture pendant que ses parents finissaient de régler à la caisse. Ensuite, il n'y avait plus qu'à disparaître pour toujours dans une direction ou une autre.

Lui-même n'avait jamais été confronté à ce genre d'affaires. Néanmoins, il n'avait pas hésité à payer un peu plus cher un système américain de verrouillage de portières qui, dans un premier temps, ouvrait uniquement celle du conducteur afin que personne ne puisse se glisser à l'arrière et le surprendre en lui posant une lame de couteau sur la gorge, à l'instant où il cliquait sur le déverrouillage centralisé et s'installait au volant.

Ce parking-là lui parut relativement paisible. L'atelier de réparation et ses deux mécaniciens en bleu de travail le rassurèrent aussitôt. Et, comme Sleizner l'avait supposé, plusieurs caméras de surveillance étaient disposées ici et là : l'une à l'entrée, qui était également la sortie, deux à proximité de l'atelier mécanique et une dernière à côté d'un petit quai de déchargement.

Après avoir fait le tour du parking, il entra dans le garage automobile. « Excusez-moi ! » dit-il, avec un signe de la main parfaitement inutile sachant que le mécanicien qu'il venait d'interpeller était penché sur le moteur d'un véhicule et l'autre couché en dessous d'un autre. « J'aimerais parler au responsable de vos caméras de surveillance. »

Aucune réaction. Une projection d'étincelles de soudure jaillit de sous le châssis de la deuxième voiture.

« Excusez-moi ! dit-il à nouveau, haussant la voix, ce qui suffit à attirer l'attention de celui qui avait la tête sous le capot. Je suis de la police et j'aurais besoin de savoir qui...

– *Policja ?* » s'enquit le type avant d'interpeller son collègue. « Krzysztof ! »

Le dénommé Krzysztof apparut et se leva de son chariot, en s'essuyant les mains sur son pantalon.

« *I am a police officer and I would like to know who is in charge of the surveillance cameras here in the underground parking*[1] », expliqua Heinesen, en anglais cette fois.

L'homme se tourna vers son collègue et lui dit quelques mots, sans doute en polonais, puis celui-ci lui répondit dans la même langue. Pour donner plus de poids à ses mots, Heinesen leur montra sa carte professionnelle. « *As I said, I'm a police officer and...*

– *Not me*, le coupa l'autre mécanicien. *Boss*, dit-il avec un signe de tête en direction d'une porte au fond de l'atelier. *Talk to boss.*

– *OK, thank you*[2]. » Heinesen s'éloigna vers le fond du garage, sentant les regards des deux hommes dans son dos, jusqu'à la porte sur laquelle était indiqué « Accueil ».

Apparemment, il n'y avait personne à l'intérieur, mais dans la bonbonne du distributeur, la surface de l'eau minérale remuait encore, comme si quelqu'un venait de s'en verser un gobelet. Il continua jusqu'au comptoir désert et pressa

1. « Excusez-moi, je suis de la police et j'aimerais savoir qui est responsable des caméras de surveillance du parking ? »

2. « Comme je vous l'ai dit, je suis de la police et...

– Pas moi... Patron... Parler au patron.

– D'accord, merci. »

une petite sonnette, dont le tintement révéla la profondeur du silence qui régnait dans cet endroit.

Il compta les secondes jusqu'à ce que le bruit disparaisse tout à fait et se promit de ne jamais confier sa voiture à ce garage. Il s'apprêtait à sonner à nouveau avec plus d'insistance quand il remarqua, dans une porte située à un mètre derrière le comptoir, un trou de plusieurs centimètres et quelque chose de bleu qui bougeait dans une pièce ressemblant à un bureau.

Il se pencha au-dessus du comptoir pour mieux voir et aperçut une paire de jambes en bleu de travail sous un bureau surchargé de paperasse. Bonjour, le service ! « Oh ! Vous m'entendez ! cria-t-il d'un ton passablement irrité. *Could you please talk to me ? I've been waiting for a while, now*[1]. »

Au bout d'un long moment, le type, un mécanicien d'un certain âge, se releva, un portable collé à l'oreille.

« *Dobrze. Dobrze*[2], dit le vieil homme avant de mettre fin à la communication et de s'adresser à Heinesen. Que puis-je faire pour vous ?

– Il s'agit des caméras de surveillance qui se trouvent dans le parking. Je voudrais savoir qui en est responsable.

– Qui êtes-vous ?

– Je suis l'inspecteur Morten Heinesen, de la police de Copenhague.

– Votre badge, je vous prie. »

Heinesen sortit sa carte et la posa sur le comptoir tandis que la porte de l'accueil s'ouvrait derrière lui. Il se retourna et vit un homme en costume qui attendait, les bras croisés, comme s'il était là depuis un moment et commençait à s'impatienter. Morten lui adressa un sourire complice pour lui

1. « Vous pourriez me répondre s'il vous plaît ? Cela fait un moment que j'attends, maintenant. »

2. « D'accord. D'accord. »

montrer qu'il était passé par là, mais le nouveau venu n'eut aucune réaction.

Le vieux mécanicien étudiait sa carte comme s'il cherchait à mémoriser les chiffres de son numéro de son matricule. Enfin, il la reposa sur le comptoir, ignora Heinesen et salua le type en costume d'un hochement de tête.

Heinesen pivota et vit l'homme s'approcher du comptoir. « Je regrette, mais nous n'avions pas terminé ! dit-il avant de se retourner vers le garagiste. N'est-ce pas ? » Mais le vieux avait à nouveau disparu. « Excusez-moi, on peut savoir ce que vous êtes en train de faire ? lui demanda-t-il en se penchant au-dessus du comptoir. Vous voulez bien me répondre ? Je vous parle. Je vous ai demandé qui gère les caméras de sécurité. À qui dois-je m'adresser pour obtenir les bandes de surveillance des dernières... » Le client arrivé après lui l'interrompit d'une tape sur l'épaule. « Comme je vous l'ai dit, je n'ai pas terminé avec monsieur, répéta Heinesen en chassant sa main. Vous êtes bouché ? Ou bien vous non plus, vous ne parlez pas le danois ? »

Sans répondre, l'inconnu lui tendit une clé USB.

« Qu'est-ce que c'est ? demanda Heinesen, surpris.

– C'est le fichier que vous avez demandé, répondit le vieil homme, qui s'était relevé et lui tendait un morceau de papier et un crayon. Nom, prénom, numéro de téléphone et une signature ici. Et ce sera parfait. »

40

Sonja eut du mal à cacher son étonnement en le voyant arriver devant le magasin de pompes funèbres plusieurs minutes avant l'heure convenue. Manifestement, elle ne s'attendait pas à ce qu'il vienne.

« Salut », dit-elle en se retenant de lui demander où il avait passé la matinée.

Fabian lui rendit son bonjour et passa sous silence sa rencontre avec Ingvar Molander et le fait que le harcèlement subi par leur fils en prison ait été ordonné par une personne haut placée dans l'administration pénitentiaire.

« On y va ? » dit-il à la place en la prenant par la main.

Elle acquiesça, mais lui lâcha la main sous prétexte d'ouvrir la porte. Une horrible porte métallique qui faisait penser à l'entrée d'un établissement scolaire des années 1970 dans lequel personne n'avait envie ni d'enseigner ni d'étudier.

Quand ils furent entrés, il tenta à nouveau de la toucher, mais elle était déjà partie à la recherche de l'employé des pompes funèbres. Celui-ci s'appelait Tjälve et compatit à leur douleur d'une façon si étudiée et forcée que Fabian l'ignora.

On les conduisit dans une salle aux murs d'un blanc sale, décorée de lithographies impersonnelles et meublée d'une table de conférence recouverte d'une nappe, assez grande pour recevoir une famille nombreuse endeuillée. Le lustre suspendu au-dessus étendait ses six bras en verre munis d'horribles ampoules basse consommation, dont deux ne fonctionnaient plus. Le tout était banal, défraîchi et surtout indigne.

« Je vous laisse vous installer confortablement, dit l'employé. N'hésitez pas à vous servir des pains à la cannelle. Ils viennent de chez Børge et sont tout frais, ajouta-t-il avec un large geste. Les meilleurs de toute la ville, largement à la hauteur de leur valeur calorique. »

Le dénommé Tjälve sortit de la pièce, et ils s'assirent. Fabian d'abord, Sonja ensuite, laissant une chaise libre entre eux. Fabian ne savait pas si c'était volontaire, mais quoi qu'il en soit, la distance entre eux était désormais trop importante pour qu'il puisse lui prendre la main de manière naturelle.

Elle gardait le regard fixé devant elle. Il l'avait toujours trouvée belle. Mais de profil, avec ce cou fin et cette nuque bien marquée, mise en valeur par la coupe courte qu'elle avait adoptée depuis peu, elle était sublime. Elle était d'une classe à part, elle l'avait toujours été, et l'était encore malgré tout ce qu'ils avaient traversé. Même désespérée, elle s'efforçait de garder le contrôle d'elle-même.

Il lui tendit la boîte de mouchoirs en papier, elle en prit un et s'épongea délicatement les yeux tandis que Tjälve revenait avec un plateau : deux tasses de café et une de thé, ainsi qu'une petite carafe de lait et un sucrier. Comment pouvait-il savoir que Sonja buvait du thé ? L'en avait-elle informé pendant qu'il leur montrait le chemin ?

« Le budget ? dit brusquement Sonja en se tournant vers lui. Qu'avons-nous décidé à ce sujet ?

– Je ne sais pas, répondit-il avec un sourire. Je n'y ai pas réfléchi. Mais l'argent n'a pas d'importance, on se débrouillera. Ce que je veux surtout, c'est faire ce qui te fait plaisir. »

Seul Tjälve sourit. Il devait voir une opportunité de vendre son cercueil le plus coûteux et un repas de funérailles avec tous les suppléments. Sonja se raidit. Alors que tout ce qu'il avait essayé de faire, c'était de lui montrer son soutien en lui donnant carte blanche.

Il comprit que, pour elle, sa réponse signifiait exactement l'inverse. Elle en avait déduit qu'il comptait sur elle pour assumer la totalité des choix et des décisions qu'il y aurait à prendre. Dans un sens, elle n'avait pas tort. Il se fichait complètement de savoir quel tissu tapisserait l'intérieur du cercueil, ou combien de gâteaux on servirait aux invités. Si cela ne tenait qu'à lui, ils prendraient l'option la moins chère et la plus simple. Theodor était mort, et aucune police alambiquée en lettres dorées sur un faire-part ivoire n'y changerait rien.

S'il était là aujourd'hui, c'était uniquement pour soutenir Sonja. C'était pour elle que tout cela avait de l'importance. Elle qui en avait besoin pour faire son deuil. Pas lui.

Il ressassait encore son échange avec Molander, et la rumeur qui entourait la mort de son fils. Cette information collait si bien avec ses propres soupçons qu'elle ne pouvait pas être totalement inventée. Il y avait forcément une part de vérité dans cette histoire, et c'était là que résidait le problème. Car cette part lui interdisait de laisser cette histoire derrière lui et de continuer à avancer. Elle resterait là, comme un caillou dans sa chaussure jusqu'à ce qu'un jour, il découvre ce qui s'était réellement passé.

Comme mus par un même signal, Sonja et l'employé des pompes funèbres se levèrent et se rendirent dans une pièce contenant différents modèles de cercueils. Fabian leur emboîta le pas et vit l'homme pointer du doigt l'un des modèles les plus clairs, en bois lasuré blanc, avec des poignées chromées. Sonja hocha la tête et peut-être fit-elle une remarque. Ou pas. En tout cas, l'homme qui les accompagnait inscrivit quelque chose dans son dossier.

Le cercueil n'avait pas l'air de faire partie des moins chers et il n'était même pas joli – si tant est qu'un cercueil puisse l'être. Une chose était sûre, il était tout ce que Theodor n'était pas. Theodor avait horreur du blanc et s'il avait eu son mot à dire, il en aurait probablement pris un noir, de préférence tendu de cuir, avec des clous.

Ils discutèrent, hochèrent la tête, notèrent des choses, puis retournèrent dans la salle de réunion, où ils parlèrent encore, interminablement. Enfin, ils se serrèrent la main et hochèrent à nouveau la tête. En sortant, il repensa aux petits pains à la cannelle auxquels ils n'avaient pas touché et se rendit compte à quel point il était affamé.

« Je voudrais que tu t'en ailles maintenant, dit Sonja quand ils furent tous les deux sur le trottoir devant l'affreuse porte, alors qu'il allait lui proposer d'aller manger un morceau dans un endroit agréable.

– M'en aller ? Mais où ça ?

– Je n'en sais rien. » Elle haussa les épaules. « Là où tu es dans ta tête. Parce que ce n'est pas ici avec moi. Alors vas-y. Va chercher ce qui t'obsède. »

Il acquiesça alors qu'il n'était pas sûr d'avoir envie de comprendre.

« Mais c'est la dernière fois, continua-t-elle. Tu t'en vas maintenant et tu ne reviens plus. »

Il s'était juré que cela n'arriverait jamais. Qu'il ferait tout ce qui était en son pouvoir pour trouver des solutions, certain qu'ils avaient une chance de se retrouver, quelque part, dans l'avenir.

Pourtant, depuis plusieurs années, cette idée était là, tapie, attendant son heure. Bien qu'elle soit interdite, il lui était arrivé de l'apprivoiser, de l'envisager comme s'il regardait la même scène dans différentes versions, jouée pour lui seul. Il en connaissait le dialogue par cœur, ses propres arguments. Ceux de Sonja. Il avait entendu leurs disputes, leurs larmes et leurs cris ; il les avait aussi entendus se mettre d'accord sur l'inévitable.

Mais aucune de ces versions n'avait été aussi simple et concise que celle qu'il venait d'entendre.

Il n'y avait plus rien à dire. Tout avait déjà été dit trop souvent. Il ne lui restait plus qu'à obéir et partir.

Pour la dernière fois.

41

Elle ignorait si l'histoire avec son petit ami de Malmö était terminée. Mais le prénom Balthazar correspondait assez bien aux goûts de Michael Rønning. Ainsi, quand Fareed réussit à dénicher des photos du jeune Suédois, elle fut certaine que Rønning n'aurait jamais laissé tomber un mec aussi mignon au bout de trois jours, alors qu'il avait prévu de rester deux semaines en Scanie.

Il était aussi possible que ce soit le Balthazar en question qui se soit lassé, même si Rønning n'était pas un homme dont on avait le temps de se lasser. C'était toujours lui qui partait.

La troisième possibilité, la plus plausible selon elle, était qu'après leur discussion dans le train, il soit revenu sur sa décision. Il n'était pas du genre à avoir facilement mauvaise conscience, mais c'était un être doué de logique, et l'avis de recherche lancé contre elle, sous prétexte qu'elle représentait un danger pour la sécurité du royaume, devait l'avoir convaincu qu'il fallait arrêter Sleizner coûte que coûte.

En tout cas, il était de retour à Copenhague, et cette nouvelle lui remonta le moral. Malgré les revers qu'elle avait essuyés, malgré les contretemps, malgré ses brûlures qui lui faisaient un mal de chien en dépit des pommades et des heures passées avec des sachets de glace scotchés sur les tibias, malgré l'épouvantable fin de Qiang, elle avait repris espoir. Ils pouvaient encore gagner.

Quelques heures plus tôt, Rønning était rentré chez lui, à Istedgade. C'était Fareed qui s'en était aperçu en essayant, à tout hasard, de localiser son téléphone portable. Forts de ce constat, ils s'étaient mis d'accord pour tenter à nouveau de le convaincre. Avoir quelqu'un à l'intérieur des locaux de la police, capable de garder un œil sur Sleizner et ses agissements, ferait toute la différence.

Voilà pourquoi elle était assise par terre sur le trottoir, devant le centre d'accueil pour SDF d'Istedgade, se grattant frénétiquement les avant-bras en se balançant d'avant en arrière, une capuche ramenée sur ses yeux. Elle devait se rendre invisible au milieu des junkies du quartier pour que Rønning ne la repère pas s'il sortait de chez lui, regardant de tous les côtés, comme il le faisait toujours, avant de continuer sa route à travers la foule, composée à égale mesure de prostituées et de dealers. Le plan était simple. Elle allait frapper à sa porte et, quand il lui ouvrirait, elle lui raconterait l'histoire, tout simplement. Elle l'informerait de tout ce qu'il ne savait pas encore. Mais alors qu'elle traversait la rue pour entrer dans son immeuble, Fareed l'informa par l'intermédiaire du casque audio que Rønning venait de quitter l'appartement.

Ils avaient quelques secondes pour réfléchir et improviser. Cette conversation ne pouvait pas avoir lieu n'importe où. Ils avaient besoin d'être dans un endroit calme, et surtout, ils avaient besoin de temps.

« *On dirait qu'il se dirige vers la place de Halmtorvet. Tu confirmes ?* » demanda Fareed depuis le fourgon, garé à une centaine de mètres, devant l'espace d'exposition de Øksnehallen, dans ce qui était jadis le quartier de la viande des halles de Copenhague.

« Exact, répondit-elle sans quitter Rønning des yeux.

– *Tu crois qu'il est en route pour l'hôtel de police ?*

– Je ne pense pas qu'il aille dans cette direction pour disputer une partie de bowling. Je propose qu'on l'intercepte à Stoltenbergsgade. » Elle se releva et le prit en filature aussitôt qu'il eut disparu au coin de la rue, vers le square où, il y a quelques années encore, les prostituées se battaient pour s'assurer les meilleurs spots. À présent, la brosse à reluire de la gentrification avait nettoyé les trottoirs et chassé ces dames dans la partie est de la rue, la partie Hard, comme on appelait désormais, c'est-à-dire celle qui débouchait sur la gare centrale de Copenhague.

De toute évidence, Rønning partait travailler. Quand on le voyait traverser la place Halmtorvet, c'était presque toujours pour aller bosser. À moins qu'il ne se rende dans son restaurant indien préféré, le Tandoori Masala.

Il avait donc écourté ses vacances, ce qui était exactement ce qu'elle comptait lui demander de faire. Parce que c'était là qu'il leur était le plus utile, dans son petit bureau au fond d'un couloir, au sixième étage de l'hôtel de police.

« *Je viens de le doubler*, annonça Fareed dans l'oreillette, *et je te confirme qu'il n'est pas sorti pour s'acheter un balti chicken palak.*

– OK, on se retrouve à Stoltenbergsgade. » Dunja courut sur le trottoir d'Istedgade en direction de la gare centrale. C'était un détour, mais elle ne pouvait pas faire autrement. Heureusement, elle était en excellente condition physique, contrairement à Rønning qui avait toujours refusé obstinément d'enfiler une paire de runner.

Stoltenbergsgade était à deux pâtés de maisons du commissariat et le dernier endroit où ils avaient une chance de l'intercepter, son itinéraire passant par les rues les plus fréquentées de la capitale. Particulièrement à cette heure de la journée.

Dans la partie de Tietgensgade qui passait au-dessus de la voie ferrée, la foule était presque aussi nombreuse que dans la salle des pas perdus, et elle dut courir en zigzag pour ne percuter personne. Ensuite, elle devrait continuer jusqu'à l'angle sud-est du parc d'attractions de Tivoli, où les trottoirs seraient encore plus bondés.

Ce ne serait que lorsqu'il tournerait à gauche dans Bernstorffsgade qu'il commencerait à y avoir un peu moins de monde et, si elle agissait vite, les rares piétons présents sur les trottoirs de Stoltenbergsgade n'auraient pas le temps de réagir.

« *OK, j'y suis* », annonça Fareed alors qu'elle quittait le hall des arrivées par la porte sud, en jouant des coudes au milieu de la foule des voyageurs, et qu'elle traversait la route en évitant les voitures qui accéléraient au même moment parce que le feu venait de passer au vert.

« Range-toi sur le côté pour qu'il ne remarque pas le fourgon. »

Du côté du parc d'attractions, il y avait tellement de monde qu'elle dut emprunter la piste cyclable où, malgré les cyclistes qui roulaient en sens inverse en faisant tinter furieusement leurs sonnettes, elle put cavaler de toutes ses forces jusqu'au croisement suivant.

« C'est bon, je le vois, dit-elle en reprenant son souffle sans quitter des yeux la silhouette de Rønning. Il traverse Bernstorffsgade.

– *OK, je devrais le voir arriver d'un instant à l'autre.* »

Dunja se prépara à traverser la rue à son tour, dès qu'il aurait tourné à gauche vers Stoltenbergsgade, mais au lieu de cela, il continua tout droit. « Aïe ! On a un problème, dit-elle. Il continue vers le boulevard H. C. Andersen.

– *Tu crois qu'il t'a vue ?*

– Non, il n'a pas regardé une seule fois dans ma direction. Je le suis. »

En gardant Rønning à une distance raisonnable dans l'angle de son champ de vision, elle poursuivit son chemin en direction du boulevard H. C. Andersen jusqu'à Stormgade. Elle se demandait où il pouvait bien aller. Mais ni elle ni Fareed n'en avaient la moindre idée. Ce n'était pas du tout le genre de quartier qu'il affectionnait. Notamment le bord du canal Fredriksholm, dont il disait qu'il était si mignon et pittoresque qu'il lui suffisait de s'en approcher à moins de cent mètres pour être aussitôt pris d'une crise aiguë de syndrome de Gilles de La Tourette.

Pourtant, aujourd'hui, il ne se contentait pas d'en approcher, il s'y rendait délibérément en regardant régulièrement sa montre, comme s'il avait rendez-vous et craignait d'être en retard. Après avoir parcouru quelques centaines de mètres sur les pavés de Gammel Strand, il s'assit à une table en terrasse du Diamant.

Bah merde alors ! Elle s'arrêta et le regarda un long moment. Le Diamant était son fief à elle. C'était là qu'elle venait se cacher au milieu des touristes quand elle avait besoin d'être tranquille. Jamais un véritable habitant de Copenhague n'aurait l'idée de venir là.

À part elle.

Elle et Rønning, apparemment.

C'était ici qu'elle lui avait demandé de la rejoindre la dernière fois qu'il leur avait rendu service. Quelques mois plus tôt. Après plusieurs ratés, il était enfin parvenu à leur apporter le portable de Sleizner, que Fareed et Qiang avaient piraté et équipé d'un émetteur GPS. Pendant cette opération, Rønning et elle avaient eu le temps d'échanger quelques mots. Mais rapidement, elle avait dû s'échapper et l'avait laissé là, avec beaucoup de questions sans réponse.

Quand enfin elle comprit, elle ne put s'empêcher d'éclater de rire.

« *Qu'est-ce qu'il y a de si drôle* ? demanda Fareed dans son oreillette.

– J'y vais, répondit-elle en parcourant les vingt derniers mètres. Je vais le voir. »

Il jouait avec elle, évidemment. Ce démon. C'était tellement typique de son humour de vouloir pousser le jeu jusqu'au bout. Comment avait-elle fait pour ne pas s'en rendre compte ? Il savait déjà qu'elle allait le suivre avant même d'être sorti de chez lui. Et quel meilleur endroit aurait-il pu trouver que celui-là ? Quand tout cela serait terminé, il allait le lui payer !

Trois pas plus tard, tout avait changé.

De la couleur au noir et blanc.

Du blanc au noir.

Les synapses de son cerveau n'avaient pas eu le temps d'établir la connexion et il lui fallut toute son énergie pour continuer à avancer, changer de trajectoire avec un mouvement à peu près naturel et s'éloigner du café, plutôt que rester figée sur place et risquer d'attirer leurs regards sur elle.

Elle ne l'avait aperçu qu'une fraction de seconde et, déjà, son cerveau voulait trouver une autre explication. Mais c'était peine perdue, il n'y en avait pas.

Il ne s'agissait pas d'un malheureux hasard.

C'était bien Sleizner.

Comme un fantôme en plein jour, elle l'avait vu arriver en sens inverse. Au moment où ils se croisèrent, moins de cinq mètres les séparaient. Heureusement, il avait les yeux fixés sur quelque chose ou quelqu'un derrière elle.

Et puis les pièces du puzzle se mirent en place. L'une après l'autre. Mais ce n'était pas possible. Elle refusait de l'admettre. Comme si on lui avait donné la preuve que la Terre était plate. Elle n'était pas en mesure de l'accepter.

Même lorsqu'elle osa s'arrêter et se retourner et qu'elle le vit serrer la main de Rønning et s'asseoir en face de lui. Même à ce moment-là, elle avait encore du mal à le croire.

« *Dunja ? Tu es encore là ?* demanda Fareed au bout d'un moment. *Qu'est-ce qu'il t'arrive ?*

– Sleizner. Voilà ce qu'il m'arrive ! Cette foutue ordure de Kim Sleizner !

– *Je ne comprends pas. Qu'est-ce qu'il a à voir avec...*

– Ça ne sert à rien de chercher à comprendre. Dépêche-toi de te connecter à son portable et de brancher le son sur mes oreillettes que je puisse...

– *Juste pour que je comprenne. Tu es en train de me dire que Rønning et...*

– Fareed, putain ! grogna-t-elle. Fais ce que je te dis !

– *C'est en cours. Mais on ne peut pas aller plus vite que la musique. La bonne nouvelle c'est qu'il a posé son portable sur...* »

Un bruissement couvrit le commentaire de Fareed, puis il y eut un son haché et, enfin, les voix devinrent audibles.

« *Camilla Krystchoff ?* dit l'une. Il lui sembla que c'était celle de Rønning. *Avec un C, un H et deux F ?*

– *Exactement*, répondit Sleizner tandis que la serveuse versait de l'eau gazeuse dans son verre posé à côté du téléphone.

– *Donne-moi juste son numéro de sécurité sociale, je m'en occupe. Pas de souci.*

– *Parfait* », dit Sleizner. Il but une gorgée d'eau. « *Et évidemment, jusqu'à nouvel ordre, cela reste entre nous.*

– *Évidemment. Du moment que ce n'est pas...*

– *Mais non, mais non, rassure-toi. Il n'y a rien d'illégal là-dedans. Rien du tout. Nous faisons tout cela pour son bien. C'est tout ce qui m'importe. À l'heure où je te parle, elle est un danger pour elle-même, mais aussi pour la sécurité... Enfin, tu vois de quoi je parle.*

– *Eh bien... Pas vraiment, en fait.*

– Michael, ce que j'essaie de te dire, c'est que si cette histoire sort trop tôt, elle provoquera un tsunami, et que c'est elle qui en souffrira le plus. Tu comprends ?

– Je crois que oui. Est-ce qu'il y a autre chose que je dois savoir ?

– Pas pour l'instant. Je te donnerai les détails au fur et à mesure. Mais en attendant, je dois savoir si je peux réellement compter sur toi.

– Évidemment !

– C'est bien. Très bien. J'ai envie de te faire confiance. » Sleizner se tut un court instant puis il reprit la parole. « *Si de ton côté, tu n'as rien à me dire, je propose que nous en restions là pour aujourd'hui.*

– D'accord. Attends, il y a quand même une chose, dit Rønning.

– Je t'écoute.

– Tu te rappelles peut-être la mise à jour de ton mobile que j'ai effectuée il y a quelques mois.

– Oui, pourquoi ? Il faut recommencer ?

– Non, ce n'est pas nécessaire. Mais après ce qui s'est passé, je me disais que, puisqu'on est là, je pourrais peut-être en profiter pour vérifier que tout est en ordre.

– OK, je t'en prie. Tiens. »

Ils entendirent le portable changer de main. Puis Sleizner but un peu d'eau, remplit son verre et but à nouveau.

« *Oh, merde* ! dit Rønning au bout d'un moment. *Quand l'as-tu laissé hors de ta vue la dernière fois ?*

– Pourquoi ? Il y a quelque chose qui ne va pas ?

– C'est le moins qu'on puisse dire. Regarde ça, et ça. Tu vois ?

– La garce ! C'est elle, n'est-ce pas ? Hein ? C'est elle ?

– C'est possible. Mais ce n'est pas un problème. Il suffit de... »

La voix de Rønning disparut. Pendant quelques secondes, ils entendirent un bruissement, puis plus rien.

42

« Bon, il est tard, alors je propose qu'on ne perde pas de temps, dit Sleizner en entrant en salle de réunion. Si c'est moi qui reprends la barre, on évite les digressions et les détails inutiles, et on se concentre sur l'essentiel. Des questions ? »

Heinesen en avait des tas, mais il se tut et se contenta de hocher la tête, imitant Hemmer et Bernstorff. Il ne voulait pas se désolidariser de l'équipe et risquer de se mettre Sleizner à dos.

« Parfait, conclut celui-ci après une courte pause. Nous avons beaucoup de choses à voir et très peu de temps. » Il referma la porte derrière lui et se plaça au bout de la grande table ovale. « Vous le savez comme moi, les traces restent fraîches durant les premières heures qui suivent une disparition. Les chances de retrouver Hesk sont donc encore relativement bonnes. Mais bientôt cette courbe va retomber de manière drastique, et il deviendra pratiquement impossible de découvrir ce qu'il s'est passé.

– Je peux dire quelque chose ? demanda Hemmer en levant la main.

– Non, à moins que cela concerne l'interrogatoire de Jakob Sand. Parce que, maintenant, j'aimerais que quelqu'un me fasse un court résumé de la façon dont ça s'est passé, avant que nous en venions au point essentiel de cette réunion. » Sleizner se tourna vers Bernstorff.

« Il n'y a pas grand-chose à dire, répondit la jeune femme en haussant les épaules. Il nous a suivis au poste sans histoire et nous l'avons interrogé.

– Il s'est montré coopératif et a répondu à toutes vos questions ?

– Oui, il était calme et ne semblait pas du tout inquiet.

– Il n'avait peut-être rien à cacher.

– Comment explique-t-il qu'on a retrouvé sa peau sous les ongles de la femme ? s'enquit Hemmer.

– Il a admis l'avoir vue samedi 28 juillet, c'est-à-dire le jour où elle a été assassinée, mais durant l'après-midi, quatre ou cinq heures avant la cérémonie d'intronisation de Mogens Klinge, qui a eu lieu à vingt heures.

– Quelle cérémonie d'intronisation ? demanda Sleizner.

– Nous ne savons pas exactement, mais en s'appuyant sur l'hypothèse que la jeune femme était une prostituée et sur les échanges SMS trouvés sur le vieux portable Ericsson découvert chez Klinge, il pourrait s'agir d'un genre de club libertin.

– Je vois... Mogens Klinge serait un petit coquin, alors ? commenta Sleizner en secouant la tête. Enfin, revenons à Jakob Sand. Est-ce qu'il va pouvoir nous aider à identifier la fille ?

– Malheureusement, non. Il prétend l'avoir ramassée à l'angle d'Istedgade et de Viktoriagade, avant de l'emmener dans un appartement qu'il possède à Valby. Apparemment, la séance a été torride, mais, comme il nous l'a fait remarquer, c'est lui qui a saigné, pas elle. »

Hemmer acquiesça et demanda : « Pourquoi n'est-il pas venu nous le dire alors que cela fait plusieurs jours que nous avons publié cet appel à témoins, avec des photos d'elle et de son étrange cicatrice ?

– À l'en croire, il n'a pas suivi l'affaire dans la presse et il ignorait qu'il s'agissait de la même femme.

– Qu'est-ce qu'il a dit au sujet de la pochette découverte au fond de sa gorge ?

– Il a dit qu'elle était jolie et qu'il avait la même.

– Ce qui ne nous avance pas à grand-chose puisqu'elle a disparu avec les autres preuves, fit remarquer Sleizner. Je suppose que tu n'as pas eu d'autre choix que de le laisser repartir ? Vous croyez que c'est lui ?

– Ça peut être lui, comme ça peut ne pas l'être. D'un côté, il était beaucoup trop calme si l'on considère que c'est un personnage public et que les soupçons qui pèsent sur lui sont extrêmement graves. Comme s'il savait exactement ce que nous allions lui demander. Il avait d'ailleurs préparé ses réponses. Mais de l'autre, ses réponses étaient aussi logiques que plausibles.

– Bon. » Sleizner décrocha le portrait de Jakob Sand du tableau blanc et le posa sur la table. « On ne le perd pas de vue, mais on le met de côté pour le moment et on passe à la disparition de Hesk.

– Pardon, mais ce n'est pas parce qu'on laisse Sand de côté qu'on doit mettre l'enquête sur pause, dit Heinesen.

– Qui a dit qu'on faisait ça ? » Sleizner le regarda comme il aurait regardé un sac-poubelle oublié en plein soleil. « Pas moi, en tout cas.

– J'ai cru t'entendre dire qu'on passait à la disparition de Hesk, répondit Heinesen en s'efforçant de le regarder dans les yeux. Je voulais simplement préciser que nous sommes assez nombreux pour travailler sur les deux affaires en parallèle. Il y a d'autres pistes à explorer que celle de Jakob Sand, et il y a encore de nombreux points à approfondir.

– Absolument, dit Sleizner. La question est de savoir si cette enquête prévaut sur la disparition de notre collègue. Il s'agit de définir l'ordre de nos priorités. Car il y a des priorités dans la vie. Moi, je voudrais que nous nous consacrions tous à retrouver Jan. Tu écriras dans tes mémoires ce que toi, tu aurais fait à ma place.

– Tu as une idée précise de ce que tu voudrais qu'on fasse, Morten ? demanda Bernstorff, venant au secours de Heinesen.

– Oui, ce croisement entre Istedgade et Viktoriagade, s'il est vrai que Sand a ramassé cette fille là-bas. Les autres filles qui tapinent là doivent savoir qui elle est. On pourrait enfin l'identifier. »

Bernstorff acquiesça et se tourna vers Sleizner, qui acquiesça à son tour. « C'est bien pensé, bravo ! Faisons ça, vous avez raison. Mais pas tout de suite, d'accord ? Ça va simplement devoir attendre un jour ou deux.

– On peut savoir pourquoi ? insista Heinesen.

– Parce qu'il n'y a pas le feu au lac ! C'est difficile à comprendre ? rétorqua Sleizner en le regardant droit dans les yeux. Ce qui importe, pour l'instant, c'est de retrouver notre collègue, dont personne n'a eu de nouvelles depuis hier soir. À chaque seconde qui passe, il devient plus urgent de nous mettre au travail. » Il regarda chacun d'eux à tour de rôle. « Peut-être Jan Hesk compte-t-il moins pour vous que pour moi, mais tant pis. Je vous demande quand même de faire le bon choix pour qu'ensemble, nous découvrions ce qui a pu lui arriver, au lieu de gâcher le peu de temps que nous avons à discuter d'un tas de choses qui peuvent parfaitement attendre. »

Bernstorff et Hemmer acquiescèrent. Heinesen comprit qu'il allait devoir obtempérer s'il ne voulait pas se brouiller définitivement avec son supérieur.

« Bien. Alors allons-y, dit Sleizner en frappant ses mains l'une contre l'autre. Je ne sais pas si certains le savent déjà, mais cet après-midi, on a trouvé sa voiture garée à proximité du quai d'Islands Brygge, juste devant le Café Langebro.

– Qui l'a trouvée ? s'enquit Bernstorff.

– Un contractuel qui venait lui mettre une contravention. J'avais lancé un signalement sur la plaque minéralogique. J'imagine qu'il est apparu sur son écran, ou quelque chose comme ça. Quoi qu'il en soit, j'ai envoyé une équipe de plongeurs sur place, qui doit déjà être en train de draguer le fond du canal.

– Tu crois qu'il a pu tomber à l'eau ? demanda Hemmer.

– Je ne crois rien. Mais il suffit qu'il ait bu plus que de raison dans ce pub près du pont et qu'il ait marché un peu trop près du bord pour que cela soit une possibilité. » Sleizner haussa les épaules. « Personnellement, j'ai du mal à imaginer un scénario qui lui ressemble moins que celui-là. Mais d'après ce que j'ai compris, il n'était pas lui-même ces derniers jours. Enfin, j'ai promis à sa femme que je retournerai chaque pierre et je compte bien tenir ma promesse. »

Une fois encore, Heinesen se mit au diapason du reste de l'équipe et acquiesça, même s'il ne savait plus sur quel pied danser. Il y avait tant de questions dans cette affaire et si peu de temps pour y répondre. Il venait de se rendre compte que Sleizner n'était pas du tout là pour retourner chaque pierre. Parce que, apparemment, il l'avait déjà fait. En un temps record, qui plus est.

« Allô ! Ici, Houston. Houston appelle Morten. »

Heinesen se tourna vers Kim Sleizner, qui lui adressa un grand sourire.

« Mais il est là ! Content de te voir à nouveau parmi nous ! Où étais-tu ? »

Heinesen s'apprêta à répondre.

« On s'en fout, le coupa Sleizner. Même si tu avais l'air de te trouver mieux à l'endroit où tu étais qu'ici avec nous.

– Excuse-moi. Je me demandais simplement comment…

– Ne t'excuse pas. On a tous besoin de s'échapper et de faire une petite pause de temps en temps. La journée a été longue, et nous sommes tous fatigués. Mais avant de nous souhaiter bonne nuit, j'aimerais savoir comment ça s'est passé dans ce parking souterrain à Østerbrogade. Tu as pu récupérer les bandes des caméras de surveillance ? »

Heinesen opina du bonnet et posa la clé USB sur la table. « J'ai rapporté ça.

– Génial ! On va voir s'il y a quelque chose d'intéressant là-dessus. Tu t'en occupes ? dit Sleizner à Hemmer.

– Quand ça ? Maintenant ? » Hemmer prit la clé et l'examina. « Je peux la visionner ce soir et vous faire un montage des passages les plus intéressants pour demain. Comme ça, on ne perd pas de temps avec ça aujourd'hui et on peut continuer à...

– "Pourquoi attendre ?" demanda le garçon à la fille. » Sleizner éclata de rire avant de frapper brusquement du poing sur la table. « Mais qu'est-ce qui ne va pas chez vous ? Quand vous n'êtes pas en train de dormir, vous voulez attendre demain ? Il s'agit de notre collègue, là, pas d'un putain d'inconnu. On parle d'heures et de minutes, si on veut avoir la moindre chance de le retrouver. Pas de jours.

– Désolé, c'était une simple suggestion. » Hemmer inséra la clé dans le port USB de son ordinateur portable et brancha le projecteur qui, après qu'il eut pianoté sur quelques touches, projeta sur l'écran que Sleizner venait de dérouler l'enregistrement des quatre caméras de surveillance du parking.

L'image était divisée en quatre parties d'égales dimensions qui montraient le parking sous un angle différent. Chaque caméra était apparemment équipée d'un détecteur de présence réagissant à l'arrivée d'un véhicule ou d'un individu entrant dans son champ de vision. En haut à gauche, une horloge indiquait : « 15:00, 05-08-12 ».

« Trois heures de l'après-midi, c'est peut-être un peu tôt, dit Sleizner alors qu'une Volvo bordeaux descendait la rampe. Quand votre réunion d'hier soir s'est-elle achevée ? »

Heinesen et les autres se consultèrent du regard.

« Vers vingt heures, vingt heures trente, peut-être, répondit Bernstorff.

– Alors avance la vidéo jusque-là. Comme je vous l'ai dit, nous n'avons pas toute la soirée. »

Hemmer hocha la tête et avança le curseur jusqu'à ce que l'horloge indique : « 19:55, 05-08-12 ».

Ils virent une Lexus grise entrer dans le parking et se garer sur une place libre. Une femme aux cheveux blonds coiffés en chignon, en pantalon de cuir et hauts talons, sortit de la voiture et, aussitôt après, de l'image. Ensuite, il ne se passa plus rien. Les caméras avaient dû être neutralisées, car l'horloge indiquait « 20:48, 05-08-12 » quand, dans l'enregistrement suivant, une Peugeot bleue descendit la rampe.

« Corrigez-moi si je me trompe, dit Sleizner tandis que le chauffeur manœuvrait longuement avant de parvenir à s'insérer dans la place choisie, mais est-ce que ce n'est pas la vieille Peugeot de Jan ? »

Heinesen acquiesça. C'était bien la voiture de Hesk, tout comme c'était lui qui, après être sorti du véhicule, passait devant une caméra de surveillance en regardant les autres véhicules garés.

Sleizner secoua la tête. « Je ne comprends pas pourquoi il ne se débarrasse pas de cette guimbarde. Avec le salaire qu'il touche maintenant, il pourrait s'offrir une Ferrari en leasing. »

Hesk s'était donc rendu là-bas de sa propre initiative. Comme Sleizner l'avait suggéré, il devait avoir été pris d'une illumination soudaine en rentrant chez lui et avait décidé d'aller voir si Jakob Sand, ou au moins sa voiture, s'y trouvait, ce qui était apparemment le cas, puisque sur l'image en bas à droite, on voyait Jan Hesk, à une vingtaine de mètres de l'objectif, s'arrêter près d'un modèle de sport rouge vif puis disparaître de l'image tandis qu'il se glissait entre le véhicule en question et un pilier en béton.

La scène suivante se déroulait quelques minutes plus tard, quand Hesk réapparaissait de sa cachette derrière le pilier, son portable collé à l'oreille. Ses lèvres bougeaient comme s'il parlait au téléphone, après quoi il remettait le mobile dans sa poche et commençait à marcher vers la caméra.

« Torben, tu peux vérifier avec qui il était ? demanda Heinesen à Hemmer, qui acquiesça.

– Bonne idée, Morten », dit Sleizner, le pouce levé.

On ne voyait pas ce qui avait attiré l'attention de Hesk, mais il avait repéré quelque chose. Quelque chose qui l'avait amené à glisser la main à l'intérieur de sa veste, comme s'il s'apprêtait à prendre son arme de service. Sauf qu'à la place, il avait sorti son badge de policier.

S'adressait-il à quelqu'un ? Un individu qu'on ne voyait pas à l'écran ? C'est alors qu'Hemmer aperçut un troisième individu, à peine visible derrière Hesk, mais dont l'ombre se dessinait sur le sol en béton. Était-ce à ce moment-là que les choses avaient dérapé ?

« Je rêve ou il y a quelqu'un derrière lui ? dit-il, à personne en particulier.

– Où ça ? demanda Sleizner en rapprochant son visage de l'écran.

– Là. » Hemmer pointa l'image du doigt. « Tu vois l'ombre par terre ? »

Sleizner n'eut pas le temps de répondre que l'ombre se jetait sur Hesk, qui tomba en avant avec son agresseur sur le dos. Un agresseur qui se révéla être une agresseuse.

« Qu'est-ce que c'est que ce... ? » Sleizner se tourna vers les autres tandis que Hesk se relevait et cachait à nouveau la femme qui venait de le plaquer au sol. « Vous avez vu qui c'était ? Vous l'avez reconnue ? »

Mais il fallut que Hesk s'écroule à nouveau, pistolet à la main, pour qu'ils comprennent de qui il s'agissait.

« C'est Dunja Hougaard », dit Sleizner tandis qu'elle se penchait sur Jan Hesk, lui prenait son arme, l'attrapait par les poignets et le traînait hors champ. « Je n'en reviens pas ! C'est elle qui l'a enlevé, putain ! »

Heinesen n'arrivait plus à dire un mot. Dunja Hougaard ?! Était-il en train de rêver ?

Il était de notoriété publique que Sleizner haïssait cette fille au-delà de tout. Quand il avait lancé cet avis de recherche, tous étaient d'accord pour dire qu'il poussait trop loin sa vendetta personnelle. Mais apparemment pas. En l'occurrence, il semblait même avoir eu une longueur d'avance sur tout le monde.

« Est-ce qu'on peut revoir le passage ? » demanda-t-il. Les images tremblotantes redéfilèrent, et ils virent distinctement Dunja assommer Hesk d'un unique coup de coude puis l'emporter en le traînant sur le sol du parking. Dans la vidéo suivante, deux hommes en tenue de camouflage transportaient un objet qui avait tout l'air d'être un corps humain, enroulé dans des sacs-poubelle noirs et de chatterton.

« Excusez-moi, dit soudain Bernstorff. Quelqu'un peut-il m'expliquer ce que cette Dunja, que vous semblez tous avoir côtoyée, vient faire dans notre enquête ?

– C'est une bonne question, répondit Sleizner. Une très bonne question. Cette jeune femme a travaillé à la brigade criminelle il y a quelques années, et ceux qui me connaissent savent que je ne l'ai jamais appréciée. La liste des infractions et des fautes professionnelles qu'elle a commises pendant cette période ne tiendrait pas sur un rouleau de papier hygiénique. Qu'elle soit dangereuse et constitue une menace pour la société n'est donc pas une surprise. C'est d'ailleurs pour cela qu'elle fait l'objet d'un avis de recherche. Mais je dois dire que là, c'est le pompon.

– Est-ce qu'on sait ce qu'elle veut à Hesk ? demanda Hemmer.

– Là encore, c'est une bonne question », répondit Sleizner, l'air incrédule tandis qu'à l'écran, la Peugeot bleue remontait la rampe du parking souterrain. « Tout ce que je sais, c'est qu'il y a eu quelques divergences entre eux quand elle est arrivée dans le service et qu'ils ont commencé à travailler ensemble. Contrairement à elle, Jan a toujours été loyal envers moi et j'avoue que ça me fait de la peine de voir... » Il fut interrompu par la sonnerie de son mobile. « Kim Sleizner à l'appareil... Je vois... Bon... » Il poussa un long soupir et se mit à masser son front de sa main libre. « Non, ça ne sert à rien. On arrête, et vous rentrez chez vous... Salut. » Il coupa la communication, posa son portable, déglutit comme si quelque chose s'était coincé dans sa gorge. Il s'essuya l'œil droit, puis le gauche, avant d'annoncer la nouvelle : « On vient de retrouver son corps. »

43

À bord du ferry qui l'emmenait au Danemark, quelques clics sur son portable lui avaient suffi pour trouver l'adresse de Flemming Friis, le directeur de la prison. Il habitait Koldingvej, au n° 6, dans la banlieue sud d'Elseneur, dans une demeure en brique qui lui fit penser à celle qu'habitait sa grand-mère avant de devoir emménager contre son gré dans une maison de retraite, où elle avait dépéri en moins de six mois.

Fabian avait déjà rencontré le type à deux reprises, mais à aucun moment, il n'avait eu le sentiment d'obtenir des réponses honnêtes concernant les détails du suicide de Theodor. L'homme s'était contenté de faux-fuyants et d'explications oiseuses.

C'est pourquoi il avait décidé, cette fois, de le rencontrer à son domicile, après le travail, plutôt qu'à la prison pendant ses heures de bureau. Pour Fabian, cette affaire était d'ordre privé. Il avait d'ailleurs laissé son arme de service chez lui.

Il se gara dans la rue, devant la maison. Il n'allait pas tourner en rond dans ce quartier résidentiel vieillot, ni essayer de planquer sa voiture dans une rue discrète. Ce n'était pas lui qui avait des choses à cacher.

Il ouvrit la boîte à gants et prit le paquet en tissu dans lequel était enveloppé le pistolet que Theodor avait rapporté un jour. Il le déballa, remplit le magasin et enfonça le chargeur dans la crosse de l'arme au numéro de série limé. Puis il rangea le calibre dans son holster de poitrine et sortit de la voiture.

Comme celles de ses voisins, la maison de Friis était abritée des regards par une haute palissade couverte de plantes grimpantes. Fabian aperçut une entrée de garage verrouillée et un portail muni d'un interphone, mais il choisit de passer par-dessus la clôture. Après tout, il ne s'agissait pas d'une visite formelle, mais d'un rapide salut en passant.

Le jardinage n'était manifestement pas le hobby favori de Flemming Friis. L'herbe était tondue, certes, mais tellement desséchée qu'un rayon de soleil à travers un verre de lunettes aurait suffi à y mettre le feu. Ici et là poussaient quelques vieux pieds de vigne qui avaient renoncé depuis belle lurette à porter des fruits, et au milieu du terrain, quelques meubles de jardin défraîchis traînaient à côté d'un étendoir à linge sur lequel séchaient des sous-vêtements, ce qui permettait de deviner que la famille Friis était constituée de Flemming lui-même, de sa femme et de leurs deux enfants, une fille préadolescente et un garçon un peu plus jeune.

Sur sa droite, dans l'angle, Fabian vit un portique équipé d'une balançoire et d'un trapèze, ainsi qu'un bac à sable sur lequel la nature était en train de reprendre ses droits. Assis au bord d'un trampoline posé un peu plus loin, le fils de la maison le regardait. Fabian lui sourit et le salua d'un geste de la main, comme si un étranger entrant chez lui en sautant par-dessus la clôture était la chose la plus naturelle du monde.

« Comment tu t'appelles ? lança le gamin en se mettant debout sur le trampoline.

– Fabian, répondit Risk en continuant à agiter la main. Je m'appelle Fabian Risk. »

Le garçon ne répondit pas à son salut. Son regard allait de la maison à son visage dans un silence interminable. Soudain, il dit : « J'ai vu ce que tu as fait, et on n'a pas le droit.

– Tu as raison, dit Fabian en s'approchant de lui. Mais quelquefois, on n'a pas le droit de faire une chose et on la fait quand même. Pas vrai ? Ça ne t'est jamais arrivé ? »

Le garçon secoua la tête.

« Tu en es sûr ? Je veux dire, parfois, on n'a pas le choix.

– On a toujours le choix. En tout cas, c'est ce que dit mon père. »

Fabian hocha la tête. « Je disais la même chose à mon fils.

– Tu as un fils ? Il a quel âge ? Il est aussi grand que moi ? »

Fabian rit et acquiesça à nouveau. « Seize ans. Il aurait eu dix-sept ans au printemps prochain. »

Le garçon le fixa, les yeux pleins de questions. Mais il ne les posa pas et se rassit au bord du trampoline. « Ma maman aussi, elle vient de Suède.

– Ah bon ? Alors tu sais parler suédois et danois ? C'est bien.

– Je n'ai jamais habité en Suède, mais mon grand-père et ma grand-mère vivent là-bas. Et aussi mon oncle et mes cousins. En fait, aujourd'hui, j'ai pris une glace dans le congélateur sans demander la permission. » Le garçon regardait Fabian droit dans les yeux. « Je savais que je n'avais pas le droit et je l'ai fait quand même. Mais je ne l'ai dit à personne.

– Je te promets de me taire, si tu me promets de ne pas me dénoncer non plus. »

À nouveau un long silence.

« Et toi, tu es un gentil, ou un de ceux que mon père met en prison ?

– J'ai essayé toute ma vie d'agir selon ma conscience et de faire partie des gentils, mais maintenant… » Fabian haussa les épaules. « Maintenant, pour être honnête, je ne sais plus très bien.

– En tout cas, tu as l'air gentil. Si tu veux, je dirai à mon père de ne pas te mettre en prison.

– Merci, mais j'ai bien peur…

– Eh, vous, là-bas ! » s'exclama une voix qui venait de la maison.

Fabian se retourna et vit Flemming Friis torse nu dans l'embrasure d'une fenêtre.

« Qu'est-ce que vous foutez là ? poursuivit-il. Sortez de chez moi immédiatement ! C'est une propriété privée !

– Il s'appelle Fabian Risk et il vient de Suède », cria son fils.

Malgré la dizaine de mètres qui les séparaient, Fabian vit le visage de Friis se figer.

« Anton, tu rentres à la maison ! Tout de suite !

– Pourquoi ?

– Parce que je te le dis ! Allez ! Je ne le répéterai pas deux fois !

– Mais j'ai pas envie !

– Anton ! Tu écoutes ton père ! ordonna la mère, qui était apparue à une autre fenêtre.

– Il vaut peut-être mieux que tu obéisses, dit Fabian en lui ébouriffant les cheveux. J'ai besoin de parler un petit peu avec ton papa. »

L'enfant poussa un soupir et laissa Fabian l'aider à descendre du trampoline. « D'accord. Mais tu ne dis rien au sujet de la glace, hein ? Tu me le jures ?

– Juré, craché. »

Ils se serrèrent la main, et le garçon traversa la pelouse en courant vers la maison. Aussitôt après, Flemming Friis rejoignit Fabian d'un pas décidé tout en enfilant un tee-shirt.

« Je ne sais pas ce que vous voulez, dit-il à Fabian en pointant un index furieux dans sa direction, mais si vous ne quittez pas immédiatement ma propriété…

– C'est un gentil petit garçon que vous avez là, le coupa Fabian sans la moindre velléité de partir. Très gentil, vraiment.

– Vous allez sortir d'ici, vous m'entendez ? Dehors !

– Ça doit être agréable d'avoir une famille où il ne manque personne. J'espère vraiment pour vous que vous avez conscience de la chance que vous avez, parce qu'on ne sait jamais quand le vent va tourner.

– Bon, j'appelle la police et je leur demande de venir vous arrêter. » Friis sortit son téléphone de sa poche et le déverrouilla.

« Je vous propose quelque chose : on oublie les téléphones pour le moment. » En deux pas, Fabian l'avait rejoint. Il lui arracha le portable des mains et le jeta sur la pelouse. « C'est très mauvais pour la santé, il paraît. Ça émet un tas d'ondes cancérigènes. »

Le poing fermé de Flemming Friis l'atteignit de plein fouet au visage. Il ne ressentit aucune douleur, mais entendit quelque chose craquer dans son nez et sentit le sang couler abondamment.

« Barrez-vous d'ici, sale con ! hurla Friis en braquant son arme sur lui avec des mains tremblantes. Et croyez-moi, je n'hésiterai pas. Partez tout de suite ou je tire !

– Alors nous serons deux. » Fabian sortit lui aussi son pistolet, enleva la sécurité et pointa le canon sur lui. « La question est de savoir qui a le plus à perdre de nous deux. » En un seul et même geste, il saisit le canon du pistolet de Friis avec sa main gauche, le détourna de son visage et lui faucha les jambes.

Tout alla si vite que l'homme n'eut pas le temps de réagir avant de se retrouver allongé sur le dos dans l'herbe, Fabian assis sur son torse et les deux pistolets braqués sur ses tempes.

« Moi, je n'ai plus de famille », poursuivit Fabian tandis que les gouttes de sang d'un rouge sombre coulaient de son nez et tombaient sur la figure de Friis. « Vous avez contribué à m'enlever mon fils, et le reste de ma famille m'a quitté. Alors sans savoir grand-chose de votre vie, je pense que c'est vous qui avez le plus à perdre. Du peu que j'ai pu en voir, je crois même que vous avez beaucoup à perdre.

– Qu'est-ce que vous voulez ? » Friis tremblait de tous ses membres et n'était pas loin de la crise de nerfs.

« Je veux m'en aller, dit Fabian, son sang inondant le visage en dessous du sien. Rien ne me ferait plus plaisir que de vous laisser tranquilles, vous, votre épouse, votre fille et votre adorable garçon. Mais pour que je puisse me lever et repasser cette palissade dans l'autre sens, j'ai d'abord besoin que vous me disiez ce qui est arrivé à Theodor. Pourquoi on l'a tabassé à plusieurs reprises dans votre prison. Pourquoi il a été placé à l'isolement dans une réserve où il avait tout sous la main pour en finir avec la vie et échapper ainsi à ses bourreaux.

– Je vous l'ai déjà expliqué. Je vous ai dit qu'il avait... »

Fabian le frappa avec son pistolet. Il lui assena un coup de crosse si violent au visage que le sang se mit à gicler de la plaie ouverte qu'il avait sous l'œil. « Voilà, maintenant nous saignons tous les deux. À vous de voir si on en reste là.

– Je n'en sais rien, putain ! Je ne peux rien vous dire de plus que... »

Le coup suivant l'atteignit au même endroit ; la plaie était désormais si profonde qu'il en garderait la trace le restant de ses jours.

« Apparemment pas. » Friis se tordait de douleur. « Nous sommes confrontés à un véritable dilemme. Vous ne pouvez rien me dire de plus, et moi, je ne peux pas m'en aller avant d'avoir obtenu des réponses. Alors qu'est-ce qu'on fait ? Figurez-vous qu'il y a des bruits qui courent auxquels j'ai de bonnes raisons de croire. Une rumeur prétend que Theodor aurait été martyrisé sur ordre d'une personne haut placée dans l'administration pénitentiaire. C'est-à-dire vous.

– Non, dit Friis en secouant la tête. Non, ce n'est pas vrai.

– À votre place, je ferais très très attention à ce que je vais dire. »

D'une seule main et en s'aidant du canon de son arme, malgré sa résistance et ses protestations, Fabian l'obligea à ouvrir la bouche. « Vous devez comprendre que j'ai déjà largement dépassé mes limites. Des limites qu'il y a quelques jours encore, je ne me serais pas cru capable de franchir. » Il enfonça le canon de son arme dans la bouche de Friis. « Alors, si vous avez le moindre instinct de survie, ne m'obligez pas à en franchir une de plus. »

Friis prononça quelques mots incompréhensibles. Sans doute d'autres mensonges et de nouvelles excuses. Des explications fallacieuses qui n'auraient eu pour effet que de le faire appuyer sur la détente s'il les avait entendues.

Il était arrivé au bout du chemin. Il n'avait plus d'autres options que d'arrêter ou d'aller jusqu'à la fin. Et jamais il n'avait été aussi près de choisir la seconde. On aurait presque dit que cela ne dépendait plus de lui. Comme s'il avait été programmé pour en arriver un jour à ça. Comme Matilda l'avait prédit. Un choix ultime. Écrit d'avance.

Il baissa les yeux et sortit le pistolet de la bouche de Friis qui, couvert de sang et trempé de sueur, toussa et se mit enfin à parler.

« Ce n'est pas moi. Vous devez me croire. Ce n'est pas moi qui ai donné cet ordre ! se défendit Friis en reprenant son souffle tandis que Fabian se relevait. J'ai agi sur ordre de Copenhague. Vous comprenez ? C'est Kim qui a donné les instructions. Kim Sleizner. Ce nom vous dit quelque chose ? »

44

Ils avaient garé le fourgon à quelques mètres seulement de l'ancien silo à grain transformé en immeuble de luxe où Sleizner occupait un penthouse. L'emplacement n'avait rien de discret, d'autant que le véhicule débordait sur la piste cyclable d'Islands Brygge, juste après la passerelle très fréquentée de Bryggebroen, reliant l'île d'Amager au quartier de Vesterbro.

Dunja avait suggéré qu'ils se mettent sur l'une des places de stationnement disponibles dans la rue derrière le silo afin de ne pas être exposés aux yeux des riverains. Mais Fareed s'était montré catégorique : s'ils voulaient avoir une bonne qualité d'image à l'intérieur de l'appartement quand Sleizner serait de retour chez lui, cet emplacement était la solution la moins mauvaise, sachant que les baies vitrées donnaient sur le canal et qu'en se garant de ce côté, l'immeuble en béton ne perturberait pas la réception.

Heureusement, ils étaient à proximité d'une plaque d'égout qu'ils avaient ouverte et signalée à l'aide de cônes et de lampes de chantier. Par ailleurs, afin d'optimiser leur couverture, ils avaient laissé pendre quelques câbles dans le trou. Dunja espérait que l'installation des caméras dans l'appartement ne prendrait pas trop de temps.

Elle avait été cruellement déçue en découvrant que Michael Rønning travaillait avec Sleizner. Elle n'était pas sûre de se remettre du choc. Qu'il soit de bonne foi et convaincu d'agir pour son bien n'enlevait rien au fait qu'il s'agissait de la pire des trahisons.

Ajoutée à l'incendie et à l'assassinat de Qiang, la déloyauté de cet homme qu'elle croyait être son ami avait changé les règles du jeu, en admettant qu'il y en ait eu un jour dans cette affaire. À présent, il n'était plus question de rester dans l'ombre et de se contenter de rassembler un maximum de preuves pour faire tomber Sleizner. Il n'était même plus question de s'évertuer à respecter la loi. À partir de maintenant, tous les coups étaient permis.

Leur nouveau plan consistait à l'obliger à avouer. Un plan aussi simple et efficace que répréhensible.

« *Ça y est, je suis dans le hall* », entendit-elle Fareed annoncer dans son oreillette. À l'écran, sur les images filmées par sa caméra frontale, elle le vit remettre le rossignol de serrurier dans son étui et poursuivre sa progression à l'intérieur de l'immeuble.

« Prends l'ascenseur, lui conseilla-t-elle. Tu as moins de risque de croiser quelqu'un.

– *Mais on va perdre la connexion jusqu'à ce que j'arrive là-haut !*

– Alors on n'a plus qu'à espérer que la distance entre nous ne sera pas devenue trop importante une fois que tu seras sur place. »

Sur un écran, elle suivit le trajet de Fareed jusqu'à la porte de l'ascenseur et dans la cabine. Sur l'autre, elle voyait ce qui se passait derrière lui. Mais effectivement, dès l'instant où les portes se refermèrent, les images commencèrent à devenir hachées, puis immobiles, avant de disparaître complètement.

Une alarme sur son téléphone la prévint qu'il était neuf heures. Elle s'empressa de se rendre sur le site Internet de la police et de cliquer sur le lien de la conférence de presse retransmise en direct et annoncée par Sleizner. Personne ne semblait savoir exactement de quoi il était question. Les médias avaient émis toutes sortes d'hypothèses, allant d'une avancée importante dans l'enquête à l'annonce de sa démission.

Personnellement, ce qu'il comptait dire lui importait peu. Tout ce qui l'intéressait, c'était de savoir qu'il ne serait pas chez lui, ce qui leur laisserait le temps de tout installer avant son retour. Ce fut donc avec un peu d'inquiétude qu'elle découvrit l'estrade déserte face aux caméras et aux micros alors que cela aurait dû commencer depuis plusieurs minutes.

Il n'était pas inhabituel qu'une conférence commence en retard, surtout quand c'était Sleizner qui l'organisait. Il adorait faire attendre les journalistes. Mais cette fois, elle s'en inquiéta. Et si tout cela n'était qu'une mise en scène dont le seul but était de les attirer dans une embuscade ?

Les images provenant des caméras de Fareed réapparurent, montrant qu'il était sorti de l'ascenseur et se dirigeait maintenant vers la porte sur laquelle était fixée une plaque gravée : « K. Sleizner ».

« Écoute, dit-elle en rajustant son casque. Je me demande si on ne devrait pas attendre.

– *Pourquoi attendre alors que la voie est libre ?* s'exclama Fareed.

– Je n'en suis pas si sûre. La conférence n'a pas encore démarré. L'estrade est vide. Imagine que ce soit un piège et que…

– *J'ai compris* », l'interrompit Fareed. À l'écran, elle le vit chercher un endroit où se cacher.

« Il vaut mieux que tu reviennes ici, dit-elle sans lâcher la retransmission des yeux. Le plus rapidement possible… Attends, il se passe quelque chose. Ah ! Ça y est, le voilà. »

Jamais elle n'avait été aussi contente de voir Sleizner qu'en cet instant. « Tout va bien. On continue. »

À l'écran, elle regarda Sleizner s'asseoir sur l'estrade, remplir un verre d'eau et en boire plusieurs gorgées. Sur les écrans voisins, Fareed était revenu devant la porte de l'appartement, où il étudiait le verrou à code.

Assis seul en scène, avec tous les regards posés sur lui, le Sleizner qu'elle connaissait lui parut étrangement réservé. « *Tout d'abord, je voudrais vous souhaiter à tous la bienvenue à cette conférence de presse tardive. Je vous demande de bien vouloir m'excuser de vous avoir fait attendre.* » Il fit une pause et avala quelques gorgées supplémentaires.

Dunja était perplexe. De mémoire d'homme, personne n'avait jamais entendu Sleizner s'excuser de quoi que ce soit.

« *Comme certains d'entre vous le savent, mon nom est Kim Sleizner*, reprit-il. *Je suis responsable de la brigade criminelle de Copenhague et, ce matin, j'ai appris que l'un de mes proches collaborateurs, un dénommé Jan Hesk, avait disparu depuis hier soir.* » Il se tut à nouveau et déglutit avant de poursuivre. « *Après des recherches intensives, j'ai reçu cet après-midi la nouvelle que je craignais.* » Il fit une nouvelle pause et termina le verre d'eau. « *Aujourd'hui, à quatorze heures et vingt-cinq minutes, notre équipe de plongeurs a retrouvé le corps de Jan Hesk au fond du canal, dans la partie est du quartier d'Islands Brygge.* »

Jan Hesk était mort. Dunja secoua longuement la tête, incrédule. Hesk, qui faisait partie de la crim' depuis toujours et qui n'aurait jamais dû la quitter, était mort. À l'époque où ils travaillaient ensemble, ils ne s'entendaient pas très bien. Elle le trouvait lent et ennuyeux, et sa jeunesse et son inexpérience agaçaient Hesk. Elle l'avait bousculé et avait marché sur ses plates-bandes et pourtant, il avait été là pour elle chaque fois qu'elle avait eu besoin de lui.

« Jan Hesk est mort, annonça-t-elle à Fareed, qui démontait le cache du verrou à code. C'est le sujet de la conférence de presse.

– *Mort ? Mais... Comment ? On était avec lui hier soir quand...*

– Je sais. Mais apparemment, ils l'ont retrouvé cet après-midi dans le canal, ici, à Islands Brygge. »

« *Jan Hesk n'était pas seulement l'un de mes meilleurs collaborateurs,* poursuivait Sleizner à l'écran, d'une voix brisée par l'émotion, *c'était aussi un ami. C'est pourquoi c'est avec une douleur immense que je me dois de vous dire que l'autopsie de son cadavre montre qu'il ne s'agit pas d'un accident et qu'il a été assassiné.* »

Elle ne l'avait pas vu depuis plusieurs années, et il avait fallu qu'ils se rencontrent quelques heures avant sa mort. Avant que quelqu'un ne le tue. Était-ce le fait du hasard ou s'agissait-il encore d'un coup monté par l'homme qui se tenait devant les caméras ?

Elle ressassait la question quand, sur l'un des quatre moniteurs, elle vit un agent de surveillance de la voie publique s'approcher du cordon de sécurité qu'ils avaient installé autour du regard. C'était exactement ce qu'elle craignait, et elle n'avait aucun moyen de régler le problème. Tant pis s'il leur mettait une contravention. C'était le cadet de leurs soucis.

« *Tuer un policier est, comme vous le savez, un délit que nous prenons très au sérieux. C'est pourquoi nous menons d'ores et déjà une enquête pour tâcher de retrouver le coupable* », expliquait Sleizner.

« *Ça y est, je suis dans la place* », annonça Fareed tandis que l'agent éclairait le fond du trou avec sa lampe torche, sortait son téléphone portable et se mettait à photographier consciencieusement le puits, le cordon de sécurité et le fourgon.

« *Et chez toi, comment ça se passe ?*

– Hormis le fait que je viens d'apprendre la mort de Hesk et qu'un agent de surveillance très pointilleux est en train de faire un reportage photo sur notre alibi de stationnement interdit, ça va.

– *Quel genre de photos ?*

– Bah, il photographie le puits, la voiture, tout ça quoi...

– *Il faut que tu ailles lui parler.*

– Lui parler de quoi ? Qu'est-ce que tu veux que je lui raconte...

– *Trouve une explication, n'importe quoi, du moment que tu arrives à le convaincre.*

– D'accord. » Elle se leva et sortit par la porte arrière de la camionnette. « Excusez-moi, dit-elle en s'approchant de l'agent qui se retourna. Il y a un problème ?

– Vous ne pouvez pas rester ici, vous êtes sur la piste cyclable.

– Nous en sommes conscients, mais on nous a demandé d'effectuer ce câblage.

– Quel câblage ? Nous n'avons aucune information à ce sujet dans notre système informatique.

– Ah bon ?

– Aucune. Alors je vais vous demander de remballer tout ça et de libérer le passage dans les meilleurs délais.

– Malheureusement, ça ne va pas être possible. Comme vous pouvez le voir, le travail est en cours, et nous ne pouvons pas bouger avant d'avoir...

– Ça, c'est votre problème. Pas le mien, l'interrompit l'agent. Vous avez cinq minutes. Ensuite, je fais un rapport.

– Pourquoi le fait que vous ne retrouviez pas la trace de l'autorisation devrait impacter notre travail ? Je comprends que cela soit gênant pour vous, mais je ne vois pas ce que je peux y faire.

– Vous pouvez remballer vos affaires et déplacer votre véhicule. Je vous répète que vous n'avez pas d'autorisation officielle pour…

– Ce n'est pas parce qu'elle n'apparaît pas sur votre écran que nous n'en avons pas. Ce n'est pas ma faute. » Elle haussa les épaules. « On vous a installé un nouveau système informatique, c'est ça ?

– En effet, mais ce n'est pas ce type d'erreur que nous rencontrons en général. Ce sont plutôt les lieux des infractions ou l'heure indiquée sur la contravention qui ne sont pas toujours…

– Écoutez, je suis désolée, dit Dunja, levant les mains en un geste d'impuissance. Je n'ai pas le temps de discuter de vos problèmes informatiques. Moi, on m'a demandé d'installer la fibre à cette adresse, et nous avons obtenu le feu vert en début de matinée. Ce qui apparaît ou pas sur votre écran n'est pas de mon ressort. Je vous suggère de voir ça avec votre service informatique. En attendant, je vais vous demander de passer de l'autre côté du cordon, pour votre propre sécurité. Sinon c'est moi qui vais devoir faire un rapport. »

L'agent enjamba le cordon et resta un moment indécis, son regard allant de son portable au fourgon, du fourgon au puits, pour revenir à l'écran. Finalement, il renonça et partit.

Dunja retourna dans la camionnette, ferma la porte et s'approcha de la console pour annoncer à Fareed que le problème était réglé. Mais ce qu'elle vit alors la laissa bouche bée, car tel un miroir, l'écran lui renvoyait son propre visage. Elle mit plusieurs secondes à réagir avant de monter le son.

« *Dunja Hougaard a un passé au sein de mon service*, dit Sleizner qui était revenu à l'image. *Déjà à l'époque, elle s'était disputée avec Jan Hesk en plusieurs occasions, et il y a deux ans, après qu'elle a, entre autres délits majeurs, commis celui de falsifier ma signature, je n'ai pas eu d'autre option que de la renvoyer.* »

« *Eh ! Oh ! Dunja ! Tu es toujours là ?* demanda Fareed, qui était parti en mission de reconnaissance dans le luxueux appartement.

– Je suis là. Mais Sleizner... est en train de m'accuser du meurtre de Jan Hesk. »

« *Comment aurais-je pu savoir à l'époque que, quelques années plus tard, je me verrais obligé de lancer un avis de recherche interne la concernant, ce que j'ai fait il y a quarante-huit heures ?* continuait Sleizner. *Et maintenant, ça.* » Il se tut et secoua la tête d'un air désolé.

« *Dunja, c'est bon, je crois que j'ai trouvé.* » Fareed se trouvait dans une chambre sans fenêtre devant un appareil de musculation muni de poids, de câbles et de diverses poignées. « *Non, ça ne va pas. C'est trop petit pour y cacher des caméras.*

– Il m'accuse de l'avoir tué, répéta-t-elle. Tu comprends ce que je te dis ?

– *Ici, ça devrait marcher. Qu'est-ce que tu en penses ? Il y a même un extracteur de fumée.* » Fareed venait d'entrer dans une cuisine équipée d'une gigantesque cuisinière surmontée d'une immense hotte aspirante. « *On aura juste à pousser la table* », poursuivit-il. Il se tourna pour que la caméra filme la table en question. « *Allô ! Dunja ! Tu vois que je suis dans la cuisine ? Ça va ? Tu as perdu la connexion avec les caméras, ou quoi ?* »

« *Qu'est-ce qui vous fait dire que Dunja Hougaard est derrière ce meurtre ?* » demandait un journaliste.

« Non, non, je te vois et je t'entends, dit Dunja dans le micro du casque. Mais toi, est-ce que tu m'entends ? »

« *Je vous remercie de me poser la question,* répondit Sleizner. *J'allais justement y venir.* »

« *Oui,* dit Fareed tout en commençant à déplacer les chaises autour de la table. *C'est un peu haché et lointain, mais je t'entends.* »

« *La séquence que vous allez voir maintenant date d'hier, tard dans la soirée,* continua Sleizner. *Elle provient d'une caméra de surveillance dans un parking du centre-ville à Copenhague.* »

Il n'y avait même pas vingt-quatre heures que cela s'était produit et, déjà, elle avait réussi à occulter le souvenir, comme si ce n'était jamais arrivé. Mais à présent, en découvrant les images prises par la caméra de surveillance sur laquelle on voyait Hesk, de dos, un pistolet à la main, tout lui revenait d'un seul coup.

En arrière-plan, à distance, on percevait le bruit lointain d'un hélicoptère. Quand elle s'était trouvée derrière lui, la veille, dans ce parking, elle n'y avait pas fait attention. La seule chose à laquelle elle pensait à ce moment-là, c'était à l'empêcher de foncer dans la gueule du loup. En le voyant tomber comme une masse, elle eut du mal à réaliser qu'elle avait réussi à l'assommer d'un simple coup.

Le bruit de l'hélicoptère était de plus en plus audible alors que la séquence était terminée et que Sleizner était revenu à l'image. Elle comprit alors qu'il ne venait pas de la télévision.

« *On place la caméra ici, et le banc de musculation là.* » À l'écran, elle vit Fareed regarder autour de lui dans la cuisine, où la table avait été poussée dans un coin. « *Mais il est trop lourd pour que je le porte tout seul.* »

« *Nous consacrons actuellement toutes nos ressources à l'arrêter et espérons l'aide de chacun d'entre vous pour la retrouver.* »

« Fareed, il faut que tu m'écoutes, dit-elle en se regardant à la télévision danoise en train de prendre le pistolet de Hesk, de le coincer dans la ceinture de son pantalon puis de traîner le policier inanimé sur le sol. Ils ont…

– *Mais si on s'y met à deux, on devrait y arriver sans problème.*

– Putain, Fareed ! » le coupa-t-elle au moment où leur fourgon apparaissait à l'écran.

« *Nous avons des raisons de croire qu'ils se déplacent dans ce véhicule, dont le numéro d'immatriculation est 48895DH. Cette information a d'ores et déjà été communiquée à toutes nos unités...* »

« *C'est la seule manière d'arriver à le transporter jusqu'à...*

– Mais tu vas la fermer et m'écouter, oui ?!

– *Pardon, tu disais quelque chose ?* »

L'hélicoptère faisait tant de bruit à présent qu'elle pouvait distinguer le bruit des rotors de celui du moteur.

« Oui. Je te disais que ce salopard a lancé un nouvel avis de recherche contre moi, pour le meurtre de Hesk, cette fois », expliqua-t-elle tout en tentant de voir sur les écrans où l'hélico se préparait à atterrir. Mais ni la caméra fixée à l'avant du fourgon, ni celle à l'arrière, ni aucune des caméras latérales ne l'avaient dans le champ de leur objectif.

« *Essaie de parler dans le micro. Je t'entends mal.*

– C'est ce que je fais ! Mais il y a un hélicoptère qui cherche quelque chose dans le coin.

– *Oui, ça fait du bruit. Ils continuent peut-être à draguer le canal.*

– Non, ils ont déjà trouvé le coupable, et c'est moi !

– *Tu rigoles ?*

– Pas du tout. Ce salopard vient de montrer en direct des images prises dans le parking sur lesquelles on me voit assommer Hesk et le tirer jusqu'à la voiture. Ils ont même diffusé le numéro d'immatriculation du...

– *OK, je descends. Ramasse tout, on dégage.* »

Dunja se leva et se dirigea vers les portes arrière. Soudain, un choc violent fit trembler le fourgon. Elle retourna devant les écrans, mais elle ne voyait toujours personne dehors. Elle ne comprit ce qui se passait que lorsqu'un nouveau choc creusa le plafond en tôle au-dessus de sa tête.

« Ils sont déjà là. » Les yeux levés, elle partit à reculons vers la cabine. « Je ne peux pas t'attendre. On se retrouve au lieu de rendez-vous habituel. » Elle s'assit au volant et inséra la clé de contact tandis qu'un concert de sirènes se mêlait au crépitement des pales de rotor.

Elle n'avait pas eu le temps de démarrer qu'un agent des forces d'intervention en combinaison noire glissait le long du pare-brise et atterrissait en souplesse devant la portière côté conducteur. En quelques coups de crosse, il cassa la vitre et ouvrit la portière.

Dunja se précipita à l'arrière de la camionnette, mais les portes s'ouvrirent sur un deuxième individu vêtu de noir, avec un gilet pare-balles et un casque. Elle tenta de reculer pour essayer de sortir par la porte latérale, mais deux mains puissantes lui avaient déjà saisi les chevilles et la tiraient en arrière, hors de la voiture, où elle finit à plat ventre, les bras immobilisés dans le dos.

« Camilla Krystchoff, c'est vous ? » demanda une voix sans attendre sa réponse avant de lui soulever la tête et de lui éclairer le visage avec une puissante lampe torche. « C'est elle. »

Puis on la remit sur ses pieds et on l'emmena vers l'une des voitures de police aux gyrophares bleus clignotants qui s'étaient arrêtées à quelques mètres. Quelqu'un ouvrit une portière et on la jeta sans ménagement sur la banquette arrière. On l'attacha et on l'emmena sans autre forme de procès sous le regard satisfait de l'agent de surveillance de la voie publique qui la regarda partir, debout sur la piste cyclable entre ses deux collègues, préposés à la circulation.

45

Lone Hesk aspirait la fumée de sa cigarette comme si elle essayait de battre un record de capacité pulmonaire. Pour l'heure, c'était la seule chose qui fonctionnait. La nicotine rétrécissait ses vaisseaux et accélérait son rythme cardiaque. Le tabac lui calmait les nerfs, et tant pis pour sa toux qui était revenue. Elle prit une nouvelle inspiration de marathonienne, la cigarette chauffa tellement qu'elle se brûla les doigts.

« Il ne faut jamais laisser la braise atteindre le filtre, Lone, lui recommanda Sleizner en secouant la tête tandis qu'ils longeaient l'hôpital central de Copenhague. C'est une loi universelle. Si on dépasse cette limite, tout part à vau-l'eau. Sans s'en rendre compte, on arrête de faire son lit le matin, d'ouvrir ses volets, et on arrive tout juste à trouver le courage d'ouvrir une conserve de raviolis qu'on mange froids à même la boîte et de fouiller dans les cendriers pleins pour y repêcher un mégot. »

Elle aurait voulu lui dire de la fermer avec ses conseils et de garder ses commentaires pour lui. Mais elle était dans sa voiture et, alors qu'il était l'un des hommes les plus occupés de Copenhague, il avait fait la route jusqu'à l'île d'Amager pour venir la chercher et il la laissait même enfumer l'habitacle. À bien y réfléchir, c'était plutôt à elle de se taire. Tout cela partait certainement d'un bon sentiment.

Il était un fait que Sleizner s'était montré très dévoué à son égard depuis la disparition de Jan. Non seulement il était venu lui rendre visite, mais il l'avait appelée plusieurs fois pour s'assurer qu'elle allait bien. En admettant que quiconque puisse aller bien dans une situation comme la sienne. Mais c'était gentil de sa part, elle ne pouvait pas le nier. Il n'était pas obligé, par exemple, de lui proposer de la conduire à l'institut médicolégal pour identifier le corps.

Ils se garèrent sur une place de stationnement libre, dans une allée sous les arbres qui formaient avec des haies denses une muraille végétale d'un vert profond entre l'hôpital et les cinquante-six hectares du parc de Fælledparken. « Tiens, dit Sleizner en lui tendant un paquet de cigarettes tout neuf, prends-en plutôt une autre.

– Je ne savais pas que tu étais fumeur. » Elle descendit la vitre et jeta le mégot brûlant sur la route.

« Je ne le suis pas. » D'une pichenette, Kim expulsa quelques cigarettes du paquet souple. « Je les ai achetées pour toi. Je me suis dit que tu en aurais besoin avec ce qui t'attend aujourd'hui. »

Elle prit une nouvelle cigarette avec un sourire contraint et l'alluma à la flamme du briquet qu'il lui tendit.

« Prends ton temps, dit-il en lui tapotant la cuisse. Je les ai prévenus que nous étions là et leur ai demandé de faire en sorte que nous soyons seuls dans la pièce, alors détends-toi.

– Merci, dit-elle. Merci beaucoup. » Que pouvait-elle répondre d'autre ? Il savait qu'elle aurait été incapable de venir ici toute seule.

Hier soir, rassemblant son courage, elle avait annoncé la nouvelle à Katrine. Elle aurait préféré attendre d'avoir identifié le corps, mais comme sa mère et sa sœur, Sleizner avait insisté pour qu'elle le lui dise, et ils avaient évidemment raison. Sa fille ne regardait pas les informations et ne lisait pas les journaux, mais ses camarades de classe avaient probablement des parents qui suivaient l'actualité.

Elle s'était préparée longuement et avait réfléchi à la meilleure façon d'exposer la situation, mais quand elles s'étaient retrouvées toutes les deux dans le canapé, les mots étaient sortis de sa bouche d'un seul coup, et elle lui avait dit tout simplement : « Papa est mort », avant de se mettre à déblatérer comme une présentatrice sur une chaîne nationale en train de lire les informations sur un prompteur. « La police l'a retrouvé il y a quelques heures au fond du canal, dans le quartier d'Islands Brygge, et elle enquête à présent pour déterminer s'il pourrait s'agir d'un crime. »

Le silence qui s'était ensuivi avait littéralement fait imploser la pièce. Katrine était restée là, assise, muette, à secouer la tête, les mains sur les oreilles. Puis elle s'était levée et l'avait accusée en hurlant de mentir et d'avoir inventé cette histoire pour obtenir leur garde, à présent que son père avait fait la meilleure chose qu'il avait à faire : la quitter. Lone n'avait pas réagi, elle s'était contentée d'encaisser les reproches, justifiés ou non, jusqu'à ce que Katrine s'enferme dans sa chambre en claquant la porte.

À partir de ce moment-là, sa fille était devenue inaccessible. Toutes ses tentatives d'établir un contact avec elle et d'initier quelque chose ressemblant un tant soit peu à une conversation s'étaient heurtées à un silence obstiné de l'autre côté de la porte. Quand Sleizner avait appelé au milieu de ce chaos pour lui demander comment elle allait, elle avait craqué. Il lui avait proposé de passer la voir et, bien qu'elle lui ait clairement dit non, comme elle avait dit non à sa mère, à sa sœur et même à Adam, il avait sauté dans sa voiture et était venu la soutenir.

Pour une raison ou pour une autre, Katrine avait bien voulu l'écouter, lui. Kim était même parvenu à la faire sortir de sa chambre et s'asseoir sur le canapé à côté d'elle. Elles s'étaient fait un long câlin et avaient pleuré dans les bras l'une de l'autre pendant qu'il leur préparait une tasse de thé dans la cuisine, qu'il leur avait servie avec du miel et quelques biscuits dénichés dans le garde-manger, avant de prendre congé pour les laisser tranquilles. Et maintenant, elle était à nouveau là, avec lui, dans cette voiture, à lui faire perdre son temps tandis que la braise de la cigarette se rapprochait dangereusement de ses doigts.

Elle n'était absolument pas prête à entrer dans cette morgue ni à voir le corps sans vie de Jan. Mais le serait-elle un jour ? Serait-elle un jour assez forte pour admettre que c'était lui qui l'avait quittée et non l'inverse ? Que c'était elle qui se retrouvait seule pour assumer le crédit d'une maison trop chère pour elle et une boutique dont elle devait impérativement déposer le bilan aussi vite que possible ? Sans doute jamais. Alors autant en finir tout de suite.

Un bref hochement de tête. Il n'en fallut pas plus à Kim pour comprendre que le moment était venu de descendre de voiture. Avant même qu'elle ait eu le temps de détacher sa ceinture de sécurité, il avait ouvert la porte côté passager et remonté la vitre.

« Laisse-moi t'aider à sortir. Il y a une flaque d'eau, juste là. »

Elle prit sa main et enjamba la flaque boueuse.

Ils furent accueillis à l'entrée de l'institut médicolégal par un homme et une femme en blouses blanches, tenant chacun un dossier à la main, qui leur montrèrent le chemin jusqu'à la morgue.

Plus ils avançaient dans le couloir, plus le poids de la culpabilité devenait difficile à supporter. Comme si peu à peu elle prenait conscience de sa part de responsabilité. Qui, sinon elle et son éternelle insatisfaction, ses incessants reproches, l'avaient poussé à prendre des risques de plus en plus grands afin de lui prouver qu'il valait mieux que ce qu'elle croyait.

L'homme en blouse devant eux tapa quelques chiffres sur un digicode et leur tint la porte tandis que la femme les faisait entrer dans une pièce fraîche qui sentait le propre. Une série de portes rectangulaires s'alignaient sur trois niveaux, le long de deux murs.

Ensemble, ils ouvrirent l'une des cases réfrigérées de la rangée du milieu, tirèrent la table sur laquelle était posé le corps recouvert d'un drap et s'écartèrent de quelques pas.

« Je préférerais que vous attendiez dehors, leur dit Sleizner.

– Nous devons rester pour sécuriser le…

– Ce n'est pas nécessaire. Je suis policier et je vous promets de sécuriser tout ce qu'il y a à sécuriser. » Il leur prit leurs dossiers des mains. « Nous sortirons quand nous aurons terminé. »

L'homme et la femme échangèrent un regard avant de s'éloigner vers la porte et de sortir, contrariés. Sleizner retourna auprès de Lone.

« Allons-y. Je suis là », dit-il en lui prenant la main.

Peau contre peau, tout simplement. C'était légèrement scandaleux, mais tellement bon. Tout cela était très déstabilisant, et elle ne savait plus très bien où elle en était émotionnellement, mais en levant les yeux sur ce plateau où elle devinait la silhouette de son mari, elle sut qu'elle n'avait pas d'autre option que de laisser Kim Sleizner soulever ce drap et en finir.

« Prends tout le temps qu'il te faut, Lone, lui dit-il. Il n'y a pas d'urgence. Si tu préfères, je peux t'attendre dehors. Tu sortiras quand tu voudras.

– Je préfère que tu restes », dit-elle en s'accrochant à sa main. Sans cette main, elle n'était pas sûre d'être capable de rester debout.

« Bon, tu es prête ?

– Comment sait-on si on est prêt pour ce genre de choses ?

– Ça va bien se passer », dit-il en prenant un coin du drap et en le soulevant lentement.

Les sanglots qui éclatèrent à la seconde où elle vit le visage de Jan la prirent au dépourvu. Son visage paisible et ses yeux fermés lui donnaient l'air de quelqu'un qui n'aura plus jamais à se soucier de rien. Contrairement à elle, qui le regardait en tremblant comme si quelque chose au fond d'elle s'était brisé à jamais.

Elle savait que l'on connaissait la coupable. Une femme du nom de Dunja Hougaard. Mais elle ne savait pas pour quelle raison elle avait tué son mari. Sleizner lui avait proposé de lui donner des détails, et elle avait répondu qu'elle préférait en savoir le moins possible. Mais à présent, elle le souhaitait. Elle avait besoin qu'on lui dise ce que cette femme lui avait fait subir.

« Nous devons tout d'abord obtenir la confirmation qu'il s'agit bien de Jan. » Sleizner se tourna vers elle. « As-tu besoin d'en voir plus pour l'identifier ?

– Qu'est-ce qu'elle lui a fait ?

– Pardon ?

– Cette Dunja. Qu'est-ce qu'elle a fait à mon Jan ? Je veux que tu me dises tout ce que vous savez.

– Lone..., soupira Sleizner. Tu es vraiment certaine que tu as envie de t'infliger ça ?

– Je dois savoir. Tu comprends ? C'est mon Jan qui est allongé là. Mon mari qui, tout à coup..., n'est plus là.

– Bien sûr que je comprends. » Sleizner hocha la tête et la prit dans ses bras. « Je comprends parfaitement. » Il la serra contre lui, et elle reconnut l'odeur de son eau de toilette. C'était la même que celle de Jan. Celle qu'elle lui avait achetée pour Noël après ce fameux dîner à Islands Brygge. « Mais dans quelques jours, nous aurons plus de détails, et toi, tu seras mieux préparée à les entendre », continua-t-il en lui caressant doucement le dos.

Elle avait longuement hésité entre un manteau et une veste, mais avait finalement décidé qu'il faisait trop chaud. À présent, elle était là, dans sa robe légère, beaucoup trop décolletée dans le dos, avec les doigts de Kim Sleizner qui couraient le long de ses vertèbres.

« En revanche, j'ai le plaisir de t'informer que nous l'avons arrêtée, reprit-il tout en continuant à la tripoter. Nous ne l'avons pas encore annoncé publiquement, alors je te demande de garder ça pour toi jusqu'à nouvel ordre. »

Elle acquiesça, alors qu'elle n'arrivait pas à penser à autre chose qu'à cette main qui la touchait. Elle aurait voulu la repousser et dire à Kim d'arrêter. Mais elle n'en avait pas la force et continua bêtement à hocher la tête.

« Voilà, c'est bien, c'est très bien, Lone. » Il glissa ses doigts dans ses cheveux tandis que son autre main s'insinuait sous sa robe.

« Kim, je ne veux pas.

– Chut ! fit-il en poursuivant ses attouchements. Je sais que c'est difficile. Mais tout ira bien. Je te le promets. Tant que nous pouvons nous faire confiance, toi et moi, tout ira bien. Il n'y a rien de plus important. Tu comprends ce que je veux dire ? » Il interrompit ses caresses et chercha son regard.

« Je ne sais pas.

– Ce que j'essaie de te dire, c'est que tu n'es pas seule dans cette histoire. C'est peut-être le sentiment que tu as, mais ce n'est pas vrai. Je suis là pour toi, je ferai tout ce qui est en mon pouvoir pour découvrir ce qu'il s'est passé exactement et veiller à ce que Dunja Hougaard soit sévèrement punie. Je t'assure que tu peux te détendre complètement. Alors tu es avec moi ? »

Elle n'en était pas sûre, mais acquiesça malgré elle.

Son baiser fut comme un éclair tombant d'un ciel bleu, et elle ne réalisa ce qui arrivait qu'au moment où les lèvres de Kim Sleizner se collèrent contre les siennes. Elle tenta de reculer et de le repousser. Puis elle voulut lui demander de la laisser seule, comme il le lui avait proposé un peu plus tôt, pour pouvoir courir se laver la bouche au lavabo qui se trouvait dans un angle de la pièce.

Mais tout cela resta à l'état de projet. Elle était dans un tel état de faiblesse qu'elle n'avait pas la force de lui résister et, bien que l'espace entre ses lèvres soit extrêmement mince, il réussit à faire entrer une langue qui lui remplit entièrement la bouche. Afin de ne pas s'étouffer, elle durcit la sienne et résista, comme s'il s'agissait d'une chorégraphie qu'ils dansaient tous les deux. Une chorégraphie dont ils avaient exécuté les premiers pas dans la salle de bain de Kim lors de cet horrible dîner. Et comme la dernière fois, ce fut à la fois un jeu et un combat, comme deux tigres sur leurs pattes arrière, sachant l'un et l'autre qui serait le vainqueur lorsque la poussière du champ de bataille serait retombée.

La gifle partit toute seule, si forte qu'elle sentit son sang battre dans sa paume après coup. « Je pense que tu devrais t'en aller, maintenant », s'entendit-elle lui dire. Elle l'avait frappé. Mais elle n'avait pas d'autre moyen d'obtenir qu'il s'arrête, de lui faire comprendre à quel point ce qu'il était en train de faire était mal. Ignoble même.

Elle se doutait qu'il allait réagir, mais pas de cette façon. Ce qui se passa ensuite lui fit le même effet qu'un coup du lapin lors d'un accident de voiture. Elle eut beau se défendre, il était trop fort, et elle passerait le restant de ses jours à tenter d'étouffer ce traumatisme sous des monceaux de médicaments, des litres d'alcool et un tsunami de relations plus toxiques les unes que les autres.

46

Assis à la petite table ronde au fond du bar, Morten Heinesen se força à avaler une bouchée supplémentaire de son sandwich brie-salami beaucoup trop sec, sans beurre, avec trop peu de salami et beaucoup trop de brie. Mais il ne pouvait pas se contenter de commander un café s'il voulait occuper une table pour travailler.

Il avait dit à Hemmer et à Bernstorff qu'il avait besoin de prendre l'air et qu'il allait sauter le déjeuner, alors pour ne pas risquer de tomber sur l'un d'eux, ou sur n'importe qui d'autre de sa connaissance, il avait choisi un café à proximité de la rue piétonne.

Tout cela ne lui ressemblait pas. Mais tout allait si vite depuis vingt-quatre heures. Certaines décisions avaient été prises, et l'effort qu'il lui avait fallu fournir pour suivre les progrès de l'enquête l'avait épuisé.

Maintenant, il avait besoin de réfléchir et de réduire l'allure pour y voir plus clair, et il était incapable de le faire assis à son bureau pendant que ses collègues le bombardaient de nouvelles idées.

Le sandwich gonflait dans sa bouche comme de la mousse polyuréthane, et chaque fois qu'il était sûr que personne ne le regardait, il recrachait une bouchée dans une serviette qu'il enveloppait d'une autre. Son ordinateur était ouvert devant lui sur la table, il n'avait plus qu'à insérer la clé USB pour visionner à nouveau la bande des caméras de surveillance du parking.

Que Hesk ait disparu et qu'il ait été assassiné par son ancienne collègue Dunja Hougaard lui évoquait un film de série B, trop mauvais pour être diffusé ailleurs que sur une obscure chaîne câblée au milieu de la nuit. Mais ils avaient tous vu Dunja l'assommer puis le traîner sur le sol de ce parking comme un vulgaire sac à patates.

Il avait souvent croisé la jeune femme du temps où elle travaillait à la brigade criminelle, mais il ne l'avait pas assez fréquentée pour pouvoir prétendre qu'il la connaissait. Il savait qu'elle était compétente, investie dans son travail et qu'elle avait su s'intégrer dans l'équipe avec une énergie peu commune.

En même temps, il devait admettre qu'il y avait quelque chose d'excessif dans sa personnalité, comme si elle était capable de marcher sans ciller sur des cadavres pour arriver à ses fins. C'était peut-être cela qui avait dérangé Jan Hesk.

C'était tout de même lui qui avait l'expérience, et son ancienneté aurait dû lui valoir un avancement, mais Dunja avait débarqué et lui avait volé la vedette. En quelques mois, leurs relations étaient devenues tellement tendues qu'ils parvenaient difficilement à se tenir dans la même pièce.

Il était d'autant plus étrange que ces deux-là soient restés en contact. Il n'arrivait pas à se l'expliquer. S'étaient-ils donné rendez-vous dans ce parking ? Si oui, Dunja était-elle mêlée à l'enquête en cours, et de quelle manière ?

Le simple fait de poser ces questions ne collait pas avec la personnalité de Hesk. Cet homme était un livre ouvert. Il ne prenait aucune initiative sans avoir d'abord soumis son idée à ses collaborateurs. Contrairement à Dunja, qui était capable de jouer solo et de disparaître du jour au lendemain, Hesk avait toujours privilégié le travail d'équipe et la communication ouverte.

Mais pas cette fois-ci, apparemment, puisqu'il avait décidé d'agir seul sans en parler, ni à lui, ni à Hemmer, ni à Bernstorff, et encore moins à Sleizner. Évidemment, on pouvait l'expliquer par le manque d'adhésion qu'il avait obtenue lors de cette réunion dans son appartement, durant laquelle il avait tenté de les convaincre d'une vaste conspiration.

Personne ne l'avait pris au sérieux, ni à ce sujet ni en ce qui concernait la duplicité de Sleizner. Il faut dire que c'était un gros morceau à avaler. D'ailleurs, ils ne l'avaient même pas laissé aller jusqu'au bout de son explication. Inutile d'être diplômé en psychologie pour comprendre ce que leur attitude avait dû avoir de frustrant pour lui.

Certes, il y avait de fortes chances que ce soit Jakob Sand et non Sleizner qui ait tué la femme, mais cela n'enlevait rien au fait que leur patron se comportait de manière étrange. Derrière une façade éternellement souriante, l'homme semblait constamment en train de mijoter quelque chose. Et c'était plus vrai que jamais depuis la disparition de Hesk, avec notamment sa façon de traiter le problème.

Il s'en était fait la réflexion lors de la réunion. Ça n'allait pas seulement trop vite, c'était aussi beaucoup trop simple. Comme si Sleizner savait déjà que Hesk était allé dans ce parking, que les caméras de surveillance l'avaient filmé en compagnie de Dunja, et que, pour noyer le poisson, il avait laissé quelqu'un – Morten lui-même en l'occurrence – se rendre là-bas pour récupérer la clé USB. Même la manière dont il l'avait obtenue lui avait semblé peu naturelle.

Il était tout aussi étrange que le corps ait été miraculeusement retrouvé quelques heures plus tard. On pouvait bien sûr mettre cela sur le compte d'un excellent travail de la police, doublé d'une bonne part de chance. Sleizner avait toujours possédé cette capacité intuitive à mener une enquête dans la bonne direction, et le taux de réussite de la brigade criminelle n'avait jamais été aussi élevé que sous sa direction. Et si tout cela n'avait été qu'une mise en scène ? Il osait à peine envisager cette possibilité. Pas avant d'en avoir la preuve.

La première chose qu'il allait faire était d'essayer de savoir avec qui Hesk parlait au téléphone au moment où il était apparu derrière ce pilier, son mobile à la main. Hemmer avait retrouvé le numéro répertorié en Suède, et tandis que les tonalités traversaient la frontière, Heinesen se prépara à ressortir le suédois légèrement rouillé que son père lui avait appris jadis.

« *Allô ! Malin Rehnberg à l'appareil.*

– Bonjour, mon nom est Morten Heinesen. J'appartiens à la police de Copenhague.

– *OK*, répondit la femme après une courte pause. *Je vois.* »

Il l'entendit prendre une chaise. « Ma question risque de te surprendre sachant que c'est moi qui t'appelle, mais puis-je savoir qui tu es ?

– *Il semble que nous soyons des confrères scandinaves.*

– Je comprends. En parlant de confrères, peux-tu me confirmer que tu as parlé au téléphone avec Jan Hesk, lundi, tard dans la soirée ?

– *Je l'ai appelé, en effet.* » Il l'entendit pousser un soupir. « *J'ai vu la nouvelle de son décès hier. C'est absolument épouvantable.*

– Oui, nous sommes tous sous le choc.

– *C'est compréhensible. Ce qui l'est moins, c'est que ce soit Dunja Hougaard qui l'ait tué.*

– Qu'est-ce qui te fait dire ça ? demanda-t-il en essayant d'adopter un ton aussi neutre que possible.

– *Écoute, je ne prétends pas la connaître. Mais du peu que j'ai pu voir, les quelques fois où nous nous sommes rencontrées, cette hypothèse me paraît totalement improbable.*

– Eh bien, sans trop vouloir m'avancer, je dirais simplement que tu n'es pas la seule. C'est pour cela que j'aurais besoin de savoir de quoi Jan et toi avez parlé au téléphone dimanche.

– *Notre conversation n'avait rien à voir avec son meurtre.*

– D'accord, mais est-ce qu'elle était d'ordre professionnel ?

– *Oui, absolument. Nous ne nous connaissions pas. Nous avons discuté d'une enquête pour meurtre sur laquelle je travaille ici, en Suède. Nous avons une victime, et maintenant… Pour être honnête, je ne sais toujours pas où nous en sommes.*

– En quoi Jan pouvait-il t'être utile ?

– *Malheureusement, au moment où je lui ai téléphoné, il n'avait pas le temps de me parler. Il m'avait promis de me rappeler, mais ensuite il s'est passé ce qui s'est passé.* » Elle soupira à nouveau. « *C'était à propos de la cicatrice que portait la jeune femme retrouvée dans le port. Il s'avère que les criminels auxquels nous avons affaire…*

– Les criminels ? Vous voulez dire les victimes ?

– *C'est-à-dire qu'ils sont les deux à la fois. Criminels, parce qu'ils ont tué des gens, et victimes, parce qu'ils avaient été vendus dans le cadre d'un réseau de trafic d'êtres humains ayant des connexions au Danemark et en Suède. Je n'ai pas le temps d'entrer dans les détails maintenant, parce que je suis sur le départ. Mais, par exemple, nous sommes tombés sur un document qui semble indiquer que l'inconnue de votre enquête aurait été achetée en Suède par des clients danois et qu'en découvrant cette cicatrice, ces derniers se seraient plaints d'avoir payé le prix fort pour une marchandise abîmée.*

– Attends une seconde. » Heinesen sourit à la serveuse qui, avec un dégoût mal dissimulé, était en train de débarrasser l'assiette contenant les restes de son sandwich. « Juste pour être sûr d'avoir bien compris, vous avez identifié la jeune femme ?

– *Absolument. Elle s'appelle Elaya Goodluck.*

– Goodluck ?

– *Apparemment, c'est un nom très courant au Nigeria, d'où elle est originaire.*

– Et ce document que vous avez trouvé, de quoi s'agit-il exactement ?

– *D'une capture d'écran d'un SMS, avec la photo de sa cicatrice, envoyé par un numéro danois anonyme. Si tu veux, je peux te transférer le message.*

– Je t'en serais très reconnaissant. Je veux bien que tu m'envoies le numéro, également.

– *Pas de problème. Je t'envoie ça. Excuse-moi, il faut que j'y aille, maintenant. Bravo pour ton suédois, au fait !* »

Heinesen n'eut pas le temps de la remercier avant que la communication soit interrompue. En posant son portable, il eut l'impression d'avoir à peine effleuré la surface d'un sujet qu'il n'était pas près de comprendre. Il n'avait pas été surpris d'apprendre que la femme de la voiture avait été victime d'un trafic d'êtres humains. Ni qu'elle avait été achetée en Suède, même si elle aurait pu être achetée n'importe où ailleurs. C'était ainsi qu'ils opéraient. Pour brouiller les pistes, les trafiquants avaient pour habitude de faire passer plusieurs frontières à la marchandise.

Mais que d'autres, auxquels l'inspectrice suédoise avait fait référence en parlant de « criminels », aient eu la même cicatrice, ça, c'était une nouvelle intéressante. Cela signifiait-il qu'Elaya Goodluck pouvait avoir tué Mogens Klinge ? Ou bien avait-il mal compris ? Après tout, son suédois n'était pas si bon que ça.

Il faudrait qu'il rappelle cette inspectrice suédoise à l'occasion. Peut-être pourraient-ils s'aider mutuellement ? Mais pas tout de suite. Pour l'instant, il avait une autre enquête à mener. Il alluma son ordinateur et visionna intégralement la séquence enregistrée par la caméra de surveillance, en commençant au début.

Comme ils l'avaient vu la veille, l'horloge en haut à gauche de l'écran indiquait « 15:00, 05-08-12 » au moment où une

Volvo rouge bordeaux descendait la rampe et venait se garer dans un emplacement libre. Dix-huit minutes plus tard, on voyait un homme vêtu d'un jean avec une chemise ouverte sur son tee-shirt marcher en direction d'une Opel.

L'enregistrement se poursuivait ainsi jusqu'à vingt heures quarante-huit, quand apparaissait la Peugeot bleue de Jan Hesk qui roulait lentement jusqu'à une place où il parvenait à se garer au bout d'un certain nombre de manœuvres. Pour que rien n'échappe à son attention, Morten ralentit la lecture au moment où l'on voyait Hesk fouiller du regard le parking, jusqu'à ce qu'il ait repéré la voiture de sport de Jakob Sand. On le voyait examiner le véhicule et quelques minutes plus tard, Dunja l'assommait sans raison apparente.

Il ne remarqua aucun détail suspect. C'était bien Dunja, et c'était bien elle qui lui donnait un coup sur la tête. L'éclairage, les ombres, tout semblait coller. Certes, le corps enveloppé dans du plastique que deux hommes en tenue de camouflage transportaient dans une séquence ultérieure aurait pu être celui de n'importe qui, mais de ce qu'il avait vu du corps récupéré à Islands Brygge, c'était bien empaqueté de la sorte que Hesk avait été retrouvé.

D'autres que lui auraient été déçus. Morten, quant à lui, se sentait principalement soulagé. Il n'espérait pas découvrir quelque chose d'anormal. Au contraire, c'était ce qu'il craignait, et surtout il craignait d'avoir ensuite à en supporter les conséquences. Mais son inquiétude était sans fondement. Aucune séquence ne semblait avoir été falsifiée, ce qui signifiait qu'il pouvait se détendre et affirmer, la conscience tranquille, qu'il avait bien fait son boulot.

Malgré tout, il ne put s'empêcher de remettre le curseur au début et de relancer la séquence. Il n'aurait pas su expliquer pourquoi, mais cela lui donnait l'impression de bien accomplir sa tâche. *L'impression*… Il se moqua intérieurement de lui-même. Lui qui avait toujours préféré les faits, les preuves et les raisonnements logiques aux *impressions*, il se retrouvait tout à coup avec une *impression* comme unique argument.

Il comprit ce phénomène en visionnant à nouveau la toute première séquence, celle où la Volvo entrait dans le parking. Mais ce ne fut pas à elle qu'il s'intéressa. Cette fois, il ignora les images prises par la caméra qui avait filmé cette arrivée et se concentra sur celles enregistrées par les trois autres, sur lesquelles il ne se passait rien.

Brusquement, cela lui parut si évident qu'il se demanda comment ils avaient tous pu passer à côté. L'explication était sans doute que tout était allé trop vite. Sleizner les avait bousculés et avait ordonné à Hemmer d'avancer le curseur jusqu'au moment où on voyait Hesk à l'image.

Ce qui était intéressant dans cette première séquence n'était pas ce qu'on y voyait, mais ce qu'on n'y voyait pas : c'est-à-dire la voiture de sport rouge et rutilante de Jakob Sand.

Au moment où la Volvo descendait la rampe dans le cadre en haut à gauche, le cadre en bas à droite était totalement vide. Idem dans les cinq autres séquences, où des voitures entraient et sortaient du parking. Mais quand la Lexus grise arrivait dans le parking, la place qui avait été déserte jusque-là était tout à coup occupée par la voiture de Sand.

À ce moment-là, l'horloge digitale indiquait dix-neuf heures cinquante-cinq. C'est-à-dire seize minutes plus tard que le précédent enregistrement, ce qui signifiait que Sand avait dû arriver sur les lieux entre dix-neuf heures trente-cinq et dix-neuf heures cinquante-cinq.

Soit les détecteurs de présence ne s'étaient pas déclenchés et les quatre caméras étaient toutes tombées en panne au moment où il s'était garé et où il était sorti de sa voiture. Soit les images prises durant ce laps de temps avaient été effacées.

47

Kim Sleizner…

Tout en marchant sur les pavés en direction de l'hôtel de police de Copenhague, Fabian répétait ce nom inlassablement.

Kim Sleizner…

Que le chef de la brigade criminelle le déteste et qu'il prenne un malin plaisir à lui mettre des bâtons dans les roues chaque fois que l'occasion lui en était donnée était une chose. Ça, il en avait pris son parti depuis longtemps. Mais qu'il aille jusqu'à conduire son fils au suicide, c'était pousser la haine à un tout autre niveau.

Kim Sleizner…

Il semblait impensable que l'ordre de maltraiter, briser psychologiquement et placer à l'isolement Theodor ait pu venir de lui, l'un des fonctionnaires les plus haut placés de la police danoise. Et ce qui l'était plus encore était que son fils ait eu accès à un fil électrique. Mais il suffisait de connaître un peu Sleizner pour que tout cela devienne parfaitement plausible.

« Bonjour, mon nom est Fabian Risk, dit-il après avoir passé les portes automatiques, en montrant à l'homme qui se trouvait derrière le comptoir d'accueil son badge suédois. J'appartiens à la police de Helsingborg et j'aimerais parler à Kim Sleizner. Est-ce qu'il est là ?

– Kim Sleizner ? Attendez, je regarde. » L'agent tapa le nom sur son clavier d'ordinateur. « Oui, il devrait être là. Voulez-vous que je l'appelle ?

– Volontiers, mais pas tout de suite. J'aurais d'abord besoin d'utiliser vos toilettes.

– Il y a des sanitaires réservés aux visiteurs au bout du couloir sur votre droite », dit l'homme en lui montrant la direction.

Une fois dans les toilettes, Fabian retira sa veste et sa chemise, les suspendit à la patère, puis se lava les aisselles et le visage.

En arrivant la veille dans la capitale danoise, il avait roulé jusqu'au port et, garé sur le quai de Langelinie, devant La Petite Sirène, il s'était endormi dans sa voiture, mort de fatigue. Il ne s'était réveillé qu'à dix heures du matin, quand un bus rempli de touristes japonais munis d'appareils photo et de perches à selfie l'avait chassé de la zone.

Il s'essuya avec une serviette en papier, et tout en reboutonnant sa chemise et en enfilant sa veste, il prit plusieurs longues inspirations pour tenter de retrouver son calme. Mais son cœur continuait à battre comme une alarme dans une centrale atomique et il ne reprendrait probablement pas un rythme normal avant qu'il soit prêt. Tout à fait prêt.

Il emprunta ensuite l'ascenseur, où une femme munie d'un badge l'accompagna jusqu'à la brigade criminelle, au sixième étage.

La dernière fois qu'il était venu, c'était pour rencontrer Dunja Hougaard, qui l'aidait sur une enquête. Il y avait à peine deux ans de cela ; à présent, on ne pouvait pas voir un journal sans tomber sur son visage et ce gros titre : « Tueuse de flics ».

« Excusez-moi, je peux savoir où vous allez ? » demanda une voix derrière lui. Il se retourna et montra son badge à un homme à lunettes et aux cheveux mal teints. « Mon nom est Fabian Risk. Je viens voir Kim Sleizner.

– Vous avez rendez-vous ? Parce que nous ne l'avons pas vu de la journée. Et si vous n'avez pas rendez-vous, je vais devoir vous demander de...

– À la réception, on m'a dit qu'il était là et qu'il n'y avait aucun problème. Mais je veux bien que vous me conduisiez à son bureau. »

Le type réfléchit un instant et finit par acquiescer. « Très bien, suivez-moi. » Après avoir parcouru une série de couloirs parfaitement identiques, il s'arrêta enfin devant une porte sur laquelle une plaque affichait le nom de Sleizner. Au-dessus scintillait une petite lumière rouge. « Comme vous le voyez, il est occupé, dit l'homme en remontant ses lunettes sur son nez.

– Ça n'a pas d'importance. J'ai huit minutes d'avance de toute façon. » Fabian consulta sa montre. « Je n'aime pas arriver en retard à un rendez-vous. » Il sourit à son guide. « Je vais m'asseoir là et attendre. »

Sentant sur sa nuque le regard soupçonneux de l'homme, il prit place sur une chaise, puis il sortit son téléphone et se mit à cliquer au hasard sur ses applications jusqu'à ce que le type se lasse et s'en aille.

Revenu devant la porte close, il saisit la poignée et l'abaissa. Comme il s'y attendait, elle était verrouillée. Après avoir vérifié qu'il était toujours seul dans le corridor, Fabian fit un pas en arrière et l'enfonça d'un violent coup de pied.

Le bureau était l'un des plus grands qu'il lui ait été donné de voir dans sa carrière de policier. Même la directrice de la police suédoise ne pouvait se vanter de régner sur un tel nombre de mètres carrés. Mais il n'y avait personne derrière le bureau. Ni sur le canapé ni sur les fauteuils. La lumière rouge avait beau être allumée, Sleizner brillait par son absence.

Fabian referma la porte approximativement et avança sur le parquet grinçant jusqu'à la table de travail placée entre deux grandes fenêtres ornées de longs rideaux.

Hormis un écran d'ordinateur, un clavier, quelques stylos et un bloc-notes, la table ne comptait que deux épaisses piles de documents qu'il feuilleta rapidement.

La plupart concernaient la mort brutale de Jan Hesk. Il reconnut le rapport de l'institut médicolégal, des photographies du corps entouré de plastique, tel qu'il avait été sorti de l'eau, ainsi qu'une chronologie manuscrite avec des indications d'heures et de dates, suivies de commentaires tels que « garder » ou « effacer ». Il y avait aussi un certain nombre de photos de Dunja Hougaard. Des clichés pris de loin, dans le noir, et des captures de bandes de vidéosurveillance.

Rien ne retint particulièrement son attention. Il ouvrit un tiroir, le vida sur le bureau et fouilla dans l'habituel fatras composé de chewing-gums, de pastilles pour la gorge et de divers Post-it comportant des notes griffonnées à la hâte : « *Demander à M. Rønning de réinitialiser le journal d'appels* » ; « *Penser à monter le chauffage* » ; « *Poser caméras dans la salle d'interrogatoire* »… Il y avait aussi une liste de « *Personnes disparues* » où le nom « *Camilla Krystchoff* » avait été entouré.

Là non plus, il ne trouva rien qui retienne son attention. Il retourna un deuxième tiroir, et ses yeux se posèrent enfin sur un dossier. Un dossier rouge portant les initiales T. R. inscrites au feutre noir.

Cette découverte le fit tituber et, pour ne pas tomber, il s'assit dans le siège de bureau puis détacha le cordon autour de la chemise et l'ouvrit.

Le premier document s'intitulait : « *Motifs pour retarder le procès* ». Le suivant était un rapport d'expertise psychologique dans lequel il lut des mots comme « *dépression* », « *renfermé* » et « *profil suicidaire* ». Ensuite venait une série de photos de diverses cellules d'isolement, accompagnée d'une courte lettre.

Salut Kim,

Si tu penses que celles-ci sont encore trop « propres et chaleureuses », nous avons aussi une pièce qui n'est pas une cellule d'isolement à proprement parler, mais qui présente toutes les caractéristiques que tu recherches.

Cordialement,

F. Friis

48

Les menottes que Dunja portait aux poignets étaient attachées à un étrier vissé à une table fixée au sol en béton par quatre équerres et des tirefonds en acier, qui ne pouvaient être retirés qu'avec la clé adéquate.

Elle était habillée d'un pantalon de jogging gris trop grand pour elle et d'un sweat à capuche, de la même couleur. Il n'y avait pas d'horloge dans la pièce, mais elle avait compté les secondes et était arrivée au nombre de cinq mille deux cent quarante-trois ; cela faisait donc plus d'une heure et demie qu'elle attendait.

Sans eau ni rien à manger.

Sans aucune visite depuis le moment où on l'avait fait entrer dans la maison d'arrêt par une porte dérobée dont elle ne connaissait même pas l'existence.

De l'autre côté du miroir, ils espéraient probablement qu'après tout ce temps passé à regarder le distributeur d'eau posé contre un mur hors de sa portée, elle serait plus malléable. Qu'elle renoncerait et deviendrait une proie facile lors de l'interrogatoire. Mais renoncer était la dernière chose qu'elle comptait faire. Même si elle mourait d'envie de se laisser aller, de poser la tête sur ses avant-bras et de fermer les yeux, juste pendant quelques minutes, elle restait assise le dos bien droit, luttant pour se tenir éveillée, bien décidée à ne même pas effleurer le dossier de la chaise.

Son but était d'inverser les rôles et d'obtenir qu'ils se fatiguent les premiers. Ceux qui attendaient. Qui l'attendaient, elle. Ceux qui voulaient la voir craquer. À l'instant même où ils se lasseraient d'attendre et entreraient dans cette pièce, ce serait elle qui aurait gagné.

À la cinq mille cinq cent neuvième seconde, la porte s'ouvrit brusquement, c'est-à-dire bien avant les dix mille secondes qu'elle avait escomptées.

« Eh bien, eh bien ! s'exclama la voix beaucoup trop familière avant qu'elle ait eu le temps de lever les yeux. Ne serait-ce pas Dunja Hougaard en personne ? »

Chaque atome de son corps brûlait de se jeter sur lui, mais sa rage et l'humiliation qu'elle ressentait à être ainsi enchaînée l'aidèrent à rester impassible. « Salut, Kim », dit-elle. Il renifla avec mépris. « J'espère que tu n'es pas devenue ennuyeuse en vieillissant. Je me souviens qu'on s'amusait bien, toi et moi, avant.

– Il n'y a jamais eu et il n'y aura jamais de toi et moi. »

Sleizner sourit en s'approchant de la table. « Tu ne peux pas imaginer avec quelle impatience j'ai attendu ce moment. Avec quelle ferveur je l'ai espéré. L'idée de te revoir était la lumière au bout du tunnel. Dunja, l'inénarrable !

– Navrée de te décevoir.

– Me décevoir ? Mais au contraire ! Je n'imaginais pas de plus belles retrouvailles. À part, peut-être, ce "Salut, Kim". Tu aurais pu te fendre d'une formule un peu plus brillante. Mais ça viendra, nous avons toute la journée devant nous. Toute la nuit, même, si ça nous chante.

– J'ai droit à un avocat.

– Un avocat ? » Sleizner éclata de rire. « Je t'avais bien dit qu'on allait s'amuser. Pour commencer, ceci n'est pas un interrogatoire. Tu n'as donc pas besoin d'un clown en robe pour te tenir la main. Il n'y a rien que tu puisses me dire que je ne sache déjà. Ensuite, tu n'as droit à rien du tout. » Il se pencha sur elle jusqu'à ce que ses lèvres effleurent le lobe de son oreille. « Parce qu'il s'avère que tu es sur mon territoire et qu'ici, les choses se passent selon mes règles. » Sa langue s'enfonça dans son oreille, lui lécha la tempe et poursuivit son trajet visqueux sur son front. « Nous n'avons pas encore annoncé ton arrestation, tu comprends ? Cette nuit, nous avons interpellé une femme qui te ressemblait beaucoup. Toutefois, il s'est révélé qu'il ne s'agissait pas de cette petite salope de Dunja Hougaard, mais d'une dénommée Camilla Krystchoff. » Il haussa les épaules.

Elle venait de comprendre l'échange qu'elle avait entendu entre Sleizner et Rønning au Diamant. *Krystchoff... Cela doit rester entre nous* et... *Nous faisons tout cela pour son bien*. Elle avait beau essayer, elle avait du mal à le digérer. Que Sleizner soit capable de n'importe quoi ne l'étonnait pas, mais que Michael Rønning, qu'elle considérait encore six mois plus tôt comme son meilleur ami, ait marché dans cette odieuse combine... Soit il ne comprenait pas ce qui se passait, soit Kim Sleizner avait un moyen de pression sur lui.

« Alors, malheureusement, personne ne sait que tu es là, reprit Sleizner. D'ailleurs, personne ne sait non plus que j'y suis. Tu crois peut-être qu'il y a quelqu'un derrière ce miroir, mais ce n'est pas le cas. Quant à ces caméras... » Il leva les yeux vers les deux appareils de surveillance fixés au plafond. « Ne me demande pas pourquoi, mais étrangement, elles sont en panne. Dommage. Enfin, pour toi. Pas pour moi. Parce que moi, je vais pouvoir faire tout ce que je veux. Ça par exemple... »

Sans prévenir, il lui administra un coup de poing si violent au visage qu'elle fut projetée en arrière, que le sang gicla de son nez et qu'elle serait tombée de sa chaise si celle-ci n'avait pas été boulonnée au sol.

« Tu ne peux pas savoir à quel point ça me démangeait. Ça m'a fait un bien fou, je dois dire. » Il regarda sa main et caressa ses jointures couvertes de sang. « Tellement de bien que je vais recommencer. » Il la frappa à nouveau, au même endroit, avec le même poing, mais avec encore plus de force. « Oups ! J'ai peur de t'avoir cassé le nez. En tout cas, il est complètement de travers. Un si joli nez. Pauvre Dunja avec son joli nez. Et abracadabra, plus de Dunja. » Il posa son index sur le nez fracturé et appuya. « À la place, qu'est-ce qu'on a là ? Une Camilla avec un vilain nez ensanglanté et tout tordu. »

Sleizner prit une chaise, s'assit en face d'elle et se pencha. « À part ça, j'avoue que j'aime bien ton nouveau look. Je veux dire, sans la fossette et avec cette rage dans les yeux. » Il commença à lui palper un sein, puis l'autre. « En revanche, là, il faut que tu fasses quelque chose. Ils n'ont jamais été très gros, évidemment, mais ça devient dramatique. » Il souleva son sweat-shirt et entreprit d'examiner sa poitrine. « Quand t'es-tu regardée dans la glace pour la dernière fois ? Tu les as complètement bousillés à force de faire de la musculation. On dirait que tu as allaité la totalité du tiers-monde. Tu sens encore quelque chose quand on les touche ? » Il prit l'un de ses tétons entre son pouce et son index. « Considère cela comme une simple mammographie et dis-moi quand tu commences à sentir quelque chose. »

La douleur augmentait à mesure que Sleizner pinçait plus fort et, au bout d'un moment, elle eut si mal qu'elle se mit à transpirer. Mais elle ne dit rien. N'émit pas un son. Elle était entièrement concentrée sur le fait de supporter et de se taire ; quand il s'arrêta, elle n'était pas loin de l'évanouissement.

« C'est bien ce que je pensais, conclut-il en se reculant sur sa chaise. Trop d'entraînement et pas assez de sexe. Tu as soif, au fait ? »

Elle ne répondit pas et se contenta de le regarder dans les yeux. Ces horribles petits yeux verts qui cherchaient sans relâche le point faible de la personne en face. Elle compta jusqu'à cent quarante-deux avant qu'il abandonne en souriant.

« Je sais exactement à quoi tu penses, dit-il en se mettant à se curer les ongles. Je l'ai toujours su. Depuis le premier jour où nous avons commencé à jouer au chat et à la souris, tous les deux. C'est pour ça que j'ai une longueur d'avance, au cas où tu te poserais la question. » Il éclata de rire. « Par exemple, en ce moment, tu te dis que si tu arrives à garder le silence suffisamment longtemps, je vais finir par me lasser et que le jeu s'arrêtera. Mais comme dans beaucoup de domaines, tu te trompes. Parce qu'en ce qui te concerne, il ne s'arrêtera jamais. Tu ne me crois peut-être pas. Je comprends parfaitement que tu aies besoin de continuer à espérer que le soleil percera à nouveau à travers les nuages. Mais rends-toi service et dis-toi une bonne chose : en ce qui te concerne, rien n'ira jamais mieux qu'à présent. Alors détends-toi et profite. » Il se leva. « Tu es sûre que tu ne veux pas un peu d'eau ? Je leur ai demandé de monter le chauffage, mais je me demande quand même s'ils n'y sont pas allés un peu fort. » Il s'approcha de la bonbonne d'eau, prit un gobelet en plastique, le remplit et le vida. « Mmm… Parfois, il n'y a rien de meilleur que quelques gorgées d'eau plate. » Il se servit à nouveau et but. « Surtout, dis-moi si tu changes d'avis. » Il remplit le gobelet une troisième fois et le posa devant elle. « Il est là. Il t'attend.

– Tu ne peux pas me garder plus de quarante-huit heures sans me présenter à un juge, dit-elle.

– C'est vrai. » Sleizner fut incapable de cacher sa joie de la voir réagir. « Du moins, en temps normal, tu aurais raison. » Il s'assit au bord de la table et se pencha vers elle. « Mais je suis désolé d'avoir à te le dire… Enfin, non, en réalité, je ne suis pas du tout désolé… Mais il n'y aura ni juge ni procès en ce qui te concerne. Original, n'est-ce pas ? » Il écarta les mains. « Tu as prouvé que tu avais un talent sans pareil pour disparaître, et le fait est que nous avons eu du mal à te retrouver. Au point que nous n'avons pas eu d'autre choix que d'abandonner les recherches. Alors félicitations ! » Il frappa des mains plusieurs fois. « Malheureusement, Camilla Krystchoff n'a pas autant de chance. Certes, elle sortira d'ici dès cette nuit. Mais pas pour retrouver la liberté. À moins qu'on puisse considérer un trou dans le sol dans un endroit perdu comme une forme de liberté. Elle ne reverra plus jamais la lumière du jour, en tout cas. Ce sera un peu pénible au début. Mais au bout d'un moment, elle oubliera à quoi ça ressemble, et elle se mettra à espérer que tout s'arrête. Elle aura juste envie de mourir et de laisser les asticots se charger du reste. » Il rit. « À un moment, j'ai pensé à l'éventrer. Tu vois ce que je veux dire ? La découper de haut en bas avec mon petit Karambit. » D'un geste rapide, il sortit d'un étui le très caractéristique couteau japonais, avec sa lame recourbée, et le posa sur le plexus de Dunja. « Sur le moment, cela aurait sûrement été tout à fait jouissif. Comme une éjaculation précoce, tu vois. Mais ensuite, je me suis dit qu'il valait mieux faire durer le plaisir autant que possible et lui offrir ce que j'appellerais une mort tantrique. » Il remit le couteau dans son étui. « Avoue que c'est mieux, non ? Je veux dire… Il faut bien que je prenne le temps de m'amuser un peu avec ma petite pute. Au moins les cinq ou dix premières années, jusqu'à ce qu'elle dépérisse et qu'elle devienne trop laide et trop répugnante. Bien entendu, elle essaiera de se laisser mourir de faim. Mais dans mon histoire, c'est moi qui décide quelle quantité de nourriture elle consommera ou pas, et je la nourrirai par sonde gastrique. » Il haussa les épaules. « Ce n'est pas la manière la plus agréable de s'alimenter, mais qu'est-ce qu'on ne ferait pas ? Et de temps en temps, quand elle s'y attendra le moins, je mélangerai avec ses aliments des choses qui ne sont pas supposées s'y trouver. De la mort-aux-rats, du détergent, tu vois le genre ? Oh, je n'en verserai pas beaucoup. Juste assez pour détruire sa santé. Elle commencera par perdre ses cheveux, mais ça, c'est complètement indolore. Quand les ongles commenceront à se détacher, ce sera moins rigolo. Putain, quelle horreur ! Et je ne parle pas du moment où ses organes lâcheront, l'un après l'autre. Mais ça, ce sera pour beaucoup plus tard. À ce moment-là, elle sera débarrassée de moi, parce que je me serai désintéressé d'elle depuis longtemps. Peut-être que je m'amuserai encore un peu à me connecter à la webcam, de temps en temps, pour me remonter le moral. »

Il vida le troisième gobelet. « Mmm… Que c'est bon ! Je sais que j'ai déjà disserté sur le sujet, mais quelquefois, l'eau bat toutes les autres boissons. Tu n'es pas d'accord ? Je ne sais pas à quoi ça tient. Si c'est à cause des minéraux ou juste parce qu'il fait tellement chaud et étouffant que n'importe quel liquide paraîtrait…

– OK, c'est bon, donne-moi un verre d'eau, alors, l'interrompit-elle en soupirant.

– Wow, c'est vrai ? Pendant un court instant, j'ai cru que tu avais abandonné. Mais bien sûr que je vais te servir à boire. » En souriant, il remplit le gobelet, descendit sa braguette, sortit son pénis, le décalotta, trempa son gland dans l'eau et pissa. « Oh, que c'est bon ! Parfois, c'est presque aussi jouissif de pisser que de boire. Meilleur même, quand j'y pense. Oups ! C'est allé un peu vite, dit-il en arrêtant la miction. Il ne faudrait pas que ça déborde. » Il posa le gobelet devant elle, sa verge pendant toujours de son pantalon. Puis il l'essuya sur le sweat de sa prisonnière, la remit dans son caleçon et remonta sa braguette. « Bois, je t'en prie. »

Dunja contempla le gobelet, plein à ras bord d'urine jaunâtre.

« Qu'est-ce que tu attends ? Bois. Tu avais soif. Ah oui ! Suis-je bête ! Tu as besoin que je t'aide. C'est ton jour de chance puisque je suis là et que je serais ravi de te rendre service, vraiment. » Il souleva le verre et le porta à la bouche de Dunja. « Au fait, je suppose que tu sais que l'urine est parfaitement stérile. Elle ne contient aucune bactérie, ni rien. Il y a même des gens qui prétendent que c'est bon pour la santé. Regarde Madonna, par exemple. Il paraît qu'elle soigne ses mycoses comme ça. Alors en avant ! Et glou et glou ! » De sa main libre, il lui tira la tête en arrière et pinça son nez cassé.

La douleur était insupportable, mais au bout de quelques minutes, elle n'était rien comparée au manque d'oxygène.

« Allez, petite, écoute le docteur et ouvre grand la bouche. »

Finalement, elle n'eut pas d'autre choix que d'abandonner la partie et de desserrer les lèvres pour respirer.

49

Il y a quelques heures encore, Heinesen était convaincu que ce qu'il était en train de faire était une très bonne idée. À présent, il commençait à en douter. Aussi excellente qu'ait pu être cette idée, il n'était plus tout à fait sûr d'être la bonne personne pour la mettre à exécution.

Lui qu'on appelait le « bon flic », parce qu'il mettait un point d'honneur à toujours œuvrer pour la paix et le dialogue, allait se voir contraint de trahir radicalement ce principe.

Jakob Sand habitait une maison gigantesque. Si grande qu'il aurait fallu non pas une, mais plusieurs grandes fortunes pour l'acquérir ; et encore, cela n'aurait pas suffi à couvrir les impôts locaux et les magnifiques voitures garées devant.

Morten n'avait jamais voté pour Enhedslisten, le parti de coalition réunissant le Parti communiste du Danemark, les Socialistes de gauche et le Parti socialiste des travailleurs, ni pour aucun parti d'extrême gauche, mais l'idée que quelqu'un puisse être assez scandaleusement riche pour avoir les moyens de posséder une pareille demeure en plein cœur de Copenhague lui donnait sérieusement envie d'y réfléchir.

Le simple fait que l'interphone ait trois boutons portant le même nom le mit instantanément en colère. Aussi appuya-t-il sur les trois en même temps. Pour avoir autant d'argent, il fallait nécessairement avoir commis un crime.

« *Qui est là ?* demanda une voix à peine réveillée alors que l'après-midi tendait déjà vers le début de soirée.

– Je m'appelle Morten Heinesen, dit-il avant de se racler la gorge pour donner plus d'autorité à sa voix. J'appartiens à la brigade criminelle de Copenhague et j'ai quelques questions à vous poser.

– *J'ai déjà répondu à toutes vos questions.*

– À certaines, mais pas à toutes.

– *Et si je refuse ?*

– C'est évidemment votre droit, mais cela m'obligerait à revenir avec un groupe d'intervention, qui ne se contentera pas de sonner poliment à la porte et d'attendre que vous vouliez bien ouvrir. En outre, je devrai suivre la procédure, et si nous décidions de lancer une procédure, il ne serait pas dans votre intérêt de refuser de vous présenter à l'audience. »

Il se tut et recula d'un pas, à la fois impressionné et effrayé par sa capacité à débiter autant de mensonges en une seule phrase sans même avoir besoin de réfléchir. Mais apparemment, c'était la bonne option puisqu'il entendit son interlocuteur soupirer dans l'interphone ; peu après, la porte s'ouvrait sur un Jakob Sand pieds nus, vêtu d'un pantalon en lin blanc et d'une chemise à moitié boutonnée.

« J'espère que ce ne sera pas trop long », dit-il. Il passa la main dans ses cheveux coiffés en arrière et l'invita à entrer d'un signe de tête. « Je dois me rendre à une réunion importante. Si nous n'avons pas fini, il faudra que nous prenions rendez-vous plus tard.

– Si tout va bien, je n'aurai qu'une seule question à vous poser. » Heinesen pénétra dans un vaste hall orné de boiseries en bas des murs, avec des tableaux d'oiseaux dans des tons verts et bruns, et un escalier dont la rampe en bois aurait pu servir de toboggan. « Y a-t-il un endroit où nous pourrions nous asseoir et parler en privé ?

– Si c'est votre question, la réponse est non. Nous serons très bien ici.

– Nous avons de la visite ? s'enquit une femme trop maigre depuis le haut des marches, elle aussi vêtue de lin blanc.

– Bonjour, madame, lança Morten en agitant la main. Morten Heinesen, de la police criminelle de Copenhague.

– La police criminelle ? Que s'est-il passé ? Est-ce que quelqu'un est mort ? demanda-t-elle à son mari.

– Pas que je sache, répondit Sand en haussant les épaules. Retourne à ta séance de yoga, chérie, et laisse-moi m'occuper de ça. Je t'expliquerai plus tard. » Et il lui tourna le dos, marquant ainsi sans ambiguïté qu'elle devait les laisser tranquilles.

« Avez-vous tué cette femme ? » le questionna Heinesen, suffisamment fort pour que l'épouse entende, en montrant à Sand une photo d'Elaya Goodluck.

« Mon Dieu, Jakob ! Tu n'es pas soupçonné de meurtre, quand même ?

– Non, répondit Sand avec un soupir. Bien sûr que non.

– En fait, si, dit Heinesen en s'adressant à la femme. Le fait est que nous avons de nombreuses raisons de penser que...

– Attendez une seconde, le coupa Sand. Vous venez tout juste de m'innocenter !

– T'innocenter ? s'exclama la femme. Jakob, quand as-tu...

– Bon, je crois que tu devrais retourner à ta putain de salutation au soleil et me laisser régler ce malentendu. D'accord ? »

Un instant la femme resta immobile, son regard allant de Sand à Heinesen, puis elle tourna les talons en renâclant et s'en alla.

« On peut savoir l'intérêt qu'il y a à la mêler à cette histoire ?

– Aucun, mentit-il. Comme je vous l'ai dit en arrivant, j'aurais préféré parler dans un endroit où nous aurions été seuls.

– Il y a beaucoup de choses que j'aurais préférées, moi aussi. » Sand lissa une mèche derrière son oreille. « Mais venons-en au fait. Comme je vous l'ai dit, j'ai une réunion. »

Heinesen haussa les épaules. « Pour l'instant, c'est moi qui attends.

– Mais putain, qu'est-ce que c'est que ce cinéma ? gueula le maître de maison avec l'air d'avoir furieusement envie de casser quelque chose.

– Ceci est un interrogatoire, et j'attends une réponse.

– Une réponse à quoi ?

– Je vous ai demandé si c'était vous qui aviez tué cette femme. » Heinesen lui montra à nouveau la photographie.

Sand leva les yeux au ciel. « Non, je ne l'ai pas tuée, comme je l'ai déjà expliqué quand on m'a interrogé hier. » Il s'approcha de Heinesen et poursuivit à voix basse. « En revanche, je l'ai vue plus tôt dans la journée, et c'est là qu'elle m'a fait ça. » Il écarta le col de sa chemise et montra les griffures qu'il avait sur le cou. « Voilà, vous avez votre réponse. Elle n'a pas changé. C'est bon, on a terminé ?

– Où l'avez-vous rencontrée ? »

Sand soupira et lui tourna le dos. « Suivez-moi. »

Heinesen suivit Sand dans un bureau confortable avec plusieurs fauteuils et un canapé accueillant.

« N'envisagez même pas de vous asseoir, le prévint Sand en fermant la porte. Cette entrevue est pratiquement terminée.

– Ça, ce sera à moi d'en juger. »

Sand leva les yeux au ciel avec un soupir agacé. « Comment pensez-vous que j'ai réussi à faire de ma société l'une des entreprises les plus florissantes de ce pays ? Hein ? Comment pensez-vous que j'ai pu m'offrir une maison comme celle-là ? dit-il en écartant les bras. Vous croyez qu'on peut réussir comme j'ai réussi en étant totalement stupide ? Vous croyez que je ne sais pas que vous n'avez rien contre moi ? Dans ce cas, vous vous trompez gravement. Je sais parfaitement que je pourrais mettre fin à cette plaisanterie et vous jeter dehors en une seconde. Je n'aurais qu'à claquer des doigts, et vous vous retrouveriez sur le trottoir en train de vous demander ce qui s'est passé.

– Dois-je le prendre comme une menace ?

– Prenez-le comme vous voudrez. » Sand inspira un grand coup. « Ce que j'essaie de vous dire, c'est que l'unique raison pour laquelle je vous ai laissé entrer chez moi, c'est parce que je souhaitais vous être utile. Je désire vivement que vous trouviez le coupable, et ce, le plus rapidement possible. Alors pour répondre à votre question, je l'ai ramassée à l'angle d'Istedgade et de Viktoriagade. Puis je l'ai emmenée dans l'un des immeubles de bureaux que je possède à Valby.

– Pouvez-vous me donner l'adresse ?

– 65 route de Gammel Køge.

– Quel itinéraire avez-vous emprunté pour vous y rendre ?

– Je n'en sais rien. » Il haussa les épaules. « L'itinéraire normal.

– Vous êtes passé au sud ou au nord du cimetière Vestre Kirkegård ? Les deux chemins sont aussi rapides l'un que l'autre, à deux minutes près.

– Alors j'ai sans doute pris le plus rapide.

– C'est-à-dire l'axe nord, par l'avenue Vigerslev.

– Exact.

– Intéressant. » Heinesen hocha la tête. « Alors comment expliquez-vous que nous n'ayons pas réussi à repérer une seule de vos voitures sur les caméras qui surveillent la circulation au croisement entre les avenues Vigerslev et Enghavevej ?

– Quelles caméras ?

– Vous n'êtes pas le seul à réagir ainsi. C'est vrai qu'on les remarque à peine. Mais revenons à ma question. Pourquoi n'avons-nous vu aucune de vos voitures ?

– Parce que je ne conduisais aucune d'elles.

– Ce n'est pas ce que vous nous avez dit lors de votre dernier interrogatoire. D'après le rapport, vous auriez clairement indiqué que vous…

– Je ne sais pas combien de voitures vous avez, mais moi, j'en ai…

– Vous en avez treize immatriculées au Danemark. Et vous en avez encore…

– Bon, d'accord, je me suis trompé ! Et alors ?

– Alors je voudrais savoir laquelle vous conduisiez. »

Sand allait répondre, mais il se ravisa. Peut-être avait-il eu l'intention de parler de la berline de sa femme ou de l'un de ses nombreux véhicules de fonction, avant de réaliser qu'aucun n'aurait été filmé par les caméras de surveillance.

« Ah, mais ça y est, je me souviens. Nous avons pris un taxi, dit-il finalement avec un sourire forcé. C'est ça, nous y sommes allés en taxi. J'avais complètement oublié. Au temps pour moi. Désolé.

– De quelle compagnie ?

– Je ne me rappelle pas, malheureusement.

– Vous avez un reçu ?

– Non.

– Peut-être un relevé bancaire sur lequel nous pourrions vérifier le paiement par carte ?

– J'ai payé en liquide et j'ai pris le taxi sur le boulevard H. C. Andersen, à la hauteur de la place de l'Hôtel de Ville. »

Heinesen hocha la tête à nouveau. « L'un comme l'autre sera difficile à prouver, évidemment.

– Oui, malheureusement. C'est tout, ou vous avez d'autres questions ?

– Non, ça ira. Pour l'instant. S'il y a autre chose, nous savons où vous joindre.

– Je vous saurais gré de téléphoner avant. J'aurais peut-être même le temps de vous proposer un café.

– C'est gentil, mais j'aime bien arriver à l'improviste. Vous savez ce que c'est quand on n'est pas préparé. On dit une chose, mais notre regard et notre langage corporel en disent une autre. Sur ce, je vous souhaite une agréable soirée. »

Heinesen sortit du bureau et traversa le hall en direction de la porte d'entrée. Il n'eut pas l'impression que Sand le suivait. Restait à déterminer si c'était une marque de force de caractère et de confiance en soi. Lui, en tout cas, était très content de sa prestation.

Arrivé dans sa voiture, qu'il avait garée à deux pâtés de maisons de la demeure des Sand, il mit ses écouteurs et téléphona à Hemmer.

« *Comment ça s'est passé ?* lui demanda celui-ci.

– Bien, je crois. Et toi, comment ça va ?

– *Ça va. Je suis connecté. Avec son téléphone officiel et le portable de sa femme. Je me suis également branché sur leur téléphone fixe et sur deux autres numéros de téléphone à carte anonyme qui se trouvaient à proximité. Attends, il y a un des numéros qui se réveille.*

– Lequel ?

– *L'un des deux numéros à carte.*

– Tu vois qui il appelle ?

– *Si tout fonctionne, on va le découvrir très vite.* » Morten entendit les doigts de son collègue courir sur le clavier. « *J'ai le numéro, mais je ne trouve pas le titulaire. C'est sans doute un téléphone à carte également. Anonyme, donc.*

– Tu peux me connecter sur la conversation ?

– *Bien sûr,* dit Hemmer au moment où la tonalité d'appel s'arrêtait.

– *Allô. Écoute, tu tombes mal,* dit une voix qu'il connaissait bien. *Je te rappelle dès que j'ai fini.*

– *Tu m'as dit que c'était terminé, que tu contrôlais la situation,* dit Sand, qui était aussi furieux qu'il l'avait espéré.

– *Calme-toi, Jakob. Dis-moi ce qui ne va pas.*

– *Un de tes sous-fifres est venu m'emmerder chez moi.*

– *Qui ça ?*

– *Il a dit qu'il s'appelait Morten Heinesen et m'a posé des tas de questions sur la voiture que je conduisais, par où je suis passé avec la fille... Apparemment, aucune de mes voitures n'apparaît sur la caméra de surveillance de l'avenue Vigerslev.*

– *Qu'est-ce que c'est que cette histoire de caméra ?*

– *Je n'en sais rien, moi. Une caméra qui surveille la circulation. On s'en fout ! Je m'en suis sorti en inventant que j'avais pris un taxi et payé la course en liquide. Ce que j'essaie de te dire, c'est que si ça continue comme ça, on est foutus, tu comprends ? À force de fouiner partout, ils vont finir par tout découvrir.*

– *Bon, écoute, je pense qu'il vaut mieux qu'on raccroche et qu'on en reparle ce soir.* »

Un clic, et la communication fut interrompue. Une communication au cours de laquelle pratiquement tous leurs soupçons s'étaient révélés fondés. Hemmer avait évidemment enregistré la conversation, mais ils n'avaient pas d'autorisation officielle pour cette mise sur écoute, et les éléments qu'elle contenait ne pourraient pas être utilisés comme preuves à charge.

Mais ce n'était pas ce qui intéressait Morten Heinesen pour le moment. Ce qui l'intéressait, c'était l'identité de l'interlocuteur de Jakob Sand.

50

Kim Sleizner rangea le vieux Nokia dans la poche de sa veste et se tourna vers Dunja, assise, le dos droit, les mains attachées et le visage fracassé. « Désolé, où en étions-nous ? »

La jeune femme ne répondit pas et concentra toute son attention sur un point indéfini situé devant elle. Comme il l'avait parfaitement exprimé, elle se trouvait dans son monde à lui, empli de violence, et il n'y avait rien qu'elle puisse faire pour y échapper. Quoi qu'elle réponde, il continuerait sur la voie qu'il s'était tracée, il continuerait à la faire souffrir, à l'avilir et à faire tout ce qui lui passerait par la tête. La seule chose qu'il ne parviendrait pas à faire, c'était à la briser. Quoi qu'il lui fasse, elle ne laisserait pas la flamme s'éteindre.

« C'est ça, continue à jouer au roi du silence, je t'en prie. Au moins, tu as étanché ta soif, donc tout va bien. » Il s'approcha de la table, la contourna et se plaça dans son dos.

Elle n'avait pas l'intention de se retourner. Elle resta donc là, à attendre la suite. Elle savait que ça ferait mal. Que cela lui vaudrait une nouvelle blessure, qui nécessiterait beaucoup de temps et de dignité pour guérir.

Elle fut donc surprise par les mains qui se posèrent sur ses épaules. Des mains qui se mirent à la masser doucement avec des gestes réguliers. D'abord les épaules, puis la nuque, et toutes les zones tendues qui suppliaient d'être délassées.

« Est-ce que je t'ai déjà massée ? Quand nous étions amis et collègues ? Tu sais, du temps où j'ai tout fait pour t'aider à construire une brillante carrière. » Sans interrompre son massage, Sleizner attendit une réponse qui ne vint pas. « Non, probablement pas. Sinon, tu t'en souviendrais, reprit-il. Parce que s'il y a un domaine dans lequel j'excelle, c'est le massage. Ma spécialité, ce sont les pieds. Mais la nuque et les épaules arrivent en deuxième position. Avoue que c'est délicieux. »

Dunja ne répondit pas, ce qui ne voulait pas dire qu'il avait tort. Dans une autre réalité, une réalité où ces mains appartiendraient à quelqu'un d'autre, ç'aurait été délicieux en effet, totalement divin même. Mais là, elle se sentait mal et, malgré le talent de ses doigts à trouver avec précision les points douloureux qui attendaient depuis des années qu'on les touche, elle se sentait si nauséeuse à l'idée que c'était Sleizner qui se trouvait derrière elle qu'elle n'était pas loin de vomir.

« Tu es très tendue, dit-il en continuant de malaxer ses épaules et son cou. Est-ce que tu prends soin de toi ? Je vois que tu fais de la musculation, mais est-ce que tu fais des étirements ? Est-ce que tu permets à tes muscles de se relâcher de temps en temps ? Ici et là. Tu sens ces nœuds ? » Avec ses deux pouces, il appuya sur chacune des contractures de sa nuque et de ses épaules jusqu'à ce qu'elles cèdent, puis continua le long de sa colonne vertébrale et autour de ses omoplates.

« Tu imagines comme on pourrait être heureux tous les deux, reprit Sleizner. Ne t'inquiète pas, je sais combien nous nous haïssons, et aussi qu'il n'y aura jamais rien entre nous. Mais tu ne veux pas que nous oubliions ce détail pour l'instant, et que nous nous imaginions, toi et moi, ensemble pour l'éternité ? »

Elle savait qu'il était en train de l'envelopper dans un sentiment de sécurité, suffisamment longtemps pour qu'elle ose se détendre et croire qu'elle avait peut-être une chance de s'en sortir.

« Tu te rends compte quel couple extraordinaire nous formerions ? Nous serions aussi complémentaires que le yin et le yang. Tu ne peux pas le nier, Dunja. Toi et ta volonté acharnée de ne jamais renoncer quand tu as décidé quelque chose, et moi, avec mon réseau et mon imagination. Je te jure, on pourrait accomplir de grandes choses, tous les deux. »

C'était un trait caractéristique chez les psychopathes. Ils commençaient par la cruauté pour briser leur victime, puis ils réclamaient pardon et compréhension, jurant leur amour. Et dès que la proie se mettait à croire que la situation allait s'améliorer, ils frappaient à nouveau dans le but, comme Sleizner l'avait exprimé lui-même, qu'elle tienne aussi longtemps que possible.

« Je pourrais te masser tous les soirs, rêva Sleizner à haute voix en travaillant sa fibre musculaire de plus en plus en profondeur. Et toi, tu pourrais... »

Elle mit un long moment à réagir à son silence et à ouvrir les yeux. Elle s'attendait à tout, même au pire, mais pas à ce qu'elle vit brusquement se matérialiser devant elle.

« Camilla Krystchoff ? s'enquit le barbu en costume qui venait d'entrer dans la pièce.

– Euh, oui... C'est exact, ânonna Kim Sleizner en interrompant son massage. Peut-on savoir qui vous êtes ?

– Je suis l'avocat de Mlle Krystchoff.

– Pardon ? Je ne suis pas sûr de comprendre. » Sleizner se racla la gorge. « Comment se fait-il que...

– Eh bien, nous sommes deux, l'interrompit le nouveau venu en refermant la porte derrière lui. Parce que d'après ce que je vois, vous avez déjà commencé l'interrogatoire de ma cliente, ce qui est contraire à...

– Non, bien sûr que non. Je n'ai commencé aucun interrogatoire. » Sleizner s'écarta de Dunja. « Pas du tout. Je suis simplement venu voir comment elle allait. Ce n'est d'ailleurs pas moi qui vais conduire cet interrogatoire. Mais peut-être ignorez-vous qui je suis ?

– Je sais exactement qui vous êtes, ce qui ne change rien à la situation. » L'homme continua à avancer vers Sleizner. « C'est vous qui l'avez passée à tabac ?

– Pas du tout, elle s'est fait ça toute seule. Elle a un comportement autodestructeur, si vous voyez ce que je veux dire. C'est pour cela que je tenais à venir voir comment elle allait. »

L'homme se tenait à présent devant lui, une seringue à la main, qu'il tapota une ou deux fois pour en extraire les éventuelles bulles d'air.

« On peut savoir ce que vous faites ? » lui demanda Sleizner.

En guise de réponse, le type lui enfonça l'aiguille dans la poitrine. Une seconde plus tard, Kim Sleizner s'écroulait sur le sol comme un tas de chiffons.

« Fareed ! Comment as-tu fait pour arriver jusqu'ici ? s'exclama Dunja.

– Je te propose de remettre les questions à plus tard. Tout ce que tu as à faire maintenant, c'est nous obéir et espérer que la chance sera de notre côté.

– Nous ? Qui ça, nous ? »

Fareed ouvrit la porte, et Michael Rønning entra. En uniforme de la police.

« Michael ? Mais...

– Enfile ça, ordonna-t-il en posant un tas de vêtements sur la table tandis que Fareed déverrouillait ses menottes. Le reste attendra. »

Elle acquiesça, ravala ses questions et les laissa travailler en silence.

Un instant plus tard, elle était libérée. Ils avaient nettoyé le sang sur son visage, et elle avait enfilé le pantalon blanc et la blouse de médecin par-dessus ses autres vêtements.

Pour finir, elle accrocha un stéthoscope autour de son cou tandis que Fareed et Michael chargeaient Sleizner, inconscient, sur une civière. Ils le couchèrent en position latérale de sécurité, lui installèrent un oxymètre de pouls sur le doigt et lui couvrirent le visage d'un masque de réanimation à insufflateur d'oxygène, avant de se précipiter dans le couloir pour sortir de là au plus vite.

51

« Sleizner ? » Assis derrière son bureau, le procureur général Mads Jensen – avec sa chemise bien repassée, ses bretelles à rayures noir et blanc, et sa cravate assortie – ressemblait à quelqu'un à qui on vient de faire une blague. « Vous voulez dire Sleizner comme dans Kim Sleizner ? »

En face de lui, sur le siège réservé aux visiteurs, Morten Heinesen hocha la tête en essayant d'avaler sa salive. Mais la boule qu'il avait dans la gorge devait être trop grosse, ou alors c'était sa cravate qui était trop serrée.

« Juste pour être sûr de bien comprendre, poursuivit Jensen. Vous pensez sérieusement que Sleizner pourrait, d'une manière ou d'une autre, être impliqué dans l'assassinat de Mogens Klinge et de cette fille ? »

Heinesen acquiesça à nouveau. Il n'avait jamais été reçu par le procureur général en personne. Jamais en tête à tête. D'habitude, c'était Sleizner ou quelqu'un de mieux placé que lui dans la hiérarchie qui allait à ce genre de réunion. Mais cette fois-ci, il n'y avait personne d'autre. De toute façon, l'affaire était trop importante, et surtout beaucoup trop sensible. Même si Heinesen en avait parlé à quelqu'un d'autre, elle aurait fini par remonter tôt ou tard jusqu'à ce bureau.

« Ça semble complètement… » Jensen n'acheva pas sa phrase et secoua longuement la tête. « Que voulez-vous que je vous dise ? C'est insensé !

– Je sais. J'ai moi-même du mal à y croire. » Il avait enfin réussi à surmonter sa nervosité. « Malheureusement, il existe de nombreux indices qui pointent dans ce sens. »

Le procureur lissa sa moustache parfaitement taillée et ouvrit la bouche comme pour dire quelque chose. Mais il continua à dodeliner de la tête tandis que la boule enflait dans la gorge de Heinesen. Quant à ce dernier, il s'attendait à ce que le magistrat lui demande sur quoi il basait ses soupçons et ses accusations. À ce qu'il veuille savoir ce qui l'avait conduit à une conclusion aussi effarante. Au lieu de quoi, Jensen le fixait en silence, d'un air soupçonneux devenant de plus en plus perçant.

« Voici le résumé des faits », finit par dire Heinesen, la gorge nouée, en faisant glisser vers le procureur le document qu'il avait rédigé et où se trouvaient énumérés, point par point, tous ses arguments.

Il contenait les éléments ayant permis à Hesk de penser que Sleizner l'avait drogué lors la conférence de presse et qu'il était en contact avec Mogens Klinge par l'intermédiaire d'un numéro anonyme. Heinesen expliquait aussi sa certitude que les images de l'agression de Hesk dans le parking souterrain avaient été montées et que Sleizner avait volontairement coupé le moment où Jakob Sand était arrivé dans sa voiture de sport ainsi qu'un certain nombre d'autres séquences.

Le procureur survola la liste, une ride préoccupée entre les sourcils. Heinesen n'eut plus qu'à attendre qu'il ait terminé et relève les yeux du document.

« Je ne vois là qu'une série de vagues suppositions, dit Jensen en reposant la feuille. Pour moi, il n'y a là aucune preuve concrète qui étaye votre théorie.

– Vous avez raison, il n'y a pas de preuve. Mais aucune de ces suppositions n'est vague. Je pense au contraire qu'elles sont aussi concrètes que plausibles. Si on y ajoute un grand nombre de coïncidences assez extraordinaires, j'estime que ces suppositions méritent d'être examinées de plus près. En d'autres termes, il n'y a pas de fumée sans feu.

– Eh bien, soit. Mais dans mon métier, on ne peut pas se contenter de fumée. J'ai besoin de feu pour agir et, dans le cas présent, il faudra un véritable feu de forêt. »

Heinesen hocha la tête et se fendit d'un sourire. « C'est pour cela que je ne suis pas venu vous voir plus tôt. Figurez-vous que, depuis une heure, les flammes sont devenues parfaitement visibles. »

Il posa son portable devant lui, appuya sur « play » et scruta la réaction du procureur pendant le visionnage de l'enregistrement.

« *Calme-toi, Jakob. Dis-moi ce qui ne va pas* », disait la voix de Sleizner. Jensen sembla aussi désarçonné qu'il l'espérait.

« Vous pensez que c'est Sleizner qui parle ? » s'assura le procureur. Heinesen confirma.

« *Un de tes sous-fifres est venu m'emmerder chez moi.* »

« Et là, c'est la voix de Jakob Sand que vous entendez », précisa le policier.

« *Qui ça ?* » demandait Sleizner.

« *Il a dit qu'il s'appelait Morten Heinesen et m'a posé des tas de questions sur la voiture que je conduisais, quel itinéraire j'ai emprunté avec la fille… Apparemment, aucune de mes voitures n'apparaît sur les caméras de surveillance de l'avenue Vigerslev.* »

Jensen était indéniablement sous le choc. Il était livide et écoutait l'enregistrement la bouche ouverte, comme si un muscle de sa mâchoire avait lâché.

« *Qu'est-ce que c'est que cette histoire de caméras ?* demandait Sleizner.

– Je n'en sais rien, moi. Des caméras qui surveillent la circulation. On s'en fout ! Je m'en suis sorti en inventant que j'avais

pris un taxi et payé la course en liquide. Ce que j'essaie de te dire c'est que si ça continue comme ça, on est foutus, tu comprends ? À force de fouiner partout, ils vont finir par tout découvrir.

– Bon, écoute, je pense qu'il vaut mieux qu'on raccroche et qu'on en reparle ce soir. »

Heinesen prit le portable sur la table, l'éteignit, le remit dans sa poche et attendit. Cette fois, le silence ne le dérangea pas. Au contraire, il générait un certain calme. Avant de pouvoir se prononcer, Jensen avait évidemment besoin de quelques minutes pour digérer tout cela et réfléchir aux conséquences de ce qu'il venait d'entendre.

« Cette écoute, dit-il au bout d'un moment. Qui en a donné l'autorisation ?

– Personne, répondit Heinesen. À part moi.

– Mais alors il n'y a rien là-dedans qu'on puisse utiliser ?

– Non, ce n'était pas le but.

– Ah... Et si je peux me permettre cette question : quel en était le but ?

– Avoir l'autorisation de continuer.

– De quelle façon ?

– Je souhaiterais procéder à l'interrogatoire de Sleizner et de Sand. Éplucher leurs portables et leurs ordinateurs, fouiller leur domicile et leur lieu de travail. Mettre les scellés sur ce parking et l'explorer de fond en comble pour savoir ce qu'il s'y passe réellement. Et le faire aussi vite que possible, afin qu'ils n'aient pas le temps d'effacer de traces. Pour l'instant, c'est le plus important.

– Je comprends, dit Jensen. Et je ne suis pas loin d'être d'accord avec vous. » Il continua à hocher la tête comme s'il acquiesçait à ses propres pensées. « Mais je vais quand même devoir refuser.

– Refuser ? répéta Heinesen en se redressant sur sa chaise. Mais pourquoi ?

– Parce que Sleizner est l'un de nos meilleurs enquêteurs et qu'il a le plus fort taux de réussite de la maison.

– Mais on pourrait agir discrètement. Ne pas donner de conférence de presse, par exemple. On garde ça en interne en attendant d'en savoir plus.

– Et ensuite ? Que pensez-vous qu'il va se passer ?

– Eh bien, soit il est coupable, soit il s'avère qu'il est...

– Innocent, le coupa Jensen. Mais en attendant, ce sera quand même un énorme scandale qui, à l'arrivée, fera plus de mal que de bien à notre corporation. »

Heinesen n'arrivait pas à croire ce qu'il venait d'entendre. « Vous voulez dire que vous allez le laisser filer ?

– Excusez-moi, vous vous appelez comment, déjà ?

– Morten. Morten Heinesen.

– Écoutez, Morten, nous connaissons Kim. Mais de là à croire qu'il ait pu... Enfin, quoi que vous pensiez qu'il ait pu faire en compagnie de Jakob Sand qui, soit dit en passant, vient d'être rayé de la liste des suspects... Bref, cela me semble parfaitement impensable.

– Impensable ? Et de quoi croyez-vous qu'ils aient l'intention de parler ce soir ?

– Que voulez-vous que j'en sache ? » Jensen haussa les épaules. « Il peut s'agir de n'importe quoi. Ce n'est pas parce qu'on n'a pas envie de crier une chose sur les toits qu'elle est forcément illégale. Vous savez comment ça se passe avec la rumeur et le scandale. Quand les choses commencent à s'emballer, tout et tout le monde est passé au peigne fin, et le plus honnête des hommes peut se retrouver en difficulté, même s'il n'a jamais rien fait de mal. »

Heinesen se leva. Il n'y avait rien à ajouter. Point final. La messe était dite. Il ne lui restait plus qu'à s'en aller. En gardant son calme, si possible.

Alors qu'il se dirigeait vers la porte, il sentit son portable vibrer dans sa poche. Mais il attendit d'être sorti du bureau pour lire le message que venait de lui envoyer Malin Rehnberg, l'inspectrice suédoise avec qui il s'était entretenu plus tôt dans la journée. Il contenait le document dont elle lui avait parlé et qu'elle avait promis de lui envoyer. Il s'agissait bien d'une photo de la cicatrice en forme de croix que la morte portait à l'intérieur de la cuisse, accompagnée d'un message disant que le prix était trop élevé, la marchandise étant « avariée ».

Mais ce qui le fit s'arrêter au milieu du couloir et zoomer sur le cliché pour mieux voir, ce fut la main qu'on voyait sur le côté de la photographie en train d'écarter les jambes de la femme. Elle était légèrement floue et à peine visible, mais il n'eut aucun mal à reconnaître la montre de celui qui la portait. Une Rolex Day-Date dont Sleizner se vantait régulièrement, prétendant que Tony Soprano avait la même.

Il était difficile de trouver plus concret. Sleizner n'était pas seulement en relation avec un meurtrier présumé. Il était tellement impliqué dans cette affaire qu'il ne s'agissait plus maintenant d'un vague soupçon, mais de connaître la gravité de son implication et jusqu'où il était capable d'aller.

Le plus logique aurait été de retourner voir le procureur général et de lui montrer cette nouvelle preuve sur laquelle, quoi qu'on en pense, il était impossible de fermer les yeux. Mais quelque chose lui fit penser que c'était la dernière chose à faire.

52

Il faisait toujours une chaleur étouffante, mais les signes que l'été touchait à sa fin étaient chaque jour plus nombreux. Comme la saturation de l'air, par exemple. Il était grand temps qu'une bonne tempête ou, au moins, une vraie journée de pluie vienne rafraîchir l'atmosphère. On le remarquait aussi aux ombres, qui étaient trois à quatre fois plus grandes que leur objet dès le milieu de l'après-midi.

Mais surtout, la nuit tombait beaucoup plus vite. Après une longue période pendant laquelle l'obscurité n'avait jamais été totale, le soleil sombrait désormais derrière l'horizon vers vingt et une heures, et dix minutes plus tard, il faisait nuit noire.

C'est vrai que c'était magnifique. La vue depuis le dix-huitième étage du Radisson, en plein cœur de Copenhague, était exceptionnelle. Les lumières des centaines de milliers d'ampoules qui semblaient être le reflet de la Voie lactée donnaient envie de croire à un monde plus vaste que ce que le commun des mortels était capable d'imaginer.

Mais ce n'était pas pour contempler l'Univers, ni parce qu'il était en quête d'une expérience mystique que Fabian s'était offert une chambre située à une pareille altitude, mais parce qu'il avait besoin de partir le plus loin possible, au moins pour quelques heures. De s'éloigner autant qu'il le pouvait sans quitter Copenhague. De faire une pause. Il n'était pas prêt à affronter la suite. Prendre de la hauteur lui avait semblé être la meilleure solution, et ses finances ne lui avaient pas permis d'aller au-delà du dix-huitième étage.

Il avait commencé par s'allonger un peu. Terrassé par la fatigue, il n'avait émergé qu'après plusieurs heures d'un sommeil sans rêves.

Il s'était éteint comme après une coupure de courant. C'était sans doute la raison pour laquelle il ressentait encore un mélange de colère et d'angoisse quand il avait repris connaissance et réalisé où il était. Ce qu'il s'était passé et à qui en incombait la faute.

Il s'était fait couler un bain chaud dans lequel il avait vidé tous les échantillons d'huiles parfumées qu'il avait pu trouver et à présent, il barbotait dans la baignoire, les yeux au plafond et les oreilles sous l'eau.

Il avait épluché l'intégralité du dossier portant les initiales T. R. Il avait lu chaque annotation, plusieurs fois, pour arriver à la conclusion qu'il n'y avait pas le moindre doute. Pas la moindre marge d'erreur ni d'incompréhension. Aucune faille laissant une place à une explication ou à une interprétation différente des faits.

Theodor allait très mal. Assez mal pour avoir l'idée de se tuer. Mais y penser était une chose. Passer à l'acte en était une autre.

Et c'était là que Sleizner était intervenu.

Il avait poussé Theodor vers le gouffre. Il avait préparé et orchestré sa chute afin qu'il suffise d'un minuscule déclencheur pour qu'il décide de mettre fin à ses jours.

Mais Fabian avait lui aussi une part de responsabilité dans ce drame. Et non des moindres. C'était lui qui avait obligé son fils à préférer la vérité au mensonge. Il était fautif, et rien ne le laverait de sa faute. Matilda et Sonja avaient raison quand elles prétendaient que tout serait différent désormais s’il avait réagi autrement. Les choses ne seraient pas parfaites, mais elles seraient mieux que *ça*.

Mais c’était quoi, *ça*, exactement ?

Un point final ou une virgule ?

Pouvait-il y avoir une suite ou était-il arrivé au bout de son histoire ? Un homme sans rien à perdre dans une baignoire, au dix-huitième étage d’un hôtel, à Copenhague.

53

Après avoir ratissé l'appartement de Sleizner et y avoir relevé autant d'empreintes digitales, de traces de sang et de cheveux qu'ils purent y trouver, Dunja et Fareed passèrent aux préparatifs.

L'appareil de musculation découvert dans la pièce exiguë se trouvait maintenant dans la cuisine, sous la hotte aspirante. La caméra tenue par un trépied était braquée sur le visage de Sleizner, la batterie chargée. Ils avaient testé le son pour s'assurer que chaque syllabe qu'il prononcerait serait audible, quand bien même il se mettrait à marmonner.

Toujours inconscient, Kim Sleizner était avachi sur le banc de musculation. Ils avaient immobilisé ses chevilles à l'aide de bandes de résistance. Ses mains étaient solidement attachées à la barre de traction servant à muscler le dos et les bras. Quant à la barre elle-même, elle pendait à un câble relié à des poids qui le maintenaient en position assise. On aurait dit un crucifié, ce qui n'était pas loin d'être la réalité.

Pendant que Fareed testait le contrepoids nécessaire pour que Sleizner soit soulevé du banc, Dunja parcourut le dos des CD qui occupaient plusieurs mètres carrés sur l'un des murs du séjour et, malgré l'importance de la collection, chercha en vain un album qui lui plaise.

Les goûts de l'inspecteur Sleizner se résumaient à un vaste hommage aux années 1980. Rien d'autre. Une décennie qui, selon Dunja, aurait dû être radiée de l'histoire musicale. C'était de surcroît le bas du panier qui était à l'honneur. Finalement, parce qu'il fallait bien choisir quelque chose, elle inséra l'album *Diesel and Dust* des Midnight Oil dans la Bang & Olufsen. Elle n'aurait qu'à presser un bouton sur la télécommande si nécessaire.

De retour dans la cuisine, elle échangea un regard avec Fareed, qui lui indiqua d'un hochement de tête qu'il était prêt. Il ne restait plus qu'à attendre que Sleizner ouvre les yeux.

« On essaie de le réveiller ? Qu'est-ce que tu en penses ?

– Tu es bien impatiente. On peut lui donner quelques minutes de répit », dit Fareed en démarrant la caméra. Évidemment qu'elle était impatiente. C'était pour vivre cet instant qu'elle s'était battue durant toutes ces semaines. Certes, rien ne s'était déroulé comme elle l'avait prévu, et encore quelques heures plus tôt, elle avait été près de renoncer à sa vengeance comme on renonce à un rêve impossible. Mais c'était sans compter l'aide providentielle de Michael Rønning. C'était à lui qu'elle devait tout cela. Fareed avait joué un rôle important, évidemment, mais le cerveau de sa libération, c'était Michael Rønning, alors qu'il était celui qui avait le plus à perdre dans cette entreprise.

Depuis des mois, sachant qu'ils avaient été amis par le passé, Sleizner ne le lâchait plus, tentant de glaner un maximum d'informations sur elle. Mais quand Michael était tombé sur cet avis de recherche interne qui la faisait passer pour une dangereuse terroriste, il avait décidé de tout mettre en œuvre pour gagner la confiance de l'inspecteur.

C'était de cela qu'il s'agissait quand ils s'étaient donné rendez-vous au café Diamant. Sleizner lui avait demandé de veiller à ce que personne ne soit au courant s'il parvenait à arrêter Dunja. Sans Michael, elle serait encore enfermée dans cette cellule ou en train de pourrir dans une cave souterraine perdue au milieu de nulle part.

Qu'il ait contacté Fareed, effacé toute trace de l'arrestation de Camilla Krystchoff, trouvé des vêtements et du matériel, puis planifié en détail leur évasion sans que personne ne pose la moindre question la remplissait d'admiration et de gratitude. Sans parler de l'ambulance garée devant la prison, gyrophare allumé, pour convaincre les plantons qu'il s'agissait d'une urgence.

Au bout de quelques kilomètres, il avait garé l'ambulance sur le côté de la route et était parti de son côté en leur disant que moins il en savait, mieux cela valait. Il ne lui avait même pas laissé le temps de le remercier et de le serrer dans ses bras avant de disparaître dans la nuit, sans un mot.

Elle comprenait parfaitement pourquoi il était parti comme ça. Il était important qu'il prenne autant de distance avec elle que possible. Pas uniquement à cause des derniers événements, mais par rapport à ce qui allait se passer ensuite.

Sleizner commença à donner signe de vie. Il laissa échapper un gémissement presque inaudible et se rendormit. Elle n'en pouvait plus d'attendre ; elle brûlait d'envie de saisir la télécommande, de la diriger vers le séjour et de presser la touche « play » et finalement, elle cessa de lutter.

Les trois premiers accords de *Beds Are Burning* explosèrent dans les enceintes de la cuisine, et Sleizner ouvrit les yeux avant que les Midnight Oil aient eu le temps de démarrer le morceau.

« Tiens, tiens, tiens... Ne serait-ce pas cette ordure de Kim Sleizner qui nous fait l'honneur de sa présence ? dit-elle tandis qu'avec beaucoup d'à-propos, Peter Garrett chantait que "l'heure était venue". Tu as bien dormi ? »

Sleizner regardait autour de lui, d'un air à la fois absent et attentif, comme s'il avait du mal à croire qu'il était ligoté dans sa propre cuisine, en caleçon, devant l'objectif d'une caméra et sous le regard narquois de Dunja.

« Qu'est-ce que tu m'as fait, salope ? aboya-t-il quand il commença enfin à comprendre. Mais qu'est-ce que c'est que ce bordel ?! rugit-il encore en se débattant, avant de se rendre compte qu'il parvenait tout juste à pivoter de quelques centimètres.

– On débutera dès que tu seras prêt, rétorqua Dunja en retournant la chaise posée à côté de la caméra et en s'asseyant face à lui, le dossier entre les jambes.

– On débutera quoi ? Et d'abord comment as-tu fait pour sortir de prison ?

– À la question A, la réponse est : tes aveux. Quant à la question B, tu devrais la poser à Camilla Krystchoff. C'est bien comme ça qu'elle s'appelait ? »

Sleizner renâcla. « Je te laisse une dernière chance. Tu peux encore me libérer, remettre ce banc de musculation à sa place et repartir à zéro.

– Sinon ? » demanda Dunja en s'accoudant au dossier.

Sleizner soupira. « Tu es encore plus conne que je ne le croyais. Il n'y a pas de sinon. De toute façon, tu vas crever. La seule chose qui dépende encore de toi, c'est comment.

– Je te trouve bien arrogant pour quelqu'un qui se trouve sur mon terrain, même si le décor ressemble beaucoup à celui de ta cuisine. »

Sleizner secoua la tête. « Tu me fais presque pitié. Oui, c'est bien ma cuisine. Mais il n'y a pas qu'elle qui soit à moi. Tout ce qui se trouve à l'extérieur de cet appartement m'appartient aussi, le port, l'île d'Amager, le monde. Tout cela m'appartient. Chaque pas que vous faites, avec ce mangeur de curry qui te suit partout comme un clébard, vous le faites sur mon territoire.

– Je dois dire que je suis impressionnée. » Elle se tourna vers Fareed. « Hein, tu n'es pas d'accord avec moi ? Ce pauvre garçon n'a aucune idée de ce qui l'attend. Il continue tranquillement, comme s'il avait encore son mot à dire.

– Tu as raison. C'en est presque touchant, dit Fareed.

– Touchant, touchant… Tu exagères un peu. Peut-être aux yeux de quelqu'un qui ne saurait pas qui il est en réalité. » Elle regarda sa victime, droit dans les yeux.

« Je ne sais pas exactement ce que tu as en tête, Dunja, mais tu t'imagines sérieusement que tu vas t'en tirer impunément ? Si je te demande ça, c'est surtout pour me rendre compte de l'étendue de ta naïveté. »

Elle continua de le regarder.

« Ton unique chance de te sortir de cette situation aurait été de me relâcher. Pas là, maintenant, ni dans cinq minutes, mais il y a une putain de demi-heure ! Tu devrais savoir que j'ai des amis, des relations et des hommes qui travaillent pour moi vingt-quatre heures sur vingt-quatre. Dès que je disparais pendant plus de deux heures d'affilée sans envoyer un code secret à mon service de sécurité, ça déclenche aussitôt une alarme. Bien sûr, je ne sais pas quelle heure il est, mais la cavalerie est certainement déjà en route. Alors j'ai le regret de te dire que tu as déjà perdu et que tu t'es mise dans la merde jusqu'au cou.

– Tu ne trouves pas qu'il a l'air désespéré, là ? » Fareed acquiesça. « L'avenir nous dira qui de nous a perdu. Mais maintenant, je propose qu'on s'y mette, si tu n'as pas d'autres questions, bien sûr. Parce que si c'est le cas, il vaut mieux que tu les poses maintenant. » Dunja attendit, mais Sleizner se tut. « OK, donc, tout est clair. Tant mieux. » Elle arrêta la musique avant le refrain et fit un signe à Fareed qui mit la caméra en route. « Commençons par ce parking boulevard Østerbrogade et le local en sous-sol dans lequel vous vous retrouvez, avec Jakob Sand. »

Sleizner haussa les épaules. « Je ne vois pas à quoi tu fais référence. Un parking, c'est un endroit où on gare des voitures, non ?

– Ha ha. Je te parle des locaux auxquels on accède en passant par ce parking.

– Je ne suis pas au courant.

– Je parle de l'endroit où tu as ordonné à tes hommes d'assassiner Qiang Who.

– Qiang qui ? railla Sleizner.

– De plus en plus drôle. Mais maintenant, je te conseille de répondre à mes questions, parce qu'au cas où tu ne l'aurais pas encore compris, nous avons déjà des preuves de tout, ou presque. Par exemple, du fait que tu te trouvais dans les locaux au moment du meurtre de Qiang. Nous possédons des enregistrements de conversations et des images qui montrent que tu es en lien avec Jakob Sand, qui est lui-même propriétaire des lieux. Nous savons aussi que Mogens Klinge, Jakob Sand et toi vous y trouviez ensemble, la nuit où Mogens Klinge est mort. Ou, plus exactement, la nuit où il a été assassiné.

– Si je n'avais pas les mains attachées, j'applaudirais, dit Sleizner. Ton histoire serait presque crédible… si vous aviez la moindre preuve, ce qui n'est pas le cas, étant donné qu'il n'en existe aucune.

– Ah bon ? Et comment peux-tu en être aussi sûr ? À cause de l'incendie que tu as commandité ? Tu comptais peut-être là-dessus pour tout effacer ? C'est vrai qu'un certain nombre de choses ont été brûlées, mais au risque de te décevoir, seuls quelques éléments d'enquête sans importance ont été détruits par les flammes.

– Tu bluffes. » Sleizner la regarda dans les yeux et sourit. « Mais je ne suis pas surpris. C'est la seule option qui te reste. Ce qui me surprend, c'est que tu mentes aussi mal.

Le regard, la voix, le langage corporel. Tu cumules grosso modo toutes les erreurs les plus courantes. »

Personne ne maîtrisait l'art du mensonge comme Sleizner. Il faisait partie intégrante de sa personnalité. S'il y avait un domaine dans lequel il excellait, c'était l'art de mentir sans ciller. En cet instant, il semblait lire dans ses pensées comme s'il était en train d'écouter un livre audio.

« Parlons un peu de Jan Hesk, poursuivit-elle. Ta petite ruse consistant à me faire porter le chapeau en truquant cette vidéo sur laquelle on me voit l'assommer était tout à fait efficace, j'en conviens. C'était malin et parfaitement exécuté, même si nous savons toi comme moi que cela n'a rien à voir avec ce qui s'est réellement passé.

– Ah bon ?

– Au départ, je croyais qu'il n'y avait que moi que tu cherchais à atteindre. Ce que, en soi, je n'ai aucun mal à comprendre. Mais j'étais quand même un peu surprise que les choses aillent aussi vite. Je pense à cette pseudo-enquête et à la façon dont vous avez retrouvé le corps et réussi à m'inculper. Vous avez battu des records, je dois dire. Une investigation bouclée en quelques heures, franchement, chapeau ! Évidemment, après coup, je me suis dit que si c'était allé aussi vite, c'était parce que tu savais déjà tout et qu'il ne te restait plus qu'à envoyer tes troupes là où tu en avais besoin pour repêcher le cadavre. »

Sleizner sourit, amusé. « Tu devrais écrire des polars. Non que les lecteurs aient besoin d'un énième amateur à la prose maladroite et à l'imagination fertile. Mais tu en vendrais à la pelle, comme ces jouets en plastique de mauvaise qualité et ces horribles souvenirs que les gens achètent quand ils sont en vacances.

– Peux-tu m'expliquer la présence des empreintes digitales de Hesk dans ton appartement ? Et pas juste à un endroit, mais à plusieurs. Entre autres, sur l'un de tes verres à whisky. »

Sleizner la regarda sans répondre, comme s'il la jaugeait.

« Pour t'éviter d'avoir à poser la question, nous avons également trouvé sur le tapis de ton séjour des cheveux qui pourraient lui appartenir. Mais cela reste à prouver. Tu connais le temps de réaction du labo. »

La pomme d'Adam de Sleizner faisait l'ascenseur dans sa gorge tandis qu'il hochait la tête. Dunja eut presque l'impression de voir une décision prendre forme dans sa tête. Au lieu de parler, il se racla la gorge, plusieurs fois de suite, jusqu'à ce qu'il ait rassemblé assez de salive pour projeter un crachat visqueux sur la caméra. Qu'il s'agisse d'un coup de chance ou d'un talent particulier, le glaviot beige et gluant atterrit pile au milieu de la lentille.

« Dois-je déduire de ce geste puéril que tu n'as pas l'intention d'avouer ni de nous dire quoi que ce soit sur le sujet qui nous intéresse ?

– Tu n'es peut-être pas aussi bête que tu en as l'air, finalement.

– Très bien. » Elle poussa un soupir et se tourna vers Fareed. « Ne gaspillons pas de la mémoire pour rien. »

Fareed éteignit la caméra et nettoya l'objectif avec une serviette en papier. Pendant ce temps, Dunja s'accroupit devant Sleizner pour pouvoir le regarder droit dans les yeux. Jusqu'à présent, rien dans son comportement n'avait eu de quoi la surprendre. Elle n'avait à aucun moment imaginé qu'il se mettrait à table de but en blanc.

Ils s'étaient contentés de préparer le terrain et de faire comprendre à Kim Sleizner ce qu'ils attendaient de lui. C'était maintenant qu'ils allaient passer aux choses sérieuses.

« Tu te souviens de l'effet que ça fait la première fois qu'on embarque dans un grand huit ? lui demanda-t-elle, attendant une réaction qui ne vint pas. Tu sais, ce moment où on monte la première longue côte, lentement, très lentement, jusqu'au sommet. On est mort de peur, on regrette d'avoir pris sa place dans cette file d'attente et on n'a qu'une envie, c'est de sauter en marche. Et en même temps, c'est très excitant. On sait que, de l'autre côté, quelque chose d'extraordinaire nous attend. On cesse de vouloir tout contrôler et on s'autorise à lâcher prise. Eh bien, c'est exactement ce que je ressens en ce moment.

– Les montagnes russes n'ont jamais été ma tasse de thé, répondit Sleizner. Mais je suis heureux que tu t'amuses.

– Pour ce qui est de l'amusement, ça reste à voir. Parce que moi, c'est la torture qui n'a jamais été ma tasse de thé. Même quand j'étais jeune et qu'on me traînait au cinéma pour voir des films d'horreur. Toi, je ne sais pas, mais moi, je détournais toujours la tête quand on commençait à couper les doigts aux gens ou à leur arracher les yeux. J'ai toujours trouvé ces scènes-là inutiles et gratuitement spectaculaires. D'ailleurs, même en fermant les paupières, on ne loupait pas grand-chose. Je suis encore comme ça, aujourd'hui. Mais pour toi, je me sens capable de faire une exception. J'espérais évidemment que tu avouerais spontanément et que j'aurais une chance d'échapper à cette corvée. En même temps, je suis impatiente de savoir ce qui va se passer lorsque nous aurons atteint ce point de non-retour et que nous plongerons de l'autre côté. »

La réaction de Sleizner fut aussi rapide qu'inattendue. Son deuxième crachat atteignit Dunja au milieu du front et coula lentement sur l'arête tuméfiée de son nez. Fareed lui tendit aussitôt un mouchoir en papier, mais le mal était fait. Même si c'était elle qui pouvait se mouvoir librement, pour l'instant, c'était toujours lui qui avait le dessus.

Peut-être avait-il eu raison de la traiter de menteuse. En tout cas, il avait vu à travers son jeu, et elle devait désormais trouver en elle la force d'ignorer l'affront et de monter la mise en donnant à Fareed le signe qu'il attendait.

Sans un mot, celui-ci souleva un kettlebell de vingt kilos et le posa sur les poids empilés à l'arrière du multi-gym. La pile descendit et, par effet de levier, Sleizner fut soulevé du banc de quelques centimètres.

« On peut savoir à quoi vous jouez ? demanda-t-il en jetant un coup d'œil au-dessus de son épaule pour voir ce que Fareed était en train de faire.

– Ici, c'est moi qui pose les questions, dit-elle en s'éloignant vers l'évier. Si j'étais dans ton froc, pardon, dans ton caleçon, je resterais concentré sur mes réponses. » Elle revint avec dans les mains une couche pour adulte, découpée sur les côtés, et baissa le caleçon de Sleizner jusqu'aux genoux. « Par exemple, j'aimerais que tu me fasses le récit exhaustif de ta participation à l'assassinat de Mogens Klinge et de la femme qui était avec lui dans la voiture. »

En un sens, elle savait qu'ils en arriveraient là. Elle en prit conscience en le voyant pendu devant elle, nu et impuissant. Elle avait même prévu de se moquer de la petitesse de son sexe. De lui dire à quel point il lui faisait penser à une minuscule tortue recroquevillée dans sa coquille parce que ses copines tortues se sont moquées d'elle.

Mais sa verge n'était ni petite ni recroquevillée. Elle pendait entre ses jambes, gonflée et en semi-érection. La première réaction de Dunja fut de penser qu'il devait y avoir un problème. Quelque chose qu'il n'avait pas compris. Est-ce qu'il avait pris du Viagra ?

« Elle est belle, hein ? » se vanta-t-il en souriant.

Avec ou sans Viagra, cette situation faisait bander cette ordure. Probablement pensait-il que tout cela n'était que des menaces en l'air. Mais quand même. Qu'il ait raison ou non, on ne pouvait pas lui enlever que son arrogance forçait le respect.

« Vous n'avez aucune preuve parce qu'il n'y en a pas. Ma seule implication dans cette histoire, c'est l'enquête que j'ai lancée pour trouver le ou les coupables de ces meurtres.

– Et si on parlait un peu de vendredi dernier, dit-elle en attrapant la bouteille d'essence à briquet que lui lançait Fareed. De votre déjeuner au Zeleste, avec Jakob Sand. » Avec des gestes lents, elle aspergea consciencieusement la couche d'essence. « Qui était le troisième convive ?

– Je ne sais pas de quel déjeuner tu veux parler.

– Vraiment ? Tu ne te souviens pas ? Le jour où tu étais supposé être chez le dentiste. Excuse-moi, ça risque d'être un peu froid. » Elle fixa la couche et remonta le caleçon. « Rassure-toi, ça ne va pas durer. » Elle fit un signe à Fareed, qui alluma la hotte aspirante à la puissance maximale. « Ce n'était pas Mads Jensen par hasard, le procureur général ?

– Je ne sais pas de quoi tu parles.

– Tu en es sûr ? » Elle prit un allume-feu et l'alluma devant son visage d'une simple pression sur un bouton. « Parce qu'il se trouve que son portable bornait exactement au même endroit et à la même heure que les vôtres et, si je ne m'abuse, vous êtes copains depuis l'époque où vous étiez encore en couche-culotte, tous les deux.

– Ce ne serait pas la première fois que tu te trompes », rétorqua Sleizner, ses yeux allant du visage de Dunja à la flamme longue d'un centimètre à l'extrémité du briquet. Quelque chose avait changé dans son regard. Sleizner venait de comprendre qu'elle ne bluffait pas. « Mais j'oubliais que tu n'es qu'une pauvre petite connasse qui ignore dans quoi elle est allée se fourrer », dit-il enfin avec un large sourire.

Les mots de Kim avaient depuis longtemps perdu leur pouvoir sur elle. Mais pas l'expression de ses yeux. Pas ce regard provocateur qui la transperçait, cherchant à déterminer ce qu'elle savait vraiment. Ce fut cela, sans doute, qui lui fit baisser la flamme vers son entrejambe. À cet instant, elle avait cessé de réfléchir et n'avait plus d'autre option que de passer à l'acte.

« Dunja ! Qu'est-ce que tu fais ? s'écria Fareed. Tu es folle, on avait dit qu'on ferait juste…

– Oui, je sais, mais il arrive un moment où l'intimidation ne suffit plus et où on se met à faire des choses qu'on ne pensait pas avoir à faire, l'interrompit-elle sans cesser de regarder Sleizner dans les yeux. N'est-ce pas, Kim ? »

Son sourire suffisant s'était effacé. Sa confiance dans le fait que les choses iraient toujours dans son sens s'était évanouie. Tout cela avait disparu, et tel un gamin à qui pour la première fois on refusait un bonbon, elle lut dans ses yeux une immense déception. Une déception qui se transforma peu à peu en incrédulité, à mesure que la flamme grandissait dans son caleçon.

« Tu n'oseras pas, dit-il en secouant la tête. Tu es incapable…

– Est-ce toi qui as tué Jan Hesk ? le coupa-t-elle tandis que les flammes se répandaient sur le tissu à rayures rouge et blanc. L'as-tu assassiné parce qu'il te soupçonnait ? » Cela commença par une petite tache brune qui se transforma peu à peu en un large cercle.

« Dunja, putain ! cria Fareed. Ce n'est pas ce qu'on avait dit.

– Hein ? Je brûle ? demanda Sleizner à Fareed. Elle a mis le feu à l'essence ? » Enfin, elle vit l'inquiétude luire dans ses yeux. « Tu as fait ça ? Tu as mis le feu ? » Une inquiétude qui bientôt se métamorphosa en terreur.

« As-tu tué Hesk ? » s'enquit-elle à nouveau tandis que les flammes léchaient son entrejambe. « Réponds, nom de Dieu ! Est-ce toi aussi qui as ordonné l'assassinat de Qiang ? »

Comme si la douleur était soudain passée de zéro à cent, il hurla. « D'accord, j'avoue ! hurla-t-il entre deux respirations saccadées. Éteignez et j'avouerai tout !

– Tu avoueras quoi ? lui demanda-t-elle tandis qu'une odeur de chair et de poils brûlés emplissait la cuisine.

– Tout, sanglota-t-il, la morve lui coulant du nez. Je te le promets ! J'avouerai tout ! »

54

Morten Heinesen ouvrit le tiroir de son bureau avec une certaine tristesse. Au cours d'une journée normale, il répétait ce geste au moins une quinzaine de fois, pour y prendre un stylo ou autre chose. Ce qui voulait dire qu'il l'avait probablement ouvert quarante mille fois depuis douze ans qu'il était inspecteur de police. Quarante mille fois sans même y penser. Mais cette fois, c'était différent.

Les blocs-notes étaient ce qui prenait le plus de place, et comme il tenait à les garder, il les mit en premier dans le carton de déménagement posé sur le bureau. Idem pour les stylos qui fonctionnaient encore et la montre dont il ne se servait plus depuis qu'il avait un téléphone portable. Il ne voulut pas non plus jeter la collection de gommes parfumées représentant divers personnages de Star Wars, qui lui avait été offerte par Frank. Mais tout le restc alla à la corbeille à papier. Y compris les piles usées qui auraient en théorie dû être triées et jetées séparément.

Mais il n'avait pas le temps.

Tant pis si cela faisait mal et s'il avait l'impression de se débarrasser d'une partie de lui-même. Il devait écourter le processus. Pas parce qu'il était viré ni sur ordre de la hiérarchie. Non, uniquement vis-à-vis de lui-même. Parce qu'il devait trouver le courage d'aller jusqu'au bout et d'assumer les conséquences de ses actes. Admettre qu'il ne pouvait plus faire machine arrière.

Des pas dans le couloir suivis du grincement de la porte lui firent lever les yeux : Julie Bernstorff et Torben Hemmer traversaient le bureau dans sa direction, l'air interrogateur.

« Ah, vous voilà. C'est bien, les accueillit-il en prenant les derniers livres sur l'étagère. J'ai presque fini.

– Qu'est-ce que tu fais ? demanda Bernstorff. Tu ne vas pas démissionner ?!

– Non, pas pour l'instant, en tout cas. On verra quand tout ça sera terminé. » Il jeta les dernières bricoles dans la poubelle et éteignit la lampe de son bureau. « Mais soyez tranquilles, je prends l'entière responsabilité de mes décisions. Vous, tout ce que vous aurez fait, c'est obéir aux ordres d'un collègue qui avait plus d'ancienneté.

– Tu ne peux pas nous en dire un peu plus, demanda Hemmer.

– Tout ce que je peux vous dire, commença-t-il en baissant la voix avec un regard circulaire sur l'open space dans lequel plusieurs personnes étaient encore au travail, c'est qu'il s'est passé un certain nombre de choses. Vous en saurez plus quand nous serons sortis d'ici. » Il souleva le carton et s'éloigna vers la porte.

« Mais enfin, Morten. Attends un peu. » Ses deux collègues lui emboîtèrent le pas.

« On ne peut plus attendre.

– Où est-ce qu'on va ?

– On sort de ce bureau et on prend le couloir ». Il s'arrêta à la porte et se retourna. « Est-ce que l'un de vous pourrait m'ouvrir ? »

Hemmer lui tint le battant pour qu'il puisse passer le seuil avec son chargement.

« OK, et maintenant ? demanda Bernstorff en le rattrapant.

– Maintenant, on continue jusqu'aux ascenseurs, répondit-il sans s'arrêter.

– Écoute, Morten, je ne sais pas ce qui te passe par la tête, dit Hemmer. Mais si tu crois que Julie et moi allons obéir aux ordres et te suivre les yeux fermés... »

Il fut interrompu par deux policiers en uniforme qui sortirent de la cabine, les saluèrent d'un hochement de tête et continuèrent leur chemin dans le corridor.

« ... tu te trompes, reprit-il aussitôt qu'ils furent entrés dans l'ascenseur. Alors, soit tu nous expliques ce qui t'arrive, reprit-il à voix basse, soit... »

« Julie, tu veux bien appuyer sur le bouton du sous-sol ? » le coupa Heinesen.

Bernstorff obtempéra tandis que Hemmer poussait un soupir agacé. Hemmer s'apprêtait à poursuivre, mais il se tut quand Heinesen le regarda avec insistance avant de lever la tête vers la caméra de surveillance.

« Julie, tu vas monter dans ma voiture, dit Heinesen tandis qu'ils longeaient les voitures banalisées et les véhicules de police stationnés dans le parking. Et toi, Torben, tu vas prendre le fourgon avec ton équipement et tâcher de me coller au train.

– Tu ne comptes toujours pas nous expliquer de quoi il s'agit ? » insista Hemmer alors qu'ils approchaient d'un groupe d'intervention en train de monter dans un panier à salade noir, paré au combat, équipé de gilets pare-balles, de casques et d'armes automatiques.

« Merci, Magnus, vous êtes opé ? demanda Heinesen au chef du commando qui s'installait à l'avant, côté passager.

– Oui, on y va. On vous attend à l'adresse convenue. » Le chef du groupe d'intervention claqua sa portière, et le véhicule blindé démarra.

« OK, donc eux savent où nous allons, mais pas nous. » Hemmer secoua la tête, agacé.

Heinesen s'arrêta et se tourna vers ses deux collègues. Puis il regarda derrière lui, d'abord par-dessus son épaule droite, puis la gauche, avant de répondre. « Magnus est là depuis aussi longtemps que moi, et je regrette d'avoir à te le dire, mais vous avez encore un peu de chemin à faire avant d'en arriver à son niveau.

– Ce qui veut dire ? s'enquit Bernstorff. Tu ne nous fais pas confiance ?

– Ce qui veut dire qu'à la différence de lui, lorsque je vous aurai expliqué ce que nous nous apprêtons à faire, vous allez me demander des explications que je n'aurai pas le temps de vous donner... »

Son portable sonna, il vit que c'était Sleizner.

« Morten Heinesen à l'appareil.

– *Ne fais pas semblant de ne pas savoir qui t'appelle,* dit Sleizner d'une voix altérée. *Tu es pathétique.*

– Kim, c'est toi ? Tu as une drôle de voix.

– *Tu crois que je n'ai pas compris ce que tu trafiques, hein ? Tu me prends pour un con ?* » Sleizner but quelque chose. « *Espèce de petite fiotte...* » Morten l'entendit hoqueter et avaler une nouvelle gorgée. « *Mais figure-toi que j'ai déjà tout avoué. Figure-toi qu'ils t'ont coiffé au poteau, alors quand tu te pointeras...* » Nouveau bruit de déglutition. « ... *Il sera trop tard.* »

Un clic, et l'appel fut interrompu.

55

Fabian avait quitté le Radisson une demi-heure auparavant. Il avait marché vers le sud, dépassé les jardins de Tivoli et continué jusqu'au canal, où il avait tourné à gauche et traversé l'eau jusqu'à Islands Brygge par le pont en bois.

L'immeuble correspondait tout à fait au genre d'habitat dans lequel il imaginait un type comme Sleizner : grotesque et repoussant, mais également fascinant. Malgré sa façade doucement arrondie et ses balcons donnant sur l'eau, il était refermé sur lui-même et étranger à tout ce qui l'entourait. Fermé au monde extérieur. Comme s'il n'avait rien en commun avec les bâtiments qui l'entouraient. Comme s'il appartenait à une autre civilisation et avait atterri là par hasard.

La porte d'entrée se trouvait à l'arrière, vivement éclairée. Après avoir posé la main sur l'objectif de la caméra, Fabian pressa le bouton de l'interphone à côté de l'inscription « K. Sleizner » en lettres gravées.

Six ou sept fois de suite, il fit retentir une sonnerie stridente, puis le silence revint. Il était peut-être sorti. Ou alors il dormait. Après tout, on était au milieu de la nuit. Il sonna une dernière fois et attendit.

« Allô ? dit-il au bout de quelques secondes. Il y a quelqu'un ?

– *C'est toi, Morten* ? répondit une voix ressemblant vaguement à celle de Sleizner. *Heinesen, je suis sûr que c'est toi.* »

Il marmonnait. On aurait dit qu'il avait bu. « Oui, c'est moi, répondit Fabian dans son meilleur danois. Je peux entrer ?

– *Pourquoi est-ce que je te laisserais entrer ?* » Fabian l'entendit boire. « *Tu me prends vraiment pour un imbécile ! Tu crois que je n'ai pas compris que tu voulais me faire tomber ? Tu as toujours voulu ma peau depuis qu'on se connaît, et là, tu as enfin ta chance.* » À nouveau, il avala plusieurs longues gorgées. « *Mais tu sais quoi ? Comme je te l'ai dit tout à l'heure, tu arrives trop tard. Il n'y a plus rien à venir chercher ici. Quelqu'un d'autre t'a devancé. Quelqu'un de plus rapide que toi. Beaucoup plus rapide. Et je lui ai déjà tout dit.* » Il soupira, souffla dans l'interphone. « *Alors non, je ne vais pas t'ouvrir. Ni à toi ni à personne. En fait, je n'ouvrirai plus jamais cette porte, tu comprends ? C'est fini. Terminé. Tu n'as plus qu'à rentrer chez toi. Allez, tire-toi.* »

Fabian n'avait pas compris grand-chose. À part que Sleizner était chez lui et qu'il refusait d'ouvrir. Et aussi que quelqu'un était passé avant lui. Mais cela n'avait aucune importance. L'essentiel était qu'il soit là.

Il lui suffit de quelques tentatives avec le rossignol de serrurier pour que les cylindres s'alignent, ce qui lui permit tourner le crochet et d'ouvrir. Avant d'entrer dans l'immeuble, il plia le paillasson et le coinça sous la porte.

En d'autres circonstances, il se serait arrêté pour admirer le hall qui ressemblait à un décor dans un film de Stanley Kubrick. Mais Fabian avait autre chose à faire et il se dirigea aussitôt vers l'interphone. L'emplacement de la touche correspondant à l'appartement de Sleizner lui apprit qu'il habitait au dernier étage.

Il attendait devant l'ascenseur quand il vit que la cabine était en train de descendre. Sans doute un résident de l'immeuble qui travaillait de nuit. Pour éviter de rencontrer quelqu'un, il monta l'escalier qui conduisait à la coursive du premier étage et attendit là pour s'assurer que ce n'était pas Sleizner qui sortait de chez lui.

Mais la porte de l'ascenseur resta close. Il monta au deuxième étage, où une deuxième coursive ceignait le bâtiment. Puis courut jusqu'au troisième escalier qui, comme les deux premiers, semblait placé de manière aléatoire. Il lui fallut faire un grand nombre d'allers-retours dans les étages avant d'arriver enfin devant la porte de Sleizner et de découvrir qu'elle était équipée d'un verrou à code.

D'un geste aussi irréfléchi qu'instinctif, il tenta d'abaisser la poignée, et contre toute attente, la porte s'ouvrit. Son pistolet tendu, il entra dans l'appartement et referma doucement derrière lui. La lumière était allumée dans le vestibule, ainsi que dans la majeure partie de l'appartement. En revanche, il n'y avait pas le moindre bruit. À l'exception du léger bruissement de la VMC au plafond.

Sur sa droite, il remarqua une porte entrebâillée. Il la poussa du bout du pied, prêt à tirer au cas où quelqu'un se serait caché dans la pièce et chercherait à l'attaquer par surprise. Il ne s'agissait en réalité que d'un placard dans lequel il découvrit quelques manteaux, une planche à repasser et un aspirateur. Il ressortit dans le vestibule, dont les murs étaient ornés de diplômes et de distinctions reçus par Sleizner au cours de ses études, de sa carrière de handballeur et de ses années dans les forces de police danoises.

Fabian pénétra ensuite dans une chambre à coucher, dont la porte était grande ouverte, et aperçut des placards béants et plusieurs tiroirs ouverts contenant des sous-vêtements et des chaussettes. Des chemises, des pantalons de costume et des cravates traînaient sur le sol. Sous un miroir de plafond auquel était suspendu un imposant lustre en cristal, il vit une bouteille de vodka Absolut à demi pleine qui gisait à côté d'un oreiller.

En posant la main sur le drap, il put constater que le lit était encore tiède, malgré la fenêtre ouverte. Ce détail, ajouté à la présence de la bouteille, lui indiqua que c'était là que devait se trouver Sleizner quand il l'avait réveillé, un peu plus de vingt minutes auparavant. Il avait dû ensuite tituber jusqu'au hall d'entrée pour décrocher l'interphone en emportant la bouteille d'alcool, puisque Fabian l'avait entendu boire à plusieurs reprises durant leur échange.

Mais que s'était-il passé ensuite ? Sleizner semblait extrêmement saoul et, pour une raison quelconque, il était retourné dans son lit, où il avait reposé la bouteille. Mais pourquoi ? Et pourquoi ne s'était-il pas couché après leur conversation puisqu'il n'avait pas l'intention de le faire entrer ? Et surtout, où était-il à cet instant ?

Fabian jeta un coup d'œil dans la salle de bains attenante, mais il n'y avait personne. Au même instant, la porte claqua violemment. Il se jeta par terre, à plat ventre, les deux mains sur le pistolet, canon tendu devant lui. Comme il ne se passait rien, il se releva et revint prudemment dans la chambre.

Un souffle sur son visage lui fit comprendre que c'était le courant d'air venant de la porte ouverte sur le corridor qui avait fait claquer celle de la salle de bains. Il n'en avait pas tenu compte en arrivant. Pas plus qu'il n'avait relevé cette odeur de brûlé qui flottait dans l'appartement et qui devenait plus prégnante à mesure qu'il avançait.

L'odeur venait de la cuisine, ce qui était assez logique. Ce qui l'était moins, en revanche, c'était le banc de musculation posé devant la cuisinière et le plafond roussi au-dessus de l'appareil. Il ne trouva pas non plus d'explication aux sangles coupées abandonnées sur le sol à côté d'un morceau de tissu rouge et blanc à rayures.

Manifestement, on avait fait brûler quelque chose dans cette pièce, mais il n'avait pas le temps de s'y attarder. Il devait trouver Sleizner. Le reste attendrait.

Le séjour était également désert. La chaîne stéréo, munie d'un amplificateur à tubes qui devait valoir six mois de son salaire d'inspecteur, était allumée, quoique muette. Il ressortit du salon et continua sa visite de l'appartement en fer à cheval. Un bureau ici, une chambre d'ami là. Un autre couloir et encore des portes.

Il s'arrêta devant une énième salle de bains en apercevant le rai de lumière qui filtrait sous la porte. Il n'y a pas de bonne façon d'entrer dans une pièce où quelqu'un est peut-être embusqué. Certes, la porte n'était pas verrouillée, mais il aurait beau entrer aussi rapidement que possible, si Sleizner l'attendait derrière, il n'avait aucune chance. Mais avait-il le choix ? se demanda-t-il en poussant le battant et en se propulsant à l'intérieur, son arme tendue devant lui.

Pas de Sleizner là non plus, ni dans le jacuzzi, ni derrière le rideau de douche. En revanche, il régnait un désordre absolu. Un chaos manifestement généré dans un état de panique totale.

Dans l'un des deux lavabos se trouvait un kit de premiers secours. Les tiroirs du meuble sous vasque avaient été tirés, et leur contenu dispersé sur le sol en mosaïque. Des ciseaux, des brosses à dents et des mouchoirs en papier tachés de sang. Des flacons de médicaments vides, toutes sortes de comprimés et des morceaux de verre brisé provenant du miroir qui recouvrait l'un des murs. La cuvette des W.-C. était pleine d'urine et de longues bandes de papier hygiénique. Sur la lunette il y avait des traces de sang, mais aussi des lambeaux de peau brûlée de plusieurs centimètres.

Essayant en vain d'assembler ces images pour obtenir un tableau qui ait du sens, Fabian ramassa un flacon par terre et vit qu'il contenait de l'oxycodone, l'un des plus puissants antalgiques du marché et l'un de ceux qui rendaient le plus dépendant.

Une porte claqua quelque part dans l'appartement. Probablement celle de la chambre à coucher qu'il se rappelait vaguement avoir laissée ouverte. Mais pour générer un courant d'air, il faut deux ouvertures, et jusqu'à présent, il n'en avait vu qu'une dans la chambre. Le mystère fut résolu lorsqu'il entra dans une salle de jeux équipée d'une cible de fléchettes, d'une table de billard et d'un petit bar. La porte vitrée menant au balcon était entrebâillée, suffisamment pour générer un courant d'air dans l'appartement et permettre à quelqu'un de sortir. De ce côté, le balcon donnait sur le canal et le quartier de Vesterbro sur la rive opposée. Il mesurait environ un mètre cinquante de largeur et faisait apparemment tout le tour du penthouse. Outre une table et quatre chaises, une pile de coussins, une plancha, quelques plants de tomates et deux transats pliés, il y avait quelques pots de fleurs vides, trois sacs de bûchettes et un coffre de rangement en plastique.

Sleizner, quant à lui, brillait toujours par son absence.

Fabian s'assit sur le couvercle humide du coffre et sentit la fatigue l'envahir. Malgré ses nombreuses heures de sommeil, il avait du mal à garder les yeux ouverts. L'épuisement gagnait chacune de ses articulations et chaque muscle de son corps. Il en avait marre de ce merdier. Marre de courir sans jamais arriver nulle part. Marre de ne pas pouvoir simplement s'en foutre.

Soudain, il remarqua un tas de coussins posés à même le caillebotis, alors qu'ils auraient dû être rangés à l'intérieur du coffre sur lequel il était assis.

Il compta deux transats et quatre chaises d'extérieur, ce qui correspondait au nombre de coussins. L'explication ne venait donc pas d'un manque de place. À moins que…

Il se releva, se tourna vers le coffre de rangement et se baissa pour l'ouvrir, son pistolet dans une main. Le dernier geste, il l'accomplit très vite afin que Sleizner, s'il se trouvait à l'intérieur, ait le moins de temps possible pour réagir.

Une odeur de renfermé lui sauta aux narines, mais à part cela et un collier qui scintillait au fond, le coffre était vide. Il s'agenouilla, retint son souffle pour éviter de respirer l'odeur et ramassa le bijou.

Il pouvait sans peine imaginer Sleizner avec ce genre de chaîne en or sous sa chemise. Le seul détail ne collant pas avec le personnage était le pendentif de Ganesh accroché au bout, le dieu-éléphant cher aux hindous qui symbolisait la sagesse, l'intelligence et la connaissance.

Il regarda à nouveau le tas de coussins et toucha le premier, qui était aussi humide que le couvercle sur lequel il s'était assis. Les coussins étaient donc restés dehors toute la soirée, et peut-être même plus longtemps. Mais dans son état de fatigue, il était incapable de dire ce qu'il devait en déduire. En admettant qu'il faille en déduire quelque chose.

Il referma le couvercle et s'approcha de la rambarde pour regarder l'eau qui scintillait sous les lumières de la ville. Très loin de là et pourtant bien visible se dressait son hôtel, tel un gros cube de Lego, dominant les bâtiments alentour. Il pouvait presque apercevoir la minuscule tache lumineuse de la lampe posée devant la fenêtre qu'il avait oublié d'éteindre en partant.

Il n'y avait pas que la taille des bâtiments, le nombre des réverbères et l'odeur qui différenciaient Helsingborg de Copenhague. Le paysage sonore aussi était différent. Ici, on était dans une capitale, avec tout ce que cela comportait. Les grincements de l'infrastructure ferroviaire de l'autre côté du canal, le grondement permanent de la circulation et puis les sirènes, le perpétuel hurlement des sirènes de police et d'ambulances.

Ce n'était pas New York, mais presque. On les entendait à n'importe quelle heure du jour et de la nuit. Où qu'on se trouve, l'une d'elles hurlait au loin, comme si chaque minute, un braquage de banque ou un incendie avait lieu quelque part.

Il ne savait pas de quoi il retournait cette fois-ci, mais une chose était sûre, les sirènes de tout à l'heure étaient plus proches. Bientôt, il eut l'impression qu'elles n'étaient plus qu'à quelques centaines de mètres de lui. Il se pencha et vit les gyrophares bleus se refléter sur le quai et la surface irrégulière de l'eau.

L'idée que c'était lui qu'ils poursuivaient ne dépassa pas le stade embryonnaire, avant d'être remplacée par une autre tandis qu'un véhicule banalisé s'arrêtait au pied de l'immeuble.

Ce fut à cet instant qu'il aperçut, dans le faisceau des phares, le corps allongé sur le sol, exactement en dessous de l'endroit où il se trouvait, dans une position qui n'avait rien de naturel.

Il ne savait pas comment réagir et se contenta de rester planté là. Comme si, soudain, il y avait un bug dans son logiciel. Comme si des sentiments contradictoires s'annulaient les uns les autres et que tout ce qu'il pouvait faire, c'était regarder ce tas qui avait jadis été un être humain et les deux policiers munis de lampes torches puissantes qui s'en approchaient, alors qu'un fourgon bleu ciel s'arrêtait derrière eux.

Soudain une voix le sortit de son état de transe et le fit se retourner brusquement vers la salle de jeux. Une voix forte et autoritaire qui ne prononça qu'un seul mot : « Police ! »

56

Morten Heinesen descendit de voiture, alluma sa lampe de poche et parcourut les pavés du quai. Ce même pavage irrégulier qui lui avait valu une entorse la dernière fois qu'il avait fait son jogging à cet endroit. Derrière lui, Julie Bernstorff verrouilla la voiture avant de le suivre. Le bruit de ses talons claquant sur les pierres inégales lui déclencha une douleur à l'extérieur du pied droit. Comme si elle n'avait jamais vraiment disparu et n'attendait que de le voir revenir ici pour faire à nouveau un faux pas.

Ils avaient reçu l'appel quelques minutes après être sortis du parking de l'hôtel de police. Un voisin de Sleizner, qui occupait un appartement deux étages en dessous, travaillait devant son ordinateur quand il avait vu quelqu'un tomber d'un balcon au-dessus, la tête la première.

Morten avait aussitôt envoyé le groupe d'intervention sécuriser la cage d'escalier et l'appartement pour qu'aucun curieux n'ait l'idée d'entrer avant qu'ils aient examiné les lieux. C'était la première fois qu'il venait dans le spectaculaire silo transformé en immeuble. Contrairement à plusieurs de ses collègues, il n'avait jamais été invité au légendaire vin chaud de Noël organisé par le chef de la criminelle dans son luxueux penthouse.

Il s'accroupit et éclaira ce qui avait jadis été la tête de Sleizner. Comme le voisin l'avait décrit, c'était elle qui avait frappé le sol en premier, et avec une telle force qu'il n'en restait plus grand-chose. Mais il reconnut le costume et la cravate à carreaux rouges et blancs ainsi que la Rolex Soprano, qui continuait à égrener les secondes, comme si de rien n'était.

Était-ce sa faute ? Était-ce pour cela qu'il était si mal à l'aise ? Se sentait-il coupable d'avoir acculé son patron au point qu'il n'avait pas eu d'autre solution que de mettre fin à ses jours ? Il avait pourtant fait en sorte qu'un nombre très restreint d'intervenants soient informés de son arrestation. Mais malgré cela, d'une manière ou d'une autre, l'information était parvenue aux oreilles du principal intéressé.

Heinesen regarda derrière lui. Hemmer avait sorti ses valises métalliques et le matériel dont il avait besoin. À présent, il attendait près de Bernstorff. « Vous savez ce que vous avez à faire. Je monte jeter un coup d'œil là-haut », dit-il avant de s'éloigner vers l'autre côté de l'immeuble, où se trouvait l'entrée, passant à proximité de l'ambulance venue récupérer le corps.

Étrangement, une deuxième ambulance attendait un peu plus loin. Pourtant, il n'en avait fait venir qu'une seule. Et à en croire les sirènes qu'il entendait au loin, d'autres voitures de police étaient en chemin. La nouvelle s'était déjà propagée.

Il prit l'ascenseur jusqu'au dernier étage, où le chef du groupe d'intervention lui indiqua d'un signe que les lieux étaient sécurisés. « Au fait, Magnus, dit-il en se retournant sur le seuil. Je crois qu'il vaudrait mieux installer un cordon en bas.

– D'accord. Tu ne préfères pas que je laisse deux hommes ici ?

– Non, c'est bon. Fais surveiller la cage d'escalier et interdis l'accès aux personnes non autorisées, ça suffira. »

Quand le chef de commando et son équipe furent partis, Heinesen entra et visita les lieux.

L'appartement était d'un luxe extravagant, et ridiculement grand pour une personne seule. Il avait visiblement été aménagé avec des moyens dépassant amplement le salaire de Kim Sleizner, aussi élevé soit-il. Malheureusement, il n'avait pas le temps de tout fouiller et décida de laisser Hemmer et ses assistants s'en occuper le lendemain.

Il traversa la grande pièce qui donnait sur le balcon. C'était par là qu'il voulait commencer. Par la fin, par les tout derniers événements qui s'étaient produits ici. Ensuite il remonterait en arrière, dans le reste de l'appartement.

Il enfila ses gants, ouvrit la porte vitrée et sortit dans la nuit. Le balcon avait l'aspect auquel on pouvait s'attendre pour un appartement de cette taille. Quelques meubles d'extérieur ici et là. Une pile de coussins, quelques pots de fleurs de différentes tailles, des plantes desséchées et, dans un coin, un sac-poubelle contenant des bouteilles vides. Bref, rien d'exceptionnel ou susceptible d'attirer l'attention.

Afin d'essayer d'imaginer la dernière phase du drame, il s'approcha de la rambarde et se pencha pour voir l'endroit de l'impact, qui se révéla être un peu plus loin sur la droite. Il changea donc de place pour se placer exactement au-dessus.

Il estima la hauteur à une quarantaine de mètres environ et fut frappé par le courage qu'il avait fallu à Sleizner pour grimper et se jeter dans le vide. Il avait vu les images de l'attentat du 11 Septembre contre le World Trade Center. Les gens qui se jetaient par les fenêtres pour échapper aux flammes, tête la première, comme Sleizner, vers une mort certaine. Même si Heinesen avait eu envie de se suicider, jamais il n'aurait osé franchir le pas.

En bas, une nouvelle ambulance était arrivée, et trois personnes avaient rejoint Hemmer et Bernstorff qui, équipés de combinaisons de protection intégrales, examinaient et photographiaient les restes de Sleizner. À cette distance, il ne pouvait pas entendre ce qu'ils se disaient. Mais le langage corporel de Hemmer lui fit comprendre qu'en quelques secondes, il était passé de prudemment inquisiteur à totalement furieux.

Bernstorff s'était légèrement écartée. Heinesen en profita pour l'appeler sur son portable.

« *Julie à l'appareil*, répondit-elle, et il la vit s'éloigner encore un peu des quatre autres.

– C'est Morten. Qu'est-ce qui se passe ?

– *Des types de l'institut médicolégal prétendent qu'ils viennent prendre le relais.*

– Qui ça ?

– *Oscar Pedersen.*

– Pedersen ? Mais qu'est-ce qu'il fait ici à une heure pareille ?

– *Il dit que c'est lui qui a été chargé de l'autopsie.*

– Évidemment puisqu'il dirige l'institut, mais cela ne signifie pas qu'il ait le droit de débarquer à l'improviste et de prendre le relais comme ça. Il va être bien gentil et faire comme tout le monde : attendre que vous ayez fini d'examiner la scène de crime. Alors restez fermes et prenez votre temps.

– *OK, je te laisse. Il faut que je raccroche.* »

La communication fut interrompue, et il la vit retourner auprès des autres.

Il arrivait parfois que Pedersen s'occupe d'une autopsie. Mais qu'il vienne en personne chercher un corps, qui plus est en pleine nuit, c'était une première. Cela le conforta dans l'idée que la nouvelle de la mort de Sleizner était déjà parvenue au sommet de la hiérarchie.

Rien d'étrange à ça, après tout. Sleizner était une personnalité en vue au sein de la police de Copenhague, et cet événement allait faire du bruit. La grande question était de savoir si son équipe et lui allaient être autorisés à poursuivre leur enquête…

Il fut distrait un instant de ses pensées en posant les yeux sur le coffre de rangement, ou plus exactement sur son couvercle. Quelque chose dans la surface luisante lui sembla étrange. Il s'en approcha et s'accroupit pour observer de plus près les milliers de petites gouttes d'eau déposées dessus par le brouillard nocturne, et alors il n'eut plus aucun doute : quelqu'un s'était assis là récemment.

Au même moment, son portable sonna. Il envisagea de laisser sonner, mais en le sortant de la poche de son pantalon et en voyant que c'était le directeur général de la police du royaume, Henrik Hammersten, qui l'appelait, il sut qu'il n'avait pas le choix.

« Morten Heinesen à l'appareil, dit-il, le téléphone collé à l'oreille tout en examinant la zone sèche sur le couvercle.

– *Bonjour, Morten. Je ne sais pas si nous nous connaissons. Mon nom est Henrik Hammersten. J'imagine que vous savez qui je suis.*

– Bien sûr. » Il se baissa pour soulever le couvercle de sa main libre.

« *On vient de me communiquer la terrible nouvelle du suicide de Kim Sleizner et, si je suis bien informé, vous êtes déjà sur place avec votre équipe.*

– C'est exact. Nous sommes actuellement…

– *C'est formidable, Morten, je vous félicite*, l'interrompit Hammersten tandis que Heinesen soulevait le couvercle. *Mais si je vous appelle, c'est pour vous informer qu'à partir de maintenant, une autre équipe s'occupera de l'affaire et pour vous demander, à vous et à vos hommes, d'évacuer les lieux aussitôt que possible…* » La communication prit fin au moment précis où Morten Heinesen lâcha son portable, lequel rebondit sur le caillebotis.

L'homme était sorti si brusquement du coffre qu'il n'eut pas le temps de réagir. Il le frappa violemment avec la crosse de son arme et Morten perdit connaissance.

57

Fabian retraversa l'appartement en sens inverse, évitant de justesse la table de billard dans sa précipitation. Peut-être tomberait-il sur d'autres policiers, peut-être pas. Un problème à la fois. Pour l'instant, il s'agissait de sortir d'ici le plus vite possible.

Le coup de crosse avait été plus fort que prévu. Mais revenir en arrière pour s'assurer que l'homme allait bien équivalait à baisser les bras. Que l'homme soit inconscient ou pas, Fabian se ferait prendre.

Rien ne pourrait l'exonérer du soupçon d'avoir poussé Sleizner par-dessus la rambarde. Aveuglé par la colère, il pouvait parfaitement s'être vengé. Si faux que ce soit, la vérité n'en était pas moins proche. Sinon, que serait-il venu faire ici, en pleine nuit ? Comment était-il entré ? Et qu'était-il venu faire à Copenhague de toute façon ? Chaque tentative de réponse lui donnerait l'air d'un homme qui s'agite pour s'extraire d'un sable mouvant.

Tout l'accusait. De son mobile évident jusqu'à ses agissements durant ces derniers jours. Il était pratiquement déjà condamné. Sa seule chance de s'en tirer était de ne pas se faire prendre.

« Arrêtez-vous ! cria le policier derrière lui. Arrêtez-vous tout de suite ! » Même si cela amenait de nouveaux problèmes, ce fut un soulagement que le type s'en soit tiré à bon compte. « À plat ventre ! J'ai dit à plat ventre, tout de suite ! »

Fabian continua d'avancer, dépassant le coin salon, la bibliothèque et la table avec ses candélabres, et eut tout juste le temps d'atteindre le couloir de l'appartement-labyrinthe.

Le coup de feu le manqua de quelques dizaines de centimètres et alla s'enfoncer dans un mur. Comme il l'aurait fait à sa place, le policier avait visé les jambes. Il échappa au coup suivant en se jetant à terre dans le hall d'entrée. La balle fit exploser un interrupteur dans une pluie d'étincelles qui plongea l'appartement dans le noir.

Il profita de ce que son poursuivant soit dans l'incapacité de le voir pour se relever et gagner l'entrée. Il savait que le répit serait de courte durée. Aussitôt qu'il ouvrirait la porte, la lumière déclenchée par le détecteur de présence ferait de lui la plus facile des cibles. Mais avait-il le choix ?

La balle suivante l'atteignit au bras gauche au moment où il se jeta par terre sur le palier, juste avant de refermer la porte d'un coup de pied. Il ne ressentit aucune douleur, mais vit l'orifice d'entrée et celui de sortie dans la manche de sa veste beige.

Quand il se releva, le sang se mit à couler. Quelques gouttes d'abord, sous le poignet de la veste, qui formèrent de petits îlots sur le sol, puis très vite ce fut un flot de sang. Fabian arracha son vêtement et l'enroula autour de la plaie pour arrêter le sang, faisant un nœud bien serré en tenant le bout de la manche entre ses dents, tout cela en descendant l'escalier quatre à quatre vers l'étage en dessous.

« Hé, vous, là-bas ! lança une voix en contrebas. Arrêtez et ne bougez plus, les mains sur la tête ! »

Il eut juste le temps de reconnaître un agent des forces d'intervention, avec tout son attirail, casque, gilet pare-balles et arme automatique, avant de se jeter par terre à l'abri de la rambarde de la coursive. Les voix se multiplièrent et bien qu'il ne parvienne pas à comprendre ce qu'elles disaient, il devina qu'ils allaient chercher à l'encercler.

À quatre pattes, il se faufila jusqu'à l'ascenseur tandis que les autres approchaient. De sa main valide, il appela la cabine. Le bouton s'illumina d'une faible lumière bleue, et un bref signal retentit quand la porte s'ouvrit.

« À plat ventre et les mains sur la tête ! » aboya le premier homme qui apparut sur la coursive, son arme automatique brandie devant lui.

Fabian, qui était déjà à l'intérieur de l'ascenseur, pressa le bouton du bas. Les portes se refermèrent, et les balles crépitèrent sur la tôle. Ces hommes n'étaient pas là pour neutraliser un suspect d'une balle dans la jambe. Ils étaient venus éliminer un terroriste.

Dans un premier temps, la cabine ne montra aucun signe de vouloir descendre. Il ne sentait aucune vibration. Aucun chiffre décroissant ne s'illuminait au-dessus de la porte. Il appuya à nouveau sur le bouton du bas. Il entendit la voix d'un homme à l'extérieur informant ses collègues que « l'individu » était en train de descendre par l'ascenseur. Fabian put souffler et osa se relever.

Il profita de la descente pour resserrer la veste ensanglantée autour de son bras et régler les sangles de son holster afin de l'utiliser comme attelle. Puis il se mit en position pour tirer dès l'ouverture des portes.

C'était eux ou lui.

Les héros ou le terroriste.

Les portes s'ouvrirent et il se précipita dehors. Mais il n'était pas dans le hall. Il se trouvait dans le parking, au sous-sol. Comment n'y avait-il pas pensé avant ? Un immeuble d'un tel standing disposait évidemment d'un garage privé.

Regardant à droite et à gauche, il se dirigea vers une sortie réservée aux piétons située à côté de l'entrée du parking. Une fois dehors, il inspira profondément l'air frais de la nuit et commença lentement à remonter la rampe en direction des cris lointains et des grésillements des talkies. Il en avait parcouru un tiers quand il vit les phares d'une voiture venant dans sa direction. Il redescendit à la hâte et entendit le véhicule accélérer derrière lui. Malgré la grande quantité de sang qu'il avait perdu, il courut sur les derniers mètres pour découvrir que la porte par laquelle il était sorti ne s'ouvrait pas de l'extérieur.

Les mains tremblantes, il sortit son rossignol, qui tomba au sol. Derrière lui, un hurlement de pneus, puis le bruit d'une portière qu'on ouvrait. Avec l'énergie du désespoir, il ramassa le crochet et continua à se battre avec la serrure sans se retourner.

« Tu ferais mieux de laisser tomber et de monter avec nous », dit une voix dans un suédois à peu près correct. Une voix qui lui avait manqué et qu'il n'avait pas entendue depuis des années.

Il se retourna vers Dunja et découvrit l'ambulance. Il eut envie de lui demander où elle avait disparu toutes ces années. Pourquoi elle n'avait pas répondu à ses nombreux messages. Comment elle savait qu'il était là, à cet instant précis. Il ravala ses questions et monta dans la camionnette.

« Allonge-toi sur le brancard et attache-toi. » Elle referma la portière et alla s'asseoir à l'avant, côté passager. « Déclenche la sirène et le gyrophare, dit-elle.

– Tu es sûre ? demanda l'homme qui conduisait.

– Non, mais fais-le quand même. »

L'Indien obtempéra, fit demi-tour et remonta la rampe. Pendant ce temps, Fabian s'allongea et s'attacha comme il put. Il s'efforça de se détendre et y parvint. Le simple fait de pouvoir se coucher, fermer les yeux, lâcher prise et s'en remettre à son destin lui procura un sentiment de paix intense.

Au bout d'un moment, il sentit qu'ils ralentissaient, avant de s'arrêter tout à fait. Mais il n'avait plus la force de réfléchir à ce qui se passait. Plus la force d'écouter les voix à l'avant et les paroles échangées. Plus envie d'être sur le qui-vive ni de penser à s'enfuir.

Quand les sirènes s'interrompirent et qu'ils ralentirent à nouveau, il réalisa qu'il avait dû s'endormir.

Lorsqu'il ouvrit les yeux, Dunja était penchée au-dessus de lui, en train de détacher ses sangles. « Tu es blessé, dit-elle. Assieds-toi que je jette un coup d'œil.

– Depuis quand est-ce que tu parles aussi bien le suédois ?

– Qui te dit que je le parlais mal avant ? » Elle dénoua le garrot qu'il avait fait avec sa veste et examina la plaie.

« Comment avez-vous su que j'étais là ?

– Comment as-tu su que c'était par là qu'il fallait sortir ?

– Justement, je n'en savais rien.

– Tu vois l'écran qui est là ? dit-elle en indiquant du menton un moniteur sur lequel on voyait alternativement l'entrée de Sleizner, sa cuisine et le parking souterrain de l'immeuble. Après ses aveux, nous l'avons laissé sous surveillance pour nous assurer qu'il ne faisait rien de stupide. Jamais nous n'aurions pu imaginer qu'il allait sauter. » Elle secoua la tête. « Et tout à coup, voilà que toi, tu débarques au milieu de tout ça. »

Fabian regarda l'écran, dont l'image devint hachée et floue avant de finir en un brouillard blanc. « Tu as parlé d'aveux ? Quels aveux ?

– Tu n'es pas le seul à avoir des questions, Fabian, lui répondit-elle tout en découpant la manche de sa chemise. Alors je propose que nous attendions pour cela d'être assis devant un bon feu avec un verre de whisky. »

Il allait insister, mais n'en eut pas le temps : elle aspergea sa plaie d'alcool, et une douleur brûlante lui enleva toute velléité de protester.

« Je te préviens, la couture n'était pas ma matière préférée à l'école, dit-elle en déchirant un sachet stérile contenant une aiguille incurvée et du fil à suturer.

– C'est vraiment nécessaire ?

– Sinon tu vas te vider de ton sang. » Elle leva l'aiguille vers le plafonnier de l'ambulance. « Et tu ne me seras plus d'aucune utilité.

– Parce que je suis supposé t'aider à quelque chose ?

– Nous venons de t'éviter de passer le restant de tes jours dans une prison danoise. J'estime que tu m'es redevable.

– Il avait déjà sauté quand je suis entré dans l'appartement.

– C'est possible. Mais ça ne nous avance pas à grand-chose, vu que je suis une terroriste recherchée pour meurtre, et toi, un type qui s'est trouvé au mauvais endroit, au mauvais moment. » Elle piqua l'aiguille dans l'orifice laissé par la balle et commença à coudre.

« Qu'est-ce que vous lui avez fait ? demanda-t-il pour essayer de penser à autre chose. Quand j'ai sonné à l'interphone, il m'a dit qu'on m'avait devancé. Que j'arrivais trop tard. Et dans l'appartement, ça sentait le brûlé comme si quelqu'un...

– ... avait été mis sur le gril ? compléta Dunja, en attrapant une paire de ciseaux pour couper le fil. On était pourtant d'accord pour attendre d'être devant un feu de bois avec un verre de whisky pour poser des questions. » Elle déplia le bras de Fabian pour accéder à l'orifice de sortie de la balle et continua à coudre. « Tu peux te réjouir en tout cas que personne n'ait compris qui tu étais. Dans les communications radio, tu es simplement mentionné comme "l'homme" ou "l'individu". Alors avec un peu de chance, tu vas pouvoir rentrer chez toi et oublier tout ça dès que ce sera terminé.

– On est presque arrivés, dit l'Indien qui était au volant.

– Arrivés où ? demanda Fabian, son regard allant de Fareed à Dunja. Où est-ce qu'on va ?

– Dans un parking à Østerbro, dit Dunja.

– Ou plutôt dans le local inexistant qui se trouve dans ce parking, précisa Fareed.

– De quel local parlez-vous ? Je ne comprends pas en quoi je peux vous aider, maintenant que Sleizner est mort.

– Il avait deux collaborateurs, et eux sont encore en vie. D'après ce que Sleizner nous a révélé sous la torture, leur quartier général est situé dans un local au sous-sol d'un immeuble qui a été rénové il y a sept ans. Lors de ces travaux, ils ne se sont pas contentés de modifier la cage d'escalier et l'ascenseur pour qu'ils ne desservent plus le sous-sol. Ils en ont aussi profité pour déplacer le parking. Du moins, sur les plans déposés à l'urbanisme. »

Fabian allait demander quel intérêt il y avait à faire une chose pareille, mais il s'abstint.

« Maintenant, tu te demandes peut-être pourquoi quelqu'un dépenserait autant d'argent et d'énergie pour remettre en état un immeuble et condamner l'accès souterrain. Ou plutôt pour le rendre uniquement accessible par un garage situé de l'autre côté de la rue, ajouta Dunja en sectionnant le dernier fil et en enroulant une bande de gaze autour du bras de Fabian.

– Je regrette. Je ne suis plus l'homme que tu as connu il y a deux ans.

– Génial. Alors nous avons tous les deux changé. Qui sait où ça va nous mener ? »

Leurs regards se croisèrent. Et il vit que, comme lui, l'espace d'un instant, elle avait envisagé un avenir différent.

« Merci, dit-il en se moquant intérieurement de sa propre naïveté. Et ça je le pense vraiment. De tout mon cœur. Mais je vais vous demander de vous garer pour que je puisse descendre. » Il descendit du brancard et se tourna vers la porte arrière.

« Tu sais que c'est la deuxième fois que tu me remercies ?

– Qu'est-ce que tu veux que je te dise, Dunja ?

– Rien. Ce que tu as de mieux à faire, c'est de te taire et de m'écouter. » Elle se tut pendant de longues secondes, respira à fond et ferma les yeux pour se concentrer sur ce qu'elle allait dire. « La première fois que je t'ai aidé, je me suis fait virer par feu notre cher ami commun, Kim Sleizner. Depuis, j'ai dû vivre plus ou moins comme une hors-la-loi. Mais surtout, que cela ne t'empêche pas de dormir. Si c'était à refaire, je referais exactement la même chose. Tu as bouclé l'enquête et arrêté le coupable. Sans mon aide, il serait toujours en liberté et il aurait continué à tuer tous les élèves de ton ancienne classe, un par un, et toi le premier.

– Alors à présent, tu voudrais que je t'aide à mon tour.

– Il nous manque une personne dans l'équipe, et d'après ce que j'ai compris, comme moi, tu n'as plus rien à perdre.

– Je suis venu pour demander des comptes à Sleizner. Il est mort et je n'ai plus rien à faire ici.

– Si, tu as ces deux types-là. » Dunja lui tendit une photo grumeleuse provenant d'une caméra de surveillance, sur laquelle on pouvait voir deux hommes en tenue militaire. « Sur ordre de Sleizner, ils ont exécuté sous nos yeux un dénommé Qiang Who, qui était l'un des nôtres. Ils lui ont plongé un couteau dans la gorge et l'y ont laissé jusqu'à ce qu'il se soit entièrement vidé de son sang. Tu imagines ? Une foutue lame plantée dans le cou. Si tu ne me crois pas, regarde.

– Je te crois, Dunja, dit-il tandis qu'elle lui tendait une autre capture d'écran sur laquelle on voyait un homme d'origine asiatique, les mains attachées dans le dos, à genoux, luttant pour sa vie avec un couteau dans la gorge.

– Et tu trouves qu'on peut laisser les gens faire ce genre de choses impunément ?

– Non, répondit-il après avoir jeté un bref regard à la photo. Si je ne peux pas t'aider, ce n'est pas parce que je m'en fous.

– Ah bon ? Je vois. Et on peut savoir…

– Parce que tu te trompes et que j'ai encore des choses à perdre, dit-il, lui coupant la parole. Theodor est mort.

– Hein ? » Dunja porta une main à sa bouche. « Mais qu'est-ce que tu…

– Il s'est suicidé il y a une semaine.

– Oh, mon Dieu ! dit Dunja en le prenant dans ses bras. Je n'étais pas au courant. C'est la faute de Sleizner ?

– Savoir de qui c'était la faute n'a plus vraiment d'importance. Ce qui compte à présent, c'est que j'ai encore une fille. Une petite fille qui est à la fois déçue et en colère. Mais elle est là, et pour rien au monde je ne prendrai le risque de la perdre. Tu comprends ? »

Dunja le regarda sans répondre, puis elle acquiesça.

« Mais merci pour ce que tu as fait pour moi.

– Tu l'as déjà dit, répondit-elle en ouvrant les portes arrière.

– Ça ne coûte rien de le redire.

– Alors je vais te le répéter aussi : de rien. Pour tout. »

Il descendit de l'ambulance en hochant la tête comme si ce geste pouvait meubler le silence. « Qui sait ? On se reverra peut-être un jour.

– Qui vivra verra. » Elle referma les portières, Fareed activa le clignotant, et l'ambulance reprit sa route pour disparaître dans la nuit.

58

Le feu tricolore passa au vert. En temps normal, la circulation était dense, mais à cette heure de la nuit, il ne servait à rien. Le croisement était aussi désert que le reste du boulevard Østerbrogade. Pas une voiture, pas un cycliste. Pas un piéton solitaire traversant la rue en titubant après une soirée trop arrosée.

Un spectacle de désolation étouffante dans un décor immobile. Comme si l'humanité avait été exterminée en une seule nuit et que les feux de signalisation, dans leur ignorance, continuaient comme si de rien n'était.

L'ambulance traversa lentement le carrefour et la place Gunnar Nu Hansen, puis elle tourna à droite et s'engagea sur la rampe d'accès du parking, accessible vingt-quatre heures sur vingt-quatre, dont la porte s'ouvrit sans un bruit, comme la bouche d'une baleine assez grosse pour avaler un véhicule de cette taille.

Fareed se gara le plus loin possible de l'atelier de réparation, éteignit les phares et coupa le moteur. Dunja et lui descendirent, verrouillèrent les portières et continuèrent à pied, le dos courbé, se faufilant derrière les piliers et les voitures.

Ils n'avaient pas de plan précis. L'idée leur était venue de manière purement instinctive. Née d'une conviction unanime que Sleizner avait dit vrai quand, face à la caméra, il avait affirmé que c'était ici que se cachaient les deux hommes en treillis militaires. Que c'était dans ces mystérieux locaux en sous-sol que se trouvait leur camp de base.

Ils n'avaient aucune raison de ne pas le croire. Dunja ne l'avait jamais vu aussi anéanti qu'au moment où ils lui avaient retiré sa couche en feu. La douleur devait être indescriptible, et il lui faudrait sans doute un certain temps avant que l'idée lui vienne à nouveau de violer quelqu'un.

Enfin, ce n'était pas non plus un drame. Il aurait continué à vivre, et ses plaies auraient fini par cicatriser. Il aurait eu besoin de temps, mais s'il y avait bien une chose qu'il aurait eue, avec la peine de prison à vie dont il n'aurait pas manqué d'écoper, c'était du temps.

Au lieu de cela, il avait choisi de mettre fin à ses jours. À cause de ses brûlures ou sous la menace d'une nouvelle torture. Quoi qu'il en soit, il avait tout avoué : du meurtre de Hesk jusqu'à l'ordre d'exécuter Qiang.

Fareed leva une main et s'accroupit derrière une voiture. Dunja l'imita, mais ne comprit pourquoi qu'après s'être légèrement relevée, suffisamment pour pouvoir regarder à travers les vitres.

Un camion était garé à cul contre le quai de déchargement, avec sur sa remorque un container de stockage. Ils ne remarquèrent aucun mouvement alentour, ni sur le quai ni près du container. Malheureusement, la lumière des néons se reflétait dans la vitre latérale de la cabine, et il était impossible de voir s'il y avait quelqu'un à l'intérieur.

Dunja fit un signe à Fareed et ils avancèrent vers le camion, à l'abri des véhicules stationnés. Une fois sur place, ils constatèrent que la cabine était vide et, après avoir tenté d'ouvrir les deux portières, qu'elle était verrouillée.

« *Un club*, avait répondu Sleizner quand ils lui avaient demandé ce qu'abritait le local en sous-sol. *Un club pour quelques membres distingués, triés sur le volet.* » Dunja se doutait de quel genre de club il s'agissait, même si c'était la seule question à laquelle il avait répondu de manière relativement cryptique. Et la présence de ce camion ne faisait rien pour les aider à comprendre sa réponse.

Fareed gravit les premières marches de l'escalier menant au quai de déchargement. Il avait déjà posé son sac à dos au sol pour y récupérer les outils de serrurier quand elle le rejoignit. « Qu'est-ce que tu en penses ? lui demanda-t-il en étudiant les différents crochets à la lumière des néons du parking. On entre ? »

Elle ne répondit pas. Pour être honnête, elle ne savait pas quoi faire. Comment éviter de tomber dans le même piège que Qiang ? Elle s'approcha du container, soupesa le solide verrou et posa l'oreille contre la porte en acier. Étaient-ils en train de plier bagage ? Et si oui, pourquoi n'y avait-il personne ? Avaient-ils décidé de faire une pause, juste pour cette nuit ? La mort de Sleizner les avait-elle poussés à mettre un terme, provisoire ou définitif, à leurs activités ?

Elle n'entendait rien à l'intérieur, mais ce silence ne la rassurait pas, au contraire.

« Commençons par le container », dit-elle finalement en s'effaçant pour que Fareed puisse intervenir sur le cadenas, ce qu'il fit aussitôt.

En dépit d'une bonne dose d'huile et de trois rossignols employés simultanément, il fallut un certain temps avant qu'il se tourne vers elle, triomphant, le cadenas à la main. Il fit ensuite couler quelques gouttes d'huile sur les charnières pendant que Dunja soulevait l'espagnolette. Puis, ensemble, ils ouvrirent les portes.

À part une malle métallique entreposée dans un angle, le container était vide. Ce fut pourtant avec un sentiment de malaise grandissant qu'elle pénétra dans l'espace sombre entre ses quatre parois mangées de rouille. Elle ouvrit le couvercle de la malle du bout du pied. Il contenait un tas de couvertures de déménagement, un paquet de sacs-poubelle grand format, quelques bouteilles d'eau minérale, une boîte de tampons hygiéniques et trois rouleaux d'essuie-tout.

Elle ne pouvait pas en être sûre, mais les images qui s'imposèrent à elle étaient aussi révoltantes que ce à quoi elle s'attendait, venant d'un type comme Sleizner. Mais peut-être était-ce justement ces a priori qui l'empêchaient d'y voir clair. Peut-être ces couvertures étaient-elles là pour protéger des meubles pendant leur transport, et les bouteilles, destinées aux déménageurs qui devaient les transporter.

Ou peut-être pas.

Quand elle aperçut les inscriptions, les lettres à peine visibles qui l'entouraient de toutes parts sur les parois rouillées du container, ses derniers doutes s'effacèrent. *Makeba*, lut-elle dans la moitié d'un cœur et *Tatiana* dans l'autre moitié. En dessous, en biais, cela continuait avec *Oksana, Elaya, Polina, Zendaya, Ramineh* et toutes sortes d'autres prénoms griffonnés.

Elle ressortit précipitamment du container. « On ne peut pas attendre plus longtemps, Fareed. Il faut qu'on entre. »

Fareed retourna devant la porte métallique et inséra le pistolet de crochetage dans la serrure. Au bout de quelques tentatives, il fit entrer la broche au bon endroit. Normalement, il n'avait plus qu'à actionner la poignée pour ouvrir, mais pour une raison ou pour une autre, il n'y parvint pas.

« Attends, je vais t'aider. » Dunja le rejoignit, prit appui sur le mur avec un pied et tira tant qu'elle put sur la porte, qui ne céda que de quelques millimètres.

« C'est impossible, dit Fareed. Il doit y avoir une barre de sécurité de l'autre côté.

– Ça veut dire qu'ils sont là. Viens, dit-elle en redescendant précipitamment les quelques marches du quai. Il doit y avoir une autre entrée. »

59

Heinesen posa la main sur sa joue douloureuse et, s'éclairant avec sa lampe de poche, il suivit les taches de sang depuis la sortie de l'ascenseur et le long du sol en béton. Sa joue était très enflée après le coup de crosse que lui avait administré l'inconnu caché dans la malle. Il aurait fallu nettoyer la plaie et la refermer avec des strips ; peut-être même aurait-il besoin de points de suture. Mais, tout comme la conversation avec Hemmer et Bernstorff, cela attendrait. Pour l'instant, tout pouvait attendre, hormis la piste qu'il était en train de suivre.

Il suivit les taches de sang le long d'une rangée de voitures en stationnement jusqu'à une porte pour piétons, située à côté de l'entrée du parking et sur la rampe permettant d'accéder au niveau de la rue. Et tout à coup, elles s'arrêtaient, ou plutôt, non…

Il s'accroupit ; dans le faisceau de la torche, il vit que l'homme blessé avait redescendu la rampe. En regardant attentivement, on pouvait distinguer les deux traces parallèles. La première montrait un espace relativement court entre les gouttes ; la seconde, un espace nettement plus large.

Si effectivement la balle l'avait touché dans le gras du bras gauche, la trace montrait qu'il était d'abord monté lentement et qu'à un tiers de la rampe, il était redescendu en courant. Puis la trace s'arrêtait.

L'individu n'avait donc pas de voiture garée dans le parking, et il était monté dans un véhicule conduit par quelqu'un d'autre. Quelqu'un qui était arrivé alors qu'il sortait et à qui il avait tenté d'échapper.

Morten Heinesen avait quitté l'hôtel de police avec son équipe et la brigade d'intervention dans le but d'aller chercher Kim Sleizner à son domicile afin de l'interroger. Mais ils l'avaient trouvé mort, sous son balcon, en arrivant. Il était si évident qu'il s'agissait d'un suicide que ni lui, ni Hemmer, ni Bernstorff n'en avaient douté un seul instant.

Ses combines avec Jakob Sand avaient fini par le conduire dans une impasse. Il n'avait aucune chance de se sortir de cette histoire la tête haute et, pour éviter d'avoir à répondre à des questions embarrassantes et de subir une humiliation publique, il avait préféré mettre fin à ses jours. C'était radical, mais dans un sens, assez typique du personnage, de préférer disparaître plutôt que de perdre la face.

À présent, il n'était plus tout à fait sûr que les choses se soient passées ainsi.

Il semblait désormais plus probable que l'homme qui l'avait agressé sur le balcon ait aussi poussé Sleizner. Mais en l'état, il ne disposait d'aucun indice sur l'identité de cet homme, pourquoi il se trouvait là et quelle raison il avait eue de tuer Kim Sleizner.

La main sur sa joue meurtrie, Heinesen sortit du parking et observa les alentours. Il s'était écoulé moins d'une demi-heure depuis qu'il était arrivé sur les lieux. Pourtant, la zone grouillait déjà de policiers, en civil et en uniforme, courant dans tous les sens et donnant l'air de savoir exactement ce qu'ils avaient à faire au milieu des voitures de police et des ambulances, dont les gyrophares clignotaient à l'unisson.

Il y avait une telle profusion d'agents qu'ils n'avaient pu être envoyés que par les plus hautes instances ; c'était évidemment cela que Hammersten avait voulu lui dire au téléphone. Il était terrible, en effet, qu'une figure aussi importante que Kim Sleizner soit décédée d'une manière aussi violente et ait peut-être même été assassinée. Mais ce déploiement surnuméraire témoignait d'autre chose. De quelque chose de beaucoup plus grave.

« Le voilà, entendit-il une voix s'exclamer dans son dos. Morten est là ! »

Heinesen se retourna et vit Bernstorff et Hemmer approcher en courant sur le trottoir sombre.

« Qu'est-ce qui se passe ? lui demanda Hemmer en reprenant son souffle. D'où viennent tous ces gens ? On croirait qu'on a fait sauter le palais de la reine.

– Oui, j'ai vu ça. » Il fit un pas vers eux et baissa la voix. « La vérité, c'est que je n'ai aucune idée de ce qu'ils font tous là. Je suppute que les ordres viennent d'en haut, mais je n'en sais rien. Comment ça s'est passé avec l'examen du corps et de la zone de chute ? Vous avez fini ? »

Hemmer échangea un regard avec Bernstorff, qui répondit à sa place.

« Nous avons été interrompus. On nous a demandé de quitter le périmètre, dit-elle.

– Interrompus par qui ? »

Hemmer jeta un coup d'œil derrière lui avant de répondre. « Tout à coup, on a vu débarquer un type accompagné d'une armée d'assistants qui nous a annoncé qu'il prenait le relais. Et là, on vient de nous interdire l'accès à l'appartement.

– Ça devait être Mads Jensen.

– Le procureur général ? »

Heinesen acquiesça. « Il m'a appelé pour m'interdire de convoquer Sleizner pour l'interroger. J'ai eu beau lui proposer qu'on garde ça en interne en attendant d'en savoir plus, il est resté intraitable, arguant qu'il y aurait forcément des fuites et que cela risquait de nuire à l'image de la police. Et maintenant, on nous retire complètement l'affaire. »

Il tourna la tête vers les voitures avec leurs gyrophares clignotant dans la nuit et la horde de reporters accompagnés de cameramen. « Mais vous savez quoi ? dit-il en revenant vers ses deux collègues. On va les laisser s'amuser un peu. De toute façon, ce n'est pas là que se trouvent les réponses. Allez chercher les voitures, je m'occupe de joindre Magnus en attendant.

– D'accord, mais cette fois-ci, tu pourrais peut-être nous dire où on va ? dit Hemmer. En admettant que tu nous fasses suffisamment confiance.

– Absolument », acquiesça Heinesen. Il n'eut pas le temps d'en dire plus. La sonnerie de son mobile retentit. Il vit que c'était à nouveau Henrik Hammersten. « Morten Heinesen, s'annonça-t-il d'une voix qu'il essaya de rendre aussi neutre que possible.

– *Je suppose que vous savez qui est à l'appareil et qu'il est inutile que je perde mon temps à me présenter à nouveau.*

– Bien entendu, dit-il en levant l'index vers le ciel pour faire comprendre à Hemmer et à Bernstorff qui l'appelait.

– *Comme je vous l'ai dit quand nous nous sommes parlé tout à l'heure, il m'a été rapporté que vous et votre équipe étiez les premiers sur les lieux, à Islands Brygge.*

– C'est exact.

– *Si j'ai bien compris, vous étiez là-bas parce que vous meniez une enquête sur Kim Sleizner, enquête qui, sauf erreur de ma part, n'a fait l'objet d'aucune demande d'autorisation auprès de votre hiérarchie et n'a été sollicitée par personne au sein du ministère public.*

– Tout cela est rigoureusement exact. Pour des raisons évidentes, je n'ai pas pu en informer mon supérieur puisqu'il s'agissait justement de Kim Sleizner. C'est pourquoi j'ai pris contact avec Mads Jensen pour…

– *Avec qui, dites-vous ?*

– Mads Jensen, le procureur général, mais il…

– *Je sais quelle fonction occupe Mads Jensen,* dit-il avec un soupir agacé, *mais je sais aussi que je vous ai expressément donné l'ordre de quitter les lieux, vous et votre équipe. Et malgré cela, j'apprends que vous avez continué, en ignorant mes ordres.*

– Je ne voyais tout simplement pas d'autre moyen pour…

– *Je me fous de ce que vous voyez ou de ce que vous ne voyez pas. Vous avez reçu un ordre. Et au lieu d'obéir, vous fourrez votre nez dans une affaire qui pourrait déboucher sur une véritable catastrophe.*

– Excusez-moi, monsieur le directeur, je ne comprends pas.

– *Non, je m'en rends compte. Comme vous me semblez un peu lent d'esprit, je vais tenter d'être plus clair. Cela fait déjà deux ans que nous surveillons Kim Sleizner. Pour des raisons évidentes, ce travail était entre les mains d'une unité indépendante, ce qui signifie que vous avez eu de la chance qu'il se soit suicidé avant que vous n'ayez eu le temps de saboter l'opération. Alors pour éviter d'autres malentendus, je vais vous exposer les deux options qui s'offrent à vous : soit vous rentrez dans le rang et vous vous présentez au commandant de la brigade d'intervention en lui demandant si vous et votre équipe pouvez lui être utiles, soit vous déposez votre démission sur mon bureau avant huit heures du matin, aujourd'hui. Ai-je été assez clair ?*

– Tout à fait, répondit Heinesen en faisant signe à Hemmer de lui montrer sa montre de plongée, qui indiquait quatre heures trente. J'ai compris que j'ai encore trois heures et demie devant moi. Juste pour qu'il n'y ait pas d'autres malentendus, je vous informe que je vais continuer à faire mon travail jusqu'à ce que ce temps soit écoulé. »

Un long silence s'ensuivit à l'autre bout de la ligne, puis son interlocuteur raccrocha.

60

Comparé au cadenas du container, le verrou de la porte du garage fut facile à ouvrir, et très vite, ils entrèrent dans un univers saturé d'odeurs d'huile de vidange, au milieu d'outils, de crics de levage et de véhicules en réparation.

Comme deux fantômes, ils traversèrent la salle d'attente plongée dans l'obscurité, marchèrent sans faire de bruit sur le linoléum usé en évitant les sièges prévus pour les clients, passèrent derrière le comptoir et ouvrirent la porte trouée de plusieurs balles.

« Alors c'est par ici que Qiang est entré ? dit Fareed en regardant autour de lui dans le bureau encombré.

– Oui, par la porte qui est derrière cette affiche. » Dunja montra du doigt la blonde à forte poitrine et aux jambes écartées, allongée nue sur le capot d'une Jaguar Type E, avec le sous-titre *No airbags needed*[1].

Fareed arracha le poster et tapa le code 7895 qui, d'après ce que leur avait dit Sleizner, n'avait pas changé. Ils entendirent un faible déclic dans le placard à archives, et Dunja n'eut qu'à en pousser légèrement le fond pour qu'il s'enfonce dans le mur, dévoilant une ouverture.

Ils pénétrèrent dans cet espace où l'obscurité les enveloppa aussitôt, comme ç'avait dû être le cas pour Qiang. Derrière eux,

1. « Pas besoin d'airbags ».

ils entendirent le fond du placard reprendre sa place initiale. Dunja aurait préféré que la porte secrète reste ouverte afin qu'ils puissent repartir par le même chemin si cela s'avérait nécessaire. Mais tant pis, ils résoudraient ce problème plus tard.

Elle voulut se servir de son portable comme lampe de poche, mais y renonça en constatant que sa batterie était presque vide. Elle continua donc à avancer à tâtons, frôlant du bout des doigts les murs à la surface irrégulière qui se rapprochaient l'un de l'autre à mesure qu'ils avançaient dans ce couloir ressemblant à une impasse. Scrutant l'obscurité, elle cherchait une issue.

Qiang avait trouvé une porte entrouverte qui l'avait conduit dans une sorte de salle de commandement. Elle avait suivi sa progression sur les écrans et se rappelait chacun de ses mouvements. Mais cela faisait déjà plus de deux jours, et il avait pu se passer beaucoup de choses entre-temps. Sleizner et ses complices n'avaient certainement pas passé ces dernières quarante-huit heures à se tourner les pouces dans l'attente de jours meilleurs.

Elle n'avait pas pensé à ça : au fait qu'ils avaient fermé la porte métallique de l'intérieur, mais conservé le même code dans le placard à archives. Sachant que Qiang était entré par là, ils auraient dû immédiatement modifier le code.

S'agissait-il d'un simple oubli dans la précipitation ? Ou d'un plan destiné à les faire tomber eux aussi dans un piège. Sleizner avait tout fait pour les y conduire. Savaient-ils qu'ils allaient entrer par ici ?

Elle se retourna pour partager son inquiétude avec Fareed et aperçut un rai de lumière.

« Je crois que c'est là que nous allons », dit Fareed en poussant la porte.

Elle reconnut la pièce aux murs gris et à la moquette bleue. Comme la dernière fois, la porte du local technique, dans lequel Qiang s'était fait surprendre et assommer avant qu'ils perdent contact avec lui, était entrouverte.

Mais depuis, plusieurs postes de travail avaient été déménagés et des câbles débranchés précipitamment pendaient ici et là. Il restait cependant une sorte de table de contrôle reliée à des écrans et à des tours de PC allumés. Mais à l'instar de ce carrefour désert avec ses feux de signalisation, l'endroit donnait un sentiment d'abandon. Comme si ces diodes étaient destinées à clignoter sous une couche de poussière de plus en plus épaisse jusqu'à la nuit des temps.

Fareed se rapprocha de l'un des écrans sur lequel une barre bleue indiquait un pourcentage qui, au même moment, passa de quatre-vingt-neuf à quatre-vingt-dix pour cent. « Il est en train de copier quelque chose », constata-t-il en se mettant à fouiller partout. Soudain, elle le vit plonger son bras entre deux ordinateurs et en ressortir avec un disque dur externe connecté par un câble en train de travailler à haute pression.

« Il a quelle capacité de stockage ?

– Deux téraoctets.

– Il va lui falloir combien de temps pour recopier les derniers dix pour cent ?

– Difficile à dire. » Fareed haussa les épaules. « Une heure ou deux, peut-être.

– Il est évidemment protégé, mais tu crois qu'il y aurait moyen de voir ce qu'il contient avant que le transfert soit terminé ?

– Je peux essayer. » Fareed connecta son ordinateur portable au disque dur.

Pendant quelques minutes, Dunja tenta de suivre ce qui se passait sur l'écran, mais quand la liste de lettres et de chiffres incompréhensibles pour elle devint trop longue, elle se mit à observer l'endroit où ils se trouvaient. Elle ne comprenait pas ce qu'elle voyait. À part qu'il s'agissait d'outils informatiques reliés par un tas de fils à des écrans et de différents modules identifiés par des combinaisons de lettres aussi mystérieux pour elle que ceux avec lesquels Fareed travaillait.

En attendant qu'il ait terminé, elle s'assit sur la chaise devant la table de contrôle couverte de boutons et de commandes et repéra celui sur lequel était écrit « power ». C'était le seul mot qu'elle comprenait, et surtout le seul sur lequel elle osa appuyer.

La table s'illumina comme un arbre de Noël, avec toutes ses diodes lumineuses et, simultanément, la neige sur trois des écrans devant elle disparut, remplacée par une lueur bleue immobile. Des voyants s'étaient également allumés à l'extrémité de chaque piste de réglage. Et sous ces voyants se trouvaient des lettres formant des mots qu'elle était capable de comprendre.

Sous le premier voyant, elle put lire le mot *Entrée.* Après avoir actionné la réglette et pressé quelques boutons au hasard, une image apparut dans l'écran situé au centre du panneau, et Dunja reconnut la pièce sombre avec le canapé pourpre en fer à cheval par où Fareed et Qiang étaient entrés. Le deuxième voyant indiquait *Victime sacrificielle.* Après qu'elle eut trouvé le bouton correspondant, la pièce où se trouvait la table taillée dans la pierre brute, entourée de candélabres, remplaça l'image précédente. Elle pressa les boutons marqués *H1* et *H2,* mais l'écran était trop sombre pour qu'elle puisse distinguer quelque chose.

Elle appuya ensuite sur le bouton *Bar*, et sur un autre moniteur, elle vit un long zinc chichement éclairé le long duquel étaient alignés une dizaine de tabourets de bar et un coin salon avec de profonds fauteuils en cuir. Puis ce fut au tour des touches *Détente*, *Spa été* et enfin *Salle de cristal* qui avait l'air d'être une salle de réception avec de grands lustres en cristal, de lourdes draperies pourpres sur les murs et des tables rondes disposées devant une scène.

Elle alluma ensuite une série d'écrans qui portaient tous des noms de femme comme *Amelia*, *Charlotte*, *Emma*, *Aria*, *Stella* ou *Delilah*. Sur chacun d'eux apparut un espace sans fenêtre décoré de couleurs sombres et de dorures, avec des miroirs sur tous les murs et un lit double placé au milieu de la pièce.

Un nouveau bouton fit apparaître une autre liste de voyants lumineux portant les indications *C1, C2, C3,* etc. jusqu'à *C16.*

Une part d'elle-même n'avait eu aucun mal à deviner à quoi servaient les pièces exiguës au sol malpropre, avec une cuvette de W.-C. métallique et un pauvre lit de camp aux draps sales.

Le décor ne laissait pas beaucoup de place au doute. Il s'agissait de cellules dans chacune desquelles au moins deux personnes avaient été gardées enfermées dans des conditions indignes d'un être humain. À quelques différences près, cela continuait ainsi jusqu'à *C8.* Des cellules vides qui, à en juger par leur état de saleté, avaient été utilisées pendant des années.

La *C9* était différente. Pas dans son apparence. Au contraire, elle était en tout point semblable aux précédentes. Dunja n'était même pas certaine qu'il s'agisse de pièces distinctes, et même si la différence était facile à rater dans la pénombre, elle devint évidente quand elle vit bouger l'oreiller et le tas de couvertures sur la couchette supérieure.

« Viens voir ça », dit Fareed derrière elle. Mais elle était incapable de quitter l'écran des yeux. Elle avait besoin de s'assurer qu'il y avait vraiment... « Dunja. »

Elle finit par se tourner vers l'ordinateur de Fareed qui diffusait une séquence dans laquelle huit hommes étaient en train de violer une jeune femme.

« Je croyais que les images étaient cryptées.

– Pas suffisamment, apparemment. »

Le regard vide de la femme montrait qu'elle avait décidé de laisser son esprit s'échapper de son corps et de les laisser en disposer à leur guise jusqu'à ce qu'ils soient lassés d'elle. Mais ils n'avaient pas l'air de l'être et continuaient à pénétrer tous ses orifices en même temps, ou à tour de rôle pendant que les autres fumaient une cigarette ou laissaient une blonde coiffée d'un chignon et très légèrement vêtue remplir leur coupe de champagne.

« On dirait Jenny Nielsen, non ? »

Fareed hocha la tête. « Et ça, c'est le procureur général, dit Fareed en désignant un type en train de s'asseoir sur le visage de la jeune femme. Comment s'appelle-t-il déjà ?

– Mads Jensen, répondit Dunja en réalisant qu'elle les connaissait presque tous. Et si je ne me trompe pas, celui-là, c'est Ryan Frellesen de la Danske Bank. »

Ils avaient sous les yeux tout le gratin du pays, allant de Stig Paulsen, président du groupe de télécommunications TDC, à Kai Mosendahl, directeur général des finances publiques, en passant par le ministre des Affaires étrangères Morten Steinbacher.

« Il y a des tas d'enregistrements comme celui-là. Apparemment, il y en a pour tous les goûts, là-dedans. » Fareed cliqua sur un dossier plein de fichiers MP4 portant des titres tels que *Fête de Noël 2009*, *S&M-Ryan3* ou *Jensen pousse le bouchon trop loin*.

« Tu peux me montrer celui-là », demanda Dunja en indiquant le fichier intitulé *Klingel*.

Sur le film, on voyait le directeur des services secrets de la police couché sur le dos dans l'une des chambres, en compagnie de la femme qu'on avait retrouvée avec lui dans la voiture.

Elle était en train de le chevaucher et, dans les haut-parleurs, on l'entendait gémir de plaisir au rythme de ses mouvements de hanches. Il profitait du moment les yeux clos et était si absorbé qu'il ne s'apercevait pas que, d'une seconde à l'autre, elle braquait sur lui un pistolet.

Ce n'était qu'à l'instant où elle lui enfonçait le canon dans la bouche qu'il ouvrait les paupières et tentait de se débattre, mais apparemment, la balle avait déjà été tirée parce qu'un instant plus tard, des morceaux de cervelle éclaboussaient le lit et le miroir sur le mur derrière lui.

La femme n'eut pas le temps de descendre du corps sans vie avant que Jakob Sand entre en trombe. Elle tira un coup supplémentaire, mais rata sa cible, et quand elle essaya à nouveau, le chargeur était manifestement vide.

On voyait ensuite Jakob Sand se jeter sur elle, la désarmer et enfoncer sa pochette en soie dans la bouche de la jeune femme, qui donnait des coups de pied, se tortillait dans tous les sens et le griffait pour se libérer. Mais Sand était plus fort. Il l'arracha du lit et, alors qu'elle était à terre, il se jeta sur elle et lui serra le cou avec ses mains. Quand ses membres cessèrent de s'agiter, Jakob Sand se releva, se recoiffa, lissa son smoking et ressortit de la pièce.

Pour quelle raison cette femme avait tout à coup tiré sur Klinge demeurait un mystère. Mais à part ça, cette vidéo résolvait à elle seule l'enquête sur laquelle travaillait Jan Hesk. Que Jakob Sand soit le meurtrier de la femme dans la voiture ferait l'effet d'une bombe et raviverait les anciennes rumeurs selon lesquelles il aurait tué une prostituée par le passé.

Mais pour l'instant, ce n'était pas à Sand que pensait Dunja, mais à Sleizner, qui brillait par son absence. Et son nom ne figurait sur aucun des fichiers.

Elle leva les yeux vers Fareed pour voir s'il se faisait la même réflexion quand une voix de femme résonna brusquement dans un haut-parleur derrière eux.

Sortez de là. J'ai dit, sortez !

Ils se retournèrent et sur un écran au-dessus de la console, ils virent la femme au chignon, vêtue d'une tenue de sport très moulante, qui entrait dans la cellule C9.

« Tiens, la revoilà, fit remarquer Dunja en montrant du doigt le dos de Jenny Nielsen.

– Mais attends une seconde. » Les yeux de Fareed passèrent de l'écran au-dessus de la table de contrôle à l'écran de son ordinateur sur lequel Klinge et l'autre femme gisaient toujours inertes. « On est en temps réel, là.

– Il est cinq heures cinq ? » demanda Dunja en montrant l'horloge au coin de l'écran.

Fareed vérifia sur sa montre et confirma de la tête tandis que la jeune femme en haut du lit superposé tâchait d'échapper à son sort en se roulant en boule contre le mur.

Mais pour elle, il n'existait pas d'échappatoire. Jenny Nielsen la saisit par les chevilles, la tira et la fit tomber sur le sol en béton où, sans doute pour la rendre plus docile quand elle devrait la traîner hors de la cellule, elle lui cogna plusieurs fois la tête jusqu'à ce qu'elle perde connaissance.

61

La lune n'en était qu'à son premier quartier et, pourtant, elle était presque à elle seule responsable de la scintillance du lac artificiel qui avait été creusé en plein cœur de Copenhague au XVIe siècle en guise de douve supplémentaire destinée à protéger la ville, entre autres contre les Suédois. Fabian contemplait l'eau depuis la rive orientale. Non loin de lui, un jeune couple s'était déshabillé pour une baignade, trop saouls ou trop amoureux pour s'inquiéter de la pollution.

La scène lui rappelait un été que Sonja et lui avaient passé à Stockholm, en 1994. Cette année-là, chaque jour battait un nouveau record de chaleur, et ils avaient passé toutes leurs nuits à regarder le Mondial de football, retransmis depuis les États-Unis. Quand la Suède avait remporté la troisième place, ils étaient sortis dans la nuit et, ivres de chaleur et l'un de l'autre, ils avaient traversé le pont couronné pour se rendre sur l'île de Skeppsholmen et s'étaient déshabillés.

Cette nuit, il n'était ni saoul ni amoureux ; il était simplement en chemin pour son hôtel où il comptait payer sa note avant de rentrer chez lui pour essayer de sauver ce qui pouvait encore l'être. Sonja avait déjà pris sa décision, et il ne pouvait pas lui en vouloir.

L'un comme l'autre, ils avaient essayé. Ils avaient fourni des efforts et fait du mieux qu'ils pouvaient. Ils étaient même allés au-delà de cela. Ils avaient fait des compromis, avaient pardonné, parlé, tenté d'être heureux. Ils s'étaient disputés, s'étaient réconciliés. Ils s'étaient battus. Ensemble et chacun de leur côté. Pour arriver à l'inéluctable conclusion. Car, au fond de lui, il avait toujours su qu'ils en arriveraient là, et elle aussi.

Depuis longtemps déjà, l'unique question était de savoir à quel moment ils pourraient se permettre de baisser les bras. Quand les enfants seraient assez grands ? Quand ils tomberaient amoureux de quelqu'un d'autre ? Quand ils préféreraient accepter l'échec plutôt que vivre dans le mensonge ? Ce moment-là était peut-être arrivé.

Avec Matilda, c'était différent. Il ne suffisait pas de prendre une décision, de déchirer un contrat et de partager un patrimoine. Peut-être sa fille ne voudrait-elle plus jamais le revoir. Peut-être ne décrocherait-elle plus jamais le téléphone quand il essaierait de l'appeler. Mais cela ne changerait rien au fait qu'elle était sa fille et qu'il serait toujours son père.

Alors qu'il sortait son pistolet de la poche de sa veste pour le jeter dans l'eau, aussi loin que possible avec son bras valide, la photo de Qiang en train de se vider de son sang, un couteau planté dans la gorge, tomba par terre. Il la ramassa et s'apprêtait à la déchirer quand, soudain, il réalisa qu'il était passé à côté du plus important.

Au lieu de jeter l'arme, de se débarrasser de la photographie et de continuer vers l'hôtel, il rebroussa chemin et se mit à courir de toutes ses forces vers le boulevard Østerbrogade et le parking que Dunja avait mentionné.

Ce ne fut ni le couteau, ni le sang, ni le visage tordu de douleur de Qiang qui lui firent changer d'avis, mais un minuscule détail qui venait de lui faire comprendre le lien entre les indices trouvés dans l'appartement de Sleizner et ce qui avait réellement eu lieu sur ce balcon. Fabian venait de remarquer autour de son cou un collier à peine visible auquel était suspendu un petit éléphant en or. Grâce à ce pendentif, il sut ce qui s'était passé, où Qiang avait été gardé prisonnier et surtout pour quelle raison. Autant de questions qu'il ne s'était pas posées avant et dont il connaissait maintenant les réponses.

Des réponses qui voulaient dire qu'il n'en avait pas terminé avec cette affaire.

Qu'il lui restait une dernière chose à faire.

62

La première pièce disposait de deux bancs, de miroirs sur les murs et d'un punching-ball suspendu au plafond. Et puis des poids : haltères, kettlebells et barres de traction. Dans la deuxième se trouvait une kitchenette avec une table sur laquelle étaient posés deux mugs contenant des restes de café froid. Puis il y avait un dressing avec deux penderies face à face, contenant des costumes d'homme, des bleus de travail, des sous-vêtements, des trousses de toilette. Accroché à un cintre, un gilet de pêcheur aux poches remplies de leurres et un chapeau assorti. Dans les deux chambres sans fenêtre, les lits étaient défaits et, à en juger par les vêtements jetés au sol, Sleizner n'avait pas menti : c'était bien là que vivaient les deux hommes.

Après avoir laissé Fareed dans la salle de commandes, elle avait fouillé le moindre recoin de l'appartement caché derrière le garage automobile. Il n'y avait personne. L'unique être vivant dans ce lieu semblait se trouver dans l'une de ces cellules qu'elle avait découvertes sur les écrans. Des pièces sales et brutes. L'appartement dans lequel elle se tenait était propre et bien entretenu, avec des murs peints dans diverses nuances de gris et de la moquette au sol.

Elle s'efforça de chasser de son esprit l'idée que les cellules n'étaient peut-être pas du tout ici mais dans un tout autre endroit, et concentra ses espoirs sur une porte au bout du couloir vers laquelle elle se précipita.

C'était la dernière porte, et elle ne savait pas ce qu'elle ferait si elle ne menait nulle part. Elle n'avait pas de plan B. Ni de plan A, à vrai dire. La seule chose sur laquelle Fareed et elle avaient fini par se mettre d'accord était qu'il resterait dans la salle de commandes jusqu'à ce que le téléchargement sur le disque dur soit terminé et qu'ensuite, si elle n'était pas revenue d'ici là, il partirait aussi loin que possible de cet endroit maudit et veillerait à ce que les images arrivent entre les bonnes mains.

Elle, de son côté, tenterait de localiser les cellules. C'était la seule chose qui importait pour l'instant. Retrouver les cellules et mettre la main sur cette Jenny Nielsen. Ce qui arriverait ensuite, elle l'ignorait.

Elle baissa la poignée et eut la surprise de voir la porte s'ouvrir aussitôt. Quand le détecteur de présence fit la lumière, elle reconnut le long couloir que Fareed et Qiang avaient découvert lors de leur première visite, celui qui traversait le boulevard Østerbrogade.

Elle constata qu'en effet, une barre de sécurité avait été placée à l'intérieur de la porte donnant sur le quai de déchargement. Mais ce qui l'intéressait, ce n'était pas tant le parking que les locaux en sous-sol qui n'existaient pas sur les plans.

Après avoir parcouru les cinquante mètres la séparant de l'autre bout du couloir, elle tapa le code 7895 qui, cette fois encore, fonctionna. Comme Fareed et Qiang avant elle, elle écarta la lourde tenture et avança dans le salon à l'éclairage tamisé, avec ses murs sombres et son canapé pourpre en fer à cheval placé au centre.

La porte qui donnait sur la pièce où se trouvaient la table sacrificielle et les instruments de torture était entrouverte. Mais celle-là, elle l'avait déjà vue à l'image et elle préféra se concentrer sur la seconde, qui donnait sur un nouveau couloir dans lequel il y avait d'autres portes tout du long sur le mur de droite. Des portes munies de plaques en laiton sur lesquelles on pouvait lire des prénoms : *Amelia*, *Charlotte*, *Emma*. Elle n'avait pas besoin de les ouvrir pour savoir ce qu'elle trouverait derrière et continua à progresser dans un labyrinthe de corridors semblant avoir été dessiné pour que celui qui s'y aventurerait ne retrouve jamais le chemin de la sortie.

Après avoir traversé une salle de balnéothérapie, une salle de réception, une salle de massage et parcouru d'innombrables artères allant dans toutes les directions, elle finit par tomber sur la fameuse Salle de cristal. Aussi pompeuse et intemporelle que son nom le laissait présager, la pièce était haute de plafond, avec d'énormes lustres à pampilles et des tables rondes éclairées par de petites lampes rouges, un coin salon et un long bar.

Il y régnait une atmosphère décadente qui tenait un peu du boudoir, mais qui sentait surtout le fric. L'argent à ne plus savoir qu'en faire. L'argent qui peut tout acheter. Ce fut derrière une lourde tenture cachant une scène baignée de lumière qu'elle découvrit enfin un détail intéressant.

Un ascenseur.

Un ascenseur qui ne pouvait la mener que vers le bas.

Car c'était vers le bas qu'elle devait aller.

Là où se cachait le mal.

En sortant de la cabine, elle atterrit dans un autre monde. Il était aussi désert que les locaux qui se trouvaient au-dessus. Mais ici, plus d'éclairage douillet ni de dorures. À la place, des murs d'un blanc d'hôpital et une lumière froide projetée par des spots encastrés au plafond.

Elle entra dans une salle de bains rutilante aux parois immaculées, avec cinq douches fixes le long d'un mur et autant de cuvettes de W.-C. contre le mur d'en face. Une série de lavabos étaient posés en rang sur le troisième côté, et cinq bidets occupaient le milieu de la pièce.

Elle reconnut l'endroit où s'était déroulée la scène que jamais elle ne parviendrait à effacer de sa mémoire. Elle passa sans s'arrêter devant un nettoyeur à haute pression et quelques bidons de plastique sur lesquels des triangles rouges mettaient en garde l'utilisateur contre un contenu dangereux.

La pièce attenante à cette salle d'eau, blanche également, était équipée d'un gros projecteur fixé au plafond par un bras solide, d'un fauteuil de gynécologue et d'une table métallique sur roulettes où une dizaine de longues et fines pinces en inox étaient soigneusement disposées sur une serviette blanche.

Elle s'engagea ensuite dans un étroit couloir vitré sur un côté, longeant une pièce où se trouvait un lit d'hôpital avec un matelas plastifié, entouré de plusieurs caméras vidéo montées sur pied. Au bout du couloir, elle découvrit un nouvel ascenseur qui, comme le précédent, ne la conduirait que dans une seule direction.

Encore plus bas.

À quelle profondeur ? Elle n'aurait pas su le dire, mais plus loin qu'elle ne l'aurait cru. À moins que ce ne soit la cabine qui était particulièrement lente. Elle avait la vague impression qu'elle ne descendait pas exactement à la verticale, mais légèrement en biais. Ce n'était pas facile à déterminer dans cette lumière vacillante. Finalement, après un laps de temps qui lui sembla durer plusieurs minutes, l'ascenseur s'immobilisa et, quand elle en sortit, un air saturé d'une odeur de renfermé légèrement piquante lui apprit qu'elle était arrivée à destination et qu'elle avait trouvé ce qu'elle cherchait.

Des murs, un sol et un plafond en béton brut. Une condensation qui avait coulé et goutté, séché et coulé à nouveau. Des dépôts de matière qui vaudraient sans doute des nuits blanches aux techniciens de la police scientifique s'ils avaient l'occasion de les analyser.

Des ampoules nues au plafond, une lumière spartiate, un long corridor aussi étroit que celui d'un sous-marin avec, de part et d'autre, des grilles entrouvertes sur des cellules vidées de toute vie, de toute dignité, de tout. Puis d'autres couloirs identiques au premier. D'autres cellules. Dans un coin, une pile de pantalons, de chemises et de robes, de culottes et de chaussettes. Le tout taché et déchiré. Des insectes noirs d'une espèce qu'elle n'avait jamais rencontrée et qui grouillaient partout.

Elle s'accroupit pour chercher des indices. Un objet qu'elle soit capable d'identifier. Qui lui fournisse des noms. En entendant des voix résonner au loin, elle se releva et continua à avancer en suivant l'odeur qui lui piquait les narines. Le couloir tourna à angle droit, puis elle se retrouva dans un labyrinthe de boyaux infâmes, avant qu'un coup de feu étouffé la renvoie dans la bonne direction.

Et elle le vit, à dix mètres d'elle, avec son annulaire manquant, en rangers et treillis militaire, le visage recouvert d'un masque à gaz. Dans une main, il tenait un bidon de cinq litres dont il vidait le contenu dans une fosse de plusieurs mètres carrés, creusée dans le sol de béton.

Chaque molécule de son être brûlait de courir et de se jeter sur lui pour lui faire subir les pires sévices, afin qu'il connaisse la même souffrance que Qiang. Mais elle ne pouvait pas. Pas tout de suite. Pas avant d'avoir compris ce qu'il se passait.

Mais comment comprendre une telle chose ?

Comment comprendre l'inadmissible ?

La pièce était vaste, elle devait mesurer environ soixante mètres carrés et, comme tout ce niveau du bâtiment, elle était entièrement en béton. Un grésillement, ou plutôt un bouillonnement, montait du trou dans le sol, expliquant en partie la puanteur insupportable qui régnait dans cet endroit et donnait à Dunja l'impression de mourir à petit feu à chaque inspiration.

Un gros couvercle en bois était suspendu à quelques mètres au-dessus du puits, au bout d'un fil d'acier passant dans une poulie et relié à un treuil manuel fixé dans le mur sur sa gauche. En dessous, elle nota la présence d'une longue rangée de bidons marqués du pictogramme danger.

Un peu plus loin, dans le faisceau de sa lampe de poche, un deuxième homme, en treillis militaire également, étudiait en détail une femme parmi un groupe de jeunes femmes entièrement nues, alignées contre un mur auquel elles étaient enchaînées par les poignets et par le cou.

Leurs visages déformés par la terreur, tandis que le type matait la malheureuse de son regard concupiscent, étaient plus qu'elle n'en pouvait supporter. Plus douloureuse encore fut la lamentation sourde résonnant derrière leurs bâillons de chatterton quand il détacha la chaîne qui emprisonnait le cou et les mains de sa victime.

« *Here's another one*[1] », dit le type, avec un geste du menton vers la cicatrice en forme de croix que la fille avait entre les seins, avant de la propulser vers son camarade d'un coup de pied dans les reins.

La femme secoua la tête et cria quelque chose derrière son bâillon. Des mots inaudibles dans une langue inconnue que, pourtant, tout le monde aurait été capable de comprendre. Elle criait pour sa vie. Pour échapper au châtiment qui l'attendait. Mais elle n'avait plus de recours. Devant les muscles de ses bourreaux. Devant la balle dans son front. Devant la poussée qui la précipita dans le trou.

En quelques secondes, tout fut terminé et, au moment même où on entendit l'impact de son corps au fond du

---

1. « Tiens, en voilà une autre. »

puits, l'homme qui se trouvait auprès des femmes lança : « *Wratlov ! Behind you*[1] *!* »

Mais Dunja était déjà trop près du dénommé Wratlov pour qu'il ait le temps de réagir. D'une main ferme, elle lui attrapa le bras droit et le tordit dans son dos avec une telle violence que l'épaule se démit et que son pistolet tomba sur le béton.

L'homme rugit derrière son masque à gaz et tenta, malgré son bras inerte, de se retourner pour la maîtriser, mais elle avait déjà ramassé l'arme et pressé le canon contre sa tempe.

« *Okay, let's calm down*, dit-elle en lui tordant le second bras. *And you, drop your weapon !* cria-t-elle à l'autre. *Your weapon, on the floor !*

– *Famous last words*[2]. » L'homme qui était à côté des femmes laissa son arme tomber par terre avec un sourire. « Juste pour que tu le saches, tu ne ressortiras jamais d'ici.

– C'est possible. » Dunja tira un coup de feu, et le pistolet fut propulsé loin des pieds de son propriétaire. « Mais chaque chose en son temps. Tu vas commencer par les libérer. »

Le type hésita un instant, son regard allant de la rangée de femmes à Dunja, puis à son compère pour revenir aux femmes.

« Vous pouvez imaginer tous les plans que vous voulez. Peser le pour et le contre, et calculer vos options pour arriver à la plus vraisemblable. Ou alors je peux vous informer tout de suite que quoi que vous décidiez, moi, je n'ai plus rien à perdre. »

L'homme cogita encore un peu, puis il se retourna. Il avait commencé à détacher les chaînes autour du cou des prisonnières quand soudain un objet frappa Dunja. Un objet très dur qui lui fractura l'arrière du crâne, à moins que ce ne soit

---

1. « Wratlov ! Derrière toi ! »
2. « OK, on se calme. Et toi, lâche ton arme ! Ton arme, jette-la au sol !
– Le célèbre mot de la fin. »

sa tête qui soit allée se fracasser contre le sol. Elle n'aurait su le dire. Ce qui était certain, en revanche, c'était qu'elle était à présent couchée sur le dos, avec une douleur effroyable à l'occiput et une vision tellement floue que, de l'individu qui se tenait devant elle, elle ne distinguait qu'une silhouette sombre.

« Oh hé ! Il y a quelqu'un ? Comment ça va ? »

Elle essayait de reconnaître la voix qui lui semblait familière, mais ses pensées refusaient de lui obéir.

« Tu peux te féliciter que je me sois contenté de me servir de ce truc-là. » L'ombre floue brandissait un objet qui ressemblait à une grosse bille en marbre et se penchait vers elle pour qu'elle voie qui était en train de lui sourire.

Elle refusait toujours de le croire et secouait la tête machinalement. Elle avait très mal, mais ce n'était pas le plus grave. Cela ne pouvait pas être vrai. Ses yeux la trompaient, c'était la seule explication. Il ne fallait pas que ce soit vrai. C'était sans doute pour cela que, malgré la douleur, elle continuait à secouer la tête. Comme pour se convaincre que ce qu'elle voyait n'existait pas. Que c'était un mirage à l'envers, né de ses pires cauchemars.

« Non, mais franchement, tu te verrais ! ricana Sleizner en secouant la tête à son tour. On dirait que tu as vu un fantôme. *I see dead people*[1]. »

C'était pourtant la réalité. Il était vivant. Elle ignorait comment c'était possible. Mais cette ordure était encore en vie. À moins que ce ne soit elle qui fût morte sans avoir eu le temps de s'en rendre compte. À moins que ce soit l'ultime réaction que l'on ait pendant les dernières secondes, avant que la conscience ne s'éteigne.

« Non, tu ne rêves pas. C'est bien moi, dit Sleizner les bras largement écartés. C'est sympa de se revoir, non ? Je ne

1. « Je vois des morts partout. »

sais pas quel effet ça te fait. Personnellement, je n'ai jamais été très croyant. Mais quand je me vois dans la glace, j'ai l'impression qu'on n'est pas loin d'une résurrection, qu'en penses-tu ? »

Elle ne répondit pas. Elle refusait de rentrer dans son petit jeu. Au lieu de cela, elle tendit le bras pour saisir la jambe de son pantalon. Une brève traction, il n'en faudrait pas plus. Il était tellement absorbé par lui-même qu'il ne remarquerait rien, ou alors trop tard. Une petite traction suivie d'un coup de pied. Il perdrait l'équilibre et tomberait dans le trou.

« Tst, tst, tst ! dit-il en écartant son pied. On n'est quand même pas là pour rigoler. »

Ce furent les derniers mots qu'elle entendit avant qu'il l'assomme à nouveau avec la bille de billard.

63

Fabian courait plus qu'il ne marchait le long des façades du boulevard Østerbrogade, cherchant un endroit qui ressemble à un parking public, pendant que son cerveau essayait de se remémorer les détails de sa visite dans l'appartement d'Islands Brygge.

La conversation dans l'interphone au cours de laquelle Sleizner l'avait pris pour quelqu'un d'autre. Quelqu'un dont il attendait la visite. Un certain Morten Heinesen. Sans doute le policier qui était arrivé vingt-cinq minutes plus tard. L'ascenseur qui descendait et qui ne s'était pas arrêté au rez-de-chaussée pour laisser sortir un résident de l'immeuble. Le dressing ouvert, les vêtements dispersés et la bouteille d'alcool posée sur le lit. Et puis ce collier avec le pendentif de Ganesh.

L'odeur.

En particulier celle qu'il avait sentie à l'intérieur du coffre de rangement sur la terrasse.

Tout cela semblait incohérent, et c'était certainement lui qui, dans son désespoir, voyait des pièces du puzzle s'assembler alors qu'elles n'avaient rien à voir les unes avec les autres. Alors qu'une personne sensée ne serait pas parvenue à les assembler. Mais le doute s'était insinué dans son esprit et, qu'il soit justifié ou non, il était obligé de vérifier ce qu'il en était avant de pouvoir entamer le reste de sa vie.

Quatre voitures étaient passées sur le boulevard. Quatre taxis. L'un d'eux s'était arrêté sur la piste cyclable pensant avoir trouvé un client.

Il se retourna une cinquième fois, mais cette fois ce fut à cause du clignotement bleu de plusieurs véhicules d'intervention. Ils étaient encore trop loin pour qu'il puisse les compter, mais il y en avait au moins trois.

A priori, ce n'était pas lui qu'ils cherchaient. Il avait laissé son portable éteint dans la chambre d'hôtel et il était certain que personne ne les avait suivis tout à l'heure, dans l'ambulance. Quelqu'un avait évidemment pu les appeler. Quelqu'un qui l'aurait vu passer, ce qui voudrait dire que la police danoise l'avait identifié.

Il se trouvait sur une place dégagée où il serait aussi visible que le nez au milieu de la figure lorsque les voitures de patrouille arriveraient à sa hauteur, c'est-à-dire dans quelques secondes. Il se mit précipitamment à l'abri d'un buisson pour se rendre compte que le buisson en question masquait justement la rampe d'accès au garage qu'il cherchait.

Les voitures de police approchaient et, quand elles éteignirent leurs gyrophares et tournèrent à gauche vers la place, il n'eut d'autre solution que de descendre la rampe en béton menant au parking et de se précipiter vers la porte pour piétons.

Il reconnut la première voiture : il l'avait vue depuis le balcon de Sleizner quand elle s'était arrêtée devant le corps à Islands Brygge. C'était donc celle de ce Heinesen, dont Sleizner attendait la venue et qui, un peu plus tard, l'avait poursuivi dans l'appartement. Le véhicule suivant transportait sans doute les rois de la gâchette de la brigade d'intervention.

Il eut la bonne surprise de pouvoir entrer sans difficulté dans le garage ouvert vingt-quatre heures sur vingt-quatre, dont l'accès ne nécessitait apparemment ni code ni clé, mais cela lui donna juste quelques secondes d'avance sur les véhicules qui abordaient la rampe dans un crissement de pneus.

Pour gagner un peu de temps, il se hissa sur un extincteur et arracha le câble d'alimentation du moteur commandant la porte du parking. Puis il courut vers l'atelier où il trouva un balai avec lequel il bloqua la porte par laquelle il était entré.

Bientôt, il entendit des voix fébriles à l'extérieur, et quelqu'un essaya de tirer sur la porte, mais le manche à balai résista, et Fabian s'éloigna en marche arrière, bien conscient qu'il jouait la montre.

Dunja avait mentionné le fait que le parking était relié à un couloir souterrain secret passant sous le boulevard Østerbrogade, il commença donc ses recherches dans cette direction.

Le long d'un quai de déchargement, il découvrit un container ouvert posé sur la remorque d'un camion. Il s'approcha, retira la sécurité de son pistolet et monta l'escalier en fer.

Il n'y avait personne, ni sur le quai ni à l'intérieur du container et, tandis que la police s'évertuait bruyamment à entrer dans le parking, il se dirigea vers une porte métallique qui donnait sur le quai. Comme il s'y attendait, elle était verrouillée. Il retourna au container et pénétra à l'intérieur.

Aussitôt que ses yeux furent accoutumés à l'obscurité, il vit les noms de femmes gravés sur la paroi et eut la réponse aux questions qu'il se posait quant à la cargaison qui avait été ou allait être transportée. Mais après tout, Sleizner avait transgressé toutes les règles et fait des choses que personne ne l'aurait cru capable de faire, alors pourquoi pas ça ?

Ce qui le surprit, en revanche, fut le nom gravé au fond, tout à fait à gauche, à un mètre du plancher. C'était le seul nom masculin visible et, surtout, c'était un nom qu'il reconnaissait pour l'avoir entendu au cours de sa dernière année à la brigade criminelle de Stockholm.

Diego Arcas.

L'homme était actuellement détenu à la prison de Hall, où il purgeait une peine pour trafic d'êtres humains. L'organisation avait été démantelée en 2009, mais manifestement, elle avait repris du service avec l'aide, entre autres, de Kim Sleizner.

Il ne comprenait pas le sens de la croix tracée sur le nom du trafiquant et n'eut pas le temps d'y réfléchir, car la porte donnant sur le quai de déchargement venait de s'ouvrir. Il se retourna brusquement et distingua vaguement dans le contre-jour la silhouette d'une femme coiffée d'un chignon marchant dans sa direction.

« Couchez-vous. À plat ventre ! Bras et jambes écartés », rugit-il en pointant son arme. La femme s'arrêta à l'entrée du container. « Au sol ! » ordonna-t-il une seconde fois, découvrant au même instant les deux sondes qui fendaient l'air dans sa direction avec leurs longs filins en spirale.

Le premier enfonça son harpon dans sa jambe gauche et l'autre dans sa hanche droite. La décharge électrique qui suivit arrêta la marche du temps et, bien qu'il soit encore conscient au moment où ses jambes cédèrent sous son poids dans une succession de crampes spasmodiques, il fut incapable de se retenir et tomba face contre terre.

64

Fareed avait les yeux rougis à force de regarder l'écran en attendant que les chiffres passent de quatre-vingt-dix-neuf à cent pour cent. Une attente qui, jusqu'à maintenant, lui avait coûté vingt-cinq minutes et trente secondes et quatre-vingt-trois clignements de paupières. Il avait fallu vingt-sept minutes au compteur pour passer de quatre-vingt-dix-huit à quatre-vingt-dix-neuf pour cent et il devait être très près du but. D'un autre côté, les différentes étapes de progression à l'intérieur de ce pour cent avaient varié entre deux et trente-trois minutes, ce qui signifiait que le dernier laps de temps d'attente pour arriver à cent pour cent pouvait aussi bien durer encore une heure.

En somme, il n'avait aucune idée du temps qu'il faudrait encore pour copier intégralement les fichiers et pouvoir ainsi débrancher son disque dur, sortir de la salle de commandes et retourner dans l'ambulance. Tout ce qu'il savait, c'est que s'il n'entendait pas bientôt le signal électronique indiquant que le téléchargement était terminé, ses yeux allaient sortir de leurs orbites.

Soudain, le sol en dessous de lui se mit à vibrer, comme si on avait fait sauter un bâton de dynamite ou qu'une porte métallique avait claqué violemment quelque part. Il espéra que c'était Dunja qui revenait, qu'elle avait mis la main sur les deux hommes et passé ses nerfs sur eux, et qu'ils allaient bientôt pouvoir quitter cet endroit maudit.

Il n'avait pas du tout aimé l'idée qu'ils se séparent dans ce trou à rats. Seuls, chacun de leur côté, ils étaient deux fois moins forts qu'ensemble. Il n'y avait qu'à voir ce qui était arrivé à Qiang pour comprendre que c'était une mauvaise idée. Mais Dunja avait refusé de l'entendre et avait promis-juré-craché qu'elle serait revenue avant que la copie des fichiers sur le disque dur externe soit terminée.

Mais ses mots avaient autant de sens et de poids que des promesses lors d'un débat électoral. Elle l'avait même embrassé sur la bouche avant de filer. Ce n'était jamais arrivé avant, et il ne pouvait pas voir son geste autrement que comme un dernier adieu. Il fut d'autant plus surpris d'entendre des pas lointains dans le corridor.

Il passa la tête par la porte. Il n'y avait pas de doute, c'étaient bien des pas. Et ils étaient plusieurs. Il n'aurait pas su dire combien, mais au moins deux. À présent, il entendait aussi des voix. Des voix d'hommes qui échangeaient des mots brefs, comme des militaires se donnant des ordres.

Un bip lui fit tourner la tête vers l'écran où la barre était enfin pleine. Il débrancha le disque dur et le fourra dans son sac à dos en même temps que son ordinateur. Le sac jeté sur l'épaule, il retourna à la porte, mais dut rebrousser chemin avant d'en avoir franchi le seuil.

Ces hommes étaient beaucoup trop près. Il les entendait distinctement. Ils devaient être à moins de dix mètres. Ou encore plus proches.

Il chercha dans le petit local un endroit pour se cacher. Alors que d'ordinaire il n'était pas du genre à paniquer, il était complètement tétanisé. Il n'arrivait même plus à réfléchir.

Tout cela à cause de Dunja. Depuis qu'elle était entrée dans sa vie, il n'avait pas eu le temps de faire son yoga et de méditer une seule fois. Et maintenant, il se retrouvait là, à suer comme un bœuf. Finalement, comme s'il s'agissait d'une partie de cache-cache, il se glissa sous la table de mixage.

Mais ce n'était pas un jeu. Il ne savait pas ce que c'était, mais une chose était sûre, il allait se retrouver avec un couteau enfoncé dans la gorge s'ils le trouvaient. Alors il se terra encore plus loin, derrière une tour d'ordinateur fixe et un tas de câbles qui n'étaient plus reliés à rien. Non, pas dans la gorge. Ils allaient inventer autre chose cette fois. Dans l'œil, peut-être. Ou bien…

Ce ne fut pas conscient, mais à l'instant où les hommes arrivèrent devant la porte, il cessa à la fois de respirer et de réfléchir, et resta assis comme une sorte de Houdini pétrifié qui, au beau milieu de son numéro final, réalisait que ce n'était pas du tout ça qu'il avait envie de faire dans la vie.

Ce n'est que lorsqu'il fut absolument certain que les pas qu'il avait entendus avaient continué à avancer dans le couloir qu'il se détendit et recommença à respirer. La seconde d'après, ils s'arrêtèrent à nouveau, et un bref échange résonna à quelques mètres de la porte.

Puis il vit une paire de lourdes bottes entrer et se planter au milieu de la petite pièce. Il entendait l'homme respirer et se gratter la barbe. Quant à lui, il retenait son souffle et contrôlait chaque muscle de son corps pour ne rien toucher et ne faire aucun bruit.

Il avait l'impression de jouer à un jeu où le premier qui bouge a perdu. Un jeu dont il sortit vainqueur en entendant deux craquements secs venant des articulations de son adversaire.

Puis il comprit que c'étaient ses genoux qui avaient craqué, et que c'était donc lui qui avait perdu. Car il était déjà trop tard : l'homme accroupi devant la console le regardait droit dans les yeux.

65

Avant de perdre connaissance, Fabian eut le temps de voir un énième lustre extravagant passer au-dessus de sa tête. Lorsqu'il revint à lui et qu'au prix d'un sérieux effort, il parvint à ouvrir les paupières, il vit qu'à l'aide d'une corde enroulée autour de ses chevilles, la femme blonde avait réussi à le traîner dans un labyrinthe de couloirs à l'éclairage de boîte de nuit. Puis tout devint noir à nouveau, comme s'il y avait un faux contact dans sa tête.

Et chaque fois, il avait l'impression de perdre un peu plus le contrôle de ses muscles à partir de la taille. Comme une longue crise d'épilepsie, il était secoué de spasmes provoqués par le flux électrique passant par impulsion dans les électrodes fichées dans le bas de son corps.

« Dites donc, les gars, râlait la blonde dans le micro de son casque. Moi, j'étais juste chargée du transport. Je n'avais pas prévu de trouver ce type dans le container. »

La sensation n'était pas tout à fait la même qu'au moment où elle lui avait tiré dessus. Peut-être que son corps s'habituait peu à peu. Ou alors c'était la charge qui faiblissait, parce qu'elle avait laissé le Taser en mode continu pendant plusieurs minutes pour le faire tenir tranquille.

« Je n'en sais rien, moi, continuait la femme. Il était ouvert, c'est tout. »

Quoi qu'il en soit, chaque impulsion lui paraissait un peu moins forte que la précédente, et quand la dernière convulsion fut passée, il s'aperçut qu'il arrivait même à bouger son bras gauche.

« Non, il n'avait rien sur lui, ni permis de conduire ni aucun autre papier. Mais je pense que c'est Risk, l'inspecteur suédois. »

Si seulement il pouvait se redresser, il arracherait les sondes et reprendrait le contrôle de la situation. Mais il en était incapable, son corps à partir du nombril ne lui appartenait plus.

« Qu'est-ce que tu veux que j'en sache ? Ce n'est pas mon problème. Moi, je le traîne jusqu'à la douche, et vous vous démerdez ! »

Au prix d'un nouveau vertige, il parvint à agripper un rideau et à s'y tenir assez longtemps pour arracher la tringle du mur.

« Merde ! Il faut que je te laisse. » La femme s'arrêta de tirer et se retourna vers lui. Quand il la frappa avec le bout de la tringle, une expression de surprise remplaça son air las.

Il l'atteignit sur le côté de la tête, au-dessus de l'oreille. « Putain ! » jura-t-elle. Il n'avait pas frappé très fort, mais suffisamment pour qu'elle s'intéresse au sang qui coulait de son oreille et oublie de parer le coup suivant. Au mépris de sa blessure, il la frappa des deux mains au visage. Elle n'émit qu'un faible gémissement avant de s'évanouir et de s'écrouler.

66

« Aucune idée. Je compte sur vous pour vous charger de... Parfait... J'en ai encore pour un quart d'heure, maximum. »

Il n'était qu'à quelques mètres d'elle.

« Oui, si vous n'avez pas eu de mes nouvelles d'ici quinze minutes, vous pourrez descendre. Mais pas avant. D'accord ? »

La voix revenue du royaume des morts.

« Non, elle est toujours inconsciente. Vous pouvez continuer comme prévu. »

La voix qui aurait dû s'être tue à jamais.

« Je me fous de ce qu'il a dit. C'est moi qui commande ici, et j'ai décidé que c'était moi qui m'occupais d'elle. À ma manière, OK ? »

Elle était couchée sur le sol, les bras attachés dans le dos, avec quelque chose de dur et de froid autour du cou. L'odeur caustique qui lui montait aux narines lui fit comprendre qu'elle se trouvait au bord du trou profond creusé dans le sol. Tenter de s'enfuir aurait été une folie. Le moindre geste attirerait son attention.

« C'est votre problème. À vous de le résoudre. J'ai besoin d'un quart d'heure en tête à tête avec elle. »

Elle essaya d'ouvrir les yeux, mais elle aurait été incapable de dire si elle y était parvenue. Elle ne voyait plus rien. Seulement des taches grises et floues. Comme si elle était en train de regarder à l'intérieur de son propre cerveau.

« Écoute-moi… »

La douleur, elle, était bien présente. Quelque part. Comme un orage qui monte au loin. Elle aurait dû être plus intense étant donné la violence avec laquelle il l'avait frappée. Avait-elle perdu toute sensibilité ? Était-ce l'explication ? Était-elle encore capable de se mouvoir ?

« Non, c'est toi qui m'écoutes. Je n'irai nulle part avant d'en avoir terminé ici et je n'aurai pas fini avant qu'elle soit revenue à elle. Je veux qu'elle me regarde dans les yeux quand je vais… »

La voix se tut et fut remplacée par un bruit de pas sur le béton.

« Ah ! » Elle était tout près d'elle à présent. « La Belle au bois dormant aurait-elle émergé de son long sommeil ? » Beaucoup trop près.

Dunja tourna la tête et sentit le collier froid qui lui enserrait le cou. Sentit qu'il se prolongeait le long de son dos par une chaîne fixée à des bracelets métalliques lui emprisonnant les pieds et les mains. Sentit son haleine.

« C'est extraordinaire ! J'ai beau te haïr, chaque fois que je te vois, je ne peux pas m'empêcher de penser à quel point on irait bien ensemble », poursuivit-il. Elle l'entendit se relever et s'éloigner d'un pas.

Elle cligna des paupières, réalisa que ses yeux fonctionnaient encore, cligna à nouveau. Les zones grises devinrent plus nettes et, bientôt, elle put le voir distinctement. Le front couvert de sueur, les lèvres sèches et le sourire… Ce sourire supérieur et triomphant, cette exultation à l'idée de ce qui allait arriver.

« Mais ça, je te l'ai déjà dit, et il n'y a rien de pire que les gens qui se répètent. Enfin, je m'en remettrai, avec le temps. Parce que du temps, moi, j'en ai, contrairement à toi.

– Tu t'es suicidé, dit-elle tandis qu'il suspendait sa veste sur la manivelle fixée au mur derrière lui.

– C'est vrai, j'ai fait ça. » Il prit le masque à gaz posé à côté de bidons d'acide fluorhydrique et vérifia qu'il était en bon état avant de revenir vers elle. « Tu n'en as jamais marre d'être toi, de temps en temps ? Marre d'avoir l'impression de faire sans cesse les mêmes choses et que ta vie se répète comme le discours d'un vieux perroquet sénile. » Il attendit une réponse de sa part, mais elle se tut. « D'accord. Moi, en tout cas, ça m'arrive, et si j'étais à ta place, je crois que j'en aurais marre de cette vie à la con. »

Ils étaient seuls. Elle et Sleizner. Sleizner et son sourire. Son putain de sourire satisfait. Elle avait envie de vomir.

« Je t'avoue que ça faisait un moment que je caressais l'idée d'en finir. C'est génial de remettre les compteurs à zéro et de tout recommencer. » Il retira ses boutons de manchette et remonta ses manches de chemise. « Tu vois ce que je veux dire ? Changer de peau et se réincarner en quelqu'un d'autre. Il y a un siècle, à mon âge, j'aurais déjà été mort et enterré. C'est normal qu'on se retrouve avec des problèmes existentiels, de nos jours. Certains d'entre nous tentent de les régler avec une thérapie. D'autres divorcent, changent de travail ou partent vivre à la campagne fabriquer du fromage de chèvre, ou que sais-je. Il fallait bien que je meure pour pouvoir ressusciter. » Il ricana un peu, comme pour se moquer de lui-même. « Grâce à toi et à Jan Hesk, j'ai pu remettre en place toutes les pièces du puzzle. Un peu plus tôt que prévu, certes. Mais quelle importance, finalement ? Ah, et ton petit camarade chinois, évidemment ! Par tous les éléphants de la planète, il ne faut pas l'oublier celui-là. »

Elle s'en voulut de lui avoir posé la question. De lui avoir fourni l'occasion de refaire l'histoire et de se vanter de son propre génie. Mais son silence aurait probablement eu le même effet. Rien ne pouvait empêcher cet homme de faire le paon. C'était l'unique raison de sa présence ici. L'unique raison pour laquelle elle était toujours en vie.

« Comme tu l'auras compris, notre petit club compte un grand nombre de personnages influents parmi ses membres », reprit-il en ouvrant une bouteille d'eau.

Elle se demanda s'il bluffait ou s'il savait déjà que Fareed et elle avaient découvert les bandes.

« Franchement, Dunja… » Sleizner poussa un soupir et prit une gorgée d'eau. « Ne me dis pas que je t'ai surestimée à ce point ? » Il s'accroupit à côté d'elle. « Ou bien est-ce toi qui m'as une nouvelle fois sous-estimé ? Bien sûr que je sais exactement quels films toi et ton petit naan au curry avez récupérés sur le disque dur. Ne prends pas cet air étonné. Pourquoi vous aurais-je déroulé le tapis rouge de cette façon et pourquoi aurais-je pris soin de ne pas changer les chiffres du digicode ? Tiens, bois plutôt un peu d'eau pour t'en remettre. » Il plaça le goulot devant sa bouche et versa. « Ce serait bête de mourir assoiffée. » La majeure partie coula sur sa joue, mais ce qui entra dans sa bouche suffit à rincer la poussière dans sa gorge.

« Vous avez capturé Fareed ?

– Fareed Cherukuri. C'est bien comme ça qu'il s'appelle ? » Sleizner se releva, finit la bouteille d'eau et la jeta dans le trou. « Ou qu'il *s'appelait*, devrais-je dire.

– Réponds. Qu'est-ce que vous lui avez fait ? »

Sleizner ricana et applaudit mollement à trois reprises. « Le premier prix d'interprétation est décerné à… Enfin, voyons ! Tu veux faire croire ça à qui ? À toi-même, peut-être. Parce que moi, tu ne me convaincras pas. La vérité, si nous devons être honnêtes, c'est que tu t'en contrefous, qu'il s'agisse de ton buveur de thé indien ou de cet éléphant-man. À tes yeux, ce ne sont que des dommages collatéraux. Deux bouteilles sans consigne. N'essaie pas de me faire croire que ça t'affecte. » Il jeta un coup d'œil à l'écran du vieux Nokia qu'il avait dans la main. « Comme nous n'avons pas toute la nuit, je propose que nous nous concentrions sur le sujet qui nous intéresse. C'est-à-dire mon suicide.

– Oublie ma question, Kim. Tu as raison, en fait, je m'en fous. »

Sleizner rit. « Tu sais que tu es marrante, toi ? Quoi qu'il en soit, pour réussir, j'avais besoin de deux choses : un corps et un scénario crédible. » Il se plaça derrière elle. « Trouver un corps n'a jamais été un gros problème. Je pouvais prendre à peu près n'importe qui. »

Elle l'entendit ouvrir la fermeture Éclair de son pantalon et pisser dans le trou.

« En l'occurrence, j'ai choisi ton petit camarade. Il était loin d'être aussi athlétique que moi, évidemment, et sa peau avait une couleur de diarrhée. Mais Oscar Pedersen s'est chargé de ces quelques détails. Il a toujours été un fidèle membre de notre club, et je t'annonce qu'il m'a déjà formellement identifié. Mais au fait, vous ne travailliez pas ensemble, tous les deux, sur ta première enquête ? »

Elle acquiesça. Apprendre que Pedersen était des leurs ne l'étonnait pas. La première fois qu'elle l'avait rencontré et lui avait serré la main, elle s'était sentie souillée pendant des jours.

« Il m'a dit de te saluer tout à l'heure, quand il m'a appelé pour me dire que j'avais été incinéré et que j'étais prêt à être mis en terre, dit-il en secouant les dernières gouttes avant de refermer sa braguette. Ç'a été beaucoup moins douloureux que ta petite tentative de crémation.

– Est-ce qu'il est vivant ?

– Qui ça ?

– Fareed. »

Sleizner roula des yeux. « Et moi qui allais te raconter comment j'avais réussi à ficeler un scénario parfaitement crédible, tu viens m'en remettre une couche avec ton…

– Kim, j'exige une réponse. Est-ce que Fareed est vivant, oui ou non ? »

Sleizner secoua la tête. « Arrête de vouloir me faire croire que tu te préoccupes de son état. La seule chose qui te fasse mouiller la culotte, c'est l'idée de pouvoir m'atteindre. Avoue-le.

– Tu crois me connaître, répliqua-t-elle, mais la vérité, en admettant qu'on puisse parler d'une notion qui t'est à ce point étrangère, c'est que tu n'as aucune idée de qui je suis. »

Sleizner éclata de rire. « Ma chère petite Dunja. » Il tomba à genoux et lui fit un baiser sur la joue. « La vérité, c'est que je sais tout ce que j'ai besoin de savoir en ce qui te concerne. J'en sais sans doute plus que tu n'en sais toi-même. Tu ne te demandes pas comment c'est possible ?

– Non. Je ne me demande rien du tout. Alors mettons fin à ce petit jeu. Je ne sais pas quel est ton plan, mais je trouve que tu devrais le mettre en œuvre tout de suite, qu'on en finisse.

– Tout ce que j'ai à faire pour voir en toi, poursuivit-il comme s'il n'avait rien entendu de ce qu'elle venait de dire, c'est me regarder dans la glace. Faire mon introspection, comme on appelle ça de nos jours. » Il se releva et recula de quelques pas. « Parce que toi et moi, nous nous ressemblons beaucoup plus que tu ne le penses. Enfin, disons que nous sommes plus semblables que différents. Pour le sexe, par exemple. J'ai envie, je prends, et rien ne m'arrête. Et toi, dit-il en pointant le doigt sur elle, tu es exactement pareille. Quand ça te prend, tu estimes normal d'aller en ville, un simple jour de semaine, pour te choisir un partenaire. La seule différence, c'est que tu es une femme, et moi, un homme, et que toi, personne n'ira te le reprocher.

– Ça ne t'a jamais effleuré que baiser avec qui je veux puisse être plus agréable que de me faire violer par toi ?

– Je te rappelle que je n'ai jamais pu aller au bout de mon projet, lors de cette fête de Noël, il y a quelques années. Dans mon souvenir, nous avions à peine eu le temps de commencer avant que Hesk vienne jouer les héros. Mais sans son intervention, tu aurais connu autre chose que tes pathétiques plans cul du mardi.

– Je n'en doute pas une seconde. »

Sleizner répondit par un sourire et alla chercher une nouvelle bouteille d'eau. « Si près de la mort et toujours aussi grande gueule. Ça doit être merveilleux d'être aussi angéliste et convaincue d'être *du bon côté,* de faire partie des *gens bien.* » Il tourna le bouchon et but.

« Je ne sais pas si je fais partie des gens bien, mais en tout cas, je ne suis pas un démon, comme toi.

– Un démon ? » Il réfléchit un instant et finit par hocher la tête. « OK, j'en conviens. D'ailleurs, je n'ai jamais prétendu être un homme bon. » Il retourna près d'elle, s'accroupit et versa de l'eau dans sa bouche avec précaution. « J'ai toujours trouvé la bonté épuisante. *Bon.* Franchement, ça veut dire quoi, *bon* ? Le mot lui-même est ennuyeux. Penser aux autres et faire passer leurs intérêts avant les siens ? Très peu pour moi. Non, mais sans déconner. C'est comme ça que tu te décrirais ? C'est pour ça que tu es là ? Pour aider les faibles ? Tous ces gens qui refusent de travailler, réclament des aides et en profitent jusqu'à ce qu'ils deviennent tellement gros qu'ils ne passent plus à travers les portes ? C'est pour eux que tu es couchée ici avec les mains attachées dans le dos, en train de te demander à quel moment je vais te pousser par-dessus bord ? Parce que tu es *bonne* ? Non, je ne crois pas, non. » Il se releva et vida le restant de l'eau avant de jeter la bouteille.

Cette fois, elle compta les secondes.

« La cruauté, le mal, là, il y a un vrai sujet. Là, les choses avancent. »

Cinq... six...

« Là, il y a de l'action. »

Sept... Avant qu'elle l'entende toucher le fond.

« La survie du plus fort. Là, on parle de Charles Darwin. On parle d'évolution. De progrès. De développement. Toutes ces notions reposent sur le mal. C'est au mal que nous les devons. Cet endroit, par exemple. » Sleizner écarta largement les bras. « Sans lui, rien de tout cela n'existerait.

– Je comprends, ça se tient.

– Rien n'existerait, Dunja. Il n'y aurait pas de villes, pas de maisons, pas de voitures, pas de téléphones. Pas le moindre sex-toy à se fourrer dans la chatte. Ç'aurait été triste, non ? Mais en réalité, ça n'aurait eu aucune importance, parce que nous ne serions pas là non plus, ni toi, ni moi, ni personne d'autre, ni les bons, ni les mauvais. Il n'y aurait pas d'animaux. Pas de végétation. Rien. Le monde, l'univers, ou quel que soit le nom qu'on lui donne, ne se sont pas construits sur le bien. Au contraire. Tu le sais comme moi. Et tu veux que je te dise pourquoi ? » Il s'assit près d'elle. « Pourquoi rien de ce que je suis en train de te dire n'est une nouveauté pour toi ? » Il se pencha et plongea ses yeux dans les siens. « Parce qu'en dépit de l'image idéalisée que tu as de toi-même, le mal a toujours fait partie de toi. Je l'ai vu à la seconde où tu es arrivée dans ma brigade, et tu me l'as confirmé il y a quelques heures quand tu as mis le feu à cette couche. J'ai vu le plaisir que tu avais à me voir souffrir, et même si tu n'avais pas prévu les choses comme ça au départ, j'ai vu que tu avais pris ton pied comme jamais auparavant. Parce que tu avais gagné la partie. Parce que tu t'étais vengée. Je ne sais pas si tu t'en es rendu compte, mais tu n'avais jamais été autant toi-même qu'à cet instant. Et même si j'ai eu mal, et Dieu sait si j'ai souffert et si je souffre encore, tu ne peux pas t'imaginer à quel point c'était merveilleux pour moi de te voir enfin accepter ta vraie nature. Nous étions en totale symbiose à ce moment-là. »

Elle aurait voulu le contredire. Protester et lui balancer à la figure des arguments contraires. Lui montrer à quel point il avait tort. Lui prouver qu'ils étaient totalement différents. Mais tout ce qu'elle put faire, c'était acquiescer. Toute autre réponse aurait été un mensonge.

Elle avait adoré prendre sa revanche. Le voir souffrir l'avait énergisée. Sans le moindre état d'âme, elle avait transgressé les interdits. Elle avait ignoré les lois. Elle avait justifié son acte à ses propres yeux en se persuadant que l'éthique était de son côté. Qu'elle œuvrait pour le bien.

Mais au moment où elle avait allumé la flamme, elle avait fait fi de toute morale. À cet instant précis, elle avait dépassé une limite dont on ne revient pas.

Elle était devenue comme lui.

Cela ne lui avait jamais paru aussi évident.

Elle était devenue comme l'homme qu'elle haïssait le plus au monde.

« C'est pour ça que nous sommes entrés dans la police au départ. Pas vrai ? » Il lui caressa doucement la joue du dos de la main. « Pas parce que nous étions des gens bien qui voulions faire de notre planète un endroit meilleur. C'est comme ceux qui entrent dans l'armée, tu n'en trouveras pas un seul qui souhaite la paix dans le monde. Au contraire, ils s'ennuieraient tellement qu'ils se mettraient probablement à s'entretuer. Toi et moi, nous sommes exactement pareils. Être du bon côté de la barrière et travailler pour améliorer la vie de nos concitoyens, c'est très joli sur le papier, et la plupart de nos collègues l'ont dit et répété si souvent qu'ils ont fini par y croire. Mais la vérité, puisque tu as voulu aborder ce sujet, la vérité, c'est que c'est le goût du mal qui t'a fait agir à ce moment-là, je me trompe ? »

Elle acquiesça et il s'approcha.

« L'attrait de l'interdit. »

Jusqu'à la toucher.

« Le combat entre la vie et la mort. »

Sa peau contre la sienne.

« Le goût du sang et l'odeur de cadavre. »

Son souffle se mélangeant au sien.

« Aux premières loges. »

Elle le laissa l'embrasser, écarta les lèvres pour qu'il puisse passer sa langue. Au début, elle la sentit hésitante, comme si elle ne voulait pas s'imposer, comme si elle n'osait pas y croire. Croire qu'elle était libre d'occuper les lieux. De remplir sa bouche. Alors elle se détendit et entra dans le jeu. Elle répondit et résista. Lui offrit tout ce qu'elle réclamait.

Elle ne se souvenait pas où, mais elle avait lu quelque part que les muscles de la mâchoire étaient les plus puissants du corps humain. Même les muscles des jambes, qui étaient bien plus volumineux, n'étaient pas capables d'opposer autant de force à un objet extérieur. Elle fut malgré tout surprise par l'important afflux de sang quand ses dents se refermèrent sur sa langue.

Elle fut surprise également par le cri sauvage qu'il poussa. Elle ne s'attendait ni à cela ni à la violence avec laquelle il tenta de se libérer. Mais plus que tout, elle fut étonnée par sa propre réaction. Parce qu'au lieu de lâcher prise, elle enfonça plus profondément ses dents dans le morceau de chair. Parce qu'elle eut le réflexe de respirer par le nez pour pouvoir avaler son sang sans s'étrangler.

Il avait cent fois raison, eut-elle le temps de penser avant de serrer une dernière fois. Quand il prétendait que le mal lui permettait d'être en accord avec elle-même et que sa souffrance à lui était une source de jouissance pour elle.

Elle recracha le morceau de langue qu'elle venait de lui arracher. Fut frappée de sa petitesse lorsqu'il atterrit sur le sol en béton dans une mare de sang. Surprise de voir à quel point il était minuscule par rapport aux hurlements de son propriétaire, à genoux, prostré, les deux mains enfoncées dans sa bouche en sang, comme s'il avait besoin de toucher avec ses doigts pour comprendre ce qui venait de lui arriver. Étonnée de sentir combien ses cris stridents, inarticulés, et l'intensité de sa douleur résonnaient dans son propre corps.

Elle fit un quart de tour sur elle-même et projeta ses deux pieds en avant de toutes ses forces. Ça alla si vite que ni lui ni elle n'eurent le temps de penser. En tout cas, cela le fit taire en une seconde, comme si l'on venait d'appuyer sur la touche *stop* d'un magnétophone. Et la seconde suivante, il avait disparu dans le puits.

À nouveau, elle compta les secondes.

Quatre… Cinq… Six…

Elle ne l'entendit pas toucher le fond.

Sept… Huit… Neuf…

Mais elle entendit autre chose. Sa respiration ? Irrégulière et courte. Essoufflée. Comme la sienne.

Les pieds et les mains toujours attachés dans son dos, elle se mit à ramper jusqu'au bord du trou. Cela prit du temps, mais quand elle put enfin regarder en bas, elle le vit accroché tel Spiderman à la paroi du puits. En dessous de lui, un gouffre dont elle ne voyait pas le fond.

« Pitié… » On aurait dit qu'il était saoul. « Je t'en prie, aide-moi… » Bafouillant et misérable. « Je ferai n'importe quoi… Je te jure que je ferai tout ce que tu veux si tu m'aides... » Le sang faisait des bulles aux commissures de ses lèvres et lui coulait dans le cou. « Je ne veux pas mourir... Pas comme ça... Il faut que tu me fasses sortir d'ici. Tu m'entends ? J'ai besoin de toi... »

Il lui suffisait de rester là et d'attendre. Le regarder lutter pour sa survie. Voir ses ongles blanchir jusqu'à ce qu'il finisse par lâcher prise. Ça durerait deux minutes ou dix. Il était plus fort qu'il n'en avait l'air. Peut-être tiendrait-il une heure entière.

« La clé..., dit-il. Dans la veste... Derrière toi. »

Elle se retourna, vit la veste suspendue à la manivelle du treuil puis poursuivit sa reptation. Elle alla plus vite cette fois-ci. Comme si ses épaules, son ventre, ses reins, son corps tout entier prenaient le relais de ses membres entravés. Arrivée à destination, elle roula sur le dos, décrocha la veste avec ses pieds, se mit sur le flanc et fouilla les poches avec ses mains attachées.

Elle trouva la clé presque immédiatement. Quelques minutes plus tard, elle avait réussi à l'insérer dans le cadenas derrière son dos et à libérer ses poignets. Tout le dispositif se détacha de lui-même, et elle put se relever.

La douleur à la tête se réveilla, lui rappelant le coup de bille de billard. Elle tâta la blessure et s'aperçut que son cuir chevelu avait saigné à l'endroit des deux impacts, mais que le sang était déjà en train de coaguler. Elle avait sans doute un petit traumatisme crânien aussi. Mais rien qui ne soit réparable avec un ou deux points de suture et quelques semaines de repos.

Elle retourna au bord du puits et regarda Sleizner qui s'accrochait toujours.

« Je t'en prie..., lui dit-il encore d'une voix pathétique, les yeux levés vers elle en prière. Tu es libre... Tu peux t'en aller, faire ce que tu veux... Mais aide-moi à remonter avant.

Je ferai tout ce que tu me demanderas. J'ai déjà avoué, tu es contente. C'était ça que tu voulais, n'est-ce pas ? Me faire arrêter. »

Elle tourna les talons et se mit à marcher vers la sortie.

« Non, Dunja, ne t'en va pas… Reviens. Ne pars pas. Ce n'est pas toi. Je sais que tu n'es pas comme ça, cria-t-il. Tu veux faire le bien… C'est ce que tu as toujours voulu. Si tu pars maintenant, tu vas le regretter… J'en suis sûr… Tu t'en voudras toute ta vie… »

Elle s'arrêta près du treuil et se mit à mouliner. À chaque tour de manivelle, le câble se déroulait un peu plus, et le large couvercle descendait, décimètre par décimètre, vers l'ouverture du puits.

« Dunja, non ! Ne ferme pas… je t'en prie… Je ne veux pas mourir. Tu m'entends ! Je ne veux pas… »

Elle continua à tourner la manivelle sans se laisser interrompre par ses pensées. Fermer ce couvercle et l'effacer pour toujours. Il était déjà mort, de toute façon.

Mais qu'est-ce que cela ferait d'elle ?

Qui était-elle ?

En réalité ?

Pas seulement maintenant, mais après tout cela ?

Quand tout serait terminé.

Que deviendrait-elle ?

67

Fareed était assis par terre, menotté et dos contre le mur. Jamais de toute sa vie il n'avait eu aussi peur de commettre une erreur. Le moindre mouvement risquait d'énerver le type en treillis militaire accroupi devant lui en train de fouiller son sac à dos.

Pour l'instant, aucun n'avait prononcé un mot, et il n'avait nullement l'intention d'être celui qui briserait le silence. Parler sans y avoir été invité équivaudrait à s'attirer des problèmes. Si on lui posait une question, en revanche, il répondrait sans faire d'histoires. Dans sa situation, il n'avait pas intérêt à faire le malin.

Même s'ils lui demandaient le mot de passe de son ordinateur, il le leur donnerait sans hésitation. Cela ne le sortirait pas d'affaire, mais il pouvait malgré tout espérer qu'ils ne s'apercevraient pas qu'il avait contourné les codes de leur disque dur et récupéré une partie de son contenu.

S'ils s'en rendaient compte, ses chances de survie étaient pratiquement nulles. Et il n'était pas prêt à mourir. Pas encore. Ils avaient déjà tué Qiang, et peut-être Dunja. Il ne restait plus que lui. La bonne nouvelle était que, pour l'instant, il était encore en vie. Peut-être avaient-ils décidé qu'il leur était plus utile vivant que mort. Ou alors, ils faisaient traîner pour s'amuser. Pour frapper quand il s'y attendrait le moins, comme ils l'avaient fait avec Qiang.

L'homme releva la tête du sac à dos et le fixa. Fareed mit trop de temps à réagir. Il aurait dû baisser les yeux aussitôt. Croiser son regard pouvait être interprété comme de la provocation, et s'il les baissait maintenant, cela ressemblerait à de l'insolence. Ils étaient engagés dans une lutte sans paroles, qui ne prit fin que lorsqu'un deuxième homme entra dans la salle de commandes.

Contrairement au premier, il ne portait ni rangers ni tenue de combat. Il était habillé avec un pantalon de ville et une veste. Fareed se dit qu'il devait s'agir de soldats, mais peut-être celui-ci n'avait-il rien à voir avec les deux hommes qu'ils avaient vu plus tôt. Peut-être était-ce leur supérieur, celui qui allait décider de ce qu'il allait advenir de lui.

Comment, quand et où ils allaient le tuer.

« Tu travailles pour Dunja Hougaard ? » lui demanda l'homme en costume en faisant un pas vers lui. Fareed acquiesça.

« Comment t'appelles-tu ?

– Fareed. Fareed Cherukuri. » L'effort pour ne pas bouger le faisait trembler des pieds à la tête.

L'homme s'accroupit et l'étudia longuement, l'air grave. « Je m'appelle Morten Heinesen, dit-il en lui retirant ses menottes. J'appartiens à la police de Copenhague.

– La police ? » Mais qui était ce type ? Comment avaient-ils pu passer à côté ? « Vous êtes de la police ? » Fareed ne savait plus que croire.

« C'est exact, confirma Heinesen. Toi et moi avons des tas de choses à nous dire, mais d'abord, j'aimerais savoir où se trouve Dunja.

– Je l'ignore, répondit Fareed. Je n'en ai pas la moindre idée. Je ne sais même pas si elle est encore en vie. Je lui avais dit de ne pas y aller. Que c'était trop dangereux et que nous ferions mieux de rester ensemble. Mais comme d'habitude, elle n'en a fait qu'à sa tête. Elle ne m'écoute jamais. Alors qu'ils ont tué Qiang qui n'était même pas…

– Bon, on va se détendre et prendre les choses une par une, le coupa Heinesen.

– Se détendre ?! s'exclama Fareed. On n'a pas le temps de se détendre ! Vous n'avez pas entendu ce que je vous ai dit ? Il faut partir à son secours !

– Ça va être difficile si on ne sait pas où elle est.

– Elle est quelque part ici. Obligatoirement. » Il tourna les yeux vers la porte. « Elle est sortie de cette pièce, et depuis, je n'ai…

– Nous avons fouillé partout. Il n'y a que vous ici.

– C'est que vous n'avez pas assez cherché. Parce qu'ils sont là, quelque part. Je suis sûr qu'ils sont… » Il leva les yeux vers l'un des trois écrans qui se trouvaient au-dessus de la table de mixage et s'écria : « Regardez, il est là ! Il y a un type, là. Il fait partie de la bande ! » Sur l'un des écrans, un homme courait dans un couloir sombre.

68

Dunja lâcha la manivelle du treuil et se tourna vers le puits. Comment distinguer le bien du mal quand on est au pied du mur ? Pour pouvoir continuer de se regarder dans une glace à l'avenir, elle n'avait pas d'autre option que de ramasser cette chaîne au sol, d'en enrouler une extrémité à son bras et de laisser l'autre descendre jusqu'à Sleizner qui, faisant preuve d'un instinct de survie presque surhumain, était toujours accroché à la paroi.

« Tu es solide sur tes jambes ? » demanda-t-il d'une voix pâteuse. Elle acquiesça. « Il va falloir que tu sois bien stable et que tu résistes… Promets-moi que tu vas y arriver… À résister… Sinon, nous tomberons tous les deux.

– Allons-y maintenant, dit-elle en calant son pied droit derrière le gauche. Avant que je change d'avis. »

Sleizner, qui tremblait d'épuisement, osa lâcher le mur pour attraper la chaîne, d'abord d'une main puis des deux, et elle commença à le hisser. Comme si toutes les heures de musculation intensive qu'elle s'était infligées ne devaient servir qu'à cela.

Elle n'avait aucune confiance en lui. Aucune raison de penser que ce qu'elle était en train de faire était une bonne idée. Elle le connaissait par cœur et savait de quoi il était capable. C'est pourquoi elle gardait une longueur de chaîne entre eux. S'il tentait une attaque, elle pouvait encore le lâcher et le précipiter dans le vide.

Mais il ne fit rien de tel et se contenta de s'accrocher fébrilement à cette ligne de vie. Enfin remonté au bord, il était trop épuisé pour fournir le dernier effort pour se hisser hors du trou, et elle eut beau tirer de toutes ses forces, rien n'y fit.

« Je n'y arriverai pas…, gémit-il, sur le point de craquer nerveusement. Il faut que tu viennes jusqu'ici… Il faut que tu m'aides… S'il te plaît… »

Elle ne voulait pas. Mais il n'y avait pas d'autre solution. Si elle ne faisait rien, il lâcherait prise et tomberait.

« Si tu essaies de me tendre un piège…, dit-elle en s'approchant à petits pas et en réduisant maillon par maillon la distance qui les séparait… je te préviens, tu plonges jusqu'en bas.

– Je t'en supplie. Aide-moi, je vais tomber…, pleura-t-il, le sang dégoulinant de sa bouche. Je n'en peux plus… »

Son pied gauche à quelques centimètres de Kim Sleizner, elle se baissa avec précaution, lui attrapa un bras et le hissa sur le bord. Il s'écroula sur le sol en béton, tremblant comme une feuille. « Oh merde… Merci… Putain de bordel de merde…

– Kim, je veux que tu te couches à plat ventre et que tu mettes tes mains derrière ton dos, lui dit-elle en ouvrant les menottes attachées à la chaîne.

– Absolument, marmonna-t-il. Il faut juste que je… » Au prix d'un gros effort, il se mit à quatre pattes. « Ma langue… Le bout que tu m'as arraché… » Il tanguait tel un animal blessé. « Il faut que je le trouve avant que… avant que… Il est où, ce bout de langue ? Peut-être qu'ils pourront me le recoudre. Tu ne penses pas ? Hein, dis ? Ils vont pouvoir me le recoudre ? Oh, si, sûrement. Mais il faut déjà le trouver…

– Je m'en occupe, promit-elle. Allonge-toi à plat ventre, je vais le récupérer. » Elle sortit un mouchoir de sa poche et s'éloigna vers le petit bout de viande sanguinolente.

Elle n'eut aucun doute sur le crissement qu'elle entendit derrière elle quand elle se baissa pour le ramasser : Sleizner était en mouvement. Pour l'instant, il avait seulement bougé un peu, mais elle comprit aussitôt qu'il allait essayer de se lever.

Sa réponse fut purement instinctive. Il était hors de question qu'elle le laisse s'enfuir. Mais elle fut aussi totalement inadéquate. Pas uniquement au niveau de l'impact, mais également du centre de gravité et surtout de la direction. Parce qu'au lieu de s'enfuir, il bondit et fonça littéralement sur elle, balayant l'air en arc de cercle devant lui. Il la rata de quelques centimètres.

C'était sa chance de contre-attaquer, mais sa riposte fut tuée dans l'œuf lorsqu'elle remarqua la lame courbe qu'il tenait dans sa main. Le couteau de combat avec lequel il l'avait déjà menacée en prison.

C'est alors seulement qu'elle remarqua la blessure qu'elle avait à l'abdomen.

Une estafilade.

Un instant plus tard, un flot de sang en jaillit.

Elle ne ressentit aucune douleur. Pas avant de découvrir la coupure de plusieurs dizaines de centimètres qui avait non seulement traversé son sweat et son tee-shirt, mais également sa peau : une plaie rouge et profonde, faisant apparaître son estomac et ses intestins.

Elle s'écroula par terre, les deux mains sur son ventre ouvert. Du sang partout. Des organes qui cherchaient à sortir. Un Sleizner de plus en plus flou avançant vers elle.

« Waouh ! Magnifique ! s'exclama-t-il. Une authentique césarienne… Dommage que tu ne sois pas enceinte. J'aurais pu faire d'une pierre deux coups », dit-il, hilare.

On aurait dit un rire préenregistré, comme après une mauvaise blague à la télévision.

« Tu vois, tu aurais dû m'écouter, continua-t-il en se baissant vers elle. Choisir le mal et le laisser décider pour toi. »

Elle le regarda approcher dans un brouillard grisâtre.

« Mais ça, tu n'en es pas capable, n'est-ce pas ? Tu savais ce qui allait arriver et, pourtant, tu n'as pas pu t'empêcher de me tendre la main. »

Elle aurait voulu dire quelque chose, mais rien ne vint. Elle n'essaya même pas.

« Alors que tu savais que ça allait se terminer comme ça, il a fallu une fois de plus que tu prouves ta grandeur d'âme afin de pouvoir continuer à te regarder dans la glace, la conscience tranquille. »

Elle ne le voyait plus, elle sentait seulement sa présence, et encore. Tous ses sens la trahissaient, l'un après l'autre.

« Comme lorsqu'on donne un euro à un clochard avec la sensation d'être quelqu'un de tellement solidaire que la bonté suinte de tous les pores de votre peau. C'est pathétique. Pathétique et aussi écœurant qu'un paquet de bonbons de deux kilos qu'on s'enfilerait en une soirée. »

Elle eut vaguement l'impression de voir la lame courbée scintiller dans la lumière du néon tout près d'elle.

« Tu ne mérites pas mieux que de cesser de vivre. »

Mais quand il abaissa son bras et pressa la lame froide sur sa gorge offerte, elle avait déjà renoncé et perdu connaissance.

« Disparaître dans le néant et quitter ce monde où tu ne manqueras à personne. »

Elle n'entendit pas le coup de feu et ne vit pas la balle, venue de nulle part, qui traversa le front de Sleizner, laissant derrière elle un cratère béant. Elle ne vit pas non plus son bourreau, assis à califourchon sur elle, éclatant de son rire odieux malgré le trou qu'il avait dans la tête. Elle n'enregistra pas la présence de Fabian et le deuxième coup de feu qu'il tira sur Sleizner, qui riait toujours.

Elle n'assista à rien de tout cela.

Même pas au troisième coup de feu, tiré à bout portant, qui détruisit tout sur son passage dans la tête de son bourreau, sans parvenir à effacer son rictus. Comme si les muscles de son visage et de son cou avaient une vie à eux nécessitant deux balles supplémentaires pour les annihiler.

À cet instant, Dunja n'était déjà plus là.

69

Après avoir tiré ces cinq coups de pistolet, il s'était senti complètement vide. Tout en lui et autour de lui semblait avoir été mis sur pause. Une enveloppe corporelle qui aurait dû depuis longtemps se coucher au bord du chemin et renoncer. Mais il était toujours debout, et bien qu'il n'ait jamais fait ce qu'il était en train de faire, ses gestes furent presque routiniers. Comme si tout était écrit.

Ses impressions étaient sporadiques. Des bribes anarchiques d'information ne laissant filtrer que le strict minimum. Le léger bruissement faisant penser à celui d'une aspirine effervescente dans un verre d'eau. Faible et à peine audible. Le bouillonnement de Sleizner en train de se dissoudre quelque part, tout au fond, dans l'obscurité.

Il arrivait presque à entendre l'acide fluorhydrique dévorant ses chairs. À voir les fumées qui, plus légères que l'air, s'obstinaient à remonter du trou et à se frayer un chemin au travers des nombreux filtres du masque à gaz. Jusqu'à lui.

Il versa malgré tout le contenu d'un quatrième bidon.

Pour ne laisser aucune place au doute.

Pour être sûr.

Après s'être assuré que Dunja était encore en vie, il retira sa veste, son pull et son pantalon, et s'en servit pour fabriquer un garrot qu'il noua autour de son ventre. Pour arrêter l'hémorragie. Pour gagner du temps.

Il enleva le masque, ferma le couvercle du puits et souleva Dunja du sol. À bout de forces et malgré les plaies qui s'étaient rouvertes, il la prit dans ses bras et la porta hors de la pièce, dans le couloir exigu, à travers la puanteur épaisse, loin de ces effroyables cellules.

L'ascenseur était là, comme il l'avait laissé tout à l'heure. Il appuya sur le bouton avec son coude et se pencha sur Dunja. Il ne sentait ni son pouls ni sa respiration, juste des muscles détendus et inertes, juste un long signal dans sa tête lui indiquant qu'il était trop tard. Qu'il ferait aussi bien de laisser tomber.

Il la posa doucement sur le plancher de la cabine. L'ascenseur montait lentement. Beaucoup trop lentement. Comme à contrecœur. Comme s'il faisait exprès de freiner l'allure. Comme s'il menaçait de repartir dans l'autre sens. Comme un gosse qui traîne des pieds. Fabian posa ses lèvres sur celle de Dunja, encore tièdes, s'interdit de penser que bientôt elles seraient froides. Que ce n'était pas une bonne idée. Il remplit ses poumons, souffla et vit sa cage thoracique se gonfler. Une fois, deux fois. Essaya de se convaincre que cela allait marcher. Fit circuler le sang par des pressions rapides sur son sternum. Trente fois de suite.

Il fallait qu'il réussisse.

Il le fallait absolument.

Le sang traversait ses vêtements au niveau de l'abdomen et coulait à ses pieds, formant une petite flaque. Plusieurs. Flaques de douleur. De mort. L'ascenseur était toujours en mouvement. Secousses à peine perceptibles dans sa lente ascension. Rien d'autre à faire que continuer le massage cardiaque. Continuer à pomper. Courir contre la montre. Lutter contre la cacophonie des voix qui lui criaient qu'il était trop tard.

Peut-être parce que les vibrations de l'ascenseur s'étaient arrêtées et qu'il était enfin parvenu à destination, peut-être parce qu'enfin le cœur de Dunja s'était remis faiblement à battre, toujours est-il qu'en marchant dans les couloirs d'un blanc d'hôpital, Fabian se prit à espérer. À croire à l'impossible.

Il n'y avait plus personne. Juste lui et Dunja. Et un nouvel ascenseur. Plus rapide, celui-là. La porte se rouvrit si vite qu'il n'eut même pas le temps de contrôler à nouveau son pouls. Il retraversa en sens inverse la grande salle avec ses lustres en cristal et poursuivit sa course dans les couloirs à la lumière tamisée.

Sur son bras, il sentait couler le sang de sa propre blessure, drainant ses forces goutte après goutte. Mais ce n'était rien par rapport à elle. Il n'avait pas besoin de baisser les yeux pour savoir qu'elle en perdait beaucoup trop. Il avait l'impression que son corps allait lui échapper.

Il eut un nouveau malaise, tout devint noir et, quand il revint à lui, il crut qu'il allait tomber, mais il réussit à rester debout et à repartir dans le labyrinthe. S'arrêter n'était pas une option. Il luttait contre le sommeil, clignant des yeux frénétiquement. Mais c'était peine perdue. Son champ visuel s'étrécissait de plus en plus. Quant à ses tympans, ils ne laissaient plus passer que les fréquences basses.

Le couloir était si étroit qu'il dut marcher en crabe pour ne pas cogner la tête de Dunja contre les murs. En arrivant au bout, il fut ébloui par des gyrophares bleus et tomba sur un comité d'accueil d'individus armés, avec des gilets pare-balles, hurlant et aboyant des ordres tous en même temps, lui ordonnant de la lâcher, de se coucher sur le ventre et de mettre les mains sur sa tête. Le menaçant de tirer s'il ne s'exécutait pas. Des gens qui l'avaient déjà poursuivi et lui avaient déjà tiré dessus.

Mais il ne pouvait pas la lâcher, pas maintenant. Il n'osait rien faire d'autre que continuer au son de sa propre respiration et des voix qui s'éloignaient peu à peu. Vers l'escalier en fer. Sur sa gauche, il vit un groupe de filles enveloppées dans des couvertures et, devant lui, deux hommes en tenue de camouflage, couchés à plat ventre, les mains menottées dans le dos en compagnie de la femme blonde.

Il les entendait crier. Pas sur lui, mais les uns sur les autres. Il cria aussi, réclamant une ambulance, pas certain que quelqu'un l'entende. Il fut contraint de s'arrêter à mi-hauteur des marches qui disparurent sous ses pieds tandis qu'il trébuchait et sombrait dans une obscurité impalpable.

Il fut réveillé par des voix. Des voix qui parlaient fort. Des tubes de néon qui défilaient au-dessus de sa tête. Il tenta de se redresser, mais des sangles l'immobilisaient sur un brancard qui l'emportait à reculons sur un sol inégal. Il pouvait uniquement tourner le cou.

Des voitures de police et des agents en uniforme barraient la rue d'un côté. De l'autre, Dunja, entourée de secouristes manipulant une perfusion et un instrument qui arquait son corps chaque fois que le courant entre les deux anodes lui traversait le corps.

Il sentit la vibration du moteur de l'ambulance qui démarra alors que ses portes n'étaient pas encore tout à fait refermées. Et là, au sommet de la rampe d'accès au parking, dans l'aube naissante, se produisit un événement qu'il espérait depuis longtemps.

Doucement et sans bruit, à l'insu des gens autour de lui, il versa une larme si petite qu'elle eut le temps de sécher avant que la deuxième n'arrive.

Mais le processus était enclenché, inarrêtable, et quand l'ambulance prit de la vitesse et lança les sirènes sur le boulevard Østerbrogade, il pleura.

Sur ce qui était arrivé et sur ce qui l'attendait encore. Sur ses efforts jamais récompensés. Sur ses échecs et les souffrances qu'ils avaient causées. Il pleura sur ce qui est fait et ne peut être défait. Il pleura parce que Matilda avait raison depuis le début. Il pleura parce que, quoi qu'il fasse, quelle que soit la décision qu'il prenne, c'était ainsi que cela devait finir.

Il pleura sur Theodor.

Son cher Theodor.

Il pleura son fils.

ÉPILOGUE

Les heures qui suivirent furent saturées d'une calme efficacité. Les coupables présumés furent arrêtés, les locaux fouillés, les jeunes femmes soignées. Certaines se révélèrent dénutries, et d'autres, profondément traumatisées. Toutes reçurent l'attention qu'elles méritaient.

La présence policière augmenta au fil de la matinée, à mesure que la nouvelle faisait le tour des services et instances, mais sous la houlette de Morten Heinesen, chacun savait précisément ce qu'il avait à faire. C'était un rôle qu'il n'avait jamais joué auparavant et qui s'avérait fait pour lui, comme il s'en rendit compte pour la première fois ce jour-là.

Les menaces de licenciement proférées par le commissaire divisionnaire furent oubliées. Heinesen prit la direction de l'enquête, secondé par Bernstorff et Hemmer, et les arrestations purent sérieusement commencer à mesure que les pièces à conviction détenues par Fareed étaient révélées et analysées.

Après cela, plus rien ne fut comme avant. Jakob Sand et le procureur général Mads Jensen furent condamnés les premiers, suivis de près par Oscar Pedersen, le directeur de l'institut médicolégal. Puis ce fut au tour de Ryan Frellesen, le directeur général de la Danske Bank, de Stig Paulsen, le président du groupe de télécommunications TDC, et de Kai Mosendahl, le directeur général des finances publiques.

Les arrestations se poursuivirent jusqu'au sein du gouvernement, avec celle du ministre des Affaires étrangères, qui se révéla être l'un des membres les plus actifs du club. L'affaire évolua en un immense scandale qui, non content de plonger la police danoise dans la plus grave crise qu'elle ait jamais connue, entacha une si grande partie de l'élite et des institutions du royaume qu'elle fut baptisée « le Bain de sang de Copenhague ».

À mesure que les jeunes femmes étaient interrogées et identifiées, l'affaire fut requalifiée en trafic d'êtres humains, corruption, criminalité financière et fraude fiscale, ainsi qu'en viols et meurtres en bande organisée. On découvrit des connexions à l'extérieur des frontières, entre autres à Stockholm, en lien avec l'enquête menée par Malin Rehnberg. Mais ça, c'était une autre histoire.

Après un certain nombre de nuits sans sommeil et d'interrogatoires sans fin, Fabian et Fareed furent éliminés de la liste des témoins et remis en liberté. Et ce, malgré quelques zones d'ombre autour de la mort de Kim Sleizner, dont le corps ne fut jamais retrouvé.

Des prélèvements effectués sur les parois du puits permirent d'établir qu'il s'était effectivement trouvé sur les lieux, mais on perdait totalement sa trace ensuite, sachant que le puits était relié aux égouts de Copenhague.

Personne ne sait à ce jour où disparut Fareed après avoir été relaxé, ni ce qu'il advint de l'urne contenant les cendres de Qiang, entreposées dans l'attente de l'inhumation.

De nombreuses rumeurs circulèrent. L'une le disait au Sri Lanka où, après avoir dispersé les cendres de Qiang dans un orphelinat pour éléphants, il aurait repris les rênes d'une plantation de thé. Selon une autre, il se serait réfugié dans la clandestinité et aurait monté le réseau de piratage international connu sous le nom de *Insidious Elephant*. Une troisième rumeur voulait qu'il ait lui-même lancé toutes ces rumeurs.

À l'heure où j'écris ces lignes, parmi les personnes impliquées, seule Dunja n'a pu être entendue. Après une longue série d'interventions chirurgicales compliquées, elle se trouve sous assistance respiratoire à l'unité de soins intensifs de l'hôpital général de Copenhague, où elle est surveillée comme le lait sur le feu. Par le personnel du service, bien sûr, mais aussi par Michael Rønning, qui vient lui rendre visite au moins trois fois par semaine.

Chaque fois, il reste deux heures et accomplit le même rituel : il commence par jeter à la poubelle les fleurs posées sur sa table de nuit, change l'eau du vase et y redispose un bouquet frais, puis il s'assied à son chevet, lui prend la main et lui parle de tout et de rien, depuis les derniers rebondissements de l'enquête et les noms des dernières têtes tombées, jusqu'à ses histoires de cœur, convaincu que quelque part, tout au fond du coma dans lequel elle est plongée, elle entend chaque mot et que bientôt, elle sera à nouveau sur pied.

Quand Fabian retourna dans la maison de Pålsjögatan à Helsingborg, il trouva le lit préparé dans la chambre d'ami. Il dormit pendant pratiquement vingt-quatre heures, avant d'être capable de se lever et de partager un repas avec Sonja et Matilda.

Elles ne lui posèrent aucune question sur son séjour à Copenhague. Sans doute parce que l'affaire était déjà largement couverte par la presse. Ils parlèrent de l'enterrement. Chacun partagea la façon dont il aimerait qu'il se déroule et ce qu'il pensait que Theodor aurait voulu. Pour la première fois depuis très longtemps, ils réussirent à se parler sans se disputer et, durant les deux semaines qui suivirent, ils travaillèrent ensemble à en faire un moment aussi beau que possible.

Il était trop tôt pour dire si cette embellie marquait le début de leurs futures relations. Peut-être était-ce juste une façon de bien terminer l'ancienne.

Début septembre, Fabian fit l'acquisition d'un Maxi 108, un voilier suffisamment solide pour faire le tour du monde, si l'envie vous en prenait. Sonja jeta l'éponge dès les premières sorties à cause du mal de mer. Matilda, en revanche, semblait faite pour cela. Fabian et elle passèrent ainsi tous leurs week-ends à bord du bateau qu'ils décidèrent de baptiser *Theo*.

Fabian se rendait presque chaque jour au cimetière de Pålsjö sur la tombe de son fils. Parfois, sans s'en rendre compte, il y restait plusieurs heures. Il y avait quelque chose, dans cet endroit et dans cette église, qui l'aidait à trouver une paix intérieure qu'il n'avait jamais connue jusque-là.

Là-bas, il n'était pas tiraillé. Rien ni personne ne réclamait son attention. Il était tout à ce qu'il faisait. Et pour la première fois, il se sentait en phase. Avec Theodor, ou avec lui-même, il n'aurait su le dire.

Mais il se passait quelque chose.

Quelque chose qui le faisait grandir.

REMERCIEMENTS

La majeure partie de ce livre a été écrite pendant les deux années de pandémie, 2020 et 2021. Cela n'a pas eu d'incidence sur Fabian Risk puisque les événements relatés ont eu lieu en 2012. En revanche, cela nous a affectés, moi et ma façon d'écrire, même si jusqu'ici, j'ai réussi à échapper à la fois au virus et à la vaccination.

D'habitude, ce sont mes histoires qui sont chaotiques. C'est dans l'univers de la fiction que les choses sont sens dessus dessous, et mon travail consiste principalement à résoudre les problèmes et à tenter de faire régner l'ordre et l'organisation. Pour ce faire, j'ai besoin de faire croire, ne serait-ce qu'à moi-même, qu'il y a une cohérence dans ce monde.

Je trouve que la réalité n'a jamais autant dépassé la fiction qu'au cours de ces deux années-là. S'il m'était arrivé d'en douter, il m'aurait suffi de lever le regard de mon manuscrit et de le poser sur le premier article de presse venu pour en avoir la preuve, noir sur blanc, une méthode qui, pour citer Erika dans le prologue de ce roman, a affecté mon inspiration comme un bloc de kryptonite entre les mains de Superman.

J'ai beaucoup souffert de ne pas pouvoir voyager, que ce soit pour rendre visite à mes enfants adultes à Stockholm, à ma mère à Helsingborg (alors qu'elle habite sur l'autre rive du détroit du Sund) ou à mes amis en Espagne, chez qui je me réfugie en général dans mes phases d'écriture les plus intenses. Et ne pas pouvoir vous rencontrer vous, mes chers lecteurs, m'a aussi énormément manqué.

Malgré tout, cette étrange parenthèse a fini par accoucher de ce roman. Un roman dont j'avoue être extrêmement fier. Pour cela, je tiens à remercier tout d'abord ma famille qui – ne me demandez pas comment – a réussi à nous supporter, moi et mes humeurs, et m'a permis d'arriver au bout du processus.

Sans elle, je n'y serais jamais parvenu.

Mi, tu ne te contentes pas de m'encourager et de me soutenir ; tu relis, tu commentes et tu discutes, et même si parfois nous ne sommes pas d'accord, finalement, il s'avère toujours que c'était toi qui avais raison.

Sander, je te remercie de m'avoir si souvent demandé comment ça allait et de m'avoir promis de lire tous mes livres quand tu seras grand.

Noomi, merci pour les nombreuses récréations que tu m'as offertes en venant me montrer tes dessins ou ajouter un personnage en pâte à modeler à la collection posée sur le bord de ma fenêtre. Quand je les regarde, je me dis que tout est possible.

Filippa, cette année, nous nous sommes surtout parlé au téléphone, et même si nos conversations m'ont chaque fois insufflé un sursaut d'énergie, tu n'imagines pas à quel point j'ai hâte de te revoir en vrai.

Kasper, merci pour ton indéfectible soutien. Quand je me plains parce que ça avance mal ou que l'histoire ne prend pas la forme que je voudrais, tu es toujours là pour me rappeler que le métier d'écrivain est comme ça.

Je voudrais aussi remercier toute l'équipe de Forum, et en particulier Adam Dahlin, mon éditeur. Vous faites un travail formidable. Andreas, tu corriges mes livres depuis le début et tu as toujours été un roc, mais je dois dire que cette fois, tu t'es surpassé.

Un grand merci aussi à Tor, Julia et Marie de l'agence Salomonsson pour l'énergie incroyable que vous employez à diffuser les aventures de Risk partout dans le monde, en veillant au moindre détail, depuis la couverture jusqu'à la montre que Kim Sleizner porte au poignet.

Et enfin, j'aimerais vous remercier, vous mes lecteurs qui, au cours de l'année écoulée, avez prouvé que quoi qu'il arrive, on a toujours besoin d'une bonne histoire.

Stefan Ahnhem,
Copenhague, mars 2021

DU MÊME AUTEUR

Aux Éditions Albin Michel

HORS CADRE, 2014
LA NEUVIÈME TOMBE, 2015
MOINS 18°, 2016
X RAISONS DE MOURIR, 2023
36 FAÇONS DE TUER, 2024

Composition : Nord Compo
Impression : Imprimerie Floch, janvier 2025
Éditions Albin Michel
22, rue Huyghens, 75014 Paris
www.albin-michel.fr
ISBN : 978-2-226-47147-5
N° d'édition 24853/01 – N° d'impression : 106144
Dépôt légal : février 2025
Imprimé en France